mtb

Umwelthinweis:
Dieses Buch wurde auf chlor- und säurefreiem Papier gedruckt.

Wo das Glück dich findet

MIRA® TASCHENBUCH
Band 20061
1. Auflage: April 2016

MIRA® TASCHENBÜCHER
erscheinen in der HarperCollins Germany GmbH,
Valentinskamp 24, 20354 Hamburg
Geschäftsführer: Thomas Beckmann

Titel der amerikanischen Originalausgaben:

Her Mother's Keeper
Copyright © 1983 by Nora Roberts
erschienen bei: Silhouette Books, Toronto

The Main Attraction
Copyright © 1987 by Jayne Ann Krentz
erschienen bei: Harlequin Enterprises Ltd., Toronto

The Homecoming Hero Returns
Copyright © 2005 by Harlequin Books S.A.
erschienen bei: Silhouette Books, Toronto

Aunt Connie's Wedding
Copyright © 1993 by Marie Rydzynski-Ferrarella
erschienen bei: Silhouette Books, Toronto

Konzeption/Reihengestaltung: fredebold & partner GmbH, Köln
Umschlaggestaltung: pecher und soiron, Köln
Redaktion: Maya Gause
Titelabbildung: oredia / Tetra Images; Getty Images, München;
HarperCollins Frankreich
Satz: GGP Media GmbH, Pößneck
Druck und Bindearbeiten: GGP Media GmbH, Pößneck
Printed in Germany
Dieses Buch wurde auf FSC®-zertifiziertem Papier gedruckt.
ISBN 978-3-95649-291-4

www.mira-taschenbuch.de

Nora Roberts

Solange die Welt sich dreht

Roman

Aus dem Amerikanischen von
Elisabeth Jud

1. KAPITEL

Das Taxi kam wegen des starken Verkehrs am Flughafen nur langsam voran. Gwen Lacrosse spürte die drückende Hitze Louisianas, und obwohl die Fenster an beiden Seiten heruntergekurbelt waren, traten ihr leichte Schweißperlen auf die Stirn. Die Julisonne brannte genauso heiß wie vor zwei Jahren, als sie von zu Hause weggegangen war.

Das Taxi verließ die Innenstadt von New Orleans in südliche Richtung. Nein, dachte Gwen, hier hat sich wirklich nichts geändert. Nur ich bin anders geworden.

Von den Bäumen, die die Allee säumten, hing das Spanische Moos wie ein dichter grüner Schleier herab, sodass die Sonnenstrahlen gedämpft hindurchdrangen. Sanfter, süßer Blütenduft erfüllte die Luft. Gwen hatte fast vergessen, wie träge und müßig die Nachmittagsstunden hier waren – ganz im Gegensatz zu der hektischen Betriebsamkeit New Yorks.

Ja, sagte sie sich wieder, ich bin es, die sich gewandelt hat. Ich bin erwachsen geworden.

Sie war einundzwanzig Jahre alt gewesen, als sie Louisiana verlassen hatte. Aber sie war immer noch wie ein staunendes, unschuldiges Kind gewesen. Nun war sie dreiundzwanzig und fühlte sich selbstbewusst und erfahren. Gwen hatte als Assistentin der Mode-Redakteurin einer Frauenzeitschrift gelernt, mit beruflichen Schwierigkeiten fertig zu werden. Sie hatte nervöse Mannequins beruhigt und dafür gesorgt, dass die Ablieferungstermine für die Manuskripte pünktlich eingehalten wurden. Sie hatte es sogar geschafft, sich außerhalb des Berufes einen Freundeskreis aufzubauen. Doch zunächst hatte sie erfahren müssen, dass es nicht leicht ist, allein in einer fremden Stadt ohne die beruhigende Gewissheit zu leben, in der Familie und der vertrauten Umgebung geborgen zu sein.

In den ersten Monaten in New York hatte sie unter Heimweh gelitten. Sie hatte sich unsicher und verlassen gefühlt. Doch das ging vorüber. Gwen hatte die Verpflanzung aus dem sonnigen Süden in die kalte Atmosphäre der großen Stadt nicht nur unbeschadet überstanden, sie hatte sogar Erfolg gehabt. Nun war sie heimgekehrt, und das nicht nur für einige Urlaubswochen, sondern um eine wichtige Aufgabe zu erfüllen. Mit einer entschlossenen Geste verschränkte sie die Arme über der Brust.

Der Taxifahrer hatte sie im Rückspiegel beobachtet. Er betrachtete ihr zartes ovales Gesicht und das blonde lockige Haar. Besonders anziehend fand er die großen braunen Augen seines Fahrgastes, die allerdings seltsam ernst auf irgendeinen entfernten Punkt schauten. Die vollen, weich geschwungenen Lippen waren fest zusammengepresst, die Stirn war gerunzelt. Gwen ahnte nicht, dass sie beobachtet wurde. Sie sah auch nichts mehr von der Landschaft, durch die sie fuhren. Sie war vollkommen in Gedanken versunken.

Wie konnte eine siebenundvierzig Jahre alte Frau nur so schrecklich naiv sein? Warum machte sie sich zum Narren? Mama ist immer unpraktisch und verträumt gewesen, überlegte Gwen, aber nun geht es zu weit! Es ist alles seine Schuld, die Schuld von Luke Powers. Gwens Zorn wuchs, während sie an diesen Mann dachte. Sie wusste, dass er ein erfolgreicher Autor war, der mehrere Romane und Drehbücher verfasst hatte. Er galt als viel umschwärmter, aber standhafter Junggeselle und Weltenbummler. Doch für sie war er nichts als ein Schmarotzer, ein fünfunddreißigjähriger widerwärtiger Playboy.

Aber nun hat die Affäre mit meiner Mutter ein Ende, dachte sie entschlossen. Ich werde ihn hinauswerfen. In Gedanken kostete sie bereits aus, wie es sein würde, Luke Powers aufzufordern, seine Koffer zu packen und aus dem Haus ihrer Mutter zu verschwinden. Recherchen für ein neues Buch – dass ich nicht lache. Er kann seine Studien treiben, wann und wo er will, nur Mama soll er dabei in Ruhe lassen!

Mit besorgter Miene erinnerte sie sich an die Briefe, die sie in den letzten drei Monaten empfangen hatte. Luke Powers' Name fand sich auf jeder Seite. Er hatte im Garten geholfen. Er hatte ihre Mutter ins Theater eingeladen oder ihr ein interessantes Buch gebracht. Er hatte kaputte Steckdosen repariert. Er war eben in jeder Hinsicht unentbehrlich geworden.

Anfangs war Gwen die häufige Erwähnung des Namens kaum aufgefallen. Sie war an die Begeisterungsfähigkeit ihrer Mutter gewöhnt. Außerdem hatte sie ihre eigenen Probleme. Gwen seufzte, als sie mit einer Mischung aus Kummer und schlechtem Gewissen an Michael Palmer dachte.

Michael, der so vernünftig und gescheit war, so zuverlässig, korrekt und selbstbewusst, hatte mehr von ihr erwartet und mehr verdient, als sie zu geben bereit war. Er verlangte ihre Liebe mit der Konsequenz totaler Hingabe – und sie hatte sich ihm verweigert. Während ihre Beziehung zu Michael gescheitert war, hatte sie in ihrem Beruf Karriere gemacht.

In den Augen der meisten Leute war die Welt der Mode etwas Aufregendes, Glänzendes. Schöne, elegante Mannequins besuchten eine Party nach der anderen und heirateten reiche Männer. Gwen hätte bei diesem Gedanken fast laut aufgelacht. Sie hatte erfahren, wie die Wirklichkeit aussah. Es war eine harte, nervenaufreibende Arbeit mit den temperamentvollen Fotografen, die die Besten auf ihrem Gebiet waren. Es gab viele allzu anspruchsvolle, ehrgeizige Mannequins, und man war ständig dem Zeitdruck von Terminen ausgeliefert.

Ich bin tatsächlich mit allem gut fertig geworden, stellte Gwen selbstzufrieden fest. Nun fürchte ich mich weder vor anstrengender Arbeit noch vor irgendwelchen Herausforderungen. Meine einzige Aufgabe ist es jetzt, meine Mutter vor einem Playboy wie Luke Powers zu beschützen.

An der Straße, die zu Gwens Elternhaus führte, standen üppig blühende Magnolienbäume. Als das Taxi in die Einfahrt einbog, sah sie voll freudiger Erwartung hinaus.

Sie blickte zum obersten Stockwerk des weißen Ziegelhauses mit der vorgebauten Veranda und den schmiedeeisernen Balkons hinauf. Das Erdgeschoss des anmutigen Gebäudes enthielt vier winzige Apartments für die Mieter, die ihre Mutter nach wie vor als „ihre Gäste" bezeichnete. Die Miete, die diese Gäste zahlten, machte es möglich, das Haus der Familie zu erhalten und die notwendigen Reparaturen ausführen zu lassen.

Gwen war seit ihrer Kindheit an die wechselnden Bewohner gewöhnt. Es gab nur selten Ärger mit ihnen. Aber nun bewohnte Luke Powers eines dieser Apartments.

Nicht mehr lange! schwor sich Gwen. Das Taxi hielt, und sie stieg aus. Nachdem sie den Fahrer bezahlt hatte, wandte sie sich dem Haus zu. Ein gleichmäßiges, dumpfes Geräusch erregte ihre Aufmerksamkeit, und sie sah unwillkürlich in die Richtung, aus der es kam. Hinter einer blühenden Kamelie fällte ein Mann eine abgestorbene Eiche. Sein Oberkörper war nackt, die Jeans umspannten schmale Hüften. Arme und Rücken waren sonnengebräunt und schweißtriefend. Sein volles braunes Haar lockte sich feucht im Nacken.

Die Bewegungen des Mannes verrieten Vertrauen in die eigene Kraft und Tüchtigkeit. Er schwang die Axt mühelos. Obwohl Gwen sein Gesicht nicht sehen konnte, erriet sie, dass ihm seine Arbeit Spaß machte. Bewundernd sah sie den sparsamen, kraftvollen Bewegungen des fremden Mannes zu. Die Axt fuhr in die Mitte des Stammes, und Gwen lächelte unbewusst voll stummer Anerkennung, als die Eiche langsam und knarrend zu Boden sank.

„Gut gemacht!", rief sie.

Er hob den Arm, um sich den Schweiß von der Stirn zu wischen, und wandte sich dabei zu ihr um. Die Sonne stand nun in seinem Rücken. Gwen kniff die Augen zusammen, doch sie konnte trotzdem sein Gesicht nicht klar erkennen, weil das Licht sie zu sehr blendete. Der hoch gewachsene, sehnige Körper des Mannes und das dichte, lockige Haar wurden von den Sonnenstrahlen vergoldet.

Er sieht wie ein Gott aus, dachte Gwen unwillkürlich. Wie ein primitives Götzenbild männlicher Kraft und Stärke. Während sie ihn stumm ansah, lehnte er die Axt an den Baumstumpf und kam auf sie zu. Er bewegte sich wie ein Mensch, der mehr daran gewöhnt war, auf Sand oder Gras zu gehen als auf Asphalt.

Gwen hatte die Augen mit der Hand beschirmt und sah ihm entgegen. „Ich hoffe, es hat Sie nicht gestört, dass ich Ihnen zugeschaut habe."

„Nein. Zumal Sie anerkannt haben, dass ich gute Arbeit geleistet habe."

Er spricht ohne den hier üblichen Südstaatenakzent, stellte sie überrascht fest. Aber sie vergaß es im gleichen Augenblick, als sie sein Gesicht klar erkennen konnte. Es war ein fein geschnittenes, schmales Gesicht mit einer Andeutung von Grübchen im Kinn. Die klaren Augen musterten sie mit einer fast beunruhigenden, gelassenen Überlegenheit. Die kraftvolle Ruhe, die dieser Blick ausstrahlte, nahm sie so gefangen, dass sie wie gelähmt einfach nur dastand. Sie war sich beinahe sicher, dass er auch ohne Worte wusste, was sie dachte.

„Ich habe bestimmt noch nie jemandem zugesehen, der einen Baum mit solcher Leichtigkeit fällte. Ist es für so eine anstrengende Arbeit nicht viel zu heiß?" Sie lächelte ihm zu. Er wirkt distanziert, dachte sie, aber nicht abweisend oder gefühllos.

„Sie sind nur viel zu warm angezogen", erwiderte er ruhig und musterte sie von oben bis unten. Als er ihr wieder ins Gesicht sah, verriet seine Miene weder Geringschätzung noch Bewunderung. Gwen wich seinem Blick nicht aus. Sie hoffte nur, dass man ihr ihre Verlegenheit nicht ansah.

„Ich war natürlich für eine Flugreise angezogen und nicht, um im Garten zu arbeiten.“ Es klang ein wenig gereizt, und sie sah, dass er belustigt lächelte. Seine Augen ruhten aufmerksam auf ihr. Sie wandte sich um, doch ehe sie ihr Gepäck aufnehmen konnte, war er schon neben ihr. Sie berührte seine Hand am Koffergriff. Es war, als ob sie einen elektrischen Schlag erhielt, und sie fuhr zurück.

Ich benehme mich geradezu kindisch, stellte sie ärgerlich fest. Absolut lächerlich.

Er betrachtete sie mit einer aufmerksamen Gelassenheit, die sie noch mehr verunsicherte. Sie erriet, dass er in ihren Augen jede Gefühlsregung las und richtig deutete.

„Danke“, sagte sie endlich, als sie ihre Fassung zurückgewonnen hatte. „Ich will Sie aber nicht von der Arbeit abhalten.“

„Ich hab Zeit.“ Er hob die schweren Koffer mühelos hoch. Gwen passte sich seinen Schritten an, während sie nebeneinander über den Plattenweg aufs Haus zugingen. Selbst in den hochhackigen Pumps reichte sie ihm nur knapp bis zu den Schultern.

„Sind Sie schon lange hier?“, erkundigte Gwen sich, nachdem sie die Verandastufen erklommen hatten.

„Einige Monate.“ Er setzte einen Koffer ab und griff nach der Klinke. Doch er öffnete die Tür noch nicht. Er stand und studierte wieder so aufmerksam ihr Gesicht, als ob er es sich für alle Zeit einprägen müsste.

„In Wirklichkeit sind Sie viel hübscher als auf Ihrem Foto, Jenny“, stellte er ruhig fest. „Viel weicher und verletzlicher.“ Gleich darauf hatte er die Tür aufgestoßen und trug das Gepäck hinein.

Eine leise Ahnung ließ sie wie erstarrt stehen bleiben. Doch es dauerte nur eine Sekunde, dann lief sie hinter ihm her und griff nach seinem Arm. „Woher kennen Sie meinen Kosenamen? So nennt mich niemand außer …“ Sie unterbrach sich mitten im Satz. Sie fühlte sich ihm gegenüber so wehrlos. Er wusste zu viel, und er durchschaute sie viel zu rasch.

„Ihre Mutter spricht dauernd von Ihnen. Sie ist sehr stolz auf Sie.“

Er stellte die Koffer in der weiß tapezierten Diele ab, legte zwei Finger unter ihr Kinn und hob es leicht empor. Sie musste ihn ansehen. „Die Schönheit Ihrer Mutter ist allerdings ganz anders als Ihre. Sie ist fraulicher, nicht so herausfordernd, sondern eher besänftigend. Würde ein Mann bei Ihnen Ruhe oder Trost finden?"

Er wandte den Blick nicht von ihrem Gesicht. Gwen verspürte eine sonderbare Erregung, die sie stumm machte. „Ihre Mutter hat sich um Sie geängstigt, weil Sie in New York so allein sind."

„Man kann dort gar nicht allein sein", wandte sie ein. „Sie hat mir übrigens nie geschrieben, dass sie sich Sorgen macht."

„Natürlich nicht. Sie wollte vermeiden, dass Sie sich deswegen Gedanken um sie machen." Er lächelte.

Verwirrt bemerkte Gwen, dass sie die Berührung seiner Finger durchaus genoss. „Sie kennen meine Mutter offenbar sehr gut", begann sie, um gleich darauf erschrocken zu verstummen. Die endgültige Erkenntnis war niederschmetternd. „Sie sind Luke Powers."

„Ja." Das hinreißende Lächeln machte einer erstaunt fragenden Miene Platz. „Gefällt Ihnen etwa mein letztes Buch nicht?"

„Ich habe eher etwas gegen Ihr nächstes Buch einzuwenden", erwiderte sie scharf und drehte den Kopf so abrupt, dass er die Finger zurückziehen musste.

„Ach ja?" Er verhehlte seine Belustigung und Neugierde nicht.

„Genauer gesagt, ich habe etwas gegen die Tatsache einzuwenden, dass Sie es hier schreiben, im Haus meiner Mutter."

„Gibt es irgendwelche moralischen Einwände, ich meine, gegen das Thema, Jenny?"

„Ich bezweifle, dass Sie überhaupt wissen, was Moral ist." Sie blickte ihn mit zornig blitzenden Augen an. „Außerdem wünsche ich nicht, dass Sie mich mit diesem Namen ansprechen. Das Recht hat nur meine Mutter."

„Wie schade. Ich finde, Jenny klingt so romantisch. Haben Sie womöglich auch etwas gegen Romanzen einzuwenden?"

„Wenn sie sich zwischen meiner Mutter und einem Hollywood-Casanova abspielt, ganz gewiss. Zumal, wenn er um Jahre jünger ist als sie. Ich habe allerdings eine andere Bezeichnung dafür."

„Ich verstehe", meinte er nachdenklich. „Würden Sie mir verraten, wie Sie eine solche Beziehung nennen würden?"

„Ich möchte mich mit Ihnen darüber nicht länger unterhalten. Es genügt wohl, wenn ich Ihnen erkläre, dass ich diese Beziehung nicht länger dulde." Gwen drehte ihm den Rücken zu.

„Ach, wirklich nicht?" Es klang beinahe drohend. „Hat denn Ihre Mutter gar nichts zu bestimmen?"

„Meine Mutter ist viel zu gütig, zu vertrauensvoll und reichlich naiv." Gwen sah ihn wütend an. „Ich lasse es nicht zu, dass Sie sie lächerlich machen."

„Meine liebe Gwen, sind Sie nicht selbst gerade dabei, sich lächerlich zu machen?"

Ehe sie ihm antworten konnte, vernahm sie das Klappern von hohen Absätzen auf den Holzstufen der Treppe. Sie bezwang ihren Zorn und ging ihrer Mutter entgegen.

„Mama!" Sie ließ sich liebevoll umarmen.

„Jenny!" Annabelle Lacrosse sah ihre Tochter zärtlich an.

„Ach Mama", wiederholte Gwen gerührt und löste sich ein wenig aus Annabelles Armen, um in das vertraute Antlitz zu blicken. Der Teint war immer noch rosig und makellos, die großen blauen Augen schimmerten glücklich, die vollen weichen Lippen verzogen sich zu einem Lächeln und ließen zwei Grübchen erscheinen. „Hast du meinen Brief nicht bekommen?"

„Natürlich. Du schriebst, dass du am Freitag ankommen würdest."

Gwen küsste ihre Mutter auf die Wange. „Heute ist Freitag, Mama."

„Ja, das weiß ich. Aber ich dachte, du meintest den nächsten – ach, Liebling, was spielt das für eine Rolle."

Sie hob beschwichtigend die Hand. „Lass dich anschauen." Annabelle trat einen Schritt zurück und musterte ihre Tochter prüfend. Sie erblickte ein schlankes, hoch gewachsenes schönes Mädchen, das ihr die Erinnerung an ihren verstorbenen Mann zurückbrachte. Sie war nun schon zwanzig Jahre verwitwet und hatte ihn fast vergessen. „Du bist viel zu dünn", meinte sie schließlich. „Isst du etwa nicht genug?"

„Nicht immer", gestand Gwen und betrachtete lächelnd die etwas füllige Figur ihrer Mutter. Man sah ihr wirklich nicht an, dass sie bald fünfzig Jahre alt werden würde. „Du siehst gut aus. Du hast dich überhaupt nicht verändert."

Annabelle lachte. Es klang jung und fröhlich. „Das macht das Klima. Wir haben hier nicht den schrecklichen Smog oder die eisigen New Yorker Schneestürme." Plötzlich wurde ihr bewusst, dass sie einen Zuschauer hatten. „Oh, Luke. Haben Sie Gwen schon begrüßt?"

Er streifte Gwens Gesicht mit einem flüchtigen Blick. „Ja. Wir sind schon beinahe alte Freunde."

„Das stimmt. Wir kennen einander bereits recht gut", meinte Gwen vieldeutig.

„Das freut mich", warf Annabelle arglos ein. „Ich habe es mir gewünscht, dass ihr beide euch gut verstehen würdet." Sie streichelte ihre Tochter liebevoll. „Möchtest du dich zunächst frisch machen oder willst du lieber erst Kaffee trinken?"

„Kaffee wäre wunderbar." Sie vermied es, Luke anzusehen.

„Ich werde Ihre Koffer hinaufbringen", bot er an.

„Vielen Dank, mein Lieber", rief Annabelle, ehe Gwen Nein sagen konnte. „Gehen Sie nur möglichst Miss Wilkins aus dem Weg, ehe Sie Ihr Hemd wieder angezogen haben. Ich weiß nicht, ob sie dem Anblick von so viel Männlichkeit gewachsen ist." Sie lachte fröhlich. „Miss Wilkins ist eine meiner Gäste", erklärte sie Gwen, während sie mit ihr zur Küche ging. „Ein liebes, schüchternes Wesen, das Aquarelle malt."

„Ach ja?"

Gwen wandte sich zu Luke um, der am Fuß der Treppe stehen geblieben war und ihnen nachsah. Durch die Fenster fiel das Sonnenlicht auf sein Haar und den braungebrannten Oberkörper. „Aquarelle malt sie?", fragte sie mechanisch. Dann ging sie mit raschen Schritten weiter.

Auch in der Küche hatte sich nichts verändert. Sie war geräumig, sonnig und wie immer makellos sauber. Tillie, die hagere Köchin, stand am Herd.

„Tag, Miss Gwen", sagte sie, ohne sich umzudrehen. „Der Kaffee ist gleich fertig."

„Hallo, Tillie." Sie ging zu ihr und strich ihr sacht über die runzelige Wange. „Wie geht's dir?"

„Man muss zufrieden sein", murrte die Köchin. Doch sie strahlte vor Freude über die liebevolle Begrüßung. „Aber Sie sind viel zu mager geworden."

„Das hab ich schon mal gehört." Sie lachte, denn Tillie nahm nie ein Blatt vor den Mund. „Du hast einen Monat Zeit, mich wieder zu verwöhnen."

„Ja, ist das nicht wunderbar?"

Annabelle deckte den Kaffeetisch. „Gwen bleibt volle vier Wochen bei uns. Wir sollten eine Party geben. Im Augenblick habe ich drei Gäste. Da ist als erster Luke, dann Miss Wilkins und Mr. Stapleton. Er ist ebenfalls Künstler. Er malt Ölgemälde. Ein recht begabter junger Mann."

Gwen nutzte die Bemerkung ihrer Mutter sofort aus, um das Thema in die von ihr gewünschte Richtung zu lenken. „Mr. Powers soll ja ein unerhört talentierter Schriftsteller sein." Sie blickte nicht auf, als Annabelle ihr Kaffee einschenkte.

„Luke ist geradezu einmalig begabt", erwiderte sie mit einem stolzen Lächeln. „Du hast doch bestimmt eines seiner Bücher gelesen oder einen der Filme gesehen, für die er das Drehbuch schrieb? Sie haben mich förmlich überwältigt. Die Charaktere in seinen Werken wirken so lebendig und überzeugend. Die Liebesgeschichten sind von einer so zarten Schönheit, dass man weinen könnte."

„In einem der Filme tritt eine nackte Frau auf!", warf Tillie missbilligend ein. „Vollkommen nackt!"

Annabelle lächelte ihre Tochter über den Rand der Kaffeetasse an. „Tillie macht hauptsächlich Luke für die mangelnde Moral im Theater und in den Filmen verantwortlich."

„Keinen Faden am Leib", murrte Tillie vorwurfsvoll.

Obwohl Gwen Luke Powers moralische Qualitäten ebenfalls bezweifelte, äußerte sie sich nicht dazu. Sie bemerkte nur mit betont gleichgültiger Stimme: „Für sein Alter hat er wirklich eine Menge erreicht. Mehrere Bestseller hintereinander und eine Reihe von Filmen, die alle Kassenschlager waren. Dabei ist er doch erst fünfunddreißig?"

„Das beweist doch nur, wie unwichtig das Alter eines Menschen ist", erwiderte Annabelle mit so viel Überzeugung, dass Gwen zusammenzuckte.

„Dabei ist ihm der Erfolg kein bisschen zu Kopf gestiegen. Er ist der gütigste, freundlichste Mann, dem ich je begegnet bin. Er hat immer Zeit für mich. Ich kann dir gar nicht sagen, wie gut er mir tut. Ich fühle mich wie neugeboren."

Gwen verschluckte sich, und Tillie klopfte ihr kräftig auf den Rücken, bis sie sich beruhigt hatte. Nach einem Blick in die arglosen Augen ihrer Mutter beschloss sie, das Thema erst einmal fallen zu lassen. „Ich denke, ich werde hinaufgehen und meine Koffer auspacken."

„Ich helfe dir."

Annabelle wollte aufstehen, aber Gwen legte ihr rasch eine Hand auf die Schulter. „Es wird nicht lange dauern. Ich möchte erst duschen und mich nach dem Auspacken umziehen. Spätestens in einer Stunde bin ich wieder unten." Sie hoffte, dass sie ihre Fassung bis dahin wiedergewonnen hätte. Sie fühlte sich plötzlich uralt. „Ich hab dich sehr lieb, Mama", sagte sie mit einem leisen Seufzer und hauchte einen Kuss auf das duftende Haar.

Auf dem Weg in ihr Zimmer machte sie sich klar, dass sie mit Worten bei ihrer Mutter offenbar nichts ausrichten konnte. Um ihre Beziehung zu Luke Powers zu beenden, musste sie wohl zu stärkeren Mitteln greifen. Auf alle Fälle war er die treibende Kraft. Sie fand keine Bezeichnung, die der Rücksichtslosigkeit dieses Mannes gerecht wurde.

2. KAPITEL

Helles Sonnenlicht fiel durch die zarten weißen Gardinen in Gwens Zimmer.

Sie trat ans Fenster, zog die Vorhänge zurück und stieß die Fensterflügel weit auf. Der Duft der Blüten drang bis zu ihr hinauf. Am Ende des Rasens stand eine uralte Zypresse mit graugrünem Moosbehang. Sie erschien Gwen wie ein Wächter, der das Haus beschützt. Die Sonnenstrahlen umspielten den Baum und warfen filigranartige Muster auf die grüne Rasenfläche. Vogelgesang und Bienensummen erfüllten die Luft. In der Ferne schimmerte das geheimnisvolle Blaugrün eines Mississippi-Armes durch die Laubkronen hindurch.

New Yorks überfüllte, lärmende Straßen waren vergessen. Gwen hatte die Herausforderung der großen Stadt bereitwillig auf sich genommen, aber nun genoss sie die Heimkehr wie eine Belohnung. Sie spürte erst jetzt, wie sehr ihr das Zuhause gefehlt hatte. Erleichtert und getröstet wandte sie sich vom Fenster ab. Nachdem sie sich rasch ausgezogen hatte, zog sie sich einen leichten Morgenmantel über und lief ins Badezimmer.

Mama sieht wieder einmal alles in viel zu rosigem Licht, stellte sie fest. Die starken Wasserstrahlen wuschen alle Reisemüdigkeit von ihr ab. Gwen genoss die Dusche, aber ihre Gedanken kreisten weiter um Annabelle. Sie schätzt die Männer immer falsch ein. Und ich? fragte sie sich gleich darauf, als ihr Michael einfiel. Nein, über ihn wollte sie jetzt nicht nachdenken.

Ich werde nicht zulassen, dass dieser Luke Powers meiner Mutter Kummer macht. Er ist es gewöhnt, dass ihm die Frauen nachlaufen. Aber ich habe mit zu vielen eitlen, erfolgsverwöhnten Männern zu tun gehabt. Ich werde auch mit ihm fertig!

Erfrischt und mit neuem Selbstvertrauen, summte sie leise vor sich hin, während sie sich trockenrieb. Nachdem sie den Morgenmantel übergezogen und den Gürtel verknotet hatte, ging sie über den Flur in ihr Zimmer zurück.

„Was suchen Sie hier?“, rief sie überrascht. Luke Powers stand mit dem Rücken zur Tür vor dem Spiegeltisch. Er drehte sich ohne Hast zu ihr um und schaute sie gänzlich unbekümmert an. Ihm schien zu gefallen, was er sah. Der Morgenmantel reichte Gwen nur bis zu den Knien. Ihr zierlicher Körper zeichnete sich unter dem dünnen Stoff deutlich ab. Das Gesicht, ohne eine Spur von Make-up, wirkte zart, die Augen waren größer und dunkler als sonst.

„Annabelle meinte, Sie würden sich über die Rosen freuen!" Er deutete auf die schlichte Vase mit den nur halb erblühten rosafarbenen Blumen. Nur seine Hand hatte sich bewegt, sein Blick blieb auf Gwens Gesicht gerichtet.

„Warum haben Sie mich nicht gerufen?"

„Das habe ich ja getan. Aber Sie haben mich wohl nicht gehört." Er trat unerwartet rasch auf sie zu, hob die Hand und streichelte sacht ihre Wange. „Sie haben eine unbeschreiblich zarte Haut. Wie die Blätter einer Rose nach einem Regenschauer."

„Lassen Sie das." Gwen hatte sich von ihrer Überraschung erholt und stieß seine Hand weg. „Fassen Sie mich nicht an."

Lukes Augen verengten sich, doch seine Antwort klang völlig gelassen. „Ich berühre gern alles, was ich schön finde."

„Sie sollen mich gar nicht schön finden!"

„Das habe ich auch nicht gesagt!" Sein belustigtes Lachen verstärkte noch seine Anziehungskraft. „Ich habe nur erklärt, dass ich Ihren Teint schön finde."

„Lassen Sie jedenfalls die Hände von mir. Und in Zukunft bitte auch von meiner Mutter. Kann ich das von Ihnen erwarten?" Gwen glaubte, noch immer die Wärme seiner Berührung auf ihrer Haut zu spüren.

„Wie kommen Sie auf die Idee, dass Ihre Mutter und ich …?" Er hob ein Parfümfläschchen an die Nase und schnupperte daran.

„Ihre Briefe waren deutlich genug." Sie riss ihm das Fläschchen aus der Hand und stellte es achtlos auf den Tisch zurück. „Seit Monaten handeln sie fast nur von Ihnen. Dass Sie mit ihr ins Theater oder zum Einkaufen gefahren sind. Dass Sie das Auto repariert haben oder die Pfirsichbäume mit Pflanzenschutzmittel behandelt haben. Und dass Sie vor allem ihrem Leben neuen Auftrieb geben!"

„Und aus all dem haben Sie geschlossen, dass Annabelle und ich etwas miteinander haben?" Es blieb sekundenlang still im Zimmer.

„Nun ja, natürlich." Sein ironischer Ton hatte sie aus der Fassung gebracht. Was amüsiert ihn so? fragte sie sich. Um seine fein geschnittenen Lippen zuckte es, als müsste er das Lachen zurückhalten. Gwen reckte das Kinn in die Höhe. „Streiten Sie es etwa ab?"

Luke steckte die Hände in die Hosentaschen und spazierte durch das Zimmer. Vor dem Fenster blieb er stehen und betrachtete die Aussicht.

„Nein, warum sollte ich? Ich erkläre Ihnen einfach, dass es Sie nichts angeht, und sonst sage ich nichts dazu.“

„Mich nichts angeht?“ Sie stotterte vor Erregung. „Aber sie ist doch meine Mutter.“

„Vor allem aber ist sie sie selbst, eine eigenständige Persönlichkeit“, sagte er und wandte sich zu ihr um. „Oder haben Sie darüber nie nachgedacht?“

„Ich finde nicht, dass ...“

Er schnitt ihr das Wort ab. „Nein, offensichtlich haben Sie es wirklich nie getan. Aber es ist höchste Zeit, dass Sie einmal über Ihre Mutter nachdenken. Ich bezweifle, dass Sie Annabelle jemals um ihre Einwilligung bitten, wenn Sie eine Beziehung zu einem Mann anfangen.“

„Das ist doch etwas völlig anderes!“, empörte sich Gwen. Sie stellte sich direkt vor ihn hin und sah hoch zu ihm. „Sie brauchen mir nichts über meine Mutter zu erzählen, Sie nicht! Sie können so viele Affären mit Schauspielerinnen oder meinetwegen auch mit Damen der Gesellschaft haben, wie Sie möchten, aber ...“

„Danke“, unterbrach er sie wieder. „Ich freue mich über Ihre Großzügigkeit.“

„Ich will aber nicht, dass Sie sich öffentlich mit meiner Mutter zeigen. Sie sollten sich schämen, eine Frau zu verführen, die ein Dutzend Jahre älter ist als Sie!“

„Wäre der Altersunterschied umgekehrt, dann würden Sie offensichtlich eine Affäre akzeptieren?“

„Das habe ich damit nicht sagen wollen.“

„Ich könnte mir vorstellen, dass Sie für eine so törichte Ansicht auch zu gescheit sind.“ Die milde Ironie, die in dieser Bemerkung lag, war unüberhörbar.

„Ich hatte das ja auch nicht so gemeint“, versetzte sie heftig und verstummte sofort. Sie schob die Unterlippe vor, und das entlockte ihm ein amüsiertes Lachen.

„Sie bieten einen bezaubernden Anblick. So sahen Sie auch aus, als wir uns zum ersten Mal begegneten. Seitdem warte ich darauf, Sie wieder bei diesem schmollenden Ausdruck zu ertappen.“ Mit einer unerwarteten Bewegung zog er sie in die Arme. Sie versuchte, sich aus seiner Umarmung zu lösen. Doch er drückte sie fest an sich und sah lächelnd auf sie herab.

„Hab ich nicht schon einmal gesagt, dass ich so gern alles berühre, was ich schön finde?“

Gwen ließ es reglos zu, dass Luke mit den Lippen an der sanft geschwungenen Linie ihrer Wangen entlangstrich. Diese Berührung war so süß, dass sie kaum zu atmen wagte. Es war ihr, als ob sie endlich heimgefunden hätte. Sie war bei dem Mann, für den sie seit Ewigkeiten bestimmt war. Gwen spürte voll Staunen, wie sehr sie sich nach seinen Liebkosungen sehnte. Sie stöhnte leise auf, als er begann, zärtliche Küsse auf ihre Augenlider und die Stirn zu hauchen. Endlich verschloss er ihr den Mund mit einem leidenschaftlich fordernden Kuss.

Gwen überließ sich dem unbekannten süßen Verlangen. Sie spürte kaum, wie rau seine Bartstoppeln an ihrer Wange waren. Die Vorhänge wurden von einem Windstoß aufgebläht, doch sie waren blind für das, was um sie herum geschah. Lukes Hände strichen über ihren Rücken und streichelten ihre Hüften. Schließlich schob er sie ein kleines Stück von sich.

Gwen blickte mit großen, staunenden Augen zu ihm auf. Noch nie war sie so geküsst worden, niemals hatte sie in den Armen eines Mannes eine so überwältigende Sehnsucht nach Hingabe gespürt. Ihr Verstand erfasste noch nicht, was der Aufruhr ihrer Gefühle bedeutete. Doch sie wünschte sich, Luke würde sie wieder küssen.

Luke strich ihr mit leichter Hand die noch feuchten Locken aus der Stirn und küsste sie noch einmal zärtlich auf die Wange. „Ihre Haut fühlt sich ebenso seidenweich an, wie sie aussieht."

Das brachte Gwen abrupt zur Besinnung. Das leidenschaftliche Verlangen wich Ernüchterung und Zorn. Sie stemmte die Hände gegen seine Brust.

„Was fällt Ihnen ein!"

„Wieso? Sie haben es mir wirklich nicht schwer gemacht."

„Sie sind unmöglich", antwortete sie wütend.

„Warum? Weil ich Sie einen Augenblick lang alles vergessen machte? Ich habe auch an nichts als an Sie denken können."

„Ich hab nicht ... Sie waren es doch ..." Sie wusste nicht weiter.

„Versuchen Sie bitte, logisch zu bleiben", mahnte er milde.

„Lassen Sie mich los." Gwen kämpfte vergeblich darum, sich zu befreien. „Ich möchte, dass Sie gehen."

„Gewiss doch." Er streichelte noch einmal über ihre Wange. „Eines Tages werden Sie vielleicht genauso sein wie Ihre Mutter."

Gwen wurde blass vor Zorn. „Sie sind geschmacklos!"

Er lächelte belustigt. „Ich meine damit nicht Ihre ganz unbestreitbaren körperlichen Vorzüge, Gwen." Nach einer winzigen Pause fuhr er nachdenklich fort. „Annabelle ist die einzige Frau, die ich kenne, die in allen Menschen das Gute sucht und findet. Es ist ihre beste Eigenschaft. Vielleicht sollten Sie sich während Ihrer Urlaubszeit die Mühe machen, Ihrer Mutter einmal wirklich nahe zu kommen. Sie könnten eine Überraschung erleben."

„Wie kommen Sie eigentlich auf die Idee, dass ich Sie dazu brauche, um meine Mutter wirklich kennenzulernen?"

„Wissen Sie das nicht? Nun, dann werde ich die Zeit Ihres Hierseins nutzen, um Ihnen dazu zu verhelfen, sich selbst zu verstehen. Bis zum Abendessen also."

Ehe sie wütend etwas entgegnen konnte, hatte er bereits die Tür hinter sich ins Schloss gezogen.

Aus der Einrichtung des Wohnzimmers sprach Annabelles unfehlbarer Geschmack. Die zierlichen Sessel und das Sofa hatten einen rosengemusterten Bezug, der genauso wie die zarten Porzellanlampen mit den Vorhängen harmonierte. Die Seidenteppiche schimmerten in sanftem, wenn auch etwas verblasstem Glanz. Es duftete nach Rosen.

Gwen schob den Vorhang beiseite und betrachtete den Sonnenuntergang. Der Horizont färbte sich rosig, wurde dann dunkler, flammte schließlich noch einmal scharlachrot auf. Das dramatische Farbenspiel passte besser zu ihrer Stimmung als die beruhigende Atmosphäre des Wohnzimmers. Sie fühlte sich noch immer von der unbegreiflichen Erregung gefangen, die sie vor Kurzem in den Armen dieses fremden Mannes empfunden hatte. Sie hörte ihrer Mutter, die fröhlich auf sie einredete, kaum zu.

Ich bilde mir meine Gefühle nur ein. Er hat mich überrumpelt, weil ich müde und ein wenig durcheinander war. Es hat nichts zu bedeuten. Sie strich sich mit der Zungenspitze über die Lippen, aber der Geschmack, an den sie sich eben noch erinnert hatte, war vergangen. Ich bin einfach nervös!

„Kannst du dir wirklich einen vollen Monat lang Urlaub nehmen?", erkundigte sich Annabelle. Sie beugte den Kopf über einen kleinen Korb mit Strickgarn, in dem sie offenbar nach einer bestimmten Farbe suchte.

„Ich habe mir in den letzten zwei Jahren nur einmal ein verlängertes Wochenende freigenommen."

„Ja, Liebling, ich weiß. Du hast viel zu angestrengt gearbeitet." Sie schaute zu ihrer Tochter auf. Das zartblaue Kleid stand Gwen ausgezeichnet. Doch es konnte nicht verbergen, wie schmal sie geworden war und wie blass sie aussah. Das lockige Haar, von den letzten Sonnenstrahlen beschienen, leuchtete wie rötliches Gold. „Du hast immer dazu geneigt, die Dinge zu übertreiben, und hörst wohl auch mit dreiundzwanzig Jahren nicht damit auf. Das musst du von der Familie deines Vaters geerbt haben. Die waren immer etwas exaltiert. Seine Mutter hat sogar zweimal Zwillinge bekommen!"

Gwen musste lachen. Die gelassene Heiterkeit ihrer Mutter hellte ihre düstere Stimmung auf. „Ich hab dich sehr lieb, Mama", sagte sie zärtlich.

„Ich liebe dich auch, Schatz." Es klang ein wenig zerstreut. Annabelle hielt zwei Garnstränge von verschiedenem Grün gegen das Licht. „Du hast mir übrigens noch nichts von dem jungen Mann erzählt, mit dem du dich häufig getroffen hast. Er ist Rechtsanwalt, nicht wahr? Heißt er nicht Michael?"

„Das ist vorbei." Gwen wandte sich nicht um. Die Dämmerung löschte das Licht am Himmel aus, und es wurde draußen fast unwirklich still. Diese kurze Zeit bis zum Einbruch der Dunkelheit ist etwas ganz Besonderes, dachte sie. Das Zirpen der Grillen, das auf einmal einsetzte, riss sie aus ihrer verträumten Stimmung.

„Ich sehe Michael nicht mehr."

„Oh, das tut mir leid, mein Schatz." Annabelle ließ die Hände mit dem Garn sinken. „Hattet ihr Streit?"

„Viel zu oft. Ich fürchte, ich bin für einen ehrgeizigen Anwalt nicht die richtige Freundin." Gwen verzog das Gesicht und betrachtete ihr Spiegelbild in der Fensterscheibe. „Ich habe zu viele tief verwurzelte Ideale und Vorurteile. Ihm geschah es recht, dass ich es war, die Schluss machte."

„Ich hoffe, ihr habt euch freundschaftlich getrennt."

Gwen schloss die Augen, als sie an die Abschiedsszene zurückdachte. „Wir werden uns bestimmt in jedem Jahr Weihnachtspostkarten schreiben."

„Das ist gut", stimmte Annabelle ihr ein wenig abwesend zu, weil sie gerade einen Faden einfädelte. „Alte Freundschaften sind etwas sehr Kostbares."

Mit einem gerührten Lächeln drehte sich Gwen zu ihrer Mutter um. Doch ihre Miene wurde im gleichen Augenblick feindlich, als sie Luke auf der Türschwelle stehen sah. Ihre Blicke begegneten sich, und sie spürte, dass sie zu zittern begann.

Luke hatte sich umgezogen. Er trug einen leichten dunkelbeigefarbenen Anzug, der bestimmt maßgeschneidert war. So gut gekleidet und glatt rasiert, übte er die gleiche verheerende Wirkung auf sie aus wie am Morgen beim Baumfällen.

„Ich habe Glück, zwei so bezaubernde Frauen für mich allein zu haben."

„Luke!", rief Annabelle erfreut aus. „Sie schmeicheln uns, aber mir gefällt es. Dir auch, Gwen?"

„Natürlich", erwiderte sie mit einem dünnen Lächeln.

Mit ein paar Schritten durchquerte Luke das Zimmer. Er nahm eine Flasche von dem antiken Teewagen. „Darf ich den Sherry einschenken?"

„Ja, danke, mein Lieber." Annabelle nickte und wandte sich zu Gwen um. „Luke brachte mir diesen köstlichen Sherry mit. Ich fürchte, er verwöhnt mich viel zu sehr."

Das fürchte ich auch, dachte Gwen zornig. Ihre Miene verriet, was sie empfand. Doch Annabelle hatte sich bereits wieder umgedreht. Nur Luke bemerkte ihren unverhüllten Ärger, und er erriet den Grund. Er lächelte sie spöttisch an.

„Wir dürfen uns aber nicht mehr zu lange hier aufhalten", sagte Annabelle, die nichts von dem stummen Kampf ahnte, der sich über ihren Kopf hinweg abspielte. „Tillie hat ein Festessen für Gwen zubereitet. Sie vergöttert sie, obwohl sie das um keinen Preis zugeben würde. Ich glaube, sie hat sie mindestens ebenso sehr vermisst wie ich selbst."

„Sie hat mich nur vermisst, weil sie jemanden braucht, den sie ausschimpfen kann", meinte Gwen. „Für sie bin ich immer noch das magere, unerzogene Mädchen von zehn Jahren."

„Ja, für Tillie bleibst du eben zehn, Liebling." Annabelle verzog wehmütig das Gesicht. „Es fällt auch mir ausgesprochen schwer zu glauben, dass du inzwischen mehr als doppelt so alt bist."

Luke hielt Gwen das gefüllte Sherryglas hin, und sie nahm es mit einem ungnädigen Kopfnicken entgegen. „Danke", sagte sie eisig und nippte von dem Sherry. „Wollen Sie mich ebenso sehr verwöhnen wie meine Mutter, Mr. Powers?"

„Oh, das glaube ich nicht." Er nahm ihre Hand in seine. Obwohl sie sich sträubte und sich zu befreien versuchte, hielt er sie fest. Die Augen, mit denen er sie ansah, funkelten vor Vergnügen. „Nein, das glaube ich wirklich nicht."

Im Esszimmer lernte Gwen auch die beiden anderen Gäste ihrer Mutter kennen. Monica Wilkins war eine blasse, sehr schlanke Frau mit stumpfem braunem Haar. Sie sprach mit leiser, zögernder Stimme und vermied es, jemanden direkt anzuschauen. Ihr Kleid war sackartig und von einem unbestimmbarem Grüngrau.

Gwen erfuhr, dass Miss Wilkins botanische Werke illustrierte. Während der Mahlzeit stellte sie mitleidig fest, dass Monica häufig verstohlen zu Luke hinschaute und sofort wie ertappt die Augen senkte.

Bradley Stapleton war lang und dünn. Er trug einen verwaschenen formlosen Pullover und ausgebeulte Hosen. Er war stets gut gelaunt und besaß eine überraschend wohltönende Stimme. Er beobachtete seine Mitmenschen mit unersättlicher Neugier und wurde nie müde, sie zu porträtieren. Obwohl er sich nach Anerkennung und Erfolg sehnte, hatte er bisher nur erreicht, dass er sich gerade satt essen konnte.

Gwen genoss nicht nur Tillies ausgezeichnetes Essen, sondern auch die interessante Unterhaltung mit den beiden so verschieden gearteten Malern. Vielleicht würde jeder für sich genommen auf die Dauer langweilig sein. Doch an diesem Abend schien jeder den anderen als anregenden Gesellschafter übertreffen zu wollen.

„Sie arbeiten also für eine Frauenzeitschrift", stellte Bradley fest, während er sich zum zweiten Mal auffüllte. „Warum sind Sie eigentlich nicht Fotomodell geworden?"

Gwen sah die hektischen, übernervösen Fotomodelle vor sich, die so perfekt geschminkt und angezogen waren. „Nein, das ist nichts für mich. Ich bin als Antreiberin wesentlich besser."

„Als Antreiberin?", wiederholte Bradley neugierig.

„Das ist meine Hauptaufgabe." Gwen lächelte ihn freundlich an. Zum Glück hatte ihre Mutter Luke neben sie gesetzt, so brauchte sie ihn nicht immer anzusehen, wenn sie aufblickte. „Ich muss gleichzeitig beruhigend und aufmunternd wirken. Irgendjemand muss die Mannequins davon abhalten, sich mit ihren langen Nägeln gegenseitig die Gesichter zu zerkratzen, und sie daran erinnern, dass sie sich ihr Geld redlich verdienen müssen."

„Gwen ist schon immer tüchtig und umsichtig gewesen", warf Annabelle ein. „Ich verstehe gar nicht, wie sie dazu kommt. Von mir hat sie den praktischen Verstand bestimmt nicht geerbt. Sonderbar, nicht?" Sie blickte ihre Tochter liebevoll an. „Ich glaube, sie ist längst vor mir erwachsen geworden."

„Es würde gar nicht zu Ihnen passen, wenn Sie ebenso vernünftig und zielbewusst wären."

Annabelle lächelte Luke erfreut an. „Ich erzählte dir ja, dass er mich restlos verwöhnt", sagte sie dann zu Gwen.

Bradley ersparte ihr eine Antwort. „Sie müssen mir Gelegenheit geben, Sie zu malen", bat er.

Gwen beschloss, sich gänzlich auf Bradley zu konzentrieren. Nur so konnte sie Luke links liegen lassen. „Muss ich das?", fragte sie ein wenig herausfordernd.

„Bestimmt." Bradley musterte sie mit zusammengekniffenen Augen. „Wundervoll", bemerkte er zu Monica und fuhr, ohne auf eine Antwort zu warten, in begeistertem Ton fort: „Ein ideales Modell. In einem bestimmten Licht schimmert das Haar tizianrot. Ohne Sonnenstrahlen ist es matter, sehr viel pastellfarbener. Aber das schönste sind die Augen, nicht wahr, Monica? So groß, so samtbraun. Auch der Gesichtsschnitt ist perfekt, dazu der wunderbare Teint. Aber von den Augen bin ich am stärksten beeindruckt, nicht zuletzt von den langen Wimpern. Hab ich recht, Monica?"

„Vollkommen", bestätigte Monica, die Gwen dabei nur oberflächlich anschaute, um den Blick rasch wieder auf den Teller zu senken.

„Die Wimpern hat meine Tochter von ihrem Vater geerbt." Annabelle griff nach dem Salzfass und behielt es in der Hand. „Er war ein blendend aussehender Mann. Gwen sieht ihm erstaunlich ähnlich, vor allem hat sie seine Augen. In die hab ich mich damals sofort verliebt."

„Sie sind ausgesprochen verführerisch." Bradley nickte mit ernster Miene. „Sehr verführerisch. Sie werden mir doch erlauben, Sie zu porträtieren?"

Gwen lächelte flüchtig. „Vielleicht."

Bald darauf standen sie vom Tisch auf. Die Gäste zogen sich in ihre Räume zurück. Gwen erkundigte sich in möglichst unverbindlichem Ton, ob Luke ihrer Mutter sonst Gesellschaft leistete oder sie immer allein ließ.

„Er arbeitet wie ein Besessener", antwortete Annabelle gleichmütig und wandte sich sofort einem anderen Thema zu.

Gwen fand es seltsam, dass eine so romantische Frau nicht darunter zu leiden schien, dass der Mann, den sie liebte, es vorzog, die Abende ohne sie zu verbringen.

Annabelle nahm ihre Stickerei auf und schwatzte dabei fast ohne Pause.

Gwen konnte ihre Mutter beobachten, ohne dass diese es bemerkte. Annabelle macht einen viel glücklicheren Eindruck als früher. War sie nicht lebhafter geworden, energischer sogar? Wenn Luke Powers für diese Wandlung verantwortlich war, müsste sie ihm eigentlich dankbar sein.

In diesem Augenblick unterdrückte Annabelle nur mühsam ein herzhaftes Gähnen. Gwen sah ihre Mutter zärtlich an und hatte plötzlich den sonderbaren Wunsch, sie vor allen denkbaren Enttäuschungen zu beschützen. Sie braucht jemanden, der auf sie aufpasst. Und dieser Jemand kann nur ich sein!

Trotz ihrer Müdigkeit konnte Gwen nicht einschlafen. Das Buch, das sie auf dem Flug zu lesen begonnen hatte, langweilte sie bereits nach wenigen Seiten. Sie löschte das Licht.

Die Zeit verstrich, ohne dass ihre Nervosität wich und ihre Gedanken zur Ruhe kamen. Die kühle Nachtluft, die durch das offene Fenster drang, erweckte die Sehnsucht in ihr, in den Garten zu gehen. Sie stand auf und zog sich einen leichten Morgenmantel über.

Es war frisch draußen, aber nicht kalt. Es duftete nach Rosen und Glyzinien. Die Grillen zirpten, und ab und an konnte man den melancholischen Ruf einer Eule hören. In den Baumkronen raschelte es, und im feuchten Gras leuchteten die Glühwürmchen.

Gwen atmete tief ein. Sie genoss den Frieden der Nacht und fühlte sich so entspannt und eins mit der Natur, wie sie es als Kind gewesen war. Zwei Jahre lang waren der Beruf und die Karriere das Wichtigste für sie gewesen. Erfolg und Unabhängigkeit hatten vor allen anderen Wünschen Vorrang gehabt. Dafür hatte sie so hart und ausdauernd gearbeitet. Und ich habe es geschafft! dachte sie, während sie eine halb erblühte Rose pflückte und an die Nase hielt.

Warum bin ich eigentlich nicht glücklich? fragte sie sich, während sie weiterging und mechanisch die zarten Blütenblätter streichelte. Ach, Unsinn. Natürlich bin ich glücklich, wenn auch vielleicht nicht ganz so, wie ich es sein sollte. Ich fühle mich unausgefüllt, dachte sie fast ein wenig erstaunt. Sie drehte den Blütenstängel zwischen den Fingern, legte den Kopf in den Nacken und sah zu den Sternen hinauf. Erst seufzte sie tief auf, doch dann musste sie über sich selbst lachen.

„Fangt!“, rief sie übermütig und warf die Rose hoch in die Luft, den funkelnden Sternen entgegen.

Gleich darauf stieß sie einen erschreckten Schrei aus, da eine Hand die herabfallende Rose auffing. Luke war unbemerkt neben ihr aufgetaucht. Er stand nur ein paar Schritte von ihr entfernt und sog den Duft der Blume ein.

„Danke", sagte er sanft. „Mir hat noch nie jemand in der Nacht eine Blume zugeworfen."

„Sie war nicht für Sie bestimmt." Gwen zog instinktiv den Morgenmantel über der Brust zusammen.

„Nein?" Sie sah, dass er ihre unfreundliche Erwiderung erheiternd fand. „Für wen denn?"

Sie fürchtete plötzlich, dass er sich über sie lustig machte. Im Weitergehen sagte sie leichthin: „Ich dachte, Sie arbeiten."

„Das hab ich auch getan. Aber meine Muse verlangte nach einer schöpferischen Pause, und darum hörte ich mit dem Schreiben auf. Der Garten ist im Mondlicht am schönsten, finden Sie nicht auch?" Er kam näher, und seine Stimme klang auf einmal fast zärtlich. „Ich dachte immer, dass Frauen für die Stimmung einer Mondnacht besonders anfällig wären."

Gwen bemühte sich um eine möglichst gleichgültig klingende Antwort, aber ihr fiel nichts ein. Sie sah ihn flüchtig an.

Luke steckte mit einer raschen Bewegung die Rose in ihr Haar und hob mit der anderen Hand ihr Kinn. „Es sind wirklich wunderschöne Augen. Bradley hat vollkommen recht."

Ihre Haut begann unter seiner Berührung zu kribbeln. Sie trat erschrocken einen Schritt zurück. „Ich wünschte, Sie würden mich nicht dauernd anfassen."

Er warf ihr einen seltsam fragenden Blick zu. „Sie sind ein sonderbares Mädchen, Gwen. Ich weiß immer noch nicht, was ich von Ihnen halten soll. Ihre Harmlosigkeit – oder muss ich besser Unschuld sagen? – ist irgendwie herausfordernd."

Sie richtete sich kerzengerade auf und strich das Haar zurück. „Ich weiß überhaupt nicht, wovon Sie sprechen."

Er lachte laut auf. Das Mondlicht spiegelte sich in seinen Augen, die dunkler und tiefer schienen als bei Tag. „Der äußere Anschein von Tüchtigkeit und Unabhängigkeit, den Sie sich in New York zugelegt haben, kann mich nicht täuschen. Der Ausdruck Ihrer Augen verrät Sie. Bradley weiß gar nicht, warum er sie so wundervoll und rührend findet. Ich werde es ihm auch nicht verraten. Es ist die Unschuld und das unbewusste Versprechen, das Ihr Blick ausdrückt."

Seine Worte verwirrten sie ziemlich. Sie wartete stumm, dass er fortfuhr.

„Ja, und dieses wortlose Versprechen verrät, dass Sie trotz Ihrer Unerfahrenheit und Unschuld zu leidenschaftlichen Gefühlen fähig sind. Es ist alles noch in der Schwebe …“

Gwen wurde unsicher. Das warme Glücksgefühl, das sie plötzlich empfand, ließ sich nur schwer vor ihm verstecken. Die mühsam errungene Gemütsruhe wich einer Erregung, die ihr selbst fremd war.

„Bitte, hören Sie auf“, bat sie verlegen und trat einen Schritt in den Schatten zurück.

„Warum?“ Die erstaunte Antwort verriet ihr, dass er sie nicht so ohne Weiteres gehen lassen würde. „Hat Michael Ihnen nie geschmeichelt und Sie zu verführen versucht? Vielleicht haben Sie ihm darum den Laufpass gegeben?“

„Michael? Was wissen Sie von ihm?“ Plötzlich erinnerte sie sich an das Gespräch mit ihrer Mutter. Wie lange hatte er auf der Türschwelle gestanden, ehe sie ihn bemerkte? „Sie haben gehorcht!“, warf sie ihm aufgebracht vor. „Sie hatten kein Recht, einer privaten Unterhaltung zuzuhören. Ein Gentleman tut so etwas nicht.“

„Unsinn“, meinte er gelassen. „Wenn sich die Gelegenheit ergibt, wird sie wohl jeder ausnutzen.“

„Ihnen scheint es zu gefallen, in die Privatsphäre anderer Leute einzudringen.“

„Ja, die Gefühle und Reaktionen anderer Menschen interessieren mich. Ich glaube nicht, dass ich mich dafür entschuldigen muss.“

Gwen wusste nicht, ob sie sich über seine Selbstgefälligkeit ärgern oder seine Aufrichtigkeit bewundern sollte. „Bitten Sie überhaupt jemals irgendjemanden um Verzeihung?“

„Sehr selten!“

Gwen musste wider Willen lachen. Er ist wirklich unmöglich, dachte sie. Aber ebenso aufregend.

Er näherte sich ihr mit einem einzigen Schritt. „Es hat sich gelohnt, darauf zu warten, dass Sie einmal lächeln. Ich hab mich schon gefragt, ob Bradley Ihnen gerecht werden kann. Passen Sie auf alle Fälle auf. Er wird sich rettungslos in Sie verlieben.“

„So wie Monica in Sie?“

„Aber nein – sie hat Angst vor mir.“ Er streckte die Hand nach der Rose in ihrem Haar aus, die herabzufallen drohte.

„Die Art, wie Sie Menschen beobachten, ist auch zum Fürchten“, erwiderte Gwen scharf und griff nach der Rose, ehe er sie feststecken konnte. Sie fiel zu Boden, und als sie sich beide nach ihr bückten, streifte ihre Wange Lukes Gesicht. Sie sahen sich in die Augen, und ehe sie sich aufrichten konnte, fasste er sie am Arm. Ganz behutsam zog er sie mit sich empor. Sie konnte das Zittern nicht unterdrücken, das sie befiel, als er sie in die Arme nahm und an sich zog.

Nur ein Blick von ihm, eine einzige Berührung erregten eine Leidenschaft in ihr, wie sie sie nie zuvor empfunden hatte. Er schob die Hände in den Ausschnitt des Morgenmantels und streichelte sanft über ihre Schultern. Sie wusste, dass jeder Widerstand in ihr erlosch.

Er küsste sie so zärtlich, dass sie den Atem anhielt. Sie fühlte nichts als eine beglückende Freude, während sie mit geschlossenen Augen seine Küsse erwiderte. Sie vergaß Zeit und Raum. Unter ihren streichelnden Händen spürte sie die warme Haut seines glatten, sehnigen Rückens. Erschaudernd wurde sie sich der eigenen Schwäche und Verletzlichkeit und seiner Stärke bewusst. Doch selbst das Eingeständnis ihrer Wehrlosigkeit minderte nicht das Glück, das sie in seinen Armen empfand.

Luke ließ die Hände über ihren Körper gleiten, und sie ließ es willig geschehen. Er war wie eine berauschende Droge, die ihren Verstand benebelte und nur das Verlangen nach mehr Zärtlichkeit übrig ließ.

Doch dann begann sie wieder zu denken und kämpfte darum, ihm nicht nachzugeben, obwohl sie sich nichts sehnlicher wünschte, als eins mit ihm zu sein. Sie wurde sich plötzlich ihrer Haltlosigkeit bewusst und wehrte sich unerwartet heftig gegen seine Umarmung.

Als er sie losließ, verspürte sie nichts als jähen Schmerz und ein sonderbares Gefühl der Verlassenheit.

Während sie wie in panischer Furcht ins Haus lief, blieb Luke ohne ein Wort im Dunkeln des Gartens zurück.

3. KAPITEL

Der Tag versprach schwül und dunstig zu werden. Nur zögernd durchdrang die Morgendämmerung die Nebelschwaden.

Gwen stand am Fenster ihres Schlafzimmers. Wie konnte ich nur? fragte sie sich wieder und wieder. Ich habe ihn geküsst. Ich wollte ihn küssen, nicht er mich!

Sie spürte ihre Müdigkeit und setzte sich in den zierlichen Sessel, der vor dem Fenster stand. Ehrlichkeit gegen sich selbst zwang sie, die Erinnerung an das, was sie getan hatte, nicht einfach zu verdrängen. Diesmal konnte sie sich nicht damit herausreden, dass der Flug und die Heimkehr sie erschöpft und irgendwie wehrlos gemacht hatten. Nein, ich wusste, was geschehen würde, gestand sie sich ein. Schlimmer noch, ich wollte es, und ich genoss es von ganzem Herzen.

Sie zog die Knie bis zum Kinn hoch und legte die Stirn darauf. Das stumme Eingeständnis ihrer Schwäche beschämte sie. Sie schloss die Augen.

Wie konnte ich nur! dachte sie fast ratlos. Ich habe bereits den ersten Kuss herbeigesehnt, den er mir in diesem Zimmer gab. Ich bin Tausende von Meilen geflogen, um Luke Powers von hier zu vertreiben und Mama von ihm zu trennen. Stattdessen lasse ich mich nachts im Garten von ihm umarmen und küssen. Und es gefiel mir, setzte sie trotzig hinzu. Was für ein Mensch bin ich eigentlich? Bin ich eine schlechte Tochter? Ich habe nicht ein einziges Mal an Mama gedacht, während ich in seinen Armen lag.

Gwen erhob sich und kleidete sich mechanisch an. Über olivgrüne Shorts zog sie ein kurzärmeliges khakifarbenes Oberteil. Beim Kämmen betrachtete sie ihr Spiegelbild.

Es wird keine Mondscheinspaziergänge im Garten mehr geben, schwor sie sich. Ich werde es nicht zulassen, dass ich mich noch einmal vergesse. Keine leidenschaftlichen Gefühle mehr, hast du mich verstanden? fragte sie lautlos die blasse, zarte Erscheinung im Spiegel. Mit einer nervösen Handbewegung strich sie sich über die Stirn, ehe sie sich zur Tür umwandte. Sie wollte nicht mehr an das denken, was geschehen war.

Die Küche war leer, als Gwen eintrat. Zu so früher Stunde schlief sogar Tillie noch. Sie war froh, diese stille Stunde für sich allein zu haben. Nachdem sie eine Kanne Kaffee aufgebrüht hatte, setzte sie sich mit ihrer gefüllten Tasse an den Tisch und trank sie mit kleinen Schlucken aus.

Draußen verdüsterte sich der Himmel immer mehr. Es sah nach Regen aus. Feuchte Luft drang durch das Fenster, das sie weit geöffnet hatte.

Irgendwie hob der würzige Geruch nach taunassem Gras und die Verheißung eines kräftigen Schauers Gwens Stimmung. Vielleicht würde ein Gewitter heraufziehen, mit heftigen Blitzen und Donnerschlägen, dem ein frischer, belebender Wind folgte. Sie summte selbstvergessen eine kleine Melodie und stand auf. Die trüben Gedanken der Nacht waren plötzlich vergessen. Sie ging zum Geschirrschrank und öffnete ihn.

„Was machst du hier?", fragte Tillie, die lautlos eingetreten war. Sie sah Gwen missbilligend an, die Hände in die Hüften gestemmt.

„Guten Morgen, Tillie." Gwen war an ihre barsche Art gewöhnt und ließ sich dadurch nicht beeindrucken.

„Was tust du in meiner Küche?", wollte Tillie argwöhnisch wissen. „Wieso hast du schon Kaffee gekocht?"

„Warum, darf ich das nicht? Er schmeckt sogar recht gut." Gwens Antwort klang fast entschuldigend, aber ihre übermütige Miene verriet, dass sie sich kein bisschen zerknirscht fühlte.

„Hast du vergessen, dass ich hier die Köchin bin? Schließlich war es jahrelang meine Aufgabe, das Frühstück zu machen, das weißt du doch."

„Ja, und darauf habe ich zwei Jahre lang nur ungern verzichtet. Obwohl ich mir ehrlich Mühe gegeben habe, alles so zu machen, wie ich es bei dir gelernt habe, hat es mir nie so gut geschmeckt wie hier zu Hause, wenn du kochst." Sie strich Tillie liebevoll über die Schulter. „Ich will Mama Kaffee hinaufbringen. Sie hat es früher immer so genossen, wenn ich ihn ihr ans Bett brachte."

„Du solltest deine Mutter lieber nicht so früh überraschen. Sie …"

„Aber es ist doch gar nicht mehr so früh." Gwen stellte alles auf einem Tablett zurecht. „Hoffentlich hab ich es dir hier nicht zu unordentlich gemacht", meinte sie fröhlich und winkte Tillie zu, ehe sie mit dem Tablett die Küche verließ.

Gwen stieg die Treppe hinauf und ging das kurze Stück über den Flur bis zum Zimmer ihrer Mutter. Mit einer Hand hielt sie das Tablett, während sie mit der anderen die Klinke der Tür drückte. Überrascht stellte sie fest, dass Annabelle abgeschlossen hatte. Sie versuchte noch einmal, die Tür zu öffnen. Niemals, soweit sie sich erinnern konnte, war das Zimmer ihrer Mutter versperrt gewesen.

„Mama?“ Gwen klopfte fast zaghaft an.

„Ja?“ Annabelles Stimme klang ein bisschen abweisend.

„Bist du schon auf, Mama?“

„Ja, Gwen. Warte eine Minute, bitte.“

Sie blieb auf dem Flur stehen. Ein sonderbares, raschelndes Geräusch drang aus dem Schlafzimmer, dann wurde eine Schublade geschlossen.

„Mama, fehlt dir auch nichts?“, fragte Gwen beunruhigt.

„Nein. Eine Sekunde, ich komme schon.“ Es wurde ganz still, dann öffnete Annabelle die Tür. „Guten Morgen, Schatz“, sagte sie liebevoll. Obwohl sie nur einen Morgenmantel über dem Nachthemd trug und noch nicht frisiert und zurechtgemacht war, blickten ihre Augen so hellwach, als ob sie bereits seit Stunden aufgewesen wäre. „Was bringst du mir Schönes?“

„Oh, Kaffee und Croissants. Ich erinnerte mich daran, wie gern du im Bett frühstückst. Mama, was hast du eigentlich ...“

„Wie lieb von dir, Kind.“ Annabelle fiel ihr hastig ins Wort. Sie zog Gwen ins Zimmer. „Hast du etwa selbst das Frühstück gemacht? Du verwöhnst mich. Komm, wir setzen uns auf den Balkon. Hoffentlich hast du gut geschlafen?“

„Ich bin viel zu früh aufgewacht und hatte keine Lust, länger liegen zu bleiben.“ Das war zumindest keine Lüge. „Mama, früher hast du dich doch nie im Schlafzimmer eingeschlossen?“

„Nein.“ Annabelle setzte sich auf einen der schmiedeeisernen weißen Balkonstühle, auf denen bunte Kissen befestigt waren. „Das ist wohl eine neue Angewohnheit von mir. Oh, ich finde, es sieht nach Regen aus. Das wird meinen Rosen guttun.“

Sie sprachen nicht mehr über die verschlossene Tür. Aber Gwen war doch etwas beunruhigt. Sie musste sich mühsam ermahnen, dass Annabelle nicht nur ihre Mutter, sondern eine erwachsene, selbstständige Persönlichkeit mit dem Recht auf Eigenleben war. Sie stellte das Tablett auf dem runden Tisch ab und beugte sich über ihre Mutter, um sie zu küssen. „Hab ich dir eigentlich schon gesagt, dass ich dich sehr vermisst habe?“

Annabelle nahm die Hand ihrer Tochter und presste sie flüchtig an ihre Wange. „Und ich bin froh, dass du wieder einmal zu Hause bist. Ich genieße es so sehr, dich um mich zu haben.“

„Auch wenn ich deinen schönen Teppich mit meinen Schuhen dreckig mache oder im Wohnzimmer Frösche loslasse?“ Gwen lachte vergnügt bei der Erinnerung an die Streiche der Kinderzeit.

„Liebling, diese Kindereien sind längst vergessen. Damals fand ich es unbegreiflich, dass ich eine so wilde, ungestüme Tochter hatte. Wenn ich auch manchmal daran zweifelte, aus dir jemals eine richtige Dame machen zu können, so hab ich doch immer deinen Mut und Freiheitsdrang bewundert. Du hattest ein aufbrausendes Temperament, das ja! Aber du warst nie boshaft und unaufrichtig. Was du auch anstellen mochtest, du hast dich immer ehrlich dazu bekannt.“

„Arme Mama, ich muss dich manchmal sehr schockiert haben.“

„Ja, eigentlich mehr als es normal bei Kindern ist. Aber nun bist du erwachsen, und das fällt mir eigentlich noch schwerer zu akzeptieren. Macht dir dein Beruf Freude?“

Gwen zögerte mit der Antwort. Macht mir mein Job wirklich Freude? dachte sie. Nein, ich glaube nicht.

„Seltsam“, sagte sie schließlich. „Ich bin mir plötzlich nicht mehr sicher. Aber auf alle Fälle möchte ich nicht nur arbeiten, um meinen Lebensunterhalt zu verdienen. Ich brauche das Gefühl, Verantwortung zu tragen und gefordert zu werden.“

„Ja, das brauchtest du schon immer.“ Annabelle nahm sich ein Croissant. „Mm, köstlich!“

„Ja, das finde ich auch. Ich habe eins gegessen, ehe ich das Tablett zu dir herauftrug.“ Gwen stützte die Ellbogen auf den Tisch und umschloss das Gesicht mit den Händen. „Ich musste doch probieren, ob sie wirklich so kross sind, wie du sie magst.“

„Siehst du, ich habe ja immer gesagt, dass du ein praktischer Mensch bist“, behauptete Annabelle lächelnd, und dann blieben beide eine Weile stumm.

„Mama“, begann Gwen schließlich ein wenig zaghaft, „wie lange plant dieser Luke Powers eigentlich hier zu bleiben?“

Die hochgezogenen Brauen verrieten, dass diese Frage für ihre Mutter überraschend kam. „Bleiben?“, wiederholte sie. „Das weiß ich wirklich nicht, Schatz.“ Sie leckte sich die Krümel von den Fingerspitzen ab. „Wahrscheinlich hängt es davon ab, wie rasch er mit seinem Manuskript vorankommt. Er sagte mir, dass er auf alle Fälle den Rohentwurf fertig schreiben will, ehe er heimkehrt.“

„Er hat doch wohl kaum einen Grund, hierher zurückzukommen?“, erkundigte sich Gwen vorsichtig.

„Oh doch. Ihm gefällt es in Louisiana so sehr, dass er sicher wiederkommt." Annabelle wandte den Kopf und schaute mit einer so versunkenen Miene in den Garten, dass es Gwen einen Stich gab. „Du ahnst nicht, wie viel er mir bedeutet. Er gibt mir so viel. Ich wünsche mir, dass du ihn während deines Besuches gründlich kennenlernst, Liebling."

Gwen bis sich in die Unterlippe. Sekundenlang verspürte sie eine sonderbare Leere, so als ob sie einen unwiederbringlichen Verlust erlitten hätte. Sie versank in Schweigen, während Annabelle weiter mit einem unbewussten Lächeln in den grauen, wolkenverhangenen Himmel blickte.

Wie kann dieser gemeine Mensch ihr das antun, dachte Gwen verzweifelt. Und was hat er mir angetan? Obwohl sie sich krampfhaft bemühte, nicht mehr daran zu denken, empfand sie immer noch die warme Berührung seiner Lippen. Sie verspürte eine schmerzhafte Sehnsucht nach seinem Kuss. Es war ein so fremdes Verlangen, dass sie sich selbst nicht mehr verstand. Mit einer unbewussten heftigen Bewegung schüttelte sie den Kopf, um diese Gefühle abzuwehren. Luke Powers war nur so lange ein Problem, wie er in diesem Haus bleiben würde. Ihr Ziel musste es sein, ihn zu vertreiben und seine Rückkehr zu verhindern. Es würde nicht leicht sein.

„Gwen?"

„Hm. Was sagtest du, Mama?" Es gelang ihr nur mühsam, die beunruhigenden Gedanken an Luke zu verdrängen.

„Ich fragte nur, ob du mit einer Blaubeerentorte als Nachtisch einverstanden wärst. Luke isst sie so gern. Wenn ja, könntest du vielleicht ein Körbchen für Tillie pflücken?"

Gwen schoss die verlockende Idee durch den Kopf, auf Lukes Kuchenstück Arsen zu streuen. Schade, dass es unmöglich war, diesen Einfall in die Tat umzusetzen. „Ja", sagte sie. „Das werde ich Tillie zuliebe gern tun."

Es war fast unerträglich feucht und schwül, als sich Gwen mit einem Körbchen am Arm auf den Weg machte. Es sah nach Regen aus, doch das wollte sie in Kauf nehmen. Beim Beerensuchen würde sie Zeit und Ruhe haben, sich einen genauen Plan zurechtzulegen, wie sie Luke aus dem Haus vertreiben könnte.

Sie schlenderte über den kurz geschorenen Rasen und trat in den Schatten der dicht belaubten Bäume, die die Grenze zwischen dem

Grundstück ihrer Mutter und dem Bayou, der Sumpflandschaft im Mississippidelta, bildeten.

Die grüne Wildnis hier war so ganz anders als der gepflegte, ordentliche Garten am Haus. Wie oft hatte sie sich in der Kindheit hierher zurückgezogen. Es war ihre Insel gewesen, eine Welt, die nur ihr allein gehörte. Obwohl sich kaum etwas verändert hatte und sie sich sofort wieder auskannte, blieb Gwen lange stehen und schaute sich aufmerksam um.

Nicht weit von ihr entfernt floss träge der Fluss dahin, über dem ein feuchter Schleier hing. Dichtes Schilf wucherte am Ufer, auf das kaum jemals ein Sonnenstrahl fiel. Hin und wieder ragte dazwischen ein Zypressenstumpf empor. Der Fluss verengte sich und verschwand hinter einer Krümmung. Gwen wusste, dass er bald darauf wieder breiter wurde und rascher dahinströmte.

Sie ging weiter. Der schmale Pfad war wie ein grüner Tunnel unter den verzweigten Ästen der Bäume, von denen Moos herabhing. Es war ganz still. Nur manchmal zwitscherten unsichtbare Vögel, oder ein Frosch quakte im Schilf. Doch diese friedvolle Ruhe war trügerisch. In Wirklichkeit war das Sumpfgebiet von ungestümem, unbarmherzigem Leben erfüllt. Es nahm Gwen wie eh und je gefangen.

Sie begann, den Pfad entlang, der parallel zum Fluss lief, nach Beeren zu suchen. Das Pflücken im Schatten der Büsche und Bäume hatte etwas Beruhigendes. Die Jahre seit ihrer Kindheit waren wie ausgelöscht; sie war wieder ein Teenager, der vom aufregenden Leben in der großen Stadt träumte. Hier hatte sie sich ihre Zukunft ausgemalt. Sie wollte ihren eigenen Weg gehen, etwas Großes erreichen, Abenteuer erleben.

Durch harte Arbeit, Zielbewusstsein und eine rasche Auffassungsgabe hatte sie erreicht, was möglich war. Sie hatte Verantwortung in ihrem Beruf übertragen bekommen, gut verdient und einen interessanten Freundeskreis gewonnen. Und doch hatte sie sich in der letzten Zeit mehr und mehr unbefriedigt und unzufrieden gefühlt.

Ich war einfach überarbeitet, stellte Gwen fest und steckte sich mechanisch eine Blaubeere in den Mund. Der Geschmack war köstlich, genau so, wie sie ihn in Erinnerung hatte. Nein, natürlich ist nicht nur zu viel Arbeit an meiner Unzufriedenheit schuld, dachte sie weiter. Es ist Michael. Stirnrunzelnd bückte sie sich und warf eine Beere nach der anderen in den Korb.

Obwohl sie und nicht etwa er Schluss gemacht hatte, war sie unglücklich und enttäuscht über das Ende einer Beziehung, die so glückverheißend begonnen hatte. Er war sehr zornig gewesen und hatte ihr verletzende, böse Worte an den Kopf geworfen.

Gwen steckte sich wieder ein paar Blaubeeren in den Mund. Sie wäre kalt, lieblos und verständnislos, hatte er behauptet. Sie seufzte tief und schüttelte unbewusst den Kopf. Das stimmte alles nicht. Wenn ich ihn wirklich geliebt hätte, wäre es für mich selbstverständlich gewesen, mit ihm zu schlafen.

Nein, ich bin nicht kalt! sagte sie sich. Das beweist schon meine Reaktion auf Lukes Umarmung. Bei dem Gedanken an die vergangene Nacht erschrak sie.

Das ist etwas ganz anderes, redete sie sich ein. Eine rein körperliche Reaktion, die er in mir wachrief. Mit Gefühl oder gar Liebe hat das überhaupt nichts zu tun. Sex, mehr ist es nicht gewesen.

Sie überlegte sich einen Augenblick lang ernsthaft, ob sie Luke nicht verführen sollte. Sie könnte mit ihm flirten, ihn reizen, bis sie ihn so weit hatte, dass er sich in sie verliebte. Dann würde sie ihn kalt lächelnd abweisen, und damit wären alle Probleme wegen Annabelle mit einem Schlag gelöst. Es kann doch nicht allzu schwer sein, ihn zu erobern, dachte sie fast siegessicher. Ich habe zu oft miterlebt, wie die Mannequins es fertigbringen, sich die attraktivsten Männer zu angeln, die dann Wachs in ihren Händen werden.

Sie sah gedankenverloren auf ihre Hände und bemerkte, dass sie mit blauroten Flecken von Beerensaft übersät waren.

„Sie sehen aus, als ob Sie gerade ein blutiges Werk vollbracht hätten", sagte eine belustigte Stimme hinter Gwen.

Sie fuhr erschrocken herum. Luke lehnte am dicken Stamm einer Zypresse. Er trug wieder ein T-Shirt, das ebenso verblichen war wie die ehemals blauen Jeans. Seine Augen, die sie seltsam intensiv anschauten, spiegelten heute die Farbe der grauen Wolken wider.

„Müssen Sie mich denn jedes Mal so erschrecken?" Ihr Ärger galt eigentlich nicht ihm, sondern ihr selbst. Sie war sich sofort mit allen Sinnen seiner Nähe bewusst. „Sie haben die grässliche Angewohnheit, immer dann aufzutauchen, wenn man Sie nicht erwartet oder erwünscht."

„Wissen Sie eigentlich, dass Sie erst zu der typischen Schönheit des Südens werden, wenn Sie aufgebracht sind?" Es schien Luke schwer zu fallen, ein amüsiertes Lächeln zu unterdrücken. „Ich finde Sie hinreißend, wenn Sie so wütend sind."

Sie schob die Unterlippe vor und sah wie ein gekränktes Kind aus. „Was wollen Sie?"

„Ich will Ihnen nur beim Pflücken helfen. Bisher haben Sie offenbar mehr Blaubeeren gegessen als gesammelt."

Gwen wollte ihm gerade erklären, dass sie seine Hilfe nicht brauchte. Doch dann fiel ihr noch rechtzeitig ein, dass sie ja mit ihm flirten wollte, bis sie ihn sich um den Finger wickeln konnte. Sie lächelte ihn charmant an und sagte weich: „Wie lieb von Ihnen."

Luke zog überrascht die Brauen hoch. „Ich bin immer lieb. Haben Sie das noch nicht festgestellt?"

„Wir kennen uns noch nicht lange und gut genug." Sie hielt ihm das Körbchen hin. „Das können wir aber ändern."

Luke kam mit ein paar geschmeidigen Schritten auf sie zu. Ohne die Augen von ihr abzuwenden, nahm er ihr den Korb ab. Gwen bemühte sich, seinem Blick mit einem liebenswürdigen Lächeln standzuhalten. Es fiel ihr plötzlich schwer, gleichmäßig zu atmen.

„Wie kommen Sie mit Ihrem Buch voran?", fragte sie, um seine Aufmerksamkeit von sich abzulenken.

„Ganz gut." Er beobachtete sie weiter, und sie bückte sich, um einen Blaubeerbusch leer zu pflücken.

„Ich stelle mir die Arbeit an einem Roman faszinierend vor", meinte sie, ohne aufzusehen. „Ich hoffe, Sie verstehen es nicht falsch, wenn ich bekenne, dass ich ein Fan von Ihnen bin. Ich habe mir alle Ihre Bücher gekauft und sie verschlungen." Das war die reine Wahrheit, und nun lächelte Gwen ihn so verführerisch an, wie sie es nur vermochte.

„Es ist immer erfreulich, zu hören, dass die Romane, die man geschrieben hat, den Lesern gefallen."

Durch seine Antwort ermutigt, richtete Gwen sich auf und warf die Blaubeeren in den Korb, den Luke noch immer festhielt. Als sie wie zufällig seine Hand berührte, bemerkte sie in seinen Augen ein Funkeln, das sie sofort verunsicherte. Sie zog ihm rasch das Körbchen aus der Hand und begann mit unnötiger Hast, weiter nach reifen Beeren zu suchen.

„Wie gefällt es Ihnen in New York?", erkundigte sich Luke, während er sich ebenfalls bückte und zu pflücken begann.

„New York?" Gwen strich sich mit dem Handrücken die Haare zurück. Sie hatte ihre Fassung wiedergewonnen und sah ihn verführerisch lächelnd an.

„Es ist eine aufregende Stadt, ich finde es wundervoll, dort zu leben." Dabei hob sie die Hand mit einer dicken Blaubeere zu Lukes

Lippen und hoffte, dass ihr Lächeln die beabsichtigte reizvolle Wirkung auf ihn hatte. Wie schade, dass sie es nicht vorher vor einem Spiegel hatte üben können.

Er öffnete bereitwillig den Mund und ließ sich füttern. Doch dann strich seine Zunge blitzschnell über ihre Fingerspitzen. Gwen musste sich zwingen, die Hand nicht abrupt zurückzuziehen. Ein Zittern überlief sie. Sie drehte ihm vorsichtshalber den Rücken zu, als ob in der anderen Richtung irgendetwas ihre Aufmerksamkeit erregt hätte.

„Sind Sie auch so gern in New York?", unterbrach sie die angespannte Stille. Ihre Stimme, die gepresst und heiser klang, kam ihr fremd vor.

„Hin und wieder, ja." Luke schob eine Hand unter die weiche Haarflut in ihrem Nacken. Sie stand ganz still.

„Aber zu Hause sind Sie doch hier in Louisiana. Wo eigentlich?"

„Nein, nicht hier. Ich habe ein Haus in der Nähe von Carmel am Pazifik. Ihr Haar ist wirklich wundervoll."

Sie schluckte nervös. „Die Küste stelle ich mir herrlich vor. Ich bin noch nie dort gewesen."

„Das Meer kann manchmal sehr wild und gefährlich sein", sagte er leise und strich mit den Lippen über die sanfte Kurve ihres Nackens.

Gwen stieß einen seltsam klagenden Laut aus und trat so hastig zurück, dass er sie loslassen musste. Mühsam beherrscht meinte sie: „Ich habe natürlich Aufnahmen vom Pazifik und dem Küstenstrich gesehen, auch Filme, die dort spielten. Aber die Wirklichkeit ist bestimmt viel schöner, als Bilder es zeigen können. Die Natur muss Sie doch bei Ihrer Arbeit anregen."

„Da haben Sie völlig recht." Luke legte von hinten die Hände auf ihre Hüften, zog sie dicht an sich und nahm vorsichtig ihr Ohrläppchen zwischen die Zähne. Gwen lehnte sich für einen Moment an seine Brust und schloss die Augen. Doch schnell richtete sie sich wieder auf und entfernte sich langsam von ihm.

„Ich glaube, wir haben genug Blaubeeren gepflückt." Nein, Gwen musste ihre Absicht, Luke in sich verliebt zu machen, sofort aufgeben. Sie würde doch scheitern. Zögernd drehte sie sich zu ihm um. Er stand so dicht hinter ihr, dass sie mit ihrer Brust seinen Oberkörper berührte. Sie zuckte erschrocken zurück.

„Tillie hat bestimmt keine Lust, mehr als eine Torte zu backen. Dafür reicht unsere Ernte längst." Ihre Augen waren groß und dunkel geworden.

„Dann ist es ja nicht mehr nötig, die kostbare Zeit mit Pflücken zu vergeuden." Die Bedeutung seiner Worte war eindeutig.

„Ich bringe das Körbchen lieber sofort zu Tillie. Sie wartet bestimmt schon …" Gwen wandte sich dem Pfad zu, aber aus den Augenwinkeln sah sie Luke langsam näher kommen. Sie wäre am liebsten wie ein Kind vor ihm davongelaufen. Stattdessen tat sie ein paar unbeabsichtigte Schritte rückwärts. Mit dem rechten Fuß sank sie in den Morast ein und griff mit einem Aufschrei nach Lukes Arm. Er konnte ihr gerade noch das Körbchen aus der Hand reißen, ehe sie in den Fluss fiel.

„Es wäre doch ein Jammer gewesen, wenn wir alle Blaubeeren eingebüßt hätten." Er grinste Gwen, die prustend und spritzend auftauchte, jungenhaft an. „Wie gefällt Ihnen das Bad?"

„Oh, verflixt!" Nachdem Gwen heftig mit den Armen gerudert und näher ans Ufer gelangt war, strich sie sich die nassen Haarsträhnen aus dem Gesicht. „Sie haben das mit Absicht getan!", rief sie wütend.

„Was hab ich getan?" Er musterte bewundernd ihre Figur, die sich unter der klatschnassen Kleidung deutlich abzeichnete.

„Sie sind schuld, dass ich in den Fluss gefallen bin." Gwen krabbelte die Böschung hoch.

„Meine liebe Gwen", erwiderte er mit gespielter Entrüstung, „ich habe Sie nicht einmal mit den Fingerspitzen berührt."

„Genau." Sie rutschte wieder ein Stück zurück. „Das ist es ja. Sie haben gar nicht versucht, mir zu helfen."

„Das mag für Sie so ausgesehen haben. Aber ich hätte Sie gar nicht davor bewahren können, ins Wasser zu fallen. Vielleicht war das kühle Bad für Sie das kleinere Übel. Nebenbei, Sie haben einen großen lila Fleck von einer zerquetschten Beere auf der …" Er verstummte zwar taktvoll, aber das Funkeln in den Augen verriet, was er meinte.

Gwen legte hastig eine Hand über die Brust, die sich deutlich unter dem Stoff abzeichnete. „Sie sind wirklich kein Gentleman, das habe ich Ihnen schon einmal gesagt." Sie schwankte zwischen Ärger und Verlegenheit.

Luke brach in herzhaftes Gelächter aus. „Oh, Miss Gwen, Madam, Ihr Urteil trifft mich ins Herz." Die Imitation des Südstaaten-Dialektes gelang ihm fehlerfrei, und er verneigte sich übermütig tief vor ihr.

Gwen hatte sich inzwischen wieder gefasst. „Zumindest könnten Sie mir aus dem Wasser heraushelfen", erklärte sie eisig.

„Selbstverständlich, sofort.“ Mit übertriebenem Eifer setzte er das Körbchen auf die Erde, kniete sich hin und griff nach ihrem Arm. Sie glitt zum zweiten Mal mit ihren nassen Schuhen auf der Böschung aus. Luke hielt ihr rasch die andere Hand hin und zog sie zu sich empor. Doch in dem Augenblick, als sie festen Halt gefunden hatte, warf sie sich mit ihrem ganzen Gewicht wieder nach hinten und zog Luke platschend mit ins Wasser.

Als sie wieder auftauchte, brach Gwen in fröhliches Gelächter aus, während Luke mit einer unwilligen Kopfbewegung die Haare zurückwarf.

„Wie gefällt Ihnen das kühle Bad?“ Gwen konnte vor Lachen kaum sprechen. Obwohl sie gleich darauf ein wenig verlegen die Hände vor den Mund hielt, konnte sie nicht aufhören zu lachen. Sie sah, dass sich seine Augen verengten. Gleich darauf kam er langsam auf sie zu. Gwen zog sich vorsichtig zurück, dann wurden ihre Bewegungen hastiger, und das Wasser spritzte bei ihrem Fluchtversuch auf. Sie kicherte hemmungslos weiter und hätte dabei fast das Gleichgewicht verloren. Als sie an der Böschung hochkletterte, ergriff Luke sie am Fußknöchel, und sie fiel zu ihm ins Gras.

Noch ganz außer Atem, lachte Gwen Luke übermütig an. Sein Gesicht war über sie geneigt, und Tropfen rannen aus seinem Haar über ihre Stirn und liefen die Wangen hinunter. Es kitzelte, und sie schüttelte abwehrend den Kopf.

„Ich hätte es mir denken können, aber ich bin auf Ihre unschuldige Miene hereingefallen“, sagte er gespielt vorwurfsvoll und sah sie dabei zärtlich an.

„Ja, diesmal habe ich Sie erwischt.“ Sie holte tief Luft, doch es gelang ihr nicht, das Gelächter zu ersticken. „Sie bringen es gar nicht fertig, eine unschuldige Miene zu zeigen.“

„Danke, sehr liebenswürdig.“

„Es fängt an zu regnen“, bemerkte Gwen völlig überflüssig, als die ersten Regentropfen auf sie niederfielen. Sie richtete sich auf.

„Wie recht Sie haben“, erwiderte er und blieb ruhig liegen. „Wir werden durch und durch nass werden.“

Die Absurdität dieser Behauptung rief bei Gwen einen neuen Lachanfall hervor. Es klang so jung und mitreißend, dass Luke staunend zu ihr aufschaute. Ein sehnsüchtiger Ausdruck war in seinen Augen zu lesen, so klar und eindeutig, dass Gwen zu atmen vergaß. Sie öffnete die Lippen, aber sie brachte kein einziges Wort hervor.

„Sie sind einfach hinreißend“, murmelte er rau.

Er verschloss ihr den Mund mit einem leidenschaftlichen Kuss. Sie öffnete die Lippen, und das Blut rauschte ihr in den Ohren. Ihre Körper drängten sich eng aneinander. Sie wussten beide nicht, wer das leise Stöhnen, das von so tiefem Verlangen sprach, ausgestoßen hatte. Seine Umarmung war schmerzhaft rau, aber sie genoss diesen Schmerz. Er bedeckte ihr Gesicht, ihren Hals und den Nacken mit Küssen, die ihr jeden klaren Gedanken nahmen und sie in schwindelnde Höhen hinauftrugen.

Sie fühlte keine Angst oder Abwehr. Es war ein Rauschzustand, wie sie ihn nie zuvor erlebt hatte. Die leidenschaftliche Umarmung weckte ein Verlangen, das tief in ihr geschlummert hatte. Sie spürten beide nicht, dass der Regen immer stärker auf sie herabfiel.

Ihre Brustwarzen zeichneten sich unter der nassen Bluse deutlich ab, und Luke küsste sie zärtlich. Er ließ die Hände über ihren Körper gleiten. Ein Schauder lief über ihren Rücken, sie murmelte seinen Namen und drängte sich noch enger an ihn.

„Luke?“, flüsterte sie mit weit geöffneten Augen. Ein greller Blitz erhellte die Landschaft, dann wurde es wieder grau.

„Wir sollten jetzt lieber nach Hause gehen“, sagte er unvermittelt und erhob sich. „Deine Mutter wird sich Sorgen um dich machen.“

Gwen schloss fest die Augen. Er sollte nicht in ihnen lesen können, dass die nüchternen Worte ihr wehgetan hatten. Sie sprang auf die Füße, ohne Lukes ausgestreckte Hand zu beachten. Doch gleich darauf schwankte sie, das Wechselspiel der Gefühle überwältigte sie.

„Gwen!“, rief Luke besorgt und ging auf sie zu.

„Nein.“ Ihre Abwehr kam spontan. In ihr kämpfte die Sehnsucht nach ihm mit dem Gefühl, etwas Unwiederbringliches erlebt und verloren zu haben. Tränen stiegen ihr in die Augen, ohne dass es ihr bewusst war. Der Blick, mit dem sie ihn ansah, verriet ihre Ratlosigkeit und Unerfahrenheit.

„Dazu hattest du kein Recht“, klagte sie mit ganz kindlicher Stimme. „Wie konntest du das tun?“

„Was meinst du?“, fragte er rau und packte sie an den Schultern. „Hatte ich kein Recht, mit dir schlafen zu wollen, oder beklagst du dich darüber, dass ich darauf verzichtet habe?“

„Ich wünschte, ich wäre dir nie begegnet. Ich wünschte, dass du mich niemals berührt hättest!“

„Oh ja, ich kann dir versichern, dass es mir genauso geht – aber findest du nicht, dass es nun ein bisschen zu spät für solche Wünsche ist?“

Er zog sie an sich, ehe sie wusste, was ihr geschah. Seine Augen funkelten sie zornig an. „Wir scheinen beide nicht sehr glücklich über unsere Situation zu sein. Aber wir sollten sie vielleicht doch lieber fortsetzen und zu Ende bringen."

Der Regen rauschte auf die Baumkronen und tropfte durch das dichte Laub auf den Boden. Es duftete nach Blüten und feuchter Erde. Gwen achtete nicht darauf. Einen Augenblick lang wurde sie von panischer Angst gepackt. Er würde sie nehmen, fürchtete sie, ohne dass sie sich gegen ihn zu wehren vermochte. Er war so viel stärker. Doch das Schlimmste war, dass er es gar nicht nötig haben würde, Gewalt anzuwenden. Wenn er sie nur einmal berührte, war sie wehrlos.

Unvermittelt ließ er die Hände sinken, dann trat er einen Schritt zurück und schaute sie lange an. „Solltest du es aber nicht wollen, mach dich lieber sofort auf den Rückweg."

Diesmal befolgte Gwen seinen Rat. Tränen strömten ihr über die Wangen, während sie den nassen Pfad entlangrannte. Sie hatte nur einen Gedanken – sich in die Geborgenheit ihres Zimmers zu flüchten.

4. KAPITEL

Der ausgiebige Regen hatte dem Garten gutgetan. Die Rosen standen in voller Blüte und verströmten ihren süßen Duft. Am nächsten Morgen war die Sonne am wolkenlosen blauen Himmel emporgestiegen, der Tag versprach heiß zu werden.

Gwen wanderte an den Beeten vorbei und schnitt sorgfältig die schönsten, kaum erblühten lachsfarbenen Rosen ab, die sie ihrer Mutter ins Wohnzimmer stellen wollte.

Sie hatte seit dem Vorfall am Fluss jedes Alleinsein mit Luke geschickt vermieden. Hinter der Entschlossenheit, mit der sie die Gesellschaft ihrer Mutter suchte, verbarg sich ihre Unsicherheit und Verletzlichkeit. Sie benutzte Annabelle als Schutz gegen Luke. Wenn sie und ihre Mutter zusammen waren, konnte er nicht mit Annabelle allein sein. Vor allem aber hatte er keine Möglichkeit mehr, noch einmal ihre Verwirrung auszunutzen und sie zu demütigen.

Der flache Korb war erst mit wenigen langstieligen Rosen gefüllt, aber Gwen verlor die Lust am Streichen, und die Schönheit der duftenden Blüten erfreute sie nicht mehr. Irgendetwas war mit ihr geschehen. Doch was es war, ahnte sie nicht einmal. Sie ärgerte sich darüber, dass sie mit ihren Gedanken immer wieder abschweifte, aber sie konnte sich auf nichts mehr konzentrieren.

Sie bückte sich wieder, schnitt eine zarte Knospe ab und legte sie behutsam zu den anderen in den Korb. Es ist fast so, überlegte sie, als ob mir nicht einmal mehr meine geheimsten Gedanken allein gehören.

Sie durfte gar nicht darüber nachdenken, wie unmöglich sie sich in den letzten beiden Tagen benommen hatte. An diesem Morgen verstand sie sich selbst nicht mehr. Sie war mit dem festen Vorsatz nach Hause gereist, ihre Mutter vor einer zu festen Beziehung zu Luke Powers zu warnen und sie von ihm zu trennen. Stattdessen hatte sie sich ihm förmlich an den Hals geworfen. Kein anderer Mann, auch Michael nicht, hatte jemals ähnliche Gefühle in ihr erregt. Luke war es spielend gelungen!

Gwen richtete sich auf und reckte den schmerzenden Rücken. Ich bin allerdings auch noch nie einem Mann begegnet, der so faszinierend ist wie er, gestand sie sich ein. Er strahlt trotz der äußeren Gelassenheit und Überlegenheit so viel Vitalität und Sinnlichkeit aus, dass es mich förmlich umgeworfen hat.

Sie fürchtete, dass ihr die Erfahrung fehlte, mit einem so außergewöhnlichen Mann fertig zu werden. Viel schlimmer war, dass sie sich bereits verändert hatte. Sie wusste, dass er in ihr ein leidenschaftliches Sehnen erregte, das bisher geschlummert hatte. Sie hatte nicht einmal geahnt, dass sie überhaupt zu so heftigen Gefühlen fähig war.

Gwen hatte sich immer für eine durchschnittliche Frau mit ganz alltäglichen Ansprüchen und Vorstellungen gehalten. Nun waren verborgene Wünsche in ihr wachgeworden, die nichts mehr mit ihren gewohnten Hoffnungen und Erwartungen zu tun hatten. Sie war auf einmal nicht mehr die selbstbeherrschte, zielbewusste Person, die sie zu sein geglaubt hatte. Bisher hatte sie stets ihr Temperament zügeln können, doch in den letzten zwei Tagen war ihr dies nicht mehr gelungen.

Es ist seine Schuld! dachte Gwen und starrte auf eine voll erblühte Päonie. Er hat hier nichts zu suchen. Warum bleibt er nicht in seinem Haus an der Pazifikküste? Ich könnte mit Mama eine wundervoll friedliche, erholsame Zeit verleben, wenn er nach Kalifornien zurückreisen würde. Stattdessen lässt er sich hier häuslich nieder, und seitdem ist Mama irgendwie anders geworden. Schlimmer noch, er hat auch mich verändert. Ich habe plötzlich Wünsche und Gefühle, die mir früher völlig fremd waren.

Mit einem tiefen Seufzer ließ sie den Blick über den sonnenbeschienenen Garten wandern. Die Schönheit, die sie umgab, weckte leise Wehmut in ihr. Wenn ich nur begreifen würde, was er in mir bewirkt hat und was ich für ihn empfinde. Ich fürchte mich vor ihm! Die Erkenntnis traf sie wie ein Schlag. Ja, er ängstigt mich, dachte sie. Ich weiß nur nicht, warum. Natürlich befürchte ich nicht, dass er mich angreifen oder mir körperlichen Schmerz zufügen wird. Aber trotzdem – die Angst vor ihm bleibt.

Kopfschüttelnd und tief in Gedanken versunken ging sie langsam weiter. Luke gelang es offenbar, andere mühelos zu beherrschen, ohne dass ihm die geringste Anstrengung anzumerken war und es jemandem eigentlich zu Bewusstsein kam.

Gwen strich sich mechanisch über Wangen und Lippen. Plötzlich glaubte sie, seinen Mund auf ihrem zu spüren. Er hatte sie voller Zärtlichkeit und mit wachsender Begierde geküsst, und sie hatte beides genossen – die sanfte Zärtlichkeit und die leidenschaftliche Begierde. Sie war wie Wachs in seinen Händen. Ratlos gestand sie sich ein, dass sie mit ihrem Plan scheitern musste. Sie konnte gegen ihn nicht gewinnen.

Sie erinnerte sich wieder an die erregenden Augenblicke im Bayou. Sie hatte sich nicht gegen ihren Willen küssen und umarmen lassen, sondern Lukes Liebkosungen voll Leidenschaft erwidert. Diese Erkenntnis beunruhigte sie tiefer als alle Erfahrungen, die sie in den letzten Tagen gesammelt hatte.

Doch einem plötzlichen Impuls nachgebend reckte sie entschlossen das Kinn in die Höhe. Das muss aufhören! sagte sie sich. Ich lasse nicht mehr zu, dass er jeden Gedanken in mir beherrscht. Mich wird er nicht nachgiebig und hingebungsvoll erleben. Luke Powers wird feststellen müssen, dass Gwen Lacrosse durchaus imstande ist, auf sich und ihre Mutter achtzugeben.

Gwen ahnte nicht, dass sie einen aufmerksamen Zuschauer hatte.

„Bitte, bleiben Sie noch einen Augenblick stehen, Gwen", rief ihr Bradley Stapleton zu, als sie endlich weitergehen wollte. Er winkte ihr mit einem Bleistift zu, dann beugte er sich über seinen Skizzenblock und begann, konzentriert zu zeichnen. Er saß mitten auf dem Gartenweg, seine bloßen Füße steckten in Sandalen, und auf den Jeans reihte sich ein Farbklecks an den anderen. Die Augen wurden von einer Schirmkappe beschattet.

Gwen war überrascht stehen geblieben.

„Wunderbar!", sagte Bradley nach ein paar Minuten und sprang leichtfüßig auf. Mit einem strahlenden Lächeln kam er zu ihr. „Ich wusste, dass Sie ein Gesicht haben, wie es sich ein Maler nur wünschen kann. Aber dass es so ausdrucksvoll ist, habe ich nicht zu träumen gewagt. Sehen Sie sich die Zeichnungen nur einmal an, die ich in dieser kurzen Zeit gemacht habe. Ihre Mimik ist überwältigend." Er hielt ihr den Block entgegen und ließ sie die Blätter betrachten, auf denen er ihr Gesicht gezeichnet hatte.

Gwens ursprüngliche Belustigung über sein überspanntes Benehmen wich respektvollem Staunen. Selbst sie, die nicht viel von Malerei verstand, erkannte die Qualität dieser Bleistiftskizzen. Es war aber nicht nur sein Talent, das sie zum Schweigen und intensiven Betrachten brachte. Es war die Frau, die sie auf diesen Blättern sah. Es war ein Mädchen mit langem, welligem Haar und einer fast knabenhaft schlanken Gestalt. Das Gesicht verriet viel Sensibilität und Verletzlichkeit, die sie nie in sich vermutet hatte. Sie wandte noch einmal Blatt um Blatt. Sie sah sich träumen und angespannt nachdenken. Es begann sie zu beunruhigen, dass jemand ihre wechselnden Empfindungen so klar gesehen hatte.

„Es sind großartige Skizzen", sagte sie. Bradley strahlte bei diesem Lob, aber Gwen ließ ihm keine Zeit für eine Antwort. „Bin ich wirklich so – so einfach zu durchschauen? Zeigen sich meine Gedanken und Gefühle so klar in meinem Gesicht?"

„Das ist die Eigenschaft, die ein gutes Modell auszeichnet", entgegnete er. „Ihr Gesicht ist ungeheuer ausdrucksvoll."

„Aber ..." Sie fuhr sich mit einer verzweifelten Geste durchs Haar. „Heißt das, dass ich mich immer verrate? Sind meine Empfindungen für jeden Menschen offenkundig? Ich fühle mich auf einmal richtig wehrlos und – ja, irgendwie nackt!"

Bradley hob die schmale knochige Hand und streichelte fast mitleidig ihre Wange. „Sie haben eben ein ehrliches Gesicht, Gwen. Aber wenn es Sie beruhigt, kann ich Ihnen versichern, dass die meisten Leute sich gar nicht die Mühe machen, hinter ein schönes Äußeres zu blicken. Sie sind viel zu sehr mit sich selbst beschäftigt, um sich ernsthaft für die Gedanken eines anderen zu interessieren."

„Sie tun es aber", wandte sie ein, schon ein wenig ruhiger geworden.

„Das ist mein Beruf."

Sie sah sich die Blätter noch einmal an. „Sie sind ein wirklicher Künstler." Plötzlich wurde sie still und schaute wie gebannt auf ein Blatt, das sie zufällig aufgeschlagen hatte. Es war eine Zeichnung von Luke.

Eigentlich war es mehr eine flüchtig hingeworfene Skizze von ihm. Er hockte in Pulli und Jeans auf der Verandabrüstung. Bradley hatte nur das Gesicht sorgfältig gezeichnet. Er hatte die innere Stärke und Lukes Intelligenz ebenso eingefangen wie seine ausgeprägte Empfindsamkeit.

Sie konnte sich von der Zeichnung nicht losreißen. Am stärksten hielten Lukes Augen sie gefangen, die sie direkt anzusehen schienen. Sie fühlte, dass ihr Atem schneller ging, ihr Herz stärker zu klopfen begann. Die Zeichnung faszinierte sie ebenso wie der Mann selbst.

„Ich bin mit dieser Skizze sehr zufrieden", hörte sie Bradley sagen.

Erst jetzt wurde ihr bewusst, dass er schon seit einigen Sekunden zu ihr sprach.

„Sie ist sehr lebendig, Sie haben ihn genau getroffen." Gwen wusste nicht, dass in ihrer Stimme etwas wie Neid und sehnsüchtige Bewunderung mitschwang.

Bradley warf ihr einen kurzen, nachdenklichen Blick zu. „Jedenfalls ist mir klar, dass er ein ziemlich komplizierter Charakter ist. In gewisser Beziehung sind Sie ihm ähnlich."

„Ich?“, rief Gwen erstaunt.

„Ja, weil Sie und er sehr empfindsame Menschen sind, die zu tiefen Gefühlen fähig sind. Der Unterschied zwischen Ihnen und ihm liegt darin, dass er seine Gedanken und Empfindungen verbirgt, während Sie sie unbewusst verraten. Wollen Sie mir erlauben, Sie zu malen?“

„Wie bitte?“ Gwen wandte ihre Aufmerksamkeit endlich Bradley zu.

„Darf ich Sie malen?“, wiederholte Bradley geduldig. „Ein Porträt in Öl.“

„Gern, wenn Sie es wirklich wollen. Es klingt durchaus verlockend.“ Gwen zwang sich, ihn liebenswürdig anzulächeln.

„Nach ein paar Stunden, in denen Sie für mich Modell gesessen haben, finden Sie es bestimmt nicht mehr so reizvoll. Wollen wir nicht gleich beginnen, ehe Sie Ihre Meinung ändern?“ Er nahm ihre Hand und zog sie mit sich über den Gartenpfad ins Haus.

Nachdem Gwen längere Zeit für Bradley in der von ihm gewünschten Pose Modell gestanden hatte, wusste sie, wie recht er hatte. Es war eine körperliche Anstrengung gewesen, sie fühlte sich total erschöpft. Zunächst hatte er ihr Gesicht von allen Seiten betrachtet und skizziert, wobei sie abwechselnd sitzen oder stehen musste. Dann ließ er sie auf einem hochlehnigen Sessel Platz nehmen und befahl ihr, sich nicht zu rühren. Sie empfand danach wesentlich mehr Verständnis für die Fotomodelle, die sie so oft kritisiert hatte.

Anfangs war es ein Riesenspaß gewesen. Bradley hatte auch verlangt, ihre Garderobe durchsehen zu dürfen, um ein passendes Kleid auszusuchen. Er wählte ein sehr schlichtes weißes Seidenkleid mit schwingendem Rock. Sie versuchte einen zaghaften Protest, aber dann fügte sie sich zu ihrer eigenen Verwunderung seinem Wunsch. Irgendwie fand sie es schmeichelhaft und faszinierend, von einem Künstler so anerkennend gemustert zu werden.

Nach längerer Zeit entließ er sie endlich. Gwen ging müde in ihr Zimmer und warf sich aufs Bett.

Allmählich entspannten sich ihre verkrampften Muskeln. Sie blieb halb träumend, halb wachend liegen. Nun konnte sie darüber lachen, wie sehr sie sich von Bradley hatte herumkommandieren lassen. Ihr verlegener Widerstand gegen seine Forderung, sie solle nur das Seidenkleid überziehen und nichts darunter, half ihr nicht. Er überging ihren Protest mit einer Handbewegung. In seinem Atelier betrachtete er sie dann mit so viel Sachlichkeit, wie er auch einen Baum oder eine Obstschale musterte. Er interessierte sich nicht für sie als Frau, sondern betrachtete ihren Körper nur als Zeichenobjekt.

Von ihm brauche ich keine leidenschaftliche Annäherung zu befürchten, dachte Gwen. Sie schloss die Augen und gähnte herzhaft. Gleich darauf war sie eingeschlafen.

Sie hatte einen wirren Traum, in dem sie durch das Bayou irrte, um nach Blaubeeren zu suchen und Rosen zu pflücken. Auf einer Lichtung erblickte sie Luke, der mit der Axt auf einen mächtigen Baumstamm einschlug. Als der Baum ihr vor die Füße fiel, lächelte Luke ihr stolz entgegen, und sie lief in seine offenen Arme. Für Sekunden war sie überglücklich, dann lag sie plötzlich im kalten, reißenden Strom.

Hinter einem Vorhang aus Wassertropfen sah sie Annabelle, die Luke an die Hand nahm. Gwen versuchte verzweifelt, an die Oberfläche zu kommen, aber das Wasser hielt sie gefangen.

Doch dann war sie auf einmal ans Ufer gelangt. Bradley saß ihr zu Füßen und zeichnete sie wie ein Besessener. Luke kam mit der Axt in der Hand auf sie zu. Sie wollte ihm entgegengehen, aber ihre Glieder waren wie gelähmt. Er bewegte sich im Zeitlupentempo auf sie zu. Während er ging, begann er sich zu verwandeln. Sein Gesicht wurde seltsam undeutlich, auch sein Anzug sah anders aus als zuvor.

Nun war es Michael, der vor ihr stand. Statt der Axt hielt er einen ledernen Diplomatenkoffer in der Hand. Er schüttelte verständnislos den Kopf, weil sie sich nicht bewegen konnte. Er sagte ihr mit vorwurfsvoller Stimme, dass er ja immer gewusst hätte, wie frigide sie sei. Gwen wollte widersprechen, doch sie konnte nur einen krächzenden Laut hervorstoßen, als er sie hochhob und davontrug. Aus der Ferne rief Luke ihren Namen. Daraufhin ließ Michael sie zu Boden fallen. Es schmerzte heftig, und sie erwachte. Noch ganz benommen, öffnete sie nur zögernd die Augen. Jemand beugte sich über sie.

Gwen wusste nicht, ob sie wirklich wach war oder immer noch träumte. „Ich bin doch nicht frigide, Luke?“, flüsterte sie fast unhörbar und sah in seine klaren Augen.

„Nein, das bist du ganz bestimmt nicht.“ Er strich ihr mit einer sachten Bewegung die Haare zurück und ließ die Finger auf ihrer warmen Wange liegen.

„Küss mich. Ich will nicht zu Stein erstarren.“ Er lächelte über ihre Forderung, die so selbstverständlich klang.

„Natürlich willst du das nicht. Wer möchte schon zu Stein werden.“

Erleichtert hob Gwen die Arme und legte sie um seinen Nacken. Er küsste sie, sein Mund war warm und weich. Sie öffnete die Lippen und genoss den nicht enden wollenden Kuss. Traum und Wirklichkeit verschmolzen miteinander. Das aufflammende Verlangen vertrieb endgültig die Reste des Traumes. Lukes Hüften pressten sich an ihren Körper. Sie empfand plötzlich Angst und versuchte, ihn von sich zu schieben. Er gab sie erst frei, als sie den Kopf zur Seite wandte. Dabei blieb sein Gesicht nur Millimeter von ihrem entfernt.

„Wirklich, das muss ein Traum gewesen sein“, sagte er leise und rieb mit verspielter Zärtlichkeit die Nase an ihrer. „Frauen können so unbeschreiblich warm und weich sein, wenn sie geschlafen haben.“

Sie brachte es fertig, sich aufzusetzen. „Ich muss schon sagen, du hast Nerven! Was fällt dir ein, einfach in mein Schlafzimmer zu kommen und mich zu belästigen.“

„Rate doch einmal.“ Das überlegene, selbstbewusste Lächeln, mit dem er ihr in die Augen sah, trieb ihr die Röte ins Gesicht. Sie zuckte zusammen, als sie die Wärme seiner Hand auf der nackten Haut spürte. Er schob sie ungeniert weiter in den V-Ausschnitt des Kleides.

„Entspann dich“, befahl er. „Ich bin nicht etwa gekommen, um dich deiner Jungfräulichkeit zu berauben. Ich wollte dich nur zum Dinner abholen.“ Er streichelte ihr sacht über die Wange. „Das Übrige war deine Idee.“

„Du … du bist … ich hab geschlafen, und das hast du ausgenutzt.“ Gwen konnte vor Zorn kaum sprechen.

„Ja, das habe ich getan.“ Luke hob mit beiden Händen ihren Kopf, um sie fest auf den Mund zu küssen. „Und wir haben beide jede Sekunde genossen, nicht wahr?“ Er erhob sich und ließ den Blick über ihren Körper wandern. „Weiß steht dir ausgezeichnet. Aber du willst dich vor dem Abendessen sicher noch umziehen. Dieses Kleid ist zu verführerisch für eine einfache Mahlzeit. Es sei denn, du möchtest Bradley zum Wahnsinn treiben.“

Sie sprang auf. „Keine Sorge. Bradley hat mich heute Nachmittag stundenlang in diesem Kleid porträtiert.“

Lukes Gesicht wurde unversehens ernst. Er richtete sich fast drohend vor ihr auf. „Was hast du gesagt?“

„Ich hab mich klar genug ausgedrückt. Ich habe Bradley für ein Porträt gesessen.“

„In dem da?" Sein Blick blieb am Ausschnitt des Kleides hängen.

„Ja. Warum nicht?" Gwen warf herausfordernd den Kopf zurück. Doch seine Miene war so finster, dass sie sich rasch abwandte. Der weiße Rock schwang um ihre Beine, der Seidenstoff ließ jede Linie ihres Körpers erkennen. Sie lehnte sich an die Fensterbank. Das gab zumindest äußerlich einen festen Halt. „Das geht dich doch nichts an, oder?"

„Du solltest dich nicht auf ein Spiel einlassen, bei dem du die Verliererin sein wirst", warnte er.

„Du bist unverschämt."

„Und du bist nichts als ein verwöhntes Kind."

„Ich bin kein Kind mehr", fuhr Gwen auf. „Ich bin gewöhnt, meine eigenen Entscheidungen zu treffen. Wenn ich mich entschlossen habe, Bradley in diesem Kleid Modell zu sitzen, geht das nur mich etwas an. Auch wenn er mich in silberner Rüstung porträtieren möchte oder einzig mit einem Paar Brillantohrringen, so ist das meine Angelegenheit. Du hast mir da nicht reinzureden."

„Da bin ich ganz anderer Meinung, Gwen. Wenn du dich mit nichts als einem Paar Ohrringen von ihm malen lässt, muss ich Bradley leider zur Rechenschaft ziehen."

Diese völlig gelassen ausgesprochene Drohung entfachte Gwens Zorn von Neuem. „Das ist typisch Mann. Wenn etwas nicht so läuft, wie ihr es euch vorstellt, schlagt ihr darauf ein oder verflucht es. Ich hatte angenommen, dass du gescheiter bist als andere Männer."

„Ach nein, hast du das?" Das Funkeln in seinen Augen verriet ihr, dass er sie nur komisch fand. „Wie schade, dass du dich in mir getäuscht hast."

„Männer!", rief sie und hob Augen und Hände anklagend zur Decke. „Sie sind alle gleich."

„Aus dir spricht natürlich deine reiche Erfahrung." Der Spott in seiner Stimme war nicht zu überhören.

„Du bist bestimmt noch eingebildeter, arroganter und selbstsüchtiger …" Sie stockte.

„Und gemeiner?", half er ihr weiter.

„Das reicht." Sie nickte ihm zu.

„Wie schön." Luke setzte sich auf die Bettkante und blickte mit plötzlich ernst gewordener Miene zu ihr hin. Die Strahlen der tiefer sinkenden Sonne verfingen sich in ihrem Haar und ließen ihr Gesicht im Schatten.

„Ihr denkt immer, dass ihr alles besser wisst. Frauen sind eurer Meinung nach unlogische, untüchtige Geschöpfe, die nicht fähig sind, selbstständig zu denken und zu handeln. Ihr könnt nur Befehle erteilen. Und wenn dann nicht geschieht, was ihr angeordnet habt, schreit oder schmollt ihr. Diese Überheblichkeit ist unerträglich. Ich hasse es, bevormundet zu werden. Ich mag auch nicht, wenn man mich in herablassendem Ton schön und gescheit nennt. Eigentlich heißt das nur, man hält mich für ein hübsches, aber törichtes Mädchen." Sie holte tief Luft.

Er sah sie schweigend an, sodass sie fortfahren musste.

„Ich sollte natürlich dankbar für die Aufmerksamkeit und die Komplimente sein. Ich bin ja nur ein liebes, naives Frauchen." Es war ihr plötzlich nicht mehr möglich, in diesem sarkastischen Ton weiterzureden. Die vorgetäuschte Überlegenheit geriet ins Wanken. Sie stieß sich von der Fensterbank ab und griff Halt suchend nach dem Bettpfosten. „Aber so bin ich nicht", rief sie erbittert aus. „Ich bin nicht frigide und unempfindlich und auch nicht naiv und völlig unerfahren."

„Lieber Himmel", warf er ein, „welcher Idiot hat dir denn so einen Unsinn vorgeworfen?"

Sie sah ihn verblüfft an.

„Deine Meinung über die Männer im Allgemeinen stammt anscheinend ebenfalls von diesem Idioten. Dein Michael muss wirklich überzeugend gewirkt haben."

Sie zuckte hilflos mit den Achseln, da er sie forschend ansah. Dann drehte sie sich um und ging wieder zum Fenster zurück.

„Warst du in ihn verliebt?"

Die Frage kam so überraschend, dass sie ihm antwortete, ohne nachzudenken. „Nein. Ich habe es mir nur eingebildet, aber das kommt wohl auf dasselbe hinaus."

„Er hat dich offenbar ziemlich eingeschüchtert." Luke war aufgestanden und trat vor sie. Seine Stimme klang zärtlich, und seine Hände, die er auf ihre Schultern legte, waren warm und sanft.

„Oh, bitte nicht." Gwen wandte sich von ihm ab. Die Berührung erregte wieder den seltsam süßen Schmerz in ihr. „Sei nicht so lieb zu mir. Ich kann mich dann nicht gegen dich wehren."

„Willst du das überhaupt?" Er umfasste wieder ihre Schultern und hielt sie diesmal fest. „Möchtest du dich wirklich gegen mich zur Wehr setzen?" Er ließ den Blick zu ihren Lippen wandern. Ein Zittern lief über Gwens Rücken.

„Ich finde es richtiger, wenn ich das tue.“ Sie war plötzlich atemlos. „Ich glaube, für mich ist es besser, wenn wir weiter miteinander streiten und nicht ...“

„Und uns nicht küssen, wolltest du sagen?“ Er lächelte, und dieses Lächeln war charmant und werbend zugleich.

Das Zimmer wurde von dem schwindenden Tageslicht nur schwach erhellt. Vor dem sich färbenden Abendhimmel hob sich ihre Gestalt deutlich ab.

„Du bist wunderschön“, sagte er leise. Mit der rechten Hand fuhr er streichelnd über ihren Hals und zeichnete mit der Spitze des Zeigefingers die sanft geschwungene Linie vom Kinn über die Kehle nach.

Gwen blickte ihm wie hypnotisiert in die Augen. Sie schüttelte in unbewusster Abwehr den Kopf. „Nein. Nein, ich bin nicht schön. Mein Mund ist viel zu groß, und ich habe ein zu ausgeprägtes Kinn.“

„Ja, das stimmt.“ Er zog sie näher zu sich heran. „Ich erkenne erst jetzt, dass du ein ziemlich unansehnliches, kleines Mädchen bist. Es ist eine reine Verschwendung der Natur, ein so reizloses Geschöpf mit dieser seidenweichen Haut und großen samtbraunen Augen auszustatten.“

„Bitte nicht.“ Sie wandte den Kopf, und seine Lippen berührten ihre Wange. „Bitte küss mich nicht. Es bringt mich ganz aus der Fassung, ich weiß dann gar nicht, was ich tun soll.“

„Ich hab eigentlich das Gefühl gehabt, dass du ganz genau weißt, was du tust.“

„Luke, bitte.“ Sie atmete tief ein. „Ich vergesse alles, wenn du mich so ansiehst und wenn du mich küsst. Dann möchte ich nur, dass du damit nicht aufhörst.“

„Das wäre mir nur recht.“

„Nein, ich will nicht.“ Sie schob ihn energisch von sich, aber die Augen, mit denen sie ihn ansah, blickten flehend und hilflos. „Ich habe Angst.“

Luke betrachtete sie mit ruhiger Aufmerksamkeit. Dann seufzte er leise, ließ sie los und trat einen Schritt zurück. Seine Miene war nachdenklich, als er die Hände in die Hosentaschen schob.

„Ich frage mich, ob du wohl diese rührende Unschuld verlierst, wenn ich mit dir schlafe?“

„Was für eine Frage! Ich werde dir nicht erlauben, mit mir zu schlafen.“ Ihre Stimme klang so zittrig und erschrocken, dass sie Gwen ganz fremd vorkam.

„Du bist viel zu leicht zu durchschauen und im Grunde auch zu ehrlich, um mich glauben zu lassen, dass das stimmt. Wahrscheinlich zweifelst du insgeheim selbst daran." Er wandte sich um und meinte im Hinausgehen: „Ich sage Annabelle, dass du in ein paar Minuten nachkommen wirst."

Die Tür fiel lautlos ins Schloss. Gwen blieb in dem dämmrigen Zimmer mit ihren verwirrten Gefühlen allein.

5. KAPITEL

Gwen hielt es nur eine knappe Stunde aus, als sie wieder für Bradley Modell sitzen musste. Er hatte zwar ein Durchschnittsgesicht, sah harmlos und blass aus, blickte aber sehr viel tiefer, als ihr lieb war. Außerdem war er wirklich ein Tyrann. Nachdem sie eingewilligt hatte, sich malen zu lassen, kannte er keine Gnade mit ihr. Er äußerte seine Wünsche mit leiser freundlicher Stimme, war aber zäh und hartnäckig. An diesem Morgen hatte er sie auf den schmiedeeisernen Gartenstuhl mitten auf dem Rasen platziert.

Es war ein schwüler Tag, die Sonne schien wie durch einen Schleier. Feuchtigkeit lag in der Luft. Eine Libelle surrte vorüber und ließ sich auf einer voll erblühten Rose nieder. Gwen senkte den Kopf, um sie zu beobachten.

„Lassen Sie das!“ Sie zuckte unter dem sanften Tadel unwillkürlich zusammen. „Ich will heute nur Ihr Gesicht zeichnen. Darum müssen Sie den Kopf ganz still halten.“

Sie wagte kaum, ihn anzusehen. Ihre reuige Miene belustigte ihn.

„Nun verstehe ich, warum Sie lieber im Hintergrund bleiben und nicht vor den Kameras der Fotografen für Ihre Modezeitung posieren.“ Die Hand mit dem Bleistift blieb einen Moment still. „Sie haben nie gelernt, sich wirklich zu entspannen und ganz reglos zu bleiben.“

„Das stimmt. Ich hab ständig das Gefühl, ich müsste etwas tun.“ Gwen seufzte. „Wie kann jemand freiwillig so lange auf einem Stuhl sitzen bleiben, ohne sich rühren zu dürfen. Ich habe nicht geahnt, wie schwierig das sein kann.“

„Die schönen Südstaaten-Ladys sind doch berühmt für ihre graziöse Trägheit.“ Bradley beugte den Kopf über den Skizzenblock. Das strähnige Haar fiel ihm in die Stirn, und er strich es ungeduldig zurück. Er glaubte, dass es Gwen leichter fallen würde, in der gewünschten Haltung zu verharren, wenn er sich mit ihr unterhielt. Dabei schätzte er es sonst gar nicht, seine Aufmerksamkeit zwischen seiner Malerei und dem Modell teilen zu müssen.

„Oh, ich bin wohl nie eine richtige Südstaaten-Lady gewesen“, sagte sie überzeugt. Sie zog ein Bein auf die Stuhlkante und legte die Hände um das Knie. Mit einem wohligen Atemzug genoss sie den Blumenduft. „Das Leben in New York hat mich vollends für das träge Dasein einer echten Südstaatlerin verdorben. Obwohl …“ Sie sah sich einen Moment lang um. Doch diesmal bewegte sie nur die Augen, um nicht wieder Bradleys Unwillen zu erregen. „Obwohl es hier unbeschreiblich friedlich ist, im Gegensatz zu dem hektischen New York. Ich merke erst jetzt, wie sehr ich diese geruhsame Stille vermisst habe."

„Ist Ihr Job sehr aufreibend?" Er korrigierte den Schwung der Kinnlinie, bis er damit zufrieden war.

„Hm ... natürlich steht man ständig unter Termindruck. Eigentlich ist es kaum zu schaffen, die Fotos und das Manuskript pünktlich abzuliefern. Aber irgendwie klappt es doch jedes Mal. Dann sind da die Mannequins und die Fotografen, die Zuspruch und Schmeichelei so nötig wie das tägliche Brot brauchen."

Bradley kniff die Augen zusammen und sah sein Werk prüfend an. „Bringen Sie es denn fertig, die sensiblen Künstlernaturen zu beruhigen und gleichzeitig anzutreiben?"

„Erstaunlicherweise ja." Gwen lächelte in sich hinein. „Und den Termindruck und die Aufregungen im Atelier liebe ich geradezu."

„Ich habe immer Schwierigkeiten gehabt, Termine pünktlich einzuhalten", gestand er. „Jetzt heben Sie einmal das Kinn – so etwa." Er half mit einer Hand nach, bis sie die gewünschte Stellung erreicht hatte.

„Das geht vielen Leuten so", erwiderte sie. „Aber ich muss einfach dafür sorgen, dass wir nicht in Verzug geraten. In einer Redaktion geht alles nach einem Zeitplan, der vor allem von der Druckerei abhängt."

Eine Weile schwiegen beide. Sie lauschte auf das sommerliche, geschäftige Summen der Bienen und das Zwitschern der Vögel in den dicht belaubten Baumkronen.

„Wo sind Sie eigentlich geboren, Bradley?", erkundigte sie sich und sah ihn aus den Augenwinkeln an. Er war eine seltsame Erscheinung mit dem knochigen, ungelenken Körper und den klugen, wissenden Augen.

„In Boston." Er schaute flüchtig auf. „Drehen Sie bitte den Kopf etwas nach rechts. So ist es gut, danke."

„Ach, Boston. Ich hab' es geahnt. Ihre Aussprache verrät Sie." Bradley lachte. „Wie und wann haben Sie sich entschlossen, Maler zu werden?"

„Ich fand früh heraus, dass es für mich die beste Möglichkeit ist, mich auszudrücken und anderen mitzuteilen. Es hat mir schon als Kind Spaß gemacht, meine Lehrer und Mitschüler zu zeichnen oder zu karikieren. Meine Skizzenblocks wurden dauernd eingezogen. Außerdem imponiert es den meisten Menschen, wenn sie erfahren, dass man Künstler ist."

„Aber das ist doch kein Grund, einer zu werden?“, widersprach sie lächelnd.

„Oh, sagen Sie das nicht. Ich genieße es, wenn man mich lobt. Nicht jeder ist so bescheiden und uneitel wie Sie.“

Diesmal vergaß Gwen seine Anweisungen. Sie drehte sich lebhaft zu ihm um. „Glauben Sie wirklich, dass ich so bin?“

„Nicht immer, aber im Grunde sind Sie es. Mir genügt es, ein guter Maler zu sein. Ich habe nicht das Verlangen, ein Genie zu sein. Ich bin eben keine leidenschaftliche Natur.“ Er verzog den Mund, als er Gwens zweifelnde Miene bemerkte.

„Zu Ihnen passt diese Genügsamkeit nicht. Sie haben zu wenig Geduld mit sich selbst.“

Sie dachte über die Rolle nach, die sie in New York spielte. Dort war sie die lebhaft anfeuernde Gwen Lacrosse, die keinen Spaß verstand, wenn es um die Arbeit ging. Sie war eine ungemein tüchtige, umsichtige Frau, die ihren Job perfekt beherrschte. Eine Frau, die mit Komplikationen fertig werden konnte und die sich auch von den schwierigsten Mannequins und Fotografen nicht aus der Ruhe bringen ließ. Aber es gab da noch die andere Gwen Lacrosse, die die Stille in dem lieblichen, duftenden Garten ihrer Kindheit genoss.

Bradley ließ sie ihren Gedanken nachhängen. Er schien zufrieden, sich ganz auf seine Zeichnung konzentrieren zu können.

Michael, dachte Gwen mit einem leichten Stirnrunzeln, war von mir als der tüchtigen, lebhaften Karrierefrau hingerissen. Die andere Seite meines Wesens, die verträumte, manchmal etwas sentimentale Gwen, brachte ihn zur Verzweiflung. Sie selbst hatte diesen Zwiespalt nie richtig begreifen können, sie hatte sich einfach damit abgefunden. Bis sie Luke Powers begegnet war.

Luke. Nein, sie wollte jetzt nicht über ihn nachdenken. Es lief einfach alles nicht so ab, wie sie es vor ihrer Heimkehr geplant hatte. Schlimmer noch, sie begann daran zu zweifeln, ob sie den Lauf der Dinge überhaupt noch bestimmen konnte. Gwen hob den Kopf und schaute in den Himmel. Bradley fand diese neue Haltung so reizvoll, dass er sie hastig zu skizzieren begann.

Sie bemerkte seine stumme Konzentration nicht. Sie stellte nur fest, dass die Wolken von Westen her rasch über den Himmel zogen und bald die Sonne verdecken würden. Es sah nach Sturm aus. Wahrscheinlich würde es noch etwas dauern, ehe er losbrach, aber es lag bereits eine stumme Vorwarnung in der schwülen Luft. Gwen fror plötzlich.

Irgendetwas erregte ihre Aufmerksamkeit. Sie schaute zum Haus hinüber.

Luke stand reglos am Fenster seines Zimmers und blickte unverwandt in ihre Richtung. Gwen fragte sich beklommen, wie lange er ihnen schon zugesehen hatte. Sein Gesichtsausdruck war ruhig und gesammelt. Er blinzelte nicht einmal, als sich ihre Blicke trafen.

Er schaute sie unverwandt an und schien nicht im Geringsten verlegen zu sein, weil sie ihn dabei ertappt hatte. Trotz der Entfernung erkannte Gwen den stummen Vorwurf, der in seinem Blick lag. Verärgert richtete sie sich kerzengerade auf.

Luke lächelte, als ob er ihre Gedanken erraten hätte. Es war ein Lächeln, das Gwen unerträglich überlegen und anmaßend fand. Sie fühlte sich herausgefordert und wusste, dass er genau das beabsichtigt hatte. Sie reckte das Kinn, ehe sie sich abwandte.

Bradley runzelte die Stirn über den zornigen Ausdruck, den Gwens Gesicht angenommen hatte. Er erhob sich von seinem Klappstuhl. Immer wieder staunte sie über seine geschmeidigen Bewegungen, die so gar nicht zu der knochigen Figur zu passen schienen.

„Ich glaube, wir haben für heute genug", bemerkte er freundlich. „Ziehen Sie aber bitte morgen wieder das weiße Kleid an. Ich weiß jetzt genau, in welcher Pose ich Sie malen will. Nun werde ich versuchen, von Tillie ein Stück von ihrem hervorragenden Schokoladenkuchen zu ergattern. Möchten Sie auch eins, Gwen?"

Gwen schüttelte lächelnd den Kopf. „Es ist schon bald Zeit für das Mittagessen. Ich bleibe bis dahin draußen und zupfe Mama zuliebe Unkraut." Sie sah missbilligend auf die Blumenbeete. „Mir scheint, sie vernachlässigt neuerdings ihren geliebten Garten."

„Ja, sie ist eine viel beschäftigte Frau", erwiderte Bradley leichthin. Er hatte sich den Skizzenblock unter den Arm und den Bleistift hinter das Ohr geklemmt und ging nun pfeifend den Weg zum Haus hinunter.

Gwen blickte ihm verständnislos nach. Bradley hatte ihre Mutter eine viel beschäftigte Frau genannt. Wieso eigentlich? Annabelle hatte niemals zu viel Arbeit gehabt, zumindest nicht, seitdem Tillie da war. Was hatte sie also plötzlich zu tun, das sie so in Anspruch nahm?

Vielleicht will sich Mama nur mir gegenüber den Anschein geben, überbeschäftigt zu sein? überlegte Gwen. Wahrscheinlich will sie mir beweisen, dass sie genauso fähig ist, ihr Leben zu meistern, wie ich in der Großstadt. Sie kniete sich vor dem Petunienbeet nieder und zog das wuchernde Unkraut heraus.

Es war eine neue Angewohnheit von Annabelle, sich von Zeit zu Zeit zurückzuziehen und unsichtbar zu bleiben. Gwen hob unbewusst den Kopf, um nach Luke auszuschauen. Aber er stand nicht mehr am Fenster, und sie zupfte mechanisch weiter.

Wenn er nur verschwinden würde, wäre bestimmt alles wieder so wie früher. Ihre Mutter war eine viel zu sanfte, gutmütige Frau, die keinem Menschen etwas Böses zutraute. Einem Mann wie Luke Powers war sie einfach nicht gewachsen.

Bin ich es eigentlich? fragte sich Gwen ehrlich. Sie entdeckte beschämt, dass sie mit dem Unkraut eine blühende Petunie ausgerissen hatte.

„So was Dummes!", schimpfte sie vor sich hin und richtete sich gleich darauf abrupt auf. Ein Schatten war auf das Beet gefallen.

„Hast du dich über jemanden geärgert?", fragte Luke teilnahmsvoll. Ohne ihre Antwort abzuwarten, kniete er sich neben sie, nahm ihr die Pflanze aus der Hand, brach die Blüte ab und schob sie ihr ins Haar.

Gwen wurde verlegen, da sie daran denken musste, wie er ihr die Rose hinters Ohr gesteckt hatte. Sie neigte rasch den Kopf über das Blumenbeet. „Lass mich. Ich hab zu tun."

„Ich möchte dir aber helfen", bat er mit aufreizender Liebenswürdigkeit.

„Und deine Arbeit? Du scheinst heute keine rechte Lust zum Schreiben zu haben." Sie blickte flüchtig zu ihm auf.

„Nein, es läuft heute nicht." Er grub bedächtig ein tief verwurzeltes Unkraut aus der Erde. „Das ist der Vorteil des freien Schriftstellers. Man kann sich seine Arbeit meistens einteilen, wie es einem gefällt."

„Wieso nur meistens?"

„Natürlich ist man in gewisser Weise auch an die Termine des Verlegers gebunden. Es gibt allerdings Tage, an denen man so gut vorankommt, dass man förmlich an die Schreibmaschine gefesselt ist."

„Das kann ich mir nicht vorstellen", warf Gwen lebhaft ein. Sie hatte ihren Vorsatz, ihn links liegen zu lassen, ganz vergessen. „Der Gedanke, dass du dich anketten lässt, und sei es auch nur an der Schreibmaschine, ist unvorstellbar. Du wirkst so ... so frei. Bestimmt ist es unsagbar mühsam, Tausende von Wörtern zu tippen, um erdachte Menschen handeln, reden und sich bewegen zu lassen."

Er schaute sie an, und sie senkte den Blick. „Was hat dich dazu gebracht, Bücher zu schreiben?"

„Ich bin schon als Kind gern mit der Sprache umgegangen. Die Gestalten meiner Fantasie drängten förmlich ans Licht, sie wollten lebendig werden. Hab ich deine Frage damit ausreichend beantwortet?“

Gwen zögerte. Sie drehte gedankenlos einen Grashalm zwischen den Fingern, den er ihr lächelnd entwand. „Jetzt bin ich an der Reihe, dir eine Frage zu stellen. Worüber dachtest du nach, als du vorhin zum Himmel hinaufsahst?“

Es war nur die halbe Wahrheit, mit der sie antwortete. Sie hatte nicht die Absicht, ihm ihre geheimsten Gedanken zu offenbaren. „Ich wollte wissen, ob es bald regnen würde. Warum hast du mich eigentlich so lange beobachtet? Musste das sein?“

„Ja.“

„Du bist unmöglich“, sagte sie scharf.

„Und du bist wunderschön.“ Sein Gesichtsausdruck verriet so viel Bewunderung, dass ihr ein wenig schwindlig wurde. Er legte zwei Finger unter ihr Kinn und verhinderte so, dass sie den Kopf abwandte.

„Lass das!“ Sie wollte zurückweichen, aber er hielt sie fest und fuhr leise fort: „Du sahst wie die Frau aus, von der ich mein Leben lang geträumt habe. Das Sonnenlicht warf goldene Lichter auf dein Haar, und deine Augen waren so groß und voller Fragen. Ich möchte dich lieben, Gwen.“

„Nein“, rief sie ganz erschrocken und machte sich mit einer Drehung los.

„Nicht so hastig.“ Er schmiegte beide Hände um ihre Wangen, und sein Mund berührte ihre Lippen. Mit einem Seufzer überließ sie sich seinen zärtlichen Liebkosungen. Die träge Stimmung des sonnenbeschienenen Gartens übertrug sich auf sie, doch die Leidenschaft schlief nur, sie war in beiden verborgen und würde hervorbrechen wie der Sturm, den die heraufziehenden dunklen Wolken verhießen.

Gwen bebte, als Lukes Finger behutsam die Linien ihres Gesichts nachzogen. Sie streichelten die Wangen, das Kinn und den schlanken Hals. Dann vergruben sie sich in das dichte Haar. Er küsste sie wieder und wieder, fordernder und drängender als zuvor. Sie stöhnte leise und flüsterte seinen Namen. In ihr erwachte ein so ungestümes Verlangen, dass sie die Arme um seinen Nacken schlang und sich an ihn presste. Ihre Küsse verrieten ihm, was sie fühlte.

Einen Augenblick lang überließ er sich der aufflammenden Leidenschaft, die er ebenso stark wie sie empfand. Flimmernde Hitze umgab sie, während sie sich mit geschlossenen Augen aneinander drängten. Die Zeit schien stillzustehen. Doch auf einmal schob sie Luke von sich.

Gwen stand hilflos vor ihm, ihre Miene verriet ungläubiges Erstaunen. „Nein", sagte sie und schüttelte verwirrt den Kopf. „Nein!"

Ehe sie davonlaufen konnte, ergriff er ihr Handgelenk und riss sie zu sich herum. „Was heißt nein?" Seine Stimme war tiefer als sonst, aber er blieb sehr ruhig.

„Das heißt, dass ich es nicht richtig finde", sagte sie aufgebracht. „Bitte, lass mich, ich möchte ins Haus gehen."

„Einen Augenblick noch." Er hielt sie fest und betrachtete fast mitleidig ihr blass gewordenes Gesicht, in dem die Augen größer und dunkler als sonst wirkten. „Du hast es dir genauso leidenschaftlich wie ich gewünscht. Ich fühlte es doch, Gwen."

„Nein, nein, das ist nicht wahr!" Sie wollte sich von ihm losreißen, aber sie strengte sich vergeblich an.

„Ich habe nicht bemerkt, dass du dich irgendwie gewehrt hast. Ja, wenn ich mich nicht irre, warst du es, die meine Leidenschaft sogar noch herausforderte." Er sah sie amüsiert lächelnd an.

„Ja, es stimmt. Du hast recht." Sie atmete zitternd ein. „Ich ... ich habe mich vergessen, und ich habe auch alles Übrige vergessen ..."

Seine Mundwinkel zuckten. „Und was war das?"

Sie blickte ihn zornig an. „Ich habe für einen Augenblick vergessen, dass ich dich nicht ausstehen kann. Aber nun ist mir die Erinnerung wiedergekommen, und ich möchte, dass du mich endlich gehen lässt."

Herzhaft lachend zog er sie fest an die Brust. „Die Versuchung ist zu groß, Gwen, diese Erinnerung wieder auszulöschen." Diesmal lag sein Mund unnachgiebig auf ihrem, er küsste sie beinahe siegesbewusst. Ihr Sinne regten sich wieder. Aber mit neu erwachter Vernunft wehrte sie sich gegen das sehnsüchtige Verlangen nach Unterwerfung.

„Wie wär's, wenn wir weiter Unkraut zupfen?", schlug er heiter vor und gab sie frei.

Sie reckte sich und maß ihn mit einem, wie sie hoffte, überlegenen Blick. „Das kannst du gern tun. Ich ..."

Annabelles sanfte Stimme brachte sie zum Verstummen. „Ach, hier seid ihr beide. Ich hab dich gesucht, Kind."

„Hallo, Annabelle." Luke lächelte sie unbefangen an. „Gwen und ich wollten dir ein wenig Arbeit in deinem Garten abnehmen."

„Oh, das ist lieb von euch." Sie warf einen etwas schuldbewussten Blick auf die Beete. „Ich bin letzte Zeit nicht so fleißig gewesen, wie es eigentlich nötig war. Aber …" Sie ließ den Satz unvollendet und widmete stattdessen ihre ganze Aufmerksamkeit einer Biene, die aus einer Rose Honig saugte. „Vielleicht können wir später gemeinsam weitermachen. Tillie hat das Mittagessen fertig und besteht darauf, dass wir zu Tisch gehen. Sie hat heute Nachmittag frei." Sie sah Gwen zärtlich an. „Geh, wasch dir die Hände, Kind. Es wird dir guttun, für eine Weile aus der Sonne zu kommen", fuhr sie mit mütterlicher Besorgnis fort. „Du siehst sehr erhitzt aus."

Gwen brauchte Luke nicht anzusehen, um zu wissen, wie spöttisch seine Miene wurde. „Du hast recht, Mama", murmelte sie. Dieser abscheuliche Mensch. Warum brachte er es nur immer wieder spielend fertig, sie in Verlegenheit zu bringen!

Annabelle ahnte nichts von den zornigen Überlegungen ihrer Tochter. Sie strich prüfend mit einer Hand über Gwens Wange, aber ehe sie etwas sagen konnte, wurde sie von dem zornigen Summen einer Hummel unterbrochen, die sie umkreiste, bis sie sich auf einer blühenden Azalee niederließ.

„Puh, was für ein gefährliches Biest!", sagte Annabelle erleichtert. Sie vergaß Tillies Bitte, pünktlich zum Essen zu kommen, in diesem Moment. „Du hast heute Vormittag Bradley Modell gesessen, nicht wahr?"

„Ja." Gwen verzog das Gesicht. „Es hat fast zwei Stunden gedauert."

„Finden Sie es auch so aufregend?", fragte Annabelle Luke und fuhr dann, ohne auf seine Zustimmung zu warten, fröhlich fort: „Gwens Bild, von einem richtigen Künstler gemalt! Ich kann kaum abwarten, es sehen zu dürfen. Ich werde es wohl kaufen müssen." Sie überlegte sekundenlang, dann leuchteten die blauen Augen auf. „Wahrscheinlich wird es seinen Platz über dem Kamin im Wohnzimmer bekommen, findet ihr das nicht auch eine gute Idee?" Gleich darauf kam ihr ein neuer Gedanke, und ihre Miene wurde betrübt. „Oder möchtest du es für dich und deinen Michael behalten?"

„Er ist nicht mein Michael, Mama. Das hab ich dir schon einmal gesagt." Gwen schob die Hände in die Rocktaschen. Sie wagte nicht, Luke anzusehen, der stumm dastand. Sie wünschte, er würde irgendetwas sagen. Doch als sie einen scheuen Blick auf ihn richtete, schaute er sie nur abwartend an. Warum erriet man nie, was er dachte? „Außerdem würde sich Michael nie ein Bild von einem unbekannten Maler aufhängen. Wenn er ein Gemälde kauft, müsste es schon eine sichere Kapitalanlage sein." Sie bedauerte, dass ihre Stimme unnötig scharf geworden war.

Lukes Blick blieb unverändert kühl. Doch er zog die Brauen ein wenig in die Höhe, und sie wusste, dass er aufmerksam zugehört und sich ein Urteil gebildet hatte. Sie bereute ihre Bemerkung über Michael. Verärgert zupfte sie die verwelkten Blätter einer Teerose ab.

„Aber wenn es doch ein Porträt von dir ist", begann Annabelle. Sie verstummte unsicher, weil der tadelnde Blick, den Gwen ihr zuwarf, nicht misszuverstehen war. „Ich bin überzeugt davon, dass es ein ausgezeichnetes Bild werden wird, nicht wahr, Luke?"

„Ganz bestimmt", versicherte er liebenswürdig. „Wie könnte es anders sein, bei dem Modell, das ihm zur Verfügung steht. Das heißt ..." Gwen, die vor dem Beet kniete, schaute ihm direkt in die Augen. „Das heißt, wenn Gwen es fertigbringt, so lange stillzuhalten, bis er zufrieden ist."

Der belustigte Ton seiner Stimme ärgerte sie. Doch ehe sie sich eine schlagfertige Antwort überlegen konnte, meinte ihre Mutter lachend: „Da haben Sie recht. Sie ist ein Energiebündel. Schon als Kind war sie nicht zu bremsen. Sie war immerzu in Bewegung, mal hierhin, mal dorthin. Ich musste sie fast anbinden, wenn ich ihr die Haare bürsten wollte." Annabelles Miene verklärte sich in der Erinnerung. „Aber auch wenn sie sich bürsten ließ, sah sie nach einer Stunde bereits wieder wie eine Wilde aus. Und was sie anhatte, war immer nach kürzester Zeit schmutzig. Ich weiß gar nicht mehr, wie oft sie mit aufgeschlagenen Knien oder blutenden Händen zu mir kam."

„Mama!", mahnte Gwen, ehe sich ihre Mutter weiter in die Erinnerungen an ihre Kindheit verlieren konnte. „Ich kann mir nicht vorstellen, dass Luke an meinen abgeschürften Knien oder Händen interessiert ist, zumal das sehr lange her ist."

Er lachte über ihren Einwand, ein breites, unverhohlen amüsiert klingendes Lachen, bei dem Gwen errötete.

„Im Gegenteil. Ich finde es außergewöhnlich interessant." Er schaute Annabelle mit Augen an, die liebevolles Verständnis verrieten. „Ich bin Ihnen dankbar für Ihre lebhafte Schilderung. Ein Schriftsteller ist auf alle Informationen angewiesen, die ihm helfen, Milieu und Atmosphäre seiner Geschichten aufzuhellen."

„Das leuchtet mir ein." Gwen bemerkte mit stiller Erbitterung, wie bewundernd ihre Mutter Luke ansah.

Luke wandte sich wieder Gwen zu. „Ich habe außerdem immer eine große Zuneigung zu kleinen Mädchen gehabt. Vor allem zu solchen, die ständig ihre Zopfschleifen verlieren und die stets mit Kratzern an den Beinen nach Hause kommen." Er ließ den Blick über Gwens T-Shirt mit dem tiefen runden Ausschnitt wandern. „Ich kann mir lebhaft vorstellen, wie oft Annabelle Erste Hilfe leisten musste." Er sah Gwen nun mit einem zärtlichen Lächeln direkt in die Augen.

„Ich bin gar nicht so oft hingefallen", begann sie sich zu verteidigen. Irgendetwas in seinen Worten verunsicherte sie. Sie wusste nicht, ob er sich über sie lustig machte oder wirklich gerührt war.

„Oh doch!", widersprach Annabelle entschieden. „Es ist kaum ein Tag vergangen, an dem ich nicht ein Pflaster auf eine Wunde kleben und dich trösten musste, weil du dir wehgetan hattest. Weißt du noch, als du dich an einem Angelhaken verletzt hattest?" Sie schauderte bei dem bloßen Gedanken daran. „Und etwas später, höchstens eine Woche danach, hattest du eine faustgroße Beule am Kopf. Irgendetwas war immer los!"

„Mama, du stellst mich als eine wandelnde Katastrophe dar. Bin ich wirklich so schlimm gewesen?" Gwen hatte nun endgültig die unschuldige Rose von allen Blütenblättern befreit.

„Ach nein. Du warst einfach ein wildes, lebhaftes Kind, mein Schatz." Annabelle musterte etwas missbilligend die misshandelte Teerose, machte aber keine Bemerkung darüber. „Es hat allerdings Momente gegeben, wo ich bezweifelte, ob du lange genug leben würdest, um erwachsen und vernünftig zu werden. Aber inzwischen bist du es. Ich hätte mir also gar nicht so viele Sorgen zu machen brauchen."

„Mama." Gwen war auf einmal fast zu Tränen gerührt. Sie überlegte sich zum ersten Mal, wie schwierig es für eine junge, empfindsame und verträumte Frau gewesen sein musste, eine so wilde Tochter allein aufzuziehen. Wie viele Opfer hatte sie in jenen Jahren wohl gebracht, von denen ihr Kind nichts geahnt hatte? Sie legte Annabelle zärtlich einen Arm um die Schultern. „Ich hab dich sehr lieb. Ich bin froh, dass ich so eine liebevolle Mutter habe!"

Annabelle war so überrascht, dass ihr die Augen feucht wurden. Sie umschloss Gwens Wangen mit den Händen und küsste sie herzlich. „Es macht mich sehr glücklich, dass meine erwachsene Tochter mir eine Liebeserklärung macht!"

Über die Schultern ihrer Mutter hinweg blickte Gwen in Lukes Augen. Er sah mit einer sonderbar angespannten Miene zu ihnen hin.

Dass er die rührende Szene beobachtet hatte, machte Gwen plötzlich befangen.

Was fühle ich wirklich für ihn, fragte sie sich bestürzt. Wie kann ich mich überhaupt so zu ihm hingezogen fühlen, wenn doch die Frau, die ich am meisten von allen Menschen liebe, zwischen uns steht? Sie hatte plötzlich das Gefühl, in einer Falle zu sitzen, und ein Ausdruck dieser erschreckenden Erkenntnis trat in ihre Augen.

„Sie haben allen Grund, glücklich zu sein, Annabelle", sagte er ernst, doch er sah Gwen dabei an. „Liebe ist etwas sehr kostbares."

„Ja." Annabelle küsste zärtlich die Wange ihrer Tochter und schob dann den Arm unter ihren. „Ich bin so glücklich, dass ich feiern möchte. Sollten wir uns zum Essen nicht eine Flasche Wein leisten?" Ihre Augen wurden auf einmal rund. „Mittagessen! Oh je, Tillie wird wütend sein. Ich hab völlig vergessen, dass ich euch holen sollte." Sie legte mit einer kindlichen Geste die Hand vor den Mund. „Ich gehe am besten voraus, um sie zu beruhigen. Kommt ihr dann bitte direkt ins Esszimmer? Und regt euch nur nicht auf, wenn sie zu schimpfen anfängt. Bleibt ganz ruhig. Wir wollen sie nicht noch mehr verstimmen."

Sie eilte schon ins Haus und rief Gwen und Luke die letzten Worte über die Schulter zu. Lachend sahen sie ihr nach.

Gwen wollte ihrer Mutter folgen. Doch Luke griff nach ihrer Hand und hielt sie zurück. „Lass sie doch erst Tillie besänftigen", bat er.

„Ich möchte aber nicht allein mit dir bleiben."

Luke schüttelte verständnislos den Kopf. „Warum nicht? Ich kann mir keine schönere Umgebung vorstellen. Der blühende Garten. Der sonnige Tag. Verrat mir eines ..." Ehe sie sich ihm entziehen konnte, hatte er sich spielerisch eine Strähne ihres Haares um den Finger der linken Hand gewickelt. „Verrat mir, woran du gedacht hast, als du deine Mutter umarmt und mich dabei angesehen hast."

„Das geht dich nichts an." Sie wollte seine Hand fortschieben, die sich nun zärtlich in ihr dichtes Haar vergraben hatte.

„Meinst du wirklich, es geht mich nichts an?" Er streichelte über ihren Nacken. „Ich hatte im Gegenteil das Gefühl, dass jeder Gedanke, der dir in diesem Augenblick durch deinen hübschen Kopf ging, sehr wohl etwas mit mir zu tun hatte." Er umfasste den schlanken Hals fester und neigte sein Gesicht ganz nahe zu ihrem. „Kannst du dir nicht denken, warum ich davon überzeugt bin?"

„Ich habe nicht die geringste Ahnung", gab sie abweisend zurück. „Wahrscheinlich handelt es sich nur um die wuchernde Fantasie eines Schriftstellers."

Lukes Lippen verzogen sich zu einem Lächeln, aber die Augen, die sie aufmerksam betrachteten, blieben ernst. Er küsste sie leicht auf den Mund. „Da bin ich anderer Meinung, Gwen. Ich halte es für die instinktive Erkenntnis eines Autors, der gewohnt ist, menschliche Regungen zu beobachten und zu erfassen."

„Und ich halte es eher für die altbekannte Selbstüberschätzung des männlichen Geschlechtes", erwiderte sie schnippisch. Ihr Versuch, sich von ihm zu befreien, misslang. „Hör damit auf!", befahl sie und gab sich ehrlich Mühe, nicht auf das irritierende Wohlbehagen zu achten, das sein Streicheln wieder einmal in ihr geweckt hatte.

„Es ist eher männliches Einfühlungsvermögen", widersprach er sanft, hob ihre Hand an die Lippen und küsste sie. Als er ihre Fingerspitzen zu küssen begann, versuchte sie, ihre Hand zurückzuziehen. Doch Luke gab sie nicht frei. Sie standen sich sekundenlang gegenüber und musterten sich wie zwei streitende Kinder. In der Ferne grollte leiser Donner, der Himmel bewölkte sich.

„Mein Einfühlungsvermögen ist jedenfalls groß genug, dass ich merke, wenn eine Frau sich zu mir hingezogen fühlt. Auch wenn sie sich mit allen Kräften dagegen wehrt und es um keinen Preis zugeben will."

Sie kniff die Augen zusammen. „Du bist wirklich unerträglich eitel."

„Eher hoffnungslos ehrlich", verbesserte er sie. „Soll ich es dir beweisen?"

Gwen sah ihn zornig an. „Es gibt nichts, was du mir beweisen könntest." Sie versuchte gar nicht mehr, sich von ihm zu befreien. Sie legte nur den Kopf in den Nacken und blickte mit besorgter Miene zu den schwarzen Wolken empor. „Es wird bald regnen. Ich möchte nicht wieder nass werden."

„Es ist noch ein wenig Zeit", erwiderte er, ohne auch nur einen Blick auf den Himmel zu richten. „Mir scheint, ich mache dich ziemlich nervös."

„Bilde dir nur nichts ein." Sie wagte nicht, ihm in die Augen zu schauen.

„Es ist seltsam, dich anzusehen, es ist rührend und aufregend zugleich …"

„Ich hab immer Herzklopfen, wenn ich mich ärgere." Sie fürchtete, bald die Fassung zu verlieren, wenn er sie weiter so zärtlich anblicken würde.

„Ich finde es wunderbar, wenn du dich ärgerst. Es ist so faszinierend, dein rasch wechselndes Mienenspiel zu beobachten. Deine Augen werden dann plötzlich groß und dunkel." Er unterbrach sich und ließ endlich die Hände sinken. „Im Augenblick glaube ich aber wirklich, dass du nur nervös bist."

„Denk, was du willst", sagte sie schroff und wehrte sich gegen den Wunsch, dass er sie weiter streicheln möge. „Du machst mich kein bisschen nervös."

„Nein?" Sein Erstaunen war nur gespielt. Fast hätte er Gwen zum Lachen gebracht, aber sie blieb abweisend ernst. „Wir haben also eine kleine Meinungsverschiedenheit", fuhr er fort, „und ich würde sie am liebsten auf der Stelle bereinigen." Er legte ihr die Hände leicht auf die Schultern und zog sie etwas näher zu sich heran. Sein Blick ruhte auf ihrem Mund, den sie fest zusammenpresste. Sie wusste, dass er sie nur herausfordern wollte. Das soll ihm nicht gelingen! dachte sie und blieb reglos stehen.

„Aber leider bin ich im Augenblick am Verhungern." Lachend drückte er einen spielerischen Kuss auf ihre Nase. „Außerdem bin ich viel zu feige, um mich mit Tillie einzulassen, wenn sie schlechter Laune ist. Komm, wir wollen hineingehen."

Ohne Gwens Stirnrunzeln zu beachten, nahm er sie bei der Hand und zog sie mit sich zurück ins Haus.

6. KAPITEL

In den nächsten Tagen stellte Gwen immer wieder fest, dass sich Annabelles Gewohnheiten verändert hatten. Irgendetwas Geheimnisvolles lag in der Luft, ohne dass Gwen es begründen konnte. Wiederholt war ihre Mutter für Stunden einfach verschwunden. Sie zog sich ohne Erklärung oder gar Entschuldigung in ihr Zimmer zurück. Oft kam sie morgens verspätet zum Frühstück. So etwas hatte es früher nie gegeben.

Gwen ließ die Hände auf den Klaviertasten ruhen. In der einen Minute ist sie voll da, überlegte sie sorgenvoll, und im nächsten Augenblick hört sie gar nicht mehr zu oder geht einfach hinaus. Außerdem verbringt sie viel zu viel Zeit mit Luke. Sie diskutieren eifrig miteinander, aber wenn ich ins Zimmer komme, verstummen sie abrupt. Ich fühle mich fast wie ein unerwünschter Eindringling.

Sie fing an, irgendeine Melodie zu spielen, die ihr gerade einfiel. Die Vorhänge wurden von einer leichten Brise gebläht. Mit ihr wehte Jasminduft herein, ein viel zu süßer, verführerischer Duft.

Ich bin tatsächlich eifersüchtig, dachte Gwen überrascht. Ich verlange Mamas ungeteilte Aufmerksamkeit, aber sie verweigert sie mir.

Mit einem reuigen Kopfschütteln begann sie, eine Klaviersonate aus dem Gedächtnis zu spielen. Ich habe Mama doch früher auch nicht für mich allein gehabt. Sie hat ihre Zeit immer zwischen mir, ihren Gästen und ihrem geliebten Garten aufgeteilt.

Während sie den Erinnerungen an die Kinderzeit nachhing, spielte Gwen mechanisch weiter. Sie hatte ganz vergessen, wie beruhigend es war, zu musizieren. Ich habe mir in den vergangenen Jahren viel zuwenig Zeit genommen, um über mich selbst nachzudenken. Ich sollte mir ernsthaft klar darüber werden, wie sehr ich mich verändert habe und wohin mich mein Weg geführt hat. Ich bin nicht zufrieden. Ich habe das Gefühl, etwas zu entbehren. Ich möchte herausfinden, was das ist …

Das Stück war zu Ende. Der letzte Ton verklang, sie ließ die Hände in den Schoß sinken.

„Sehr hübsch“, sagte Luke hinter ihr. „Wirklich wunderschön.“

Gwen zuckte unmerklich zusammen. Aber sie beherrschte den Wunsch, aufzuspringen und hinauszulaufen. Stattdessen wandte sie mit gespielter Gelassenheit den Kopf. Es war ihr allerdings nicht möglich, Luke in die Augen zu sehen. Sie hatte Angst, sich zu verraten. Er schien Gedanken lesen zu können, und das wollte sie in diesem Augenblick noch weniger als sonst. Sie fürchtete sein Einfühlungsvermögen, die instinktive Intuition des Schriftstellers, wie er es genannt hatte. Er wusste schon zu viel von ihr.

„Danke", sagte sie höflich. „Mama behauptete früher immer, ich würde einmal froh sein, dass sie mich zu den ungeliebten Klavierstunden gezwungen hat."

„Gezwungen?", wiederholte er. Zu ihrer Bestürzung ließ er sich auf der Bank neben ihr nieder.

„Ja, mit dieser sanften Beharrlichkeit, die sie so meisterhaft beherrscht." Gwen begann eine Melodie zu klimpern, um ihn ihre Nervosität nicht merken zu lassen.

„Aber du hattest keine besondere Lust, Klavier spielen zu lernen?"

„Nein, ich wollte lieber Flusskrebse fangen." Einen Augenblick lang vergaß sie ihre Unruhe. Er begann mit erstaunlicher Fingerfertigkeit, in ihre Melodie einzustimmen.

„Ich wusste gar nicht, dass du auch Klavier spielen kannst." Die Verblüffung, die ihre Stimme verriet, brachte ihn zum Lachen.

„Ob du es glaubst oder nicht, ich hatte auch eine Mutter." Er blickte Gwen mit einem verschwörerischen Lächeln an. „Und ich hätte viel lieber Bergsteigen oder Tauchen gelernt."

Völlig entwaffnet erwiderte Gwen sein Lachen. Das Gefühl, das sie in diesem Moment mit ihm verband, ließ sie das Atmen vergessen. Sie war dieser Empfindung genauso wehrlos und hingebungsvoll ausgeliefert wie seinen Küssen und Umarmungen. Nur war diesmal dieses Gefühl von so schwebender Leichtigkeit und Harmonie wie ihr Klavierspiel.

„Wie reizend!", rief Annabelle von der Türschwelle. „Vierhändiges Klavierspiel fand ich immer am schönsten."

„Mama!" Gwen hoffte, dass ihre Stimme nichts von dem inneren Aufruhr verriet. „Ich … hab vorhin nach dir gesucht."

„So?" Annabelle hob mit einer um Entschuldigung bittenden Geste die Hände. „Tut mir leid, Liebling. Ich war ziemlich beschäftigt, mal hier, mal dort." Es klang verlegen. „Hast du eigentlich heute keinen Termin bei Bradley?"

„Ich habe bereits zwei Stunden für ihn gesessen." Gwen nahm die Hände von den Tasten. „Zum Glück wollte er das frühe Morgenlicht ausnutzen. So bin ich für den Rest des Tages frei. Ich hatte dich nur fragen wollen, ob ich dir irgendwie helfen kann. Oder ob du vielleicht einen guten Vorschlag hast, was wir zusammen unternehmen könnten. Das Wetter ist so schön."

„Ja, es ist ein wunderbarer Tag." Annabelle sah Luke mit einem Hilfe suchenden Blick flüchtig an. Plötzlich verklärte sich ihre Miene. „Oh ja, es gibt wirklich etwas, was du für mich tun könntest, Schatz. Aber nur ..." Sie stockte und setzte zaghaft hinzu: „wenn es dir nicht zu viel Mühe macht."

Gwen tappte, wie schon oft in ihrer Kindheit, in die Falle, die ihr Annabelle so geschickt gestellt hatte. „Es macht mir bestimmt nicht zu viel Mühe. Was ist es denn?"

„Also, wenn du mir wirklich helfen willst", sagte ihre Mutter fröhlich, „möchte ich dich bitten, mir ein Stickgarn zu besorgen, ohne das ich nicht weiterkomme. Es ist nicht überall erhältlich. Aber es gibt einen kleinen Laden im französischen Viertel, der eine Riesenauswahl hat, bestimmt auch den Farbton, den ich brauche."

„In New Orleans?", fragte Gwen etwas zögernd.

„Oh, es wird dir offenbar doch zu viel." Annabelle seufzte leise. „Ach, es ist nicht so wichtig, Liebes. Vergiss es."

„Es wird mir nicht zu viel, Mama." Gwen durchschaute den Trick, mit dem ihre Mutter sie stets überlistet hatte, und lächelte sie belustigt an. „Natürlich wollte ich irgendwann sowieso nach New Orleans hineinfahren, während ich hier bin. Ich werde mich bestimmt wie eine Touristin fühlen, die die Stadt zum ersten Mal besichtigt."

„Was für eine nette Idee!", stimmte Annabelle begeistert zu. „Es macht so viel Spaß, durch die Altstadt zu schlendern, die Schaufenster mit all den verlockenden Sachen anzusehen und der Musik in der Bourbon Street zuzuhören. Oh, und natürlich gehört ein Abendessen in einem der hübschen Restaurants dazu, wo man draußen auf den Balkons sitzen kann." Sie klatschte in die Hände. „Du hast es immer so genossen!"

„Ja, es war jedes Mal wunderbar." Gwen amüsierte sich über die kindliche Begeisterung ihrer Mutter, Einkaufen war schon immer Annabelles Leidenschaft gewesen, und ein Essen in einem der altbekannten Restaurants hatte stets dazugehört. „Es wird mir bestimmt wieder Spaß machen."

„Also gut, dann sind wir uns einig." Sie wandte sich mit einer bittenden Miene an Luke: „Sie werden Gwen begleiten, nicht wahr? Es macht nur halb so viel Freude, wenn man allein in New Orleans herumlaufen muss."

„Allein?“ Gwen begriff im ersten Moment die Bedeutung der Worte nicht. „Du kommst doch mit, Mama?“

„Ach, es ist ein zu anstrengendes Unternehmen“, sagte Annabelle hastig. „Schon die Autofahrt! Ich bin überzeugt, dass du dich gern von Luke mitnehmen lassen wirst.“

„Nein, Mama. Ich …“

„Ich tue es sehr gern.“ Luke überhörte einfach Gwens hastigen Einwand. Er warf ihr einen ironischen Blick zu. „Ich kann mir kein größeres Vergnügen vorstellen, als mit dir New Orleans zu besichtigen.“

„Ach Liebling, ich bin dir so dankbar, dass du mir deine Hilfe anbieten wolltest. Nun ist ja alles bestens geregelt.“ Annabelle tätschelte flüchtig die Wange ihrer Tochter.

Bei dem Blick in die unschuldige Miene ihrer Mutter verspürte Gwen das altvertraute Gefühl von Zuneigung und Kapitulation.

Annabelle zog Gwen liebevoll in die Arme und schob sie dann von sich. „Ich würde mich an deiner Stelle umziehen. Du kannst nicht in diesen alten Jeans in die Stadt fahren. Hab ich sie dir nicht bereits einmal weggenommen, als du gerade fünfzehn warst? Bestimmt, es waren genau diese Jeans. Also beeil dich, und ich wünsche euch viel Spaß.“

Sie war fast schon an der Tür, ehe sie erklärend hinzufügte: „Ich habe so viele Dinge zu tun, dass ich gar nicht weiß, wo ich anfangen soll.“

„Mama“, rief Gwen hinter ihr her. Annabelle wandte sich um. „Das Muster von deinem Stickgarn …“

„Stickgarn? Ach so, natürlich. Ich schreib dir die Nummer von dem Garn auf und auch die Adresse des Ladens.“ Sie schüttelte über sich selbst den Kopf. „Du lieber Himmel, ich werde alt und vergesslich. Am besten sage ich Tillie sofort Bescheid, dass ihr zum Abendessen nicht daheim seid. Sie wird immer so böse mit mir, wenn ich etwas vergessen habe. Zieh bitte die alten Hosen aus!“ Gleich darauf war sie verschwunden.

„Ich würde sie gut verstecken“, riet Luke im Verschwörerton. „Sonst wirft sie sie endgültig in den Mülleimer.“

Gwen gab ihm keine Antwort, sondern erhob sich mit betont hoheitsvoller Grazie. „Wenn du mich bitte entschuldigst?“

„Selbstverständlich.“ Doch ehe sie hinausrauschen konnte, hatte er ihre Hand mit leichtem Druck umfasst. „Wir treffen uns in zwanzig Minuten vor der Tür. Ich fahre mit meinem Auto vor.“

Ein paar abweisende Antworten gingen Gwen durch den Kopf. Aber sie sprach sie nicht aus. „Gut. Ich werde dich nicht warten lassen.“

Der Tag hielt, was er seit dem Morgen versprochen hatte. Der Himmel war wolkenlos blau, und es wehte eine frische Brise. Sie hätten sich kein schöneres Wetter für die Fahrt in die Stadt wünschen können.

Gwen hatte sich umgezogen. Das leichte cremefarbene Seidenkleid mit dem schwingenden Rock in Knielänge stand ihr ausgezeichnet. Sie trug keinen Schmuck. Das Haar fiel ihr bis auf die Schultern, es schimmerte rötlich. Sie hielt die Hände im Schoß gefaltet und beantwortete Lukes Fragen wie ein braves Schulmädchen.

Wenn ich Mamas Stickgarn gekauft habe, bummele ich meinetwegen kurz durch die Stadt mit ihm, sagte sie sich im Stillen. Aber dann will ich so rasch es geht nach Hause! Natürlich werde ich die ganze Zeit über sehr höflich sein.

Eine Stunde später gestand Gwen sich ein, dass es eine anstrengende Aufgabe war, ihre neutrale, distanzierte Höflichkeit beizubehalten. Sie hatte bei ihrem Vorsatz nicht bedacht, wie gern sie seit jeher durch das französische Viertel spaziert war. Der Reiz lag nicht allein in den kunstvollen schmiedeeisernen Verzierungen der offenen Erker an den alten Häusern. Auch nicht an den überreich wuchernden Pflanzen auf den Balkons oder dem Charme der Bauten selbst, die vor Jahrhunderten errichtet worden waren. Die Altstadt besaß einen magischen Zauber. Die Luft war an diesem Tag frisch, voll von Blütenduft, der sich mit dem etwas modrigen Geruch vom Fluss her vermischte.

„Es ist einmalig hübsch“, sagte Luke, als sie eine Straße überquerten, die für den Autoverkehr viel zu schmal war. „New Orleans ist die beständigste Stadt, die ich kenne.“

„Beständig?“ Gwen sah ihn fragend an.

„Es verändert sich nie“, sagte er mit einer weit ausladenden Handbewegung. „Es bleibt, wie es immer war.“ Er ergriff ihre Hand und zog sie weiter.

„Du brauchst meine Hand nicht zu halten“, protestierte sie.

Er nickte ihr mit einem begütigenden Lächeln zu. „Nein, ich brauche es nicht – aber mir gefällt’s.“

Sie versank in Schweigen. Lukes Hand fühlte sich ein wenig rau an, als sei er gewohnt, körperliche Arbeit zu verrichten. Die Erinnerung an die erste Begegnung bei ihrer Ankunft, als sie zusah, wie er die Axt schwang, rührte sie auf einmal. Die Kehle wurde ihr eng. Etwas von ihrer Empfindung schien auf ihn überzugehen. Er zog sie mühelos zu sich heran und verschloss ihr den Mund mit einem Kuss, der sie überwältigte und schwindlig machte.

Ehe sie recht wusste, wie ihr geschah, hatte er sie schon weitergezogen. Auf der belebten Straße sahen ihnen einige Passanten lachend nach und applaudierten.

Gwen und Luke schlenderten über den Jackson Square und blieben immer wieder bei den Straßenmalern stehen. Sie betrachteten die flüchtig hingeworfenen Porträts der Touristen und die reizvollen Stadtansichten.

Gwen musste sich immer wieder sagen, dass sie nicht in die Stadt ihrer Kindheit gekommen war, um diesen Tag zu genießen. Aber sie spürte ständig das Verlangen, ihre Wiedersehensfreude mit Luke zu teilen, statt ihn unbeachtet zu lassen. Sie hatte nur einen Auftrag zu erledigen und sonst nichts. Im gleichen Moment, als sie Luke an die Besorgung erinnern wollte, vergaß sie sie selbst vollständig.

Sie blieb vor einem Zauberkünstler stehen, hingerissen wie ein Kind im Zirkus. Er trug ein schwarzes, mit Flitter übersätes Gewand, eine schwarze Mütze und einen spitzen Schnurrbart.

„Sieh mal, ist er nicht einmalig?“ Sie zog Luke näher zu dem Zauberer hin.

Sie sahen zu, wie der Mann aus dem Nichts bunte Tücher hervorzauberte. Er hielt plötzlich einen großen Strauß Papierblumen in der einen Hand und zog mit der anderen einem Zuschauer Münzen aus dem Kragen. Ein Stückchen entfernt amüsierten zwei Clowns mit weiß geschminkten Gesichtern die Passanten, die ihnen laut lachend bei ihren Späßen zuschauten. Wieder ein Stück weiter spielten Straßenmusikanten auf ihren Gitarren und warteten darauf, dass ihnen die Zuhörer zur Belohnung Geld in die Hüte auf dem Pflaster warfen.

Gwen fand das Treiben auf dem Platz und die herüberwehenden Gitarrenklänge viel zu schön, um sich an ihren Vorsatz zu halten. Sie drückte unwillkürlich in kindlicher Begeisterung Lukes Hand.

Er warf einen Dollar in die Pappschachtel, die dem Zauberer als Kasse diente. Dann legte er die Hand an Gwens Wange und strich mit einem Finger zärtlich darüber. „Ich wusste, dass es nicht lange dauern würde.“

„Was meinst du?“ Sie wollte sich das Haar aus der erhitzten Stirn streichen und berührte dabei seine Hand.

„Du genießt alles viel zu sehr, um auf Dauer abweisend und unbeteiligt zu bleiben“, erklärte er. Er hielt ihre Finger fest und streichelte mit der anderen Hand über die unwillig gekrauste Stirn. Dann drückte er spielerisch Küsse auf jede einzelne Fingerspitze, bis er sie wieder freigab. „Wollen wir nicht Freunde sein?“

Gwen hatte das Gefühl, dass ihre Haut dort zu brennen begann, wo seine Lippen sie berührt hatten. Sie sagte sich, dass sein Charme erprobt war, so wie sein werbendes Lächeln eine sicherlich häufig benutzte Waffe war. Sie nahm sich vor, auf der Hut zu sein.

„Ich bin mir nicht bewusst, dass ich dir bisher Anlass für diese Frage gegeben hatte.“ Sie schaute ihm mit unbewusster Scheu in die Augen.

„Dann jedenfalls gute Reisegefährten?“, schlug er vor. Er strich mit dem Daumen über ihre Handfläche. „Komm, ich kauf dir ein Waffeleis.“

Sie wusste, dass sie geschlagen war. Es gab keine Waffe gegen dieses gewinnende Lächeln und die einschmeichelnde Stimme. „Gut, aber ich möchte zwei Kugeln.“ Es konnte nicht allzu gefährlich sein, wenn sie diesen einen, einzigen Tag bedenkenlos genoss. Warum sollte sie sich nicht von dem Zauber der alten Stadt gefangen nehmen lassen. Warum sollte sie sich eigentlich Lukes Faszination entziehen?

Gwen und Luke schlenderten weiter. Sie kamen in einen kleinen Park, in dem sie abwechselnd im hellen Sonnenschein und im tiefen Schatten der mächtigen, alten Bäume gingen. Überall schwirrten und gurrten unzählige Tauben. Sie pickten auf der Erde die Krumen auf, die ihnen die Spaziergänger zuwarfen. Sie flatterten in Schwärmen auf, wenn spielende Kinder sie jagten. Und sie ließen sich auf der Reiterstatue des berühmten Präsidenten Andrew Jackson nieder, der die Engländer bei New Orleans in die Flucht geschlagen hatte. Auf den schwarzen Bänken, die um das Denkmal aufgestellt waren, saßen alte Leute, und manchmal machte dort auch der eine oder andere Tourist ein Nickerchen. Ein junges Mädchen lauschte selbstvergessen der Musik aus seinem Kassettenrekorder.

Hand in Hand spazierten Gwen und Luke am Ufer des Mississippi entlang. Ihre Gespräche drehten sich um alltägliche Dinge. Die Glocken der St.-Louis-Kathedrale schlugen die volle Stunde. Sie blieben lachend an einem Springbrunnen stehen, in dem sich ein kleiner Junge vergnügte, der seiner Mutter entwischt war.

Schließlich gelangten sie zur Bourbon Street. Aus fast allen offen stehenden Türen drang Musik – Jazz, Countrymusic und Rock. Die Töne vereinten sich zu einer wirren und doch mitreißenden Geräuschkulisse. Sie klatschten vergnügt einem alten schwarzen Mann Beifall, der selbstvergessen nach den Klängen des Tiger Rag auf der Straße tanzte.

Auf dem luftigen Erker eines Restaurants mit Blick auf eine enge, belebte Straße aßen sie frische Langusten und knackigen Salat. Dazu tranken sie einen kühlen, herben Weißwein. Sie gönnten sich bei ihrer leichten Mahlzeit viel Muße und merkten nicht, dass die Sonne langsam unterging. Leicht benommen, aber sehr zufrieden entdeckte Gwen die ersten Sterne am Himmel. Lachende Stimmen drangen von der Straße zu ihnen herauf, und sie beugte sich über die Brüstung. Luke blickte sie über den Rand seines Glases mit einer sonderbar ernsten Miene an, als sie wieder aufsah.

„Warum schaust du mich so an?" Sie stützte das Kinn in beide Hände und sah ihm arglos in die Augen.

„Eine bemerkenswert törichte Frage", gab er zur Antwort und stellte das Glas auf den Tisch. „Was meinst du, warum?"

„Ich weiß es nicht." Sie atmete ein. Die vielfältigen Gerüche der Stadt reizten ihre Sinne. „Noch nie hat mich jemand so angesehen. Du blickst zu tief. Du durchschaust die Menschen. Ich finde es nicht fair, dass du sie beobachtest und ihre Gedanken für deine Bücher stiehlst. Das erweckt in mir nicht gerade ein beruhigendes Gefühl."

Er lächelte nur versonnen und strich leicht mit den Fingerspitzen über ihren Handrücken.

Sie zog die Brauen zusammen und nahm die Hand vorsichtig zurück. „Du bringst es auch fertig, dass man dir Dinge sagt, die man gar nicht sagen will. Gestern ..." Sie zögerte und zupfte an ihrer Serviette. „Gestern, zum Beispiel, habe ich dir etwas erzählt, was ich besser verschwiegen hätte. Es ist ein beunruhigendes Gefühl, wenn man sich, ohne dass man es eigentlich will, einem anderen so rückhaltlos offenbart hat." Sie trank hastig von ihrem Wein. „Michael hat schon immer behauptet, dass ich viel zu offenherzig und vertrauensselig bin."

„Deine Art ist wundervoll und liebenswert." Sie sah überrascht auf, weil seine Worte so zärtlich klangen. „Dieser Michael ist ein Idiot!"

„Nein, bestimmt nicht. Er ist ein ungeheuer fähiger Jurist und würde nie etwas Unüberlegtes oder Törichtes tun. Es ist nur, dass ich plötzlich das Gefühl hatte, dass er mich in die Rolle der perfekten Anwaltsfrau pressen wollte – zumindest so weit, dass ich seinen Vorstellungen entsprechen würde."

„Hat er dir einen Heiratsantrag gemacht?" Luke füllte beide Gläser nach.

„Ja, und er war sich ganz sicher, dass ich ihn annehmen würde. Er war völlig fassungslos, als ich nicht begeistert Ja sagte." Gwen schüttelte bekümmert den Kopf. „Ich sah die Zukunft mit ihm wie einen langen Tunnel vor mir. Keine Kurven, nur eine schmale Gerade. Keine Abstecher, keine Überraschungen mehr. Ich fürchte, in dem Augenblick fühlte ich mich wie eine Gefangene und hatte nur den einen Wunsch – zu fliehen." Sie stockte und hielt die Hand vor den Mund. „Siehst du, du hast es schon wieder fertig gebracht."

„Hab ich das?" Er lehnte sich in seinem Stuhl zurück.

„Ja. Warum erzähle ich dir etwas, was ich mir selbst kaum eingestehe? Du verstehst es perfekt, die Gedanken anderer zu lesen. Aber deine eigenen behältst du wohlweislich für dich."

„Nicht für mich", verbesserte Luke sie. „Ich enthülle sie in meinen Büchern. Jeder, der sich die Mühe macht, sie zu lesen, kann sie kennenlernen."

„Das mag sein", erwiderte Gwen nachdenklich. „Aber woher wissen deine Leser, dass es deine Gedanken und Überzeugungen sind? Deine großartigen Bücher sind alle Bestseller. Nur, wie soll man erkennen, wie der wirkliche Luke Powers ist?"

„Möchtest du das denn gerne wissen?" In seiner Frage schwang eine leise Herausforderung mit.

Gwen zögerte die Antwort ein wenig hinaus, obwohl es für sie keinen Zweifel gab, wie sie lauten musste. „Ja, das möchte ich gern."

„So ganz sicher bist du dir aber doch nicht." Er erhob sich und streckte ihr die Hand hin. „Der Wein hat dich schläfrig gemacht. Soll ich dich heimfahren?"

Sie sah mit müden Augen zu ihm auf. „Nein", sagte sie energisch. „Nein, noch nicht." Aber sie legte die Hand in seine.

Luke fuhr sehr langsam über die Straße, die von Magnolienbäumen gesäumt war. Die Nachtbrise wehte den Duft unzähliger Blüten in den offenen Wagen. Er vermischte sich mit Gwens zartem Parfüm. Sie hatte den Kopf an seine Schulter gelehnt und schlief ruhig. Er bremste behutsam, stellte den Motor ab und blickte auf sie herunter. Im Schlaf war ihr Gesicht gelöst und wirkte rührend verletzlich. Die Lippen waren in einem unbewussten Lächeln leicht geöffnet.

„Gwen." Er strich mit dem Daumen sanft über ihre Lippen. Sie seufzte nur wohlig auf. „Gwen", rief er etwas lauter. Diesmal öffnete sie widerstrebend die Augen. „Wir sind zu Hause." Er schob einen

Arm unter ihre Schultern und half ihr, sich aufzurichten.

„Bin ich etwa eingeschlafen?" Ihre Augen waren groß und dunkel, als sie ihn zaghaft anlächelte. „Das wollte ich gar nicht."

„Es ist spät geworden."

„Ich weiß. Aber es hat mir so viel Spaß gemacht." Sie lächelte in der Erinnerung und beugte sich impulsiv zu ihm. Ihr Mund streifte flüchtig seine Lippen. Luke umspannte sekundenlang ihre Schulter und schob sie dann brüsk von sich. Sie zuckte zusammen. „Luke?"

„Ich habe meine Grenzen", sagte er unerwartet schroff. „Habe ich dir nicht schon einmal erklärt, dass Frauen sanft, warm und verführerisch aussehen, wenn sie schlafen? Ich hab eine Schwäche für sanfte Frauen."

„Ich wollte doch gar nicht einschlafen", sagte Gwen fast kleinlaut. Ihr Kopf fühlte sich ganz leicht an, aber die Glieder waren ihr schwer. Er legte ihr sanft eine Hand in den Nacken.

Eine Wolke zog über den Mond. Das Licht verblasste, es wurde dunkel, und dann kam der Mond wieder zum Vorschein. Lukes Gesicht war dem ihren sehr nahe. Gwen spürte, dass er sie betrachtete und jede Regung in sich aufnahm. Sie fühlte seine Finger im Nacken. Sie waren kühl und fest, auch in dem zärtlich gemeinten Griff verrieten sie Kraft und Stärke. „Was willst du?" Sie konnte nur flüstern.

Statt einer Antwort neigte er sich über ihren Mund. Sein Kuss war spielerisch leicht, seine Lippen liebkosten nur die Mundwinkel und strichen dann zu den geschlossenen Lidern hinauf. Sie spürte die mühsam bezwungene Leidenschaft, als er mit sanften Bewegungen ihren Körper zu streicheln begann.

„Jenny", flüsterte er dicht an ihrem Ohr und berührte mit dem Mund das rosige Ohrläppchen.

Ein Beben durchlief sie, als er mit einer Hand sanft ihre Brust umschloss.

„Ich fühle, wie du zitterst, wenn ich dich berühre", sagte er, ehe er wieder den Mund auf ihre Lippen presste. Er küsste sie zärtlich und ausdauernd. „Was ich will?", beantwortete er endlich ihre Frage und ließ die Lippen über ihre Kehle gleiten. „Was ich in diesem Augenblick mehr als alles auf der Welt möchte, ist, dich zu lieben. Ich möchte mit dir schlafen und alles von dir erfahren, was es von dir zu erfahren gibt."

Ihr Körper schien dahinzuschmelzen, wie auch ihre Willenskraft.

„Wirst du mit mir schlafen?" Ihre Stimme klang heiser, fast ungläubig. Es war eigentlich keine Frage, sondern eher eine Bitte.

Er bewegte sich nicht. Seine Lippen berührten immer noch ihre Kehle. Doch plötzlich griff er mit einer Hand in ihr Haar und zog ihr den Kopf zurück, sodass sie ihm in die Augen sehen musste.

„Nein." Seine Antwort war kühl und bestimmt. Es traf sie wie ein Schlag.

Gwen fuhr zurück. Sie tastete nach dem Türgriff und flüchtete aus dem Auto. Doch sie konnte nicht ins Haus laufen, weil er sie rau am Arm ergriff und festhielt. „Warte einen Augenblick."

Sie schüttelte stumm den Kopf. Vergeblich versuchte sie, sich loszureißen. „Nein. Ich will ins Haus." Mit einem Schluchzen fuhr sie fort: „Ich weiß nicht mehr, warum ich das sagte. Es war idiotisch!"

„Du weißt ganz genau, warum du es gesagt hast." Er packte fester zu, und sie hätte fast aufgeschrien.

Es hatte keinen Sinn zu leugnen, so gern sie es getan hätte. Sie hatte mit ihm schlafen wollen, und sie musste sich eingestehen, dass sie es noch immer wollte. „Also gut, ich wusste, was und warum ich das sagte. Willst du mich jetzt bitte gehen lassen?"

„Ich werde mich nicht dafür entschuldigen, dass ich dich geküsst und gestreichelt habe."

„Ich habe dich auch nicht um Entschuldigung gebeten, Luke", gab sie mit festerer Stimme zurück. „Ich hab dich nur gebeten, mich freizugeben."

Sie wurde sich bewusst, dass sie nur die halbe Wahrheit aussprach. Sie wollte in Wirklichkeit von der Macht frei sein, die er über sie hatte, und nicht nur von seinem Zugriff. Dieser innere Kampf spiegelte sich in ihrer Miene. Lukes Blick wurde aufmerksam, aber er schwieg. Dann ließ er ihren Arm los.

„Danke", sagte sie. Ehe er irgendetwas erwidern konnte, hatte sie sich umgewandt und lief auf das Haus zu.

7. KAPITEL

Ein Zitronenfalter flatterte über einer Tonschale mit weißen Begonien, dann flog er davon. Gwen schaute ihm nach, wie er schwerelos davonschwebte, bis er in der Ferne verschwand. Annabelle, die ihr in dem Korbschaukelstuhl auf der Veranda gegenübersaß, sah in ihrem gelben Sommerkleid ebenso zart aus wie der Schmetterling. Gwen konnte den Blick nicht von dem rosig angehauchten Gesicht mit den warmen blauen Augen wenden. Annabelle war eifrig damit beschäftigt, Erbsen auszupulen. Doch obwohl sich die Hände geschickt bewegten, blickte sie verträumt ins Weite.

Wovon träumt sie, überlegte Gwen, und eine Welle von Liebe und Hilflosigkeit überflutete sie.

Was fällt mir ein, dachte sie weiter. Wie komme ich eigentlich dazu, ihr Ratschläge geben zu wollen, wie sie mit Männern umgehen soll? Dabei weiß ich selbst nicht einmal, wie ich mich verhalten soll. Ihr Gemütszustand war chaotisch. Sie fürchtete sich vor ihren Gefühlen für Luke. Es war eine Katastrophe, sich in einen Mann wie ihn zu verlieben.

Gwen beobachtete eine Hummel, die einen Glyzinienstrauch umschwirrte, bis sie in eine weit geöffnete Blüte kroch. Aber wie kann man mit dem Verstand das Herz beherrschen, fragte sie sich und seufzte, ohne sich dessen bewusst zu sein. Trotzdem – ich muss bei meinem Vorsatz bleiben.

„Mama." Annabelle pulte weiter, sie schien mit ihren Gedanken weit weg zu sein. „Mama!", wiederholte Gwen lauter.

„Ja, Liebes?" Die Miene ihrer Mutter war so unschuldig wie die eines Kindes. „Sagtest du etwas?"

Für eine Sekunde schreckte Gwen vor der beabsichtigten Frage zurück, dann gab sie sich einen Ruck. „Mama, findest du nicht, dass zwölf Jahre ein viel zu großer Altersunterschied sind?"

Annabelle dachte einen Moment über die unerwartete Frage nach. „Das kommt darauf an. Wenn man ein Kind ist, sind zwölf Jahre ein gewaltiger Abstand. Aber jetzt, wo du erwachsen bist, können sie dir doch nicht mehr so unüberwindlich erscheinen." Ihr ernstes Gesicht wurde von einem zärtlichen Lächeln erhellt. „Es kommt mir vor, als sei es erst gestern gewesen, dass du zwölf warst. Ich weiß noch, wie du von der alten Zypresse heruntergefallen bist und dir den Arm gebrochen hast. Du warst so tapfer.“ Sie neigte den Kopf über die Schüssel mit den Erbsen. „Du hast damals keine Träne vergossen. Ich hab für uns beide geweint.“

„Aber Mama“, begann Gwen von Neuem. Sie wusste, wie vergeblich es oft war, die abschweifenden Gedanken ihrer Mutter zu einem bestimmten Thema zurückzuführen, aber sie wollte nicht aufgeben. „Ich spreche von dem Altersunterschied zwischen Mann und Frau. Sind da nicht zwölf Jahre zu viel?“

„Sally Deumonts Kinder sind fast genau zwölf Jahre auseinander.“ Annabelle warf eine leere Schote in den Korb zu ihren Füßen. „Ich stelle es mir sehr schwierig vor, ein Baby zu bekommen, wenn die älteste Tochter schon fast zwölf Jahre alt ist.“

„Du hast recht, Mama“, sagte Gwen und fuhr sich mit beiden Händen durchs Haar.

„Vielleicht hat es aber auch gewisse Vorteile“, fuhr ihre Mutter fort, die niemanden kritisieren wollte, schon gar nicht eine alte Freundin.

„Ja. Aber das habe ich auch nicht gemeint. Ich spreche von einem Mann und einer Frau – und ihrer Beziehung zueinander, einer Liebesbeziehung.“

„Oh, das ist natürlich etwas anderes.“

Gwen musste sich zusammennehmen, um nicht laut aufzuschreien, als Annabelle wieder in die fast geleerte Schüssel griff, um die letzten Erbsen auszupulen.

„Es überrascht mich“, meinte Annabelle nach einer Pause und sah nachdenklich auf ihre Hände, „dass du der Meinung zu sein scheinst, Liebe und Alter hätten etwas miteinander zu tun. Ich war immer davon überzeugt, dass das Herz alterslos ist. Nur die Gefühle sind entscheidend, nicht wie viele Jahre jemand zählt.“

Diese sanften Worte brachten Gwen für einen Moment zum Verstummen. Was konnte sie anderes von ihrer romantischen Mutter erwarten? Sie lehnte sich vor und ergriff Annabelles Hände.

„Mama, kannst du dir denn nicht vorstellen, dass Liebe die Menschen manchmal auch blind macht? Dass sie nicht mehr erkennen, was gut und richtig für sie ist? Und dass sie nicht merken, wenn sie ihr Herz an den falschen Menschen hängen?“

„Aber ja“, erwiderte Annabelle ganz verwundert über diese selbstverständlichen Fragen. „Doch das ist auch ein Teil des Lebens, wenn man nicht an allem vorübergehen will. Wenn du nicht bereit bist,

Schmerzen zu ertragen, wirst du auch keine tiefen Freuden, kein wahres Glück erleben. Wie unausgefüllt und sinnlos so ein Leben sein muss! Hat dein Michael dir sehr wehgetan?“

„Nein.“ Gwen ließ die Hände ihrer Mutter fallen und erhob sich. Sie ging auf der Veranda hin und her. „Nein. Er hat nur meinen Stolz verletzt.“

„Das kann dir auch passieren, wenn du vom Pferd fällst.“ Annabelle hatte ihre Arbeit getan. Sie strich sich die Schürze glatt, stand auf und musterte das Gesicht ihrer Tochter. „Liebling, wie jung du bist. Ich vergesse das so oft, weil du so viel vernünftiger und praktischer bist als ich. Ich fürchte, du hast dich seit Langem mehr um mich gesorgt als ich mich um dich.“

„Aber nein, Mama …“ Annabelle ließ sie nicht fortfahren. Sie legte ihr den Finger auf die Lippen.

„Doch, es ist wahr. Ich habe mich immer davor gedrückt, etwas zu tun, was mir keine Freude macht, oder ich habe die Augen vor unerfreulichen Dingen einfach verschlossen. Ich fürchte, all das hab ich stets dir zugeschoben. In gewisser Hinsicht bist du sehr früh erwachsen geworden. Aber andererseits …“ Sie seufzte leise und legte den Arm um Gwens Taille. „Vielleicht gibt es jetzt doch eine Möglichkeit, dass ich dir einmal eine Hilfe sein kann.“

„Mama, ich habe nicht mich …“, begann Gwen, doch sie kam nicht weiter.

„Weißt du, dass ich erst achtzehn Jahre alt war, als ich deinem Vater begegnete? Ich habe mich auf den ersten Blick in ihn verliebt.“ Die leise Trauer in den Augen ihrer Mutter rührte Gwen, und sie schluckte. „Wie hätte ich ahnen können, dass ihm nur ein so kurzes Leben vergönnt war? Er hat nicht einmal erfahren, dass er eine Tochter bekommen hat. Er war schon tot, als du geboren wurdest. Ich fand immer, dass das die eigentliche Tragödie war. Er wäre so stolz und glücklich gewesen, sich in dir wiederzufinden.“

Gwen hob die Hand und streichelte liebevoll über Annabelles Wange. Ihre Mutter hauchte ihr einen Kuss zu.

„Für deinen Vater und mich war es die erste Liebe. Himmelhoch jauchzend und zu Tode betrübt, das waren wir am Anfang unserer Ehe oft genug. Später habe ich mich gefragt, ob unsere Gefühle füreinander auch in schwierigen Zeiten Bestand gehabt hätten.“

Ihre Mutter hatte noch nie über ihre Ehe gesprochen, und Gwen wartete darauf, dass Annabelle fortfahren würde.

„Ich habe so vieles in dieser kurzen, stürmischen Ehe gelernt. Vor allem habe ich begriffen – leider erst, als es zu Ende war –, dass man dankbar sein muss, wenn man geliebt wird, und dass man Liebe nicht zurückweisen, sondern ohne Vorbehalte erwidern soll. Wenn man einen Mann liebt, mein Herz, muss man ihm das geben, wonach er verlangt. Man erhält womöglich nicht zum zweiten Mal eine Chance, mit einem Menschen glücklich zu sein. Aber es stimmt auch, dass du niemals die ganze Fülle und Schönheit einer großen Liebe erfahren hast, wenn du nicht auch einmal zutiefst unglücklich warst."

Gwen beobachtete ein Eichhörnchen, das über den Rasen lief und dann geschwind einen Baumstamm hinaufkletterte. Es war ein seltsames Gefühl, ihre Mutter über die große Liebe reden zu hören. Es rührte sie und machte sie zugleich verlegen. Hatte sie bisher versäumt, in Annabelle auch die Frau zu sehen? Nicht nur ein Wesen, das jenseits von Gut und Böse war, das keine Wünsche und Sehnsüchte mehr kannte? Sie wandte sich um und schaute in das so vertraute Gesicht ihrer Mutter.

Annabelle bemerkte es nicht. Mit dem Arm zog sie ihre Tochter zwar ein wenig näher zu sich, aber sie blickte an ihr vorbei.

Gwen wurde sich zum ersten Mal bewusst, dass Annabelle noch immer schön war. Die Haut war glatt und fast faltenlos, die weichen Lippen und die blauen Augen hatten etwas von ihrer jugendlichen Unschuld und Frische bewahrt. Impulsiv stellte Gwen die Frage, mit der sie sich in Gedanken schon oft beschäftigt hatte.

„Mama, warum hast du eigentlich nicht zum zweiten Mal geheiratet?"

„Ich wollte es nicht", antwortete Annabelle prompt. Sie ließ Gwen los und glättete noch einmal ihre Schürze. „Anfangs trauerte ich zu sehr um deinen Vater. Danach war ich damit ausgefüllt, für dich zu sorgen." Während sie sprach, begann sie ein paar verwelkte Fuchsienblüten aus einem Korb zu pflücken, der von einem Balken herabhing. Sie ließ sie einzeln über die Brüstung fallen. „Du warst ein bezauberndes Baby und Kleinkind."

Gwen lehnte sich mit dem Rücken gegen die Verandabrüstung. Sie sagte kein Wort, sie wollte die Erinnerungen ihrer Mutter nicht stören.

„Später", meinte Annabelle versonnen, „als du größer wurdest, begann ein neuer Lebensabschnitt. Nunja, ich hatte ein paar Verehrer ..." Sie lächelte in der Erinnerung. „Aber ich hatte nie wirklich den Wunsch, mit einem von ihnen zusammenzuleben."

Zum ersten Mal kam Gwen der Gedanke, dass ihre Mutter in ihrer zwanzigjährigen Witwenzeit Liebhaber gehabt hatte. Sie war nicht nur die zärtliche, hingebungsvolle Mutter gewesen. Sie war auch eine begehrenswerte, liebenswerte Frau. Plötzlich fühlte sie sich wie ein Waisenkind, das seine Mutter nie gekannt hatte.

Das ist albern, sagte sich Gwen. Sie lehnte den Kopf gegen den Holzpfosten und schloss sekundenlang die Augen. Sie ist immer noch dieselbe – meine Mutter. Ich bin diejenige, die sich geändert hat. Ich bin erwachsen und selbstständig. Doch sie habe ich bisher immer noch mit den Augen eines Kindes gesehen und beurteilt. Es ist Zeit, dass ich damit aufhöre.

Sie warf Annabelle einen verstohlenen Blick zu. Nein, dachte sie in jähem Schmerz, ich könnte nicht ertragen, dass ihr wehgetan wird. Aber wie kann ich das verhindern? Luke wird sie verlassen. Er kann sie nicht wirklich lieben. Sonst würde er mich doch nicht so küssen, wie er es getan hat.

Sie schüttelte unbewusst den Kopf und schloss wieder die Augen, als könnte sie so sein Bild verdrängen. Er wollte mit mir schlafen. Aber das hat wohl nichts mit Liebe zu tun. Er sagte, dass er mich begehrt, aber gleichzeitig hat er mich fortgeschickt. Das hat er doch bestimmt nur ihretwegen getan.

Gwen war eifersüchtig. Sie schämte sich zwar im gleichen Moment, war aber wehrlos gegen dieses Gefühl. Als sie sich umwandte, begegnete sie dem prüfenden Blick ihrer Mutter.

„Du bist unglücklich“, stellte Annabelle ruhig fest.

„Nein.“

„Etwas durcheinander?“

„Ja.“ Gwen schluckte krampfhaft die aufsteigenden Tränen herunter.

„Das bringen die Männer oft mühelos fertig“, meinte Annabelle mit einem Lächeln, das eine gewisse Befriedigung verriet. „Willst du einen Rat von mir annehmen, Liebling? Warte ab, unternimm nichts. Ich weiß, wie schwer dir das Warten fällt. Aber manchmal klärt sich etwas von selbst, was dir jetzt unlösbar oder unerträglich erscheint. Lass die Zeit für dich arbeiten. Oft ist es das Klügste, gar nichts zu tun.“

„Mama, wie bringst du es fertig, etwas so Verworrenes ganz vernünftig zurechtzurücken?“

„Luke behauptet immer, ich besäße ein sehr starkes Einfühlungsvermögen“, erklärte Annabelle mit einem Anflug von Eitelkeit.

„Ja, er weiß genau, was jemand gern hört.“

„Das gehört zu meinem Beruf", hörte sie Luke hinter sich sagen.

Die Verandatür flog ins Schloss. Als Gwen sich wie ertappt umwandte, sah sie direkt in Lukes Augen. Es lag viel Zärtlichkeit in seinem Blick und etwas Besitzergreifendes. Sie fühlte sich herausgefordert und hob das Kinn abwehrend hoch.

Er lächelte leise. „Mit geladener Waffe, Gwen?"

„Ich bin ein guter Schütze", gab sie kühl zurück.

Annabelle hob den Korb und die Schüssel mit den Erbsen auf. „Du hast mir gar nicht erzählt, dass du auf die Jagd gehen möchtest."

Luke warf Gwen ein jungenhaftes Grinsen zu, das sie hinreißend und unwiderstehlich fand. Einen Augenblick lang genoss sie es, mit ihm einen Spaß zu teilen, der Annabelle ausschloss.

„Ich hatte eigentlich mehr an Angeln gedacht", antwortete er, ohne den Blick von Gwen zu wenden. „Ich will Malon in seiner Hütte aufsuchen und ..."

„Das ist eine gute Idee", unterbrach Annabelle ihn und wandte sich mit ihrer Last zur Verandatür. „Malon hat in der letzten Zeit immer frische Fische für uns geliefert. Du musst mitgehen, Gwen. Du weißt, dass es ihn kränken würde, wenn du ihn nicht bald besuchst."

„Ja sicher, aber ..." Weil sie den ironischen Ausdruck bemerkte, mit dem Luke zu ihr herüberblickte, ließ Gwen den angefangenen Satz unvollendet. „Ich will ihn ein anderes Mal besuchen. Ich habe Tillie versprochen, ihr beim Einmachen zu helfen."

„Unsinn!", widersprach Annabelle energisch. Sie nickte Luke zu, der ihr die Tür aufhielt, und rief über die Schulter zurück: „Du hast Ferien. Das ist wirklich nicht die passende Zeit, um in der heißen Küche über einem dampfenden Tomatentopf zu stehen. Geh hinaus und amüsier dich. Sie war eine begeisterte Anglerin", setzte sie für Luke hinzu und verschwand. Gleich darauf steckte sie noch einmal den Kopf durch die Tür. „Sag Malon, ich würde mich sehr über frische Langusten freuen."

Luke blickte viel sagend auf Gwens Jeans und das schmucklose weiße T-Shirt. „Mir scheint, du bist gerade richtig zum Angeln angezogen. Gehen wir?"

„Ich habe nicht die Absicht, irgendetwas mit dir zu unternehmen." Gwen strich die Hände an der Hose sauber und wollte an ihm vorbeigehen. Doch er hielt sie auf. Sie spürte die Wärme seiner Finger auf der bloßen Haut, und sie blieben sekundenlang reglos Seite an Seite stehen. Dann hob Gwen wie magisch angezogen die Augen zu seinem Gesicht, und nach einem tiefen Atemzug sagte sie kühl: „Entschuldige bitte, ich möchte …"

Der einzige Erfolg war, dass Luke laut zu lachen begann, so laut, dass ein paar Spatzen vom Rasen aufflogen.

„Lass mich los, du … du …"

„Hast du nicht neulich ‚du Biest' gesagt oder etwas Ähnliches?"

„Du kannst mich wirklich zur Raserei bringen." Sie versuchte vergeblich, ihr Handgelenk zu befreien. Luke zog sie ungerührt zur Verandatreppe.

Gwen stemmte die Füße gegen die Holzstufe und zwang Luke, mit ihr stehen zu bleiben. „Du bist der arroganteste und egoistischste Mensch, der mir je über den Weg gelaufen ist", schimpfte sie.

„Du hast noch ein paar Eigenschaften vergessen: der unvernünftigste, tyrannischste und unmöglichste Mann. Wirklich, Gwen, ich hätte dir etwas mehr Fantasie zugetraut. Sind das alle Beleidigungen, die dir einfallen?"

„Auf die Schnelle, ja." Sie kräuselte die Nase und zwang sich, sich nicht von seinem humorvollen Blick versöhnen zu lassen. „Wenn du mir ein bisschen Zeit lässt, fallen mir bestimmt noch bessere ein."

„Gib dir keine Mühe. Ich habe bereits verstanden." Er gab sie frei. Während er die linke Hand aufs Herz legte, streckte er ihr die rechte entgegen: „Waffenstillstand?"

Gwens Widerstand erlosch, ehe sie sich dessen bewusst geworden war. Fast ohne ihr Zutun legte sich ihre Hand in seine.

„Waffenstillstand", bekräftigte sie nach einer winzigen Pause.

„Für wie lange?", erkundigte er sich mit einem leisen Zwinkern.

Sie rieb sich das schmerzende Gelenk. „Bis ich wieder Grund genug habe, mich über dich zu ärgern." Sie fing endlich an zu lachen und freute sich, dass er einstimmte. Er hatte wirklich ein bezauberndes, ansteckendes Lachen!

„Also, wollen wir zum Angeln gehen?"

„Ich könnte mich vielleicht dazu entschließen." Sie schob die Unterlippe vor, während sie einen Moment lang überlegte. Dann lächelte sie wieder. „Wollen wir wetten, dass ich einen viel größeren Fisch fange als du?"

„Ich halte zehn Dollar dagegen!"

Hand in Hand machten sie sich auf den Weg.

Gwen kannte jede Krümmung des Flusses und jeden Pfad. Sie brauchte nicht zu überlegen, um den richtigen Weg zu Malons Hütte einzuschlagen. Er führte unter den Schleiern des Spanischen Mooses hindurch, das nur wenige Sonnenstrahlen durchließ.

„Kannst du wirklich Tomaten einmachen?", erkundigte sich Luke. Er hob einen tief hängenden Zweig hoch und ließ sie vorbeigehen.

„Selbstverständlich! Außerdem auch noch alles Obst und Gemüse, das wir im Garten ernten. Wenn man arm ist, kann ein Garten bedeuten, dass man nicht zu hungern braucht."

„Ich habe noch nie arme Leute kennengelernt, die mit englischem Silberbesteck essen", bemerkte Luke trocken.

„Erbstücke." Gwen hob mit einer viel sagenden Gebärde die Hände. „Mama hält ihr Erbe für ein unveräußerliches Heiligtum. Man kann doch nicht einfach ein Heiligtum verkaufen, oder? Mama liebt unser Haus und alles, was darin ist. Es ist sozusagen ihr Tempel. Sie braucht so etwas."

„Aber du hast dich davon unabhängig gemacht?"

Ein Silberreiher, den ihre Stimmen aufgeschreckt hatten, breitete die Flügel aus und flog vom Ufer auf, bis er am blauen Himmel nicht mehr zu sehen war. Gwen verspürte ein vertrautes Glücksgefühl, als sie ihm nachschaute, so wie sie es als Mädchen oft getan hatte.

„Ich glaube, ich habe mir stets gewünscht, einen eigenen Tempel zu entdecken. Mich stört, dass Erbstücke immer schon jemandem gehört haben, sie sind nie etwas, was man sich selbst erworben und ausgesucht hat. Ich hab ganz vergessen, wie süß der wilde Jasmin duftet."

Die Stille, die sie umschloss, verführte zum Träumen. An ihrer Seite strömte der Fluss dem Golf von Mexiko zu. Die moosbehangenen Bäume spiegelten sich in seinem Wasser. Gwen hob einen flachen Kieselstein auf, warf ihn geschickt und sah zu, wie sich kreisförmige Wellen bildeten, ausbreiteten und wieder vergingen.

„Ich habe als Kind die meiste Zeit hier verbracht. Ich habe mich hier mehr zu Hause gefühlt als drinnen bei uns. Daheim gab es keine Ruhe, keine Möglichkeit, sich völlig zurückzuziehen und allein zu sein. Die fremden Gäste von Mama kamen und gingen. Ich habe mir nie zuvor gewünscht, mein geheimes Königreich mit jemandem zu teilen."

Sie spürte, dass Luke ihre Hand fester und zärtlicher umschloss. Sein Blick verriet tiefes Verständnis für sie.

Malons Hütte war auf einem Steg über dem Wasser gebaut. Das Dach war weiß getüncht und steil. Am Ende der Hütte befand sich eine Doppeltür, durch die Malons Boot passte. Auf dem schmalen Grasstück neben dem Steg pickten ein halbes Dutzend Hühner. Irgendwo in der Ferne hämmerte ein Specht. Sein Klopfen vermischte sich mit den Klängen von Orgelmusik. Die Grammophonplatte war verkratzt, so oft war sie schon gespielt worden. Auf dem sonnenbeschienenen Steg lag lang ausgestreckt eine schlafende weiße Katze.

„Es ist noch genauso wie früher", sagte Gwen leise. Sie wusste nicht, wie groß die Erleichterung war, die ihre Worte verrieten. Sie sah mit leuchtendem Gesicht zu Luke auf. Dann zog sie ihn eifrig über die drei flachen Holzstufen zum Steg hinauf und zu der Katze hin.

„Raphael", rief sie und streichelte das weiche Fell. Die Katze reckte sich und schnurrte. Dann schloss sie gelangweilt wieder die Augen.

„Sie ist so hoheitsvoll wie immer. Ich hatte schon befürchtet, dass Raphael mich völlig vergessen hat."

Sie richtete sich bei dem Klang einer Männerstimme hastig empor. Malon stand in der niedrigen Tür seiner Hütte, einen Eimer mit Mörtel in der Hand.

Malon war ziemlich klein, kaum größer als Gwen, doch er war kräftig gebaut, mit breiten Schultern und muskulösen Armen. Er besaß einen dichten weißen Haarschopf, der sein Alter verriet. Sein Bauch war immer noch flach wie der eines Boxers, der er früher tatsächlich einmal gewesen war.

Gwen hatte nie herausbekommen, wie alt Malon war. Es blieb sein Geheimnis. Solange sie denken konnte, war er hier zu Hause gewesen. Das Bayou war seine Heimat, die er liebte und deren Gefahren er respektierte. Die Liebe für dieses Stück Natur hatte er an das kleine Mädchen weitergegeben, als es vor mehr als fünfzehn Jahren zum ersten Mal zu ihm gekommen war.

Gwen unterdrückte den Wunsch, sich in seine Arme zu werfen. „Hallo, Malon. Wie geht es dir?"

Er hob die Schultern. „Mal so, mal so." Nachdem er den Eimer auf den Boden gestellt hatte, nickte er Luke einen Gruß zu, dann wandte er seine volle Aufmerksamkeit Gwen zu.

Sie blieb unter seinem forschenden Blick still stehen.

Schließlich forderte er sie auf: „Lass mich deine Hände sehen." Sie streckte sie ihm gehorsam hin.

„Ganz glatt und weich", sagte er mit einem verächtlichen Schnauben. „Die Hände einer Dame, wie? Warum ist deine Figur nicht auch wie die einer richtigen Dame aus New York?"

„Ich konnte es mir nur leisten, meine Hände zu pflegen. Das Essen musste ich etwas einschränken.“ Sie strich mit einer Fingerspitze über sein Sporthemd. „Ich sehe, dass Tillie immer noch deine Hemden bügelt. Wann willst du sie endlich heiraten?“

„Zum Heiraten bin ich noch viel zu jung. Ich hab mir noch längst nicht die Hörner abgestoßen.“

Gwen umarmte ihn und rieb lachend ihre Wange an seinem rauen, runzligen Gesicht. „Ich hab dich so schrecklich vermisst, Malon“, sagte sie leise.

Er blickte sie sekundenlang mit einem zaghaften Lächeln an. Dann zog er sie schmerzhaft eng an sich und drückte ihr einen Kuss ins Haar. Gwen rührte sich nicht. Es war ein wohliges Empfinden, von den starken Armen umschlossen zu werden, die wettergegerbte Wange an ihrem Gesicht zu fühlen und den Geruch nach Rauch und wilden Kräutern einzuatmen, der von jeher sein persönliches Parfüm gewesen war. Ihr wurde schlagartig bewusst, warum sie nicht schon am ersten Tag zu ihm gelaufen war. Er war der einzige Mann, der immer für sie da gewesen war. Sie hatte einfach Angst gehabt, dass sich daran etwas geändert haben könnte. Dass Malon nicht mehr ihr Freund und väterlicher Ratgeber sein würde.

„Gottlob, hier ist alles so, wie es immer war!“, seufzte sie zufrieden auf.

„Nur du hast dich verändert.“ Es klang so liebevoll, dass Gwen vor Rührung schluckte.

„Ich hätte dich sofort besuchen sollen“, entschuldigte sie sich. Zum ersten Mal in ihrem Leben gab sie ihm einen Kuss. In früheren Jahren hatte sie so etwas nie gewagt.

„Schon verziehen“, meinte er.

Plötzlich fiel ihr ein, dass sie einen stummen Zuschauer hatten. Sie wandte sich zu Luke um und sah, dass er sie lächelnd beobachtete. Gwen atmete hastig ein. Sie wollte sich nicht wieder von dem Charme seines Lächelns gefangen nehmen lassen. Sie hatte das unklare Gefühl, dass er genau wusste, welche verheerende Wirkung es auf sie ausübte.

Er wandte endlich die Augen von ihrem Gesicht. „Annabelle hat uns aufgetragen, Sie nach Langusten zu fragen.“

„Ich werde versuchen, morgen früh welche zu fischen. Und Ihr Buch? Kommen Sie gut voran?“

„Ich bin zufrieden“, sagte Luke.

„Aber heute haben Sie sich einen Tag freigenommen, nicht? Sie haben sie überredet, zum Angeln mitzukommen.“ Mit dem Daumen wies er auf Gwen.

„Ich hielt es für eine gute Idee.“

Malon nickte bedächtig. „Früher wusste sie mal, wie sie die Angel festhalten und welches Ende sie ins Wasser werfen musste. Aber das war, ehe sie in die große Stadt zog. Kann sein, dass sie da oben alles verlernt hat.“ Eine Kopfbewegung deutete vage nordwärts. Für Malon war jede Stadt, selbst wenn sie nicht annähernd so groß war wie das ferne New York, ein hassenswertes Übel.

„Vielleicht hat sie noch nicht alles vergessen. Ich glaube, dass sie ein einigermaßen intelligentes Mädchen ist“, meinte Luke ernsthaft.

„Ja, sie hat eine ganz vernünftige Erziehung genossen.“ Malon nickte ein paarmal wohlwollend. „Ihr Vater war ein guter Junge. Sie sieht ihm ähnlich. Von ihrer Mutter hat sie zumindest äußerlich nichts geerbt.“

Gwen sah die beiden Männer empört an. „Mama steckt euch immer noch in die Tasche. Sie hat stets die größten Fische geangelt, hast du das vergessen, Malon?“

„Du meine Güte“, rief er in gespielter Verzweiflung aus. „Diese Städterinnen müssen doch immer das letzte Wort haben. Sie können sie allein mit aufs Wasser nehmen. Ich bin viel zu alt, um es mit einer so kriegerischen jungen Dame aufzunehmen.“

„Vor einer Minute hast du noch behauptet, du wärst zu jung zum Heiraten.“

„Ja, ja, ich bin eben in einem sehr praktischen Alter“, schmunzelte er. „Fort mit euch. Ich muss an den Herd. Ich koche gerade eine Kräutermedizin. Die Dose mit den Würmern ist schon im Boot, die Angeln liegen auf dem Steg. Holt sie euch. Aber vergesst nicht, mir einen Fisch für das Abendessen mitzubringen.“ Er verschwand ohne ein weiteres Wort in der Hütte und warf die Tür hinter sich zu.

8. KAPITEL

Malon ist immer noch ganz der Alte", bemerkte Gwen. Es sollte missbilligend klingen, aber ihre Stimme verriet Freude und Rührung.

Luke bückte sich, ergriff die Angeln und warf sie sich geschickt über die Schulter. „Ja. Er ist regelrecht vernarrt in dich. Das war er wohl immer, nicht wahr?" Er zog den Kahn näher zum Steg und sprang hinein.

Gwen übersah die hilfreich ausgestreckte Hand. Sie folgte ihm mit Leichtigkeit. Hinter ihr her kam Raphael mit einem Satz in das schaukelnde Boot, rollte sich unter einer Bank zusammen und schloss gähnend die Augen.

„Er versäumt niemals eine Angelpartie", erklärte Gwen fröhlich. Während Luke geschickt vom Steg ablegte, ließ sie eine Hand ins Wasser hängen, das ihr kühl durch die Finger rann. Das Sonnenlicht drang nur gefiltert durch die tief herabhängenden Weidenzweige, unter denen sie langsam hindurch zur Flussmitte trieben.

Luke stellte sich aufrecht ans Heck und stakte in einen Seitenarm hinein, den treibende Teppiche aus blühenden Hyazinthen bedeckten. Abgestorbene Zypressen säumten die Ränder. An ihren Wurzeln, die bis ins Wasser reichten, hingen winzige Flusskrebse. Eine fette Baumwollmaus verschwand blitzartig im blühenden Lavendelkraut. Der Flussarm wand sich im grünen Laubschatten weiter. Gwen sah im Vorüberfahren einen Waschbären, der an der Uferböschung auf Beute lauerte.

„Wie ist es möglich, dass ein berühmter Autor so gut Freund mit einem Wunderdoktor aus Louisiana geworden ist?", fragte sie.

„Wunderdoktor?", wiederholte Luke.

„Ja. Natürlich ist Malon auch Fischer und Jäger und manchmal Holzfäller. Aber im Hauptberuf ist er ein Naturheilkundiger. Er kuriert Schlangenbisse, Wunden und Magenverstimmungen. Die meisten Leute, die zu ihm kommen, behandelt er mit irgendwelchen Zaubersprüchen. Das ist seine Spezialität."

„Hm. Hast du ihn jemals gefragt, warum er ganz allein in dieser Hütte lebt, nur mit seiner Katze, seiner Musik und seinen Büchern?"

Sie schüttelte den Kopf, ohne den Blick von ihm zu wenden. Es war erfreulich, zuzusehen, mit welcher Geschwindigkeit Luke das Boot durch den flachen Flussarm stakte.

„Malon war in Rom, in London und Budapest", fuhr er fort. „Aber dann kam er hierher, und nun will er für immer hier bleiben. Er hat verschiedene Berufe gehabt. Er war Tankwagenfahrer, Boxer und Cowboy. Jetzt ist er also Wunderdoktor, der fischt und jagt. Er kann einen Automotor reparieren, Gitarre spielen und Schlangenbisse kurieren. Er tut eben nur das, wozu er Lust hat. Niemand kann ihn zwingen, etwas anderes zu tun! Er ist der zufriedenste und glücklichste Mensch, den ich kenne."

„Wie hast du es angestellt, dass er dir nach so kurzer Bekanntschaft so viel von sich erzählt hat?"

„Ich habe ihn gefragt", erwiderte Luke einfach.

„Nein, das glaube ich nicht. Ich meine, so leicht hat er es dir bestimmt nicht gemacht. Ich weiß nicht, wie du es fertig bringst, dass dir alle Leute ihr Herz ausschütten. Ich habe dir auch Dinge erzählt, die dich nichts angehen und die ich im Grunde für mich behalten wollte. Ich redete, ohne darüber nachzudenken."

Sie schaute ihn an, aber er schwieg.

„Was mich noch mehr beunruhigt, ist die Tatsache, dass du es im Grunde gar nicht nötig zu haben scheinst, dir Geständnisse anzuhören. Ich habe immer den Eindruck, dass du die Gedanken der Menschen lesen kannst."

„Dir ist es wohl gar nicht recht, dass ich dich so gut kenne?"

Sie neigte stirnrunzelnd den Kopf. „Es stört mich, glaube ich. Es macht mich irgendwie wehrlos, wenn ich wie durchsichtiges Glas für dich bin. Dieses Gefühl habe ich auch gehabt, als ich die Skizzen sah, die Bradley von mir gemacht hat."

„Fürchtest du, dass ich in deine Intimsphäre eindringen könnte?"

„Ja. Ich brauche einfach einen ganz persönlichen Bereich."

„Das verstehe ich", warf er ein. Er hielt mit dem Staken inne. „Du hast Annabelle und euer Haus von klein auf ständig mit Fremden teilen müssen. Das musste in dir eine geheime Sehnsucht nach einem Zufluchtsort hervorrufen, der dir allein gehört. Einen Platz, wohin du dich zurückziehen und du selbst sein kannst. Daher kommt auch dein Drang nach Unabhängigkeit und Selbstständigkeit. Es tut mir aufrichtig leid, wenn ich deine Intimsphäre verletzt haben sollte. Neugier ist bei mir eine Art Berufskrankheit."

„Wir sind für dich also alle nur Studienobjekte", meinte Gwen mit einem leisen Vorwurf in der Stimme.

„Einige mehr, andere weniger", erwiderte Luke ruhig.

Eine ganze Weile schwiegen sie und ließen sich treiben. Dann warfen sie an den entgegengesetzten Seiten des Boots ihre Angelruten aus.

Gwen kreuzte lässig die ausgestreckten Beine übereinander und hielt ihre Angel ruhig ins Wasser. „Ich muss zugeben", sagte sie schließlich nachdenklich, „dass es mir schwer fällt, dich nicht zu mögen."

Luke lächelte. „Ich bin nun einmal ein charmanter Mann. Gut, dass du es einsiehst."

„Leider hast du recht." Sie hob das Gesicht den durch das Laub gedämpft einfallenden Sonnenstrahlen entgegen und schloss die Augen. „Jedenfalls bist du ganz anders, als ich es mir vorgestellt hatte."

„So?"

„Ja. Auf den ersten Blick kamst du mir eher wie ein Holzfäller vor und nicht wie ein erfolgsverwöhnter Schriftsteller."

„Wie hat denn deiner Meinung nach ein erfolgsverwöhnter Autor auszusehen?"

„Jedenfalls nicht so wie du. Irgendwie intellektueller, mit schmalem, blassem Gesicht und ziemlich schmalbrüstig. Oder auffallend geltungsbedürftig und …"

„Der Himmel bewahre mich!", rief er belustigt.

„Und eitel", fuhr Gwen unbeirrt fort. „In einem maßgeschneiderten Anzug, der geschickt den Bauchansatz verdeckt. Elegant also, vielleicht sogar mit einer Künstlermähne."

„Das fehlte mir noch!"

„Ja. Der Ärger ist nur, dass du viel zu sportlich und männlich aussiehst." Sie hielt die Augen geschlossen und überließ sich wohlig dem sachten Schaukeln des Bootes. „Wovon handelt dein nächstes Buch?"

„Von einem Mann und einer Frau."

„Darüber sind schon viele Romane geschrieben worden." Sie schlug die Augen zu ihm auf.

Er lächelte und schob die langen Beine unter ihre. „Es ist alles schon einmal da gewesen. Aber jeder bildet sich ein, dass die Erfahrungen, die er macht, überwältigend und einmalig sind."

Sie wartete darauf, dass er weitersprechen würde.

„Natürlich hast du recht. Es gibt unzählige dicke Bücher, die von den Beziehungen zwischen Mann und Frau handeln. Aber es gibt auch ebenso viele Musikstücke, die alle in den gleichen Tonarten komponiert sind."

Gwen nickte nachdenklich. „Darf ich das Manuskript lesen?", bat sie spontan. „Oder stört es dich, wenn jemand das halb fertige Buch kennt?"

„Wenn es für mich vorteilhaft ist, stört es mich nicht", erwiderte er und streckte sich im Sitzen ein wenig. „Wie steht es mit deiner Rechtschreibung?"

„Es geht", erwiderte sie lachend.

„Ich mache nämlich viele Flüchtigkeitsfehler. Du kannst sie korrigieren, wenn das Rohmanuskript fertig ist."

„Das tue ich gern", sagte sie. Dann schrie sie laut auf. „Oh, ich hab etwas gefangen!" Sie richtete sich auf und zog konzentriert die Angelschnur ein. Sie wartete wie ein ungeduldiges Kind darauf, dass ihr Fang auftauchte. Schließlich blickte sie sich zu ihm um.

„Der Bursche wiegt mindestens acht Pfund." Nachdem sie den Fisch geschickt vom Haken gelöst hatte, ließ sie ihn auf die Bootsplanken fallen. „Aber das ist erst der Anfang!"

Raphael erhob sich neugierig und beäugte den Fisch. Er strich einmal schnurrend um Gwens Beine, rollte sich wieder unter der Bank zusammen und schlief weiter.

Die Zeit verstrich in behaglicher Stille. Weder Luke noch Gwen wollten das Schweigen brechen. Sie hatte sich inzwischen auf dem Boden des Bootes lang ausgestreckt und ließ sich von den schräg einfallenden Sonnenstrahlen bescheinen. Die Beine hatte sie über seine gelegt. Es war eine kameradschaftliche Berührung. Kein Funke sprang über, der Begehren weckte.

Hin und wieder ertönte ein Vogelruf. Die Schatten wurden allmählich länger. Doch sie dachten noch nicht an Umkehr. Sie trieben auf dem dunklen Wasser wie in einem Märchenreich, vorbei an den Stümpfen der abgestorbenen Zypressen, lautlos und ziellos.

„Die Sonne wird bald untergehen", mahnte Luke schließlich. Gwen stieß nur einen unwilligen Laut aus, ohne sich zu rühren. „Wir müssen zurück!", sagte er lauter und stand auf.

Sie schaute unter halb gesenkten Lidern zu, wie er das Boot wendete. Die Muskeln an seinen Armen traten deutlich hervor. Plötzlich begegneten sich ihre Blicke. Er hatte längst bemerkt, wie aufmerksam sie ihn beobachtet hatte, das las sie in seinen Augen. Aber es beunruhigte sie nicht.

„Du schuldest mir zehn Dollar", erinnerte sie ihn.

„Ein lächerlich geringer Preis für diesen wunderschönen Nachmittag. Weißt du eigentlich, dass du fünf goldene Sommersprossen auf der Nase hast?" Das Boot durchschnitt das Wasser nun schneller.

Sie verschränkte lachend die Arme hinter dem Kopf. „Du bist ganz schön verrückt."

Er betrachtete mit Vergnügen die filigranartigen Schatten, die die Wimpern auf ihre Wangen warfen, und den weichen, lächelnden Mund. „Davon bin ich allmählich selbst überzeugt." Die Abendbrise trug seine Worte davon, sie hatte sie nur halb verstanden.

Gwen regte sich erst, als das Boot mit einem dumpfen Laut an Malons Landungssteg stieß. Im Westen färbte sich der Himmel schon rötlich. Blaugraue Wolkenstreifen mit zartgelben Rändern standen über dem Horizont.

„Es war so schön. Schade, dass es vorbei ist", sagte sie ganz verträumt.

„Das nächste Mal möchte ich aber von dir spazieren gefahren werden", erklärte Luke gespielt vorwurfsvoll. Er wartete ab, bis sich Raphael ausgiebig gereckt hatte und danach mit einem Satz auf den Steg sprang. Dann folgte er ihm, band das Boot fest und reichte Gwen die Hand.

„Das ist ein durchaus berechtigtes Verlangen", erwiderte sie und war mit einem graziösen Sprung neben ihm. Sie legte den Kopf in den Nacken und strahlte ihn an. Nach einem winzigen, kaum spürbaren Zaudern küsste er sie zärtlich auf den Mund.

Er hielt sie mit einem Arm umfangen und drückte sie so fest an sich, als wollte er sie nie wieder loslassen. Die andere Hand vergrub er in ihr Haar, und sein Kuss wurde fordernder. Der Griff war schmerzhaft, und sie spürte seine Zunge in ihrem Mund.

Gwen gab sich wehrlos seiner Liebkosung hin. Sie fühlte nur einen Schwindel erregenden Taumel, aus dem allein er sie erlösen konnte. Es war nicht nur das körperliche Verlangen, das sie zu ihm hinzog, darüber war sie sich in diesem Augenblick klar. Sie wünschte sich mehr von ihm als nur die Befriedigung der Leidenschaft, die sie beide empfanden. Sie wollte ihm gehören, mit Leib und Seele, und durch ihn erfahren, was nur er sie lehren sollte.

Doch auf einmal lagen Lukes Hände auf ihren Schultern, und er schob sie von sich.

„Gwen", begann er mit einer Stimme, die heiser vor Verlangen war.

„Nicht sprechen, bitte nicht", murmelte sie und zog seinen Kopf zu sich heran, um sich küssen zu lassen. Sie empfand nichts als den Wunsch, seinen Mund wieder auf den Lippen zu fühlen. Es war ihr erst in diesen Augenblicken bewusst, wie ausgehungert nach Zärtlichkeiten sie war. Zärtlichkeiten, die nur er ihr geben konnte.

Er küsste sie flüchtig, dann gab er sie frei. Gwen blieb wie erstarrt vor ihm stehen und sah ihn an. Ihre Verwirrung, ihre Sehnsucht und ihr Verlangen nach Hingabe – all das las er in ihrem Gesicht so deutlich wie in einem Buch.

Luke stieß etwas hervor, was wie ein Fluch klang. Dann wandte er sich um. „Du solltest wissen, dass man einen Mann nie so ansehen darf, wie du es tust."

Gwen konnte seine Worte kaum verstehen, so heiser klangen sie. Unbewusst fuhr sie sich mit der Hand durchs Haar. „Ich ... ich weiß doch nicht, wie ich dich angesehen habe."

Er blickte sekundenlang auf den träge dahinfließenden Strom und drehte sich dann fast widerwillig zu ihr um. „Nachgiebig, sehnsüchtig und unbeschreiblich unschuldig. Weißt du eigentlich, wie schwer es ist, jemandem zu widerstehen, der so kindhaft und unverdorben ist, wie du es bist?"

Gwen schüttelte hilflos den Kopf. „Nein. Ich ..."

„Natürlich weißt du es nicht", unterbrach er sie schroff. Sie zuckte zusammen. „Du lieber Himmel, du machst es einem so leicht zu vergessen, wie jung du noch bist."

„Das bin ich gar nicht mehr." Sie verschränkte die Hände hinter dem Rücken, als ob sie sich davor bewahren müsste, ihn zu berühren. „Es geschah alles viel zu schnell. Ich hatte keine Zeit nachzudenken. Ich habe nur ..."

„Ich muss zugeben, dass es allein mein Fehler war. Du bist ein eigenartiges Mädchen – halb verlockendes Irrlicht, halb streitbare Feministin. Darum fällt es mir auch so schwer, die Hände von dir zu lassen. Das Wissen, dass ich mit dir schlafen könnte, wenn ich es ernsthaft wollte, ist wenig geeignet, mich zur Zurückhaltung zu zwingen."

Der nüchterne Ton und die gewollt kränkenden Worte verletzten Gwens Stolz und reizten sie zu einem zornigen Aufbegehren. „Ich hasse dich!"

Luke nickte. „Beruhige dich. Ich bin ein zivilisierter Mensch, der sich davor hütet, ein unschuldiges Mädchen zu verführen. Und dabei soll es auch bleiben."

„Ich bin nicht ..." Die Stimme versagte ihr, und sie musste ein paarmal schlucken, ehe sie weitersprechen konnte. „Ich bin kein unschuldiges Mädchen. Ich bin eine erwachsene Frau."

„Wie du willst. Wünschst du immer noch, dass ich deine Nachgiebigkeit ausnutze?“

„Nein!“ Es klang wie ein Schrei. „Nein, ganz gewiss nicht.“

„Wenn es so ist …“, meinte er gedehnt und ergriff ihre Hand, um Gwen mit sich in Malons Hütte zu ziehen.

Es war für Gwen am nächsten Tag nicht gerade leicht, an Lukes Tür zu klopfen. Aber sie wollte sich selbst beweisen, dass sie eine erwachsene Frau war und auf sich selbst aufpassen konnte. Sie hatte Luke gebeten, sein Manuskript lesen zu dürfen. Ein Kuss oder ein Augenblick der Unbesonnenheit war kein Grund, diesen Wunsch aufzugeben.

Sie musste sich allerdings noch einige Sekunden Mut machen, ehe sie anklopfen konnte. Mit angehaltenem Atem horchte sie.

„Herein.“ Die kurze Aufforderung ließ sie zusammenzucken. Sie atmete langsam aus und bemühte sich, ein möglichst gleichmütiges Gesicht zu zeigen. Luke schaute nicht einmal auf, als sie eintrat.

Auf seinem Schreibtisch stapelten sich Nachschlagewerke, andere lagen auf dem Boden daneben. Überall waren Manuskriptseiten oder Notizzettel verstreut – teils mit der Maschine beschrieben, teils mit handschriftlichen Aufzeichnungen bekritzelt. Manche waren auch zerknüllt und achtlos fallen gelassen.

Inmitten des Durcheinanders stand auf der Tischplatte eine Reiseschreibmaschine. Davor saß Luke und starrte mit gefurchter Stirn auf die Tasten. Die Vorhänge waren zugezogen, um die Mittagssonne auszuschließen. Das Bett, noch immer ungemacht, war zerwühlt.

„Was für eine schreckliche Unordnung“, sagte Gwen, ohne nachzudenken.

Luke blickte zu ihr auf. Einen Moment lang verzog er unwillig das Gesicht, dann zeigte er eine freundlich überraschte Miene.

„Hallo“, begrüßte er sie leichthin und lehnte sich entspannt zurück.

Gwen näherte sich ihm, indem sie vorsichtig über die Bücher und Papiere hinwegstieg. „Unfassbar! Das sieht ja aus, als ob eine Bombe eingeschlagen wäre! Wie kannst du dich in so einem Chaos wohl fühlen?“

Luke sah sich achselzuckend um, dann beantwortete er gelassen ihre neugierige Frage. „Das tue ich gar nicht. Ich arbeite immer so. Wenn du etwa gekommen bist, um hier aufzuräumen, sag ich dir das Gleiche wie dem Mädchen, das deine Mutter zum Saubermachen heraufschickt. Wenn jemand meine Papiere durcheinanderbringt, werfe ich ihn aus dem Fenster!"

Sie musste lachen. Während sie mit den Fußspitzen ein dickes Buch beiseite schob, steckte sie die Hände in die Taschen. „Du bist also auch reizbar, wenn man deine wunden Punkte berührt." Es tat Gwen gut, bei Luke eine Schwäche entdeckt zu haben.

„Wenn du es so ausdrücken willst. Jedenfalls kann ich auf diese Weise nur mich selbst beschimpfen, wenn ich etwas vermisse. Nicht aber euer braves Mädchen oder eine übertüchtige Sekretärin. Ich habe übrigens eine ausgesprochene Abneigung gegen solche Damen. Was kann ich für dich tun? Ich fürchte, der Kaffee ist kalt geworden."

Die Frage, die nur aus Höflichkeit gestellt wurde, verriet Gwen, dass er sich nur ungern bei der Arbeit stören ließ. Sie antwortete ebenso nüchtern. „Du sagtest gestern, dass es dir lieb wäre, wenn ich dein Manuskript lesen und meine Meinung dazu sagen würde. Ich bin gekommen, um es zu tun." Sie schaute sich um. „Natürlich nur, wenn du es finden kannst."

Auf einmal lächelte er. Das Lächeln, das Gwen so unwiderstehlich charmant fand, verfehlte nicht seine Wirkung auf sie. Sie musste sich Mühe geben, ihre sachliche Miene zu bewahren.

„Du bist ein praktisch begabter, systematisch arbeitender Mensch, nicht wahr? Ich habe solche Typen immer bewundert. Natürlich nur, wenn sie mich nicht in meinen Gewohnheiten stören. Setz dich." Er machte eine vage Geste mit der Hand.

Gwen stieg über zwei Wörterbücher und den Band eines Konversationslexikons. „Hast du etwas dagegen, wenn ich die Vorhänge aufziehe?"

„Wenn du möchtest", gab er zur Antwort und hielt ihr einen Packen beschriebener Manuskriptseiten hin. „Aber fang nicht an, etwas aufräumen zu wollen."

„Nichts liegt mir ferner", versicherte sie und sah mit einigem Vergnügen, dass er unter den hellen Sonnenstrahlen, die ins Zimmer fielen, zusammenzuckte.

„Nun", fragte sie in dem Ton einer besorgten Lehrerin, „lässt es sich bei Tageslicht nicht besser arbeiten?"

„Setz dich."

Gwen musste erst einen Stuhl freiräumen, dann befolgte sie seinen Befehl.

„Es macht dich älter, so wie du heute dein Haar aufgesteckt hast. Du siehst fast wie eine Siebzehnjährige aus."

Ihre Augen begannen zu funkeln, aber sie beherrschte sich. „Erlaubst du nun, dass ich anfange?" Sie nahm ihm die Seiten aus der Hand.

„Selbstverständlich. Du kannst dir einen Bleistift suchen und auch ein Lexikon, wenn du es brauchst. Aber bitte, bleib ganz ruhig."

Gwen war drauf und dran, ihm eine spitze Antwort zu geben, doch da er bereits zu tippen begann, schluckte sie sie hinunter. Sie zog unter einem Zeitschriftenstapel einen Bleistift hervor und begann zu lesen.

Sie gestand sich nur widerstrebend ein, dass sie glücklich war, an seiner Arbeit teilzuhaben. Sie fühlte sich ihm dadurch näher. Entschlossen versuchte sie, ihre Gefühle für Luke zu verdrängen. Sie musste sein Manuskript ganz unabhängig von seiner Person lesen und beurteilen. Minuten später ließ sie den Bleistift fallen. Sie vergaß alles um sich herum.

Die Zeit verstrich. Gwen hörte nicht einmal mehr das Klappern der Schreibmaschine. Die Personen in Lukes Manuskript waren gegenwärtig. Sie waren ihr vertraut, sie litt mit ihnen und freute sich mit ihnen.

Sie wusste nicht, dass ihr die Augen feucht wurden. Sie empfand genau das Gleiche wie die junge Frau in seinem Buch. Sie liebte ohne Hoffnung auf Gegenliebe. Sie fühlte sich verwirrt, verletzlich und in ihrem Stolz verwundet. Sie vergoss Tränen, weil die Worte so wunderschön waren, mit denen Luke die Verzweiflung seiner Heldin beschrieb. Irgendetwas veranlasste Gwen plötzlich, den Kopf zu heben.

Luke hatte aufgehört zu tippen. Sie wusste nicht, wie lange er sie schon beobachtet hatte. Sie zwinkerte hastig, um ihn trotz des Tränenschleiers ansehen zu können. Er schaute sie mit ernster Miene forschend an.

Gwen fühlte sich wehrlos, und die Tränen strömten ihr wieder über die Wangen. Ihre eigene Schwäche erschreckte sie. Obwohl er sie nicht berührte, war ihr, als ob ihre Körper eins waren. Sie wollte Luke etwas sagen, aber sie brachte kein Wort hervor. Hilflos schüttelte sie den Kopf und begriff, dass sie sich nur durch Flucht vor ihm schützen konnte. Sie stand hastig auf und rannte hinaus.

9. KAPITEL

Schon als Kind hatte Gwen mit ihren Problemen Zuflucht im Bayou gesucht. Es war ganz selbstverständlich für sie, dass sie auch jetzt dorthin lief. Nur dort würde sie Frieden finden.

Sie hatte sich bereits einigermaßen beruhigt, als sie sich Malons Hütte näherte. Ihre Schritte wurden langsamer, und sie holte ein paarmal tief Luft. Er sollte sie nicht so atemlos und erregt sehen.

Als sie um die letzte Wegbiegung kam, stieg Malon gerade aus seinem Boot auf den Steg. Sein Anblick wirkte wie immer tröstlich auf sie.

„War es ein guter Fang?", fragte sie, froh, dass sie ihn ohne Verstellung anlächeln konnte.

„Nicht schlecht", erwiderte er mit typischer Untertreibung. „Möchtest du bei mir zu Abend essen?"

„Abendessen?" Sie sah zum Himmel auf. „Ist es schon so spät?" Sie konnte nicht fassen, wie unmerklich die Stunden des Nachmittags verstrichen waren.

„Jedenfalls habe ich jetzt Hunger. Wir können uns frische Garnelen zubereiten. Nach dem Essen gebe ich dir dann den Anteil für deine Mutter mit nach Hause. Kannst du noch Kaffee kochen?"

„Natürlich kann ich das noch genauso gut wie früher. Aber verrat es Tillie nicht." Gwen folgte ihm in die Hütte, ließ achtlos die Tür hinter sich zuklappen und tauchte ein in die friedvolle Atmosphäre des Raumes.

Kurz darauf zog der durchdringende Duft der Garnelen durch den Raum. Raphael sonnte sich auf der Fensterbank. Es war so friedlich, dass sich Gwens angespannte Nerven beruhigten. Sie verspürte zum ersten Mal wieder gesunden Appetit. Während des Essens fiel ihr ein, dass sie seit dem Frühstück nichts mehr zu sich genommen hatte.

„Dir schmeckt es wohl noch immer bei mir?" Malon sah ihr schmunzelnd zu und häufte ungefragt eine zweite Portion auf ihren Teller.

„Ich esse nur so viel, weil ich dich nicht kränken möchte", behauptete Gwen zwischen zwei Bissen. Als der Teller leer war, lehnte sie sich mit einem zufriedenen Seufzer zurück. „So gut hat es mir seit zwei Jahren nicht mehr geschmeckt."

„Darum bist du auch so dünn geworden." Malon zündete sich eine seiner geliebten schwarzen Zigaretten an. Sie sog den Duft ein, der ihr seit ihrem zwölften Lebensjahr vertraut war. Damals hatte sie Malon so lange bedrängt, bis er sie eine Zigarette rauchen ließ. Ihr war entsetzlich übel geworden. Malon hatte sie damals weder bemitleidet noch eine Strafpredigt gehalten.

„Jetzt fühlst du dich schon ein wenig wohler, ja?“ Es war mehr eine Feststellung als eine Frage. Gwen schaute ihn an und erkannte, dass er nicht von ihrem Hunger gesprochen hatte. Sie nickte ihm mit einem unbewusst hilflosen Achselzucken zu.

„Ja, ein bisschen. Ich musste heute zu dir kommen. Ich wusste, dass es mir guttun würde. Ich habe Probleme, Malon. Ich verstehe mich selbst nicht mehr. Und ... da ist nämlich ein Mann.“

„Das ist meistens der Fall“, warf er gelassen ein und blies ein paar blaue Rauchringe in die Luft. „Du bist eine Frau. Da bleibt so etwas nicht aus.“

„Ja, aber anscheinend bin ich keine sehr gescheite Frau. Ich weiß so wenig über Männer. Auf jeden Fall ist er ganz anders als alle, die ich bisher kennengelernt habe.“ Sie erhob sich mit einem resignierten Aufseufzen und stellte sich ans Fenster. „Das Schlimmste ist, dass ich ihn lieber habe, als ich es mir leisten kann.“

„Leisten kann?“, wiederholte Malon mit einem verächtlichen Schnauben. „Was soll das heißen? Gefühle kosten nichts.“

„Ach, Malon.“ Sie drehte sich zu ihm um und sah ihn mit traurigen Augen an. „Manchmal können einem die Gefühle einen viel zu hohen Preis abverlangen. Ich merke, dass ich mich allzu stark zu ihm hingezogen fühle. Ich habe ihn unbeschreiblich gern. Aber meine Zuneigung ist hoffnungslos.“

„Warum glaubst du das?“

Sie wich der Frage aus und begann, unruhig hin und her zu gehen. „Ich sehne mich so nach Liebe.“

„Tut das nicht jeder Mensch?“ Malon blickte nicht auf, sondern drückte sorgfältig die Zigarettenglut im Aschenbecher aus.

„Aber er liebt mich nicht.“ Sie fuhr sich mit der Hand durchs Haar. „Trotzdem kann ich nicht aufhören, an ihn zu denken. Wenn ich mit ihm zusammen bin, vergesse ich alles. Dabei weiß ich, wie falsch das ist. Er hat eine Affäre mit einer anderen Frau und die ... ach, es ist alles so furchtbar schwierig.“

„Das Leben ist nun einmal nicht einfach, mein Kleines.“ Er tröstete sie so, wie er sie in ihrer Kindheit getröstet hatte. „Trotzdem müssen wir es bewusst leben.“ Er erhob sich und trat zu ihr. „Probleme sind die Würze unseres Daseins.“

„Ich könnte im Augenblick ganz gut auf sie verzichten", erwiderte sie mit einem kläglichen Lächeln.

Malon strich sanft über ihre Wange. „Bist du gekommen, um von mir getröstet zu werden, oder suchst du einen Rat?"

„Ich kam nur, um bei dir zu sein", sagte sie schlicht. „Du bist der einzige Vater, den ich je gehabt habe." Sie legte die Arme um seine Taille und barg den Kopf an seiner breiten Schulter. Mit seiner rauen Hand strich er ihr zärtlich über das Haar. „Malon", murmelte sie, „ich will nicht in ihn verliebt sein."

„Verlangst du etwa von mir ein Gegengift gegen Liebe? Eine Schlangenhaut, die du ihm unters Kopfkissen legst?"

Gwen musste lachen. „Nein."

„Wie beruhigend. Ich mag ihn. Ich würde mich nur ungern dazu hergeben, ihn zu verhexen."

Natürlich hatte Malon von Anfang an erraten, von wem sie sprach. Sie hätte es wissen müssen. Für ihn war sie schon in der Kindheit wie durchsichtiges Glas gewesen. Trotzdem hatte sie sich bei ihm wohler gefühlt als bei jedem anderen Menschen. Gwen sah ihn nachdenklich an. Was für geheime Gefühle und Gedanken mochten hinter dieser Stirn und den klaren blauen Augen verborgen sein? Sie wechselte rasch das Thema. „Du hast mir übrigens nie erzählt, dass du auch eine Zeit lang in Budapest gelebt hast."

„Du hast mich nie danach gefragt."

Sie lächelte. „Würdest du es nachholen, wenn ich dich jetzt darum bitte?"

„Ja, und wir werden dabei abwaschen."

Bradley blickte stirnrunzelnd auf die Leinwand und dann auf sein Modell. „Was ist heute los mit Ihnen?", fragte er vorwurfsvoll.

Die drei Nächte, in denen Gwen fast überhaupt nicht oder nur sehr unruhig geschlafen hatte, zeigten tatsächlich Wirkung. Sie saß auf einer Astgabel in der uralten Eiche, so wie auf einer Schaukel. Bradley hatte ihr eine Magnolie hinters Ohr gesteckt und das Kleid bestimmt, das sie gehorsam angezogen hatte. Auf seinen Wunsch hatte sie kaum Make-up aufgelegt. Das blasse Gesicht wurde von den großen Augen beherrscht. Doch sie strahlten keine sommerliche Heiterkeit aus, wie der Maler es sich vorgestellt hatte. Die leicht herabhängenden Schultern und der zusammengepresste Mund verrieten Gwens innere Unruhe und schwermütige Stimmung. „Hören Sie, ich möchte kein Bild malen, das Sie deprimiert zeigt“, sagte er mit übertriebener Geduld.

„Tut mir leid, Bradley“, erwiderte sie und lächelte müde. „Ich habe kaum geschlafen.“

„Trinken Sie warme Milch“, rief ihr Monica Wilkins zu, die auf einem Klappstuhl in der Nähe saß. Sie zeichnete mit unendlicher Sorgfalt einen dicken Busch blühender Astern. „Mir hilft Milch immer.“

Gwen hätte bei dem Gedanken an warme Milch am liebsten eine Grimasse geschnitten. Stattdessen dankte sie Monica höflich für den guten Ratschlag.

„Nachdem das nun geregelt ist …“, begann Bradley mit einer so gequälten Stimme, dass Gwen zu lachen anfing.

„Verzeihen Sie, Bradley, ich fürchte, ich bin heute ein ganz miserables Modell.“

„Unsinn“, widersprach er. „Sie müssen sich nur endlich ein wenig entspannen.“

„Wein“, riet Monica, ohne den Blick von den Astern zu wenden.

Bradley sah sich mit finsterer Miene zu ihr um. „Verzeihen Sie, aber …“

„Wein“, wiederholte Monica. „Ein Glas Wein würde sie vollkommen entspannen.“

„Wenn wir welchen hätten“, murrte Bradley und hob den Pinsel.

„Ich habe ihn“, verkündete sie mit der gewohnten schüchternen Stimme.

„Was haben Sie?“

Gwen schaute zwischen den beiden hin und her. Ich komme mir wie eine Zuschauerin bei einem Tennisturnier vor, dachte sie. Sie rieb sich den schmerzenden Nacken.

„Wein“, antwortete Monica und pinselte sorgfältig an einem blassen grünen Blatt. „Ich habe eine Thermosflasche mit gut gekühltem Weißwein in meiner Tasche.“

„Sehr umsichtig von Ihnen“, lobte Bradley.

„Danke.“ Eine leichte Röte überflog das sonst so farblose Gesicht. „Ich lade Sie beide herzlich ein, wenn Sie glauben, dass es Ihnen bei der Arbeit hilft.“ Sie beugte sich über ihre beutelförmige Tasche, zog eine rote Thermosflasche heraus und reichte sie Bradley.

„Ich bin tief in Ihrer Schuld, Monica“, erklärte Bradley galant. Sie antwortete mit einem mädchenhaften Kichern, das Gwen ihr niemals zugetraut hätte. Danach widmete sich Monica wieder ihren Astern.

„Ich finde nicht, dass es gut ist, jetzt Wein zu trinken", begann Gwen, aber sie wurde von Bradley unterbrochen.

„Das ist genau das Richtige, um Sie ein wenig aufzuheitern", sagte er und goss den golden schimmernden Wein in den Plastikbecher.

„Aber ich trinke nur ganz selten Alkohol."

„Das ist auch richtig so. Es würde Ihrer Gesundheit nur schaden." Er hielt ihr den Becher hin.

„Bradley, es ist gerade erst zehn Uhr, also noch früh am Morgen."

„Ich weiß. Trinken Sie rasch, ich möchte genau dieses Licht ausnutzen. Es wird sich bald verändern."

„Wenn es sein muss." Gwen nippte an dem Plastikbecher. Gleich darauf trank sie noch ein paar kleine Schlucke. „Sehr sonderbar", sagte sie mehr zu sich als zu den anderen.

„Tut es Ihnen gut?", rief Monica.

„Ja, der Wein schmeckt köstlich. Danke, Monica."

„Ich bin froh, wenn ich Ihnen ein wenig helfen konnte." Die beiden tauschten ein verständnisvolles Lächeln, und Bradley füllte sofort den Becher wieder auf.

„Trinken Sie aus", befahl er wie ein besorgter Vater, der seinem kranken Kind Medizin einflößt. „Ich möchte weitermalen."

Gwen gehorchte. Mit einem tiefen Seufzer gab sie Bradley den leeren Becher zurück. „Bin ich nun entspannt genug?", fragte sie. Der Kopf war ihr leicht geworden. Sie lächelte vage, ohne jemanden dabei anzusehen.

„Ich hoffe, dass ich ihr nicht zu viel Wein eingeschenkt habe", meinte Bradley besorgt, während er Monica die Thermosflasche zurückbrachte.

„Ja, man kann nie sicher sein, wie viel Alkohol jemand verträgt." Monica vertiefte sich in ihre Arbeit, und Bradley stellte sich vor die Staffelei.

„So, nun nehmen Sie bitte wieder die alte Stellung ein. Ich wünsche mir einen lebensfrohen Gesichtsausdruck. Ihr Blick soll verraten, dass Sie Ihr Schicksal herausfordern." Er kniff ein Auge zu.

„Er soll die Betrachter reizen, die Unschuld zu berühren …"

„Die Unschuld", murrte Gwen. „Ich bin kein Kind mehr." Sie straffte unwillkürlich die Schultern.

„Nein!", rief Bradley hastig. Doch dann betrachtete er sein Modell aufmerksamer. „Ja, ja, so ist es genau richtig." Er schaute sich suchend um, wo er seinen Pinsel hingelegt hatte, und erblickte dabei Luke, der durch den Garten zu ihm hinschlenderte. Gleich darauf hatte er ihn wieder vergessen.

„Ah, lassen Sie Ihren Mund so. Er zeigt genau den Ausdruck zwischen Schmollen und Herausforderung, den ich mir gewünscht habe. Bleiben Sie so, rühren Sie sich nicht. Danke, Monica, Sie haben ein Wunder bewirkt."

Bradley malte mit fieberhaftem Eifer. Er konnte nicht wissen, dass es weniger der Wein war, der Gwens Gemütszustand verändert hatte, als vielmehr der Mann, der sich stumm neben die Staffelei gestellt hatte. Lukes Anwesenheit hatte ihre blassen Wangen gerötet und ihren Augen den herausfordernden Blick verliehen. Doch seine Miene blieb verschlossen und gab seine Gedanken nicht preis. Es war ganz still im Garten. Nur in der Ferne zog ein Krähenschwarm über den Himmel und ließ ein unmelodisches Krächzen hören.

Gwen fühlte sich von ihren widerstreitenden Gedanken und Gefühlen zerrissen. Verlangen kämpfte mit verletztem Stolz. Luke hatte sie zornig gemacht, er hatte sie ausgelacht und restlos verzaubert, nur um sie dann zurückzuweisen.

Instinktiv streckte sie die Hand aus, um sich am Eichenstamm festzuhalten. Sie bemerkte, dass er die Hände in die Taschen schob und sie unverwandt ansah.

Ich will mich nicht in ihn verlieben, sagte sie sich. Das darf mir nicht passieren. Er würde mich nur wieder zum Narren halten.

„Großartig", murmelte Bradley.

„Ja, das finde ich auch", stimmte Luke, über die Leinwand gebeugt, bewundernd zu. „Sie haben Gwen vollendet getroffen."

„Es ist so selten", sagte Bradley mehr zu sich selbst und hellte die Schatten auf Gwens Wangen ein wenig auf. „Ihre Schönheit enthält ein Versprechen. Diese Mischung aus Unschuld und verborgener Leidenschaft ist unwiderstehlich. Jeder Mann, der ihr Porträt sieht, wird nach ihr Verlangen haben."

Sekundenlang verriet Lukes Miene unverhüllten Ärger. Er blickte kurz zu Gwen hinüber. „Ja, damit mögen Sie recht haben."

„Ich werde das Bild ‚Unschuldige Verführerin' nennen. Finden Sie das gut?"

„Hm."

Bradley empfand dies als begeisterte Zustimmung. Minutenlang arbeitete er weiter, wobei er unverständliche Worte murmelte. Dann ließ er den Pinsel sinken und begann, seine Utensilien einzusammeln.

„Sie waren heute großartig", erklärte er Gwen. „Aber nun hat sich das Licht zu sehr verändert. Morgen sollten wir etwas früher beginnen, denke ich. Drei weitere Sitzungen dürften ausreichen."

„Ich bin auch fertig", sagte Monica. Sie ergriff den Klappstuhl, ihren Zeichenblock und die Stifte und ging hinter Bradley her.

Gwen glitt, so rasch sie vermochte, von der Astgabel herunter. Sie war vom Wein benommen und taumelte, als ihre nackten Füße das Gras berührten. Luke beobachtete sie, ohne ihr zu Hilfe zu kommen. Mit übertriebener Gelassenheit richtete Gwen sich auf. Sie musste schlucken, weil ihr die Kehle sonderbar eng und der Mund so trocken geworden war. Dann versuchte sie, trotz ihrer weichen Knie betont aufrecht geradeaus zu gehen. Sie wollte Luke unbeachtet stehen lassen.

Er streckte nur die Hand aus und hielt sie mühelos am Arm zurück. „Fehlt dir auch nichts?"

Die Sonne hatte die Wirkung des Weines verstärkt, und Gwen fühlte sich total benommen. Sie musste sich erst räuspern, um ihm deutlich antworten zu können. „Nein, wieso denn? Ich fühle mich großartig."

Luke legte zwei Finger unter ihr Kinn und hob es ein wenig empor. Sein Blick war belustigt. „Aber Gwen, du bist ja beschwipst."

Die treffende Bemerkung verstärkte nur ihren Wunsch, die würdevolle Haltung zu bewahren. „Ich verstehe nicht, wie du so etwas behaupten kannst. Ich wäre dir sehr dankbar, wenn du die Hand von meinem Kinn nehmen würdest."

„Gern. Aber gib mir nicht die Schuld, wenn du dann den Halt verlierst." Luke ließ den Arm sinken, und Gwen schwankte tatsächlich leicht. Instinktiv griff sie nach ihm und hielt sich an seinem Ärmel fest.

„Wenn du mich nun bitte entschuldigen würdest", erklärte sie, ohne ihn loszulassen. Gleich darauf schüttelte sie seufzend den Kopf. „Ich warte nur darauf, dass du endlich stehen bleibst."

„Oh, verzeih. Darf ich fragen, wie du in diesen Zustand gekommen bist?"

„Entspannt", berichtigte Gwen ihn mit schwerer Zunge.

„Wie bitte?"

„Ich bin entspannt. Es war entweder warme Milch oder Wein. Monica ist eine Expertin. Ich mag keine warme Milch, und außerdem war auch keine da."

„Nein. Und es wäre auch sicher schwierig gewesen, sie herbeizuschaffen." Luke legte den Arm um ihre Taille und hielt sie fest, während sie langsam vorwärts schwankte.

„Ich hab nur ein paar Schlückchen getrunken, weißt du."

„Das hat wohl genügt."

„Oh je", rief Gwen und blieb abrupt stehen. „Ich bin auf eine Biene getreten." Sie ließ sich einfach ins Gras fallen, während alles um sie zu kreisen begann. „Ich fürchte, das arme Tier muss nun sterben." Sie hob den Fuß und drehte ihn in der Hand, bis sie die kleine Schwellung am Fußballen betrachten konnte.

„Ja, du hast sie zerquetscht." Luke hockte sich neben sie und nahm den Fuß in die Hand. „Tut es weh?", fragte er, während er geschickt den Stachel herauszog.

„Nein. Ich spüre überhaupt nichts."

„Kein Wunder. Ich halte es für richtig, Bradley mitzuteilen, dass du morgens um zehn Uhr noch nicht so entspannt sein möchtest."

„Er nimmt seine Kunst sehr ernst", vertraute Gwen ihm an. „Und mir hat er gesagt, ich würde unmoralisch werden."

„Das ist sehr wahrscheinlich, wenn du fortfährst, dich am Vormittag zu entspannen. Aber vielleicht hast du ihn auch nur falsch verstanden, und in Wahrheit wollte er dich vor Alkoholgenuss warnen."

„Meinst du?" Gwen streckte sich der Länge nach im Gras aus und hielt das Gesicht der Sonne entgegen. „Ich finde, er und Monica passen gut zusammen. Wäre es nicht süß, wenn sie sich ineinander verliebten?"

„Entzückend."

„Du machst dich darüber nur lustig, weil du selbst so oft verliebt warst."

„Ach, war ich das?" Er strich sanft mit dem Finger über ihren Fußknöchel und betrachtete bewundernd ihr Haar, das die Sonne golden schimmern ließ. „Warum glaubst du das?"

„Wegen deiner Bücher. Du weißt, wie Frauen fühlen und was sie denken. Es hat mir gestern richtig wehgetan, als ich dein Manuskript las. Es war alles so wahr, und es verriet viel zu viele Erfahrungen." Sie seufzte auf. „Du hast bestimmt schon mit Dutzenden von Frauen geschlafen."

„Du sprichst von zwei verschiedenen Dingen. Mit jemandem zu schlafen ist häufig etwas anderes, als jemanden zu lieben."

Gwen öffnete die Augen. „Manchmal ja", stimmte sie zu. „Jedenfalls für einige Leute."

„Du bist zu romantisch. Nur ein romantisches Mädchen kann sich in ein bauschiges weißes Gewand kleiden oder eine Rose zu den Sternen hinaufwerfen oder an die Zaubertricks eines Magiers glauben."

„Wie seltsam", meinte Gwen mit erstaunter Stimme. Sie schloss die Augen. „Ich habe nie gedacht, dass ich eine romantische Natur bin. Ist das sehr schlimm?"

„Nein." Es klang unerwartet schroff, fast ein wenig verärgert. Luke stand auf und blickte auf sie hinab. Das Haar fiel ihr weich auf die Schultern. Das Kleid spannte sich ein wenig über der Brust, die sich beim Atmen leicht hob und senkte. Mit einem unterdrückten Fluch bückte er sich, zog sie in die Arme und hob sie auf.

„Oh, du bist so stark." Gwen fühlte sich schwindlig und legte den Kopf an seine Brust. „Das habe ich gleich am ersten Tag bewundert, als ich dich den Baum fällen sah. Michael stemmt Gewichte."

„Sehr gescheit von ihm!"

„Nein. Er hat sich dabei die Wirbelsäule verknackst." Sie kuschelte sich behaglicher an ihn. „Michael ist nicht gerade ein sehr sportlicher Typ, musst du wissen. Er spielt Bridge." Sie hob den Kopf ein wenig und lächelte ihn an. „Ich bin eine hoffnungslose Bridgepartnerin. Michael sagt, ich könnte mich einfach nicht auf das Spiel konzentrieren."

„Ich muss diesen Michael unbedingt kennenlernen."

„Kannst du dir vorstellen, dass in seinem Schrank sechsundfünfzig Schlipse hängen?"

„Ja, das traue ich ihm unbedingt zu."

„Seine Schuhe sind immer ganz blank geputzt." Gwen zog mit der Fingerspitze Lukes Kinnlinie nach. „Ich muss mir wirklich Mühe geben, endlich ordentlicher zu werden. Er erklärt mir immer wieder, wie wichtig der äußere Eindruck ist. Leider vergesse ich es dauernd. Wahrscheinlich macht es keinen guten Eindruck, wenn man barfuß Tauben im Park füttert."

„Was sonst?"

„Oper", antwortete sie prompt. „Er mag besonders deutsche Opern. Nur bin ich immer dabei eingeschlafen. Ich sehe mir viel lieber die späten Krimis im Fernsehen an."

„Du Spießerin", schalt Luke sie mit zärtlichem Lächeln.

„Ja, das stimmt." Gwen fühlte sich so glücklich, wie schon lange nicht mehr. „Dein Gesicht ist viel schmaler als seins. Aber er vergisst nie, sich zu rasieren."

„Das spricht auch für deinen Michael“, erwiderte er und trug sie zu den Verandastufen.

„Er bringt es nur nie fertig, dass ich mich so … so lebendig fühle wie mit dir.“ Er blieb abrupt stehen und schaute sie mit einem undeutbaren Blick an. Ihre Augen, vom Wein verschleiert, lächelten zärtlich. „Wie kommt das nur?“

„Kannst du wirklich so unbeschreiblich naiv sein?“ Es klang überraschend rau.

Sie dachte einen Moment lang ernsthaft nach und zuckte dann mit den Achseln. „Ich weiß nicht. Vermutlich ja. Gefällt es dir, dass ich so bin?“

Sekundenlang presste er sie fest an sich. Gwen schloss sofort die Augen und hob ihm den Mund entgegen. Er strich leicht mit den Lippen über die geschlossenen Lider, und sie seufzte und kuschelte sich näher an ihn.

„Manchmal bist du schrecklich nett“, stellte sie fest. Er verstand es kaum, so leise sprach sie.

„Bin ich das?“, fragte er mit gerunzelter Stirn. „Sagen wir lieber, dass ich mich manchmal an die grundlegenden Anstandsregeln erinnere. Im Augenblick funktioniert mein Gedächtnis leider ausgezeichnet.“

„Du bist wirklich ein sehr netter Mann“, meinte Gwen und küsste ihn auf die Kinnspitze. „Verlieben will ich mich aber nicht in dich.“

Luke blickte in ihr Gesicht, das so gelöst und verträumt aussah. „Eine sehr weise Entscheidung“, sagte er sanft und trug sie ins Haus.

10. KAPITEL

Es war schon dunkel, als Gwen wach wurde. Anfangs wusste sie nicht, wo sie war. Der Mond schien ins Zimmer, und sie erkannte die Umrisse ihrer Möbel. Ein Klopfen an der Tür hatte sie aufgeweckt, und in diesem Moment wurde zum zweiten Mal angeklopft.

Sie richtete sich auf. Der Raum drehte sich einen Augenblick lang um sie. Gwen stöhnte unwillkürlich auf, strich sich die Haare aus der schmerzenden Stirn und stieg vorsichtig aus dem Bett. Als sie die Tür öffnete, blendete sie das helle Lampenlicht. Sie legte schützend die Hand vor die Augen.

„Ach, Liebling, es tut mir leid, wenn ich dich geweckt haben sollte. Ich weiß ja, wie unerträglich solche Kopfschmerzen sein können." Annabelle legte mitfühlend einen Arm um Gwen.

„Kopfschmerzen?", wiederholte Gwen und nahm vorsichtig die Hand von den Augen.

„Ja, Luke hat es mir gesagt. Hast du eine Aspirin genommen?"

„Eine Aspirin?" Gwen überlegte angestrengt. Plötzlich röteten sich ihre Wangen. Annabelle vernahm ihr leises „Ach, du meine Güte!" und deutete es als Zustimmung.

„Es geht dir wieder besser, nicht wahr?"

„Ich hatte gar keine Kopfschmerzen!"

Ihre Mutter überhörte das leise Geständnis. „Gut. Ich bin froh darüber. Du musst ans Telefon." Sie lächelte verschwörerisch. „Ein Anruf aus New York, dein Michael ist am Apparat. Ich mag seine Stimme."

„Michael", sagte Gwen leise. Am liebsten hätte sie sich wieder in die beruhigende Dunkelheit ihres Zimmers zurückgezogen. Sie empfand keine Freude, höchstens ein wenig Überdruss beim Klang dieses Namens. Sie trug noch immer das weiße Kleid, wie sie verwundert feststellte. Jedes Wort ihres Gesprächs mit Luke wurde ihr plötzlich überdeutlich bewusst, und sie erinnerte sich an das Gefühl, das sie in seinen Armen empfunden hatte.

„Du solltest ihn nicht länger warten lassen", mahnte Annabelle. „Ferngespräche sind teuer."

„Ja, du hast recht." Gwen lief hinter ihrer Mutter die Treppe hinunter.

„Ich gehe in die Küche und bitte Tillie, dir dein Abendessen aufzuwärmen", sagte Annabelle und zog sich taktvoll zurück.

Gwen starrte sekundenlang zögernd auf das Telefon, doch schließlich nahm sie den Hörer auf, den ihre Mutter neben den Apparat gelegt hatte.

„Hallo, Michael."

„Gwen, endlich. Ich dachte schon, ihr hättet mich abgehängt."

„Verzeih", sagte sie automatisch und verwünschte sich im gleichen Moment, weil sie sich wieder einmal entschuldigt hatte. Wieso gelingt es ihm immer, mich einzuschüchtern? dachte sie. „Ich war beschäftigt", fuhr sie rasch fort. „Außerdem hatte ich nicht erwartet, etwas von dir zu hören."

„Hoffentlich ist mein Anruf eine angenehme Überraschung", erwiderte er. Aus dem selbstgefälligen Ton konnte Gwen unschwer schließen, dass er sich dessen sicher war. „Ich habe auch sehr viel zu tun. Ich bin von einem schwierigen Fall total in Anspruch genommen, sodass ich kaum von meinem Schreibtisch loskomme."

„Das tut mir leid, Michael", warf Gwen höflich ein. Ein Geräusch erweckte ihre Aufmerksamkeit. Sie wandte den Kopf zur Treppe und sah Luke. Das hat mir gerade noch gefehlt, dachte sie und nickte ihm mit betont gleichgültiger Miene zu. Doch ihr Ausdruck verwandelte sich, als er am Fuß der Treppe stehen blieb und sich an den Pfosten lehnte.

„Lass dich nur nicht aufhalten", zischte sie Luke zu.

„Ich habe Zeit", erwiderte er ungerührt. „Grüß ihn von mir."

Gwen schloss verzweifelt die Augen. „Du bist unmöglich, absolut unmöglich."

„Was ist?", fragte Michael überrascht. „Was hast du gesagt?"

„Ach, nichts", rief sie unfreundlich.

„Um Himmels willen, Gwen. Ich versuche doch nur, dir meinen komplizierten Fall zu erklären. Du brauchst doch nicht gleich so gereizt zu reagieren."

„Ich bin nicht gereizt. Warum rufst du mich an, Michael?"

„Ich wollte mich erkundigen, wann du nach Hause kommst, Liebling. Ich vermisse dich so sehr." Er sprach jetzt mit seiner sanftesten, einnehmendsten Stimme. Gwen seufzte laut. Sie drückte einen Augenblick lang die Muschel des Hörers an die Stirn.

„Redet er dir immer solche Schuldgefühle ein?", fragte Luke. Sie schrak zusammen.

„Halt den Mund", sagte sie deutlich. Sie war zornig, weil er sie so mühelos durchschaute.

„Ich verstehe nicht", hörte sie Michael rufen. Luke lachte, weil die ärgerlichen Worte bis zu ihm drangen. „Die Verbindung scheint gestört zu sein."

„Scheint so", bemerkte Gwen abwesend. Dann fasste sie den Entschluss, die Angelegenheit zwischen sich und Michael ein für alle Mal zu klären. Sie atmete tief ein. „Michael, ich ..."

„Ich nehme an, dass ich dir genügend Zeit gelassen habe, um wieder zur Vernunft zu kommen", unterbrach er sie.

„Wie meinst du das?"

„Ich meine, dass es eine ganz törichte Auseinandersetzung war, Liebling. Natürlich weiß ich, dass du es nicht so gemeint hast."

„Was willst du damit sagen?"

„Ich weiß doch, dass dein Temperament mit dir durchgeht, wenn du wütend bist." Es klang so geduldig und nachsichtig, dass Gwens Erbitterung wuchs. „Natürlich bin ich auch nicht ganz ohne Schuld."

„Ach nein." Sie bemühte sich, ruhig und gelassen zu sprechen. „Wieso hast du auch ein bisschen Schuld an unserem Streit, wenn doch mein Temperament mit mir durchgeht?"

„Ich fürchte, ich habe dich zu sehr gedrängt. Du warst auf meinen Heiratsantrag einfach nicht vorbereitet."

„Michael, wir haben uns fast ein Jahr lang dauernd gesehen", erinnerte sie ihn. Sie fuhr sich mit den Fingern gereizt durchs Haar.

„Natürlich, Liebling. Aber trotzdem hätte ich dich behutsam vorbereiten müssen."

„Mich vorbereiten? Ich möchte nicht vorbereitet werden, Michael. Verstehst du das nicht? Ich möchte überrascht werden und überwältigt sein. Und wenn du noch einmal in diesem begütigenden Ton ‚Liebling' zu mir sagst, fange ich an zu schreien."

„Aber, Gwen, reg dich doch nicht auf. Ich bin doch absolut bereit, zu vergeben und zu vergessen."

Gwen schluckte mühsam. „Wie großzügig von dir. Ich weiß wirklich nicht, was ich sagen soll, Michael."

„Sag nur, wann du zurückkommst, Liebling. Wir werden elegant essen gehen und das Hochzeitsdatum festsetzen. Bei Tiffany kannst du dir dann einen hübschen Ring aussuchen."

„Michael, hör mir bitte zu. Hör mir diesmal wirklich zu. Ich bin nicht die Frau, die du in mir siehst. Ich werde nie so sein, wie du mich haben willst. Wenn ich es versuchen würde, würde ich innerlich verkümmern. Bitte, du weißt, dass ich dich gern habe, aber ich kann mich dir zuliebe nicht in einen anderen Menschen verwandeln."

„Ich weiß wirklich nicht, wovon du sprichst, Gwen", unterbrach er sie schroff. „Ich habe nicht von dir verlangt ..."

Diesmal ließ sie ihn nicht ausreden. „Ich kann nicht noch einmal alles wiederholen. Ich habe jedes Wort so gemeint, wie ich es dir gesagt habe. Ich möchte es nicht zum zweiten Mal sagen. Ich passe nicht zu dir, Michael. Such dir eine Frau, die perfekt darin ist, zwanzig Personen mit selbst gemixten Cocktails zu bewirten."

„Du wirst unsachlich." Gwen schloss die Augen bei seiner kühlen Bemerkung. In diesem Augenblick war er der Rechtsanwalt, der gegen einen Gegner argumentierte. Sie wusste, dass jede Diskussion zwecklos war. „Wir werden alles in Ruhe besprechen, wenn du wieder in New York bist", hörte sie ihn abschließend sagen.

„Nein, Michael." Sie wusste, dass er auf ihren Einwand nicht eingehen würde.

„Ruf mich an, und ich hole dich vom Flughafen ab. Auf Wiedersehen, Gwen."

„Leb wohl, Michael." Sie legte den Hörer auf die Gabel. Eine Mischung aus Bedauern und schlechtem Gewissen ergriff sie. Sie begegnete Lukes Blick, als sie sich endlich vom Telefon abwandte. Er sah sie mitleidig an, ganz ohne die erwartete spöttische Miene. Er hatte verstanden, wie ihr zumute war. Plötzlich glaubte sie, dass es leichter wäre, seinen Spott zu ertragen als dieses Verständnis.

„Mir wäre es sehr lieb", sagte sie ruhig, „wenn du mich jetzt nicht ansprechen würdest." Dann drehte sie sich um und ging die Treppe hinauf.

Gwen stand auf ihrem Balkon und sah zum nächtlichen Sternenhimmel auf. Irgendwo sang mit klarer, süßer Stimme ein Nachtvogel. Gwen überlegte sich sekundenlang, ob es wohl eine Nachtigall war, die da sang. Die Nacht schien geradezu perfekt für den Gesang einer Nachtigall.

Sie seufzte, als ihr einfiel, dass Luke sie romantisch gefunden hatte. Er hatte vermutlich recht. Dabei war es weder der Zauber dieser Nacht noch der Vogelgesang, der sie aus dem Bett und auf den Balkon gelockt hatte.

Natürlich kannst du nicht schlafen, redete sie sich ein. Wie kannst du das erwarten, wenn du den ganzen Nachmittag verschlafen hast? Sie schämte sich ein wenig, als ihr der Grund für ihre ausgedehnte Mittagsruhe einfiel. Ich habe es wirklich fertig gebracht, mich als komplette Närrin aufzuführen. Warum musste ich ihm auch in die Arme laufen? Warum konnte ich nicht ungesehen ins Haus gelangen? Vor allem, warum bin ich nie gelassen und selbstbewusst, wenn ich mit ihm zusammen bin?

Und dann kam auch noch das Telefongespräch mit Michael hinzu! Gwen hob die Hand und rieb sich den Nacken. Die schmerzhaften Spannungen ließen sich aber nicht so leicht wegmassieren. Im Geist wiederholte sie Wort für Wort die Unterhaltung mit Michael. Hätte es eine Chance gegeben, ihm ihre Gefühle deutlicher zu machen? Nein, sie hatte alles gesagt, was zu sagen war, aber er wollte nicht zuhören und sie verstehen.

Sie stützte die Hände auf die Brüstung. Er vergibt mir, dachte sie und lachte spöttisch auf. Er hat mir großmütig verziehen, ohne die geringsten Gewissensbisse wegen der harten Vorwürfe zu haben, die er mir an den Kopf geworfen hat. Er liebt nicht mich, sondern die Frau, zu der er mich umformen möchte.

In diesem Augenblick zuckte eine Sternschnuppe über die Baumwipfel und versank. Gwen hatte sekundenlang den Atem angehalten. Michael war vergessen. Ihre Gedanken waren bei Luke. Mit ihm hatte sie sich voller Leben und voller Wärme gefühlt. Aber sie wusste, dass sie ihn nie festhalten konnte. Ein Frösteln überlief sie. Gwen wandte sich langsam um und ging ins Zimmer zurück.

Es ist der falsche Zeitpunkt, mitten in der Nacht Probleme lösen zu wollen, stellte sie fest. Man sieht alles nur Grau in Grau. Am besten gehe ich in die Küche, befolge Monicas Ratschlag und trinke warme Milch.

Gwen schlich auf Zehenspitzen den Flur entlang zur Treppe. Sie knipste kein Licht an. Ihr war seit ihrer Kindheit bekannt, wo ein Dielenbrett lose war und knarrte. Ein unerwartetes Geräusch ließ sie erschreckt herumfahren.

„Mama!“ Sie sah mit großen Augen, dass ihre Mutter aus dem dritten Stock herunterkam. Annabelle legte unwillkürlich die Hand aufs Herz, als sie den Aufschrei ihrer Tochter vernahm.

„Jenny, du hast mir einen Todesschreck eingejagt.“ Sie atmete erleichtert auf. Gwen sah, dass sie ihren leichten Morgenmantel trug und dass ihr Haar unordentlicher als sonst aussah. „Wieso treibst du dich mitten in der Nacht auf dem Flur herum?“

„Ich konnte nicht schlafen." Gwen sog, während sie auf ihre Mutter zuging, den vertrauten Duft ihres zarten Parfüms ein. „Mama ..."

„Ach, natürlich", stellte Annabelle mit einem verständnisvollen Nicken fest. „Mit völlig leerem Magen kann man auch nicht einschlafen. Es tut wirklich nicht gut, einfach eine Mahlzeit zu überschlagen."

Gwen ging auf diese Bemerkung nicht ein. „Mama, was hast du da oben gemacht?"

„Da oben?", wiederholte Annabelle und blickte unwillkürlich zum oberen Stockwerk hinauf.

„Ach so, ich war gerade bei Luke." Sie blickte Gwen mit unschuldiger Miene an, ohne zu merken, dass ihre Tochter blass geworden war.

„Bei Luke?"

„Ja." Annabelle fuhr sich mit der Hand durch das zerzauste Haar. „Findest du nicht auch, dass er ein unwahrscheinlich großzügiger Mensch ist?"

„Mama ..." Gwen griff nach der Hand ihrer Mutter. Ihre Stimme schwankte ein wenig, und sie schluckte. „Bist du ganz sicher, dass es das ist, was du brauchst?"

„Liebling, was meinst du damit? Was soll ich brauchen?"

„Ich meine die Beziehung zu Luke. Ob sie dir so wichtig ist ..." Gwen brachte kein Wort mehr hervor. Es war, als ob ihr jemand die Kehle zuschnürte.

„Ja, Schatz. Ich wüsste wirklich nicht, was ich ohne ihn anfangen sollte." Sie drückte die Hand, die in ihrer lag. „Himmel, du fühlst dich ja eiskalt an. Du solltest dich sofort wieder ins Bett legen. Kann ich noch irgendetwas für dich tun?"

„Nein", erwiderte Gwen leise. „Nein, nichts." Einen Moment lang schmiegte sie sich wie ein unglückliches Kind an den warmen Körper ihrer Mutter. „Bitte, leg du dich auch hin. Mir fehlt nichts."

„Wirklich nicht?" Die prüfende Berührung der Finger auf ihrer Stirn war Gwen aus der Kindheit vertraut. Gleich darauf nickte Annabelle zufrieden. „Nein, du hast kein Fieber. Gute Nacht, mein Herz."

„Gute Nacht, Mama." Sie wartete, bis sich Annabelles Schlafzimmertür geschlossen hatte, dann ließ sie mit einer verzweifelten Geste die Hände sinken.

Du musst dich damit abfinden, dass du dich in den Liebhaber deiner Mutter verliebt hast, sagte sie sich voller Bitterkeit. Sekundenlang blieb sie mit geschlossenen Augen wie erstarrt stehen.

Nein, es war falsch, sich einfach mit der gegebenen Situation abzufinden. Sie musste etwas tun und sich jetzt Klarheit verschaffen. Noch hatte sie die Kraft dazu. Sie reckte das Kinn empor und stieg die Treppe hinauf.

Gwen klopfte ohne zu zögern an Lukes Tür.

„Ja?“ Er antwortete sofort.

Gwen widerstand dem Wunsch, umzukehren und davonzulaufen. Sie drehte den Türknauf und trat ein.

Er saß wieder an seinem Schreibtisch inmitten des von ihm gewollten Chaos. Mit zwei Fingern hämmerte er auf die Tasten der Schreibmaschine ein. Er unterbrach sich nicht, und seine Augen blieben konzentriert auf die Tasten gerichtet. Im Zimmer lag noch ein leiser Hauch von Annabelles Parfüm. Gwen befeuchtete nervös die ausgetrockneten Lippen und vermied es ängstlich, zu dem Bett hinüberzusehen, das ihr zerwühlt schien.

Ich liebe ihn, gestand sie sich ein und sagte sich im gleichen Augenblick, dass sie dazu kein Recht hatte. Ich muss es schaffen, ihn zu vergessen, und nicht mehr an ihn denken, befahl sie sich. Der Schmerz, der sie bei diesem Vorsatz befiel, brannte wie eine offene Wunde.

Mit hocherhobenem Kopf lehnte sie sich an den Türrahmen. „Luke?“

„Hm?“ Endlich blickte er auf und schaute sie mit abwesender Miene an. Sein Ausdruck verwandelte sich rasch, als er sie erkannte.

„Was willst du denn hier?“ Es hörte sich so scharf und ungeduldig an, dass sie erschrocken zusammenzuckte.

„Entschuldige, wenn ich dich störe. Ich muss mit dir reden.“

„Jetzt? Mitten in der Nacht?“, erkundigte sich Luke ungläubig. „Bitte, geh wieder, Gwen. Ich bin beschäftigt.“

Sie bezwang ihren Stolz. „Bitte, Luke! Es ist wichtig.“

„Mir ist meine Ruhe wichtiger.“ Er tippte mit zusammengezogenen Brauen weiter.

Deine Ruhe, dachte Gwen verzweifelt. Ich habe von der Sekunde keine ruhige Minute mehr gehabt, als ich dich zum ersten Mal gesehen habe. „Du machst es mir sehr schwer.“

„Ich?“, fuhr er zornig auf. „Ich mache es dir schwer? Weißt du eigentlich, wie du mich ansiehst? Bist du dir klar darüber, wie oft ich schon mit dir allein war, wenn du so wenig wie jetzt gerade anhattest?“

Gwen fuhr sich instinktiv an den Ausschnitt ihres Morgenmantels und zog ihn eng über der Brust zusammen.

Luke stand auf und ging zu einem kleinen Wandtisch hinüber. „Ich bin ein normaler Mann mit ganz normalen Wünschen." Er goss sich einen Weinbrand ein. „Zum Teufel, ich möchte mit dir schlafen. Habe ich mich deutlich genug ausgedrückt?"

Bei seinen zornigen Worten schossen Gwen Tränen in die Augen. „Ich … es tut mir leid, ich wollte nicht …", schluchzte sie.

„Um Himmels willen, fang nicht auch noch zu weinen an", sagte er ungeduldig. „Ich bin wirklich nicht in der Stimmung, dir ein paar tröstende, onkelhafte Küsse zu geben und dich fortzuschicken. Wenn ich dich jetzt berühren würde, kämst du heute Nacht nicht wieder aus meinem Zimmer."

Gwen wischte sich die Tränen fort und sah ihn stumm an.

„Ich bin nicht gerade in umgänglicher Stimmung, Gwen. Ich sagte dir bereits einmal, dass ich die Grenzen meiner Selbstbeherrschung kenne."

Das Bewusstsein, dass Luke nach ihr verlangte, war eine große Versuchung für sie. Er wollte sie lieben, sie konnte dieses Begehren fast mit Händen greifen. Es wäre so einfach, ihm entgegenzukommen. Mehr als einen kleinen Schritt erforderte es nicht, um sich eine Nacht, ein bisschen Glück zu stehlen. Es würde eine unvergessliche Nacht sein. Aber der Morgen danach brächte ihr nichts als schreckliche Leere.

Gwen senkte die Lider. Sie focht einen stummen Kampf mit sich. Wenn seine Leidenschaft befriedigt, das Ziel seiner Wünsche erreicht war, würde seine Liebe zu ihr erlöschen. Sie musste sofort klarstellen, was sie zu ihm gebracht hatte.

„Es ist nicht gerade leicht für mich", begann sie erzwungen ruhig. „Aber ich möchte mit dir über Mama sprechen." Ihre Augen, die seinen Blick suchten, verrieten ihre innere Qual.

Luke drehte ihr den Rücken zu. Er trat an die Balkontür und öffnete sie weit. Dann schaute er in die Nacht hinaus. „Was ist mit deiner Mutter?"

„Es war falsch von mir, mich einmischen zu wollen." Gwen musste mit aller Macht um ihre Beherrschung kämpfen. „Ich habe mir eingebildet, ich könnte Mama vorschreiben, mit wem sie sich einlassen kann. Das war ein Fehler."

Luke drehte sich zu ihr um. Sie sah, wie er sich mühsam zur Ruhe zwang. „Du bist eine Närrin. Annabelle ist eine zauberhafte Frau …"

„Bitte lass mich ausreden", unterbrach ihn Gwen. „Ich muss dir etwas sagen. Aber es ist so schwierig, darum möchte ich es sofort hinter mich bringen.“ Sie lehnte immer noch am Türrahmen, bereit, jeden Augenblick davonzulaufen. Luke zuckte mit den Schultern und ging zum Schreibtisch zurück. Er ließ sich auf den Stuhl sinken und wartete darauf, dass sie fortfuhr.

„Ich habe kein Recht, darüber zu urteilen, was meine Mutter tut. Ich kann nicht abstreiten, dass du ihr guttust.“ Einen Augenblick lang versagte ihr die Stimme, aber sie nahm sich zusammen. „Ich kann ebenso wenig leugnen, dass ich mich für … für dich interessiere. Aber das wird sich mit der Zeit und mit räumlicher Distanz wieder geben. Ich glaube, dass alles wieder in Ordnung kommt, wenn wir beide uns während meines Aufenthalts aus dem Weg gehen.“

„Ach, glaubst du das?“ Luke lachte auf, und es klang nicht sehr heiter. Er setzte das Schnapsglas, das er noch immer in der Hand gehalten hatte, heftig auf die Tischplatte. „Deine Logik ist überwältigend.“ Er strich sich mit einer hilflos anmutenden Geste, die Gwen ihm nicht zugetraut hätte, über die Augen.

„Ich fliege in der nächsten Woche zurück. Es gibt keinen Grund für mich, länger hier zu bleiben. Ich habe in New York einige Dinge zu erledigen.“ Sie streckte tastend die Hand nach dem Knauf aus.

„Gwen“, hörte sie ihn in drängendem Ton rufen. Sie blieb zwar stehen, wandte aber nicht den Kopf. Sie fürchtete sich davor, ihn ansehen zu müssen. „Gwen, wirf dich nicht an Michael weg!“

„Das habe ich nicht vor.“ Blind vor Tränen, riss sie die Tür auf und stolperte auf den dunklen Flur hinaus.

11. KAPITEL

Am nächsten Morgen brauchte Gwen zum Ankleiden viel Zeit. Sie knöpfte sich umständlich die lavendelblaue Bluse zu und entschloss sich erst nach langem Nachdenken, welchen Rock sie dazu anziehen wollte.

Sie hatte kaum geschlafen, sondern stundenlang über einen Ausweg nachgedacht. Nun stand ihr Entschluss fest. Sie konnte keinen weiteren Tag im selben Haus mit Luke verbringen. Sie würde es nicht schaffen, überlegen und beherrscht ihre Gefühle vor ihm zu verbergen.

Gwen stellte sich vor den Schrank und hob ihre Koffer hinunter.

Wenn zwei Frauen denselben Mann lieben, überlegte sie, während sie einen Koffer aufs Bett stellte, muss eine verlieren. Wenn es sich um eine andere Frau handelte, würde ich gegen sie kämpfen. Sie schlug den Deckel auf. Aber wie kann ich mit meiner Mutter rivalisieren?

Sie ging langsam zur Kommode hinüber und zog die oberste Schublade auf. Mit einem Arm voller Wäsche trat sie ans Bett und begann, methodisch einzupacken. Es war eine Erleichterung, endlich einen Entschluss gefasst zu haben. Den Gedanken, was sie in New York mit ihrer Zeit beginnen würde, schob sie von sich. Im Augenblick gab es für sie weder eine Vergangenheit noch eine Zukunft. Nur die Gegenwart zählte. Mit den Scherben ihres Lebens würde sie sich früh genug auseinandersetzen müssen.

„Gwen." Annabelle klopfte kurz an und steckte gleich darauf den Kopf durch die geöffnete Tür. „Ich möchte wissen, ob du …" Sie unterbrach sich, als sie den Koffer auf dem Bett erblickte. „Was soll das denn?"

Gwen befeuchtete sich die Lippen, ehe sie in bemüht gleichgültigem Ton antwortete. „Ich werde nach New York zurückfliegen."

„Oh nein." Es klang sehr enttäuscht. „Aber du bist doch gerade erst angekommen. Ich meine, du wolltest ja viel länger bleiben. Willst du zu Michael?"

„Nein, Mama. Ich werde Michael nicht wiedersehen."

„Ich verstehe." Sie zögerte und überlegte. „Gibt es irgendwelche Schwierigkeiten in der Redaktion?"

Es wäre eine so bequeme Ausrede, dass Gwen spontan Ja sagen wollte. Aber sie brachte es nicht fertig, ihre Mutter anzulügen. „Nein."

Annabelle betrachtete Gwen verwundert. Sie zog leise die Tür ins Schloss.

„Ich möchte nicht in dich dringen. Ich weiß, dass du es nicht liebst, wenn man zu viele Fragen stellt. Aber ..." Annabelle holte tief Luft, dann setzte sie sich neben den Koffer auf die Bettkante. „Ich finde wirklich, du solltest mir erzählen, was deine Abreise zu bedeuten hat."

„Ach, Mama." Gwen ging zur Kommode und stützte sich mit den Händen auf das Holz. „Ich bin völlig durcheinander."

„Kind, so schlimm kann es doch nicht sein. Sag mir, was passiert ist, dann werden wir eine Lösung finden."

Gwen hielt den Atem an. „Ich habe mich in Luke verliebt", stieß sie zitternd hervor.

„Ja, und ...", drängte Annabelle.

Gwen begegnete im Spiegel dem Blick ihrer Mutter. „Mama, verstehst du denn nicht? Ich liebe Luke."

„Ja, Liebling. Das habe ich begriffen. Ich möchte nun auch hören, warum das so schrecklich ist und dich so durcheinanderbringt."

„Mama." Sie fuhr herum und registrierte erstaunt, dass Annabelle sie mit einem abwartenden Lächeln anschaute.

„Verstehst du denn nicht?", wiederholte sie ungeduldig. „Ich liebe ihn. Es ist nicht nur eine vorübergehende Verliebtheit oder ein unwichtiger Flirt."

„Also, das freut mich aufrichtig."

Gwen bedeckte verzweifelt das Gesicht mit den Händen. Nach einigen Sekunden ließ sie sie wieder sinken. „Nein, ich glaube, du hast es immer noch nicht begriffen. Ich wünsche mir sogar, dass er mit mir schläft."

Annabelles Wangen färbten sich rosig, und sie zupfte sekundenlang verlegen an ihrem Rock. „Ja, nun ... ich finde das eigentlich ganz normal. Ich fürchte, wir beide haben niemals über dieses Thema gesprochen, du weißt, über die Bienen und ..."

„Du lieber Himmel, Mama", unterbrach Gwen sie gereizt, „ich muss wirklich nicht mehr aufgeklärt werden. Ich weiß über Sex Bescheid."

„So?" Annabelle zog missbilligend die Brauen hoch. „Ja, dann ..."

„Du verstehst mich immer noch nicht." Gwen schwieg entmutigt. Warum verlief das Gespräch in völlig anderen Bahnen, als sie es sich vorgenommen hatte? „Mama, bitte, es fällt mir nicht leicht, auszusprechen, was gesagt werden muss. Ich bin nach Hause gekommen, um diesen Mann fortzuschicken. Ehe ich wusste, was mir geschah, habe ich mich dann aber in ihn verliebt. Es passierte gegen meinen Willen.

Ich habe es mir wirklich nicht gewünscht. Ich möchte um alles in der Welt nichts tun, was dir Schmerzen bereitet. Natürlich hast du recht mit der Behauptung, dass der Altersunterschied keine Rolle spielt. Niemand hat das Recht, über Leben und Glück eines anderen zu bestimmen. Aber ich kann nicht hier bleiben. Ich habe euch beide viel zu lieb, begreifst du das nicht?" Ihre Stimme hatte am Ende einen verzweifelten Klang. Sie ließ sich auf den Boden vor dem Bett sinken und sah ihre Mutter traurig an.

Annabelle blickte sekundenlang verständnislos in das unglückliche Gesicht ihrer Tochter. „Noch nicht. Lass mich nachdenken." Sie schüttelte den Kopf. „Nein wirklich, Schatz. Ich weiß nicht, was du meinst. Warum erklärst du es mir nicht noch einmal in aller Ruhe? Du sagtest am Anfang, dass du heimgekommen bist, um Luke fortzuschicken. Von da an ging alles durcheinander, oder ich habe nur nicht verstanden, worum es dir ging."

Gwen schluchzte auf. Sie schnupfte sich in dem spitzenbesetzten Taschentuch aus, das Annabelle ihr stillschweigend in die Hand gedrückt hatte. Eine ganze Weile blieb es still im Zimmer.

„Ich wollte, dass er das Haus verlässt, weil ich es unmöglich fand, dass ihr beide eine Affäre habt. Aber ich sehe ein, dass es mich nichts angeht."

Annabelle war bei der überhastet vorgestoßenen Erklärung zusammengezuckt. Sie zog unwillkürlich die Hand zurück, mit der sie eben noch Gwens Haare gestreichelt hatte. „Eine Affäre?", wiederholte sie ungläubig. „Du denkst, dass Luke und ich ein Verhältnis haben?" Zu Gwens Überraschung warf Annabelle den Kopf in den Nacken und lachte hell auf. Es klang erstaunlich jung und übermütig. „Wie komisch! Liebling, ich kann das nur als Kompliment auffassen. Du lieber Himmel!" Sie klatschte vor Vergnügen in die Hände. „Ich und dieser attraktive junge Mann! Warte, er muss …" Sie unterbrach sich und fuhr hastig fort: „Ja, er muss fast zwölf Jahre jünger als ich sein." Sie ließ wieder das heitere Lachen hören und beugte sich nach vorn, um das Gesicht ihrer Tochter zu küssen. „Ich danke dir, mein geliebter Schatz. Ich kann mich nicht mehr erinnern, wann mir jemand ein so bezauberndes Kompliment gemacht hat."

„Nun verstehe ich überhaupt nichts mehr." Gwen wischte sich ungeduldig die Tränen aus den Augen. „Soll das heißen, dass du kein Verhältnis mit Luke hast?"

„Schrecklich, wie direkt du bist", meinte Annabelle vorwurfsvoll.

„Mama, bitte, mach mich nicht wahnsinnig!“ Gwen sprang auf und lief unruhig im Zimmer hin und her. „Du hast in jedem Brief immer nur von ihm erzählt. Du hast behauptet, er hätte dein Leben total verändert. Du schriebst mir sogar, dass er der wunderbarste Mann wäre, der dir je begegnet wäre. Du wüsstest gar nicht mehr, wie du ohne ihn fertig werden solltest. Und gestern Nacht sah ich dich, wie du aus seinem Zimmer die Treppe heruntergeschlichen kamst. Du hast dich überhaupt sehr sonderbar benommen.“

Gwen war sekundenlang am Fenster stehen geblieben, um Atem zu holen. Gleich darauf begann sie ihre unruhige Wanderung von Neuem.

„Das kannst du doch nicht abstreiten, Mama. Du sperrst auf einmal deine Schlafzimmertür zu. Du hast mich ein paarmal unter den fadenscheinigsten Vorwänden aus dem Haus geschickt, und du bist immer so beschäftigt.“

„Ach, Liebling, allmählich wird mir klar, worauf du hinauswillst. Vermutlich war es töricht von mir, es geheim halten zu wollen.“

Annabelle erhob sich, nahm die Bluse, die zuoberst im Koffer lag, und schüttelte sie glatt. Dann ging sie zum Schrank.

„Ja, es war bestimmt ein Fehler.“ Sie sprach nun mehr zu sich selbst als zu ihrer Tochter, während sie einen Bügel in die Hand nahm und die Bluse sorgfältig aufhängte. „Ich wollte dich so gern überraschen. Armer Liebling, nun sehe ich ein, wieso du so verzweifelt und durcheinander bist. Ich habe mir die ganze Zeit eingebildet, dass du wegen Michael leidest. Aber um ihn geht es dir gar nicht.“

Sie hatte die Bluse in den Schrank gehängt und ging zum Koffer zurück. „Luke passt auch viel besser zu dir. Wenn ich jetzt darüber nachdenke, verstehe ich, wie du auf diesen Verdacht gekommen bist.“ Sie verstummte und beugte sich über den Koffer. Gwen verkrampfte die Hände und ermahnte sich, nicht die Geduld zu verlieren.

„Nein, Luke und ich haben keine Affäre. Obwohl ich dir noch mal sagen muss, wie hübsch ich es finde, dass du mir so etwas zutraust. In gewisser Weise sind wir allerdings doch miteinander verbunden. Warum setzt du dich nicht endlich, Kind?“

„Ich fürchte, ich fange gleich an zu schreien!“, seufzte Gwen.

„Du bist immer noch so ungeduldig wie früher. Verstehst du nicht, dass es mir schwerfällt, mit meiner Beichte zu beginnen? Ich hoffe, dass du mich nicht auslachen wirst. Ich schreibe nämlich an einem Roman.“

„Was tust du?“, fragte Gwen ungläubig.

„Ich habe schon sehr lange mit dem Gedanken gespielt, aber nie den Mut dazu gehabt. Bis Luke kam und mich in meinem Vorhaben bestärkte." Nachdem Annabelle den Anfang gemacht hatte, sprach sie jetzt überhastet weiter. „Im Kopf hatte ich die wundervollsten Geschichten fertig. Ich traute mir nur nicht zu, sie zu Papier zu bringen. Aber Luke behauptete, ich hätte Talent, und so fing ich an." Sie blickte ihre Tochter mit einer Mischung aus Stolz und banger Erwartung an.

„Talent?", wiederholte Gwen dumpf und ließ sich endlich auf dem Bett nieder.

„Ja, ist das nicht lieb von ihm?" Annabelle hob ein Kleid aus dem Koffer und trug es zum Schrank. „Er hat mir immer wieder geholfen. Nicht nur durch Zuspruch und gute Ratschläge, sondern vor allem dadurch, dass er mir seine Zeit opferte. Er wurde nie ungeduldig, wenn ich in sein Zimmer kam. Sogar gestern Nacht hat er mir bereitwillig zugehört, obwohl er mitten in der Arbeit steckte."

Gwen schloss unwillkürlich die Augen. Sie schämte sich über die Schlussfolgerung, die sie aus dem nächtlichen Besuch gezogen hatte.

„Ich wollte dich so gern mit dem fertigen Roman überraschen. Aber, um ehrlich zu sein, ich hatte wohl hauptsächlich Angst davor, dass du mich lächerlich finden könntest."

„Du lieber Himmel! Wenn du es mir nur eher erzählt hättest."

Annabelle begann, die Wäsche in die Kommode zurückzuräumen. „Oh, das ist ja ein entzückendes Hemdchen. New York hat so tolle Geschäfte. Eine Rolle spielt natürlich auch das Geld."

„Das Geld?" Gwen versuchte, den verschlungenen Gedankengängen ihrer Mutter zu folgen. „Welches Geld?"

„Luke hat mir geraten, das fertige Manuskript einem Verlag anzubieten. Er meint, es würde angenommen. Glaubst du nicht auch, dass das ein bisschen übertrieben ist?"

„Oh Mama." Gwen fand keine Worte. Sie machte nur wieder die Augen zu.

„Es tut mir leid, dass ich es dir nicht früher erzählt habe. Vor allem auch, dass ich meine Tür abgeschlossen habe, um nicht beim Schreiben ertappt zu werden. Darum habe ich dich auch mit irgendwelchen Aufträgen fortgeschickt, damit ich fertig werde. Du bist mir doch nicht böse?"

„Nein, natürlich bin ich dir nicht böse." Gwen schaute sekundenlang in das strahlende Gesicht ihrer Mutter. Dann lachte sie laut auf.

„Du großer Gott, was war ich für eine Idiotin." Sie sprang auf und umarmte ihre Mutter. „Ich bin stolz auf dich. Ehrlich stolz!"

„Aber du hast doch noch keine Zeile von mir gelesen", wandte Annabelle ein.

„Ich brauche nichts zu lesen, um stolz auf dich zu sein, Mama. Ich denke auch bestimmt nicht, dass du dich lächerlich machen könntest. Ich finde dich großartig!" Sie hielt Annabelle auf Armeslänge von sich entfernt und sah sie aufmerksam an. „Luke hat recht, du bist wirklich sehr hübsch."

„Hat er das gesagt? Wie lieb von ihm." Sie tätschelte Gwens Hand und wandte sich dann zur Tür. „Ich denke, wir haben uns gründlich ausgesprochen und unser kleines Problem gelöst. Komm zu mir, wenn du alles wieder ausgepackt hast. Ich gebe dir dann den Anfang meines Romans zu lesen."

„Ich kann nicht hier bleiben, Mama", wandte Gwen ein. Doch Annabelle hatte schon die Tür geöffnet und stand auf dem Flur.

„Oh, Luke", rief sie erfreut. „Das trifft sich gut. Sie können sich gar nicht vorstellen, was für ein dummes Missverständnis Gwen und ich gerade ausgeräumt haben."

„So?" Luke sah durch die Tür und erblickte den Koffer auf dem Bett. „Willst du verreisen?"

„Ja."

„Nein", sagte Annabelle in der gleichen Sekunde. „Nun nicht mehr. Sie wollte nach New York zurückfliegen, aber da jetzt alles glücklich geklärt ist ..."

„Mama!" Gwen trat einen Schritt vor.

„Ich habe ihr alles gebeichtet", fuhr Annabelle mit strahlendem Lächeln fort. „Sie kennt jetzt mein geheimes Hobby. Das arme Kind hatte sich eingebildet, Sie und ich hätten eine Affäre."

„Stimmt das denn nicht?" Luke zog ihre Hand an die Lippen.

„Sie sind ein Schmeichler." Annabelle klopfte ihm sichtlich erfreut auf die Schulter. „Nun muss ich machen, dass ich an die Arbeit komme. Aber Luke will bestimmt auch gern erfahren, was du mir gestanden hast – ich meine, dass du ihn liebst."

„Mama!", stieß Gwen entsetzt hervor.

„Machen Sie ja die Tür gut zu", riet Annabelle. „Gwen mag nicht gestört oder gar belauscht werden."

„Ich passe auf", versprach Luke und küsste noch einmal Annabelles Hand. Sie winkte ihm zu und verschwand.

„Annabelle ist wirklich eine einzigartige, bezaubernde Frau“, sagte Luke. Er trat ins Zimmer und schloss die Tür sorgfältig hinter sich zu. Nachdem er den Schlüssel abgezogen hatte, betrachtete er ihn sekundenlang, dann steckte er ihn in die Hosentasche. Gwen entschloss sich, lieber keine Bemerkung darüber zu machen. Sie stand mit gesenktem Kopf vor ihm.

„Würdest du mir jetzt auch erzählen, was du Annabelle eingestanden hast?“

Sie reckte das Kinn und sah ihm in die ernst blickenden Augen. Es war sinnlos, sich zu erregen, solange er den Schlüssel hatte. Sie musste ruhig bleiben, um das bevorstehende Gespräch durchzustehen.

„Ich muss mich bei dir entschuldigen“, sagte sie. Sie ging zum Schrank hinüber und nahm das Kleid heraus, das Annabelle gerade zurückgehängt hatte. Sie faltete es auf dem Bett zusammen und legte es wieder in den Koffer.

Luke beobachtete von der Tür aus jede ihrer Bewegungen. „Wofür musst du dich entschuldigen?“

Sie biss sich in die Unterlippe und kehrte zum Schrank zurück. „Wegen der unsinnigen Anschuldigungen gegen dich und Mama.“

„Du entschuldigst dich dafür, dass du angenommen hast, sie und ich hätten ein Verhältnis?“ Luke lächelte vergnügt. Obwohl Gwen es aus seiner Stimme heraushören konnte, wandte sie sich nicht zu ihm um. „Das habe ich als Kompliment aufgefasst.“

Sie wusste, dass sie ihm nicht ausweichen konnte. So schwer es ihr fiel, sie musste es auskämpfen, ein für alle Mal. Sie drehte sich langsam zu ihm um.

„Ich weiß, wie lächerlich ich mich gemacht habe. Ich weiß auch, dass ich allen Grund habe, mich zu schämen. Wenn ich an die erste Begegnung zurückdenke, fange ich an zu glauben, dass du bereits an jenem Tag beschlossen hast, mir eine Lehre zu erteilen. Du hast niemals abgestritten, ein Verhältnis mit meiner Mutter zu haben. Du hast nur gesagt, es ginge mich nichts an. Ich wurde immer unsicherer und wusste nicht mehr, was ich eigentlich glauben sollte.“

Gwen verstummte, um Luft zu holen. Luke trat endlich näher. Er lehnte sich bequem an den Bettpfosten und wartete darauf, dass sie weitersprach.

„Du hattest recht. Ich mischte mich in Dinge, die mich nichts angingen. Du hast mir einfach dadurch eine Lektion erteilt, indem du zuließest, dass ich falsche Schlussfolgerungen zog. Mama hat mich ungewollt durch ihr verändertes Benehmen und ihre Sympathie für dich darin bestärkt. Du hättest mich sehr leicht davor bewahren können, mich selbst zu demütigen. Du hättest mir einen großen Teil meiner Befürchtungen nehmen können. Aber du hast mir keine Erklärung gegeben, sondern es vorgezogen, der moralisch Überlegene zu sein. Ich erkläre dich zum Sieger nach Punkten, Mr. Powers."

Luke beobachtete Gwen mit zusammengezogenen Brauen. Sie geriet bei ihrer Erklärung immer mehr in Erregung.

„Ja, ich bin von einem Experten geschlagen und in meine Schranken verwiesen worden. Nun bitte ich dich nur, dass du die Tür aufschließt und hinausgehst. Ich möchte allein sein. Ich habe nur einen Wunsch: dich nie wiederzusehen! Ich bin ehrlich dankbar dafür, dass wir an zwei verschiedenen Küsten wohnen!"

Sie riss zwei Röcke aus dem Schrank und warf sie in den Koffer. Er sah ihr dabei zu. „Könnte ich für meine Notizensammlung eine Abschrift deiner Rede bekommen?"

Gwen wirbelte mit zornig funkelnden Augen herum. „Du gefühlloser, eingebildeter Mensch! Noch mehr als bisher kann ich mich nicht vor dir erniedrigen. Was willst du denn noch von mir?"

„Ach, bezeichnest du das als ‚erniedrigen'? Hochinteressant! Wie wäre es, wenn du mir erklärst, wovon Annabelle sprach, ehe sie uns verließ. Ich fand es sehr aufschlussreich."

„Du verzichtest auf keinen Triumph, nicht wahr?", rief sie und schmetterte den Kofferdeckel zu. „Meinetwegen, ich gönne ihn dir. Es kommt darauf nun auch nicht mehr an." Sie musste erst tief Luft holen, um sprechen zu können. „Ich liebe dich. Was wirst du mit diesem Geständnis anfangen? Es in deinem nächsten Buch als heitere Episode verwenden?"

Luke tat, als ob er nachdenken müsste. Dann schüttelte er den Kopf. „Nein. Ich denke, wir werden heiraten."

Es blieb ganz still. Gwen war so überrascht, dass sie wie angewurzelt stehen blieb. Schließlich stieß sie fast argwöhnisch hervor: „Ich finde das nicht sehr komisch."

„Nein. Ich bezweifle auch, dass die Ehe eine nur heitere Angelegenheit ist. Aber ich bin sicher, dass sie auch solche Stunden bietet. Wir werden es erleben." Er reckte sich ein wenig und trat auf sie zu, um ihr die Hände auf die Schultern zu legen. „Bald."

„Rühr mich nicht an", bat sie erschreckt und wich vor ihm zurück.

„Oh doch. Ich werde dich berühren." Er zog sie rasch an sich. „Und ich werde mich nicht damit begnügen, dich nur zu berühren. Du Dummes!", sagte er zärtlich, als er sie weinen sah. „Bist du wirklich so blind, dass du nicht bemerkt hast, was ich durchgemacht habe? Ich sehnte mich vom ersten Augenblick an nach dir. Du standest plötzlich vor mir und lächeltest mich an. Ich fühlte mich, als ob mir jemand einen Schlag versetzt hätte. Ja, anfangs wollte ich dir wirklich nur eine Lehre erteilen, ich gebe es zu. Aber ich habe nicht erwartet, dass ich eine hinnehmen müsste."

Seine Hände griffen fester zu. Diesmal versuchte Gwen nicht, von ihm loszukommen. Sie sah ihm unter Tränen in die Augen, und ihre Miene verriet eine Mischung aus Staunen und Unglauben.

„Ich konnte nicht damit rechnen, dass ein fremdes, mageres Mädchen kommen und sich so bei mir einschmeicheln würde, dass ich an nichts anderes mehr denken würde als an sie."

Gwens Tränen versiegten, und sie hörte atemlos zu.

„Ich bin bis zum Wahnsinn in dich verliebt", murmelte er, den Mund dicht an ihren Lippen.

Ich träume, dachte Gwen. Luke küsste zärtlich ihre Wangen, ihre geschlossenen Augen und endlich den Mund. Es kann nur ein Traum sein. Gleich wache ich auf. Sie schlang die Arme um seinen Hals und flehte insgeheim, dass es kein Erwachen geben würde. „Luke", bat sie leise, ehe er ihr wieder die Lippen verschloss. „Bitte, sag es noch einmal, sag, dass es wahr ist."

„Sieh mich doch an", befahl er und hob ihr Kinn mit zwei Fingern empor. Sie gehorchte und las die Antwort in seinen Augen. Das Glück überwältigte sie, und in ihrer Hilflosigkeit begann sie zu lachen. Er ließ sich von ihrer Freude anstecken, und lachend legte er seine Stirn an ihre. „Mir scheint, ich habe dich völlig überrascht?"

„Ach, Luke", seufzte sie und barg das Gesicht an seiner Schulter. Sie klammerte sich fest an ihn, als fürchtete sie, ihn je wieder loszulassen. „Ich bin nicht überrascht. Ich fantasiere nur, es kann nicht Wirklichkeit sein!" Sie stöhnte, erschöpft von dem Gefühlsansturm, leise auf. Mit verträumten Augen blickte sie ihn an. „Wie konnte das geschehen?"

„Ich habe nicht die leiseste Ahnung", erwiderte er und streifte ihre Stirn mit den Lippen. „Es lag bestimmt nicht in meiner Absicht, mich in dich zu verlieben."

„Warum nicht?", fragte sie streng und rieb ihre Wange an seiner. „Ich bin eine sehr nette Person."

„Du bist ein Kind“, verbesserte er sie und sog den Duft ihres Haares ein. „Überleg dir nur einmal, was wir beide taten, als ich so alt war wie du es jetzt bist.“ Er gab selbst die Antwort. „Ich schrieb an meinem zweiten Roman, während du noch mit Buntstiften hübsche Bildchen maltest.“

„Du bist nur zwölf Jahre älter und nicht zwanzig“, hielt ihm Gwen vor. Sie schob die Hände unter sein T-Shirt, um die Wärme seines Rückens zu spüren. „Du kannst doch keinen Wirbel um diesen albernen Altersunterschied von zwölf Jahren machen, nach allem, was du mir darüber auseinandergesetzt hast? Oder misst du mit zweierlei Maß?“ Mit zurückgeworfenem Kopf sah sie ihn herausfordernd an.

Er küsste sie flüchtig. „Es ist nicht nur der Altersunterschied. Du bist so unschuldig, so unverdorben. Mein Verlangen nach dir machte mich wahnsinnig. Doch es war fast noch schlimmer, als mir bewusst wurde, wie sehr ich dich liebte. Sogar gestern Nacht war ich noch fest entschlossen, deine Unschuld auf keinen Fall auszunutzen. Ein Teil von mir wünscht immer noch, dass du sie dir für immer bewahren mögest.“

„Ich hoffe, der andere Teil von dir hat mehr Verstand.“ Mit einem tiefen Atemzug lehnte sie sich wieder an seine Brust.

„Ich meine es ernst.“

„Das tue ich auch.“ Sie hauchte ihm einen Kuss zu. „Du kannst ja Bradley mein Porträt abkaufen, wenn du dir diese Erinnerung an mich bewahren möchtest.“

„Dazu brauche ich kein Gemälde“, erwiderte er mit einem zärtlichen Lächeln. „Aber trotzdem glaubst du wohl kaum, dass ich dieses Porträt irgendjemand anderem überlasse?“

„Wenn du das Original dazunimmst.“ Das Lächeln wich aus seinem Gesicht und machte gerührter Zärtlichkeit Platz, als sie sich eng an ihn schmiegte. „Ich bin kein Kind mehr, Luke. Und ich will auch nicht die verkörperte Unschuld bleiben. Ich bin eine Frau, die nach deiner Liebe verlangt.“

Gwen streckte sich auf die Zehenspitzen und küsste ihn. Er begann ihren Körper zu streicheln, und eine Welle von Verlangen überlief sie. Der Raum um sie versank. Es gab nur ihn und sie und die Liebe, die sie empfanden. Sie presste sich an ihn und wollte mehr als nur Küsse, wollte die Erfüllung all ihrer Sehnsüchte. Doch Luke schob sie schließlich sanft von sich.

„Gwen“, sagte er mit einem tiefen Atemzug. Er schüttelte wie benommen den Kopf. „Mach es mir nicht so schwer, daran zu denken, dass du Annabelles Tochter bist und dass sie mir vertraut.“

„Dabei gebe ich mir solche Mühe, dass du es vergisst!“ Gwen fühlte, wie sein Herz klopfte.

Dies gab ihr zum ersten Mal das Gefühl, stärker zu sein als er. „Möchtest du mich nicht verführen?“

„Auf jeden Fall“, erwiderte er ernsthaft und küsste sie auf die Nasenspitze. „Aber erst, wenn wir verheiratet sind.“

„Oh!“ Gwen dachte mit vorgeschobener Unterlippe sekundenlang nach. „Das ist wahrscheinlich das Vernünftigste. Michael war auch immer so vernünftig.“

Mit zusammengezogenen Augenbrauen musterte er ihre übermütige Miene. „Das war ein Tiefschlag!“, meinte er vorwurfsvoll. „Ahnst du eigentlich, wie nahe ich davor war, das Telefonkabel aus der Wand zu reißen? Ich konnte es kaum ertragen, dem Gespräch zuzuhören.“

„Tatsächlich?“ Ihr Gesicht leuchtete auf, als ihr die Erklärung dafür einfiel. „Du warst eifersüchtig?“

„So kann man es vielleicht nennen“, gab er zu.

„Gut.“ Gwen überlegte einen Augenblick, wobei sie sich sehr bemühte, nicht zu lachen. „Ich denke, dass ich dafür Verständnis habe. Ich sagte dir bereits ein paarmal, wie vernünftig Michael ist. Zum Glück kann ich sicher sein, dass du genauso vernünftig bist wie er.“

Luke sah sie mit forschendem Blick an. Gwen brachte es fertig, nur die Andeutung eines leisen Lächelns zu zeigen.

„Forderst du mich etwa heraus, dich so zu küssen, dass wir alle Vernunft vergessen?“

„Oh ja“, nickte sie und schloss die Augen. „Bitte, tu es.“

„Ich habe noch nie einer Versuchung widerstehen können“, murmelte Luke und verschloss ihr die Lippen mit einem leidenschaftlichen Kuss.

– ENDE –

Jayne Ann Krentz

Wenn deine Hände mich zart berühren

Roman

Aus dem Amerikanischen von
Heidrun Wagner

mtb

1. KAPITEL

Der Country Club von Gallant Lake war bis auf den letzten Platz mit Gästen aus der ganzen Umgebung gefüllt. Die Band verstand es, die Anwesenden mitzureißen, und es herrschte eine fröhliche Stimmung. Natürlich ließ sich die Atmosphäre nicht mit der eines Klubs in New York, San Francisco oder Seattle vergleichen, trotzdem genoss Frederica es sichtlich, im Mittelpunkt des Interesses zu stehen. Alle Blicke waren auf sie und ihren Tanzpartner Trent Ravinder gerichtet.

Ravinder überragte sie um gut einen Kopf. Immer, wenn Frederica mit einem so großen Mann tanzte, kostete es sie reichlich Kraft, ihn auf Distanz zu halten. Große Männer neigten dazu, so kleine, zierliche Frauen wie sie eng an sich zu drücken.

„Ich komme mir vor, als tanzte ich auf einem Laufsteg. Hätte ich geahnt, dass wir so viel Aufmerksamkeit erregen, hätte ich eine bonbonfarbene Krawatte und Halbgamaschen angezogen“, stellte Trent scherzhaft, aber doch höflich zurückhaltend fest.

Frederica lachte vergnügt. „Das hätte dem Abend bestimmt einen besonderen Anstrich verliehen.“

„Um gegen Sie zu konkurrieren, müsste ich mir schon mehr als eine knallbunte Krawatte einfallen lassen“, meinte Trent nachdenklich, während er sie von Kopf bis Fuß musterte.

Seine Hand glitt über ihren nackten Rücken, den der tiefe Ausschnitt ihres Kleides freigab.

„Gefällt Ihnen mein Kleid nicht? Das enttäuscht mich aber. Meine Partnerin Glenna Sterling hat es entworfen, und sie weiß, was mir steht. Was meine Kleidung betrifft, kann ich ihr blindlings vertrauen.“

„Wenn Sie es sagen.“ Trents tiefe Stimme klang gelassen, trotzdem schien sie Frederica eine Spur spöttisch.

„Ja. Deshalb ist sie auch ausschließlich für die Entwürfe verantwortlich, ich habe eher ein Gespür für Farben und Stoffe. Zusammen geben wir ein prima Team ab.“

Sie quittierte es mit einem zufriedenen Lächeln, als Ravinder das dunkelgrüne Kleid nochmals bewundernd betrachtete. Glenna hatte eine besonders gelungene Kombination aus Schlichtheit und Raffinesse geschaffen. Der weiche Seidenjersey schmiegte sich eng an Fredericas tadellose Figur und brachte jede ihrer sanften Rundungen zur Geltung. Mit den langen Ärmeln und dem hochgeschlossenen Ausschnitt wirkte es von vorne ziemlich brav, doch dieser Eindruck wurde durch den taillentiefen Rückenausschnitt aufregend korrigiert.

Er ließ vermuten, dass Frederica keinen Büstenhalter trug.

„Ich muss Ihnen zu Ihrer Partnerin gratulieren. Sie versteht es blendend, Sie einzukleiden. Jeder Mann kann nur den einen Wunsch hegen, Sie auf der Stelle auszuziehen."

„Missbilligen Sie das?", fragte sie herausfordernd. „Sind Sie etwa so ein Spießer? Dann wundert es mich nur, warum Sie ausgerechnet mit mir tanzen."

„Das wissen Sie ganz genau."

Sie lachte trocken. „Natürlich weiß ich es, und ich sollte mich nicht darüber lustig machen. Kaum ein Mann würde sich freiwillig den ganzen Abend um mich kümmern, nur um zu verhindern, dass ich irgendwelche Dummheiten anstelle. Es ist sehr großzügig von Ihnen, meiner Familie diesen Gefallen zu erweisen."

„Glauben Sie, ich schenke Ihnen meine Aufmerksamkeit nur aus diesem Grund?"

„Warum denn sonst?" Frederica nickte voller Überzeugung. „Als ich vor zwei Wochen hier ankam, befürchteten alle, ich könnte irgendetwas Schreckliches tun und die Familie blamieren, unter Umständen sogar die Hochzeit meiner Schwester gefährden. Sie waren ja so besorgt um ihren guten Ruf. Da kam es allen gelegen, dass Sie den Sommer in unserem Gästehaus verbringen. Meiner Mutter genügte ein Blick, um Sie zum Retter der Familienehre auszuwählen. Jetzt hofft die Familie, Sie verhüten Schlimmeres, zumindest bis nach der Hochzeit. Und die halbe Stadt ist gespannt, ob Ihnen das gelingt. Die andere Hälfte wünscht sich natürlich das Gegenteil. Sie giert förmlich nach einem Skandal, denn Gallant Lake ist eine verschlafene, kleine Stadt, in der nicht viel los ist."

Trent betrachtete Frederica eindringlich, ehe er ruhig bemerkte: „Sie versuchen mit allen Mitteln, vor den Leuten hier eine Show abzuziehen. Seit Ihrer Ankunft jagt ein gesellschaftliches Ereignis das andere, angefangen bei der Neuauflage Ihres Schulabschlussballs, den Sie letzte Woche veranstaltet haben."

„Warum nicht? Damals habe ich nicht daran teilgenommen", erklärte sie. „Ich spielte in jener Nacht Babysitter, weil ich keinen Freund hatte, der mich begleitet hätte. Kein Wunder, immerhin hatte ich während meiner gesamten Schulzeit kein Rendezvous. Im Grunde bin ich froh, dass ich zehn Jahre lang auf dieses Ereignis habe warten müssen.

Ich konnte mich letzte Woche besser amüsieren, als es vor zehn Jahren der Fall gewesen wäre."

„Dass Sie alle ehemaligen Footballspieler und deren Anhänger davon ausgeschlossen haben, hat für ziemliche Aufregung gesorgt. Ihre Mutter ist beinahe in Ohnmacht gefallen, als sie eine der Einladungskarten in die Hände bekam. Sie ist überzeugt, Sie haben mit diesem Verhalten einige wichtige Leute in der Stadt vor den Kopf gestoßen."

„Dieser ‚Erinnerungsball' war für all jene gedacht, die während ihrer Schulzeit immer ein wenig im Abseits standen. Es wurde übrigens ein fröhlicher Abend. Aus jedem ist etwas geworden. Die meisten sind sogar sehr erfolgreich."

„Angeblich sollen Sie ein Vermögen für Champagner, Kaviar und andere Köstlichkeiten ausgegeben haben. Das liefert für mindestens einen Monat Gesprächsstoff."

„Wenn ich meine Abschlussfeier schon nachhole, dann auch richtig. Außerdem", fügte sie beiläufig hinzu, „kann ich es mir leisten."

„Macht es Ihnen nichts aus, wenn sich so viele Gerüchte und Spekulationen um Sie ranken?", fragte Trent.

„Diesmal nicht"

„Was wollen Sie damit sagen?"

„Das letzte Mal, als ich der Stadt Gesprächsstoff lieferte, haben mich alle bedauert."

„Schwer zu glauben. Erzählen Sie mir davon."

„Es liegt schon lange zurück. Neun Jahre, um genau zu sein."

„Damals müssten Sie neunzehn gewesen sein", stellte Trent fest.

„Stimmt. Manche Frauen sind mit neunzehn schon ziemlich selbstsicher und erfahren. Ich war leider ein Spätentwickler, zudem mollig, ohne jeden Schick und im Umgang mit Männern nicht gerade gewandt. Eher wortkarg."

„Das kann man sich bei Ihnen überhaupt nicht vorstellen. Und was war es schließlich, dass Frederica Cromwell so aufblühen ließ?"

„Wahrscheinlich lag es daran, dass ich Gallant Lake den Rücken gekehrt habe. Während meines ersten Jahres auf dem College habe ich etliche Pfunde abgenommen und gelernt, mich in Gesellschaft zu bewegen. Es war nur der Anfang, doch es reichte, um die Aufmerksamkeit eines Mannes hier in Gallant Lake zu erregen. Wir trafen uns regelmäßig an den Wochenenden oder in den Ferien, wenn ich nach Hause kam. Er war einige Jahre älter als ich, ein Mann von Welt, liebenswürdig und gut aussehend. Natürlich fühlte ich mich geschmeichelt. Am Ende meines ersten College-Jahrs waren wir verlobt. Ich schwebte im siebten Himmel. Es gab einen Mann, der mich liebte, mich, Frederica Cromwell."

Die Erinnerung an diese Zeit entlockte ihr immer ein kleines Lächeln. Wie naiv sie doch gewesen war.

„Ich habe das Gefühl, das Ende der Geschichte, sozusagen die Pointe, ist noch offen", stellte Trent, neugierig geworden, fest.

„Sozusagen. Ich wurde buchstäblich mit einem Schlag erwachsen, als ich eines Tages meinen Verlobten mit einer anderen Frau im Bett überraschte. Ich fühlte mich wie gelähmt. Innerhalb von vierundzwanzig Stunden wusste die ganze Stadt davon. Er löste die Verlobung und erzählte jedem, er wolle die andere Frau heiraten, da er sie schon immer geliebt habe. Ich sei nur ein Zeitvertreib gewesen und hätte seine Absichten wohl falsch verstanden. Damals fragte ich mich, ob ich diese Erniedrigung je würde verwinden können. Mit neunzehn ist man noch so empfindlich."

„Das muss für eine sensible, unsichere junge Frau ein ziemlicher Schock gewesen sein. Würden Sie mir auch verraten, wer Ihr Verlobter war?"

„Das wissen Sie nicht?", rief sie völlig erstaunt. „Ich halte es für sehr unfair von meinen Angehörigen, Sie zu bitten, ein Auge auf mich zu werfen, ohne Ihnen genau mitzuteilen, worum beziehungsweise um wen es sich handelt. Es ist kein Geheimnis, glauben Sie mir." Sie wandte den Kopf und schaute über die Tanzfläche zu einem großen, gut gebauten Mann mit hellbraunem Haar, der an einem Tisch auf der anderen Seite des Raums saß und der ihnen die ganze Zeit beim Tanzen zugesehen hatte. „Dort drüben sitzt er mit seiner Frau. Er heißt Brady Paxton."

Der Mann senkte verlegen den Blick. Es schien ihm peinlich zu sein, dass Frederica ihn dabei ertappt hatte, wie er sie beobachtete. Ein Lächeln huschte über ihr Gesicht.

Trent war der kleine Zwischenfall nicht entgangen. Er verstärkte den Griff um Fredericas Taille. „Sie kleine Hexe", murmelte er. „Dieser Brady ist gefesselt von Ihnen, und Sie haben Ihren Spaß daran, ihn zu reizen." Frederica schüttelte den Kopf. „Sie irren sich. Es macht mir keinen Spaß, doch anscheinend allen anderen. Ich vermute, Brady und seine Frau stecken in einer Ehekrise. Ich war lange nicht mehr hier, deshalb bin ich nicht auf dem Laufenden. Aber das spricht sich natürlich schnell herum. Es ist schlicht unmöglich, in einer Kleinstadt etwas geheim zu halten. Jetzt bin ich seit Jahren wieder für längere Zeit da, und die Spekulationen blühen. Holt sie sich Brady nun zurück oder nicht? Außerdem sehe ich auch ganz anders aus als mit neunzehn. Damals verließ ich die Stadt klein und niedergeschlagen und sehr gedemütigt."

„Sie haben sich nicht nur äußerlich verändert", bemerkte Trent. „Das ist wahrscheinlich noch das Geringste. Sie haben Format entwickelt, und Sie verdienen viel Geld. Den Worten Ihrer Eltern nach, sind Sie in der Modebranche sehr erfolgreich."

„Ja, ich habe mein Handwerk von der Pike auf gelernt. San Francisco und New York waren eine harte, aber wichtige Schule. Heute besitze ich zusammen mit meiner Partnerin ein gut gehendes Modeatelier in Seattle."

„Ihr Dad erzählte mir auch, Ihre Firma, ich glaube, Cromwell & Sterling war der Name, soll im letzten Jahr dank toller Aufträge ein kleines Vermögen gemacht haben, und er meinte, dass Sie dieses Jahr den Umsatz sogar noch verdoppeln werden."

Sie lachte. „Trotzdem sind Glenna und ich keine Millionärinnen. Zumindest noch nicht. In dieser Branche werden die meisten Gewinne sofort wieder ins Geschäft gesteckt."

„Das trifft für viele junge Unternehmen zu. Trotzdem muss die Firma auch so genug für Sie persönlich abwerfen. Ihre Party soll, was Getränke und Speisen angeht, erstklassig gewesen sein. Und nicht jeder kann sich einen derart rasanten Sportwagen leisten wie Sie. Selbst die Ohrringe, die Sie heute Abend tragen, blitzen nicht gerade wie billiger Modeschmuck."

„Wozu hat man Erfolg, wenn man ihn nicht ein wenig genießen darf?"

„Jetzt haben Sie alles erreicht, wovon Sie vor neun Jahren geträumt haben", fasste Trent seinen Eindruck zusammen. „Sie sind in Ihre Heimatstadt zurückgekehrt, um zu zeigen, was aus Ihnen geworden ist. Und die alte Flamme, inzwischen verheiratet, doch anscheinend unzufrieden, martert sich damit, auf das alles verzichtet zu haben. Kein Wunder, wenn Ihre Familie sich Sorgen macht."

„Alle glauben, es müsste etwas passieren, aber ich weiß nicht recht", sagte Frederica nach kurzem Nachdenken. „Dafür kenne ich Brady viel zu gut. Er ist durch und durch Geschäftsmann. Zugegeben, es verschafft mir eine gewisse Genugtuung, wenn er sich jetzt für mich interessiert, nachdem er mich vor neun Jahren verstoßen hat. Doch ich habe so eine Ahnung, da steckt mehr dahinter."

„Zum Beispiel?“, fragte er ohne Umschweife.

„Sie zum Beispiel. Die Gerüchte über Sie lassen nicht nach. Niemand glaubt, Sie verkriechen sich sechs Wochen in diesen abgeschiedenen Winkel und angeln nur.“

Trent lächelt. „Es ist die volle Wahrheit. Ich mache Urlaub.“

„Jeder hier hält das für eine Tarnung. Man munkelt, Sie seien im Auftrag Ihrer Firma da, um die Gegend zu erkunden. Schauen Sie sich die Leute doch einmal an. Sie meinen jetzt schon zu wissen, dass Sie ein großes Stück Land am See kaufen und dann eine exklusive Hotelanlage errichten werden. Und natürlich überlegen alle, wie sie bei diesem Geschäft reich werden können, Brady Paxton eingeschlossen.“

„Sie täuschen sich. Mich würdigt er keines Blickes. Er hat nur Augen für Sie. Und was das andere betrifft, so gebe ich Ihnen mein Ehrenwort. Ich verbringe nur meinen Urlaub hier.“

Ihre Augen blitzten schelmisch. „Warum sollten Sie nicht Ihr kleines Geheimnis haben? Das verstehe ich sehr gut. In unserer Branche macht man es genauso.“

„Sie glauben mir nicht?“

„Warum sollte ich?“

„Weil ich Ihnen mein Ehrenwort gegeben habe“, verkündete er mit einer Arroganz, die fast ein wenig einschüchternd wirkte. „Ich lüge nicht, Frederica, und ich kann es auch nicht ertragen, angelogen zu werden. Es mag Gründe geben, warum ich manchmal nicht über alles spreche, aber ich pflege nicht zu lügen. Das sollten Sie sich merken.“

Frederica schaute ihn überrascht an. Seine Reaktion kam ihr übertrieben heftig vor. „Tut mir leid, ich wollte Sie nicht beleidigen. Bestimmt sind Sie ein durch und durch ehrlicher Geschäftsmann.“

„Jawohl, ich bin ehrlich. Ehrlich und aufrichtig. Und deshalb erwarte ich auch, dass die Leute, die mit mir zu tun haben, diese Aufrichtigkeit zu schätzen wissen.“

„Mit anderen Worten, auf Sie ist Verlass, und wer mit Ihnen ein Geschäft abwickelt, sollte sich als ebenso zuverlässig erweisen und Sie nicht betrügen, sonst werden Sie ihn unnachgiebig verfolgen. Wollten Sie das damit ausdrücken?“

Trent neigte leicht den Kopf. „Sie scheinen verstanden zu haben, worauf es ankommt.“

„Aber warum sollte ich Ihnen blindlings vertrauen? Wer garantiert mir oder irgendeinem anderen, dass man Ihnen glauben kann?“

Er schaute sie eindringlich an. „Weil ich es sage."

„Halten Sie das für ausreichend? Ich soll Ihnen vertrauen, nur weil Sie es so wollen?"

„Wenn Sie meine Worte bezweifeln, dann stellen Sie künftig keine Fragen mehr."

Bei seinem Ton lief es Frederica kalt den Rücken hinunter. „Wenigstens erlauben Sie mir zu schweigen", erwiderte sie trocken. „Wenn Sie mich jetzt entschuldigen, der Tanz ist zu Ende."

Sie trat einen Schritt zurück, doch er ließ sie nicht los. Unerbittlich hielt er sie fest. Dass er seine körperliche Überlegenheit so ausnutzte, ärgerte sie maßlos.

„Haben Sie Angst?", fragte er leise.

„Nicht im Geringsten. Aber ich mag es nicht, wenn große Männer immer meinen, ihre Körperkräfte ausspielen zu müssen, besonders gegenüber jemandem, der kleiner ist."

„Ich wollte Ihnen keinen Schrecken einjagen." Doch lockerte er nicht seinen Griff. Ihre Versuche, sich zu befreien, ignorierte er. „Ich wollte nur einige Dinge zwischen uns klären."

„Das muss doch wohl nicht mitten auf der Tanzfläche geschehen. Wer uns bislang noch nicht angestarrt hat, wird es spätestens jetzt tun."

Nun nahm auch Trent wahr, dass sie mittlerweile ganz allein auf der Tanzfläche standen und die Leute ringsherum sie interessiert musterten. Ohne eine weitere Bemerkung nahm er ihre Hand und führte Frederica vom Parkett.

Ihr Sinn für Humor gewann schnell wieder die Oberhand. „Meine Familie wird Ihnen für diesen taktvollen Annäherungsversuch bestimmt sehr dankbar sein. Oder gehört es zu Ihren Pflichten, mir in aller Öffentlichkeit einen Vortrag über Wahrheit, Aufrichtigkeit und Integrität zu halten?"

„Sie können manchmal ganz schön frech sein. Aber wahrscheinlich ist das typisch für Ihresgleichen."

„Wen meinen Sie damit?"

„Für solche Unruhestifter und Kobolde wie Sie. Mich wundert es nicht, wenn Ihre Angehörigen ebenso wie die halbe Stadt auf glühenden Kohlen sitzen und sich fragen, was Sie als Nächstes aushecken", entgegnete er nicht mehr gar so ernst, und ein amüsiertes Lächeln ließ die harten Linien um seinen Mund verschwinden.

„Sie tragen die Verantwortung. Und natürlich wartet meine Familie genauso gespannt darauf, wie Sie reagieren", gab Frederica zurück.

„Eins muss man Ihnen lassen, Sie haben sich durch die vielen Blicke, die während des Tanzes auf uns gerichtet waren, nicht aus der Fassung bringen lassen. Hat Sie das nicht gestört?"

Er musterte sie von der Seite. „Zugegeben, es hätte mir mehr Spaß gemacht, vor etwas weniger neugierigem Publikum zu tanzen. Aber wenn es darauf ankommt, kann ich einen Hitzkopf wie Sie auch vor aller Augen bändigen."

„Das kann ich mir denken." Frederica lachte. „Ich danke Ihnen für diesen Tanz, Trent. Es hat mir gefallen, zumindest bis Sie mit Ihren Belehrungen anfingen."

Während Frederica neben Trent an den Tisch ihrer Familie zurückkehrte, betrachtete sie ihn verstohlen. Ihre Eltern, Tante Agnes und Onkel George musterten Trent Ravinder ganz ungeniert, ebenso ihre Schwester Shari. Ihr Verlobter, Jim Devore, schien über den ganzen Vorfall eher amüsiert, obwohl ihm der Respekt, den er Ravinder entgegenbrachte, anzumerken war.

Trent ließ diese Begutachtung ohne eine Regung über sich ergehen. Das überraschte Frederica nicht. Seit sie ihn vor zwei Wochen kennengelernt hatte, bewunderte sie seine innere Stärke und Ruhe. Er wohnte schon längere Zeit in der Gallant Lake Lodge, der Pension ihrer Eltern. Von Anfang an war er mehr als nur ein zahlender Gast gewesen, und man behandelte ihn bereits wie einen alten Freund der Familie. Wie hatte er das nur so schnell geschafft? Die Cromwells galten als freundliche Gastgeber, doch immer bewahrten sie eine gewisse Distanz.

Seine innere Stärke spiegelte sich auch in seinem Äußeren wider. Trent war ein großer, breitschultriger Mann, der sich mit Selbstvertrauen und Vitalität bewegte. Mit seinen gut ein Meter achtzig wirkte er neben Frederica, die selbst nur eins sechzig maß, wie ein Riese. Frederica hatte es schon immer gehasst, wenn ein Mann sie gleich um einen ganzen Kopf überragte. Nur bei ihrem Vater konnte sie es dulden. Nach ihrem Geschmack waren Trents Züge zu sehr von Stärke und Entschlossenheit geprägt. Ansonsten hätte man ihn durchaus als einen schönen Mann bezeichnen können. In seinem Gesicht fielen am meisten die grünen Augen auf. Diese Augen zeugten von Intelligenz und Willenskraft. Sie erweckten den Eindruck, Trent könne alles erreichen, was er sich vornahm.

Sein dichtes dunkles Haar glänzte an den Schläfen bereits leicht silbern, obwohl er erst Mitte dreißig war. Bei ihrer ersten Begegnung war Frederica aufgefallen, dass seine Kleidung weder auffällig noch besonders modisch war. Trent schien an Konservativem Gefallen zu finden, was ihm im Übrigen ausgezeichnet stand. Doch was er auch trug, er sah in allem gut aus, sei es in ausgewaschenen Jeans, sei es in einer maßgeschneiderten Kombination aus Hose und Blazer wie heute Abend.

In jeder Situation wirkte er ganz wie ein hartgesottener, selbstbewusster Manager am Verhandlungstisch, nicht wie jemand, der mitten im Sommer mal eben sechs Wochen Urlaub nahm, um zum Angeln nach Oregon zu fahren. Da schien es schon wahrscheinlicher, dass er sich aus geschäftlichen Gründen in der Stadt aufhielt, wie jeder vermutete. Trotzdem behauptete Trent steif und fest, nur der Wunsch nach Ferien habe ihn hierher verschlagen.

Obwohl es Frederica Spaß machte, in ihrer Heimatstadt für ein wenig Aufregung zu sorgen, gefiel es ihr weniger, dass Trent Ravinder eine Rolle in dem Spiel übernehmen könnte. Vielleicht weil sie befürchtete, gegen ihn den Kürzeren zu ziehen, sollte es hart auf hart kommen.

Frederica war es nicht gewohnt, zu unterliegen. Während der letzten Jahre hatte sie Stärke und Entschlossenheit entwickelt. Sie war längst nicht mehr jenes schwache, naive Wesen, das sich wegen eines Mannes zum Gespött der Leute machen ließ. Dank ihrer geschäftlichen Erfolge, der ausgedehnten Reisen und der Zusammenarbeit mit den oft launischen Menschen der Modebranche hatte sie gelernt, ihre eigene Kraft und ihr Durchsetzungsvermögen einzuschätzen. Dass Trent Ravinder diese schwer erkämpfte Selbstsicherheit auch nur einen Augenblick ins Wanken bringen könnte, gefiel ihr ganz und gar nicht. Sie hatte recht daran getan, ihm während der letzten zwei Wochen aus dem Weg zu gehen.

„Ich bringe Ihnen Ihre Tochter wohlbehalten zurück“, teilte Trent Fredericas Eltern charmant mit. Er verstand es, die Cromwells förmlich um den kleinen Finger zu wickeln.

Amery Cromwell, Fredericas Vater, von dem sie das kupferrote Haar und die haselnussbraunen Augen geerbt hatte, lächelte erfreut. „Natürlich, was kann auf dem Tanzparkett schon passieren. Setzt euch. Agnes und George haben Champagner bestellt, um auf das Brautpaar anzustoßen.“

„Champagner darf auf einer Verlobungsfeier nicht fehlen“, erklärte Tante Agnes, als verriete sie ein Geheimnis. Sie war Mitte sechzig und einige Jahre älter als ihr Bruder Amery. Das einst rötlich braune Haar war längst ergraut, doch Agnes konnte sich damit nicht abfinden. Deshalb färbte sie es eigenhändig und sparte so auch noch das Geld für den Friseur. Meist traf sie den ursprünglichen Farbton nicht genau, und ihre Locken schimmerten wie heute in lebhaftem Orange.

George Bucker, ihr Mann, hatte es als Grundstücksmakler zu einigem Erfolg gebracht. Er glaubte nun felsenfest daran, sein Glück zu machen, indem er alles in Grund und Boden investierte. Er war ein Bär von einem Mann und überaus großzügig, wie Frederica und ihre Schwester von klein auf erfahren hatten.

George und Agnes, die keine eigenen Kinder hatten, genossen es, ihre Nichten zu jeder Gelegenheit zu beschenken. Die Eltern hatten stets versucht, diese Spendierfreude zu bremsen, damit die Mädchen nicht zu sehr verwöhnt wurden. Doch George und Agnes war es immer wieder gelungen, den beiden unbemerkt etwas zuzustecken.

Während Trent Frederica den Stuhl zurechtrückte, schaute er in die Runde. Agnes nippte an ihrem Martini – dem dritten. Das überraschte ihn nicht weiter, denn er kannte sie inzwischen gut genug. Er lächelte sie an, während er neben Frederica Platz nahm. „Sie setzen mich in Erstaunen, Agnes. Eigentlich hätte ich erwartet, dass Sie für Shari und Jim eine Flasche Gin bestellen."

„Ach was. Junge Leute brauchen Champagner." Sie prostete ihrer Nichte zu. „Außerdem halte ich mich streng an die alten Gepflogenheiten."

„Schade, nicht jeder hier scheint die Traditionen zu respektieren", bemerkte George mit einem amüsierten Seitenhieb auf Frederica.

Die gab sich so unschuldig, als könne sie kein Wässerchen trüben. Trents Meinung nach beherrschte sie dieses Verhalten und die entsprechende Mimik ausgezeichnet. „Willst du damit vielleicht andeuten, es mangle mir an Respekt vor alten Hochzeitsbräuchen, Onkel George?", fragte sie schließlich mit einem gleichmütigen Lächeln.

„Wir haben von dieser sogenannten Damenparty gehört, die du vorgestern für Shari veranstaltet hast."

„Das war mein Abschied vom Junggesellenleben", mischte Shari sich ein. „Dazu hat jede Frau ein Recht. Die Männer feiern das schließlich auch."

„Darum geht es nicht", erklärte Onkel George. „Hast du von dieser Party gehört, Jim?", wandte er sich an Sharis Verlobten.

„Ja“, erwiderte der trocken. „Und meine Meinung dazu lautet: Je weniger ich davon höre, umso besser. Am klügsten scheint es mir zu sein, die ganze Angelegenheit schnellstens zu vergessen.“

„In einer Kleinstadt wie Gallant Lake ist das unmöglich“, bemerkte Tante Agnes. „Was auf dieser Party vorgegangen sein soll, ist schon in aller Munde. Zum Beispiel erzählt man sich, du hättest einen Stripteasetänzer engagiert. Aber niemand weiß Genaueres. Die Frauen, die an der Party teilgenommen haben, sind verschwiegen. Man munkelt, sie hätten vorher schwören müssen, kein Sterbenswörtchen zu verraten. Natürlich bringt so etwas die Gerüchteküche erst recht zum Brodeln. Das war dir doch sicher klar.“

„Ich möchte hiermit mit allem Nachdruck feststellen, dass ich keinen Stripper engagiert hatte“, verkündete Frederica feierlich.

Shari hätte sich bei dieser Bemerkung beinahe verschluckt. Jim Devore sah seine zukünftige Frau ernst an.

Trent, der an jenem Abend genau wie alle anderen das fröhliche Lachen durch die verschlossenen Türen des Aufenthaltsraums der Pension gehört hatte, runzelte missbilligend die Stirn. Einen Streich konnte er tolerieren, aber dann musste man auch dazu stehen. „Stimmt das?“, hakte er nach.

Energisch hob Frederica das Kinn. „Ja, das stimmt. Damian Fontaine ist kein schäbiger Stripper.“

„Sondern?“ Es fiel Trent schwer, höflich zu bleiben. Immerhin hatte er mit eigenen Augen beobachtet, wie der schlanke junge Mann zusammen mit den Kellnern des Partyservices in den Saal geschmuggelt worden war.

„Mr. Fontaine hat eine klassische Ballettausbildung. Er macht kein Striptease, sondern bietet exotische Tänze dar.“

Ein Stöhnen ging durch die Runde, und Shari musste sich zusammenreißen, um nicht laut loszulachen.

„Ich habe es ja geahnt, an dem Gerücht ist etwas dran“, bemerkte Jim mit resigniertem Blick. „Seien Sie auf der Hut, Trent. Die Frauen in dieser Familie brauchen eine starke Hand.“

„Dann ist es also wahr“, stieß Fredericas Mutter gequält hervor. „Wie soll ich nur allen erklären, dass ich einen Stripteasetänzer in unserem Gästehaus logieren ließ?“

„Ich sagte doch, er ist kein Stripteasetänzer“, beharrte Frederica. Doch niemand beachtete ihren Protest.

„Ich schlage Ihnen vor, dem keine allzu große Bedeutung beizumessen“, warf Trent ein. „Wenn sich die Wogen der Entrüstung erst mal geglättet haben, wird bald Gras über die ganze Sache wachsen.“

„Ach, seit Frederica vor zwei Wochen bei uns aufgetaucht ist, habe ich keine ruhige Minute mehr“, stöhnte Meg.

Trent lächelte Mrs. Cromwell aufmunternd zu. Er mochte Meg. Sie war eine ausgezeichnete Gastgeberin, sozusagen die gute Fee des Hauses, die für einen reibungslosen Ablauf und eine ruhige, entspannte Atmosphäre sorgte. Die Vorzüge ihres Mannes lagen auf einem anderen Gebiet. Amery Cromwell war ein erstklassiger Angler, spezialisiert auf Fliegenfischerei, außerdem ein guter Buchhalter. Von beiden Talenten profitierte die Pension.

„Habe ich euch nicht gewarnt? Ihr müsst diesem Rotschopf auf die Finger sehen“, mischte sich Tante Agnes ein. „Frederica scheint auch heute wieder zu allen Dummheiten aufgelegt. Seht euch doch nur dieses Kleid mit dem unverschämten Ausschnitt an. Vor ein paar Jahren noch hätte Amery sie zurück auf ihr Zimmer geschickt, damit sie sich umzieht. In solch einem Aufzug ein Restaurant zu betreten wäre undenkbar gewesen.“

Frederica schaute die Tante liebevoll an. „Sei froh, dass es nicht meine Vorderseite freigibt. Solche Kleider besitze ich nämlich auch.“

Agnes stellte ihr Glas auf den Tisch und begann, schallend zu lachen. „Begreifen Sie jetzt, was ich meine?“, wandte sie sich an Trent. „Das Mädchen hat nur Unsinn im Kopf. Frech, unabhängig und leichtsinnig ist sie. Du brauchst einen Mann, Frederica. Einen, der dich zähmt.“

„Du kennst meine Ansichten über die Ehe, Tante Agnes.“

„Wenn der Richtige kommt, wirst du deine Meinung schon ändern.“ Agnes seufzte. „Wer hätte gedacht, dass so eine kleine Person so viel Unruhe stiften kann. Glauben Sie, mit ihr fertig zu werden, Trent?“

Damit sprach sie der ganzen Familie aus dem Herzen. Alle warteten gespannt auf eine Antwort. Frederica verstand es ja auch wirklich, die Familie in Aufregung zu versetzen.

„Vertrauen Sie mir“, beruhigte er sie scherzhaft. „Sie wird keine Schwierigkeiten mehr machen.“

Die Cromwells lachten erleichtert, als hätte Trent einen guten Witz erzählt – bis auf Frederica. Schweigend nippte sie an ihrem Wein und schaute Trent über den Rand des Glases an. Sie war verwirrt, musste Klarheit gewinnen, wie sie sich ihm gegenüber verhalten sollte. Das verriet ihm der kühle, abschätzende Ausdruck in ihren braunen Augen.

Hatte sie sich erst einmal zu einer Strategie durchgerungen, wäre sie ihm ein gleichwertiger Gegner. Das wusste er.

Es sei denn, es gelingt mir vorher, sie zu entwaffnen, überlegte Trent. Ihm wäre lieber, sie würde ihr Feuer und ihre Leidenschaft für das Schlafzimmer aufheben, für sein Schlafzimmer. Bei dieser Vorstellung lief es ihm heiß den Rücken hinunter. Seit er Frederica kannte, spürte er ein prickelndes Verlangen, sobald er in ihrer Nähe war. Das war etwas Neues, Ungewohntes. Seit Jahren hatte er sich in allen Lebensbereichen, selbst in seiner Sexualität fest in der Gewalt. Es verwirrte Trent, dass diese kleine rothaarige Person plötzlich so viel Macht besaß, und gleichzeitig erregte ihn dieser Gedanke.

Als er ihr zum ersten Mal begegnete, war sie ihm wie eine Elfenkönigin inmitten gutmütiger Riesen erschienen, ein Eindruck, der sich immer wieder von Neuem bestätigte, wenn er sie im Kreis ihrer Familie sah. Frederica war mit Abstand die Kleinste. Selbst die anderen Frauen, ihre Mutter, ihre Schwester und ihre Tante, überragten sie um gut zehn bis fünfzehn Zentimeter. Die Männer waren sogar noch größer. Ihr Vater und Onkel George maßen gut einen Meter achtzig und waren von kräftiger Statur. Und Jim Devore, das neueste Familienmitglied, hatte die Größe und die Figur eines Footballspielers.

Frederica mochte zwar nicht sehr groß sein, doch sie besaß eine Figur, die die Fantasie eines Mannes zu den kühnsten Träumen anregte. Ihr aufreizendes Kleid betonte zudem jede ihrer weiblichen Linien. Bestimmt kann ich ihre Brüste mit einer Hand umfassen und ihre Taille mit beiden Händen umspannen, stellte Trent sich vor, was seine sexuelle Anspannung natürlich nicht gerade verringerte. Mittlerweile zweifelte er keinen Augenblick daran, dass sie ausgezeichnet zueinander passten. Er musste sie nur noch davon überzeugen.

Während man sich über das Haus unterhielt, das Jim und Shari kaufen wollten, ließ er Frederica nicht aus den Augen.

Obwohl sie dem Gespräch vordergründig interessiert zuhörte, schien sie mit ihren Gedanken abzuschweifen. Ob sie sich damit beschäftigte, wie sie sich ihm gegenüber verhalten sollte? Dass sie ihn nicht so einfach beiseiteschieben konnte, befriedigte ihn.

Genau in diesem Moment hob Frederica den Kopf und sah ihn an. Eine leichte Röte stieg ihr in die Wangen.

Hatte sie seine Gedanken erraten? Trent lächelte. Sie durfte ruhig wissen, wie sehr er sich zu ihr hingezogen fühlte. Zu lange hatte sie versucht, ihm auszuweichen. Doch sie erwiderte sein Lächeln nicht, sondern wandte sich kurz entschlossen ab.

Trent betrachtete ihr Profil. Das rotbraune Haar fiel in langen weichen Locken auf die Schultern. Frederica war keine Schönheit im klassischen Sinn, doch bestach ihr Gesicht durch lebhafte Züge, die oft jede ihrer inneren Regungen preisgaben.

Man konnte sich nur schwer vorstellen, dass sie einmal pummelig gewesen war. Selbst mit zwanzig Pfund mehr würde sie genauso sexy wirken wie jetzt. Davon war er überzeugt.

Während er sie beobachtete, dachte Trent über die Aufgabe nach, die ihm die Cromwells mehr oder weniger offen aufgetragen hatten. Man wusste über die Unstimmigkeiten in der Ehe der Paxtons Bescheid, und selbst Trent hatte davon gehört.

Alle befürchteten nun, Frederica könnte die Situation zu einem kleinen Rachefeldzug gegen ihre ehemalige Rivalin nutzen. Er hatte Gloria Paxton neben ihrem Mann sitzen sehen, eine verbitterte, unzufriedene Frau. Doch sie musste einmal sehr schön gewesen sein.

Meg Cromwell hatte ihm erzählt, Gloria habe seit der Geburt ihres zweiten Kindes stark zugenommen. Das machte sie nicht weniger attraktiv, fand Trent, würde sie sich entsprechend kleiden.

Unglücklicherweise konnte Gloria es nicht verwinden, nicht mehr die Figur eines Mannequins zu besitzen, und schien ihre Garderobe immer noch in Größe sechsunddreißig zu kaufen. Das Silberlamékleid, das sie heute Abend trug, kniff und zwickte überall, ihr üppiger Busen drohte das Oberteil zu sprengen, und die Nähte über ihren Hüften schienen jeden Augenblick zu platzen. Der Rock war viel zu kurz, wie überhaupt alles die falschen Proportionen aufwies.

Hinzu kam, dass sie ihr Haar in einem unnatürlichen Platinblond gefärbt und hochtoupiert hatte, wie es vor zwanzig Jahren Mode gewesen war. Und um dem Ganzen die Krone aufzusetzen, hatte Gloria Paxton viel zu viel Make-up aufgelegt.

Trent tat sie leid. Er konnte nur sehr schwer begreifen, dass es dieser Frau vor neun Jahren gelungen sein sollte, Frederica den Verlobten auszuspannen.

Sympathie brachte Trent für die Paxtons allerdings nicht auf, besonders nicht für Brady Paxton, der Frederica keine Minute aus den Augen ließ. Jedes Mal, wenn sein Blick auf ihn fiel, drängte es ihn, dem Mann klarzumachen, dass er nicht mehr das geringste Anrecht auf sie besaß. Sein Verhalten verriet eindeutig seine Absichten. Allzu gern würde er das Verhältnis mit Frederica wieder auffrischen, zumal sich das hässliche Entlein zu einem schönen Schwan gewandelt hatte. Sie brauchte nur mit den Fingern zu schnipsen.

Zuzutrauen war ihr das, glaubte man der Familie. In ihren und in den Augen der Nachbarschaft galt Frederica als wilder und lockerer Vogel. Die Cromwells wollten daher jeden Skandal am Vorabend von Sharis Hochzeit vermeiden. Schließlich mussten sie die Nachwirkungen und die Schmach ertragen, während Frederica dann bald nach Seattle entschwand.

2. KAPITEL

Während der nächsten Stunden lag Trent wie eine Raubkatze auf der Lauer und beobachtete Frederica.

Das amüsierte sie. Was würde er wohl tun, wenn sie tatsächlich beabsichtigte, Unruhe zu stiften?

Doch für den Rest des Abends benahm sie sich vorbildlich. Zu allen, die an ihren Tisch traten, um Shari und Jim zur Verlobung zu gratulieren, war sie ausgesprochen höflich. Sie unterhielt sich mit ihren ehemaligen Klassenkameraden und genoss es, wenn sie aus ihrer Bewunderung für sie keinen Hehl machten.

Brady Paxton schien nicht der Einzige zu sein, der von der neuen Frederica fasziniert war.

Doch so richtig aufregend wurde es erst, als er und seine Frau aufstanden und auf die Cromwells zukamen. Schon von Weitem konnte man erkennen, dass das nicht Glorias Idee gewesen war. Es war das erste Mal seit Fredericas Rückkehr, dass sie mit den beiden zusammentraf.

Die gute Stimmung am Tisch schwand schlagartig. Shari hielt den Atem an, und Jim drückte ihr beruhigend die Hand. Mrs. Cromwell warf Frederica einen warnenden Blick zu. Amery beobachtete seine Tochter aufmerksam, ebenso Tante Agnes und Onkel George.

Frederica fiel es schwer, nicht laut loszulachen. Sollte sie alle besänftigen, ihnen sagen, sie brauchten sich keine Sorgen zu machen, weil sie Brady gar nicht zurückhaben wollte? Nein, sie wollte keine Spielverderberin sein. Warum sollte sie die ganze Familie und mindestens die Hälfte der Anwesenden um diese Spannung, um diesen Nervenkitzel bringen?

Stattdessen nahm sie Brady genauer unter die Lupe. Auf der Highschool hatte er Football gespielt und war in Topform gewesen. Doch jetzt spannte sein Jackett in der Taille. Wahrscheinlich sitzt er zu viel hinterm Schreibtisch in seiner Versicherungsagentur, dachte Frederica. Glorias Vater hatte ihn kurz nach der Hochzeit zu seinem Teilhaber gemacht. Und diese Position war für Brady damals das Wichtigste auf der Welt gewesen.

Doch hatte er nicht so viel zugenommen, dass es seinem guten Aussehen Abbruch tat. Seine blauen Augen strahlten wie ehedem. Sein dichtes hellbraunes Haar zeigte noch keine Spur von Grau, und überhaupt wirkte er blendend in dem tadellos geschnittenen Anzug. Aber es fehlte ihm eindeutig an Format.

Frederica kam er einfach zu weich vor. Damals war ihr das nicht aufgefallen, doch jetzt erkannte sie sofort, was Brady vermissen ließ. Ihm mangelte es an innerer Stärke, genau der Eigenschaft, die sie bei Trent Ravinder zu spüren glaubte.

Sie musste vor neun Jahren blind gewesen sein. Was hatte sie nur so Besonderes an Brady gefunden? Jetzt empfand sie überhaupt nichts mehr für ihn, höchstens Bedauern darüber, ein Jahr ihres Lebens an ihn verschwendet zu haben. Dieser Mann hatte keinen festen Charakter wie Trent. Instinktiv wusste Frederica, dass Trent, obwohl er sich manchmal arrogant, unnachgiebig und schwierig gab, wenn nötig ein Fels war, an den man sich vertrauensvoll anlehnen konnte. Momentan war ihr dieses Anlehnungsbedürfnis allerdings ziemlich fremd.

„Guten Abend." Brady trat an den Tisch und begrüßte höflich jeden Einzelnen. Amery machte ihn mit Ravinder bekannt. Die beiden Männer nickten sich kurz zu. Bradys Blick schweifte zu Frederica, die ihm ein charmantes Lächeln schenkte.

„Schön, dich zu sehen, Rica. Es ist eine Ewigkeit her, seit wir uns getroffen haben."

Frederica, der Glorias feindseliger Ausdruck nicht entging, suchte nach einer unverfänglichen Antwort. „Ja, die Zeit vergeht wie im Flug, wenn man zu tun hat", sagte sie schließlich. „Wie läuft das Geschäft?"

Brady grinste selbstgefällig. „Ich kann mich nicht beklagen. Wenn ich recht gehört habe, bist du sehr erfolgreich. Eine richtige Unternehmerin."

„Die Leute erzählen, du arbeitest in der Modebranche", unterbrach ihn seine Frau. „Wer hätte damals wohl gedacht, dass gerade du auf diesem Gebiet tätig wirst."

Fredericas Lächeln wurde noch strahlender. „Zugegeben, während meiner Schulzeit hatte ich andere Interessen. Aber meine Liebe galt schon immer hochwertigen Stoffen und ausgefallenen Mustern. Mir fehlte einfach ein entsprechendes Design-Studium. Als junges Mädchen hatte ich noch keinen Blick dafür, wie man sich bei meiner Größe richtig kleidet."

„Ach ja, richtig, deine Firma ist auf Mode für kleine Frauen spezialisiert. Für mich wäre das nichts."

„Stimmt, Cromwell & Sterling entwirft ausschließlich Modelle für kleine, zierliche Frauen." Frederica erinnerte sich, wie sie Gloria einst um deren Größe und tadellose Figur beneidet hatte. „Mode für Frauen unter eins fünfzig. Es gibt Tausende kleiner Frauen, denen die normale Kleidung nicht passt."

„Ich weiß", erklärte Gloria herablassend. „Arme Dinger. Sie scheinen in ihrer Kleidung ja fast zu versinken, selbst wenn es ein Haute-Couture-Modell ist. Die Ärmel sind zu lang, die Taille sitzt nicht richtig, alles ist ohne Passform. Es ist sicher schrecklich für sie, so herumlaufen zu müssen."

Allen war klar, auf wen diese Worte gemünzt waren. Aus den Augenwinkeln nahm Frederica wahr, wie sich ihre Schwester nur mit Mühe eine bissige Bemerkung verkniff, die Gloria treffen sollte.

„Das Ganze ist lediglich eine Frage der Proportionen", fasste Frederica ruhig zusammen, entschlossen, die Situation zu entschärfen. „Es kommt nur auf die richtige Passform an."

„Durch deine Kleidung bist du ein ganz anderer Mensch geworden", bemerkte Gloria schnippisch. Was sie damit andeuten wollte, war offensichtlich.

Lachend hob Frederica ihr Weinglas. Die Kleidung hatte ihr Wesen kaum beeinflusst. Es waren vielmehr harte Arbeit und der Kampf um die eigene Existenz gewesen, die sie nachhaltig geprägt hatten.

„Ja, ich habe mich während der letzten Jahre sehr verändert. Zum Glück, muss ich sagen. Nicht auszudenken, welche Katastrophe es gewesen wäre, hätte ich mit neunzehn schon geheiratet. In diesem Alter begeht man oft folgenschwere Fehler." Sie schmunzelte. „Auf was ich nicht alles hätte verzichten müssen, wenn ich in Gallant Lake geblieben wäre. Auf Erfolg, den Porsche, Reisen, kurzum den Spaß im Leben. Manchmal braucht eine Frau eben Zeit, um sich selbst zu verwirklichen."

Plötzlich herrschte betretenes Schweigen. Gloria wurde knallrot. Shari und ihre Mutter unternahmen einen verzweifelten, aber hoffnungslosen Versuch, mit ein paar unverfänglichen Bemerkungen die peinliche Lage zu überspielen. Amery rettete schließlich die Situation, indem er Brady völlig zusammenhanglos fragte:

„Muss ich meine Feuerversicherung eigentlich wieder erneuern? Vielleicht sollte ich die Schadenssumme sogar erhöhen. In meinem Beruf darf man nicht ohne Versicherungsschutz dastehen."

„Ich werde Ihre Police verlängern", erbot sich Brady. Die Feindseligkeit seiner Frau schien ihn nicht zu berühren. „Wie gefällt es Ihnen in Gallant Lake?", wandte er sich an Trent.

„Ich glaube nicht, dass es mir hier langweilig werden wird", antwortete Trent und lächelte Frederica vielsagend zu.

Sie spürte genau, worauf er abzielte, und dieser kleine Seitenhieb passte ihr ganz und gar nicht. Doch offensichtlich hatte ihn niemand außer ihr verstanden, und sie schwieg.

Brady runzelte die Stirn. „Wie ich hörte, arbeiten Sie für Asgard Development."

„Stimmt."

„Ihre Firma hat in den letzten Jahren Ferien- und Freizeitanlagen in Arizona und Hawaii gebaut."

„Das ist bekanntermaßen unsere Spezialität", entgegnete Trent in neutralem Ton.

Brady setzte sein einnehmendstes Lächeln auf. „Man munkelt, Asgard habe Sie hierhergeschickt, um die Gegend unter die Lupe zu nehmen. Als Vorhut sozusagen."

„Als Geschäftsmann wissen Sie ja, was von solchen Gerüchten zu halten ist. Sie verschwenden Ihre Zeit. Ich mache hier nur Urlaub."

Brady hob lachend die Hand. „Ich verstehe. In Ihrer Branche muss man vorsichtig sein und seine Worte genau abwägen. Sollten Sie Hilfe brauchen und die Gegend erforschen wollen, lassen Sie es mich wissen. Ich kenne jeden, der hier in der Stadt etwas zu sagen hat. Und außerdem bin ich selbst Grundbesitzer."

„Danke", erwiderte Trent höflich. „Ich werde Ihr Angebot bestimmt nicht vergessen."

Danach wandte Brady sich wieder Frederica zu. „Wir müssen uns unbedingt einmal treffen, solange du hier bist, und über alte Zeiten reden. Wir beide haben uns bestimmt eine Menge zu erzählen. Weiß er schon, dass wir einmal verlobt waren?", fragte er mit einem Seitenblick auf Trent.

Ehe Frederica darauf antworten konnte, kam Trent ihr zuvor. „Ich fürchte, Frederica wird während ihres Aufenthaltes hier sehr beschäftigt sein und keine Zeit für Sie erübrigen können. Aber sie hat mir von Ihnen erzählt. Wie sie selbst meinte, tut man mit neunzehn viele unüberlegte Dinge. Jetzt scheint sie jedoch Klarheit gewonnen zu haben. Wir beide entdecken gerade, wie viel uns verbindet."

Brady machte ein verschlagenes Gesicht. „Dann wird es dir ja nicht langweilig werden, Rica."

Frederica blitzte Trent bitterböse an, ehe sie zu Brady sagte: „Bestimmt nicht, es kann höchstens ein paar ärgerliche Zwischenfälle geben."

Trent warf knapp und arrogant ein: „Ich bemühe mich nur, Sie bei Laune zu halten."

„Die Frage ist, ob Sie dabei nicht übers Ziel hinausschießen."

„Übung macht den Meister. Wenn ich Sie nachher nach Hause bringe, werde ich das rechte Maß noch etwas trainieren."

Bei seinen Worten brach Tante Agnes in schallendes Gelächter aus, in das alle am Tisch außer Frederica einstimmten. Brady versuchte, sich ebenso heiter zu geben, doch das misslang. Gloria starrte Frederica schweigend an. In der allgemeinen Heiterkeit entschuldigten sich die Paxtons und verschwanden.

Die kleine Episode war ein eindeutiger Punktgewinn für Trent Ravinder. Frederica konnte und wollte diese Herausforderung jedoch nicht unbeantwortet lassen. „Bestimmt sind Ihre Fähigkeiten, was die Entwicklung einer millionenschweren Ferienanlage betrifft, erstklassig. Ihre sonstigen Vorhaben scheinen mir dagegen außerhalb Ihrer Kompetenz zu liegen", wies sie ihn in die Schranken.

Doch sie erntete nur ein betont freundliches Lächeln. „Sie unterschätzen mich, Frederica." Mehr entgegnete Trent nicht.

„Hör lieber auf ihn, Kind", mahnte Agnes. „Es existieren nicht viele Männer auf der Welt mit seinem Rückgrat. Brady Paxton jedenfalls besitzt keins. Ich hatte den Jungen ein Schuljahr lang. Damals, als du dich mit ihm verlobt hast, wusste ich gleich, dass es ein Fehler war. Und ich war heilfroh, als die Sache ein Ende hatte."

„Hör auf", fiel George ihr ins Wort. „Es besteht keine Veranlassung, die Vergangenheit aufzuwärmen."

„Ganz meine Meinung", stimmte Mrs. Cromwell zu. „Was vorbei ist, ist vorbei. Frederica hat bestimmt nicht vor, alte Geschichten wieder aufleben zu lassen, nicht wahr, Rica?"

Shari kam mit ihrer Feststellung der Sache am nächsten. „Rica müsste den Verstand verloren haben, sich noch einmal mit Brady einzulassen. Aber vielleicht sinnt sie auf eine kleine Rache. Das kann man ihr schließlich nicht verübeln. Dabei hätte sie auch noch leichtes Spiel. Gloria ist keine ernst zu nehmende Konkurrenz."

„Es wäre ein zu leichter, ja fast geschenkter Triumph. Den hat sie nicht nötig", entschied Trent.

Frederica lehnte sich zurück und drehte ihr Glas hin und her. Dieser Mann regte sie auf. „Woher wollen Sie bloß wissen, was ich nötig habe?"

Amery begann zu hüsteln. „Es ist schon spät. Wenn wir morgen einen guten Fang machen wollen, müssen wir früh aufstehen, Trent. Meg, Agnes, George, machen wir uns auf den Heimweg. Wahrscheinlich wollen Shari und Jim noch ein wenig hierbleiben, doch wir brauchen unseren Schlaf."

„Versuchst du, mich aus dem Verkehr zu ziehen, Dad?" Frederica lachte. „Es besteht kein Grund zur Aufregung. Ich amüsiere mich großartig. Wenn Shari und Jim nichts dagegen haben, leiste ich ihnen noch etwas Gesellschaft."

„Bleib ruhig hier. Wir bringen dich später nach Hause", bot Jim großzügig an.

Trent hatte sich bereits von seinem Stuhl erhoben. „Amery hat recht, es wird Zeit. Auch für unseren Unruhestifter. Kommen Sie, Frederica, Sie können mit mir fahren."

„Nein, danke." Frederica machte keine Anstalten aufzustehen. „Ich möchte noch tanzen."

Trent legte ihr die Hand auf die Schulter. „Und mit wem, wenn ich fragen darf?"

„Es sind genug Männer da. Bestimmt wird sich unter ihnen ein Tanzpartner für mich finden lassen. Gehen Sie ruhig, Trent, ich kann schon allein auf mich aufpassen, auch wenn meine Familie anderer Ansicht ist."

Trent blieb hartnäckig. Er umfasste ihre Oberarme und zog sie sanft hoch. „Ich fürchte, ich werde mich verirren, wenn Sie mir nicht den Weg weisen."

Da ihre Angehörigen ungeduldig warteten und auch etliche Leute an den Nebentischen ihre Neugier kaum noch verhehlten, gab Frederica nach. Eine Szene wäre für alle Beteiligten nur peinlich gewesen.

„Gute Nacht, ihr beiden. Amüsiert euch schön. Ich wünschte, ich könnte es auch."

„Führen Sie sich nicht so pathetisch auf", sagte Trent, während sie den Saal durchquerten. „Damit werden Sie kein Mitgefühl ernten. Ihre Familie hat viel zu viel Angst, Sie könnten eine Dummheit anstellen."

„Warum glaubt eigentlich jeder, ich wolle Unruhe stiften? Ich bin zur Hochzeit meiner Schwester nach Gallant Lake gekommen und um meinen wohlverdienten Urlaub hier zu verbringen. Punktum."

„Jetzt untertreiben Sie aber schamlos, meine Liebe. Meinen Sie etwa, mir ist das schelmische Aufblitzen in Ihren Augen entgangen, als die Paxtons an unseren Tisch traten?"

„Seien Sie fair und geben Sie zu, dass ich mich heute Abend wirklich vorbildlich benommen habe, obwohl ich eigentlich leichtes Spiel gehabt hätte."

Trent verzog etwas spöttisch den Mund. „In Ordnung, Sie haben tapfer einigen Versuchungen widerstanden, weder mit Paxton geflirtet noch sich seiner Frau gegenüber gehässig verhalten, obwohl nicht mehr viel fehlte."

„Ich wurde provoziert."

Er öffnete die Tür und schob Frederica nach draußen in die Sommernacht. „Das ist wahr. Trotzdem frage ich mich, wie weit Sie wohl gegangen wären, wenn Ihre Familie nicht anwesend gewesen wäre."

„Keinen Schritt weiter. Es hätte mich nämlich sehr schnell angeödet, Paxton zu ärgern. Und wer langweilt sich schon gern?"

„Mit mir werden Sie sich jedenfalls nicht langweilen", bemerkte Trent gelassen, während er die Tür seines Wagens aufschloss.

„Sie scheinen das alles sehr amüsant zu finden", fuhr er fort, als sie im Auto saßen und er den Motor anließ. „Wenn Ihnen so viel daran liegt, den Leuten zu zeigen, was aus Ihnen geworden ist, warum haben Sie es dann nicht schon früher getan?"

Frederica zuckte die Schultern. „Bisher ergab sich noch keine passende Gelegenheit. Wenn man Erfolg haben will, darf man sich nicht allzu oft freinehmen. Dies ist eigentlich mein erster richtiger Urlaub seit Jahren. Ab und an habe ich mir ein freies Wochenende gegönnt, doch man findet wahrlich interessantere Orte, um es zu genießen, als Gallant Lake. Das müssten Sie doch am besten wissen."

„Da haben Sie recht", gestand er unerwartet ein und bog auf die schmale Uferstraße ab, die zur Pension führte. „Doch manchmal braucht man eben Ruhe und Abgeschiedenheit, und auch ich mache hier Urlaub, vergessen Sie das nicht."

„Brady Paxton ist da anderer Ansicht."

„Soll er denken, was er will, es ist mir egal. Ihre Meinung hingegen interessiert mich sehr."

„Tatsächlich?" Frederica betrachtete ihn verstohlen von der Seite. In dem schwachen Licht, das vom Armaturenbrett auf sein Gesicht fiel, wirkte er noch härter und unnachgiebiger. „Warum sollte es Ihnen mehr bedeuten, was ich von Ihnen halte?"

„Wenn Sie das nicht wissen, haben Sie in den letzten Jahren nicht so viel gelernt, wie Sie vorgeben."

Ehe Frederica etwas auf diese mysteriöse Bemerkung erwidern konnte, lenkte er den Wagen geschickt auf einen schmalen Feldweg, der direkt zum See führte.

Während sie sich mit Trent dem See näherte, überkam Frederica Panik. Sie richtete sich in ihrem Sitz auf. „Wohin fahren wir?"

„Zu dem Anlegeplatz, den mir Ihr Vater gestern Morgen gezeigt hat." Trent passte die Geschwindigkeit dem holprigen Feldweg an, der sich durch einen dichten Kiefern- und Tannenwald wand.

Eigentlich sollte ich ihn unverzüglich zur Umkehr auffordern, dachte Frederica. Was wollten sie schließlich hier? Ein Wort von ihr genügte, ihn zur Umkehr zu bewegen. Schließlich war er ein Freund der Familie. Ihr Vater mochte ihn und vertraute ihm. Trent würde dieses Vertrauen nicht missbrauchen, davon war sie überzeugt.

Vielleicht war gerade diese Sicherheit der Grund, dass sie ihn nicht darum bat. Was konnte schon passieren? Schlimmstenfalls würde er versuchen, sie zu küssen. Aber das wäre kein weltbewegendes Ereignis. Damit würde sie fertig werden.

Als sie den See erreicht hatten, hielt Trent an, schaltete den Motor ab und kurbelte das Seitenfenster herunter. Um sie herum war alles still. Nur der Wind rauschte in den Baumwipfeln. Auf der dunklen Wasseroberfläche spiegelte sich der Mond. In der Ferne leuchteten ab und zu die Scheinwerfer eines Autos auf, das die Uferstraße entlangfuhr. Die nächsten Häuser lagen weit entfernt. Frederica wurde zunehmend bewusst, dass sie hier mit Trent ganz allein war.

Er löste seinen Sicherheitsgurt und wandte sich zu ihr. „Genau an dieser Stelle haben wir gestern bei Tagesanbruch einen tollen Fang gemacht. Die Wasseroberfläche war glatt wie ein Spiegel. Die kleinste Welle verriet, wo ein Fisch schwamm. Ungefähr so ähnlich ist es, in Ihr Gesicht zu schauen. Dort spiegelt sich jede Ihrer Gefühlsregungen wider. Freude, Verwirrung, Mitgefühl und Ärger. Das gefällt mir."

„Haben Sie mich hierhergebracht, um mir das mitzuteilen?"

„Nicht nur." Er öffnete ihren Gurt. „Ich würde gern herausfinden, welche Regungen Ihr Gesicht freigibt, wenn ich Sie umarme."

Und schon fand sie sich in seinen Armen wieder. Sie spürte seine Hitze und sog den Duft seines Rasierwassers ein.

„Sozusagen ein Experiment?", fragte sie heftig atmend.

„Nennen Sie es, wie Sie wollen.“ Während er ihr zärtlich durchs Haar strich und seine Hand langsam über ihren nackten Rücken glitt, blickte er ihr tief in die Augen.

Frederica erschauerte. Sie war hin und her gerissen zwischen Lust und plötzlicher Unsicherheit. Sie fürchtete sich weniger vor Trent als vor der ganzen Situation. Zwei Wochen lang war sie ihm erfolgreich ausgewichen. Jetzt nahm er ihr das Heft aus der Hand. Es ging um mehr als nur ein belangloses Experiment, und das wusste auch Trent. Deshalb war sie nervös.

Doch nun war es zu spät, ihm Einhalt zu gebieten. Obwohl sie die Hände gegen seine Schultern stemmte, um sich von ihm abzustoßen, fühlte sie sich in seinen Armen geborgen. Und sie wehrte sich auch nicht länger, als er begann, sie zu küssen. Im Gegenteil. Überwältigt von ihren Empfindungen schlang sie die Arme um seinen Nacken. Es war ein wunderbares Gefühl. So hatte sie sich seine Küsse nicht vorgestellt. Andererseits hätte sie auch nicht sagen können, was sie eigentlich erwartet hatte. Vielleicht etwas mehr Vorsicht und Zurückhaltung.

Ich hätte es besser wissen müssen, gab sie im gleichen Atemzug zu. Trent war nicht der Mann, der halbherzig handelte oder gar zögerte. Vor allen Dingen würde er sich bei der Liebe keine Zurückhaltung auferlegen.

Seine Leidenschaft riss Frederica mit. Bereitwillig öffnete sie die Lippen. Trent drang mit seiner Zunge in ihren Mund und küsste sie heiß. Gleichzeitig strich er über ihre nackten Schultern und Arme. „Ich wusste es“, flüsterte er. „Ich wusste, dass ich dieses Verlangen in dir spüren kann.“

„Trent …“, stieß sie heftig hervor, doch sie konnte ihn nicht mehr aufhalten. Schon streifte er das Oberteil ihres Kleides bis zur Taille nach unten. Es ging so schnell, dass sie kaum ahnte, wie ihr geschah. Einen Augenblick hielt er inne, um ihre nackten Brüste zu betrachten, bevor er sanft die dunklen Spitzen küsste.

Eine Welle heißer Erregung durchlief sie. „Trent, das geht zu weit“, protestierte sie mit belegter Stimme, die ihre Empfindungen deutlich verriet.

Sie spürte aber auch, wie sehr er sich zusammennahm, um sie nicht zu überrumpeln. Erst wenn sie es wollte, würde er den nächsten Schritt wagen. Doch diese Sicherheit verstärkte nur noch ihre Anspannung. Als Trent mit beiden Händen ihre kleinen runden Brüste umfasste und mit den Fingerspitzen über die Spitzen rieb, stöhnte sie laut auf. Und anstatt Trent wegzudrücken und das Kleid hochzuziehen, schmiegte sie sich noch enger an ihn. Sie barg ihr Gesicht an seiner Schulter.

„Ich wusste, dass es so sein würde", gestand er leise. „Seit deiner Ankunft vor zwei Wochen wusste ich es. Jedes Mal, wenn ich dich anschaute, habe ich mich danach gesehnt, dich in meinen Armen zu halten. Wie habe ich es nur ertragen, so lange darauf zu warten?"

„Oh Trent."

„Sei ganz still und wehr dich nicht. Ich möchte dich ganz. Es lässt sich nicht verhindern, das muss dir doch klar sein."

„Nein, nicht heute Nacht."

„Wenn nicht heute Nacht, dann eben später. Aber warum dann nicht gleich?"

Verzweifelt suchte sie nach einer Ausrede. Im Geiste sah sie ihre Eltern vor sich, die verwundert auf die Uhr blickten, weil Trent und ihre Tochter so lange brauchten, bis sie nach Hause fanden. Diese Vorstellung gab schließlich den Ausschlag. „Meine Eltern. Wenn wir nicht bald zurückkommen, wissen sie ..."

„Was wissen sie? Dass wir unterwegs angehalten haben? Warum sollte sie das überraschen. Sie wissen, dass wir in der Pension nie ungestört sind, und werden Verständnis dafür haben." Wieder strich er über ihre Schultern.

„Ich will nicht, dass morgen alle glauben, ich hätte mich sofort von dir verführen lassen, kaum dass ich mit dir allein war."

„Seit wann macht es dir etwas aus, was die anderen von dir denken?" Er strich über ihre Hüften und ihren Po und drückte sie an sich. „Du bist jetzt achtundzwanzig und hast jedem zu verstehen gegeben, dass du erwachsen bist. Du bist keinem Rechenschaft schuldig."

„Trotzdem möchte ich morgen beim Frühstück nicht all die anzüglichen Blicke über mich ergehen lassen", fuhr Frederica auf. „Ich kenne dich kaum, und ich werde mich von dir nicht auf dem Beifahrersitz eines Autos verführen lassen."

„Wie wär's auf dem Rücksitz?" Obwohl er versuchte, scherzhaft und locker zu klingen, schwang doch ein leicht resignierter Ton mit. „Spürst du denn nicht das Feuer zwischen uns? Wir werden es nicht mehr vermeiden können, miteinander zu schlafen. Das ist dir doch selbst klar. Du schiebst es nur auf."

„Wieso sollte ich es nicht vermeiden können?", erwiderte sie scharf. „Ich bin doch nicht nach Gallant Lake gekommen, um einem Pensionsgast meiner Eltern den Aufenthalt zu versüßen."

Er ging auf ihre Bemerkung nicht ein. „Gibt es in Seattle einen andern?", wollte er wissen.

„Es gibt viele Leute in Seattle."

„Ich meine einen bestimmten Mann. Hast du einen Freund?"

Entschlossen gurtete sie sich wieder an. „Das geht dich nichts an. Fahr mich jetzt nach Hause. Es ist schon spät."

„Willst du das wirklich?"

„Ja."

Trent blickte sie schweigend an, dann startete er den Motor und fuhr auf die Seeuferstraße zurück.

3. KAPITEL

Beim Frühstück am nächsten Morgen kamen die unvermeidlichen Fragen. Mr. Cromwell und Trent waren bei Tagesanbruch zum Angeln aufgebrochen und fehlten deshalb am Tisch. Doch Shari, die ganz in der Nähe des Sees wohnte, kam eigens zum Frühstück ins Elternhaus. Das tat sie zwar öfters, doch diesmal hatte sie einen besonderen Grund.

„Hast du dich gestern Abend gut amüsiert?", erkundigte sie sich bei Frederica, während sie sich eine Tasse Kaffee einschenkte.

„Ja."

Als sie keine weitere Auskunft gab, hakte Mrs. Cromwell nach. „Trent Ravinder ist wirklich ein netter Mann. Er gehört schon fast zur Familie. Wir freuen uns aufrichtig, dass er diesen Sommer bei uns zu Gast ist. Dein Vater hält ihn für einen ausgezeichneten Angler und findet ihn sehr interessant."

„Interessant ist er, das kann ich nur bestätigen", erwiderte Frederica. „Mit dem Wort ‚nett' würde ich allerdings vorsichtig umgehen."

„Jetzt spann uns nicht länger auf die Folter", forderte Shari sie auf. „Hat er auf der Heimfahrt einen Annäherungsversuch gemacht? Mom sagte mir, ihr seid zwanzig Minuten später als sie heimgekommen, obwohl ihr zur gleichen Zeit losgefahren seid."

Frederica lächelte nachsichtig. „Trent hat sich verfahren. Deshalb die Verzögerung."

Shari prustete los. „Ha! Ha! Sich verfahren mit dir auf dem Beifahrersitz. Du kennst die Gegend hier wie deine eigene Westentasche. Und selbst wenn, warum hast du ihn dann nicht gleich gestoppt? Mir kannst du nichts weismachen. Gib schon zu, er hat dich geküsst." Triumphierend wandte Shari sich an ihre Mutter. „Ihr regt euch wegen Brady Paxton völlig unnötig auf. Trent wird in dieser Hinsicht Schlimmeres verhindern."

„Er ist so ein netter Mann", wiederholte Mrs. Cromwell. „Ich habe mir in letzter Zeit schon ernsthaft Sorgen gemacht, dass du vielleicht zu wählerisch bist, Rica. Du bist nicht mehr die Jüngste. In deinem Alter wird es immer schwieriger, einen Mann zu finden."

Frederica lachte. „Keine Sorge, wenn ich wollte, könnte ich jederzeit heiraten. Du wärst überrascht, wie viele Männer plötzlich von Heirat sprechen, wenn sie spitzkriegen, wie hoch mein Umsatz ist." Sie verzog ironisch den Mund.

„Bei Trent Ravinder brauchst du dich deswegen nicht zu beunruhigen“, entgegnete ihre Mutter. „Der Mann verdient selbst ein Vermögen und hat mit eigenen Grundstücken einen guten Schnitt gemacht. Dein Onkel George behauptet, Trent habe eine gute Nase dafür, wie man zu Geld kommt. Und George wird es wissen. Wenn Trent wollte, meinte George, könnte er eure Firma glatt aufkaufen.“

„Beruhigend klingt das allerdings nicht gerade“, bemerkte Frederica nachdenklich.

„Du bist einfach nur schwierig“, erklärte ihre Schwester. „Aber sei gewarnt, Trent ist kein Dummkopf. Bevor du überhaupt weißt, was passiert, ist die Falle zugeschnappt, und du sitzt drin.“

Alle lachten und wandten sich dann anderen Gesprächsthemen zu.

So richtig wohl fühlte Frederica sich aber erst, als sie kurz darauf auf dem Weg in die Stadt war, um für ihre Mutter ein paar Besorgungen zu erledigen. Sie ging ihr gern zur Hand, und noch mehr genoss sie das Autofahren. Endlich allein, sagte sie sich.

Im Nachhinein fand sie, das Verhör hätte weit schlimmer verlaufen können. Zweifellos war ihre Familie von Trent ziemlich eingenommen. Da sie außerdem befürchteten, sie könnte Pläne mit Brady Paxton haben, war es nur verständlich, wenn alle sich darauf einschworen, sie und Trent zusammenzubringen.

Aber warum spielte Trent so eifrig mit? Dieses Geheimnis glaubte sie gestern Nacht gelüftet zu haben. Trent begehrte sie. Das hatte sie überdeutlich gespürt. Deshalb lehnte er es natürlich nicht ab, wenn man sie ihm quasi in die Arme schob.

Anders konnte sich Frederica sein Verhalten nicht erklären. Es klang ja auch logisch.

Trent verbrachte mehrere Wochen auf einem relativ abgelegenen Fleckchen Erde, und die Kleinstadt in der Nähe bot kaum Abwechslung. Ein kleines Techtelmechtel mit der Tochter seiner Wirtin kam ihm da sicher nicht ungelegen. Dass die Eltern dabei noch Schützenhilfe leisteten, empfand er bestimmt nicht als Hinderungsgrund.

Doch was sie betraf, hatte die ganze Sache einen Haken. Sie mochte alt genug sein, die Tragweite einer Affäre realistisch einzuschätzen, doch mangelte es ihr wohl an genügend Erfahrung. Sicher, sie gab sich innerlich stark und fühlte sich auch so, doch rührte dieses Selbstbewusstsein eher von ihren beruflichen Erfolgen her und weniger von einem aufregenden Liebesieben. Wer in den vergangenen Jahren so viel wie sie gearbeitet hatte, dem blieb für Männer wenig Zeit, auch wenn hier und da mal eine Affäre gelockt hatte.

Hinzu kam noch ein anderes Problem. Tief in ihrem Herzen wusste Frederica, dass sie nicht der Typ war für ein aufregendes, aber schnelles und kurzes Abenteuer. Vielleicht hatte sie in dieser Beziehung die kleinstädtische Moral noch nicht überwunden. Sie neigte dazu, sich dem Mann, mit dem sie sich einließ, ganz und für immer hinzugeben. Was auch der Grund sein mochte, sie hatte jedenfalls kein Interesse an einer Urlaubsromanze mit Trent Ravinder.

Deshalb wusste sie auch nicht, wie sie sich ihm gegenüber in Zukunft verhalten sollte. Nach dem gestrigen Abend würde es nicht leicht werden, ihn auf Distanz zu halten. Sein Kuss hatte ihr gezeigt, wie sehr er sie begehrte. Und auch sie selbst konnte nicht leugnen, dass sie sich zu ihm hingezogen fühlte. Die nächsten Wochen, während deren sie quasi Tür an Tür wohnten, waren gefährlicher als alles, was mit Brady Paxton passieren konnte.

Diese Gefahr hatte ihre Familie noch gar nicht erkannt. Vielleicht, weil sie Trent blindlings vertraut, überlegte Frederica. Das konnte sie ihr auch nicht verübeln. Trent hatte so eine gewisse Art an sich, die jedem Respekt und Vertrauen abverlangte.

Schwungvoll parkte Frederica ihren Sportwagen vor der Bank ein. Sie wusste, sie hatte Zuschauer, und wollte keinen enttäuschen. Schon bald hatte sie alle Besorgungen für ihre Mutter erledigt und die Einkäufe im Wagen verstaut. Trotzdem verspürte sie keine Lust, gleich nach Hause zurückzufahren, geschweige denn, Trent wiederzusehen. Sie war noch zu unentschieden, wie sie mit ihm umgehen sollte.

Eine Tasse Kaffee in dem kleinen Café neben der Bank schien ihr eine willkommene Abwechslung zu sein. Kaum trat sie durch die Tür, wurde sie auch schon freudig von der älteren Frau hinter der Theke begrüßt.

„Ich traue meinen Augen nicht ... Bist du es wirklich, Rica? Ich konnte kaum glauben, dass dieser heiße Schlitten da draußen dir gehört. Wir haben uns ja eine Ewigkeit nicht mehr gesehen. Darf ich dich zu einem Kaffee einladen?" Frederica dankte, und nachdem sie ihr die Tasse an den Tisch gebracht hatte, fuhr die Frau fort: „Lass dich betrachten. Was für ein schickes Kleid du anhast. Dreh dich mal um."

Gehorsam drehte Frederica eine Pirouette. Das weiße Kleid hatte einen tiefen Rückenausschnitt, der verführerisch viel Haut freigab, und einen frechen Gehschlitz, der von großen schwarzen Knöpfen betont wurde. „Nun, wie gefällt es dir, Muriel? Es ist aus unserer neuen Kollektion."

Muriel lachte. „Ganz schön gewagt, aber ich bin keine Modeexpertin. An dir wirkt es jedenfalls bezaubernd. Ist dies das Kleid, mit dem du gestern Abend im Country Club für Aufsehen gesorgt hast?"

„Nein. Warum?"

„Du weißt doch, wie das hier so ist. Solche Neuigkeiten verbreiten sich wie ein Lauffeuer. Die Leute reden noch ganz andere Dinge über dich." Muriel zwinkerte ihr zu.

Die beiden Frauen setzten sich an den Tisch und unterhielten sich eine gute Viertelstunde lang, bis sich das kleine Café allmählich mit neuen Gästen füllte. Schließlich stand Muriel widerwillig auf.

„Tut mir leid, jetzt muss ich wieder an die Arbeit", entschuldigte sie sich. „Wie ich gehört habe, bleibst du länger in Gallant Lake. Vielleicht ergibt sich noch eine Gelegenheit, miteinander zu plaudern."

„Ich werde bestimmt noch mal vorbeischauen."

„Tu das. Und richte deiner Mutter einen schönen Gruß von mir aus."

„Wird gemacht."

Während Frederica ihren Kaffee trank, blickte sie nachdenklich aus dem Fenster. Die Stadt hatte sich in den letzten Jahren nur wenig verändert. Die gleichen Läden, die gleichen Restaurants, die gleichen Menschen. Plötzlich spürte sie jemanden neben sich und sah auf.

„Rica!", begrüßte Brady Paxton sie. „Dein Auto parkte draußen, und da dachte ich mir, ich leiste dir ein wenig Gesellschaft. Darf ich mich zu dir setzen?" Ohne eine Antwort abzuwarten, nahm er auch schon ihr gegenüber Platz und deutete Muriel an, ihm eine Tasse Kaffee zu bringen. „Ein Klassewagen, den du da fährst." Er beugte sich vor und lächelte sie an.

Frederica kannte diese Art zu lächeln nur zu gut. Früher einmal hatte sie es für sexy gehalten. Inzwischen konnte sie es besser deuten. Es war ein aufgesetztes, unvergängliches Grinsen. Wie naiv war sie doch damals mit ihren neunzehn Jahren gewesen.

„Hast du dich gestern Abend gut amüsiert?", erkundigte sich Brady, während Muriel ihm seinen Kaffee hinstellte. Ihr missbilligender Blick entging Frederica nicht.

„Großartig. Und du?", entgegnete sie knapp.

Brady zuckte die Schultern. „Wie üblich. Seit wir verheiratet sind, gehen Gloria und ich fast jeden Samstagabend in den Country Club. Das hat sich so ergeben. Immer der gleiche Trott."

Wenn ich nur wüsste, worauf er eigentlich aus ist, überlegte Frederica. Laut sagte sie: „Es ist ganz nett dort."

„Du bist doch sicher Besseres gewöhnt von deinen vielen Reisen in alle möglichen Großstädte. Verglichen damit, muss dir der Klub ja ziemlich bieder vorgekommen sein." Er betrachtete sie eindringlich. „Du hast dich wirklich sehr verändert. Dieser Wagen, deine Kleidung", er machte eine weit ausholende Armbewegung, „einfach alles."

Dieses „alles" soll wohl mein Selbstbewusstsein umschreiben, das ich mit neunzehn noch nicht hatte, vermutete Frederica. „Die Zeit bleibt nicht stehen. Ich war während der letzten Jahre sehr beschäftigt."

„Davon habe ich gehört." Brady rückte näher und verlieh seiner Stimme einen Hauch von Intimität. „Denkst du manchmal noch an die alten Zeiten?"

„Nein", antwortete sie betont gelassen.

„Aber ich."

„Wozu? Das ist reine Zeitverschwendung, Brady."

„Fragst du dich denn nicht manchmal, was wir beide uns alles hätten geben können?", murmelte er.

„Ich habe viel zu viel zu tun, um mir über solche Dinge den Kopf zu zerbrechen."

„Ich grüble oft darüber nach." Brady blickte versonnen in seine Kaffeetasse, ehe er weitersprach. „Nach der Heirat mit Gloria ist alles anders gekommen, als ich es mir vorgestellt habe."

„Das Leben verläuft selten nach Plan. Was mich betrifft, so hat sich alles besser entwickelt, als ich es mir mit neunzehn hätte träumen lassen."

„Du bist aber nicht verheiratet." Bradys Stimme klang, als würde ihm diese Tatsache reichlich Kopfschmerzen bereiten.

„Es ergab sich noch nicht."

„Ich habe dich wohl ein für alle Mal kuriert, oder?"

Frederica lachte. „Um die Wahrheit zu sagen, es hätte mir nichts Besseres passieren können, als dich mit Gloria zu überraschen. Wenn ich nur daran denke, was ich alles nicht erreicht hätte, wenn ich dich damals geheiratet hätte, läuft es mir kalt den Rücken hinunter." Sie schüttelte sich kurz. „Glaub mir, Brady, ich bin dir heute sogar dankbar dafür, dass du unsere Verlobung gelöst hast."

Brady presste fest die Lippen aufeinander. Dann bemerkte er eisig: „Wenn man Erfolg hat, fliegen einem sicher alle Männerherzen zu. Nimm zum Beispiel diesen Ravinder. Bestimmt könntest du, wenn du wolltest, noch vor dem Ende deines Urlaubs seinen Skalp zu deinen übrigen Trophäen hängen."

Frederica spürte, wie eine heftige Wut in ihr hochstieg über so viel Unverfrorenheit. Doch langsam fand sie Gefallen an diesem Bild. Was würde Trent wohl davon halten, als Skalp an ihrem Gürtel zu enden? Sie schmunzelte vor sich hin.

„Was ist daran so lustig?" Brady konnte seine Aggressivität nur mühsam unterdrücken.

„Ach, nichts weiter." Frederica trank ihren Kaffee aus und griff nach ihrer Handtasche. „Ich muss mich jetzt auf den Heimweg machen. Man wartet zu Hause auf mich."

„Rica, einen Augenblick!" Er hob beschwörend die Hand. „Ich habe noch etwas mit dir zu besprechen."

„Ich wüsste nicht, was wir beide uns noch zu sagen haben."

„Verdammt noch mal, es ist wichtig, Rica. Geschäftlich."

Sie betrachtete ihn argwöhnisch. „Um was für eine Art von Geschäft handelt es sich denn?"

„Immobilien." Brady beugte sich wieder vor. „Ich weiß, dieser Ravinder ist nur in der Stadt, um die Grundstücke am See unter die Lupe zu nehmen."

„Er bestreitet das."

„Was erwartest du? Dass er es an die große Glocke hängt? Glaub mir, ich kann mich auf meinen Instinkt verlassen. Du könntest mir und allen anderen einen großen Gefallen erweisen."

Jetzt war Frederica klar, worauf Brady hinauswollte. „Das bezweifle ich", erwiderte sie knapp.

„Du sollst es ja nicht umsonst tun. Es springt sogar etwas für dich dabei heraus", versuchte Brady sich einzuschmeicheln. „Als Geschäftsfrau sollte dich mein Angebot doch interessieren. Expandierende Jungunternehmen brauchen immer Kapital. Versuch nicht abzustreiten, dass das bei deiner Firma auch so läuft."

Da hatte Brady wohl recht. Doch was ging ihn das an? Frederica schwieg.

„Es geht um eine Menge Geld", fuhr er fort. „Du musst nur deinen Einfluss auf Ravinder geltend machen. Ich habe auf viele Grundstücke am See ein Vorkaufsrecht. Wenn du herausfindest, welche Gebiete ihn interessieren, kann ich meine Ansprüche geltend machen und den Boden dann an Asgard Development weiterverkaufen."

„Zum dreifachen Preis", sponn Frederica den Gedanken zu Ende.

Brady warf ihr einen ungeduldigen Blick zu. „Rica, das ist die Chance für uns. Wenn wir unsere Trümpfe richtig ausspielen, können wir ein Vermögen bei dem Geschäft verdienen."

„Und ich soll dein Ass sein, oder?"

„Du hast doch leichtes Spiel. Dieser Mann steht auf dich. Das merkt selbst ein Blinder. Du brauchst ihm nur schöne Augen zu machen, dann wird er schon reden. Klappt das Geschäft, zahlen meine Partner und ich dir eine Provision von, sagen wir, fünf Prozent."

„Deine Großzügigkeit ist überwältigend." Frederica erhob sich.

„Also schön, acht Prozent. Einverstanden? Wo liegt das Problem? Wahrscheinlich schläfst du schon längst mit ihm, stimmt's?"

„Falsch." Frederica war jetzt kurz davor, die Beherrschung zu verlieren. „Ich schlafe nicht mit ihm, und ich verbitte mir solche Behauptungen. Solltest du etwas anderes verbreiten, werde ich dafür sorgen, dass die ganze Stadt von deinem reizenden Angebot erfährt. Und dann werde ich wohl auch kaum umhinkönnen, Trent Ravinder genauestens zu informieren. Habe ich mich klar ausgedrückt?"

„Beruhige dich doch, Rica. Was ist bloß los mit dir? Wenn du wirklich geschäftstüchtig bist, dann weißt du auch, wie vernünftig mein Vorschlag ist. Du bist in der Lage, einem alten Freund zu helfen und gleichzeitig daraus Profit zu schlagen. Du sollst den Mann ja nicht verführen, nur die Ohren ein wenig offen halten. Denk über meine Idee sachlich und in Ruhe nach. Mehr verlange ich nicht."

Frederica lächelte gefährlich. „Brady, alter Freund, ich habe alles, was ich bedenken muss, bereits vor neun Jahren begriffen. Dazu gehört unter anderem, dass man dir nicht über den Weg trauen kann. Und mit Leuten, denen ich nicht vertrauen kann, treffe ich keine geschäftlichen Vereinbarungen. Das verstehst du bestimmt. So etwas nennt man gesunden Menschenverstand. Leb wohl, Brady. Geh nach Hause zu deiner Frau. Vor neun Jahren warst du ganz verrückt nach ihr."

„Du bist immer noch nicht darüber hinweg, nicht wahr? Deshalb hast du auch nie geheiratet. Aber ich bin auch nicht mehr wie früher. Warum sollten wir heute nicht besser harmonieren als damals?"

„Kein Wort mehr!", zischte Frederica und verließ, ohne sich noch einmal umzusehen, das Café.

Sobald Frederica hinterm Steuer saß, fiel die Anspannung von ihr ab. Brady Paxton war in all den Jahren unverkennbar der Alte geblieben. Genauso heimtückisch und mies wie früher. Ich hätte mich von ihm nicht herausfordern lassen dürfen, dachte sie. Das wäre auch bestimmt nicht passiert, hätte er ihr nicht eine Affäre mit Trent Ravinder angedichtet und sie gebeten, ihn auszuhorchen. Bei der Vorstellung, was Trent zu der Geschichte sagen würde, lief es ihr kalt den Rücken hinunter. Besser er erfuhr erst gar nichts davon. Er war vielleicht noch aufbrausender als sie.

Frederica beschloss, kein Wort über diesen Zwischenfall zu verlieren. Bis sie ihr Elternhaus erreichte, hatte sie sich wieder beruhigt. Sie stieg aus dem Wagen und begann, die Pakete auszuladen, die sie auf dem Rücksitz verstaut hatte.

„Kann ich dir helfen?", erklang plötzlich Trents Stimme hinter ihr. Erschrocken richtete sie sich auf und drehte sich um. Wie ein Hüne stand er vor ihr in seinen ausgewaschenen Jeans, dem karierten Hemd und den Wildlederstiefeln. In seiner legeren Kleidung wirkte er gar nicht mehr wie ein Fremdkörper in dieser Umgebung.

„Hallo, Trent", grüßte sie ihn höflich und trat automatisch einen Schritt zurück, wie immer, wenn sie mit einem so großen Mann zusammen war. „Wie war's beim Angeln? Habt ihr Erfolg gehabt?"

„Hast du deinen Vater jemals ohne einen Fang heimkehren sehen?", antwortete er mit einer Gegenfrage. Er nahm ihr einige der Päckchen ab. „Warum weichst du mir eigentlich aus, wenn ich in deine Nähe komme?"

„Ich mag es nicht, wenn die Leute auf mich herabschauen. Das ist alles."

„Besonders Männer?"

„Besonders Männer", bestätigte sie honigsüß und ging langsam zum Haus. „Sie nehmen mir das Licht. Gibt es heute Fisch zu Mittag?"

„Ich weiß nicht, was die anderen essen, wir jedenfalls werden uns mit Thunfischsandwiches, Mixed Pickles und Chips begnügen."

Überrascht blieb Frederica stehen. „So?"

Trent blickte zufrieden auf. „Wir beide machen heute ein Picknick. Es ist ausgezeichnetes Wetter dafür. Der Koch hat uns bereits alles eingepackt. Wann hast du das letzte Mal gepicknickt, Frederica?"

„Das ist schon Jahre her", gab sie mit gemischten Gefühlen zu. Im Grunde war es keine schlechte Idee, und sie willigte gern ein. Aber es bedeutete auch, mit Trent allein zu sein.

„Keine Panik", sagte er leise, als hätte er ihre Gedanken erraten. „Ich werde mich bemühen, nicht die Sonne zu verdecken."

Vierzig Minuten später erreichten sie den Kieselsteinstrand am See, den Frederica als Picknickplatz vorgeschlagen hatte. Mehrere Felsbrocken luden zum Sitzen ein. Zwischen den Bäumen, die vor neugierigen Blicken schützten, wuchs weiches Moos. Trent schaute erfreut auf das stille und romantische Fleckchen und überlegte, wie lange er brauchen würde, bis er mit Frederica auf dem Moos lag.

Anfangs konnte es schwierig werden, doch war die erste Hürde einmal genommen, hätte er sicher leichtes Spiel. Schließlich wusste er, welches Verlangen er in ihr zu wecken vermochte. Vielleicht begehrte sie ihn noch nicht so stark wie er sie, doch das war nur eine Frage der Zeit.

Trent beobachtete Frederica, während sie den Picknickkorb auspackte. Ihr rotbraunes Haar glänzte im Sonnenlicht, die Jeans und selbst das blaue Männerhemd unterstrichen reizvoll ihre Weiblichkeit. In Gedanken sah er sie bereits nackt vor sich, fühlte ihren festen Po unter seiner Hand, hob sie auf seinen Schoß und drückte sie an sich, bis er ihre kleinen festen Brüste spüren konnte. Ihm wurde bewusst, wie erregt sein Körper bereits auf seine Fantasievorstellungen reagierte. Zum Glück bemerkte Frederica nichts. Oder sollte er sagen: leider?

Nur nichts überstürzen, ermahnte er sich. Am gestrigen Abend hatte es zwischen ihnen beiden mehr als nur geknistert, und für wenige Augenblicke war Frederica in seinen Armen zu Wachs geworden. Bei diesem Beweis der heftigen Leidenschaft, die in ihr steckte, konnte er vorerst abwarten.

„Wie war es heute in der Stadt?", erkundigte er sich beiläufig.

„Ich habe nur ein paar Kleinigkeiten für meine Mutter erledigt."

„Dein Vater hat etwas Angst um dich, wenn du mit deinem Sportwagen unterwegs bist. Du fährst wie bei einem Autorennen, behauptet er. Leider muss ich ihm zustimmen."

„Beunruhigt dich das auch?" Frederica lachte.

„Nein, aber ich verstehe ihn."

„Meine Eltern machen sich immer Sorgen um mich, egal, was ich tue. Das fing schon auf der Highschool an. Erst sorgten sie sich, weil ich keinen Freund hatte. Meine jüngere Schwester konnte sich nämlich von dem Zeitpunkt an, als sie abends ausgehen durfte, vor Verehrern kaum retten, während ich zu Hause saß und las oder woanders den

Babysitter spielte. Und als ich begann, mich regelmäßig mit Brady zu treffen, war es ihnen auch nicht recht."

„Mochten sie ihn nicht?"

„Sie befürchteten, er würde mich ausnutzen. Mit dieser Meinung standen sie nicht allein da", erklärte Frederica. „Jeder wunderte sich, was Brady an mir so Besonderes fand. Wie du dir vorstellen kannst, hat das mein Selbstbewusstsein ungemein beflügelt. Das Ende unserer Beziehung hat an ihren Ängsten aber auch nichts geändert. Nun drehte sich alles darum, ob ich dieser Demütigung gewachsen sei. Erst als ich im Herbst gestärkt vom College zurückkehrte, atmeten alle erleichtert auf, doch nur bis Glenna und ich vor drei Jahren unsere eigene Firma gründeten. Mom und Dad gerieten sofort wieder in Panik. Sie waren davon überzeugt, dass es ein Misserfolg werden würde. Das hast du doch gar nicht gelernt, warfen sie mir vor. Dabei hatten sie vergessen, wie aufnahmefähig ich bin." Sie lachte. „Soll ich fortfahren?"

„Nicht nötig. Jetzt hat deine Familie einen neuen Grund, sich zu sorgen."

„Offensichtlich sogar mehrere. Es beunruhigt sie nicht nur die Frage, ob ich einen Skandal mit Brady heraufbeschwören werde. Inzwischen regt sich Mom auf, dass ich immer noch keinen Mann habe, obwohl ich schon achtundzwanzig bin. Dabei bin ich überhaupt nicht daran interessiert, zu heiraten. Doch wenn ich ihr das sage, reagiert sie gleich hysterisch."

„Bist du prinzipiell gegen die Ehe?" Trent konnte seine Neugier nicht bremsen.

„Es gibt wichtigere Dinge in meinem Leben."

„Zum Beispiel?"

„Ich möchte unabhängig sein. Auch wegen des Geschäfts. Ich weiß nicht, ob du das verstehst."

„Gewiss doch. Vergiss nicht, ich bin selbst Geschäftsmann."

„Das hätte ich tatsächlich fast vergessen. In dieser Freizeitkleidung wirkst du ganz anders", entgegnete Frederica scherzhaft.

„Man darf nicht einseitig sein. Es wäre ein Fehler. Das musste ich in letzter Zeit einsehen."

„Bleibst du deshalb so lange bei uns? Um dein Leben wieder ins rechte Lot zu bringen?"

Ihr feines Gespür überraschte Trent. Er schaute sie eindringlich an. „Wie kommst du darauf?"

„Ich weiß nicht recht", gestand sie zögernd. „Männer in deiner Position nehmen nicht sechs Wochen Urlaub auf einmal. Dazu ist der berufliche Druck viel zu groß. Also gibt es nur zwei Möglichkeiten. Entweder bist du wirklich hier, um für Asgard die Gegend auszukundschaften, oder du machst tatsächlich nur Ferien. Dann muss etwas anderes dahinterstecken, persönliche Gründe wie die Suche nach der eigenen Identität oder etwas Ähnliches."

„Du bist eine scharfsinnige Frau, Frederica. Ich bin jetzt sechsunddreißig Jahre alt und habe festgestellt, dass ich einiges in meinem Leben vermisse. Ich bin hergekommen, um in Ruhe über alles nachdenken zu können und herauszufinden, was ich wirklich will."

„Nicht jeder hat den Mut, eine solche Bilanz zu ziehen", entgegnete sie. „Die meisten finden es bequemer, sich einfach treiben zu lassen."

„Ich glaube, ich stecke mitten in der Midlifecrisis."

Frederica schüttelte den Kopf. „Nein, wenn man sich so wie du über seine Probleme im Klaren ist und vernünftig nach einer Lösung sucht, bedeutet das keine Krise."

Auf einmal fühlte Trent sich unwohl. Er hatte Frederica nicht zum Picknick eingeladen, um eine Beichte abzulegen oder sich wie bei einem Psychotherapeuten ausfragen zu lassen. „Erzähl mir von deinem Geschäft, das dir wichtiger ist als eine Ehe", schnitt er ein neues Thema an. „Hast du irgendwelche Schwierigkeiten?"

Sie lachte. „Nur die üblichen finanziellen. Meine Partnerin und ich haben beschlossen, unsere Firma auszuweiten. Wir wollen eigene Läden eröffnen, anstatt unsere Kollektion an die großen Warenhäuser zu verkaufen. Dadurch gewinnen wir mehr Flexibilität." Die Begeisterung, mit der sie über diese Dinge sprach, drückte voll den Enthusiasmus für ihre Arbeit aus. „Außerdem planen wir eine Kollektion für Frauen über eins siebzig. Sie werden von den normalen Modemachern nämlich genauso übersehen wie wir kleinen."

Trent nickte. Jetzt war der Geschäftsmann in ihm erwacht. „Und wie wollt ihr das alles finanzieren?"

„Eben darin liegt unser Problem. Glenna und ich haben einen Kredit bei der Bank beantragt, die uns vor drei Jahren das Startkapital bewilligt hat. Ich hoffe, man bringt diesmal genauso viel Verständnis für uns auf."

„Vielleicht solltet ihr nicht beide Projekte gleichzeitig in Angriff nehmen", meinte er. „Die Eröffnung einer eigenen Ladenkette verschlingt viel Geld. Genau wie die Entwicklung einer neuen Kollektion.

Sucht euch das aus, von dem ihr glaubt, es am ehesten bewerkstelligen zu können, und lasst das andere für eine Weile ruhen. Am besten ist es, einen Finanzberater hinzuzuziehen, bevor ihr einen Schritt tut, der eure Firma in den Ruin treiben könnte. Ich habe oft erlebt, dass einem kleinen Unternehmen im letzten Augenblick der Atem ausgegangen ist. Übrigens kenne ich in Seattle einen guten Mann. Sein Spezialgebiet sind aufstrebende junge Firmen. Er weiß, wie kritisch diese Geschäftserweiterungen sind."

„Das lass nur meine Sorge sein", entgegnete sie. „Wenn ich deinen Rat brauche, werde ich dich darum bitten."

„Das bezweifle ich. Wahrscheinlich hast du sowieso schon entschieden, dass ich dafür ungeeignet bin, weil ich zu groß bin."

Sie starrte ihn einen Augenblick entgeistert an, dann brach sie in schallendes Gelächter aus.

Sie verbrachten noch zwei schöne Stunden zusammen, ehe sie zurückkehrten. Seitdem er die Erfahrung gemacht hatte, dass sie nicht unerreichbar für ihn war, fühlte er sich viel entspannter. Sie bedeutete eine Herausforderung für ihn, und er liebte Herausforderungen. Besonders unter den scharfen Augen der ganzen Familie, der Nachbarn, Freunde und Feinde Fredericas.

Trent war optimistisch. Er musste ihr nur Zeit lassen und ihr Vertrauen gewinnen, dann würde sich alles von selbst ergeben.

4. KAPITEL

Als Frederica und Trent heimkamen, saßen ihre Eltern und Shari auf der Terrasse und tranken Eistee. Sie erwarteten die beiden schon, und es schien eine gedrückte Stimmung zu herrschen.

„Was ist los?“, erkundigte sich Frederica. „Ihr drei seht aus, als würde gleich die Welt untergehen.“

Amery blickte erst Trent und dann seine Tochter an. „Ganz so ernst ist es nicht. Aber du hast es wieder einmal fertiggebracht, deine Mutter und deine Schwester in höchste Aufregung zu versetzen.“

Frederica runzelte die Stirn. „Tatsächlich? Was habe ich denn jetzt angestellt?“

Mrs. Cromwell seufzte, „Ich bin mir sicher, dass an der Geschichte nichts dran ist, aber du kennst ja die Leute hier. Gerüchte verbreiten sich immer in Windeseile. Du sollst dich heute Morgen mit Brady Paxton getroffen haben. Jemand erzählte mir, ihr hättet bei Muriel eine Tasse Kaffee zusammen getrunken. Und wenn wir schon davon gehört haben, dann weiß es bald die ganze Stadt, Gloria eingeschlossen.“

Trents Vorsatz, Frederica mehr Zeit zu lassen, löste sich schlagartig in Luft auf.

Das kommt davon, schalt er sich, wenn man einer Frau zu viel Spielraum gewährt. Besonders einer Frau, die wie geschaffen dafür schien, Unruhe zu stiften und außerdem noch eine alte Rechnung zu begleichen hatte.

„Offensichtlich vernachlässige ich meinen Job“, bemerkte er kühl.

Frederica wirbelte herum. „Was soll das heißen?“

„Ich müsste besser auf dich aufpassen.“

Die Anschuldigung, sie habe sich mit Brady verabredet, ärgerte Frederica. Shari und ihr Vater nahmen die Angelegenheit ruhiger auf, ganz im Gegensatz zu ihrer Mutter. Sie konnte einfach nicht verbergen, dass sie sich große Sorgen machte. Frederica verfluchte denjenigen, der ihr unfreiwilliges Zusammentreffen mit Brady herausposaunt hatte. Und Trents arrogante besitzergreifende Art brachte sie noch mehr in Rage.

„Du hast mir doch versichert, dass du nicht zum Arbeiten hier bist“, sagte sie eisig.

„Das sollte doch nur ein Scherz sein“, warf Shari ein.

„Nein, ganz und gar nicht.“ Trent griff nach der Karaffe und goss sich ein Glas Eistee ein. „Es ist mir todernst. In Zukunft keine Abstecher mehr allein in die Stadt, Frederica. Du kannst einfach nicht widerstehen, eine Show abzuziehen, wenn sich die Gelegenheit dazu bietet. Ich werde dich ab sofort schärfer im Auge behalten."

„Wie aufmerksam", erwiderte Frederica ironisch, während sie die Hände in die Hüften stemmte und Trent und ihre Familie mit zusammengekniffenen Augen betrachtete. „Wollt ihr wissen, was heute Morgen passiert ist? Bitte, ich werde es euch mitteilen. Ich saß allein an einem Tisch und trank eine Tasse Kaffee, als Brady ins Lokal kam und sich unaufgefordert zu mir setzte. Und jetzt ratet einmal, was er von mir wollte."

„Das können wir uns alle denken", antwortete der Vater mit gemischten Gefühlen.

„Na klar, er wartet nur auf eine günstige Gelegenheit, seine alte Liebe wieder aufzuwärmen", bekundete Shari. „Er steckt in einer Ehekrise. Das weiß doch jeder."

„Da täuscht ihr euch aber gewaltig. Brady möchte, dass ich Trent aushorche. Er glaubt nämlich, seine Firma plane den Bau einer Freizeitanlage am See und Trent sei hier, um die Gegend zu erkunden. Er hat mir eine nette Provision in Aussicht gestellt. Beantwortet das eure Fragen zufriedenstellend?" Wie ein kleines trotziges Mädchen hob sie herausfordernd das Kinn.

Einen Augenblick herrschte betretenes Schweigen. Mrs. Cromwell fand als Erste die Sprache wieder. „Du meine Güte", entfuhr es ihr. „Wie schrecklich."

Shari grinste. „Das ist typisch Brady. Erst die Arbeit, dann das Vergnügen."

„Ich habe es fast geahnt", stöhnte ihr Vater. „Angeblich besitzt Paxton auf mehrere Grundstücke am See das Vorkaufsrecht."

Trent gab sich von Fredericas Mitteilung am wenigsten beeindruckt. Ganz ruhig, als ginge ihn die ganze Sache nichts an, fragte er: „Hast du sein Angebot akzeptiert?"

„Das scheint dir keine großen Sorgen zu bereiten", stellte Frederica fest.

„Warum sollte es? Ich mache Urlaub, wie dir bekannt ist. Aber keine Angst, ich kann dir trotzdem einige vertrauliche Informationen zukommen lassen."

„Zu spät. Ich habe Brady bereits mitgeteilt, dass du nur hier bist, um dich zu erholen."

„Daraus wird vielleicht gar nichts", wandte Shari ein. „Vor ungefähr einer Stunde kam ein Gespräch aus Fortland für Sie, Mr. Ravinder. Sie sollen umgehend einen Mr. Reece anrufen."

„War er persönlich am Apparat?"

„Das weiß ich nicht. Der Empfang hat das Telefonat entgegengenommen und die Nachricht an mich weitergeleitet."

„Dann ist es bestimmt dringend", erklärte Trent. „Reece ist mein Assistent und hat Anweisung, sich nur zu melden, wenn etwas Wichtiges anliegt. Entschuldigen Sie mich jetzt bitte."

Auch Amery Cromwell erhob sich. „Für mich wird es Zeit, wieder ins Büro zu gehen. Dort wartet noch eine Menge Arbeit auf mich."

„Und ich habe noch einiges mit dem Koch zu reden", fiel Meg ein.

„Ich komme mit dir, Mom", sagte Shari. „Ich möchte mit Henry meine Hochzeitstorte entwerfen."

Einen Augenblick später hatte Frederica die Terrasse für sich allein. Erleichtert goss sie sich ein Glas Eistee ein und sank erschöpft in einen Liegestuhl. Das Leben konnte manchmal ganz schön mühsam sein.

Frederica lag noch immer im Liegestuhl auf der Terrasse, als drinnen das Privattelefon ihrer Eltern läutete. Widerwillig schob sie die Modezeitschrift beiseite, in der sie gerade geblättert hatte, und stand auf. Bestimmt ist es eine von Mutters Freundinnen, dachte sie, die sich nach einem Hochzeitsgeschenk für Shari erkundigen will. Ihr sollte es recht sein. Sie wusste genau, was Shari sich wünschte.

„Frederica Cromwell", meldete sie sich.

„Du hältst dich wohl für verdammt clever", zischte eine erregte Frau am anderen Ende. Dann ertönte ein unterdrücktes Schluchzen. „Wenn du glaubst, du könntest einfach hier auftauchen und ihn mir wegnehmen, täuschst du dich. Ich werde dafür sorgen, dass jeder erfährt, was für ein mieses, kleines Flittchen du bist. Dir scheint es wohl Spaß zu machen, dich in diesem teuren Wagen und den ausgefallenen Kleidern zur Schau zu stellen und vor jedem Mann in Gallant Lake herumzuschlawenzeln."

„Gloria?" Frederica konnte nicht fassen, wie boshaft die Stimme klang. „Du hast keinen Grund, mich so anzuschreien. Beruhige dich erst einmal."

„Beruhigen? Ich soll mich beruhigen, während du meinem Mann hinterherläufst? Vor neun Jahren warst du eine dumme, hässliche Landpomeranze, Frederica. Und du hast dich wahrlich nicht zu deinem Vorteil verändert. Aus dir ist eine richtige kleine Hexe geworden. Und ich werde nicht zulassen, dass du dich an meinem Mann vergreifst. Hörst du mich? Ich weiß, du sinnst auf Rache, aber ich bin auch noch da."

„Glaub mir, Gloria, ich habe nicht vor, dir Brady abspenstig zu machen", entgegnete Frederica so ruhig wie möglich. Doch sie hatte das Gefühl, damit nur noch mehr Öl ins Feuer zu gießen.

„Lüg mich nicht an", fauchte Gloria. „Denkst du etwa, mir ist entgangen, was für schmachtende Blicke du ihm gestern Abend zugeworfen hast? Du willst dir doch bloß beweisen, dass du ihn jederzeit zurückhaben kannst. Dabei liebst du ihn nicht einmal."

Frederica hielt den Hörer einige Zentimeter von ihrem Ohr ab. Glorias Worte waren auch aus dieser Entfernung ausgezeichnet zu verstehen. „Gloria, hör mir zu", versuchte Frederica, sie zu beschwichtigen.

„Hör du mir zu, du kleines Flittchen. Du hast dich heute Morgen mit Brady getroffen. Ich weiß alles über eure heimliche Verabredung."

„Heimlich? Am helllichten Tag in einem Café?"

„Das hast du absichtlich so arrangiert, damit ich davon erfahre. Du willst mich demütigen. Aber das funktioniert nicht. Nicht mit mir. Vor neun Jahren wollte er schon nichts von dir wissen. Er langweilte sich gerade, da liefst du ihm über den Weg. Es war ja alles so einfach. Das hat er mir sogar selbst erzählt. Wie oft haben wir über dich gelacht, weil du so naiv warst. Du hast doch tatsächlich geglaubt, er liebt dich."

Ehe Frederica antworten konnte, knallte Gloria den Hörer auf die Gabel. Sekundenlang starrte Frederica bewegungslos vor sich hin.

„Was ist los?" Trent war leise ins Zimmer gekommen. Frederica zuckte erschrocken zusammen und wirbelte herum.

Er lehnte am Türpfosten, die Arme vor der Brust verschränkt, und sagte nur ein Wort: „Gloria?"

Da wusste Frederica, dass man ihr die Auseinandersetzung von eben deutlich anmerkte. „Ja", gab sie zu. „Ich weiß nicht, was in die Menschen hier gefahren ist. Ich will doch nur ein paar Ferientage verbringen, aber niemand scheint mir das glauben zu wollen."

„Am wenigsten Gloria Paxton."

„Stimmt. Ich habe ihr versichert, dass keinerlei Veranlassung besteht, etwas anderes anzunehmen", antwortete sie mechanisch.

„Erwartest du wirklich, sie glaubt das? Du warst und bleibst ihre Rivalin. Sie hat Angst, jetzt genauso gedemütigt zu werden wie du damals. Die meisten Menschen reagieren unvernünftig, wenn sie in Panik geraten. Besonders, wenn ihre Angst begründet ist."

„Aber das ist sie nicht", ereiferte sich Frederica und ging aufgebracht zu dem großen Panoramafenster hinüber, das einen herrlichen Blick auf den See freigab.

„Sie und alle Übrigen in dieser Stadt sehen deinen Auftritt mit anderen Augen."

„Sollen sie doch, wenn es ihnen Spaß macht", entgegnete Frederica trotzig.

„Es sind die gleichen Leute, die vor neun Jahren Zeugen deiner Schmach wurden. Wäre es nicht sehr befriedigend, ihnen jetzt zu beweisen, dass du diesmal nicht die Verliererin bist?"

„Zugegeben, es ist ein schönes Gefühl, allen zu zeigen, wie erfolgreich ich bin, doch ich bin nicht extra deswegen hier. Leider scheine ich mit meinen Beteuerungen auf taube Ohren zu stoßen", stellte sie resigniert fest.

„Ich glaube dir."

Das war ein schwacher Trost. Trotzdem bedeutete es für Frederica eine Erleichterung, dass wenigstens einer auf ihrer Seite stand.

„Ich weiß, wie es ist, wenn einem keine Menschenseele glaubt", fuhr Trent fort. „Man hat das Gefühl, als renne man mit dem Kopf gegen eine Mauer. Mein Verständnis wird dir allerdings nicht viel nützen. Für die anderen bist du gefährlich wie ein Fass Dynamit."

Frederica schnitt eine Grimasse. „Kein erfreulicher Gedanke."

Trent überlegte eine Weile. „Am besten wäre es, du verschafftest dir etwas Luft. Ich möchte dir einen Vorschlag machen. Ich muss heute noch geschäftlich nach Portland und werde erst morgen früh zurückkommen. Warum fährst du nicht einfach mit?"

Sie sah ihn überrascht an. „Was willst du damit erreichen?"

„Der Ausflug hätte zumindest einen Vorteil. Er würde den Klatschmäulern neuen Gesprächsstoff liefern. Deine Begegnung mit Paxton wäre nicht länger Thema Nummer eins."

Frederica zögerte.

„Du kannst bei Reece und seiner Frau übernachten, wenn du das willst. Wir werden mit ihnen zusammen essen."

„Ich falle nicht gern jemandem zur Last. Schon gar nicht Leuten, die ich nicht kenne."

„Du kannst dir auch ein Zimmer in einem Hotel nehmen oder ..." Trent hielt inne.

„Oder was?“

„Oder die Nacht in meinem Apartment verbringen“, erklärte er ohne Umschweife. „Ganz wie du willst.“

Die unterschiedlichsten Gedanken schossen Frederica durch den Kopf. Sie hatte noch Gloria Paxtons schrille Stimme im Ohr, die besorgte Miene ihrer Mutter vor Augen, und plötzlich fiel ihr die Party ein, zu der sie heute Abend eingeladen war. Die Aussicht, dass alle Gäste wieder über sie und Brady spekulieren würden, war ziemlich ernüchternd.

Es wäre nicht schlecht, dieser Gerüchteküche für eine Weile zu entkommen, indem sie Trent nach Portland begleitete. Eine andere Fluchtmöglichkeit bot sich momentan nicht. Schnell und entschlossen, wie es ihre Art war, traf sie eine Entscheidung. „Vielleicht ist es ganz günstig, für ein oder zwei Tage von hier zu verschwinden. Ich gehe gleich packen.“

Je weiter Trent und Frederica Gallant Lake hinter sich ließen, desto gelöster wurde Frederica. Erst allmählich wurde ihr klar, wie sehr Glorias Anruf sie getroffen hatte.

Ihre Eltern hatten ihren Entschluss mit Erstaunen, aber auch Erleichterung aufgenommen. Niemand hatte gefragt, wo sie schlafen würde. Dass sie eine Affäre mit Trent beginnen könnte, schien keinen zu stören. Hauptsache, ihr waren in Bezug auf Paxton die Hände gebunden. Diese Sorglosigkeit wurmte Frederica.

„Was hast du?“, fragte Trent, dem ihr Grübeln nicht entgangen war.

„Ich habe über das Verhalten meiner Familie nachgedacht. Alle regen sich fürchterlich auf, weil ich mit Brady eine Tasse Kaffee getrunken habe, doch keiner verliert ein Wort über die Tatsache, dass ich mit dir eine Nacht in Portland bleibe.“

Er warf ihr einen amüsierten Blick von der Seite zu. „Du bist erwachsen. Solange du sie nicht in Schwierigkeiten bringst, interessiert es niemanden, was du tust.“

„Kommt dir das nicht ziemlich scheinheilig vor?“

„Nein. Es sind eben zwei Paar Schuhe, ob du mich nach Portland begleitest oder Gloria Paxton vor Eifersucht rasend machst.“

„Das erklärt natürlich alles“, meinte sie ironisch. „Niemand hat etwas dagegen, wenn ich mit dir schlafe, Hauptsache, Brady bleibt aus dem Spiel.“

„Richtig. Du verstehst es, eins und eins zusammenzuzählen. Kein Wunder, dass du eine so erfolgreiche Geschäftsfrau bist."

Seine Bemerkung entlockte ihr ein Lächeln, und damit war dieses Thema zunächst erledigt.

Nach einer Weile erkundigte sie sich: „Ist das Geschäft denn wirklich so wichtig, dass du Hals über Kopf nach Portland fährst?"

Trent sah sie scharf an. „Es ist sogar sehr wichtig. Ich habe es nicht erfunden, um dich wegzulocken."

Wieder hatte seine Stimme einen arroganten Tonfall, den Frederica mittlerweile genau kannte. Beschwichtigend hob sie die Hand. „Schon gut, ich glaube dir ja. Um was geht es denn?"

„Seit drei Monaten versucht Asgard den Kauf eines Grundstücks an der Küste unter Dach und Fach zu bringen", erklärte Trent. „Der Eigentümer, ein alter Mann, hat sich anfangs gegen den Verkauf gesträubt. Obwohl er das Geld dringend braucht, ist er nicht bereit, das Grundstück, das sich seit Generationen im Besitz der Familie befindet, hässlichen Betonkästen mit Eigentumswohnungen und Einkaufszentren zu opfern. Unsere Firma will auf diesem Gelände eine Ferienanlage der Luxusklasse errichten, ohne die landschaftlichen Reize zu zerstören. Ich habe dem Eigentümer unsere Pläne gezeigt und ihm mehrmals versichert, dass sie genauestens eingehalten werden. Offensichtlich hat er sich die Sache jetzt überlegt und wehrt sich nicht länger, den Vertrag zu unterschreiben."

„Und warum musst du dabei sein?"

„Der alte Mann traut Wohnungsbaugesellschaften nicht", meinte Trent trocken.

„Aber dir vertraut er?"

„Ja."

Kurz vor fünf erreichten Trent und Frederica Portland. Trent fuhr direkt zu den Geschäftsräumen von Asgard Development. Ein erschöpft wirkender Mann Anfang dreißig erwartete Trent in seinem Büro im achten Stock, von wo aus man einen schönen Blick über den Stadtrand auf den Willamette River hatte.

„Gut, dass du hier bist", begrüßte er Trent. „Baldwin bleibt stur, wie ich dir schon am Telefon erzählt habe. Er weigert sich, zu unterschreiben, wenn du nicht persönlich dabei bist und ihm nochmals versicherst, dass alle Auflagen eingehalten werden." Da erst entdeckte er Frederica. „Entschuldigen Sie, Madam. Ich habe Sie nicht gesehen. Bitte treten Sie doch näher."

„Frederica, darf ich dir meinen Assistenten Hai Reece vorstellen? Und das ist Frederica Cromwell, eine Freundin von mir“, machte Trent die beiden miteinander bekannt.

„Freut mich, Sie kennenzulernen, Frederica.“ Er gab ihr höflich die Hand.

„Wo steckt Baldwin?“, kam Trent ohne Umschweife wieder aufs Geschäft zurück.

„Er wartet im Konferenzraum. Asgard ist ebenfalls da, doch Baldwin traut ihm nicht.“

„Ist ihm denn nicht klar, dass der Vertrag in allen Punkten für unsere Firma bindend ist?“

„Das hat Asgard schon mehrmals versucht, ihm deutlich zu machen. Doch er besteht darauf, zunächst einmal mit dir zu sprechen, bevor er seine Unterschrift unter den Vertrag setzt. Er hat ein gewichtiges Argument, Trent. Gehört das Land offiziell erst einmal Asgard, können wir damit tun und lassen, was immer wir wollen, solange die natürlichen Gegebenheiten berücksichtigt werden. Das weiß Baldwin natürlich. Deshalb will er kein Risiko eingehen. Bist du bereit?“

„Ja.“ Trent wandte sich an Frederica. „Warte hier auf mich. Die Besprechung wird nicht länger als eine halbe Stunde dauern. Danach essen wir zusammen mit Hai und seiner Frau.“

Nach dem erfolgreichen Geschäftsabschluss speisten Trent, Frederica und das Ehepaar Reece in einem der besten Restaurants der Stadt. Evelyn Reece war eine charmante, attraktive Frau Anfang dreißig, die mit Begeisterung von ihren zwei kleinen Kindern erzählte. Sie und ihr Mann schienen sehr verliebt ineinander zu sein.

„Ich bin froh, dass Sie mitgekommen sind, Rica“, verriet Evelyn im Lauf des Abends. „Trent geht in letzter Zeit kaum noch aus. Dabei sage ich ihm immer, dass er der Frau seines Lebens nie begegnen wird, wenn er jeden Abend in seinem Apartment hockt und arbeitet. In dieser Beziehung ist er furchtbar eigenbrötlerisch.“

„Das stimmt nicht!“, widersprach Trent mit einem Seitenblick auf Frederica. „Ich bin nicht eigenbrötlerisch.“

„Ich weiß, mein Lieber, du bist nur wählerisch.“ Evelyn lachte fröhlich. „Jedenfalls darf ich dir zu deiner netten Begleitung heute Abend gratulieren. Bedeutet das, ich kann endlich meine Versuche, dich unter die Haube zu bringen, einstellen?“

„Ich möchte dich sogar ausdrücklich darum bitten." Trent sagte das mit so viel Nachdruck, dass sie lachen mussten. Frederica eingeschlossen.

„Ich habe alles Mögliche probiert", wandte sich Evelyn Verständnis suchend an Frederica, „und mich wirklich bemüht. Aber bis jetzt ohne Glück. Der Mann braucht doch eine Frau. Sieht man ihm das nicht an?"

„Aber Evelyn", ermahnte Reece sichtlich verlegen seine Frau, während Trent mit unbewegter Miene die Unterhaltung verfolgte. „Frederica interessiert sich bestimmt nicht für deine Misserfolge als Ehestifterin. Und Trent übrigens auch nicht."

„Unsinn", beschwichtigte sie ihn. „Rica sollte ruhig wissen, was auf sie zukommt."

„Damit wir uns nicht falsch verstehen, ich bin nur mitgefahren, um etwas zu erleben. Gallant Lake hat nicht viel Abwechslung zu bieten." Frederica spielte etwas verlegen mit ihrem Weinglas, während Trent sie eindringlich betrachtete.

Was sollte das Ganze bedeuten? Etwa eine Anspielung auf die Nacht, von der noch gar nicht klar war, wo sie sie verbringen würde?

Bald war das Essen beendet, und dann konnte sie die Entscheidung nicht länger aufschieben.

„Entschuldigt mich einen Augenblick", erklärte Evelyn. „Ich muss mein Make-up auffrischen."

„Ich auch." Frederica griff nach ihrer Handtasche.

„Ich kann es einfach nicht fassen, dass Trent nach all meinen Bemühungen schließlich selbst eine Frau gefunden hat", setzte Evelyn das Gespräch fort, während sie vor dem Spiegel die Lippen nachzog. „Dazu noch in einem Nest wie Gallant Lake. Obwohl Sie zugegebenermaßen überhaupt nicht so aussehen wie jemand aus der Provinz."

„Sie hätten mich mal vor neun Jahren erleben sollen, als ich von dort fortging", meinte Frederica lachend und bürstete sich das Haar.

„Wenn ich Sie recht verstanden habe, besitzen Sie eine Firma in Seattle."

„Richtig."

„Wie werden Sie das Problem dann lösen? Können Sie Ihr Geschäft nach Portland verlegen, oder wird Trent nach Seattle ziehen?"

„Wie bitte?" Frederica starrte Evelyn verwirrt an. „Warum sollte einer von uns umziehen?"

„Weil Sie, wenn mich nicht alles täuscht, bald heiraten werden. Und ehrlich gesagt, ich kann mir kaum vorstellen, dass Trent jeden Tag zwischen Portland und Seattle hin und her pendelt. Er ist der Typ Mann, der sich nach einem intakten Familienleben sehnt Schließlich hat er lange genug darauf gewartet. Er war schon einmal verheiratet, als er noch ziemlich jung war. Soweit ich gehört habe, soll die Ehe eine Katastrophe gewesen sein. Seine Frau hat ihn wegen eines älteren und reicheren Mannes verlassen. Offensichtlich hat sie nicht erkannt, was in ihm steckt und wie viel Erfolg er später einmal haben wird."

Langsam beschlich Frederica ein Gefühl von Panik. „Sie ziehen die falschen Schlüsse, Evelyn. Trent und ich haben keine gemeinsamen Zukunftspläne. Wir sind einfach nur Freunde."

„Und das soll ich glauben? Ich habe doch Augen im Kopf und kann zwei und zwei zusammenzählen. Trent hat schon viele Frauen zu uns mitgebracht, aber so wie Sie hat er noch keine angeschaut."

„Evelyn, bitte. Ich weiß, Sie meinen es gut, aber ..."

„Meine Meinung in dieser Angelegenheit ist halb so wichtig. Was Trent von Ihnen hält, ist entscheidend, und er möchte heiraten." Evelyn nahm wirklich kein Blatt vor den Mund. „Natürlich wird er das nicht zugeben, doch ich habe ihn in der letzten Zeit genau beobachtet. Achtzehn Monate kämmte er die halbe Stadt durch auf der Suche nach der richtigen Frau. Jede Woche hatte er ein neues Rendezvous. Vor ein paar Monaten zog er sich plötzlich zurück, ging nur noch selten aus und verbrachte seine Abende lieber allein zu Hause. Ein paarmal habe ich versucht, ihn mit einigen meiner Freundinnen zusammenzubringen, doch es klappte einfach nicht. Dann überraschte er alle mit der Nachricht, dass er im Sommer für längere Zeit in Urlaub fahren wolle. Erklärte uns, er müsse einmal gründlich ausspannen. Und jetzt taucht er hier plötzlich mit Ihnen auf, und sein Blick verrät, er hat die Richtige gefunden."

Frederica musste sich sehr beherrschen. „Sie interpretieren zu viel in die Angelegenheit hinein, Evelyn. Glauben Sie mir."

„Wir werden ja sehen."

Sie lächelte Frederica aufmunternd zu. „Sie brauchen nicht nervös zu werden. Auf Trent ist hundertprozentig Verlass. Unaufrichtigkeit kennt er nicht. Wenn er es ernst mit Ihnen meint, wird er Ihnen das bald deutlich zu verstehen geben."

Fredericas Unbehagen wuchs. Schon genug, dass ihre Eltern überzeugt waren, sie und Trent gäben ein ideales Paar ab. Jetzt schien auch Evelyn Reece diesem Irrtum aufzusitzen. Und soweit Frederica es beurteilen konnte, tat Trent nichts, sie aufzuklären.

„Ich enttäusche Sie wirklich ungern, Evelyn, doch Trent und mich verbindet wirklich nur gute Freundschaft. Um es ohne Umschweife zu sagen, meiner Meinung nach braucht er nur etwas Unterhaltung, solange er bei uns in der Pension wohnt. Auf Wunsch meiner Eltern kümmert er sich ein wenig um mich. Warum sie das möchten, ist schwierig zu erklären. Sie haben eben ihre Gründe. Aber das heißt nicht, Trent sei ernsthaft an mir interessiert."

„Da täuschen Sie sich aber gewaltig." Evelyn klang sehr überzeugt. „Grübeln Sie nicht mehr. Wenn Trent den Zeitpunkt für gekommen hält, wird er schon für Klarheit sorgen."

Frederica seufzte resigniert.

Es war sinnlos, dieses Thema weiterzuverfolgen. Immerhin, Evelyn schien in Sachen Trent Ravinder sehr gesprächig zu sein, und so wollte sie wenigstens versuchen, mehr über ihn zu erfahren.

„Sie wissen doch, warum er heute so dringend nach Portland fahren musste, oder?"

„Ja, weil dieser Mr. Baldwin sich endlich bereit erklärt hat, den Kaufvertrag seines Grundstücks zu unterschreiben. Es überrascht mich nicht, dass er das nur in Trents Gegenwart tun wollte. Baldwin traut Asgard nicht."

„Und bei Trent Ravinder ist er nicht skeptisch?"

Evelyn lachte. „Ihr Mr. Ravinder ist eine von Asgards besten Geheimwaffen. Er ist von Grund auf ehrlich, und sein Wort ist Gold wert. Die Leute haben Vertrauen zu ihm. Asgard setzt ihn immer in aussichtslosen Fällen ein."

„Was würde passieren, wenn Trent jemandem ein Versprechen gibt, das Asgard dann nicht einhält?", fragte Frederica neugierig.

„Das würde nie vorkommen, es sei denn durch einen Irrtum, denn der alte Asgard weiß, Trent würde sofort kündigen. Asgards größte Sorge ist, Trent könnte sich irgendwann selbstständig machen, was gar nicht so abwegig ist."

„Aber woher hat Trent diesen Ruf, so vertrauenswürdig zu sein?"

„Wahrscheinlich hat er ihn sich verdient. Und er verteidigt ihn, denn Ehrlichkeit ist sein ganzer Stolz."

„Ich kenne das", gestand Frederica zögernd. „Manchmal wirkt er dabei richtig arrogant."

„Wenn Sie mich fragen, so muss vor Jahren etwas geschehen sein, das ihn so weit gebracht hat."

„Hm." Frederica blickte gedankenverloren in den Spiegel.

„Seien Sie auf der Hut, Rica, besonders wenn Sie noch unsicher sind, ob Sie mit Trent etwas Ernsthaftes beginnen möchten. Zu seiner Aufrichtigkeit kommt nämlich noch seine Beharrlichkeit. Er verwirklicht immer, was er sich einmal in den Kopf gesetzt hat. Der gleiche Stolz und die gleiche Arroganz, die es ihm verbieten, sein Wort zu brechen. Auch diese Eigenschaft Trents ist für Asgard so wertvoll."

„Das kann ich mir vorstellen", erwiderte Frederica. Vielleicht sollte sie einfach davonlaufen, ehe die Falle zuschnappte. Doch seit damals, seit sie ihren Verlobten mit einer anderen Frau im Bett überrascht hatte, war sie Problemen nicht mehr aus dem Weg gegangen.

5. KAPITEL

Der Abend verging wie im Flug. Bald schon verabschiedeten sich die Reeces und fuhren nach Hause. Frederica blieb mit Trent allein zurück. Er nahm ihren Arm und führte sie zu seinem Wagen.

„Nun, Frederica, hast du dich schon entschieden, wo du heute Nacht schläfst?", erkundigte er sich einen Augenblick später im Auto.

Sie hielt den Atem an. Alles könnte so einfach sein. Sie bräuchte ihn nur zu bitten, sie beim nächsten Hotel abzusetzen. Sie räusperte sich. „Es war ein wunderbarer Abend, Trent, und deine Freunde sind ausgesprochen nett, aber nun halte ich es für das Beste, wenn du …"

„Wollen wir den Tag nicht mit einem Gutenachttrunk bei mir beschließen?", fiel er ihr ins Wort, als hätte er erraten, was sie sagen wollte. „Dabei kannst du in Ruhe überlegen, wo du die Nacht verbringen möchtest." Es stand eins zu null für ihn.

Frederica wusste, was passieren würde, wenn sie jetzt noch zusammenblieben. Aber Hals über Kopf die Flucht zu ergreifen war so gar nicht ihre Art.

„Gut, auf einen Drink", willigte sie ein. „Danach kannst du mich in ein Hotel fahren. Ich werde von deinem Apartment aus ein Zimmer buchen."

„Wie du willst." Oberflächlich gab er sich von ihrer Entscheidung völlig unbeeindruckt.

Doch sie durchschaute ihn. Nach außen wirkte er zwar ruhig und gelassen, doch innerlich musste er sich dem Zerreißen nahe fühlen. Frederica erinnerte sich noch genau an Evelyn Reeces plastische Beschreibung seiner Sehnsucht und der fieberhaften Suche nach der richtigen Frau. Sein ganzes Verhalten in den letzten beiden Wochen, in denen er sie kaum aus den Augen gelassen hatte, hatte eindeutig seine Wünsche ausgedrückt. Doch erst heute Abend wurde ihr klar, wie ernst es ihm war, und das machte ihr Angst.

„Du wirst doch jetzt nicht in Panik geraten", meinte er beiläufig, als er in die Tiefgarage eines modernen Hochhauses fuhr.

„Warum sollte ich", erwiderte sie gereizt. Dass er ihre Gedanken so leicht von ihrem Gesicht ablesen konnte, ärgerte sie.

„Weil du jetzt zum ersten Mal mit mir allein bist. Kein Brady Paxton taucht auf, und keine Angehörigen sind in der Nähe. Auch sonst gibt es nichts, was dich ablenkt, niemanden, den du mit deinem Sportwagen oder deiner ausgefallenen Kleidung beeindrucken könntest. Du hast keine Ausflüchte mehr. Heute Abend sind wir zwei, du und ich, ganz allein."

„Das klingt wie eine Drohung." Sie bemühte sich, ruhig zu klingen.

Er lächelte sie an, ein rätselhaftes Lächeln, und seine Augen glänzten. „Nein, Frederica, das ist keine Drohung, sondern eine Tatsache. Heute kannst du nicht davonlaufen. Du musst dich mir stellen und eine Entscheidung treffen, was aus uns beiden werden soll."

Fast ein wenig trotzig hob sie den Kopf. „Und wenn ich dazu noch nicht bereit bin?"

Eine Weile betrachtete er sie schweigend, dann öffnete er die Tür. „Doch, das bist du. Sei dir selbst gegenüber ehrlich." Er kam um den Wagen herum. „Komm. Lass uns nach oben gehen. Dann werden wir weitersehen."

Schweigend stieg sie aus und folgte ihm. Ich muss ja nicht bleiben, sagte sie sich. Wenn ich es nicht wirklich will, kann ich mir ein Taxi rufen oder von ihm fordern, mich in ein Hotel zu fahren.

Doch das waren nur Scheinargumente. Sie würde seiner Anziehungskraft nicht widerstehen können, das ahnte sie. Die Geduld, mit der er sie so hartnäckig umworben hatte, heute Nacht würde sie sich auszahlen.

„Und?", fragte Trent belustigt, während er die Tür hinter sich schloss und ins Wohnzimmer vorausging, „ist es so, wie du erwartet hast?"

Frederica blickte sich um. Der Raum besaß eine typisch männliche Note. Die Möbelstücke, eine Sitzgruppe aus Leder und Schränke aus massivem Holz, erschienen ihr überdimensional groß. Teuer und gediegen, nicht auffällig, aber keineswegs konservativ. „Ich glaube schon", entgegnete sie.

„In deinem Apartment sieht es bestimmt ganz anders aus. Moderne Möbel, sozusagen der letzte Schrei. Nicht unbedingt bequem, aber auf alle Fälle extravagant."

Über seine treffende Beschreibung musste sie schmunzeln. „Ist das eine Horrorvorstellung für dich?"

„Du interessierst dich sehr für Farben und Formen, für ausgefallenes Design. Da ist es nur logisch, wenn sich diese Vorliebe auch in deiner Wohnungseinrichtung widerspiegelt. Warum sollte ich dich deswegen kritisieren", meinte er ausweichend. „Möchtest du einen Brandy?"

Ohne ihre Antwort abzuwarten, öffnete er die Hausbar und schenkte zwei Gläser ein.

„In einem täuschst du dich. Meine Möbel sind nicht unbequem. Wenigstens für mich nicht“, nahm sie das Thema noch einmal auf. „Allerdings wäre es möglich, dass sich jemand von deiner Größe in ihnen etwas beengt fühlt.“

„Warum stichelst du eigentlich ständig über meine Größe?“

„Andere machen sich über kleine Leute lustig und bezeichnen sie als Zwerge oder Kobolde.“

„Zwerg habe ich dich noch nie genannt und Kobold nur, weil du ein besonderes Talent hast, Unruhe zu stiften.“

„Ich weiß nicht, wie ich zu diesem Ruf gekommen bin“, widersprach sie. „Schließlich kann ich Besseres mit meiner Zeit anfangen.“

„Ein Quäntchen Wahrheit muss in diesem Bild wohl stecken, oder? Sonst wäre deine ganze Familie kaum so erleichtert gewesen, dass ich dich mitgenommen und förmlich aus der Gefahrenzone geschleust habe.“

Frederica begann zu lachen. „Jage ich wirklich allen einen solchen Schrecken ein?“

„Ja. Und auch noch mit diebischem Vergnügen.“

„Ach was, das sind nur Überreaktionen einiger sensationslustiger und unbefriedigter Provinzlerinnen wie Gloria Paxton.“ Frederica ging zum Fenster und sah hinaus auf die Lichter der Stadt. „Oder glaubst du etwa, ich sei froh über derartige Anrufe wie den von Gloria?“

„Du nicht, aber ich bin es“, entgegnete er überraschend. „Sonst wäre es mir nicht so leicht gelungen, dich zu diesem Abstecher zu überreden.“

„Du hattest es schon vorher geplant?“, flüsterte sie.

Plötzlich war es ganz still, doch sie fühlte, wie er langsam näher kam. Er blieb direkt hinter ihr stehen und legte die Hand auf ihre Schulter. „Hätte ich dich auch so überreden können?“ Er sprach jetzt sehr leise.

Zögernd drehte sie sich um. „Ich weiß es nicht.“

„Bist du dir wirklich sicher, dass du die Antwort nicht kennst?“

„Ist das denn wichtig? Ich tue doch, was du willst. Reicht dir das nicht?“ Trent begann, mit einer Hand leicht ihren Nacken zu massieren, bis ihr ein heißer Schauer über den Rücken lief. „Nein“, antwortete er schließlich.

„Was willst du noch von mir?“

„Sag, dass du mich begehrst. Ich habe es in deinen Augen gesehen, spüre es an der Art, wie du mir ausweichst oder wie du mich letzte

Nacht geküsst hast. Aber ich will es aus deinem Mund hören. Ist das deutlich genug für dich?"

„Ja."

„Dann sag es mir", bat er leise, während er zart mit dem Daumen über ihre Wange fuhr und sie leidenschaftlich anblickte.

„Ich begehre dich, Trent." Sie wünschte, sie hätte dieses Geständnis noch zurückgehalten, doch die Worte waren wie von selbst über ihre Lippen gekommen. Was machte es jetzt noch aus? Trent wusste über ihre Gefühle Bescheid. Er hatte sie ihr nur bewusst gemacht.

„Du wirst es nicht bereuen, das schwöre ich dir." Voller Verlangen presste er den Mund auf ihren. Seine Hände glitten über ihre Schultern, und heftig zog er sie an sich. „Hör auf, gegen deine Gefühle anzukämpfen. Ich will dich heute Nacht in meinen Armen halten und zärtlich zu dir sein. Dabei sollst du an nichts anderes denken."

Sie hätte es nicht benennen können, was sie so unwiderstehlich zu ihm trieb. Es war einfach so. Trotzdem überfiel sie für einen kurzen Moment Panik, die ihr Verlangen zu ersticken drohte.

Doch dann war es um sie geschehen. Sie legte den Kopf in den Nacken und schaute Trent an. Er erfüllte all ihre Sinne, ihr ganzes Wesen. Lange hatte sie nach Ausreden und Ausflüchten gesucht, um diesem Augenblick zu entgehen. Jetzt gab es nur noch sie beide.

„Ich weiß, du musst dich erst daran gewöhnen, meine Nähe zu spüren, aber du gehörst in meine Arme", sagte er leise.

Eine kleine Ewigkeit verharrten sie eng umschlungen. Trent ließ ihr Zeit. Jetzt, da Frederica endlich zugegeben hatte, wie sehr sie ihn begehrte, brauchte er sie nicht mehr zu drängen.

Sie lehnte den Kopf an seine breite Schulter. Von Anfang an hatte sie die starke Männlichkeit gespürt, die er ausstrahlte, doch dass er sie so erregen würde, hatte sie nicht geahnt.

Wie in Trance knöpfte sie sein Hemd auf und strich über seine Brust. Trent musste sich sehr zusammenreißen, damit ihn seine ungestüme Leidenschaft nicht überwältigte. „Darling, ich begehre dich so sehr."

Bereitwillig öffnete sie die Lippen, und er drang mit der Zunge in ihren Mund. Das Versteckspielen, das sie teils bewusst, teils unbewusst mit ihm getrieben hatte, war zu Ende. Sie sehnte sich jetzt nach nichts anderem, als sich ihm mit jeder Faser ihres Körpers hinzugeben.

„Seit Tagen male ich mir aus, dass du dich so an mich schmiegst" Voller Verlangen drückte er sie an sich.

„Halt mich fest, ganz fest“, flüsterte sie, benommen von der Lust, die er in ihr geweckt hatte.

„Ich bin doch bei dir, Darling.“ Befriedigung und Glück schwangen in seiner Stimme mit. Langsam knöpfte er ihr das Kleid auf und streifte es von ihren Schultern, und als er ihren BH öffnete, stöhnte sie erwartungsvoll auf.

„Du willst es, Darling“, murmelte er und streichelte ihre Brüste. „Du willst es so sehr wie ich.“

„Ja“, hauchte sie und zog ihm mit zitternden Händen das Hemd aus.

Seine Hände glitten über ihren Rücken. Doch plötzlich packte er sie, hob sie hoch und küsste leidenschaftlich ihre rosigen Brustwarzen. Sie schrie leise auf und krallte ihre Fingernägel in seine Schultern. Behutsam stellte er sie wieder auf den Teppich.

Dann kniete er vor ihr nieder und begann, ihr den Slip von den Hüften zu streifen. Einen Augenblick später stand sie nackt vor ihm.

Überwältigt nahm Trent sie in die Arme. „Du bist so klein, so zierlich und zart“, flüsterte er kopfschüttelnd. „Und doch ist es dir gelungen, mich so lange an der Nase herumzuführen.“

„Nicht absichtlich. Ich wusste einfach nicht, was ich wollte“, erklärte sie. „Immerhin kennen wir uns erst zwei Wochen.“

„Das waren die längsten zwei Wochen meines Lebens. Aber nun hat das Warten ein Ende.“ Ungeduldig nestelte er an seinem Gürtel und stieg schließlich gleichzeitig aus Hose und Slip. Er zog Frederica wieder an sich, und gemeinsam legten sie sich auf den Teppich.

Unter seinen Berührungen verlor sie auch die letzten Hemmungen. Keinen Zentimeter ihres Körpers ließ er aus, und als er schließlich sein Knie zwischen ihre Schenkel schob, erbebte sie. Warum eigentlich hatte sie sich so krampfhaft bemüht, ihm auszuweichen, wenn sie ihn so stark begehrte? In diesem Augenblick jedenfalls sehnte sie sich nur noch danach, eins mit ihm zu werden. Und jeder Gedanke an Widerstand, Vergangenheit und Zukunft löste sich in nichts auf. Zitternd küsste sie ihn.

„Was ist los, Frederica?“

Doch sie brauchte nicht zu antworten. Er wusste, was sie bewegte. Sein Ausdruck verriet es ihr. Sie schmiegte sich noch enger an ihn und genoss seine wachsende Erregung.

Zärtlich liebkoste er ihren Bauch. Langsam glitt seine Hand nach unten zwischen ihre Schenkel, wo er sie weiter streichelte. Als er merkte, dass sie bereit für ihn war, drang er in sie ein.

„Schau mich an, Liebes", flüsterte er. „Ich möchte dir in die Augen sehen, wenn wir zusammen sind."

Sie blickte ihn unverwandt an. Deutlich spürte sie sein Verlangen und hob ihm die Hüften entgegen.

„Trent."

Da fing er an, sich zu bewegen und den Rhythmus ihrer Vereinigung zu bestimmen. Ihr stockte der Atem, und sie passte sich ihm an.

„So schön war es noch nie", hörte sie ihn flüstern, während er ihre Hüften anhob, um dann noch tiefer in sie einzudringen.

„Bei mir auch nicht", stieß sie hervor.

„Von der ersten Stunde an habe ich gewusst, dass es für uns beide einmalig sein wird." Das Gesicht an ihren Hals gedrückt, begann er langsam, sich auf und ab zu wiegen.

Beide fühlten sich wie im Rausch, und ihr Rhythmus wurde immer ekstatischer.

Und kurze Zeit später kam sie mit einer Macht, die sie noch nie erlebt hatte, zum Höhepunkt.

„Ja, halt dich fest an mir, Darling. Halt dich fest." Und dann löste sich auch seine Spannung in einer letzten kraftvollen Bewegung.

Trent sank erschöpft neben Frederica nieder.

„Oh Trent, ich wusste nicht ..." Noch ganz benommen, versuchte sie, die richtigen Worte zu finden. „Ich wusste nicht, dass es so sein kann."

Zärtlich strich er ihr eine Strähne aus dem Gesicht. „Ich auch nicht."

„Hast du vorhin nicht das Gegenteil behauptet?" Verträumt lächelte sie ihn an.

„Ich sagte nur, ich wüsste, dass es schön sein würde. Wie schön, konnte ich ja nicht einmal ahnen."

„Und ich dachte, du wüsstest alles."

„Über dich fast gar nichts."

Frederica schmiegte sich an ihn und küsste seine Brust. „Eine Frau hat Anspruch auf ein paar Geheimnisse", scherzte sie.

Er schaute sie ernst an. „Ich möchte nicht, dass wir Geheimnisse voreinander haben."

„Dann musst du mir auch alles verraten."

„Also gut, worum geht es?"

Frederica holte tief Luft. „Als Erstes interessiert mich, was es mit deiner strikten Forderung nach absolutem Vertrauen und totaler Ehrlichkeit auf sich hat.“

Er runzelte die Stirn. „Was meinst du damit?“

„Das weißt du genau. Dein Ehrenkodex, die Vorstellung, dein Wort sei immer bindend, koste es, was es wolle. Warum legst du soviel Wert darauf?“

Trent lag jetzt auf dem Rücken, die Hände unter dem Kopf verschränkt, und starrte zur Decke. Geistesabwesend fuhr er sich durchs Haar. „Es hat wohl mit meiner Erziehung zu tun“, meinte er nach einer Weile.

„Waren deine Eltern so streng mit dir?“

Er lachte kurz auf. „Nein, das ist es nicht. Mein Vater starb, als ich ein Baby war. Meine Mutter hat bald danach wieder geheiratet. Ich wuchs in dem Glauben auf, dieser Mann sei mein Vater.“

„War er ein guter Mensch?“, hakte sie zögernd nach, denn langsam kamen ihr Zweifel, ob sie überhaupt das Recht hatte, ihn weiter zu drängen. Offensichtlich sprach er nur ungern über dieses Thema.

„Das glaubte ich bis zu meinem achten Lebensjahr.“

„Was geschah dann?“

„Er wurde der Veruntreuung von Geldern überführt und zu mehreren Jahren Gefängnis verurteilt.“

„Das muss schrecklich für dich und deine Mutter gewesen sein.“

„Ja, besonders da wir in einer Kleinstadt lebten. Jeder wusste, was vorgefallen war, und man ließ es uns genüsslich spüren.“ Er klang verbittert. „Immer, wenn in der Schule etwas fehlte, fiel der Verdacht auf mich! Ging ich einkaufen, behielten die Ladenbesitzer mich genau im Auge. Jeder glaubte, ich hätte etwas von Daddys Neigungen geerbt. Und geriet ich in Schwierigkeiten, gab es immer einen, der sagte: ‚Wie der Vater, so der Sohn.‘“

„Ich kann mir vorstellen, wie das auf ein Kind gewirkt haben muss“, erklärte sie mitfühlend.

„Als Dad aus dem Gefängnis entlassen wurde, zogen wir schließlich fort. Es war sehr schwer für ihn, Arbeit zu finden, und noch schwerer, sie zu behalten. Früher oder später erfuhr jemand von seiner Vergangenheit. Oft schlug ich mich mit anderen Jungen auf dem Schulhof, um ihnen den Mund zu stopfen. Es hat alles nichts genützt.“

„Da bist du in der festen Überzeugung aufgewachsen, die Schwäche deines Vaters wettmachen zu müssen“, setzte sie die Geschichte fort.

„Du wolltest allen zeigen, dass du anders bist als er und dass man dir bedingungslos trauen kann. Und ebenso soll jeder zu dir aufrichtig sein, sonst ziehst du ihn zur Rechenschaft, stimmt's?"

Trent stützte sich auf den Ellbogen und betrachtete sie eindringlich. „So in etwa."

„Hast du nicht manchmal das Gefühl, zu streng zu urteilen? Gewiss, es ist nicht falsch, konsequent zu sein, aber nicht jeder kann sich so gradlinig verhalten wie du."

„Entweder man ist aufrichtig oder nicht. Dazwischen kann es keine Kompromisse geben."

„Das ist ein ziemlich unbarmherziger Standpunkt."

„Ich bin nicht leichtgläubig, Frederica. Und vor allem lasse ich mich nicht ausnutzen. Wenn dir das zu hart und unnachgiebig erscheint, tut es mir leid. Aber so bin ich nun einmal."

Frederica überlegte eine Weile. „Kommt es oft vor, dass dich jemand ausnutzen will?"

„Was meinst du?", antwortete er ironisch.

Sie schüttelte den Kopf. „Nein, wahrscheinlich nicht."

„Eben. Das beweist doch, die Leute behandeln dich fair, wenn du ihnen fair begegnest."

„Das bezweifle ich", meinte sie. „Es beweist eher, dass die Leute Angst haben, es sich mit dir zu verderben."

„Egal. Hauptsache, es wirkt."

6. KAPITEL

Am nächsten Morgen weckte Frederica strahlender Sonnenschein. Obwohl sie sich zur Bettkante gedreht hatte, spürte sie noch immer Trents Nähe und seine Wärme.

„Warum hast du dich von mir abgewendet?", fragte Trent noch ganz benommen und zog sie an sich. „Und wieso liegst du an der Bettkante?"

„Ich hatte Angst, du zerdrückst mich", entgegnete sie scherzhaft.

„Ach was, du bist es nur nicht gewöhnt, das Bett mit jemandem zu teilen. Aber das kommt schon noch."

„Dafür hast du offensichtlich reichlich Erfahrung." Die Worte waren ihr so herausgerutscht.

Er schmunzelte. „Sind wir jetzt so weit, dass du anfängst, mich über meine Geliebten auszufragen?"

Frederica räusperte sich. „Darüber möchte ich lieber nichts hören."

„Feigling."

„Ich bin nur diskret."

Er tat, als dächte er ernsthaft darüber nach. „Akzeptiert. Du bist eine ausgesprochen vernünftige, praktisch veranlagte und intelligente Frau. Und natürlich diskret."

Nach einer Weile konnte Frederica ihre Neugier nicht länger unterdrücken, und sie platzte mit der Frage heraus: „Hattest du viele Affären?"

Trent brach in schallendes Gelächter aus und beugte sich über sie. „Also bist du doch nicht die Frau, für die ich dich gehalten habe."

„Einspruch, Sir. Zweifelsohne bin ich intelligent."

„Unter anderem. Doch die Antwort auf deine Frage lautet: Ich hatte nur wenige Beziehungen zu Frauen. Und auf alle Fälle keine einzige, die mir so viel bedeutet hätte wie die zu dir. Übrigens war ich auch schon mal verheiratet. Die Ehe hat nicht lange gehalten. Meine Frau konnte nicht abwarten, bis ich Karriere machte. So suchte sie sich eben einen neuen, der es bereits geschafft hatte." Trent machte eine Pause, ehe er fortfuhr: „Jetzt lass uns aber über unsere Zukunft sprechen."

Aus irgendeinem Grund beschlich sie plötzlich ein leichtes Unbehagen. „Was gibt es da zu besprechen? Es wird sich schon alles finden."

„Du hast recht", murmelte er und küsste ihren Hals. „Wir können ein andermal darüber reden. Momentan gibt es Wichtigeres." Und er begann ein zärtliches Liebesspiel, dem sie sich lustvoll hingab.

Von diesem Tag an herrschte eine ganz andere Atmosphäre zwischen Trent und Frederica.

In seiner Nähe blühte sie regelrecht auf. Ihr glänzender Blick und ihre zärtlichen Berührungen verrieten ihm, wie viel sie für ihn empfand. Und die neue, gelöste und glückliche Frederica erfüllte ihn mit Stolz und Zufriedenheit. Jetzt konnte er entspannt abwarten, wie sich ihre Gefühle für ihn weiterentwickelten.

Nicht nur er, die ganze Familie schien bei ihrer Rückkehr nach Gallant Lake die Veränderung zu spüren.

Die große Erleichterung der Cromwells spiegelte sich in ihren Augen wider. Beim gemeinsamen Abendessen kamen sie dann unweigerlich auf den Abstecher nach Portland zu sprechen. Frederica zeigte sich erstaunlich redselig, und sie hatte nur Positives zu berichten. Immer wenn sie von Trent erzählte, schwang unverhohlene Begeisterung mit.

Schließlich wurden Trent die vielen Lobeshymnen unangenehm. Er wusste selbst nicht, ob er darüber lachen oder weinen sollte, und fast hielt er es für das Beste, das Thema zu wechseln.

Nur Frederica schien nicht zu bemerken, wie deutlich sie ihre Gefühle zeigte. Aber diese Offenheit, so entschied er, war es ihm wert, etwas in Verlegenheit gebracht zu werden. Er hatte lange genug darum gekämpft, ihr Herz zu erobern, doch nun, da sie sich schließlich verliebt hatte, kannte ihr Enthusiasmus keine Grenzen.

Während der nächsten Tage genoss er ihre wachsende Zuneigung, die sich auf die verschiedenste Art und Weise äußerte. Einmal kam er vom Angeln mit zwei schönen Forellen zurück. Unverzüglich sprang Frederica vom Frühstückstisch auf und erbot sich, die Fische zu säubern und zu braten, eine Idee, auf die sie bislang noch nie verfallen war.

Selbst ihre Schwester geriet darüber ins Staunen. „Es ist unglaublich, Trent, was Sie mit ihr angestellt haben. Offenbar will sie Ihnen beweisen, dass sie kochen kann."

„Kann sie es denn?"

„Oh ja, unsere Mutter hat uns alle Tricks und Kniffe einer guten Hausfrau beigebracht. Ihrer Meinung nach muss eine Frau unbedingt kochen können. Bis jetzt schien Frederica von diesen Vorstellungen allerdings nicht viel zu halten. Mittlerweile fragen wir uns jedoch, ob sie ihre sogenannten Prinzipien wirklich ernst meint."

Trent setzte sich zu Shari an den Tisch und trank einen Schluck Kaffee. „Welche Prinzipien hat Frederica denn?"

„Zum Beispiel, dass sie die Ehe ablehnt. In Wahrheit hat das Ende ihrer Verlobung mit Brady sie ziemlich mitgenommen, auch wenn sie das nie zugeben würde. Die Umstände, unter denen die Geschichte vonstattenging, haben sie verbittert. Hätte Brady ihr klipp und klar erklärt, er wolle die Verlobung lösen, wäre alles nicht so schlimm gewesen. Ein paar Tränen und Seufzer, und die Sache wäre aus der Welt gewesen. Stattdessen musste sie ihn mit Gloria im Bett überraschen. Das war sein Stil. Er war einfach zu feige, ihr die Wahrheit ins Gesicht zu sagen. Und Gloria war das genaue Gegenteil von Rica, für jeden Scherz zu haben, überall dabei, kurzum der Mittelpunkt der Klasse. Dabei war sie nicht einmal besonders nett. Sie machte sich häufig einen Spaß daraus, Rica ziemlich gemein zu necken."

„Glauben Sie, dass Frederica Brady liebte?"

„Verknallt war sie wohl in ihn. Liebe kann man das aber nicht nennen. Dafür war Rica damals zu jung und unerfahren. Brady war einfach der erste Mann, der sich für sie interessierte. Und sie lechzte regelrecht nach männlicher Aufmerksamkeit. Als Brady ihr dann den Hof machte, geriet sie ganz aus dem Häuschen."

„Warum hat Brady überhaupt ein Verhältnis mit ihr begonnen, wenn sie nicht sein Typ war?"

„Das habe ich mich auch öfters gefragt. Vielleicht hing es damit zusammen, dass Rica während ihres ersten Jahres auf dem College endlich anfing, aus sich herauszugehen. Sie nahm einige Pfunde ab und wurde viel geselliger. Und ihre Selbstsicherheit wuchs. Während dieser Zeit kam sie an den Wochenenden und in den Ferien regelmäßig nach Hause. Brady hatte gerade sein Studium beendet. Wahrscheinlich weckte Ricas Wandel seine Neugierde. Oder er langweilte sich einfach. Es gab nur wenige unverheiratete Frauen, mit denen er sich hätte treffen können, und Gloria hatte zu dieser Zeit einen festen Freund."

„Dann war Rica nur ein Zeitvertreib für ihn", meinte Trent.

„Ja. Doch sie himmelte ihn förmlich an. Ehe wir merkten, wie ernst es war, verlobten sie sich. Rica schwebte im siebten Himmel. Dann kam Gloria vom College zurück. Sie war frei und interessierte sich für Brady. Und Brady wollte Gloria und eine Teilhaberschaft in der Versicherungsagentur ihres Vaters. Wahrscheinlich wusste er nicht, wie er meiner Schwester diese Nachricht beibringen sollte."

„Also entschied er sich für einen Schlag ins Gesicht."

Shari nickte. „Die Ärmste, gleich mit dem ersten Mann eine so grausame Erfahrung zu machen. Sie hat sich die Sache sehr zu Herzen genommen. Damals schwor sie sich, niemals zu heiraten." Sie lächelte. „Mutter wartet seit Jahren darauf, dass Rica ihre Meinung ändert."

„Stattdessen hat sie sich ganz ihrer Firma Cromwell & Sterling verschrieben", schloss Trent.

„Sie scheint in Seattle einen großen Bekanntenkreis zu haben."

„Das habe ich befürchtet." Er seufzte. „Sie besitzt Geld, Stil und Schick. Wer möchte da nicht mit ihr ausgehen?"

„Trotzdem hat sie sich noch auf keine dauerhafte Bindung eingelassen. Sie wissen ja, wie das ist. So wie Gloria Paxton heute vielleicht glaubt, Brady sei nur auf die Beteiligung an der Firma ihres Vaters aus gewesen, könnte es Rica in Zukunft auch ergehen. Ihre Firma hat sich einen guten Namen erworben und steht erst am Anfang ihrer Entwicklung. Viele Männer sind ganz erpicht darauf, da einzusteigen. Aus diesem Grund hält Rica auch Distanz zu ihnen. Dabei scheint sie sich ihrer Kühle nicht einmal bewusst zu sein."

„Ich kenne sie anders." Trent bemerkte erst, mit wie viel Gefühl er gesprochen hatte, als er Shari lächeln sah. „Was ist daran so lustig?"

„Eigentlich nichts. Es ist, wie ich vermutet habe. Wenn Rica ihre Zurückhaltung aufgibt, dann total. Seit sie mit Ihnen in Portland war, ist sie wie ausgewechselt. Ich habe sie noch nie so erlebt. Wenn sie nicht schon bis über beide Ohren in Sie verliebt ist, ist sie zumindest auf dem besten Weg."

„Glauben Sie das wirklich?"

„Aber ja", versicherte sie ihm und schob schnell eine Frage hinterher: „Ist es Ihnen auch ernst? Andernfalls möchte ich Sie bitten, die Beziehung unverzüglich zu beenden. Es wäre Rica gegenüber nicht fair."

Trent blickte Shari fest in die Augen. „Ich beabsichtige nicht, Ihrer Schwester wehzutun. Darauf gebe ich Ihnen mein Wort. Ich möchte sie zur Frau. Doch wie ich Frederica kenne, wird das nicht leicht werden."

„Da haben Sie recht." Shari lehnte sich in ihrem Stuhl zurück. „Im Augenblick läuft ja alles wunderbar. Aber was passiert, wenn die erste Meinungsverschiedenheit auftaucht? Ich sollte Sie warnen, Rica lässt sich von einem Mann nicht herumkommandieren, genauer, von niemandem. Sie ist es gewohnt, ihren Standpunkt durchzusetzen."

„Das überrascht mich nicht."

„Was also wird geschehen, wenn Sie das erste Mal ein Machtwort sprechen?" Shari musterte ihn neugierig. „Rica ist eine unabhängige, selbstständige Frau, zudem äußerst temperamentvoll, obwohl sie sich in letzter Zeit redlich bemüht, ihr Temperament etwas zu zügeln. Und Sie werden nicht immer klein beigeben wollen, sosehr Sie Rica auch lieben."

„Das wird sich zeigen", entgegnete Trent. „Warten wir's ab."

Drei Tage nach der schicksalhaften Fahrt nach Portland begann Frederica, ungeduldig zu werden. Es ergab sich kaum eine Gelegenheit, mit Trent allein zu sein. Was sie jedoch noch mehr ärgerte, war die Tatsache, dass er sich auch nicht sonderlich darum bemühte. Während der ersten Wochen ihrer Bekanntschaft hatte er nichts unversucht gelassen, sie – wo auch immer – ohne Zuschauer zu treffen. Und sie hatte sich dauernd neue Schliche ausdenken müssen, um Zusammenkünfte zu vermeiden. Jetzt schien er vollauf damit zufrieden zu sein, ihr im Kreis der Familie zu begegnen.

Frederica verstand die Welt nicht mehr. Zuerst befürchtete sie, er habe das Interesse an ihr verloren, nachdem sie einmal mit ihm geschlafen hatte. Doch oft spürte sie seinen intensiven Blick, der ihr verriet, dass er sie nach wie vor begehrte.

Warum unternimmt er dann nichts, um mit mir allein zu sein, überlegte sie mit wachsender Wut. Es wäre so einfach. Eine Spazierfahrt am Abend, ein Gang am See oder ein Picknick böten die besten Gelegenheiten.

Ein Picknick! Sofort fasste sie einen Plan. Neulich hatte er sie eingeladen, jetzt wollte sie sich revanchieren. Aber heute würde es nicht nur bei einem netten Plauderstündchen bleiben wie beim letzten Mal. Henry musste ihr einen Imbiss richten, und dazu wollte sie eine Flasche Weißwein aus dem Weinkeller ihres Vaters holen.

Eine halbe Stunde später war alles vorbereitet. Mit dem Picknickkorb im Arm machte sie sich auf die Suche nach Trent. Sie fand ihn auf der Terrasse beim Lesen.

„Liegt etwas Besonders an?", erkundigte er sich beiläufig und klappte das Buch zu.

„Hast du Lust auf ein Picknick?"

„Das kommt darauf an, was du in deinem Korb verbirgst", erklärte er und verschränkte die Arme unterm Kopf.

„Eine Flasche Wein, Sandwiches mit Hühnerbrust, Kartoffelchips und Schokoladenkuchen."

Trent sprang auf. „Warum sagst du das nicht gleich. Nichts wie weg."

„Meine Mutter pflegt zu sagen: ‚Liebe geht durch den Magen.‘ Und ich glaubte immer, ihr Männer würdet auf solche Tricks nicht hereinfallen."

Er legte den Arm um ihre Schulter. „Du solltest mehr auf deine Mutter hören. Wo werden wir dieses Festmahl einnehmen?"

„Ich dachte an unseren alten Platz vom letzten Mal."

„Einverstanden, das ist eine blendende Idee."

Leider verlief nicht alles so reibungslos wie geplant. Nachdem sie den Platz erreicht hatten, breitete Frederica eine Decke auf dem Boden aus und packte den Picknickkorb aus. Trent aß und trank mit sichtlichem Vergnügen. Doch mehr ergab sich nicht.

Die ganze Situation ist einfach lächerlich, schimpfte sie im Stillen und überlegte verzweifelt, wie sie ihr Ziel erreichen konnte. Sie hatten über Belangloses geplaudert, angefangen vom Geschäft bis zum Angeln, über ihre Beziehung allerdings war kein Wort gefallen. Aber wenn sie weiterkommen wollte, musste sie dieses Thema anschneiden.

Diese Aussicht behagte Frederica gar nicht. Die alte Angst, abgewiesen zu werden, eine Angst, die seit jener miesen Erfahrung mit Brady noch tief in ihr steckte, hatte sie bis jetzt nicht überwunden. Daher hatte sie auch nie einen Annäherungsversuch von sich aus gewagt. Es war leichter und sicherer gewesen, dem Mann den ersten Schritt zu überlassen. Leider schien Trent nach seinem turbulenten Start das Tempo erheblich gedrosselt zu haben.

„Ich würde, wenn ich nach Portland heimfahre, gern eine Kiste von diesem ausgezeichneten Wein mitnehmen", erwähnte er beiläufig, als er die leere Flasche in den Korb zurückstellte. „Dein Vater hat wirklich einen bemerkenswerten Geschmack."

„Ja, das stimmt." Sie beobachtete ihn, wie er ruhig auch die restlichen Sachen verstaute. „Bei ihm muss alles Spitzenqualität haben."

„Unverkennbar. Außerdem ist er noch ein guter Geschäftsmann."

„Ich weiß." Sie runzelte die Stirn. Allmählich musste sie sich etwas einfallen lassen. „Trent?"

„Ja?"

„Möchtest du jetzt gleich in die Pension zurück?"

„Nicht unbedingt." Er sah sie erwartungsvoll an.

„Fein." Sie lächelte. „Ich würde gern noch ein Weilchen bleiben. Wir sind hier ganz ungestört, und zu Hause wird uns niemand vermissen."

„Ich hätte mein Buch mitbringen sollen. Na ja, dann halte ich eben ein kleines Nickerchen."

„Du wirkst aber gar nicht müde."

„Ich habe Urlaub und kann tun und lassen, was ich will", erklärte er schmunzelnd, während er sich an einen Baumstamm lehnte und auf den See blickte. „Das ist ein wunderbares Fleckchen Erde."

„Wenn man hier aufgewachsen ist, nimmt man diese Schönheiten kaum noch wahr", meinte sie geistesabwesend. „Trent?"

„Hm?" Er betrachtete das Spiel der Sonnenstrahlen auf der Wasseroberfläche.

„Ich denke gerade über uns nach."

„Tatsächlich?"

„Über die Nacht in Portland", fuhr sie entschlossen fort. „Sie hat mir viel bedeutet. Dir auch?"

„Ja", antwortet er leise. „Mir auch."

Erleichtert atmete sie auf. „Ich bin froh, dass du das sagst. Ich habe mich nämlich schon gefragt, ob …"

„Ob was, Frederica?"

Sie studierte sein Profil, doch nichts deutete darauf hin, was in ihm vorging. „Es fiel mir nur auf, dass du, seit wir zurück sind, kein Wort mehr über diese Nacht verloren hast."

„Du auch nicht", stellte er fest.

Sie zuckte zusammen. Das stimmte. „Dann bringe ich das Thema eben jetzt zur Sprache", erklärte sie mit einer Spur von Aggressivität in der Stimme.

„Ich höre." Trent rührte sich nicht. „Worum genau handelt es sich?"

Ihre Geduld war am Ende. Sie setzte sich auf und beugte sich vor. „Eigentlich will ich überhaupt nichts mit dir besprechen", fuhr sie ihn an.

Er schaute sie eindringlich an. „Und warum hast du das Thema dann überhaupt angeschnitten?"

„Ach verdammt. Ich suchte einen Vorwand, dich zu küssen", rief sie und warf sich in seine Arme. „Seit wir wieder hier sind, hast du mir höchstens einmal einen flüchtigen Gute-Nacht-Kuss auf die Wange gedrückt." Sie schlang die Arme um seinen Nacken und küsste ihn mit jener ungestümen Leidenschaft, die er in Portland in ihr erweckt hatte.

Trent versuchte nicht, ihr auszuweichen. Erleichtert entdeckte sie, dass sein Verlangen nach ihr noch genauso stark war wie in ihrer gemeinsamen Nacht. „Warum hast du mich später nicht mehr so heftig geküsst?" Außer Atem ließ sie ihn los.

„Es geschah nicht ohne Absicht“, erwiderte er, während er zärtlich ihre Brust streichelte.

„Was soll das heißen?“, fragte sie argwöhnisch.

„Ich wollte, dass du die Initiative ergreifst. Du brauchst keine Angst zu haben, zurückgewiesen zu werden. Nicht bei mir. Das musst du erst noch lernen.“

Sie erstarrte. „Deine Erziehungsversuche gefallen mir ganz und gar nicht.“

„Es ging nicht nur darum. Ich möchte schließlich auch etwas Bestätigung haben. Ist dir das nie in den Sinn gekommen?“

„Nein, ehrlich gesagt, nicht“, gestand sie fast ein wenig beschämt.

„Zur Liebe gehören immer zwei. Manchmal will ein Mann eben auch erfahren, dass er begehrt wird.“

Ihre Augen leuchteten auf. „Aber ich begehre dich doch.“

„Ich weiß, Darling.“ Er senkte den Kopf und küsste sie. Einen Augenblick später bettete er sie auf die Decke und legte sich zu ihr.

Sie streichelte ihn und spürte sein Verlangen. „Ich bin dabei, zu lernen“, flüsterte sie, während sie seine Gürtelschnalle öffnete.

Es war fast halb vier, als Trent und Frederica Hand in Hand in die Pension zurückkehrten. Die Familie empfing sie etwas bedrückt, denn in der Zwischenzeit hatte Fredericas Partnerin Glenna Sterling angerufen und sie dringend zu sprechen gewünscht. Es ging um den Kreditantrag, den sie zur Ausweitung ihres Geschäfts bei einer Bank in Seattle gestellt hatten. Frederica ahnte nichts Gutes. Sie hastete zum Telefon.

Natürlich hatte Trent gleich jede Menge wohlmeinender Ratschläge parat, was die Finanzierung junger Unternehmen betraf. Doch Frederica winkte ab und rief unverzüglich Glenna an. Leider bestätigten sich ihre Befürchtungen. Die Bank hatte den Antrag abgelehnt. Der Direktion erschienen ihre Pläne offensichtlich zu riskant.

Fast hätte Frederica sofort ihren Urlaub abgebrochen, um die Angelegenheit an Ort und Stelle selbst in die Hand zu nehmen. Doch Glenna überzeugte ihre Freundin davon, dass sie im Augenblick nichts ausrichten konnte. Außerdem stand Sharis Hochzeit ins Haus. Und dieses Ereignis, auf das sie sich schon so lange gefreut hatte, wollte sie möglichst nicht versäumen.

Trotzdem war ihre glückliche Stimmung ziemlich gedämpft. Sollten sich ihre wundervollen Zukunftspläne etwa in Luft auflösen?

7. KAPITEL

Was hältst du davon, Shari?“ Frederica drehte sich nach allen Seiten, um ihrer Schwester das weiße, eng anliegende Seidenkleid mit dem tiefen Ausschnitt, das sie zu der Cocktailparty heute Abend tragen wollte, vorzuführen.

Shari, die ein schlichtes rotes Jerseykleid angezogen hatte, starrte teils bewundernd, teils verwirrt auf Frederica.

Ihr Kleid zeigte mehr, als es verbarg. Der vordere V-Ausschnitt reichte fast bis zum Nabel, und der hintere gab ihren ganzen Rücken frei. Der Rock endete eine Handbreit über den Knien, und die Füße steckten in gefährlich hohen Pumps. In dieser Aufmachung würde sie bestimmt die Aufmerksamkeit aller Anwesenden erregen.

„Deine Kleider werden auch zu jeder Party gewagter“, stellte Shari sachlich fest. „Das erste hatte ein extrem enges Mieder und legte deinen halben Busen bloß, das rot-weiß getupfte brachte sogar die einiges gewöhnten Leute vom Partyservice aus der Fassung. Ganz zu schweigen von dem grünen neulich im Country Club, das deinen ganzen Rücken zur Schau stellte, wie Tante Agnes so treffend bemerkte. Und jetzt dieses. Was willst du damit eigentlich erreichen? Uns schonend darauf vorbereiten, dass dein Brautjungfernkleid alle Grenzen sprengen wird? Vielleicht aus durchsichtiger Plastikfolie? Bei dem Gedanken an dein Kleid auf meiner Hochzeit bekomme ich Albträume.“

„Sei nicht so prüde, Shari. Auch wenn du dich entschlossen hast, wieder in Gallant Lake zu leben, so teilst du doch nicht Geschmack und Moral dieser Kleinstädter. Das hier ist der letzte Schrei in dieser Saison.“

„Trotzdem, du zeigst zu viel Haut“, meinte Shari bestimmt. „Tragen kannst du so was ja, das muss man dir lassen. Doch ich fürchte, für eine Cocktailparty in unserer Kleinstadt ist es unangebracht. Mehr als das grüne Kleid kann Gallant Lake nicht hinnehmen.“

„Unsinn.“ Frederica blieb vor dem Spiegel stehen, um ihre Frisur zu überprüfen. Sie hatte ihr Haar verführerisch hochgesteckt und an den Seiten einige Locken herausgezupft. „Ich bin sicher, die Leute von Gallant Lake verkraften auch diese Herausforderung.“

„Trent auch?“

„Trent?“ Frederica befestigte zwei lange, glitzernde Clips am Ohr. „Hast du Angst, das Kleid gefällt ihm nicht?“

„Meiner Einschätzung nach wird es ihm nicht recht sein, wenn dich heute Abend alle Männer mit ihren Blicken regelrecht verschlingen. Vor allem, wenn Brady unter ihnen ist."

Frederica, die gerade ihre Lippen nachzog, hielt mitten in der Bewegung inne. „Ich lasse mir von keinem Mann vorschreiben, was ich anziehen darf und was nicht. Außerdem ist Trent ein Mann von Welt. Er wird sich wohl kaum wegen eines Kleids aufregen."

Shari lächelte vielsagend. „Abwarten."

„Und wenn schon. Dann muss er es eben tolerieren." Frederica erinnerte sich plötzlich an Trents missbilligende Bemerkungen im Country Club über das grüne Kleid.

„Er wird ein Machtwort sprechen", gab ihre Schwester zu bedenken.

Diese Äußerung brachte Frederica zum Lachen. „Das kann ich mir nicht vorstellen. Was würde es ändern? Trent ist klug genug, nutzlose Debatten zu vermeiden."

„Wenn du meinst." Shari musterte ihre Schwester nochmals von Kopf bis Fuß. „Du siehst wirklich atemberaubend aus, auch wenn das Kleid freizügiger ist als ein Badeanzug. Eines jedenfalls ist gewiss, deine Erscheinung wird Gallant Lake unvergessen bleiben."

Im vollen Bewusstsein, dass ihr Auftritt heftige Reaktionen auslösen würde, schritt Frederica die große Treppe hinab ins Foyer, wo ihre Eltern, Trent und Jim Devore sie und Shari schon erwarteten. Trent schien als Einziger völlig unbeeindruckt zu sein. Mit kühlem Blick nahm er das Kleid zur Kenntnis und schwieg.

Anders Meg Cromwell. Sie machte aus ihrer Besorgnis keinen Hehl. „Rica, Liebes, findest du das Kleid nicht etwas zu … zu …" Sie hielt inne.

„Ich konnte es nicht verhindern", verteidigte sich Shari. „Sie ist der Meinung, Gallant Lake könne diesen Schock ertragen."

„Die Frage ist nur, ob Trent ihn verkraftet", gab ihr Verlobter zu bedenken. „Viel Glück, alter Junge. Ich habe Sie ja gewarnt. Die jungen Frauen dieser Familie sind sehr schwer in den Griff zu bekommen."

Amery Cromwell räusperte ich. „Wir sollten uns jetzt auf den Weg machen, Meg. Shari fährt mit Jim, und Trent wollte Rica in seinem Wagen mitnehmen." Er nahm seine Frau am Arm und öffnete die Tür.

„Komm, Darling." Jim griff nach Sharis Hand. „Die beiden müssen das unter sich klären."

Trent und Frederica blieben allein zurück.

Frederica stand auf der untersten Treppenstufe und schaute ihn erwartungsvoll an. „Gehen wir, sonst wird es zu spät, und, bitte, lass uns mit meinem Wagen fahren."

Langsam trat er auf sie zu. Eine Mischung aus Belustigung und Entschlossenheit spiegelte sich in seinen Augen, und um die Mundwinkel spielte ein kleines Lächeln. „Du konntest nicht widerstehen, nicht wahr?"

„Was meinst du damit?", fragte sie unschuldig.

„Frederica, meine Liebe, du verstehst sehr gut, was ich meine. Geh dich umziehen." Seine Stimme klang freundlich und sanft, duldete aber keinen Widerspruch.

Sie warf ihm einen erstaunten Blick zu. „Warum? Gefällt dir das Kleid nicht?"

„Das Kleid verführt jeden Mann dazu, dich auf der Stelle ins Bett zu tragen. Leider wollen wir auf eine Cocktailparty und nicht ins Bett."

„Das ist es also. Shari hatte doch recht. Du fängst an, Besitzansprüche zu stellen. Aber ich kann dich beruhigen, Trent. Meine Devise lautet: anschauen erlaubt, anfassen verboten." Sie hielt inne und lächelte ihn herausfordernd an. „Es sei denn, du lässt dich von deinen Gefühlen hinreißen und überwältigst mich einfach."

Er ging auf ihre Bemerkung überhaupt nicht ein. „Seit deiner Ankunft in Gallant Lake hast du oft genug eine Show abgezogen. Das muss heute Abend nicht schon wieder sein. Geh dich jetzt bitte umziehen, Darling. Wir kommen sonst zu spät."

Sie holte tief Luft und atmete langsam wieder aus. „Mir scheint, unsere Beziehung ist an einen Wendepunkt gelangt."

„Du irrst dich, dieser Wendepunkt betrifft nur dich. Du hattest deinen Spaß mit den gutmütigen Leuten hier. Jetzt reicht es. Zieh dir etwas anderes an, Frederica."

Sie trommelte mit den Fingerspitzen aufs Treppengeländer. „Und wenn ich mich weigere?"

„Dann werde ich dir behilflich sein."

„Soll das eine Drohung sein?"

„Nein, ein Versprechen."

Es entstand eine lange Pause. Nur das Ticken der Uhr durchbrach die Stille, während Frederica einzuschätzen versuchte, wie weit sie das Spiel noch treiben konnte.

„Lass uns das Ganze doch von einem vernünftigen Standpunkt aus betrachten“, begann sie vorsichtig. „Schließlich sind wir beide erwachsen. Wenn ich mich jetzt umziehe, weiß doch meine Familie sofort, dass ich ein Schwächling bin.“

„Und wenn du dich nicht umziehst, weiß deine Familie sofort, dass ich der Schwächling bin“, entgegnete Trent ohne Umschweife.

„Sie könnten genauso gut daraus schließen, dass dir mein Kleid gefällt. Füge ich mich jetzt deinem Willen, entsteht bei dir vielleicht der falsche Eindruck, meine Nachgiebigkeit würde zu einer lieben Gewohnheit werden. Männer glauben immer, ein Recht zu haben, die Frauen nach ihrer Pfeife tanzen zu lassen, nur weil sie kräftiger sind. Stell dir vor, es wäre umgekehrt, dann sähe die Welt ganz anders aus. Die Einstellung der Geschlechter zueinander wäre genau entgegengesetzt.“

Er blickte kurz auf seine Armbanduhr. „Für solche hochinteressanten Spekulationen haben wir leider keine Zeit.“

Doch Frederica schien an dem Thema Gefallen zu finden. „Was würde nicht alles passieren. Jeder hielte es für selbstverständlich, dass die Männer zu Hause bleiben, sich um die Kinder kümmern und hübsch machen. Unsere Vorstellungen vom Familienleben würden um eine bezaubernde Note bereichert werden.“

„Rica“, fiel er ihr mit den ersten Anzeichen wachsender Ungeduld ins Wort. „Beende dieses Spiel. Ich bin heute nicht in der Stimmung dazu. Geh jetzt hinauf und zieh dich um.“

„Nenn mir einen stichhaltigen Grund, warum ich das tun sollte.“

„Frederica, wir stehen nicht auf der Bühne, und niemand klatscht. Und wenn du mir gegenüber schon glaubst, die Widerspenstige spielen zu müssen, nimm wenigstens ein bisschen Rücksicht auf deine Eltern. Haben sie es nicht verdient?“

Sie wusste, wann sie geschlagen war. Das weiße Kleid würde für Aufruhr sorgen, aber es gab Wichtigeres, als Gallant Lake zu schockieren. In diesem Augenblick genügte es ihr, Trent herausgefordert zu haben. Mit Erfolg. Er hatte eifersüchtig reagiert und Besitzansprüche erhoben, untrügliche Zeichen, dass er sie liebte. Diese Erkenntnis erleichterte es ihr, ihm Zugeständnisse zu machen.

Zehn Minuten später kam Frederica in einem pfirsichfarbenen, schulterfreien Kleid die Treppe herunter. Der Stufenrock ließ das Kleid verspielt wirken, doch der Schnitt war so schlicht, dass Trent nichts daran auszusetzen haben konnte. Wieder blieb sie auf der untersten Stufe stehen.

„Bist du jetzt zufrieden?", fragte sie mit einem hochmütigen Lächeln auf den Lippen.

„Akzeptiert." Er griff nach ihrer Hand. „Ich danke dir."

„Dafür bist du mir allerdings etwas schuldig."

Lachend öffnete er die Tür. „Wie ich dich kenne, schlägst du aus dieser Situation auch noch Kapital. Aber gut, ich willige ein. Wann muss ich mich revanchieren?"

„Wenn du es am wenigsten erwartest." Sie ging zu dem kleinen Parkplatz vor dem Gästehaus. „Lass uns mit meinem Wagen fahren."

„Wozu? Jeder in Gallant Lake hat deinen Sportwagen bereits ausgiebig bewundert."

Sie holte die Autoschlüssel aus ihrer Handtasche. „Es ist nur, weil ich selbst hinterm Steuer sitzen möchte."

„Soll das die Strafe für meinen schwer erkämpften Sieg sein?"

„Hast du Angst?", scherzte sie, nachdem sie eingestiegen waren und sie den Motor anließ.

„Natürlich habe ich Angst. Bei deinem Fahrstil ist das auch kein Wunder. Du rast, als sei der Teufel hinter dir her."

„Ich bin eine ausgezeichnete Fahrerin", widersprach sie. Mit quietschenden Reifen schoss sie vom Parkplatz auf die Hauptstraße. Beide Hände um das Lenkrad gelegt, steuerte sie sehr konzentriert. Sie mochte diesen Wagen und seine schnellen Reaktionen sehr. In hohem Tempo ging sie in die Kurven. Absichtlich.

Schweigend ließ Trent sie zehn Minuten gewähren, dann sagte er ruhig: „Jetzt ist es genug."

„Was ist genug?"

„Deine Rache. Sei vernünftig und fahr langsamer."

Sie drosselte das Tempo, und augenblicklich wurde es stiller im Auto.

„Entschuldige, ich bin das nicht gewohnt", meinte sie schließlich.

„Nicht gewohnt, dich einem Mann anzupassen? Ich weiß. Für mich gilt das Gleiche. Ich bin es auch nicht gewohnt, so stark für eine Frau zu empfinden. Aber wir werden lernen müssen, damit zu leben."

Bis zur Ankunft in der Villa, in der die Party stattfinden sollte, sprachen Frederica und Trent kein Wort.

„Sieht so aus, als wäre ganz Gallant Lake hier versammelt", stellte sie angesichts der vielen Wagen fest, die in der Auffahrt geparkt waren.

„Keine Bange, in diesem Kleid machst du mehr Eindruck als mit dem weißen."

„Wie kommst du darauf?"

„Es ist nur so eine Ahnung. Bestimmt haben deine ehemaligen Schulkameradinnen von deiner Extravaganz gehört und sich für heute Abend das Ausgefallenste besorgt, das sie in Gallant Lake auftreiben konnten, um dich auszustechen. Wenn du jetzt in einem so schlichten Kleid auftauchst, werden sich natürlich alle völlig fehl am Platze fühlen."

Sie lachte laut. „Du entwickelst dich ja zu einem Experten für die weibliche Psyche."

„Ich lerne eben schnell." Er nahm ihren Arm und führte sie zum Eingang.

Gleich beim Betreten der Villa erkannte Frederica, dass sie mit ihrer Vermutung richtiglag. Tatsächlich schien ganz Gallant Lake anwesend zu sein. In all dem Trubel nahm kaum einer die Neuankömmlinge wahr. Trent erbot sich, ihr einen Drink zu holen, und verschwand in der Menge.

Shari war die Erste, die Frederica bemerkte, und natürlich fiel ihr die neue Aufmachung sofort auf. Wie unter Geschwistern üblich, konnte sie der Versuchung nicht widerstehen und meinte spöttisch: „Wie ich es prophezeit habe. Trent hat ein Machtwort gesprochen, und du hast dich gefügt."

„Du irrst, liebe Schwester. Ganz so war es nicht", berichtigte Frederica sie. „Wir haben vernünftig darüber geredet und es blieben nur zwei Möglichkeiten: Ziehe ich mich um, stehe ich als Schwächling da. Ziehe ich mich nicht um, ist er für alle der Schwächling. Ich wollte ihn nicht wegen so einer Kleinigkeit wie einem Kleid vor den Kopf stoßen."

Shari lachte so laut, dass mehrere Leute sich nach ihnen umdrehten. „Das ist ja eine ganz neue Seite an dir."

In diesem Augenblick kehrte Trent mit den Getränken zurück. „Hallo, Shari", sagte er zwanglos. „Wo haben Sie Ihren Verlobten gelassen?"

„Er muss seine Patienten begrüßen."

„Sie scheinen sich ja blendend zu amüsieren. Ihr Lachen dringt bis in den nächsten Raum. Hat Frederica Ihnen einen Witz erzählt?"

„Ganz im Gegenteil", verriet Shari. „Wir haben uns ernsthaft über diesen erstaunlichen Kleiderwechsel unterhalten."

Jetzt reichte es Frederica. „Wenn hier noch irgendjemand ein Wort über dieses Thema verliert, ziehe ich mich vor allen Leuten nackt aus. Das schwöre ich euch. Dann habt ihr wirklich etwas, worüber es sich lohnt zu reden. Verstanden?"

„Sprechen Sie lieber nicht weiter, Shari", riet Trent. „Frederica bringt es fertig und macht ihre Drohung wahr."

„Das glaube ich auch", bemerkte Shari schnell. „Man darf Rica nur bis zu einem gewissen Punkt reizen, sonst explodiert sie."

Plötzlich kam eine junge Frau auf die Gruppe zu. „Rica, wie schön! Wir haben uns ja eine Ewigkeit nicht mehr getroffen. Lass dich anschauen. Du siehst großartig aus." Sie nickte Trent und Shari kurz zu.

„Hallo, Liz. Ich hätte dich fast nicht erkannt." Frederica nahm ihre alte Schulfreundin in die Arme. Liz Sawyer war zwar zwei Jahre älter als sie, aber beide hatte dasselbe Problem verbunden. Auch Liz war so klein und zierlich wie Frederica. „Ich kann dein Kompliment nur zurückgeben."

„Erkennst du es wieder?" Liz drehte sich im Kreis, um ihre raffiniert gemusterte Seidenbluse und den weit schwingenden Rock zu zeigen. „Es ist natürlich ein Cromwell & Sterling-Modell. Ich liebe es. Mein Kleiderschrank hängt voll von deinen Modellen. Sie passen wie angegossen."

Erfreut bedankte Frederica sich für das Lob, ehe sie alle einander vorstellte. Es dauerte nicht lange, da hatte sich eine Gruppe junger Frauen um Frederica geschart, um aus erster Hand zu hören, ob alles, was man sich über sie erzählte, auch stimmte.

Trent flüsterte ihr zu, dass ihn das nicht interessiere und er sich auf die Suche nach ihrem Vater mache. Er drückte ihr einen Kuss auf die Wange und verschwand in der Menge.

Die Frauen folgten ihm kurz mit den Blicken, ehe sie sich wieder dem Thema Mode und den Trends der kommenden Saison zuwandten.

Zum ersten Mal seit ihrer Rückkehr nach Gallant Lake dachte Frederica nicht daran, Aufsehen zu erregen und allen zu beweisen, wie sehr sie sich verändert hatte. Ganz im Gegenteil, sie verhielt sich völlig normal, plauderte entspannt mit Bekannten und erneuerte alte Freundschaften. Und es machte ihr Spaß. Eine ganz neue Erfahrung.

Sogar ihre Kindheit kam ihr mittlerweile gar nicht mehr so übel vor. Es hatte viele Mädchen gegeben, die im Schatten einiger weniger ein Mauerblümchendasein gefristet hatten. Früher war ihr das nur nicht aufgefallen. Und alle hatten sie, wie Frederica selbst, die Zeit gut überstanden.

Als ihr der Zigarettenqualm und die stickige Luft zu viel wurden, entschuldigte sie sich, holte sich ein neues Glas Wein und wechselte ein paar Worte mit dem Gastgeber.

Bevor sie auf die Terrasse trat, um frische Luft zu schnappen, blickte sie suchend um sich, um Trent zu entdecken. Er war mit ihrem Vater und zwei anderen Männern zusammen und unterhielt sich angeregt. Ihren ernsten Mienen nach zu schließen, musten sie entweder über den Dritten Weltkrieg oder das Angeln sprechen, nahm sie an. Männern fehlte eben manchmal der Sinn für die eigentlichen Probleme des Lebens. Jedenfalls wollte sie Trent jetzt nicht stören und beschloss, allein zu bleiben.

Als sie durch die weit geöffneten Glastüren ging, wehte ihr eine sanfte Brise entgegen. Erfreut stellte sie fest, dass die Terrasse leer war, zumindest im Augenblick. Sie brauchte ein wenig Ruhe, um sich von dem Lärm drinnen zu erholen. Mit dem Glas in der Hand schlenderte sie zur Balustrade und schaute auf den im Mondschein glänzenden See.

Zum ersten Mal an diesem Tag hatte Frederica ein paar Minuten für sich allein und konnte sich noch einmal die Situation vorhin zu Hause vergegenwärtigen. Bei keinem anderen Mann, nur bei Trent, hätte sie in der Kleiderfrage nachgegeben, dessen war sie sich bewusst. Seltsam, welche Bedeutung er für sie bekommen hatte.

„Rica?“ Brady Paxtons Stimme riss sie aus ihren Gedanken.

„Hallo, Brady“, erwiderte sie, nicht sonderlich erfreut über die Begegnung. Sie drehte sich nicht einmal um.

„Ich habe dich schon gesucht“, verkündete er in ernstem Ton und trat näher. „Wir müssen miteinander sprechen.“

„Wir haben uns nichts zu sagen, Brady.“

Er seufzte. „Ich weiß, ich war anfangs etwas schwer von Begriff, aber jetzt bin ich dir auf die Schliche gekommen. Ganz schön gerissen bist du, das muss dir der Neid lassen. Diese Kaltblütigkeit hätte ich dir gar nicht zugetraut.“

„Was redest du da bloß für dummes Zeug?“

„Kein Wunder, dass du neulich nicht mit mir verhandeln wolltest“, fuhr er fort. „Du hattest deine eigenen Pläne, nicht wahr? Bestimmt haben dich die fünf Prozent Provision, die ich dir angeboten habe, köstlich amüsiert.“

„Das nicht gerade", entgegnete sie trocken, während sie überlegte, worauf er hinauswollte. „Wie geht es deiner Frau? Hast du sie heute Abend mitgebracht? Vielleicht möchte sie uns Gesellschaft leisten."

„Vergiss Gloria", fauchte Brady. „Hier geht's ums Geschäft."

„Bei mir nicht. Ich bin hier draußen, um frische Luft zu schnappen."

„Du bist wirklich knallhart. Wer hätte diese fantastische Wandlung ahnen können. Vor neun Jahren warst du nämlich ganz anders."

„Du meinst dumm. Damals habe ich dir vertraut, Brady. Nun ja, manche brauchen eben etwas länger, bis sie klug werden. Mittlerweile bin ich es." Brady schaute sie eindringlich an. „Du hast nichts vergessen, habe ich recht? Du begehrst mich immer noch, das spüre ich. Nach außen hin gibst du dich kalt und abweisend, aber in Wahrheit bist du ganz wild auf mich." Frederica lachte verächtlich auf und drehte sich zu ihm um. „Wenn du das wirklich glaubst, bist du sogar noch dümmer, als ich es mit neunzehn war. Ich würde dich nicht einmal geschenkt nehmen."

Bei diesen Worten änderte sich seine Stimmung schlagartig. „Ich bin dir wohl nicht mehr gut genug. Jetzt, da du diesen Ravinder an der Angel hast, denkst du, es geschafft zu haben. Für den bist du nichts als ein Zeitvertreib, ein Urlaubsflirt. Überleg doch mal. Wenn du nur einen Funken Verstand hättest, würdest du die Gelegenheit ergreifen, um an die Information zu gelangen, die wir beide brauchen. Du wirst dir doch nicht einreden wollen, der Mann sei ernsthaft an dir interessiert. So dumm kannst du wirklich nicht sein."

„So wie ich mir bei dir eingeredet habe, dass du es ernst mit mir meinst?", hakte sie betont freundlich nach.

Obwohl von drinnen nur wenig Licht nach draußen fiel, sah sie deutlich, wie Brady rot wurde. „Vor neun Jahren musste ich eine Entscheidung treffen. Es war die falsche. Das weiß ich jetzt. Aber wenn es dich tröstet, ich habe teuer dafür bezahlt. Ich bin nicht glücklich mit Gloria. Oft liege ich nachts wach und frage mich, wie alles gekommen wäre, wären wir beide zusammengeblieben. Eine Scheidung steht natürlich nicht zur Debatte. Glorias Vater würde mir dann sofort die Partnerschaft in seiner Versicherungsagentur aufkündigen und mich vor die Tür setzen."

„Und was ist mit deinen beiden Kindern? Spielen sie keine Rolle? Dumme Frage, du hattest ja noch nie Skrupel, andere Menschen zu verletzen. Soll ich dir einmal etwas sagen? Ich bin heilfroh, dass du mich damals nicht geheiratet hast. Deine Frau und deine Kinder haben mein aufrichtiges Mitgefühl."

„Komm mir nicht mit diesem Unsinn. Du bist doch nur darauf aus, dir einen großen Fisch zu angeln. Ich weiß genau, was du vorhast. Mir kannst du nichts vormachen."

„Tatsächlich? Da bist du ja besser informiert als ich selbst", scherzte sie.

„Du hast eine Affäre mit diesem Ravinder. In der ganzen Stadt ist es ein offenes Geheimnis, dass du ihn neulich nach Portland begleitet und dort übernachtet hast. Den Rest kann man sich leicht denken. Gloria konnte es gar nicht abwarten, mir davon zu berichten. Sie hat mich regelrecht mit der Neuigkeit überfallen, als ich von der Arbeit heimkam. Da siehst du, was für ein Flittchen Frederica ist, waren ihre Worte. Erst macht sie dir schöne Augen, und am nächsten Tag krallt sie sich diesen Ravinder. Gloria ist manchmal eine gute Beobachterin."

„Du solltest jetzt lieber deinen Mund halten, Brady."

Er nahm von ihrer Warnung keine Notiz. „Mir ist klar, was du im Schilde führst. Du hast dich mit Ravinder nur eingelassen, um herauszufinden, was Asgard Development plant. Du hältst dich wohl für sehr schlau. Aber ohne mich ist diese Information wertlos. Ich besitze das Vorkaufsrecht auf praktisch alle Grundstücke rund um den See. Früher oder später wirst du mit mir zusammenarbeiten müssen. Ich bin trotzdem bereit, deine Provision zu erhöhen."

„Vergiss es, Brady."

„Wir könnten auch eine Partnerschaft eingehen, wenn dir das vorschwebt."

„Ich sagte, vergiss es."

Ihre vermeintliche Sturheit brachte ihn noch mehr in Rage. „Wem willst du deine Information denn bitte sehr verkaufen, wenn nicht mir?"

Frederica verlor nun endgültig die Geduld. „Brady, du bist ein Idiot, das wirst du schon noch selbst merken. Kauf dir meinetwegen das ganze Land rund um den See. Asgard ist nicht daran interessiert, hier eine Ferienanlage zu bauen. Das weiß ich genau. Und selbst wenn es so wäre, würde ich dir nicht verraten, welche Grundstücke im Gespräch sind. Und möchtest du auch wissen, warum?"

„Weil du glaubst, dieser Ravinder liebt dich. Ist es das?"

„Weil ich ihn liebe", verkündete sie ohne Umschweife. „Ich werde ihn heiraten. Wenn du dir einbildest, ich würde wegen eines lausigen

Immobiliengeschäfts den Mann hintergehen, den ich liebe, dann kennst du mich verdammt schlecht. Und jetzt verschwinde wieder zu deiner Frau. Bestimmt vermisst sie dich schon."

„Du kleines Miststück", knurrte Brady drohend und hob die Hand, als wollte er sie schlagen. Frederica blickte ihn fest an, das Weinglas erhoben für den Fall, dass sie es ihm zur Verteidigung ins Gesicht schleudern musste.

Doch bevor die Auseinandersetzung gewalttätig werden konnte, erklang Trents Stimme. „Wenn Sie ihr ein Haar krümmen, Paxton, nehme ich Sie auseinander, und das ist keine leere Drohung!"

8. KAPITEL

Frederica wirbelte herum und sah Trent mit großen Schritten auf sich zukommen. Erleichtert stellte sie ihr Glas auf der Balustrade ab. Trent legte beschützend den Arm um ihre Schulter. Da erst merkte sie, wie heftig sie am ganzen Körper zitterte.

„Es tut mir leid“, flüsterte sie.

„Mir nicht“, entgegnete Trent leise. Dann wandte er sich mit eiskalter Stimme an Brady. „Sie gehen jetzt wohl besser hinein, Paxton. Es ist sinnlos, meine Verlobte weiterhin zu belästigen. Selbst wenn sie Bescheid wüsste, was sie übrigens nicht tut, würde sie Ihnen die gewünschte Information nicht verkaufen. Sie will nichts mehr mit Ihnen zu tun haben. Falls Sie das nicht begreifen, dann seien Sie gewarnt. Wenn ich Sie noch einmal in ihrer Nähe erwische, werden Sie Ihr blaues Wunder erleben. Haben wir uns verstanden?“

Mit verkniffener Miene ging Brady an ihnen vorbei auf die Glastür zu, wo er sich noch einmal umdrehte und Trent ins Gesicht schleuderte: „Sie spielt doch nur mit Ihnen, Ravinder. Zugegeben, sie ist ungeheuer sexy geworden, aber in Wahrheit hat sie nur den großen Coup im Sinn. Sie ist eine knallharte Geschäftsfrau. Wenn Sie wirklich so schlau sind, wie alle behaupten, dann werden Sie nicht auf sie …“

Er kam nicht mehr dazu, den Satz zu beenden. Frederica spürte, dass sich alles in Trent spannte, und dann schoss er wie ein Raubtier vor. Im gleichen Moment hörte sie einen Schlag und einen erstickten Aufschrei.

„Nein!“, stieß sie hervor, geschockt durch die Gewalt und die Plötzlichkeit, mit der alles passiert war. Fassungslos starrte sie auf Brady, der zusammengekrümmt am Boden lag.

Nach einigen langen Sekunden stützte er sich schwer atmend auf den Ellbogen und schaute zu Trent hoch, der über ihm stand.

„Verstehen wir uns jetzt?“, fragte dieser.

„Sie Bastard! Ihr zwei gebt wirklich ein sauberes Paar ab.“ Er raffte sich auf, klopfte wütend seinen Anzug ab und verschwand ohne ein weiteres Wort ins Haus.

„Ob er dich anzeigt?“, meinte Frederica im ersten Schreck.

„Keine Bange, das wird er mit Sicherheit nicht tun.“ Er schüttelte nachdrücklich den Kopf, als er ihre angstvoll geweiteten Augen sah. „Dazu ist ihm die ganze Sache viel zu peinlich. Oder glaubst du, es würde ihm behagen, wenn alle Welt die Einzelheiten dieser Auseinandersetzung erfährt?"

„Du hast recht. Brady würde sich nicht öffentlich bloßstellen wollen." Plötzlich schaute sie ihn beklommen an. „Jetzt spann mich nicht länger auf die Folter. Wie viel hast du von unserer Unterhaltung mitbekommen?"

„Genug. Doch das Einzige, was mich wirklich interessiert, ist, dass du mich heiraten willst."

„Das habe ich befürchtet." Seufzend lehnte sie sich an die Balustrade. „Es ist mir einfach so herausgerutscht. Ich wollte Brady nur überzeugen, dass ich mich absolut auf keinen Handel mit ihm einlasse. Als er mir vorwarf, eine Affäre mit dir zu haben, um dich auszuhorchen, musste ich ihm den Mund stopfen." Sie griff nach ihrem Glas und nahm einen großen Schluck Wein, als müsste sie sich Mut antrinken. „Manchmal reagiere ich zu impulsiv. Eine alte Angewohnheit."

„Ich kenne das." Geistesabwesend rieb er sich die Fingerknöchel. „Manchmal handle ich auch impulsiv. Aber das heißt nicht, dass ich es hinterher bereue. Wie ist es bei dir?"

Sie umklammerte das Glas. „Normalerweise bereue ich es auch nicht. Im Grunde sind die Dinge, die man impulsiv sagt oder tut, gar nicht so unüberlegt und überraschend. Oft sind sie einem schon lange vorher im Kopf herumgegeistert. Und plötzlich sprudelten sie heraus, einfach so. Und es ist die Wahrheit. So war es auch vorhin. Noch während ich mit Brady sprach, wurde mir auf einmal klar, dass ich dich liebe."

Trents Augen glänzten. Ihr Geständnis hatte ihn sehr erleichtert. „Dann kamen deine Worte also aus dem Herzen?"

„Ich wollte dich nicht überrumpeln, Trent", wehrte sie hastig ab. „Bitte versteh doch."

Er legte ihr den Finger auf den Mund. „Ist schon gut, Darling. Ich beschwere mich ja nicht, glaub mir. Auf diesen Moment warte ich schon so lange. Trotzdem bin ich erstaunt, wie schnell alles ging. Weißt du", fügte er geheimnisvoll hinzu, „bei mir war es Liebe auf den ersten Blick."

„Oh Trent, wirklich?"

„Ich wusste schon lange, dass ich dich zu meiner Frau haben möchte. Doch ehrlich gesagt, stellte ich es mir schwerer vor, dein Einverständnis zu erreichen. Du hast so wenig Interesse an Liebe und Ehe bekundet, dass ich schon befürchtete, es würde ewig dauern, dich zu gewinnen."

Sie lächelte ihn an. „Bist du über diesen leichten Sieg jetzt enttäuscht?"

„Soll das ein Scherz sein? Ich bin froh, dass du so schnell zur Vernunft gekommen bist. Deine Einsicht hat mir eine Menge Arbeit und viele schlaflose Nächte erspart."

Überglücklich schlang sie die Arme um seinen Nacken. „Mir war einfach nicht klar, was aus uns beiden wird. Ich muss blind gewesen sein. So starke Gefühle wie für dich habe ich noch für niemanden empfunden. Warum ist mir das nicht schon früher bewusst geworden?"

Er drückte sie zärtlich an sich. „Du warst viel zu beschäftigt, den Leuten hier eine Lektion zu erteilen. Ich stand dir da nur im Weg."

„Jetzt geht mir auch ein Licht auf, warum du mich mit nach Portland genommen hast."

„Danach entwickelte sich alles wie von selbst."

„Du bist ein kluger Mann."

„Ich weiß."

„Und so bescheiden."

„Es ist schwierig, neben einer ebenso klugen Frau bescheiden zu bestehen." Er küsste sie lang und innig.

Als sie wieder zu Atem kam, bemerkte sie mit warnendem Unterton: „Freu dich nicht zu früh. Ich habe Brady nicht nur berichtet, dass ich dich liebe, sondern ihm auch eröffnet, dass ich dich heiraten werde. Ein gewaltiger Unterschied."

„Ich werde meinen ganzen Mut zusammennehmen und mich in die Höhle der Löwin wagen, sprich: dich heiraten", verkündete Trent voller Überzeugung. „Du dagegen sitzt jetzt bereits in der Falle. Für dich gibt es kein Zurück mehr. Denn da Brady schon Bescheid weiß, weiß es inzwischen jeder auf der Party."

„Ein beglückender Gedanke."

„Bestimmt wird gleich deine ganze Verwandtschaft hier auftauchen, um zu erfahren, ob das Gerücht stimmt."

„Das scheint dich nicht nervös zu machen."

„Tut es auch nicht. Und dich?"

„Nein." Sie schüttelte entschlossen den Kopf. „Ich will dich ja heiraten. Ich hätte es mir zwar nie träumen lassen, aber so ist es nun einmal. Ach Trent, es gibt noch so viel, über das wir reden müssen."

„Frederica! Trent! Was zum Teufel geht hier vor?"

Trent und Frederica drehten sich um. Mit ausgebreiteten Armen kam Amery Cromwell auf sie zu, gefolgt von seiner Frau und Shari und einem schmunzelnden Jim Devore, Onkel George und Tante Agnes, die eine Flasche Champagner hochhielt. Hinter ihnen drängte sich eine Schar neugieriger Gäste.

Trent warf einen Blick auf die Versammlung, „In dieser Stadt lässt sich doch nichts geheim halten“, flüsterte er Frederica zu.

Am nächsten Nachmittag saßen Frederica und Trent zusammen am See. Trent lehnte an einem Baumstamm und Frederica hatte sich in seine Arme gekuschelt. Ab und zu schnippte er einige Steine über die Wasseroberfläche. „Ob es wirklich richtig war, so überstürzt zu handeln?“, fragte sie.

„Natürlich. Mach dir keine Sorgen. Ich werde mich um alles kümmern.“

„Vielleicht hätten wir unsere Verlobung erst nach Sharis Hochzeit bekannt geben sollen“, gab sie zu bedenken. „Ich möchte ihr den großen Tag nicht verderben.“

Er lachte. „Lass dir deswegen keine grauen Haare wachsen. Shari war ganz aus dem Häuschen, genauso wie alle anderen der Familie. Es wäre bestimmt taktlos gewesen, vor ihr zu heiraten, aber die Verlobung wird uns niemand ankreiden.“

„Bist du sicher?“

„Ganz sicher. Ich habe mich darüber lange mit deinem Vater unterhalten“, teilte er ihr mit.

„Was hast du?“ Sie richtete sich auf und sah ihn scharf an. „Was soll das heißen? Worüber habt ihr gesprochen? Und warum war ich nicht dabei?“

„Weil du heute Morgen um halb sechs noch geschlafen hast, als wir zum Angeln aufbrachen.“

„Hätte ich gewusst, dass ihr euch mit etwas so Wichtigem beschäftigt, wäre ich vielleicht mitgekommen“, murrte sie.

„Was wir miteinander geredet haben, war reine Männersache.“

„Tatsächlich? Und worüber genau unterhalten sich Männer, wenn sie unter sich sind?“

„Hauptsächlich darüber, wie glücklich alle über unsere Hochzeitspläne sind. Mehr noch, sie sind sogar äußerst erleichtert. Alle sind stolz auf deine berufliche Karriere, aber gleichzeitig sind sie überzeugt, dass du einen Mann brauchst. Deine Eltern wissen mein Opfer sehr zu schätzen. Immerhin habe ich deiner Familie eine große Last von den Schultern genommen."

Sie lachte schallend und trommelte mit den Fäusten auf seine Brust. „Du arroganter, anmaßender, egoistischer Mensch, du."

Grinsend packte er sie an den Handgelenken. „Behandelt man so den Mann, der bald dein Herr und Meister sein wird?"

„Du steigerst dich in die Sache ja richtig hinein. Ich hatte keine Ahnung, wie wild du darauf bist, Ehemann zu spielen."

Seine Miene wurde ernst. „Und ich hatte keine Ahnung, dass du so wild darauf bist, eine Ehefrau zu werden."

„Das war ich nie", entrüstete sie sich. „Ich habe ein erfülltes Leben geführt. Bis jetzt glaubte ich, alles zu besitzen, was das Leben für mich zu bieten hat."

„Und bei dem Gedanken an eine Ehe fiel dir jedes Mal ein, wie du vor neun Jahren von Paxton hintergangen wurdest, nicht wahr?"

Sie nickte. „Es war nicht nur die Tatsache, dass er mich mit einer anderen betrogen hat. Innerhalb von vierundzwanzig Stunden wusste die ganze Stadt davon. Als Brady ankündigte, er wolle Gloria heiraten, glaubte ich, vor Scham sterben zu müssen. Am liebsten wäre ich davongelaufen und hätte mich nie wieder hier blicken lassen." Sie machte eine Pause. „Ich war damals noch sehr unerfahren."

„Solch ein Erlebnis wäre für jeden ein Albtraum gewesen." Er strich ihr zärtlich durchs Haar. „Besonders für jemanden, der so empfindsam ist wie du."

„Was meinst du damit?"

„Mich kannst du nicht täuschen, Darling. Mit deiner extravaganten Kleidung und deinem selbstsicheren Auftreten versuchst du doch nur, den Leuten etwas vorzumachen. In Wahrheit bist du sehr sensibel und in vielerlei Hinsicht das Gegenteil einer Frau, die nichts anficht." Sie wollte schon protestieren, doch er hob abwehrend die Hand. „Diese Verletzbarkeit ist tief in dir verwurzelt. Gegen die kommst du nicht an. Also hör auf, sie abzustreiten."

„Woher weißt du das?"

„Das spüre ich jedes Mal, wenn ich dich in meinen Armen halte."

„Ihr Männer meint immer, alles über eine Frau zu wissen, sobald ihr einmal mit ihr geschlafen habt."

Dieser Vorwurf konnte ihn nicht erschüttern. „Ich weiß nicht alles über dich, aber das Wichtigste schon."

„Und das wäre?"

Er schaute sie zärtlich an und strich kurz über ihre Brust. Doch diese Berührung genügte, und ihre Knospen richteten sich deutlich sichtbar unter dem T-Shirt auf. „Du warst in den letzten Jahren Männern gegenüber sehr misstrauisch, aber mir hast du dich ohne Vorbehalte hingegeben. Du gabst mir das Gefühl, dass du mich begehrst wie keinen zuvor. Wärst du selbstsüchtig, hart oder emotional kalt, hättest du das nicht tun können."

Nach einer Weile stellte Frederica herausfordernd fest: „Ich weiß aber auch einiges über dich, Trent."

Er verzog den Mund. „Wirklich?"

Sie nickte. „Du bist ein aufmerksamer und aufrichtiger Mensch, dem ich hundertprozentig vertrauen kann. Zwar halte ich dich in manchen Dingen für zu hart und unerbittlich, doch ich hoffe, die Ehe lässt dich nachsichtiger werden. Warum du mich allerdings heiraten willst, ist mir schleierhaft."

„Keine Bange, ich bin nicht an deiner Firma interessiert wie so viele andere."

„Woher weißt du denn das schon wieder? Hast du etwa meinen Vater ausgehorcht?"

„Ich habe es von Shari", gestand er. „Versteh mich bitte nicht falsch, aber schließlich interessiert es einen, wer die zukünftige Frau ist."

„Das nächste Mal, wenn du etwas über mich in Erfahrung bringen möchtest, fragst du mich selbst, okay?"

„Okay."

„Und jetzt verrat mir bitte deine ehrlichen Gründe."

„Du bist klug, sexy und liebenswert. Was für Gründe brauchst du noch?"

„Evelyn Reece erzählte mir, du hättest im letzten Jahr intensiv nach einer passenden Frau Ausschau gehalten. Ihr Eindruck war, deine Suche sei erfolglos verlaufen."

Er runzelte missbilligend die Stirn. „Ihr beide scheint auf der Toilette dieses Restaurants ja eine ergiebige Unterhaltung geführt zu haben."

Sie warf ihm einen frechen Blick zu. „Jetzt siehst du, wie es ist, wenn andere über einen reden. Stimmt es, was sie mir erzählt hat?"

„Die ganze Angelegenheit ist kein Geheimnis. Ich bin vor einem Jahr zu der Überzeugung gelangt, dass es Zeit für mich wird."

„Zeit zu heiraten? Das hast du einfach so beschlossen?", fragte sie ungläubig. Sollte sie darüber lachen? „Ich kann es mir lebhaft vorstellen. Der große Grundstücksmakler hält die Zeit für gekommen, endlich zu heiraten, und geht die Sache tatkräftig und gewissenhaft an, als handle es sich um ein Immobiliengeschäft. Wunderbar. Das gefällt mir."

Trent murmelte etwas Unverständliches über ihren Sinn für Humor und fuhr dann mit seiner Erklärung fort. „Ich bin jetzt sechsunddreißig. Bis heute habe ich alles meiner Karriere geopfert. Nach meiner gescheiterten Ehe war ich, wie du dir denken kannst, zunächst nicht erpicht darauf, einen zweiten Versuch zu starten. Ich glaubte, für eine neue Ehe und Familie noch viel Zeit zu haben. Doch eines Morgens wachte ich auf und erkannte, dass mir etwas Wichtiges im Leben fehlt. Mein Beruf bedeutet mir viel, aber es gibt im Leben noch andere Dinge, die zählen. Ich sehne mich nach einer Frau, zu der ich abends heimkehre und die die Höhen und Tiefen des Lebens mit mir teilt. Findest du das so seltsam?"

„Nein."

„Warum unterdrückst du dann ein Schmunzeln?"

„Weil du so methodisch vorgegangen bist." Sie lächelte ihn an. „Das finde ich irgendwie süß."

„Süß?"

„Ja, süß", wiederholte sie fest. „Es hat so etwas Naives an sich. Verrat mir, was schiefgelaufen ist. Evelyn meinte, du hättest die Suche aufgegeben."

„Wenn ich wieder in Portland bin, muss ich ihr wegen ihrer Geschwätzigkeit wohl mal ordentlich die Leviten lesen."

„Untersteh dich. Sie hat es doch nur gut gemeint. Und jetzt sag mir endlich, wo lag das Problem?"

Er zuckte die Schultern. „Ich habe einfach nicht die Richtige gefunden, das ist alles. Vielleicht war ich auch zu verbissen. Ich weiß es nicht. Möglich, dass ich im Unterbewusstsein Angst hatte, an eine Frau zu geraten, die mich nur wegen meiner Position bei Asgard heiratet. Wie auch immer, jedenfalls hat es bei keiner gefunkt. Da warf ich das Handtuch und nahm mein gewohntes Leben wieder auf. Den Rest kennst du ja. Ich beschloss, Urlaub zu machen, fuhr hierher und plötzlich ergab sich alles wie von selbst."

Er sah so selbstzufrieden aus, dass sie wieder lachen musste. Zärtlich begann er, ihre Brust zu liebkosen, und Rica stöhnte auf. Er bettete sie auf den Waldboden und beugte sich über sie.

„Wann soll die Hochzeit stattfinden?", fragte sie nach einer Weile zögernd.

„So bald wie möglich. Warum? Wünschst du dir ein großes Fest wie Shari?"

„Nein."

„Gut. Dann brauchen wir nicht lange zu warten. Eine schlichte Zeremonie und eine kleine Feier im Kreis der Familie lassen sich schnell organisieren. Ich bin übrigens fest überzeugt, du wirst eine bemerkenswerte Ehefrau, Frederica Cromwell."

„Wie kommst du darauf?"

„Du kannst im richtigen Moment schweigen." Bei diesen Worten küsste er ihre Brustspitze.

Rica legte die Hände um seinen Kopf und drückte ihn erregt an sich.

Trent liebte es, ihr Verlangen zu spüren, und bald gaben sie sich ganz ihrer Lust hin.

Zwei Tage später fand Sharis Hochzeit statt. Die Cromwells feierten im Country Club mit einem üppigen Buffet und Champagner. Es wurde ein rauschendes Fest, was bei Megs Organisationstalent niemanden überraschte.

Die Feier war schon in vollem Gang, als sich für Frederica die Gelegenheit bot, ein paar Worte mit ihrer Mutter zu wechseln, deren Augen angesichts der tollen Stimmung glänzten.

„Alles läuft reibungslos. Du hast dich wirklich selbst übertroffen, Mom. Passen Shari und Jim nicht großartig zusammen?", stellte Frederica bewundernd fest.

Meg warf einen Blick auf ihre jüngste Tochter, die im Mittelpunkt des Interesses stand, und nickte voll mütterlichen Stolzes. „Ja, sie sind ein schönes Paar. Und beide sind so glücklich. Jim wird Shari ein vorbildlicher Ehemann sein."

Frederica trank einen Schluck Champagner. „Da hast du bestimmt recht."

„Trent wird dir auch ein guter Mann sein. Ich bin froh, dass ihr zwei zueinandergefunden habt. Was meinst du, was ich gelitten habe, bis es endlich so weit war."

„Du hast wohl befürchtet, ich könnte alles verpatzen."

„Ist das ein Wunder?", fragte ihre Mutter geradeheraus. „Du hast ja nichts unversucht gelassen, ihn auf Distanz zu halten."

„Er machte mich nervös", erklärte Frederica.

„Nervös? Wie um alles in der Welt hat er das denn fertiggebracht?"

„Ich weiß es nicht genau. Vielleicht weil ich im Innersten spürte, dass ich ihm erliegen würde, wenn es ernst wird."

„Was du zum Glück auch getan hast", schloss Meg. „Ich wünschte nur, ihr zwei würdet euch mit der Hochzeit noch ein wenig Zeit lassen. Ich könnte für euch eine ebenso schöne Feier organisieren."

Frederica lachte. „Das musst du mit Trent besprechen. Er ist derjenige, der nicht warten will."

„Ich kann ihn verstehen. Es wird für euch beide ja auch höchste Zeit, eine feste Bindung einzugehen. Das Leben verfliegt so schnell, und manchmal vergessen wir einfach die wichtigsten Dinge, und plötzlich ist es zu spät."

„So etwas Ähnliches hat Trent auch gesagt."

„Je älter man wird, desto mehr wird einem das bewusst. Trent ist ein guter Mann. Du hättest keinen besseren finden können."

„Ich weiß." Nach einer Weile sagte Frederica vorsichtig: „Es gibt allerdings auch einiges, das mir Sorgen bereitet. Aufrichtigkeit zum Beispiel bedeutet ihm sehr viel. Wusstest du das? In diesem Punkt ist er absolut unnachgiebig."

„Was ist daran so schlimm? Möchtest du lieber einen Mann, der weniger ehrlich ist? Jemanden wie Brady Paxton?"

„Natürlich nicht." Frederica beschloss, mit ihrer Mutter dieses Thema nicht länger zu diskutieren. In manchen Fragen klafften ihre Meinungen doch zu weit auseinander. „Alle sind erschienen, sogar Brady und seine Frau. Das überrascht mich", fuhr sie deshalb fort.

Meg konnte ihre Verwunderung über diese Bemerkung nicht verhehlen. „Warum hätten sie nicht kommen sollen? Wären sie der Feier ferngeblieben, hätte das nur für neues Gerede gesorgt. Das wissen sie selbst wohl am besten."

„Na und? Die Leute reden doch sowieso schon über Brady und mich."

„Sei nicht lächerlich. Diese Gerüchte sind in dem Augenblick verstummt, als du dich mit Trent verlobt hast. Eigentlich habe ich schon nach Portland kein Wort mehr darüber gehört. Aber zum Glück hat Trent diesem Tratsch endlich ein Ende gesetzt. Wie ich bereits sagte, meine Sorgen über deine Zukunft waren beträchtlich."

„An deiner Stelle würde ich mir eher um Onkel George und Tante Agnes Sorgen machen." Frederica deutete auf ihre Verwandten, die mit einigen Gästen ein lebhaftes Gespräch führten. Unter ihnen befanden sich auch Gloria Paxton und Trent.

Beunruhigt fragte Meg: „Was führen die beiden bloß im Schilde? Wenn sie heute eine Szene machen, bringe ich sie eigenhändig um, das schwöre ich."

„Sie werden ja ganz schön laut. Offensichtlich amüsieren sie sich prächtig."

„Ich muss George einen Dämpfer verpassen, ehe er auf dem Tisch tanzt oder sonst irgendeine Dummheit anstellt. Und deinem Vater werde ich mitteilen, dass er den beiden keinen Champagner mehr einschenkt."

Frederica sah ihrer Mutter nach, die sich energisch einen Weg durch die Menschenmenge bahnte. Dann widmete sie sich den Köstlichkeiten des kalten Buffets. Onkel Georges Lachen erfüllte bald den ganzen Raum. Es wurde erst leise, als Meg Cromwell zu der Gruppe trat. Frederica beneidete ihre Mutter nicht darum, Georges Übermut zu bremsen. Ihr Onkel verstand es, kräftig zu feiern, und schlug dabei oft über die Stränge.

Sie biss gerade in ein köstliches Kanapee, als sie George etwas von einer Mitgift sagen hörte: „Keiner hier braucht zu denken, wir hätten kein angemessenes Hochzeitsgeschenk für unsere beiden Nichten", verkündete er lauthals und lächelte erst Sharis frischgebackenen Ehemann und dann Trent an. „Agnes und ich haben uns diese Ankündigung bis zuletzt aufgehoben. Es sollte eine Überraschung sein. Vor Jahren schon habe ich einige Grundstücke an der Küste gekauft. Ich glaubte, sie seien eine gute Investition. Und meine Vermutung hat sich als goldrichtig erwiesen. Inzwischen sind beide ein Vermögen wert. Je eines dieser Grundstücke sollen unsere Nichten nun zu ihrer Hochzeit bekommen. Was haltet ihr davon?" Erwartungsvoll blickten George und Agnes in die Runde.

Alle nahmen die Neuigkeit mit Begeisterung auf. Sie klatschten, und zahlreiche Glückwünsche erklangen. Shari stieß einen Freudenschrei aus. Ihr Mann machte ein überraschtes, doch erfreutes Gesicht. Fredericas Eltern schüttelten amüsiert den Kopf.

Frederica sah zu Trent. Er hatte sie fest ins Visier genommen, und seine Augen funkelten kalt und furchterregend. Einen solchen Ausdruck hatte sie noch nie an ihm bemerkt. Ein Schauer lief ihr über den Rücken. Gleichzeitig schnürte ihr lähmende Angst fast die Kehle zu.

Er deutete mit einer Kopfbewegung an, sie solle hinaus auf die Terrasse kommen. Die Geste wirkte wie ein Befehl. Sie nickte kaum wahrnehmbar und machte sich auf den Weg. Ihre Beine fühlten sich an, als seien sie aus Gummi.

Doch statt Trent stand Gloria Paxton neben der geöffneten Tür. Ihr Gesicht war gerötet, und offenbar hatte sie zu tief ins Glas geschaut.

„Hallo, Gloria", murmelte sie. „Ich hoffe, du amüsierst dich gut."

„Sogar ausgezeichnet. Besonders jetzt, nachdem einige hochinteressante Fragen geklärt sind."

„Das ist schön. Entschuldige mich bitte, ich muss etwas frische Luft schnappen." Frederica ging nach draußen. Doch Gloria folgte ihr.

„Wie ich sehe, hast du heute keinen dieser vulgären Fummel an, die du mit deiner Freundin entwirfst." Geringschätzig musterte sie Fredericas schlichtes gelbes Organzakleid. „Wie rücksichtsvoll von dir, anlässlich der Hochzeit deiner Schwester auf dein übliches billiges Theater zu verzichten. Ich hatte dich schon in einem Haremskostüm oder im Bikini erwartet. Aber wahrscheinlich würde da dein Verlobter nicht mitspielen, oder?"

Die Angst, die Frederica eben noch empfunden hatte, schlug in kaum noch bezähmbare Wut um. Nein, sie würde Gloria Paxton nicht in den Swimmingpool stoßen, zumindest nicht bis der offizielle Teil der Feier vorüber war. So viel Beherrschung war sie ihrer Schwester schuldig. „Wenn du erlaubst, Gloria, würde ich nach diesen hektischen Stunden gern einen Augenblick allein sein."

„Es waren nicht nur hektische Stunden, es war überhaupt ein hektischer Urlaub, nicht wahr?", gab Gloria boshaft zurück. „Du hattest ja auch alle Hände voll zu tun. Erst hast du dich an Brady herangemacht. Aber bei ihm bist du wieder nicht gelandet. Er hat dich noch nie gewollt. Von Anfang an wollte er nur mich. Mit dir hatte er sich damals nur die Zeit vertrieben."

„Wir sollten dieses Gespräch besser beenden."

„Bist du etwa verlegen, Rica? Kaum zu glauben. Das letzte Mal, als ich dich verlegen sah, lag ich gerade mit Brady im Bett. Übrigens, diese kleine Szene war meine Idee. Ich hatte vorher bei dir zu Hause angerufen und wusste, du bist auf dem Weg zu ihm. Doch ich war vor dir da. Es hat wunderbar geklappt. Brady hatte es immer wieder hinausgezögert, eure Verlobung zu lösen, aber danach musste er handeln."

Frederica seufzte. „Vor Jahren hätte mir deine Eröffnung etwas ausgemacht, aber jetzt ist sie mir egal."

„Ich werde nie deinen dummen Gesichtsausdruck vergessen. Inzwischen bist du selbst verdammt gerissen geworden, viel schlauer als damals. Du bist zurückgekehrt, um dir meinen Mann zu angeln, und nun hast du einen viel dickeren Fisch an Land gezogen."

„Gloria, du weißt nicht, was du redest. Der Champagner ist dir wohl zu Kopf gestiegen."

„Um mich brauchst du dich nicht zu sorgen. Kümmre dich lieber um deinen Kram. Denn diesmal hast du dich übernommen. Ravinder ist kein Idiot, und er wird es nicht mit Freude gehört haben, welches Spiel du mit ihm treibst. Der dreht dir den Hals um."

„Wovon in aller Welt sprichst du?"

„Tu doch nicht so unschuldig. Jeder weiß es. Die Ankündigung deines großzügigen Onkels war ja deutlich genug. Die Sache ist klar, Rica. Dein Plan ist ein offenes Geheimnis."

„Ach wirklich?" Frederica trat einen Schritt vor. „Und was bitte, glaubst du, habe ich wohl geplant?" Ihre Stimme klang gefährlich leise, doch Gloria schien dieses Alarmzeichen nicht zu verstehen.

„Das sieht doch ein Blinder." Sie machte eine weit ausholende Armbewegung und verschüttete etwas Champagner. „Du wolltest unbedingt dieses Grundstück besitzen, das dein Onkel und deine Tante beabsichtigten, euch zur Hochzeit zu schenken, stimmt's? Richtig rührend, dein Onkel, als er von der kleinen ‚Überraschung' sprach, die er für seine Nichten parat hat, die ihm fast wie leibliche Kinder ans Herz gewachsen sind."

„Hör auf, du weißt ja nicht, was du sagst."

Glorias Blick wanderte zu dem Mann, der plötzlich im Türrahmen stand. Mit einer unsicheren Geste lud sie ihn ein, näher zu kommen, bevor sie laut weitersprach: „Nun, Mr. Ravinder, wie haben Sie die Neuigkeit aufgenommen? Frederica brauchte nur noch einen Mann, und da tauchten Sie gerade rechtzeitig auf. Glücklicherweise, muss ich sagen, sonst hätte sie noch versucht, mir Brady abspenstig zu machen. Schließlich benötigte sie auf Teufel komm raus einen Ehemann. Und um in den Besitz dieses Grundstücks zu gelangen, wäre ihr wohl jeder recht gewesen."

Wütend und den Tränen nahe warf sie ihr Champagnerglas auf den Boden und stürzte an Frederica und Trent vorbei in den Festsaal, um in der Menge zu verschwinden.

Frederica versuchte, in Trents Augen zu lesen, was in ihm vorging. Mitgefühl oder zumindest Bedauern. Oder hatte ihn diese Szene nur amüsiert? Doch sein Blick gab nichts preis. Er starrte sie an, als wäre sie ein außerirdisches Wesen.

„Trent, schau mich bitte nicht so an." Langsam beschlich sie wieder diese lähmende Angst von vorhin.

„Wie soll ich dich denn anschauen?"

„Warum bist du so erzürnt?"

„Seit wann weißt du über diese beiden Grundstücke Bescheid?", fragte er nur.

Sie sah ihn hilflos an. „Ich wusste, dass Onkel George und Tante Agnes mehrere Grundstücke besitzen, darunter auch welche am Strand. Aber ich ahnte ja nicht, dass sie zwei davon als Hochzeitsgeschenk zurückbehalten haben. Was spielt das überhaupt für eine Rolle?"

„Wie mir zufälligerweise bekannt ist, brauchst du eine beträchtliche Geldsumme, um die ehrgeizigen Expansionspläne für deine Firma in die Tat umzusetzen. Ich erinnere mich auch, wie enttäuscht du neulich reagiert hast, als deine Partnerin dir ausrichten ließ, die Bank habe euren Kreditantrag abgelehnt."

Aus ihrem Gesicht wich alle Farbe. „Trent, du nimmst doch nicht etwa an ..."

„Ferner erinnere ich mich, wie plötzlich du nach dieser schlechten Nachricht verkündet hast, mich heiraten zu wollen. Damals fragte ich mich noch, warum. Offenbar gibt es für deinen schlagartigen Sinneswandel eine ganz plausible Erklärung. Ich hätte selbst darauf kommen müssen."

„Trent!", rief sie entsetzt.

„Sag mir die Wahrheit", fuhr er hart fort. „Warum hast du so unvermittelt deine Meinung geändert, nachdem du neun Jahre lang jedem erklärt hast, eine Ehe bedeute dir nichts?"

Sie rang nach Luft. Zum ersten Mal in ihrem Leben drohte sie ohnmächtig zu werden.

Die Situation, in der sie sich jetzt befand, war noch viel schlimmer, als den Geliebten mit einer anderen Frau im Bett zu erwischen. Langsam dämmerte ihr, wie diese hässliche Szene enden würde, zwangsläufig. Das konnte und durfte nicht wahr sein. Trent und sie liebten sich doch.

„Meine Tante und mein Onkel haben uns schon häufig überrascht", flüsterte sie gequält. „Ich wusste zwar von ihren Grundstückskäufen, von diesen anderen Plänen hatte ich jedoch keine Ahnung. Und du weißt genau, dass ich das nicht beweisen kann."

„Die Logik der Ereignisse spricht gegen dich." Er blieb unerbittlich. „Neun Jahre lang zeigst du mehr Interesse an deiner Karriere als an einer Ehe. Dann benötigst du plötzlich Geld für deine so wichtigen Geschäftspläne. Der Darlehensvertrag wird abgelehnt. Du hättest ja mich bitten können, dir die erforderliche Summe zu leihen. Aber nein, dazu bist du zu stolz. Du findest einen anderen Ausweg. Dabei brauchst du nicht einmal Skrupel zu haben. Eines Tages würde dir das Grundstück sowieso gehören. Warum solltest du es dann nicht gleich einkassieren und verkaufen? Vielleicht hattest du das Grundstück auch fast vergessen, weil du bisher nicht bereit warst, den Preis dafür zu zahlen. Aber jetzt drängt die Zeit. Die Firma soll schließlich gedeihen. Und eine Heirat mit mir wäre nicht das Schlechteste. Immerhin harmonieren wir im Bett, haben eine Menge gemeinsam, und deine Familie ist mit mir einverstanden. Und sollte es nicht klappen, sei's drum. Dann kann man sich ja immer noch scheiden lassen."

„Hör auf, Trent! Hör sofort auf! Ich möchte kein Wort mehr davon hören." Sie hielt sich vor Entsetzen die Ohren zu, als könnte sie damit das Unvermeidbare verhindern.

Er packte sie an den Handgelenken. „Verdammt noch mal, hältst du mich für einen Dummkopf?"

Mit dieser Bemerkung war er einen Schritt zu weit gegangen. Frederica bekam einen ihrer gefürchteten Zornesausbrüche. „Lass mich los!", schrie sie und schüttelte seine Hände ab. „Du hast vielleicht Nerven, du arroganter Bastard. Du forderst von jedem Vertrauen, mich eingeschlossen, und bestehst darauf, dass jeder dein Wort bedingungslos respektiert. Du bist so verdammt stolz auf deine Integrität, aber bist selbst nicht bereit, die der anderen ebenso vorbehaltlos anzunehmen. Nicht einmal die der Frau, die du behauptest zu lieben. Oh nein, ich muss mich deines Vertrauens erst würdig erweisen und meine Ehrlichkeit unter Beweis stellen."

„Frederica!"

Sie hob abwehrend die Hände. „Komm ja nicht näher. Ich weiß schon, was du sagen willst."

„Tatsächlich?", gab er wütend zurück.

Sie nickte stolz. „Oh ja, ich weiß es. Natürlich wirst du als Nächstes unsere Verlobung lösen. Ein Mann von deiner Erhabenheit, mit deinem Ehrgefühl kann unmöglich ein so durchtriebenes Biest wie mich heiraten. Das ist mir klar. Keine Angst, ich mache keine Szene. Diese Situation ist nicht ganz neu für mich, und ich werde sie auch ein zweites Mal überleben. Aber diesmal wird es anders sein. Hörst du mich?“

„Frederica, würdest du bitte einen Augenblick still sein. Ich habe dir etwas zu sagen.“

„Ich will es nicht hören. Ich weiß schon Bescheid. Ich bitte dich nur um eines. Warte mit deinen Ausführungen bis nach der Hochzeit meiner Schwester oder vielmehr, bis ich die Stadt verlassen habe. Ich lasse mich nicht noch einmal wie vor neun Jahren vor allen Bürgern demütigen. Einmal reicht. Wenn ich von hier weg bin, kannst du allen eröffnen, dass du unsere Verlobung gelöst hast.“

„Verdammt noch mal, Frederica.“

„Diesen Gefallen bist du mir schuldig“, ereiferte sie sich. „Erinnerst du dich an dein Versprechen, als ich so dumm war und mich gehorsam umzog? Ein Mann deines Schlages wird sich dieser Verpflichtung doch nicht entziehen wollen.“

Trent wollte sie packen und zur Vernunft bringen, doch Frederica war schon ins Haus gegangen.

9. KAPITEL

Trents Gefühle schwankten zwischen nackter Wut und unaussprechlicher Angst. So starke Empfindungen hatte er noch nie durchlebt. Wie gelähmt stand er in einer Ecke des Raums, die Finger um das Champagnerglas gekrallt, und beobachtete Frederica beim Tanzen.

Und sie tanzte mit jedem, der sie aufforderte. Keinen Augenblick war sie allein. Dabei glänzten ihre Augen gefährlich, und auf ihren Lippen lag ein unnatürliches Lächeln. Ihr rotbraunes Haar ergoss sich wie ein Lavastrom über ihren Rücken. Selbst wenn ihr Partner sie eng an sich drückte, wirkte sie unnahbar. Wie sollte er es beschreiben? Sie glich einer Elfenkönigin, einem Zauberwesen, das sich einem Mann immer wieder entzog. Für eine Weile hatte er sie sicher in seinen Armen gehalten, doch jetzt versuchte sie, auszubrechen.

Am meisten war er darüber entrüstet, wie überzeugt sie war, er wollte die Verlobung lösen. Dabei hatte er noch lange nicht so weit gedacht. Bei der Vorstellung, sie würde ihn nur heiraten, um in den Besitz des wertvollen Grundstücks zu gelangen, hatte er einfach rot gesehen und sie zur Rede gestellt. Mehr hatte er nicht im Sinn gehabt.

Und dann hatte sie ihm eine Lektion über Vertrauen und Integrität erteilt. Für wen hielt sie sich? Sie war doch diejenige, deren Moral brüchig geworden war. Schließlich hatte sie nach neun Jahren ihre Überzeugungen einfach aufgegeben, nur weil ihr eine Heirat finanziell jetzt gelegen kam.

Schon wieder schwebte sie mit einem neuen Partner an ihm vorbei. Am liebsten hätte er sie an den Schultern gepackt und geschüttelt, sie angeschrien und ihr klargemacht, dass er sich nicht ausnutzen ließ. Hatte Shari ihn nicht gewarnt, Frederica sei imstande, wutentbrannt jeden niederzuschmettern? Nun, es sollte ihr nicht gelingen, ihn wie ein Spielzeug zu behandeln, das sie wegwarf, wenn es ihr beliebte. Sie musste lernen, Grenzen zu akzeptieren.

Er nahm sich vor, ihr eine gehörige Standpauke zu halten, natürlich nicht hier vor allen Gästen. Dass sie überhaupt auf diesen Gedanken verfallen war, er könnte sie in aller Öffentlichkeit bloßstellen, verletzte ihn am meisten und schürte erst recht seinen Zorn. Wie konnte sie so etwas auch nur in Erwägung ziehen? Eigentlich müsste sie ihn besser kennen. Sie hätte ihm vertrauen müssen. Diese Sache ging nur sie und ihn etwas an, sonst niemanden.

Doch dann erinnerte er sich wieder, wie sehr sie fürchtete, noch einmal zum Gespött der Leute von Gallant Lake zu werden. Deshalb war sie so in Panik geraten und hatte geglaubt, er würde sofort die Verlobung lösen, hier vor allen Anwesenden, so wie Brady Paxton seinerzeit.

Bei dieser Überlegung lief es ihm eiskalt den Rücken hinunter. Er könnte ihr nie wehtun. Dafür liebte er sie viel zu sehr. Wenn sie erst in Ruhe über alles nachgedacht hatte, würde sie schon begreifen, dass auch ihre Liebe viel zu stark war, um ihn zu verlassen. Aber er wäre verdammt, ließe er zu, dass sie ihn aus rein finanziellen Erwägungen heiratete. Dafür hatte er zu lange auf eine Frau wie sie gewartet.

Er fasste einen Plan. Er würde Frederica heiraten, aber zu seinen Bedingungen. Das Hochzeitsgeschenk ihres Onkels sollte sie entweder zurückweisen oder uneigennützig für ihre Kinder verwalten oder etwas Ähnliches. Egal, solange sie das Grundstück nicht verkaufte, um damit ihre Geschäftserweiterung zu finanzieren, war ihm alles recht. Er wollte ja nur einen Beweis ihrer Liebe, bevor sie heirateten.

Er wusste, er durfte keine Minute verlieren, und musste sich sehr zügeln, um sie nicht von der Tanzfläche zu zerren. Aber damit hätte er eine Szene heraufbeschworen, die wahrscheinlich in die Geschichte von Gallant Lake eingegangen wäre. Das würde Rica ihm nie verzeihen. Und das Warten zog sich endlos hin, bis ihm fast die Nerven durchgingen.

Der Empfang kann ja nicht ewig dauern, beruhigte er sich. Danach würde sich eine Gelegenheit finden, sie zu einer Aussprache zu bewegen.

Kaum eine halbe Stunde später verabschiedeten sich Braut und Bräutigam. Doch bis er bemerkte, dass auch Frederica schon weg war, war es zu spät.

Es war drei Tage später. Frederica kam gerade vom Einkaufen zurück, als sie schon vor der Tür das Telefon in ihrem Apartment läuten hörte. Sie zuckte zusammen. Seit sie Gallant Lake verlassen hatte, fürchtete sie dieses Klingeln. Wahrscheinlich waren es ihre Eltern, die voller Entsetzen mit Fragen zu ihrer geplatzten Verlobung auf sie einstürmen würden.

Obwohl sie wusste, dass sie ihnen früher oder später eine Erklärung schuldig war, hatte sie dieses Gespräch so lange wie möglich hinausgeschoben. Sie hatte sich eingeredet, sie müsste erst ihr seelisches Gleichgewicht wiedergewinnen. Doch die Zeit war verstrichen, und ihre Stimmung hatte unverändert zwischen tiefer Traurigkeit und schäumender Wut geschwankt.

In den ersten vierundzwanzig Stunden nach ihrer Rückkehr war sie überhaupt nicht ans Telefon gegangen. Wie ein verletztes Tier, das ängstlich zusammengekauert in seinem Bau hockt, bis seine Verfolger abgezogen sind, hatte sie sich weitab vom Telefon in eine Ecke gedrückt.

Doch bereits am zweiten Tag hatte sie sich genug erholt, um sich über ihre mangelnde Courage zu ärgern. Schließlich war sie eine erwachsene, erfolgreiche und selbstbewusste Frau. Kein Mann würde sie mehr demütigen, am wenigsten dieser Mistkerl, der sie heiraten wollte, weil er die Zeit für reif hielt, sich eine Frau zu nehmen. Von da an hatte sie wieder gewagt, den Hörer abzuheben. Wenn auch mit rasendem Herzklopfen.

Bis jetzt hatte noch niemand, der über das Fiasko von Gallant Lake Bescheid wusste, angerufen, nicht einmal ihre Eltern. Das wunderte sie zwar, doch gleichzeitig war sie auch dankbar. Dass Trent Ravinder sich nicht meldete, erstaunte sie hingegen keineswegs.

Das Telefon läutete immer noch. Inzwischen hatte sie die Tür geöffnet, stellte die Tüten ab und ging an den Apparat.

„Hallo?“ Ihre Stimme klang vorsichtig, doch fest.

„Rica, bist du es?“

Sie atmete erleichtert auf. „Hallo, Glenna. Woher weißt du, dass ich wieder zu Hause bin?“

„Ich habe bei deinen Eltern angerufen. Deine Mutter teilte mir mit, dass du wieder nach Seattle gefahren bist. Was ist los? Wolltest du nicht noch ein oder zwei Wochen in Gallant Lake bleiben und dem süßen Nichtstun frönen?“

„Mit der Zeit wird auch das süße Nichtstun langweilig. Wie läuft das Geschäft?“

„Gut. Ich habe einige neue Darlehensanträge ausgefüllt. Doch bevor ich sie zur Bank bringe, brauche ich deine Unterschrift. Ich wollte die Formulare per Eilpost nach Gallant Lake schicken und dich vorher informieren. Aber jetzt erübrigt sich dieser Umweg ja.“

Frederica warf einen Blick auf ihre Uhr. „Für heute ist es schon zu spät, um noch etwas zu erreichen. Ich komme morgen früh im Büro vorbei.“

„Prima. Inzwischen sehe ich die Sache viel optimistischer als noch vor ein paar Tagen. Durch einen negativen Bescheid lassen wir uns doch nicht entmutigen.“

„Ich hasse diese Abhängigkeit von den Banken", murrte Frederica.

„Ich auch. Aber da wir keine Lottoköniginnen sind, bleibt uns nichts anderes übrig, als hartnäckig zu bleiben. Woher sollen wir sonst das Geld für unsere Erweiterungspläne nehmen?"

„Gute Frage", stellte Frederica trocken fest. Bestimmt hätte Trent jetzt ein paar gehässige Bemerkungen zu diesem Thema parat gehabt. „Also dann, bis morgen früh in alter Frische."

Nachdenklich legte Frederica den Hörer auf und schaute aus dem Fenster auf den Mount Rainier, dessen mächtige Vulkankegel fast hinter den Wolken verschwanden. Aber sie nahm die Schönheit der Landschaft kaum wahr. Irgendwie brachte sie heute für gar nichts Begeisterung auf. Wie lange würde sie noch brauchen, um ihre ehrgeizigen Pläne für Cromwell & Sterling wieder mit Elan verfolgen zu können?

Sie ging in die Küche, um die Lebensmittel auszupacken, als sie plötzlich das ungute Gefühl beschlich, nicht allein zu sein. In der Eile, rechtzeitig ans Telefon zu gelangen, hatte sie möglicherweise die Eingangstür offen gelassen. Ein eisiger Schauer lief ihr den Rücken hinunter. Unvermittelt drehte sie sich zu dem Eindringling um.

Im Türrahmen stand Trent. In Jeans, einem karierten Hemd und Cowboystiefeln. Er hatte die Arme vor der Brust verschränkt und sah Frederica bewegungslos an. Sein Anblick versetzte ihr einen solchen Schock, dass sie sekundenlang keinen Ton über die Lippen brachte.

„Du solltest die Tür hinter dir schließen", bemerkte er kühl. „Es könnte dir sonst jemand folgen."

„Dessen bin ich mir bewusst", stieß sie hervor. „Was willst du hier?"

Er trat ein und schloss die Tür hinter sich. „Ich bin gekommen, um die Unterhaltung fortzusetzen, die wir auf der Hochzeitsfeier deiner Schwester begonnen haben. Du bist mir entwischt, ehe wir sie beenden konnten."

In ihr spannte sich alles. „Es gibt nichts mehr zu besprechen." Sie schaute auf ihre Hände und dann in sein Gesicht. „Einen Verlobungsring hast du mir noch nicht gekauft. Ich bin dir also nichts schuldig geblieben."

„Woher beziehst du eigentlich deine Sicherheit, ich würde die Verlobung lösen wollen?" Er vergrub die Hände in den Hosentaschen und ging ins Wohnzimmer. Neugierig, als gelte es ein Geheimnis zu lüften, schaute er sich überall um. Ihr missfiel, dass er wie ein Detektiv bei ihr herumschnüffelte. Er hatte kein Recht dazu.

„Natürlich muss ich das annehmen", ereiferte sie sich. „Gibt es auch nur einen Grund, warum ausgerechnet ein so anständiger Mann wie du eine hinterlistige, geldgierige Frau wie mich heiraten sollte? Warum hast du meinen Eltern nicht gesagt, dass es aus ist zwischen uns?"

„Es gibt nichts Derartiges zu sagen."

„Das verstehe ich nicht."

„Kann ich mir denken. In deiner Angst, erneut abgewiesen und gedemütigt zu werden, hast du noch gar nicht bemerkt, dass ich dich überhaupt nicht abgewiesen habe."

„Zumindest nicht vor den Gästen." Ihre Stimme klang bitter. „Wahrscheinlich sollte ich dir dafür noch dankbar sein."

„Ich tue es auch jetzt nicht, weil wir, zumindest von meiner Seite her, immer noch verlobt sind."

„Dann erklär mir bitte eines. Warum willst du mich heiraten, wenn du davon überzeugt bist, dass ich nur zugestimmt habe, um an das Grundstück zu gelangen?"

Er sah sie prüfend an. „Und, stimmt das?"

„Nein, verdammt noch mal. Ich wollte dich nicht benutzen. Ich wollte dich heiraten, weil ich dich liebe. Aus keinem anderen Grund."

„Dann beweise es."

Sie starrte ihn verständnislos an. „Wie bitte?"

„Ich habe lange darüber nachgedacht", begann er seine Ausführungen. „Ich bin bereit, alles zu vergessen, wenn du mir beweist, dass deine Absichten ehrlich sind."

„Wie gnädig von dir", entgegnete sie höhnisch. „Und wie soll ich das deiner Meinung nach anstellen?"

„Ganz einfach. Du lehnst das Geschenk ab oder legst das Geld aus dem Verkauf des Grundstücks als Treuhandvermögen für unsere Kinder an. Mir ist egal, was du damit tust, solange du damit nicht Cromwell & Sterling finanzierst."

Sie glaubte ihren Ohren nicht zu trauen. „Wie kannst du es wagen?", flüsterte sie, heiser vor unterdrückter Wut. „Ich habe dir überhaupt nichts zu beweisen, du arroganter, unverschämter Kerl. Falls jemand etwas beweisen sollte, dann du. Du traust mir ja noch weniger als die Maus der Katze. Und dann verlangst du auch noch, ich soll einen so misstrauischen Mann heiraten. Eine prachtvolle Basis für eine Ehe."

„Vor drei Tagen hast du noch behauptet, mich zu lieben."

„Das war vor drei Tagen. Inzwischen bin ich älter und klüger geworden." Er kam einen Schritt auf sie zu. In der späten Nachmittagssonne wirkten seine Züge besonders hart und unnachgiebig. „Fällt es dir so leicht, mich zu vergessen? Warum machst du dann so ein Theater, erzählst, dass du Zeit brauchst und erst die Stadt verlassen möchtest, ehe ich die Neuigkeit bekannt geben darf?"

Frederica wich zurück. Die widersprüchlichsten Gefühle tobten in ihr. Sie sollte schreien und hätte gleichzeitig am liebsten geweint. Das Ganze überstieg ihre Kräfte. Trent hatte kein Recht, alles, was sie sagte, so falsch zu verstehen. Sie war das unschuldige Opfer, nicht er. „Ich hatte kein Verlangen danach, mich noch einmal von einem Mann vor all den Leuten in Gallant Lake demütigen zu lassen. Kannst du das denn nicht begreifen?"

„Ich habe dich nicht gedemütigt. Du wolltest mich demütigen, indem du unsere Ehe mit einem guten Geschäft verknüpfen wolltest. Wenn wir also schon von Demütigungen sprechen, warum nicht von meinem Standpunkt aus?"

„Dein Standpunkt? Weißt du, wie die Sache für mich aussieht? Du hast einfach die pragmatische Entscheidung getroffen, es sei an der Zeit, dir eine Frau zu besorgen. Ich kam zufällig im rechten Augenblick vorbei, und schon waren wir verlobt. Wie soll ich das denn interpretieren? Bestimmt nicht als die romantischste Liebesgeschichte des Jahres. Eher als eine knallharte Kalkulation, die aufgegangen ist."

„Du warst doch diejenige, die unsere Verlobung offiziell verkündet hat", verteidigte er sich. „Oder hast du vergessen, wie du Paxton informiert hast? Es war sehr nobel von mir, dir daraufhin Rückendeckung zu geben."

„Ach, Rückendeckung nennst du das. Früher hast du von Liebe gesprochen."

„Du auch."

„Ich habe dich auch geliebt, sonst hätte ich nie daran gedacht, deine Frau zu werden." Trent war mittlerweile immer näher getreten, und sie wich weiter vor ihm zurück, bis sie mit dem Rücken gegen die Theke stieß, die die Küche von der Essecke trennte. Tränen der Wut und des Schmerzes stiegen ihr in die Augen, ihr ganzes Inneres war in Aufruhr geraten. Sie griff hinter sich, und ihr Finger umschlossen einen Serviettenhalter. „Bleib mir vom Leib."

„Warum sollte ich?" Er machte noch einen Schritt. „Wir sind doch ein Liebespaar."

„Nicht mehr."

„Willst du mir weismachen, dass deine Liebe für mich schon gestorben ist? In nur drei Tagen?“

„Unterstell mir nicht permanent Dinge, die ich gar nicht gesagt habe.“ Zornig warf sie den Serviettenhalter nach ihm. Er duckte sich. Der Halter landete auf dem Teppich, und die cremefarbenen Servietten fielen heraus.

„Sag mir ins Gesicht, dass du mich nicht mehr liebst.“ Er stand jetzt direkt vor ihr. „Dass du mich nicht mehr willst. Dass du die Verlobung löst.“

„Ich habe nie behauptet, die Verlobung lösen zu wollen. Du warst es doch.“ Sie tastete hinter ihrem Rücken über die Arbeitsfläche und fand schließlich einen kleinen Korb mit einem Röhrchen Vitamintabletten. Auch den schleuderte sie ihm entgegen. Er duckte sich wieder.

„Das stimmt nicht. Aber vielleicht hast du auf diese Worte sehnlichst gewartet, um dich endlich aus dem Staub machen zu können.“

„Verschwinde!“ Verzweifelt suchte sie nach einem neuen Wurfobjekt. „Es ist mein Ernst. Nach allem, was du von mir denkst und sagst, hast du kein Recht, hier einfach so hereinzuplatzen.“

„Und ob ich ein Recht dazu habe, immerhin bin ich noch mit dir verlobt.“ In letzter Sekunde hinderte er sie daran, auch noch die Pfeffermühle durchs Zimmer zu werfen. „Außerdem bin ich davon überzeugt, dass du mich immer noch liebst. Du musst nur erst mit dir ins Reine kommen. Dann wirst du es selbst einsehen und mir deine Liebe beweisen.“

„Es ist nicht zu fassen, du selbstherrlicher Kerl. Warum sollte ich auch nur einen Finger krumm machen, um dir irgendetwas zu beweisen?“ Sie versuchte, sich loszuwinden. Sinnlos. Er packte sie an den Armen und hielt sie so fest, dass sie sich nicht bewegen konnte.

„Nach jener Nacht in Portland glaubte ich, nichts würde uns mehr trennen. Doch es gab noch zu viel, dass dich ablenkte. Vergiss das alles, Frederica, und sag mir die Wahrheit. Liebst du mich?“

„Was geht dich das an?“

„Eine ganze Menge. Du bedeutest mir nämlich sehr viel.“ In diesem Augenblick presste er die Lippen auf ihren Mund und küsste sie leidenschaftlich.

Vergeblich versuchte sie, sich zu wehren. Aber auch seine Küsse teilnahmslos über sich ergehen zu lassen war ihr unmöglich. Sie konnte ihre Gefühle nicht länger unterdrücken. Zu stark drängte es sie, wieder in seinen Armen zu liegen. Der aufgestaute Ärger und ihre Verzweiflung lösten sich auf in brennende Sehnsucht, und sie erbebte.

„Ja, Darling", stöhnte er, „zeig mir, was du wirklich empfindest."

„Du arroganter, dickköpfiger …"

Er verschloss ihren Mund mit einem weiteren stürmischen Kuss. „Sprich nicht weiter. Nachher haben wir Zeit, miteinander zu reden."

Trent schlang die Arme um Frederica und trug sie ins Schlafzimmer. Als sie sich an ihn schmiegte und sein Verlangen bemerkte, war es um sie geschehen. Kein Gedanke mehr an seine Vorwürfe. Jetzt zählte nur noch, dass er hier war und ihr wieder und wieder gestand, wie sehr er sie begehrte.

Er ließ sie auf das Bett hinunter und legte sich sofort neben sie. „Komm, lass mich spüren, dass sich nichts zwischen uns geändert hat", flüsterte er.

Schnell zog er sie aus. Und Sekunden später war sie nackt. Sie rief seinen Namen und wand sich ungeduldig hin und her, bis auch sie seine nackte Haut berühren konnte.

„Du bist so süß und zart", murmelte er, als er ihre Schenkel streichelte. „Dein harter Panzer kann mich nicht täuschen, im Innern bist du weich und verletzlich. Ich möchte dich immer in meinen Armen halten, dich liebkosen, fühlen, wie du mich begehrst Nichts anderes zählt dann mehr, nur du. Verstehst du mich?"

„Ja, jedes Wort." Denn sie empfand genauso. Zärtlich fuhr sie mit den Fingerspitzen über seine Brust, seinen Bauch, seine Beine, über jede Stelle seines Körpers, und Trent stöhnte leise auf.

Seine Erregung machte ihr Mut, und sie wiederholte dieses aufreizende Spiel so lange, bis er ihre Hand festhielt und ihr Einhalt gebot.

„Das reicht, Darling, sonst kann ich mich nicht länger beherrschen. Während der letzten drei Tage bin ich fast verrückt geworden vor Sehnsucht nach dir."

„Warum hast du dann so lange gewartet, um zu mir zu kommen?", fragte sie.

„Ich nahm an, wir bräuchten beide etwas Zeit, um uns zu beruhigen." Mit dem Daumen liebkoste er ihre Brust, bis die Spitze hart und fest wurde. Dann umschloss er sie mit den Lippen.

Zitternd schlang Rica die Arme um seinen Nacken und hob ihm einladend die Hüften entgegen. „Oh Trent."

„Darling. Was das betrifft, so gab es nie Unstimmigkeiten zwischen uns, nicht wahr?“ Ohne ihre Antwort abzuwarten, barg er sein Gesicht an ihrer Brust und bedeckte sie mit stürmischen Küssen. Immer weiter glitten seine Lippen nach unten, und je mehr sie sich lustvoll unter ihm wand, desto erregter wurde er. Als er seine Lippen schließlich zwischen ihre Schenkel presste, klammerte sie sich an ihn und stieß einen kleinen Schrei aus.

„Komm jetzt zu mir, Trent“, flehte sie. Dann breitete sie die Beine weiter auseinander und zog ihn auf sich.

Heftig, doch ohne ihr wehzutun, drang er in sie ein.

„Trent!“

„Sag mir, dass du mich liebst“

„Ich liebe dich.“

„Noch einmal.“

„Ich liebe dich. Oh Trent, wie konntest du das je bezweifeln?“

Sie spürte seine Anspannung, und er begann, sich erst langsam, dann schneller auf und ab zu bewegen.

„Schling die Beine um mich und halt mich fest“, bat er heiser. Hemmungslos gaben sie sich ihrer Lust hin, die sie beide zu verzehren drohte. Sie liebte diesen Mann. Selbst im Zorn liebte sie ihn von ganzem Herzen, und ihr Körper antwortete auf jede seiner Bewegungen. Ihr Rhythmus wurde immer heftiger, und auf dem Höhepunkt der Lust kamen sie mit einer solchen Macht, dass sie beide aufschrien.

Trent blieb noch lange glücklich und entspannt auf Frederica liegen. Schließlich rutschte sie etwas zur Seite.

„Werde ich dir zu schwer?“, fragte er besorgt.

Sie lächelte. „Du wirst nicht, du bist zu schwer.“

„Ich sehe schon ein Leben vor uns, begleitet von Witzen über unseren Größenunterschied.“ Er hauchte ihr einen Kuss auf die Nasenspitze. „Zum Glück bin ich nicht so schnell beleidigt.“

Ihr Lächeln schwand. „Da bin ich allerdings anderer Meinung. Als du auf Sharis Hochzeit von dem Geschenk erfuhrst, das mein Onkel und meine Tante mir machen wollen, warst du sofort gekränkt.“

Er wehrte ab. „Das war doch etwas ganz anderes. Aber ist das jetzt noch von Bedeutung?“ Misstrauisch blickte er sie an.

Sie nahm ihren ganzen Mut zusammen und antwortete. „Ja, sogar sehr.“

„Du verfährst mit dem Grundstück so, wie ich es dir vorgeschlagen habe.“ Seine Stimme klang wieder herrisch und barsch.

„Warum so kompliziert? Ich habe eine viel einfachere Lösung. Wir beide werden vorerst nicht heiraten.“

„Frederica!“ Entsetzt starrte er sie an, und seine Finger, mit denen er sie eben noch gestreichelt hatte, krallten sich in ihren Arm.

Sie zuckte zusammen, blieb jedoch ungerührt. „Warum denn nicht? Wir passen sexuell zusammen, und wir lieben uns. Daran wird sich nichts ändern.“

„Was zum Teufel soll das bedeuten?“, fragte er in einem Ton, der verriet, dass er kurz davorstand, die Beherrschung zu verlieren.

Sie zwang sich zu einer Erklärung. „Die Ehe ist eine viel zu ernste Beziehung, um sie leichtfertig einzugehen. Du wolltest doch, dass ich dir meine Liebe beweise, indem ich aus dem Verkauf des Grundstücks keinen finanziellen Nutzen für mein Geschäft ziehe. Akzeptiert. Aber auch ich stelle meine Bedingungen.“

„Was hast du vor?“

„Du bist zufrieden, wenn ich dir den gewünschten Beweis liefere“, sagte sie leise. „Doch was ist mit mir? Während der kleinen Szene bei Sharis Hochzeit ist mir einiges bewusst geworden. Ich brauche Gewissheit, dass ich einen Mann heirate, der auch mir vertraut, der an mich glaubt. Ich muss mir dessen völlig sicher sein. Du sollst mich wirklich aus Liebe heiraten und nicht, weil du es für an der Zeit hältst, dir eine Frau zu nehmen. Ich will nämlich nicht die Lösung deiner angeblichen Midlife-Crisis sein.“

10. KAPITEL

Wie bin ich nur in diese lächerliche Situation geraten? hatte sich Trent in den nächsten Tagen immer wieder gefragt. Er musste nicht ganz bei Trost gewesen sein, sich auf diesen Handel einzulassen. Eine einleuchtendere Erklärung hatte er erst nicht zulassen wollen. Doch mit der Zeit musste er sich eingestehen, dass das eigentliche Problem Stolz war. Sein Stolz und Fredericas.

Bei genauerer Betrachtung erwies sich ihr Stolz als genauso unnachgiebig wie seiner. Das hätte ich mir auch früher denken können, war ihm verdrossen klar geworden. Schließlich hatte sie Erfahrung darin, Erniedrigungen und Niederlagen zu bewältigen und zu nutzen. Und sie konnte sich die Männer vom Leib halten. Ihre Karriere aus eigener Kraft war der beste Beweis.

Auch an diesem Abend zwei Wochen später gingen ihm diese ärgerlichen Überlegungen nicht aus dem Kopf. Wie schon häufig hatten sie sich in einer Bar in Seattle verabredet. Trent, der gerade vier Stunden Autofahrt hinter sich hatte, um zu ihr zu gelangen, blickte Rica missmutig an. Es gab auf der ganzen Welt nichts Schlimmeres, als eine Affäre mit Frederica Cromwell zu haben.

Sie war an diesem Abend ausgesprochen vergnügt. Ihre gute Laune kam von dem Gespräch mit einem Finanzexperten, das Trent ihr und Glenna vermittelt hatte. Wenn sie seinem Rat folgten, würde Cromwell & Sterling eine weniger ehrgeizige, dafür aber sicherere Entwicklung nehmen.

„Wir haben lange über unsere Zukunftspläne geredet", erzählte Rica. „Er schlug vor, einen Fünfjahresplan auszuarbeiten. Das zwang uns, die Dinge realistischer zu betrachten und die Haken bei unseren Ideen zu entdecken. Im Übrigen hat er deine Meinung bestätigt, dass die Firma an einen Wendepunkt gelangt ist. Was er sagte, klang einleuchtend. Offensichtlich hatte er sich genauestens über unsere finanzielle Lage informiert. Wir können es uns im Augenblick nicht leisten, zu viele Risiken einzugehen. Eine Fehleinschätzung könnte uns aus der Bahn werfen. Wir brauchen stetiges, doch gut fundiertes Wachstum. Glenna und ich sind dir wirklich dankbar, dass du uns Mr. Handel empfohlen hast. Durch seine Tipps verbessern sich unsere Chancen bei der Bank erheblich."

„Ich bin froh, dass alles geregelt ist." Er konnte nur kurz etwas einwerfen, denn Rica fuhr bereits fort: „Ich war von seinem Wissen über die Textilbranche sehr beeindruckt. Wie sich herausstellte, hat er vor einigen Monaten schon ein anderes Modeatelier beraten."

Dann erläuterte sie detailliert den Fünfjahresplan, den Glenna und sie ausgetüftelt hatten einschließlich der Änderungsvorschläge von Mr. Handel.

Doch auch diese gute Nachricht konnte seine Stimmung nicht heben. Bei jedem Zusammensein gab sie sich so gelöst und unbeschwert, dass es ihn zur Raserei brachte. Meistens ließ sie ihn nicht an sich heran. Oder reizte ihn erst genüsslich, um ihm dann wieder zu entgleiten. In gewisser Art ähnelte ihre Beziehung der, die sie zu Beginn in Gallant Lake gehabt hatten, bis auf die immerhin erfreuliche Tatsache, dass sie jetzt miteinander ins Bett gingen.

Aber das war für ihn kein Trost, sah er Rica doch nur an den Wochenenden. Diese Kurztrips entsprachen kaum seinen Vorstellungen von Glück. Er wünschte sie zur Frau, und das wusste sie genau.

Er hätte ihren Stolz und ihre Rachegelüste mehr berücksichtigen sollen. Mittlerweile war ihm das klar geworden. Eine unverzeihliche Nachlässigkeit. Jetzt ließ sie ihn für seine Forderung, ihre Liebe zu beweisen, teuer bezahlen.

Später hatte er alle Hoffnungen auf Mr. Handel gesetzt. Gelänge es ihm, Frederica von der Notwendigkeit zu überzeugen, ihre Wachstumspläne für Cromwell & Sterling zurückzuschrauben, dann würde sie einsehen, dass sie das Grundstück nicht mehr benötigte. So jedenfalls hatte er geglaubt. Doch das schien ihm jetzt auch nicht mehr weiterzuhelfen, denn inzwischen ging es ihr ums Prinzip. Ihm aber auch.

„Dann braucht ihr also gar keinen Kredit mehr", warf Trent ein, als Frederica endlich eine kurze Pause machte.

„Zumindest nicht sofort. Mr. Handel hat uns geraten, mit der Eröffnung einer eigenen Ladenkette noch ein paar Jahre zu warten."

Er holte tief Luft. „Damit wäre die Angelegenheit mit dem Grundstück ja hinfällig."

Sie schaute ihn durchdringend an. „Ich habe nicht gesagt, dass Cromwell & Sterling keine Finanzspritze vertragen könnte. Nach wie vor haben wir Erweiterungspläne, wenn auch nicht mehr so ehrgeizige. Demnächst wollen wir mit einer Kollektion für Frauen über eins siebzig auf den Markt kommen." Ungeduld und Zorn stiegen in ihm hoch. „Mit anderen Worten, du lässt deine Finger nicht von dem Grundstück?"

„Was findest du daran falsch, praktisch zu handeln?“

„Damit treibst du einen Keil zwischen uns.“

„Beklag dich nicht bei mir. Du hast die ganze Sache so aufgebauscht.“

Er musste sich jetzt wirklich sehr zusammenreißen, um nicht aufzubrausen. So viel war klar, sie quälte ihn absichtlich. Außerdem ärgerte es ihn, dass sie ihn so leicht in Rage bringen konnte. „Wenn du meinst. Bitte. Und wie sehen deine Pläne für unsere Zukunft aus?“

Sie blickte ihn über den Rand ihres Weinglases hinweg an. „Ich habe diesbezüglich keine Pläne. Warum fragst du?“

„Weil ich endlich heiraten will.“ Er setzte sein Bierglas so heftig ab, dass mehrere Gäste ihre Köpfe drehten. Trent nahm davon keine Notiz. Er beugte sich vor und blickte Rica fest an. „Das weißt du ganz genau. Du willst mich doch nur dafür bestrafen, dass ich dich bat, das Geschenk abzulehnen.“

„Du kennst meinen Standpunkt. Solange du mir nicht vertraust, gibt es keine Hochzeit. Diesmal ist es das Geld. Was das nächste Mal? Vielleicht ein Mann? Was passiert, wenn du mich verdächtigst, ich sei dir untreu? Wie wirst du mich dann meine Unschuld beweisen lassen? Indem du mich zwingst, über glühende Kohlen zu gehen?“

Bei der Vorstellung, sie könnte ihn betrügen, spürte er einen heftigen Schmerz in der Brust. Er beugte sich weit vor. „Hätte ich Grund zu der Annahme, du würdest fremdgehen, wären glühende Kohlen noch dein kleinstes Problem. Meine Rache wäre fürchterlich. Und vergiss nicht, ich verteidige meine Liebe um jeden Preis.“

Sie richtete sich auf und musterte ihn aufmerksam. Seine Worte hatten zwar schrecklich geklungen, doch sein Gesichtsausdruck ließ ahnen, wie tief ihn ihre Untreue verletzen würde. „Droh mir nicht“, sagte sie ruhig.

„Das war nur eine sachliche Feststellung, wozu ich fähig bin.“

„Trent! Ich liebe dich und unsere Beziehung wird mir immer das Wichtigste sein. Doch solange ich nicht von deinem Vertrauen überzeugt bin, werde ich dich nicht heiraten. Wo sollen wir heute zu Abend essen? In der First Avenue hat ein neues Restaurant eröffnet. Testen wir es?“

„Wag nicht, so einfach das Thema zu wechseln, Frederica. Wir sprachen gerade über unsere Zukunft.“

„Im Augenblick kann ich nicht weiter als bis zum Abendessen denken.“

„Das liegt nur an deinem verdammten Stolz“, fuhr er hartnäckig fort.

„Wieso an meinem? Ist unser Problem nicht dein Stolz?“, gab sie zurück. „Wärst du nicht sofort explodiert, als du von dem Grundstück hörtest, befänden wir uns jetzt nicht in dieser misslichen Lage.“

„Warum wirfst du mir das immer wieder vor? Musste ich denn nicht annehmen, du wolltest mich nur heiraten, um in den Besitz dieses Grundstücks zu gelangen? Jeder hat mir hoch und heilig versichert: Frederica hat an einer Ehe kein Interesse. Und dann erzählst du plötzlich diesem Paxton, du willst mich heiraten. Ein ziemlich überraschender Gesinnungswandel für eine so eingefleischte Junggesellin. Das musst du zugeben.“

„Trent, ich war und ich bin in dich verliebt.“

„Das glaube ich dir ja.“

„Jetzt vielleicht. Auf der Hochzeitsfeier aber nicht.“

„Das stimmt nicht“, stellte er nachdrücklich fest. „Auch damals glaubte ich daran. Nur hielt ich es nicht für den Grund, aus dem du mich heiraten wolltest. Ich war mir nicht sicher, ob es dir überhaupt bewusst war, dass du mich liebst.“

„Bilde dir nicht ein, du wüsstest über meine Gefühle besser Bescheid als ich.“

„Darum geht es doch gar nicht, Frederica. Ich wollte aus Liebe geheiratet werden, nur aus Liebe, nicht noch wegen des passenden Grundstücks.“

„Also ist es doch dein verdammter Stolz“, brauste sie auf.

Eine Weile sahen sie sich schweigend über den Tisch hinweg an. „Einer von uns“, zog Trent den logischen Schluss, „wird nachgeben müssen, sonst verlieren wir noch beide den Verstand. So wie bisher kann es jedenfalls nicht weiterlaufen.“

„Ich bin ja bereit, deine Frau zu werden, solange du mir keine Auflagen machst, was dieses Stück Land betrifft“, erklärte Rica.

„Mach doch unser Schicksal nicht davon abhängig. Du brauchst das Grundstück doch gar nicht mehr.“

„Ich möchte, dass du mir auch ohne Beweise vertraust“, beharrte sie. „Wenn ich dich heirate, dann allein aus Liebe. Und du sollst dir ganz sicher sein, dass das der einzige Grund ist. Du bist sehr schnell dabei, von anderen Vertrauen zu fordern. Aber kannst du auch anderen Vertrauen entgegenbringen? Ich muss erst überzeugt sein, dass du meine Liebe unter keinen Umständen anzweifelst.“

„Ich bezweifle nicht deine Liebe, sondern deinen gesunden Menschenverstand. Wie kannst du uns das nur antun, Frederica? Du machst uns beide todunglücklich mit deinem Starrsinn. So viel verlange ich doch gar nicht, wenn ich dich bitte, auf dieses Grundstück zu verzichten. Und falls du Bargeld brauchst, bin ich gern bereit, dir auszuhelfen."

„Es ist vielleicht nicht viel, was du verlangst, aber es ist unmöglich. Man kann seine Liebe nicht beweisen. Hältst du diese Forderung nicht für ziemlich arrogant?"

Er zog hörbar die Luft ein und schloss für einen kurzen Moment die Augen. „So ausgedrückt klingt es tatsächlich arrogant." Nach diesem Eingeständnis strahlte sie ihn siegessicher an. Eines musste er zugeben, sie hatte einen langen Atem in diesem Kleinkrieg, und sie war eine äußerst raffinierte Gegenspielerin. Aber er ließ sich nicht ins Bockshorn jagen und ahnte ihren nächsten Schritt voraus.

„Und?", drängte sie behutsam.

Er trank einen Schluck Bier. „Was und?"

„Wirst du deine Sturheit einsehen und deine Forderung zurücknehmen?"

„Nein", erwiderte er gefasst. Er hatte sich jetzt wieder in der Gewalt. Seelenruhig zog er seine Brieftasche aus dem Jackett, um zu bezahlen. Wenn sie glaubte, so leicht gewonnen zu haben, kannte sie ihn schlecht. „Und jetzt probieren wir die Küche dieses neuen Restaurants aus, das du vorgeschlagen hast." Er stand auf.

„Einen Augenblick", wollte sie ihn aufhalten.

„Lass gut sein. Als ich dich zum ersten Mal sah, habe ich mir geschworen, dir Zeit zu lassen, damit du selbst herausfindest, was du wirklich willst. Wenn es sein muss, den ganzen Sommer. Wir haben noch einige Wochen Zeit. Mein Magen allerdings kann nicht so lange warten."

Als das Ende ihres gemeinsamen Wochenendes nahte, hatte Trent doch einigen Grund, stolz auf sich zu sein. Die Auseinandersetzung mit Frederica war zwar noch lange nicht ausgefochten, aber sie fand jetzt mehr oder weniger nach seinen Spielregeln statt.

Immer wieder versuchte sie, ihn in eine hitzige Diskussion zu verwickeln, und warf ihm sein fehlendes Vertrauen vor. Er ging diesen Angriffen meistens aus dem Weg, indem er einfach das Thema wechselte. Heftige Äußerungen vermied er, in der Hoffnung, Rica hätte bald keine Munition mehr für diesen Kleinkrieg.

Entweder umgarnte sie ihn oder sie forderte ihn heraus. Auf jeden Fall sollte er dazu bewogen werden, seine Bedingungen fallen zu lassen. Er nahm von ihren verschiedenen Taktiken jedoch kaum Notiz, sondern genoss seine Rache im Bett. Das einzige Feld, auf dem sie keinen Widerstand leistete. Im Gegenteil, mit hemmungsloser Leidenschaft gab sie sich ihm hin, und er vergaß alles andere.

Als er am Sonntagnachmittag seine Sachen für die Heimfahrt nach Portland packte, war klar, sie würde nicht klein beigeben. Sie war fest entschlossen, weiterzukämpfen, und ihre Augen funkelten herausfordernd. Zum Abschied küsste sie ihn so lange und leidenschaftlich, bis sie sein Verlangen spürte. Dann ließ sie von ihm ab und schaute ihn an.

„Trent, bitte denk darüber nach, was du uns antust. Du hast recht, so wie bisher kann es nicht weiterlaufen. Wir müssen zu irgendeiner Einigung kommen, sonst gehen wir daran zugrunde."

Seufzend nahm er ihr Gesicht zwischen die Hände. „Wenn du den Zwist beenden willst, musst du mir dein Wort geben, dieses Grundstück nicht zu verkaufen." Ehe sie protestieren konnte, verschloss er ihren Mund mit einem Kuss. „Bitte, Frederica. Tu es für uns."

„Warum sollte ich?"

„Weil ich diese Auseinandersetzung gewinnen werde. Wenn mir etwas am Herzen liegt, setze ich mich immer durch."

Am Dienstagabend läutete das Telefon in Trents Apartment. Er hoffte, es sei Frederica, und hob schnell ab. Zu seiner Überraschung meldete sich Gloria Paxton. Ihre Stimme klang hysterisch.

„Er ist heute Nachmittag zu ihr gefahren", schrie sie in den Hörer. „Zuerst konnte ich es kaum fassen. Dieses kleine Flittchen hat gewonnen. Nach all den Jahren hat sie doch tatsächlich noch gewonnen. Dabei war sie als junges Mädchen ein richtiges Mauerblümchen. Auf der Highschool eine absolute Null. Klein und pummelig war sie, sah aus wie eine graue Maus, hatte kein bisschen Schick, geschweige denn einen Freund. Nie hatte sie ein Rendezvous. Wie um alles in der Welt konnte das nur geschehen?" Wieder schluchzte sie auf.

Trent umklammerte fest den Hörer. „Beruhigen Sie sich, Mrs. Paxton. Und dann erzählen Sie mir der Reihe nach, was passiert ist."

„Ich sagte es doch schon. Brady hat mich verlassen. Er ist zu ihr gefahren. Sie hat ihn nach Seattle gelockt, um sich zu rächen. Dabei liebt sie ihn nicht einmal. Sie will ihn mir nur ausspannen, wie ich ihn ihr einmal ausgespannt habe. Das ist alles."

„Wie kommen Sie darauf, dass Ihr Mann in Seattle ist?“, fragte er scharf.

„Er hat eine Nachricht hinterlassen“, stieß Gloria mit erstickter Stimme hervor. „Er schreibt, dass er vor Jahren einen Fehler begangen hat. Er hätte sie und nicht mich heiraten sollen. Außerdem würde er hier in Gallant Lake ersticken, deshalb wolle er sein Leben ändern und gehe zu ihr, weil sie sich immer noch liebten und ... oh!“ Gloria versagte die Stimme.

„Jetzt nehmen Sie sich aber zusammen“, kommandierte Trent in einem Ton, bei dem die stärksten Männer stramm gestanden hätten. Bei Gloria zeigte er keine Wirkung.

„Sie wird es tun“, fuhr sie ungerührt fort. „Sie haben es doch selbst miterlebt, wie sie halb nackt in diesem Sportwagen durch die Stadt kutschierte. Sie sinnt auf Rache. Sie wird ihn verführen, nur um allen zu beweisen, dass sie dazu in der Lage ist. Und dann wird sie ihn wie eine heiße Kartoffel fallen lassen. Dabei will sie ihn im Grunde gar nicht. Sie könnte jeden anderen haben. Aber sie hat mir und Brady nicht verziehen, was wir ihr vor neun Jahren angetan haben. Und dafür lässt sie uns jetzt büßen.“

Trent warf ungeduldig einen Blick auf seine Armbanduhr. „Wann ist er losgefahren?“

„Das kann ich nicht genau sagen. Irgendwann heute Nachmittag. Als ich vom Einkaufen nach Hause kam, fand ich seine Nachricht auf dem Küchentisch.“ Am anderen Ende der Leitung hörte man das Zerreißen von Papier. „Ich habe Sie nur angerufen, um Sie zu informieren, was diese Hexe im Schilde führt. Ihr ist es ja egal, ob sie dabei jemandem wehtut. Vielleicht glaubt sie auch, sie könnte Brady verführen, ohne dass Sie etwas davon erfahren. Jetzt wissen Sie jedenfalls Bescheid.“

„Meine Verlobte wird Ihren Mann nicht verführen.“ Trents Stimme klang seltsam ruhig. „Sie brauchen sich deswegen nicht zu ängstigen.“

Seine absolute Sicherheit brachte Gloria etwas aus dem Konzept. „Wieso sind Sie davon so verdammt überzeugt? Ich sage Ihnen, sie ist auf Rache aus. Ohne Rücksicht auf Verluste.“

„Für mich gibt es keinen Grund, an ihrer Treue zu zweifeln“, entgegnete er kühl. „Wir sind verlobt und werden bald heiraten. Das genügt mir.“

„Was beweist das schon? Als Brady sich in mich verliebte, war er auch mit ihr verlobt. Und trotzdem hat er mit mir geschlafen. Dass man miteinander verlobt ist, heißt noch gar nichts. Und mit der Ehe ist es nicht anders."

Trent wurde von Minute zu Minute ungeduldiger. „Sie verstehen nichts, Gloria. Aber ich habe jetzt keine Zeit, es Ihnen zu erklären. Sie können mir glauben, Ihr Mann wird weder die heutige noch irgendeine Nacht mit Frederica verbringen. Dafür lege ich meine Hand ins Feuer."

Plötzlich war Gloria still. Seine felsenfeste Gewissheit hatte großen Eindruck auf sie gemacht. „Sind Sie dessen sicher?"

„Sie haben mein Wort darauf. Auf Wiederhören." Noch ehe sie etwas erwidern konnte, drückte er die Telefongabel herunter. Dann wählte er Fredericas Nummer.

Als er niemanden erreichte, rief er am Flughafen an. Er hatte Glück. In vierzig Minuten startete eine Maschine nach Seattle.

11. KAPITEL

Frederica war mit Glenna und einigen Geschäftsfreundinnen essen gewesen. Es war eine lustige Clique, die sich regelmäßig jeden Monat einmal traf. Der Abend hatte Spaß gemacht, doch jetzt wollte sie nichts anderes als nur noch ins Bett. Müde wartete sie, bis der Aufzug hielt, und ging auf die Tür ihres Apartments zu.

Ob Trent in der Zwischenzeit versucht hatte, sie zu erreichen? Sie hatte vergessen, ihm zu sagen, dass sie heute Abend nicht zu Hause war. Es geschieht ihm ganz recht, wenn er vergeblich angerufen hat, dachte sie. Sonst glaubt er noch, ich sitze jeden Abend zu Hause herum und verzehre mich vor Sehnsucht nach ihm.

Während sie den Wohnungsschlüssel aus ihrer Umhängetasche holte, kam plötzlich ein Mann auf sie zu.

„Wird langsam Zeit, dass du auftauchst. Du scheinst ja ein recht geselliges Leben zu führen. Ganz anders als in alten Zeiten. Weiß Ravinder, wo und mit wem du deine Abende verbringst?"

„Brady! Was in aller Welt tust du hier?" Vor Schreck ließ Frederica den Schlüssel fallen. Bevor sie ihn aufheben konnte, hatte Brady ihn schon in der Hand und schloss auf. Seine Bewegungen waren schwankend und unkontrolliert.

„Ich habe Gloria verlassen", verkündete er großspurig, stieß die Tür auf und trat ein.

„Was erlaubst du dir! Niemand hat dich hereingebeten. Das ist mein Apartment. Ich möchte, dass du auf der Stelle verschwindest." Sie hastete hinter ihm her.

Brady ließ sich in einen Sessel fallen und blickte sie lauernd mit zugekniffenen Augen an. Plötzlich wurde ihr bewusst, um wie viel größer er war. Seltsam, sie hatte ihn nie für gefährlich gehalten, doch heute Abend hätte sie nicht mehr darauf schwören mögen.

„Hast du dich gut amüsiert, Rica? Scheinst ja viel herumzukommen."

„Du bist betrunken, Brady", stellte sie ruhig fest.

„Ich habe in der Bar einen Block weiter gewartet", meinte er achselzuckend.

„Brady …"

„Es ist zwar schon lange her, Rica, doch es will mir nicht aus dem Kopf. Damals habe ich den größten Fehler meines Lebens begangen, als ich Gloria heiratete und dich gehen ließ. Aber Fehler kann man wieder aus der Welt schaffen. Ich werde alles hinter mir lassen, Gloria, die Kinder, die Agentur. Alles. Ich fange noch einmal von vorne an und verwirkliche mich endlich selbst. Zusammen mit dir."

„Da hast du dich verrechnet", erklärte sie kühl. „Wie ich dir bereits gesagt habe, ich bin nicht mehr an dir interessiert, Brady."

„Weil du diesen Ravinder zu einer Verlobung gezwungen hast? Vergiss es, Rica. Mich kannst du nicht belügen. In Wahrheit liebst du mich doch immer noch. Mit diesem Ravinder verbinden dich ja nur geschäftliche Dinge. Das weiß jeder. Ich habe gehört, dass dir dein Onkel und deine Tante zur Hochzeit ein Grundstück in bester Lage schenken wollen. Überleg mal. Auch wenn wir beide heiraten, bekommst du es zur Hochzeit. Und wie ich deinen Onkel kenne, ist es ein Vermögen wert. Ich freue mich schon darauf."

„Du bist ja wirklich völlig betrunken." Sie griff nach dem Telefonhörer. „Ich werde dir ein Taxi rufen."

„Nein", widersprach er bestimmt. „Ich bleibe. Ich bin hier, um bei dir zu sein und herauszufinden, wie viel du in den letzten Jahren über Männer gelernt hast. Ich will eine Kostprobe von dem, was sonst Ravinder bekommt", fuhr er undeutlich fort. „Und ich fordere meine Chance. Ich will dir beweisen, was du mit mir versäumst."

„Ich versäume überhaupt nichts mit dir." Sie sprach ruhig und sachlich.

„Du begehrst mich doch, das spüre ich. Du begehrst mich immer noch. Ich habe Gloria für dich verlassen. Du musst mich begehren." Er hieb mit der Faust auf die Armlehne des Sessels. Der aggressive Ausdruck in seinem Gesicht war einer Mischung aus Selbstmitleid und Verärgerung gewichen.

„Nicht ich, Gloria will dich. Das wollte sie mit neunzehn und das will sie heute noch. Wenn du nur einen Funken Verstand hättest, würdest du auf der Stelle zu ihr zurückkehren."

„Aber ich will sie nicht." Bradys Worte klangen wie die eines trotzigen Kindes.

„Früher warst du einmal ziemlich verliebt in sie. So sehr, dass du sogar mit ihr geschlafen hast, obwohl du mit mir verlobt warst."

„Sie hat mich verführt."

Frederica schüttelte den Kopf. „Das kannst du mir nicht weismachen. Du warst älter als sie, hattest mehr Erfahrung. Sie hatte gerade erst die Highschool abgeschlossen so wie ich. Die Verantwortung trägst ganz allein du. Aber Verantwortung hast du ja noch nie gern übernommen. Im Gegenteil, du hast immer den einfachsten Weg gewählt, und jetzt bist du ins Schleudern geraten."

„Ich habe nur dich geliebt, Rica. Wirklich, die ganze Zeit über habe ich nur dich gewollt."

„Liebe", stieß sie verächtlich aus. „Du weißt ja nicht einmal, was das bedeutet. Es ist besser, wenn du in meiner Gegenwart nicht mehr davon sprichst. Ich kenne dich zu gut, Brady, um dir das zu glauben."

„Ich habe sie verlassen. Verstehst du das denn nicht? Ich habe Gloria verlassen."

„Das ist dein Problem, nicht meines." Sie begann, eine Nummer zu wählen, die auf einem Notizblock stand, der griffbereit neben dem Telefon lag. „Ich rufe dir jetzt ein Taxi", sagte sie entschlossen und hoffte, ihre Worte drangen auch in seinen benebelten Kopf. „Wenn es hupt, verlässt du mein Apartment und verschwindest von hier."

„Nein!"

„Dann werde ich die Polizei rufen."

Sie hatte gerade die Nummer der Taxizentrale zu Ende gewählt, als er sich erhob und auf sie zukam. Instinktiv wich sie einen Schritt zurück, doch ein Stuhl stand im Weg. Sie stolperte und fiel zu Boden, gerade als Brady sie in die Arme nehmen wollte. Er verlor das Gleichgewicht und stürzte auf sie.

Nicht zum ersten Mal in ihrem Leben verfluchte sie, dass sie so klein und zierlich war. Mit aller Kraft versuchte sie, Brady wegzustoßen. Vergeblich.

„Geh runter", fauchte sie und boxte ihn in die Rippen.

„Au! Rica, ich will dir doch nur zeigen, wie schön es mit uns sein kann. Ich muss dich küssen."

„Wehe, du wagst es. Dann rufe ich die Polizei anstatt eines Taxis." Sie gab es auf, ihn wegzuschieben, und versuchte, sich unter ihm herauszuwinden. Er war zwar groß und schwer, aber nicht sonderlich beweglich. Und wieder benutzte sie ihre Fäuste. Als er aufstöhnte und sein Gewicht etwas verlagerte, rollte sie sich blitzschnell zur Seite.

„Verdammt, Rica!" Er drehte sich auf den Rücken und schlug verzweifelt die Hände vors Gesicht. „Warum gibst du mir keine Chance?"

Sie nahm keine Notiz von ihm und griff eilig nach dem Telefonhörer, der herunterbaumelte. Doch es summte nur in der Leitung. Die Taxizentrale hatte aufgelegt. Gerade wollte sie neu wählen, als sie spürte, dass sie und Brady nicht allein waren.

Überrascht blickte Frederica zur Tür. Im Türrahmen stand Trent. Ohne erkennbare Gefühlsregung betrachtete er das Bild, das sich seinen Augen bot, angefangen von Fredericas zerknitterter Kleidung bis hin zu dem reglos am Boden liegenden Brady Paxton. Sie erstarrte. Schlimmer hätte es nicht kommen können, schoss es ihr durch den Kopf. Sie fühlte sich völlig hilflos. Während sie noch am Boden kniete und Trent sprachlos anstarrte, fragte sie sich, wie sie nur so dumm hatte sein können, sich mit ihm über dieses Grundstück zu streiten. Wäre sie kühler gewesen, befände sie sich jetzt nicht in dieser scheinbar eindeutigen Lage. Er würde bestimmt die falschen Schlüsse ziehen. Er konnte ja gar nicht anders.

„Guten Abend, Trent", begrüßte sie ihn mit einer Aggressivität in der Stimme, die sie selbst gar nicht bemerkte und die ihre Lage nur noch verschlimmern musste. „Bestimmt fragst du dich, was hier vor sich geht."

„Typisch Frederica", entgegnete er überraschend nachsichtig, während er sich Richtung Brady in Bewegung setzte. „Frech und kess bis zum Ende. Immerhin hast du den Mut, eine verfängliche Situation erklären zu wollen, das muss man dir lassen. Aber daran hat es dir ja noch nie gefehlt." Vor Brady blieb er stehen und schaute auf ihn hinab, als sähe er ein Ungeziefer. „Damit keine Irrtümer aufkommen, ich frage mich nicht, was hier vor sich geht, ich weiß es. Gloria hat mich angerufen und mich über alles unterrichtet."

„Diese Hexe." Brady richtete sich vorsichtig auf. Aus seinem Blick sprach eine Mischung aus Hass und ohnmächtigem Zorn. „Sie hatte kein Recht, Sie über meine Pläne zu informieren."

„Und Sie haben kein Recht, Frederica zu belästigen." Trent packte ihn am Hemdkragen und zerrte ihn hoch. „Paxton, Sie werden langsam zu einer lästigen Plage."

Brady geriet in Panik. „Sie ist an allem schuld", stieß er hervor und deutete mit dem Kopf auf Frederica. „Sie hat mich herbestellt. Sie wollte mich verführen."

Frederica stockte der Atem. Langsam ließ Trent ihn los. „Und das soll ich Ihnen glauben?" Seine Stimme klang amüsiert.

„Warum wohl? Weil sie mich immer noch liebt. Weil sie mich zurückhaben will."

Trent verzog den Mund zu einem breiten Grinsen. „Wenn Sie das wirklich denken, Paxton, sind Sie dümmer, als ich bisher annahm."

„Es stimmt aber."

Trent schüttelte den Kopf. „Zugegeben, diese Frau kann das Selbstbewusstsein eines Mannes ganz schön durcheinanderbringen, doch man kann sich absolut auf sie verlassen, im Gegensatz zu Ihnen. Sie will nichts mehr mit Ihnen zu tun haben, Paxton. Merken Sie sich das ein für alle Mal."

Das war zu viel für Brady. „Wieso sind Sie sich dessen so verdammt sicher?", rief er verzweifelt.

„Weil sie mit mir verlobt ist. Und Frederica würde sich hinter dem Rücken ihres Verlobten nie mit einem anderen Mann einlassen, nicht einmal aus Rachegelüsten." Trent drehte den Kopf zu ihr. „Wen wolltest du gerade anrufen?"

„Ein Taxi", stammelte sie. „Für Brady."

„Worauf wartest du? Wähl."

Unwillkürlich runzelte sie bei seinem Ton die Stirn. Doch jetzt war nicht der rechte Zeitpunkt, sich mit ihm zu streiten.

„Kommen Sie, Paxton", befahl Trent, während Frederica das Taxi bestellte. „Ich werde Sie hinunterbegleiten und aufpassen, dass Sie nicht zufälligerweise in den Aufzugschacht fallen."

Brady blickte ihn aufgeschreckt an. „Warten Sie noch."

„Beruhige dich, Brady", mischte Frederica sich ein. „Trent wird schon dafür sorgen, dass du auch nicht absichtlich in den Schacht fällst, nicht wahr?"

„Aber natürlich." Trent setzte sein gefährlichstes Lächeln auf und gab Brady einen leichten Schubs. Gehorsam, aber widerwillig trottete er los.

Einen Augenblick später schloss sich die Tür hinter den Männern. Frederica legte den Hörer auf und starrte ins Leere. Die ganze Situation erschien ihr unwirklich, wie ein Traum.

Eigentlich hätte Trent angesichts dieser Szene fuchsteufelswild werden müssen. Stattdessen hatte er ruhig und besonnen reagiert. Keine Vorwürfe an sie, keine Fragen.

Im Gegenteil, er hatte Brady ohne Einschränkungen erklärt, dass sie ihn nie mit einem anderen Mann betrügen würde.

Je länger sie darüber nachdachte, desto deutlicher erkannte sie, dass in ihrer Beziehung ein Wendepunkt eingetreten war. Trent mochte zwar immer noch auf seiner Forderung in Bezug auf das Grundstück bestehen, doch wenn es um wichtigere Dinge ging, vertraute er ihr rückhaltlos. Sie stieß einen tiefen Seufzer der Erleichterung aus.

Als Trent ein paar Minuten später zurückkehrte, erwartete Frederica ihn mit einem Glas Bier. Er zog sein Jackett aus, hängte es über die Stuhllehne und nahm ihr das Glas aus der Hand. „Verstecken sich hier noch andere Verehrer von dir? Vielleicht im Schrank oder unterm Bett?"

„Möchtest du nachschauen?"

„Nein. Langsam habe ich genug von diesem Paxton. Sollte ich ihn noch einmal bei dir antreffen, stoße ich ihn vielleicht tatsächlich in den Aufzugschacht."

„Das Ganze tut mir leid. Ich habe ihn nicht in meine Wohnung hereingebeten."

Er schaute sie eindringlich an. „Das dachte ich mir."

„Darüber bin ich sehr froh", gestand sie. „Danke für dein Vertrauen in mich. Nicht jeder Mann hätte in einer solchen Situation so viel Verständnis aufgebracht. Immerhin musste die Lage für dich eindeutig sein."

„Wirklich?"

„Ja, und ich kann mir auch vorstellen, was dir nach Glorias Anruf alles durch den Kopf gegangen ist. Als ich dich dort an der Tür stehen sah, befürchtete ich das Schlimmste."

„Zugegeben, ich war es langsam leid, ständig diesen Paxton in deiner Nähe zu sehen."

Sie zuckte erschrocken zusammen. „Du glaubst doch nicht etwa doch, ich hätte ihn zu mir bestellt?"

„Ich weiß, dass du das nicht getan hast."

Seine Gewissheit wirkte fast unheimlich. „Wieso bist du dir so sicher?"

„Weil du mir das nie antätest", entgegnete er schlicht. „Du bist ungezähmt, kratzbürstig und risikofreudig, und manchmal kannst du auch wehtun. Aber du kämpfst fair."

„Danke, Trent. Aber wenn du schon bei Glorias Anruf davon überzeugt warst, dass ich Brady nicht rachsüchtig hergelockt habe, warum bist du dann überhaupt nach Seattle gekommen?"

„So wie mir Gloria die Lage geschildert hat, war Paxton zu allem fähig, um die Brücken hinter sich abzubrechen und dich zurückzuerobern. Mir war klar, sie sagte die Wahrheit. In seinem Zustand war nicht auszuschließen, dass er auch über Leichen gehen würde. Es mag vielleicht altmodisch und selbstherrlich klingen, aber ich bildete mir ein, du könntest vielleicht Hilfe brauchen. Paxton wiegt mindestens sechzig Pfund mehr als du. Bei einer ernsten Attacke von ihm hättest du dich nicht wehren können. Und er brütet schon seit Wochen darüber nach, was er mit dir alles versäumt hat"

„Solche Sorgen hast du dir um mich gemacht?"

„Ich war wütend auf dich. Wärst du in den vergangenen Wochen nicht so stur geblieben, wären wir längst verheiratet. Dann hätte sich diese miese Situation erst gar nicht ergeben."

Sie schmunzelte. „Bist du immer noch wild entschlossen, mich zur Frau zu nehmen, nachdem ich dir so viele Steine in den Weg gelegt habe?"

„Mehr denn je. Ich sehe einfach keine andere Möglichkeit, meinen Seelenfrieden wiederzufinden." Er hob das Glas an die Lippen. „Hm! Eine ausgezeichnete Sorte", stellte er nach dem ersten Schluck zufrieden fest.

„Ich bemühe mich, dich zu verwöhnen und bei Laune zu halten", meinte sie spitzbübisch.

„Fragt sich nur, ob diese brave Frederica auch genug Atem hat, bis wir endlich am Ziel sind."

Ein Lächeln huschte über ihr Gesicht. „Keine Sorge, wir werden eine Abkürzung nehmen. Du kannst den Zwist um dieses Grundstück, das mir Tante Agnes und Onkel George zur Hochzeit schenken wollen, getrost zu den Akten legen. Ich habe mich nie ernsthaft mit dem Gedanken getragen, es zu verkaufen, obwohl es eine gewisse Sicherheit bot. Es ging mir nur ums Prinzip. Doch inzwischen denke ich anders darüber. Du hast gewonnen."

Eine Weile sah er sie forschend an. „Zu spät. Ich habe bereits anders entschieden", sagte er schließlich.

Erstaunt riss sie die Augen auf. „Du? Wieso du?"

„Du hast richtig gehört. Verkauf das Grundstück oder behalte es und pflanze Weihnachtsbäume darauf an. Mir ist egal, was du damit tust."

„Wirklich?"

„Ja."

„Aber Trent, das kannst du mir nicht antun. Du verpatzt mir ja meinen ganzen Auftritt", protestierte sie zwischen Lachen und Weinen.

„Ich weiß", erklärte er trocken. „Du hast ihn großartig inszeniert. Doch diesmal habe ich dich ausgestochen." Er trank zufrieden noch einen Schluck Bier. „Wurde auch mal Zeit."

Sie zögerte kurz, dann warf sie sich in seine Arme. „Meinst du das im Ernst? Ist dir wirklich egal, was ich mit dem Grundstück anfange?"

Da zog er sie an sich und barg sein Gesicht in ihrem Haar. „Als Gloria mich anrief, um mir von Bradys Vorhaben zu berichten, erkannte ich, wie egal es mir ist. Auch mir war es mittlerweile nur noch ums Prinzip gegangen. Aber tief in meinem Herzen wusste ich längst, dass mir in Wahrheit nur eines wichtig war. Du solltest meine Frau werden. Wahrscheinlich wirst du mich während der nächsten sechzig Jahre an den Rand des Wahnsinns treiben, aber ich vertraue dir vorbehaltlos."

„Oh Trent, ich liebe dich. Ich liebe dich über alles. Als du vor ein paar Minuten ins Zimmer tratst und mich mit Brady sahst, hatte ich panische Angst, du könntest die Situation falsch deuten und schreckliche Schlüsse ziehen. Ich hätte Brady umbringen können, dass er hier so einfach aufgekreuzt ist."

„Dieser Gedanke ist mir auf dem Weg nach unten mehrmals in den Sinn gekommen", gestand er.

„Dass ich Brady umbringen könnte?"

„Nein, dass ich ihn umbringen sollte. Doch selbst das ist er nicht wert."

„Zu dieser Einsicht bin ich vor neun Jahren auch gelangt, nachdem ich mich von dem Schock erholt hatte, ihn mit Gloria im Bett überrascht zu haben."

„Ist es nicht großartig, jemanden zu heiraten, mit dem man so viel gemeinsam hat?" Er schaute ihr tief in die Augen und gab ihr einen leidenschaftlichen Kuss.

Trent und Frederica heirateten zwei Wochen später in aller Stille. Die Trauungszeremonie fand am Vormittag statt. Fredericas Familie und das Personal der Pension standen mit strahlenden Gesichtern Spalier, als das Brautpaar durch den langen Kirchengang vor den Traualtar schritt.

Fast alle waren gespannt auf Fredericas Brautkleid. Natürlich hatte sie es vor der Hochzeit niemandem gezeigt, nicht einmal Trent. Nur ihre Schwester hatte es zu Gesicht bekommen. Als sie dann schließlich in einem schlichten, weißen Kleid mit weitem, weichfallenden Rock erschien, das ihre zierliche Figur betonte und sie wie eine Elfenkönigin wirken ließ, konnte man deutlich Meg Cromwells Seufzer der Erleichterung in der kleinen Kapelle hören. Ihre schlimmen Befürchtungen hatten sich nicht bewahrheitet.

Anschließend versammelten sich alle zu einer kleinen Feier, wo sie die Frischvermählten beglückwünschten und zusammen anstießen. Es herrschte eine gelöste, ausgelassene Stimmung, und alle Gesichter drückten Glück und Zufriedenheit aus. Dass Frederica nun unter der Haube war, hatte der Familie eine große Last von den Schultern genommen.

„Denk daran, jetzt ist es endgültig", bemerkte Amery vergnügt zu seinem Schwiegersohn. „Du hast kein Rückgabe- oder Umtauschrecht." Alle lachten.

Am Nachmittag fuhren Trent und Frederica auf Hochzeitsreise. Bis sie ihr Hotel erreichten und aufs Zimmer gingen, um zu schlafen, war es ziemlich spät geworden. Trent saß schon seit geraumer Zeit im Bett und wartete auf seine frisch angetraute Frau. Ungeduldig schaute er immer wieder auf seine Armbanduhr, die er auf den Nachttisch gelegt hatte. Frederica ließ sich nicht blicken. Seit über fünfundvierzig Minuten hielt sie sich jetzt schon im Bad auf.

Er schloss die Augen und zwang sich zur Ruhe. Schließlich war es ihre Hochzeitsnacht. Da stand es ihr zu, sich extra zurechtzumachen. Selbst sein Verlangen, das immer stärker wurde, gab ihm kein Recht, ins Badezimmer zu stürmen und seine Frau ins Bett zu holen. Wenn sie fertig war, würde sie schon kommen.

Eine kleine Ewigkeit trommelte er nervös auf die Bettkante. Dann öffnete er die Augen und blickte erneut auf die Uhr. Langsam wurde es lächerlich, doch er wollte jetzt nicht die Geduld verlieren.

Plötzlich hörte er im Bad Wasser laufen. Der Wasserhahn wurde zugedreht, doch nichts geschah.

Er wartete weitere zehn Minuten. Dann riss ihm der Geduldsfaden. Irgendwann hatte auch die Geheimniskrämerei einer Braut in der Hochzeitsnacht ein Ende. Sie gehörte hierher ins Bett. Nackt ging er zur Badezimmertür und klopfte.

„Frederica, Darling, was machst du denn so lange?"

„Nichts."

Er runzelte die Stirn. „Bist du sicher?"

„Natürlich."

„Ist dir vielleicht nicht gut?"

„Doch, doch."

„Hast du vor, die ganze Hochzeitsnacht im Bad zu verbringen?", fragte er nach einer Weile.

„Nein."

Es entstand eine Pause. Als sie keine weiteren Erklärungen abgab, hakte er schließlich nach. „Warum brauchst du so lange?"

„Ich ziehe mich an."

„Frederica, das ist deine Hochzeitsnacht. Du solltest dich nicht an-, sondern ausziehen."

„Die Braut muss ein verführerisches Negligé tragen", rief sie durch die Tür. „Und da ich sonst nie dazu komme, eines vorzuführen, muss ich jetzt die Gelegenheit nutzen."

Deutlich hörte er die Belustigung in ihrer Stimme. Es reichte ihm. Wenn sie ihn schon necken musste, dann gefälligst im Bett. Er griff nach dem Türknopf, der sich überraschend leicht drehen ließ. Sie hatte nicht abgeschlossen.

Als er ins Bad spähte, zog sie sich gerade ein duftiges Etwas aus apricotfarbener Seide über den Kopf. Auf dem Boden verstreut lagen mehrere durchsichtige Nachtgewänder in den verschiedensten Farben.

„Trent!" Hastig rollte sie das Negligé wieder nach unten. „Was hast du hier drinnen zu suchen? Ich mache mich bettfertig."

Er lehnte sich an die Wand und beobachtete fasziniert, wie Rica mit beiden Händen den hauchdünnen Stoff glättete, sodass jede Kontur ihres Körpers nachgezeichnet wurde.

„Bettfertig?", meinte er zweifelnd. „Das ist ja die reine Modenschau."

Sie lächelte vor sich hin. „Ich konnte mich für keines entscheiden, also habe ich sie einfach alle eingepackt. Jetzt probiere ich gerade aus, welches mir am besten steht."

Ehe sie wusste, wie ihr geschah, nahm er sie in die Arme.

„Du überraschst mich, Darling. Ich hätte nicht erwartet, dass du in der Hochzeitsnacht nervös bist."

„Ich bin nicht nervös", entrüstete sie sich. Doch als sie zu ihm aufblickte, sah er deutlich die Unsicherheit in ihren Augen.

Er lächelte. „Du kannst es ruhig zugeben. Schließlich ist es unsere erste gemeinsame Nacht als Ehepaar."

„Das macht mich nicht nervös."

„Und wenn ich zugebe, dass ich selbst ein wenig nervös bin?"

Erstaunt schaute sie ihn an. „Wirklich?"

„Nein, aber ich wollte, dass du dich nicht so allein fühlst." Lachend hob er sie hoch.

„Trent, lass mich runter", protestierte sie lachend. „Ich habe noch drei Negligés, die ich unbedingt anprobieren muss."

„Wenn du annimmst, ich verbrächte meine Hochzeitsnacht mit einer Modenschau, kennst du mich schlecht.“ Er trug sie ins Zimmer. Neben dem Bett setzte er sie ab und zog ihr den apricotfarbenen Traum über den Kopf. „So ist es besser.“ Er ließ seine Hände über ihren nackten Rücken gleiten und drückte sie an sich. „Viel besser.“

Seufzend schlang sie die Arme um seinen Nacken. „Wenn du darauf bestehst, kannst du die anderen ja später mal besichtigen.“

Auf diese Bemerkung ging er nicht mehr ein. Heftiges Verlangen überkam ihn. „Ich kann es kaum fassen, Darling, dass wir endlich Mann und Frau sind“, flüsterte er. „Wo hast du nur die ganzen Jahre über gesteckt?“

„Ich habe auf dich gewartet“, erklärte sie schlicht und küsste zärtlich seine Brust.

Aufstöhnend schob er ihre Schenkel auseinander und spürte, wie erregt sie schon war.

Während sie sich eng an ihn schmiegte, flüsterte sie immer wieder seinen Namen, und aus ihrem Blick sprach die tiefe Liebe, die sie für ihn empfand. Er schloss sie in seine Arme und legte sie aufs Bett.

Beide sahen sich tief in die Augen.

„Ich liebe dich, und ich begehre dich, mehr als alles auf der Welt.“

„Und ich liebe dich.“ Sie streichelte seine Schultern und zog ihn auf sich. Dann schlang sie die Beine um seine Hüften.

„Ich weiß, Liebste. Ich weiß.“

– ENDE –

Joan Elliot Pickart

Einladung zum Glück

Roman

Aus dem Amerikanischen von
Patrick Hansen

mtb

1. KAPITEL

Sandra Westport zog die Backhandschuhe an und nahm das Blech mit den goldbraunen Muffins aus dem Ofen. Sie stellte es zum Abkühlen auf die Arbeitsfläche, schob ein weiteres Blech hinein und streifte die Handschuhe wieder ab. Dann setzte sie sich an den Küchentisch und begann, das nächste Dutzend Muffins mit Schokoladenglasur zu überziehen.

Vergeblich versuchte sie, sich eine Locke aus der verschwitzten Stirn zu pusten. Die Julihitze hatte Boston fest im Griff. Obwohl es erst acht Uhr morgens war, brannte die Sonne bereits unbarmherzig vom Himmel. Die Hitze des Backofens tat das ihre dazu, dass die Küche einer Sauna glich. Sandra seufzte, während sie ein fertiges Schokoladenküchlein zur Seite stellte und nach dem nächsten griff. Genau in diesem Moment betrat ihr Ehemann die Küche.

„Oh Gott, was für eine Hitze!", keuchte David Westport. „Ich sage dir, auf dem Bürgersteig könnte man ein Spiegelei braten."

Er beugte sich vor, stützte die Hände auf die Knie und atmete mehrmals tief durch, bevor er sich wieder aufrichtete.

„Komm her, meine Süße", sagte er und breitete die Arme aus.

Sandra lachte. „Vergiss es, mein Lieber. Du bist ein durchgeschwitztes klitschnasses Etwas. Geh erst mal duschen, dann denke ich vielleicht noch einmal über deine Bitte nach. Wie kann man nur bei dieser Hitze joggen?!"

Schmunzelnd nahm David sich eine Flasche Wasser aus dem Kühlschrank und trank sie in einem Zug aus, bevor er zu Sandra an den Tisch ging.

„Ich will ja nicht unverschämt sein, aber bei diesem Wetter zu backen zeugt bestimmt auch nicht von einem klaren Verstand", sagte er und griff nach einem Muffin.

„Hey, Finger weg", warnte Sandra. „Die sind für den Basar in der Kirche. Und frag mich nicht, wo ich meinen Verstand hatte, als ich mich für das hier gemeldet habe. Die Gemeinde sollte ein Gesetz erlassen, wonach nur Leute, die zu Hause eine Klimaanlage haben, Kuchen spenden dürfen." Seufzend schaute sie aus dem Fenster. „Klimaanlage. Wie ich hörte, soll das eine großartige Erfindung sein."

„Das Gerücht habe ich auch schon gehört", erwiderte David und nahm sich blitzschnell einen Muffin. „Eines Tages, meine Süße. Und bis dahin könntest du ruhig darauf verzichten, das Thema Klimaanlage immer wieder anzusprechen. Ich bin es leid." Er verspeiste den Kuchen mit zwei Bissen. „So. Ich habe der Kirchengemeinde einen Dienst erwiesen, indem ich diese Leckereien probiert habe, und ich muss sagen, deine Muffins sind einfach köstlich, Lockenköpfchen."

Sandra richtete ihr Messer auf ihn.

„Nenn mich nicht Lockenköpfchen, Westport. Du weißt genau, wie sehr ich es hasse, dass mein Haar immer verrückt spielt, sobald es schwül ist. Wer weiß, vielleicht schneide ich es eines Tages ratzekurz, dann bin ich den Ärger los. Oje, ich freue mich schon auf den Tag, an dem unser Sohn mich vorwurfsvoll fragen wird, warum ausgerechnet er meine blonden Locken geerbt hat und Molly dein glattes schwarzes Haar."

„Da du gerade von ihnen sprichst: Unsere Zwillinge schlafen wohl noch?", fragte David.

„Ja." Sandra zögerte. „Hör zu, David, ich wollte nicht über die fehlende Klimaanlage jammern."

Der Timer am Herd summte, und Sandra eilte hinüber, um das Blech herauszuholen. Sie schaltete den Ofen aus und setzte sich wieder an den Tisch, um mit dem Glasieren fortzufahren.

„Fast fertig", sagte sie und setzte sich. „Ich habe aufgehört zu zählen, aber es müssten genug Muffins für den Basar und für uns sein."

„Das hoffe ich", erwiderte ihr Mann und wollte sich noch einen nehmen.

„Lass das." Sandra klopfte ihm spielerisch auf die Finger. „Tu mir und der Welt einen Gefallen, und geh duschen."

„Okay." Schnell steckte David seinen Finger in die Glasur und leckte ihn genüsslich ab.

„Igitt", rief Sandra lachend.

„Es geht doch nichts über Schokolade mit salzigem Schweiß." David rümpfte die Nase. „Ich gehe duschen."

Sandra sah ihm nach.

Sie waren jetzt seit elf Jahren verheiratet, und noch immer konnte sein Anblick ihr Herzklopfen bereiten. David sah toll aus. Er war groß, dunkelhaarig und sportlich, mit unglaublich grünen Augen. Er wog kein Pfund mehr als damals auf dem College, besaß breite Schultern, eine schmale Taille, muskulöse Beine und …

Hastig wandte Sandra sich ab.

„Hier drin ist es schon heiß genug", sagte sie zu einem Muffin. „Auch ohne an … Halt den Mund, Sandra."

Während sie Muffin um Muffin glasierte, ließ sie ihren Gedanken freien Lauf.

Jedes Jahr das Gleiche, dachte sie. Sie träumte von einer Klimaanlage, und David versprach, dass sie eines Tages eine einbauen würden. Dabei wussten sie beide, dass das nie geschehen würde. Für einen derartigen Luxus hatten sie einfach nicht genug Geld. Nein. Nicht in diesem Leben.

„Geschafft", sagte Sandra, bevor sie den letzten Muffin auf das Abtropfgitter stellte und aufstand, um die Behälter zu holen, in denen sie die Küchlein morgen zur Kirche transportieren wollte. Ihr T-Shirt klebte an ihrem Oberkörper, so heiß war es mittlerweile.

Eine Klimaanlage! Warum verschwendete sie auch nur einen Gedanken an etwas, das sie nie bekommen würde? Sie war eine intelligente Frau, die hin und wieder als Reporterin für die North End News, ein zehn Seiten starkes Wochenblatt, arbeitete. Und im Moment war sie einer echten Sensation auf der Spur: Morgen würde sie die ach so spannende Story über den Kuchenverkauf in der Kirche von St. Luke's in der Redaktion abliefern.

„Du spinnst, Sandra", murmelte sie und holte die Plastikbehälter aus dem Küchenschrank. „Du hast dein Gehirn mitgebacken."

Vorsichtig verstaute sie die Muffins in den Behältern.

Vor einer Million Jahren hatte sie noch davon geträumt, dass sie als berühmte Journalistin um die Welt reisen und die Zeitungen sich um ihre Reportagen reißen würden.

Sandra leckte sich Glasur von den Fingern.

Ich war eine Träumerin, dachte sie. Sie hatte ihre Karrierepläne schon lange auf Eis gelegt, um sich ganz auf ihre Familie zu konzentrieren. Sandra bereute es nicht. Sie liebte ihren Mann noch so sehr wie an jenem Tag, an dem sie geheiratet hatten. Und woher wollte sie wissen, ob sie überhaupt das Zeug dazu gehabt hätte, als Journalistin Karriere zu machen?

Aber was war mit David?

Seine Pläne waren keine Träumerei gewesen. Er hatte alle Chancen gehabt, eine Karriere als Baseball-Spieler zu machen. Alle gingen davon aus, dass sich die großen Teams der US-Ligen um ihn bemühen würden, sobald er die Saunders University abgeschlossen hatte. David hätte alles haben können … den Ruhm, ein Vermögen – und ein Haus mit Klimaanlage.

Doch dann war sie schwanger geworden, mit neunzehn. Sandra erinnerte sich noch genau, wie verängstigt sie damals gewesen war. Und wie wunderbar David reagiert hatte. Er hatte ihr gesagt, dass sie nun eben ein bisschen früher heiraten würden. Und dass er sich unglaublich auf ihr Baby freue.

Sie hatte das Studium abgebrochen und als Kellnerin gearbeitet. David suchte sich einen Teilzeitjob als Tankwart, um die Miete für ihre schäbige kleine Wohnung zu verdienen. Zuerst hatte er noch nebenher studieren können, doch dann hatte die Zeit nicht mehr gereicht, alles unter einen Hut zu bekommen.

Sein Traum, professionell Baseball zu spielen, war unter Windeln, Fläschchen und Lätzchen begraben worden. Mit *einem* Baby wäre das vielleicht alles noch gegangen. Aber nicht mit *zwei*. Sie hatten Zwillinge bekommen. Michael und Molly.

Und bis heute war Sandra überzeugt, dass David seine Entscheidung bereute, sie damals geheiratet zu haben. Ihr Mann war nicht glücklich und liebte sie nicht mehr. Sicher, er setzte ein Lächeln auf, arbeitete hart und tat so, als wäre er mit seinem Leben zufrieden.

Aber sie konnte sich nicht daran erinnern, wann er ihr das letzte Mal gesagt hatte, dass er sie liebte.

Wann würde es so weit sein? Sandra blinzelte die plötzlichen Tränen fort. Wann würde er genug von ihr haben und sie verlassen? Würde er mehr als ein Jahrzehnt mit ihr als ausreichende Strafe für einen leichtsinnigen Fehler ansehen? Was sollte sie nur tun, damit er sie wieder liebte? Was, was, was? Die Vorstellung, ihn zu verlieren, war unerträglich. Aber sie wusste nicht, wie sie es verhindern sollte.

„Hi, Mom. Hier riecht es aber lecker."

„Oh." Sandra war dankbar für die Ablenkung. „Guten Morgen, Molly. Ich habe Muffins für den Kirchenbasar gebacken, für uns sind aber auch noch welche da. Die Schokoladenglasur muss noch fest werden."

„Schade", sagte Molly und setzte sich an den Tisch. Das viel zu große T-Shirt, das sie als Nachthemd trug, rutschte ihr von der Schulter. „Ich hätte jetzt echt Lust auf einen Muffin gehabt."

„Gedulde dich noch ein wenig." Sandra lächelte. „Glaubst du, das T-Shirt deines Vaters ist groß genug für dich?"

„Es ist cool." Molly warf einen Blick auf die verblassten Buchstaben. *Saunders University* stand darauf. „Dad wollte es nehmen, um das Auto nach dem Waschen abzutrocknen, aber ich habe ihn überredet, es mir zu geben. Meine Freundin Becky schläft in einem T-Shirt von ihrem Dad, auf dem *Harvard* steht, dabei war er dort gar nicht. Dad war wenigstens in Saunders."

Aber er hat keinen Abschluss gemacht, dachte Sandra.

„Ja, das war er“, bestätigte sie fröhlich. „Genau wie ich. Zwei Sekunden lang. Okay, Frühstück. Cornflakes? Pfannkuchen? Eier? Dein Wunsch ist mir Befehl. Oh, hier kommt dein fauler Bruder.“

„Es ist so heiß“, beschwerte Michael sich und nahm seiner Schwester gegenüber Platz. „Hey, dein Shirt ist so lahm, Molly.“

„Ist es nicht“, protestierte sie. „Du hättest es dir sofort geschnappt, wenn du es vor mir entdeckt hättest, das weißt du genau.“

„Wow“, griff Sandra ein. „Vertagen wir den Krieg bis nach dem Frühstück. Was möchtet ihr, meine Süßen?“

„Pfannkuchen.“ David betrat die Küche. Sein Haar war noch feucht vom Duschen. „Ich werde meine Spezialität machen. Blaubeerpfannkuchen.“

Sandra lachte. „Auf Blaubeeren müssen wir leider verzichten, wir haben keine mehr. Ich fahre nachher einkaufen.“

„So lange können wir nicht warten.“ David rieb sich die Hände. „Ich werde stattdessen meine weltberühmten wie Tiere geformten Pfannkuchen machen.“

„Cool“, rief Michael. „Ich will einen riesigen Dinosaurier.“

„Igitt“, sagte Molly. „Ich will ganz viele hübsche Schmetterlinge.“

„Und Sie, Madam?“, fragte David Sandra.

Sie tippte sich mit der Fingerspitze ans Kinn. „Einen Teddybären, bitte.“

„Wird gemacht. Okay, M und M, ihr zieht euch an, macht eure Betten, und wenn ihr zurück seid, legen wir los.“

Die Zwillinge rasten davon.

„Sie sind so drollig“, sagte Sandra. „Zehn ist ein komisches Alter, nicht wahr? Du machst den beiden Tierpfannkuchen, seit sie in ihren Hochstühlen saßen, und sie begeistern sich immer noch dafür. Vor zwei Sekunden wollten sie noch erwachsen sein, dann sind sie wieder unsere Babys.“

David holte eine Pfanne aus dem Schrank.

„Ja“, sagte er. „Und ehe wir uns versehen, werden sie groß sein und ausziehen. Das ist für mich ein schrecklicher Gedanke, aber man kann die Zeit nicht aufhalten. Wenn es so weit ist, werden sie gehen.“

Fröstelnd starrte Sandra auf seinen breiten Rücken.

Und wann würde er gehen? Hatte er sich entschieden, die Zähne zusammenzubeißen und durchzuhalten, bis die Zwillinge auszogen, weil er seine Kinder so sehr liebte? Würde er zusammen mit ihnen das

Haus verlassen? Guter Gott, war sie dazu verdammt, ihre ganze Familie zu verlieren?

„Weißt du“, begann sie, „ich glaube, ich werde auf die Pfannkuchen verzichten. Ich bin noch ganz satt von dem vielen Teig, den ich geschleckt habe.“

„Kann ich mir vorstellen“, sagte er lachend und begann, den Teig zu rühren. „Die Kinder und ich werden deinen Anteil essen.“

„Da bin ich sicher. Ich werde mich solange um die Wäsche kümmern.“

Sandra eilte aus der Küche. Mit gerunzelter Stirn sah David ihr nach, bevor er das Radio einschaltete und einen Countrysong mitsang.

Die Wohnung der Westports lag im dritten Stock eines alten Backsteingebäudes. Sie bestand aus einem langen Flur, einer Küche mit Essbereich, zwei kleinen Kinderzimmern, einem Elternschlafzimmer und einem etwas größeren Wohnzimmer. Im Keller gab es eine Waschküche.

David und Sandra hatten sich das Geld für die Anzahlung seinerzeit von Sandras Eltern geliehen und es längst zurückgezahlt. Nachdem David sein Studium abgebrochen hatte, hatte er in einem nahe gelegenen Supermarkt eine Stelle gefunden. Sandra hatte bis kurz vor der Geburt der Zwillinge weiter als Kellnerin gearbeitet.

Drei Jahre später hatte der Betreiber des Supermarkts David angeboten, das Geschäft zu übernehmen. Den Kaufpreis sollte er in monatlichen Raten bezahlen. Das war die Geburtsstunde von Westport's Emporium gewesen. David hatte den Laden modernisiert und um eine Abteilung mit italienischen Spezialitäten erweitert, da im North End von Boston viele Bewohner italienischer Abstammung waren. Zudem hatte er eine kleine Papeterie-Abteilung und eine so genannte Grillecke eingerichtet, wo man alles rund ums Grillen bekam.

Das Geschäft lief gut, aber der Umsatz war nicht mehr zu steigern. Die Westports mussten ihr Geld zusammenhalten, was nicht einfach war bei Zwillingen, die über Nacht aus ihren Sachen zu wachsen schienen.

Sandras Teilzeitjob bei der Zeitung trug zwar zur Familienkasse bei, aber das Geld ging immer sofort für notwendige Anschaffungen drauf: neue Klamotten für die Kinder, Turnschuhe, Bücher … Töricht, da an eine Klimaanlage auch nur zu denken!

Während Sandra im Bad die Wäscheberge sortierte, dachte sie einmal mehr über ihr finanzielles Dilemma nach. David war noch immer strikt dagegen, dass sie mehr arbeitete. Er wollte, dass sie daheim war, wenn die Kinder aus der Schule kamen. Michael und Molly sollten auf keinen Fall Schlüsselkinder werden, darin war sie sich mit ihm einig.

David dachte zurzeit daran, den leer stehenden Nachbarladen zu kaufen und den Supermarkt zu erweitern. Sandra gefiel die Idee auch deshalb, weil sie in ihren Augen ein Zeichen dafür war, dass David nicht vorhatte, sie zu verlassen. Doch würde die Bank ihm einen Kredit gewähren? Sie konnte es nur hoffen. Für ihn. Und für sich.

Oh David, dachte sie und legte die Hände um die Ellbogen. Sie waren einmal so glücklich, so verliebt gewesen. Sie hatten ihre Babys vergöttert, alle Arbeiten geteilt und fast nur von Makkaroni mit Käse gelebt.

Doch irgendwann hatte der Abstand zwischen ihnen zugenommen. David hatte sich immer mehr auf die Kinder und den Supermarkt konzentriert. Es war Sandra, als nehme er sie gar nicht mehr richtig wahr. Wann hatten sie das letzte Mal nur zu zweit etwas miteinander unternommen? Sie konnte sich nicht daran erinnern.

Wenn sie nur wüsste, wie es in ihm aussah! Dachte er jeden Tag daran, was er als Baseball-Profi für ein Vermögen hätte verdienen können? War er insgeheim einer Meinung mit seinem Vater, der ihm nie verziehen hatte, dass er seine Karriere für die Familie geopfert hatte?

„Na, ist die Wäsche so schmutzig, oder warum schaust du so grimmig?“, fragte David von der Tür her.

„Wie?“ Sandra kehrte in die Gegenwart zurück. „Nein, ich dachte gerade an deinen Plan, den Laden zu vergrößern. Wir wollten doch mal in Ruhe darüber reden, erinnerst du dich?“

„Natürlich“, erwiderte er. „Aber vorher will ich es erst mit dem Steuerberater durchsprechen. Mal sehen, was er davon hält.“

Und was war mit *ihrer* Meinung? David hatte sie noch kein einziges Mal ernsthaft danach gefragt.

„Oh.“ Sie nickte. „Na ja, ich dachte, wir beide setzen uns zusammen und machen eine Liste. Du weißt schon, Pro und Kontra.“

„Ja, ja. Hör zu, ich gehe mit den Kindern eine Runde ins Freibad. Bei diesem Wetter tut jede Abkühlung gut. Wir sehen uns später.“

„Bis dann.“ Hatte er sie nicht gefragt, ob sie mitkommen wollte, weil er wusste, dass Sandra nicht gern schwamm? Oder wollte er sie schlicht und einfach nicht dabeihaben?

Auf dem Weg zum Schwimmbad summte David einen Countrysong.

„Krass." Molly verdrehte die Augen. „Kein Mensch hört sich solche Musik an, Dad."

„Ich tue es", erwiderte er fröhlich.

„Aber niemand, der jung ist", sagte seine Tochter.

David lachte. „Stimmt, Süße, mit zweiunddreißig stehe ich schon mit einem Bein im Grab. Mach einem alten Mann eine Freude, und ertrag seinen altmodischen Musikgeschmack, bis er den Löffel abgibt." Er zögerte. „Ich will noch kurz in den Laden und nachsehen, ob alles in Ordnung ist."

„Klaro", sagte Michael. „Bekomme ich einen Kaugummi?"

„Sicher, wenn du ihn kaufst." David warf seinem Sohn einen Blick zu.

„Das ist eine so blöde Regel", beschwerte Michael sich. „Wir haben einen Supermarkt, und ich kann mir nicht mal ein Kaugummi oder einen Riegel oder ..."

„Spar dir das Gejammer", unterbrach David ihn. „Wenn du etwas willst, kaufst du es dir, Ende der Geschichte."

„Blöd."

„Dad", begann Molly. „Meine Freundin Angela hat eine pinkfarbene Zahnspange. Echt. Krieg ich auch so eine?"

„Mal sehen."

„Mmm. ‚Mal sehen' heißt bei dir immer Nein."

„Nur, wenn eine pinkfarbene Spange mehr als die normale kostet", antwortete David. „Wir finden es heraus. Versprochen. Okay?"

„Okay." Molly seufzte. „Warum können wir nicht reich sein?"

„Geld macht nicht glücklich", sagte David.

„Bist du eigentlich glücklich, obwohl wir nicht reich sind?", fragte Molly.

„Ja."

„Wieso?"

„Ich bin mit eurer Mom verheiratet", antwortete David, als sie den Hof hinter dem Supermarkt erreichten. „Und wir haben zwei seltsame, aber fantastische Kinder."

„Wir sind nicht seltsam", sagte Michael lachend.

„Können wir darüber abstimmen?", entgegnete sein Vater.

Lächelnd betrat das Trio das Geschäft durch den Hintereingang. David ließ seinen Blick umherschweifen und nickte zufrieden, als ihm der Duft von Gewürzen und frisch gebackenem Brot in die Nase stieg.

Der Boden war mit Kopfsteinpflaster ausgelegt, überall standen Pflanzen. Der Raum glich fast einem Markt unter freiem Himmel. Das vielfältige Warenangebot war ansprechend präsentiert.

Das ist Sandras Werk, dachte er nicht zum ersten Mal. Sie hatte mit vielen Ideen aus einem ganz gewöhnlichen langweiligen Supermarkt ein einladendes einzigartiges Einkaufserlebnis gemacht. Auch dafür liebte er sie, seine hübsche Frau.

„Hey, Henry", rief David. „Wie läuft es?"

„Viel zu tun", erwiderte der junge Mann hinter dem Tresen. „Große Nachfrage nach Brot, Käse und Wein, schon den ganzen Morgen."

„Die Leute wissen eben, dass Ihre Mom das beste Brot in ganz North End backt", sagte David.

„Stimmt. Na, Molly und Michael, was habt ihr zwei heute vor?"

„Wir gehen schwimmen", verkündete Michael. „Wir müssen uns dringend abkühlen. Sie haben Glück, dass Sie hier arbeiten, hier gibt es wenigstens eine Klimaanlage."

Henry lachte. „Ich weiß. Wenn jetzt noch die Kunden aufhören würden, mich dauernd zu stören, könnte ich in Ruhe lernen. Ich werde nie ein berühmter Anwalt, wenn ich meine Prüfungen nicht bestehe."

Lächelnd ging David nun weiter, während die Zwillinge mit Henry plauderten.

Was wäre er ohne die Capelli-Familie! Maria Capelli, die Mutter des Clans, war für frisches Brot und italienisches Gebäck zuständig, das sich hervorragend verkaufte. Es gab Kunden, die nur kamen, wenn ein Capelli im Laden war, weil sie dann italienisch sprechen konnten.

Maria Capelli hatte jedes ihrer sieben Kinder nach einem berühmten Amerikaner genannt, sehr zur Belustigung ihres Ehemanns Carlo. Henry hieß eigentlich Henry Ford Capelli, worüber der junge Mann häufig mit gespielter Entrüstung die Augen verdrehte.

David blieb vor den Auslagen mit Obst und Gemüse stehen und malte sich aus, wie er die Wand dahinter einriss. Das Emporium würde sich dann bis ins Nachbargebäude erstrecken …

Sicher, der Umbau würde viel Geld kosten. Aber wenn sie das Risiko nicht eingingen, würden sie nie die Chance haben, ein bisschen mehr zu verdienen als jetzt, und … Vorausgesetzt, sie fanden überhaupt eine Bank, die ihnen einen Kredit gab und … Die monatlichen Raten würden erschreckend hoch sein. Andererseits brauchten sie dringend eine Klimaanlage. Sandra war die stickige Wohnung leid und …

Verdammt, dachte David und rieb sich den Nacken. Seit Wochen zerbrach er sich den Kopf über den Umbau. Er musste sich dringend mit seinem Steuerberater treffen und die Zahlen durchgehen. Na ja, nicht heute. Heute würde er den Tag mit seinen Kindern verbringen. Er hatte die letzten Wochen nahezu ununterbrochen gearbeitet, höchste Zeit also, mal wieder einen Familientag einzulegen.

„Kommt, Kinder, wir gehen", rief er. „Erfinden Sie ein neues Auto, wenn Sie mit Ihren Büchern fertig sind, Henry Ford!"

„Ja, ja", erwiderte Henry mit einer abwehrenden Handbewegung. „Ich kann die Autowitze nicht mehr hören. Mein Bruder Roy hat mir erzählt, dass Sie ihn dauernd fragen, ob er mit dem Pferd hier ist."

David lachte. „Das muss jemand, der Roy Rogers Capelli heißt, eben ertragen. Kommt schon, M und M, ab ins kühle Nass."

Nachdem Sandra die saubere Wäsche eingeräumt hatte, bereitete sie für das Abendessen einen Maissalat zu und legte das Hackfleisch zum Auftauen auf die Arbeitsfläche.

Wenn David draußen grillen wollte, würde sie den Herd nicht wieder einschalten müssen. In der Wohnung war es auch so schon heiß genug. Sie schaute aus dem Fenster. Der Asphalt draußen flirrte vor Hitze. Doch es half nichts, sie musste raus, einkaufen. Später wollte sie dann noch ihren Artikel über die preisgekrönten Rosen in Mrs. Barellis Garten zu Ende schreiben.

Sie war gerade dabei, ihre Einkaufsliste zu überprüfen, als sie den Postboten hörte. Also eilte sie nach unten, nahm die Post aus dem Briefkasten und warf auf dem Rückweg zum Fahrstuhl einen Blick auf die Umschläge.

„Hmm", murmelte sie, als sie kurz darauf das Wohnzimmer betrat.

Ein Brief an David von der Saunders University. Seltsam. Er stand nicht auf der Liste der Ehemaligen – die Ehre widerfuhr nur denjenigen, die ihr Studium mit einem akademischen Grad abgeschlossen hatten. Warum bekam David Post von der Universität?

Vermutlich baten sie ihn um eine Spende.

Sie legte die Post auf die Anrichte und ging in die Küche, um die Einkaufsliste fertig zu schreiben. Den Brief von der Universität hatte sie schon fast wieder vergessen.

2. KAPITEL

Um zehn Uhr an diesem Abend saßen David und Sandra im Freien und sahen den Glühwürmchen nach. Ein Windlicht verströmte Zitronenduft und tauchte den luftigen Balkon in goldenes Licht.

Sie hatten einen schönen Abend mit den Kindern verbracht, einschließlich gegrillter Burger und Maissalat, einer Runde Frisbee auf dem Spielplatz an der nächsten Straßenecke und einer Riesenportion Eis. Jetzt lagen die Zwillinge im Bett und schliefen selig.

David gähnte.

„Darf ich dich zitieren?", fragte Sandra lächelnd.

„Die viele Sonne und das Schwimmen zollen ihren Tribut", sagte er und erwiderte ihr Lächeln. „Aber das ist kein Wunder, denn unsere charmanten Kinder haben mich heute informiert, dass ich alt bin, weil ich Countrymusik mag."

„Na ja, das Leben ist grausam, mein Alter", erwiderte sie und lachte. „Ich dagegen mit meinen neunundzwanzig stehe ja noch in der Blüte meiner Jugend."

David nickte, verschränkte die Finger auf dem flachen Bauch und schloss die Augen. „Vielleicht werde ich draußen schlafen. Hier ist es mit Sicherheit kühler als im Schlafzimmer."

„Die Stechmücken scheinen das jedenfalls zu glauben." Sandra schlug sich auf den Arm. „David?"

„Hmm?"

„Was steht in dem Brief von der Saunders University?"

Er gähnte. „In welchem Brief?"

„In dem, der heute in der Post war."

David öffnete die Augen und sah sie an. „Post. Post? Daran habe ich noch gar nicht gedacht. Ein Brief aus Saunders? Das ist ja mal was Neues. Bisher haben sie mich mit ihren Spendenaufrufen verschont. Hat so gesehen mal was Gutes, wenn man keinen Abschluss gemacht hat."

„Bist du denn gar nicht neugierig?", fragte Sandra.

„Jedenfalls nicht neugierig genug, um reinzugehen und ihn zu holen." Er schmunzelte. „Aber du platzt gleich, was?"

„Das stimmt nicht", widersprach sie entrüstet, um gleich darauf zu lachen. „Doch, es stimmt. Ich hole den Brief, okay?"

„Du kannst ihn sogar öffnen und nachsehen."

„Nein." Sie stand auf. „Ich habe noch nie deine Post geöffnet und werde nicht damit anfangen. Aber ich werde ihn dir persönlich überbringen."

„Wenn du unbedingt willst." Er schloss die Augen wieder.

Kurz darauf kehrte Sandra zurück, legte David den Umschlag auf die Brust und wartete. Sekunden vergingen. Sie wippte mit dem Fuß und spitzte die Lippen. Dann nahm sie den Umschlag und klopfte ihm damit gegen den Kopf. David lachte fröhlich und nahm ihn ihr aus der Hand.

„Ich habe mich schon gefragt, wie lange du durchhalten würdest", sagte er und riss den Umschlag auf.

Er zog einen gefalteten Bogen heraus und hielt ihn ins Licht.

„Das gibt es ja nicht", sagte er nach einem Moment.

„Was?"

„Erinnerst du dich an Professor Harrison? Gilbert Harrison?"

„Harrison", wiederholte Sandra und überlegte. „Nein, ich ... Oh, warte. Er war mein Studienberater. Ich habe ihn zwei Mal gesehen. Ein Mal, um meine Kursliste absegnen zu lassen, und dann, damit er meine Abmeldung unterschrieb. Ist der Brief von ihm?"

„Ja. Hier, lies mir vor."

Sandra nahm das Schreiben und rutschte näher an die flackernde Kerze heran.

„Er schreibt, dass er sich mit ‚ein paar ehemaligen Studenten' treffen will und dich und deine ‚hübsche Frau Sandra' dazu einlädt. Ihm ist klar, dass es sehr kurzfristig ist, er würde sich aber trotzdem freuen, wenn es klappt. Auf jeden Fall hofft er ‚inständig', dass wir noch vor Beginn des Wintersemesters kommen." Sie sah David an. „Wie eigenartig, David. Glaubst du, Professor Harrison ist senil geworden?"

„Das bezweifle ich. Er ist erst ... mal überlegen ... Mitte bis Ende fünfzig."

„Ich weiß, aber der letzte Satz klingt ein wenig ... seltsam. Wir sollen alle möglichst vor Semesterbeginn auf dem Unigelände sein. Wenn das ein richtiges Ehemaligentreffen wäre, gäbe es doch einen konkreten Termin. Eigenartig, meinst du nicht auch?"

„Ich meine, dass deine journalistische Neugier mal wieder mit dir durchgeht. Harrison will uns in den Ferien sehen, weil er nicht mehr genug Zeit haben wird, wenn das Semester erst angefangen hat, das ist alles. Und wer sagt denn, dass ein Ehemaligentreffen immer mit einem großen Fest begangen werden muss? Wir können uns ja auch einzeln zusammensetzen und mit dem Prof reden."

„Hmm. Na gut. Aber wer sind diese ‚paar ehemaligen Studenten', und warum gehörst du dazu?", fragte Sandra.

„Ich habe keine Ahnung", gestand David.

„Und wir werden es nie erfahren, weil wir nicht zu diesem Wiedersehen fahren werden."

„Warum denn nicht?" Er runzelte die Stirn. „Übernächste Woche sind die Kinder doch bei deinen Eltern. Wir könnten uns ein paar Tage freinehmen, die Capellis kümmern sich um den Laden ..." Er zuckte mit den Schultern. „Ein bisschen Urlaub wird uns nicht ruinieren."

„Da hast du Recht. Aber wäre es nicht schöner, wenn wir dann irgendwo hinfahren ... ich weiß nicht, vielleicht in eine hübsche kleine Pension ... Ich habe ein paar Prospekte besorgt und ..." Sandra seufzte. „Schon gut. Es wäre sowieso mehr, als unser Budget zulässt."

„Honey, hör zu." Er nahm ihre Hand. „Professor Harrison stand mir einmal sehr nah. Ich hatte als Student sehr viel mit ihm zu tun. Er war mein Studienberater, ich war in seinen Einführungskursen in Englisch – und er war einer der Trainer meiner Baseball-Mannschaft."

„Oh. Das hatte ich vergessen."

„Ich verdanke dem Mann eine Menge", fuhr David fort. „Er war immer gut zu mir. Als ich das Studium abbrach, war er so traurig. Er war nicht sauer auf mich, sondern es tat ihm leid. Meinetwegen, verstehst du? Irgendwie fühle ich mich verpflichtet, seiner Einladung zu folgen. Harrison war immer für mich da, wenn ich ihn brauchte."

„Das verstehe ich, David", erwiderte Sandra leise.

„Hey, ich habe eine Idee." Er drückte ihre Hand. „Was hältst du davon, wenn wir trotzdem mal ein paar Tage in einem Hotel wohnen? Wir tun einfach so, als ob wir Boston noch nicht kennen, gehen essen, besuchen ein paar Museen, gehen bummeln. Und machen einen Abstecher nach Saunders. Was meinst du?"

Sandra lächelte. „Das klingt wundervoll. Obwohl ich das Gefühl habe, dass es Professor Harrison nicht nur um ein sentimentales Wiedersehen geht."

Er runzelte die Stirn. „Ja, das Gefühl habe ich auch. Warum will der Mann mich nach all den Jahren plötzlich wiedersehen?"

Auf dem Kirchenbasar am nächsten Morgen schoben Sandra und Cindy Morrison, eine ihrer besten Freundinnen, auf dem langen Tisch

Leckereien hin und her, bis sie alle Kuchen, Torten und Kekse untergebracht hatten. Sandra hatte Cindy von Professor Harrisons Brief erzählt.

„Ich werde nicht schlau draus", sagte Cindy kopfschüttelnd. „Warum soll dieses Wiedersehen unbedingt vor Beginn des Wintersemesters stattfinden? Was passiert im Wintersemester Grauenvolles? Wow, das ist unheimlich, im Kino würde ich jetzt eine Gänsehaut bekommen."

Sandra lachte. „Es ist nicht unheimlich, Cindy, nur ungewöhnlich."

Cindy seufzte. „Nun ja, fahrt hin und findet heraus, was der Mann will. Es wird dir auf alle Fälle gut tun, mal ein wenig Zeit allein mit deinem sexy Mann zu verbringen. Als ich Paul das letzte Mal eine Kurzreise vorgeschlagen habe, wollte er, dass ich im Hotel anrufe und frage, ob es in der Nähe einen Golfplatz gibt. Der Mann ist so romantisch wie ein Felsbrocken."

„Aber du liebst ihn", erwiderte Sandra lächelnd.

„Ja. Er ist ein Blödmann, aber er ist mein Blödmann." Cindy zögerte. „Sag mal, du weiß nicht, wen Professor Harrison noch eingeladen hat, oder?"

„Nein."

„Schade. Das wäre ein Hinweis gewesen. Vielleicht haben sie alle mal Baseball gespielt, und er will seine alte Mannschaft wiedersehen. So etwas, zum Beispiel."

Sandra nickte. „Gut möglich. Ich werde dir alles erzählen, wenn wir zurück sind."

„Auch die Episoden im Hotelzimmer mit sexy David?"

„Nein!"

„Mom?" Michael stand mit einem Teller vor dem Tisch. „Können wir die kaufen?"

„Michael, das sind die Muffins, die ich gebacken habe. Wir haben doch noch welche zu Hause."

„Aber das sind doch nicht viele. Und sie schmecken so gut."

„Danke", sagte sie lachend. „Aber probier etwas, das jemand anderes gebacken hat. Man sollte ab und zu auch über seinen Tellerrand schauen, mein Schatz."

„Was ist, wenn mir die anderen Kuchen nicht schmecken?"

„Da musst du dann durch. Das Leben ist ein Abenteuer, Michael."

„Wie blöd." Ihr Sohn marschierte davon.

„Er ist so süß", sagte Cindy.

„Du hast leicht reden. Dein Kleiner steckt noch in den Windeln und kann nicht sprechen. Zehn ist ein hartes Alter. Für Michael ist alles blöd. Und Mollys Lieblingswort ist ‚langweilig', was inzwischen sogar für das Frühstück gilt."

„Nun ja ... wenn man darüber nachdenkt, ist Frühstücken wirklich ein wenig langweilig."

„Nicht, wenn meine Tierpfannkuchen auf dem Tisch stehen", sagte David, der wie aus dem Nichts vor dem Tisch aufgetaucht war.

„Hi, David", begrüßte Cindy ihn strahlend. „Sandra und ich haben gerade versucht, das Rätsel zu lösen, das dein ehemaliger Professor euch da aufgegeben hat. Ich würde sehr enttäuscht sein, wenn es tatsächlich nur ein, um deine Tochter zu zitieren, ‚langweiliges' Wiedersehen einer alt gewordenen Baseball-Mannschaft ist."

„Alt geworden?" Davids Augen wurden groß. „Wie findest du Countrymusik, Cindy?"

„Ich liebe Countrymusik, das weißt du doch", antwortete sie etwas irritiert.

„Tja, dann gehörst du leider zum alten Eisen. Countrymusik ist so was von *out!* Laut Molly bist du damit automatisch reif fürs Seniorenheim."

„Ich mochte eure Kinder mal", sagte Cindy lachend. „Jetzt nicht mehr."

„Sandra." David wandte sich seiner Frau zu. „Ich habe gerade mit Clem Hunter gesprochen. Er und Madge fliegen nächste Woche nach Europa." Er ließ einen Schlüsselbund vor ihrem Gesicht baumeln. „Er leiht uns seinen Wagen. Für die Fahrt nach Saunders. Mit Klimaanlage. Wie findest du das?"

„David, Clem fährt einen Mercedes. Wir können doch nicht mit einem Luxuswagen an die Uni fahren. Was, wenn er eine Beule abbekommt oder noch schlimmer?"

„Wow", rief Cindy. „Vergiss nicht, was du gerade zu deinem Sohn gesagt hast. Das Leben ist ein Abenteuer. Nimm den Mercedes."

„Amen", sagte David und nickte. „Wir fahren mit dem Mercedes. Die Klimaanlage in unserem Kombi läuft nur, wenn sie Lust hat, und mein alter Pick-up ist um diese Jahreszeit eine Sauna. Übrigens, ich habe euren Basar schon tatkräftig unterstützt und mir ein paar Leckereien gegönnt."

„Tatsächlich? Michael sucht sich auch gerade etwas aus. Was hast du gekauft?", fragte Sandra.

„Vier von unseren Muffins."
Cindy bog sich vor Lachen.

Am Freitag engagierte Sandra einen Teenager aus der Nachbarschaft, der mit den Zwillingen ins Freibad gehen sollte.

Sie würde sich heute Nachmittag ein neues Kleid kaufen. Für ihren Kurztrip nach Saunders. Zwar wusste sie nicht mehr, wann sie sich zuletzt einen solchen Luxus gegönnt hatte, aber sie erinnerte sich auch nicht daran, wie lange es her war, dass sie David ganz für sich allein gehabt hatte.

Was immer Professor Harrison von ihm wollte, er würde David wohl kaum rund um die Uhr mit Beschlag belegen. Und spätestens, wenn es Zeit fürs Bett war, würden sie beide in ihrem Hotelzimmer allein sein.

Zunächst hatte sie daran gedacht, ein verführerisches Nachthemd zu kaufen, doch dann hatte sie sich für ein Kleid entschieden, das sie bei einem romantischen Abendessen tragen konnte.

Sie hoffte so sehr, dass diese kleine Reise ihre Ehe beleben würde. David sollte sie mit leuchtenden Augen ansehen und ihr sagen, dass er sie noch immer liebte. Sie wollte endlich diese bohrende Angst loswerden, dass David genug von ihr hatte.

Seufzend sah sich Sandra in der kleinen preiswerten Boutique um und nahm ein Kleid vom Ständer.

War es schon zu spät, ihre Ehe zu beleben? Würde der Ausflug nach Saunders David nur daran erinnern, auf was er alles verzichtet hatte? Würde diese Reise ihrer Ehe mehr schaden als nützen? Was für eine deprimierende Vorstellung!

Als Sandra wenig später von ihrem Einkaufsbummel nach Hause kam, war ihre Angst, David zu verlieren, größer denn je. Dachte sie wirklich, ein neues Kleid machte aus ihr plötzlich wieder eine attraktive Frau? Frustriert stieg sie unter die Dusche und ließ ihren Tränen freien Lauf.

Obwohl der luxuriöse Mercedes bereits vor dem Haus stand, lehnte Sandra es strikt ab, mit dem teuren Wagen zu ihren Eltern zu fahren, bei denen die Zwillinge während der nächsten Woche wohnen sollten.

„Auf gar keinen Fall, David", sagte sie und stützte die Hände auf die Hüften. „Zwei Sekunden nachdem sie sich angeschnallt haben, werden die Kinder verkünden, dass sie am Verhungern sind. Ich werde die ganze Zeit ein Nervenbündel sein, weil ich Angst habe, dass sie etwas Klebriges auf die teuren Lederpolster kleckern oder … Nein. Wir nehmen den Kombi."

„Aber …"

„Nein!"

David nickte. „Ich geb mich geschlagen. Lass uns im Kombi zu deinen Eltern fahren."

„Eine kluge Entscheidung, Mr. Westport."

Sandra winkte ihren Eltern und den Zwillingen zurück, bis sie sie nicht mehr sehen konnte. Obwohl sie Molly und Michael in besten Händen wusste, brach es ihr doch fast das Herz, die beiden zu verlassen – wenn auch nur für ein paar Tage.

„Sie sahen plötzlich so klein aus, David", sagte sie. „Und sie sind noch zu jung, um eine ganze Woche fortzubleiben."

„Ja, ich weiß, was du meinst." Er schmunzelte. „Aber ist dir aufgefallen, dass wir beide die Einzigen sind, denen die Trennung schwer fällt? Die Kinder haben übers ganze Gesicht gestrahlt."

„Das ist mir klar." Sandra seufzte. „Na ja, wenigstens werden sie die ganze Woche unter dem Dach meiner Eltern schlafen."

„Und wir bleiben nicht in einem stillen Haus zurück, sondern starten bald in unser eigenes Abenteuer."

„Stimmt. Ein schönes Hotel, Abendessen im Restaurant und viel Zeit für uns. Es wird ein romantisches Abenteuer, meinst du nicht auch?"

„Oh, ganz sicher. Verlass dich darauf."

Sandra runzelte die Stirn. „Du meintest mit Abenteuer gerade eher das Treffen mit Professor Harrison, habe ich Recht?"

„Na ja …"

„David?"

„Tut mir leid." Er lächelte verlegen. „Aber nur, weil wir beim Mittagessen bei deinen Eltern über so gut wie nichts anderes geredet haben." Die beiden hatten sich neugierig danach erkundigt, was es mit diesem Brief aus Saunders auf sich hatte.

„Mmm." Sie verdrehte die Augen. „Hast du Harrison angerufen und gesagt, dass wir kommen?"

„Nein. Ich hatte es vor, aber dann dachte ich daran, wie oft wir etwas absagen mussten, weil eins der Kinder krank wurde, es im Laden ein Problem gab oder der Wagen streikte und so weiter. Ich wollte nichts heraufbeschwören, also habe ich mir überlegt, wir fahren unangemeldet vorbei und überraschen ihn einfach", sagte David, den Blick auf den immer dichter werdenden Verkehr gerichtet.

„Unangemeldet und in ‚unserem' Mercedes", erwiderte sie.

„Keine Angst, ich werde mich beim Professor nicht mit fremden Federn schmücken. Wenn es dich beruhigt, werde ich mir ein Schild um den Hals hängen: ‚Dieser Wagen ist nur geliehen.'" Er sah auf die Uhr. „Wenn wir früh genug zu Hause sind, könnten wir uns ja noch einen gemütlichen Abend machen."

Sandras Herz schlug schneller.

Miteinander schlafen, zum Beispiel? Im Wohnzimmer. In der Küche. Wo immer sie wollten, denn sie waren allein. Oder unter der Dusche. Oh, wie lange war es her, dass sie das getan hatten?

„Was schwebt dir denn Gemütliches vor?", fragte sie und versuchte, ihrer Stimme einen verführerischen Klang zu geben.

„Vielleicht schaffe ich es ja noch, etwas von der Baseball-Übertragung im Fernsehen mitzubekommen. Mit einer Flasche Bier, frischem Popcorn und hochgelegten Füßen."

Sandra ließ sich die Enttäuschung nicht anmerken. „Dann bring uns heil nach Hause. Ich werde es mir in der Badewanne gemütlich machen."

„Gute Idee." Er gab ein wenig mehr Gas. „Dann haben wir beide ja etwas, worauf wir uns freuen können."

3. KAPITEL

Den Montagvormittag verbrachte David im Supermarkt, doch pünktlich nach dem Mittagessen lud er das Gepäck in den Mercedes und öffnete Sandra wie ein Chauffeur die Beifahrertür. Dann verbeugte er sich tief. Sie stieg ein und glitt auf den Ledersitz.

„Oh David“, rief sie. „Das ist ja unglaublich weich. Ich wusste gar nicht, dass ein Auto so bequem sein kann.“

Er schmunzelte. „Und ich hatte die Hoffnung schon aufgegeben, dass du noch etwas Positives über den Mercedes sagst.“

„An so ein Auto könnte ich mich gewöhnen. Nein, besser nicht.“

David schloss die Tür, setzte sich ans Steuer und startete den Motor, der wie eine Nähmaschine schnurrte.

„Oh ja“, sagte er. „Hört sich gut an.“

„Okay, dann auf zur Saunders University. Ob der Campus sich die letzten zehn Jahre sehr verändert hat?“, fragte Sandra.

„Das glaube ich nicht.“ Er schaltete das Radio an. „Von einer Universität verlangen die Leute Beständigkeit. Sie wollen etwas Solides, Altmodisches, mit grünen Rasenflächen, roten Backsteinen und schattigen Bäumen. Ein typisches Ostküsten-College eben. Glaub mir, wir werden Saunders so vorfinden, wie wir es vor zehn Jahren verlassen haben.“

„Wahrscheinlich hast du Recht“, antwortete Sandra. „In der Zeitung stand neulich, dass das College immer mehr Studenten hat. Es scheint sehr beliebt zu sein.“

„Studenten“, wiederholte David lächelnd. „Ich habe den Verdacht, dass uns die Studenten, die wir sehen werden, wie Kinder vorkommen werden. Gegen die sind wir doch steinalt.“

„Wieder nach Saunders zurückzukehren wird viele Erinnerungen wachrufen, David.“ Sie sah ihn an. „Zum Beispiel daran, wie kurz du vor einer Karriere als Baseball-Profi standest.“

„Das ist vorbei. Der Einzige, der das immer noch nicht begreifen will, ist mein Vater.“

„Und wenn du dir im Fernsehen ein Spiel anschaust, überlegst du dann nicht manchmal, was aus dir hätte werden können?“

„Nur, wenn ein Reporter enthüllt, wie viel Geld die Typen verdienen – und ich mich frage, wie ich die Zahnspangen der Zwillinge bezahlen soll“, erwiderte er lachend.

„Ich glaube trotzdem, dass du in Saunders wehmütig werden wirst", beharrte Sandra.

David legte die Stirn in Falten. „Worauf willst du hinaus?"

„Nun ja, ich …" Sie seufzte. „Schon gut. Ich bin jetzt besser still, damit du dich aufs Fahren konzentrieren kannst. Nicht dass dieser noble Wagen noch eine Beule bekommt."

„Richtig." Was war mit Sandra los? Hatte sie denn den Eindruck, dass er unglücklich war? Dass er seine Entscheidung, die Uni ohne Abschluss zu verlassen, bereute?

Sicher, zu der Zeit, da er sich über die Erweiterung des Supermarkts den Kopf zerbrach, dachte er an das Vermögen, das er als Baseball-Profi hätte verdienen können. Aber dann hätten Sandra und er vielleicht die Zwillinge nicht gehabt, und ein Leben ohne Molly und Michael konnte er sich nicht mehr vorstellen. Als Profi wäre er dauernd auf Reisen und würde in anonymen Hotelzimmern schlafen, nicht neben Sandra in ihrem gemeinsamen Bett.

Gut, als Baseball-Profi hätte er sich ein großes Haus mit Klimaanlage und Swimmingpool leisten können, eine pinkfarbene Zahnspange für Molly, hübsche Kleider für Sandra und einen Wagen wie diesen.

Aber übers Telefon würde er seine Frau nicht umarmen und küssen, nicht mit ihr schlafen können und danach neben ihr liegen, sie betrachten und wunderschön finden. Und vermutlich würde er auch keine Zeit haben, wie Tiere geformte Pfannkuchen zu machen.

Nein, alles in allem war er mit seinem Leben zufrieden – die finanziellen Engpässe mal ausgenommen. Aber Sandra brauchte sich um ihn keine Sorgen zu machen. Er war ein sehr glücklicher Mann. Es war ihm schleierhaft, wie sie auf den Gedanken kam, er sei nicht zufrieden mit seinem Leben.

David sang den Countrysong aus dem Radio mit, ohne zu bemerken, dass Sandra nicht wie sonst mitsummte.

Die Fahrt von North End in den Westen von Boston dauerte wegen einiger Staus über eine Stunde. Doch schließlich erreichten sie das Paul Revere Hotel, wo David den Mercedesschlüssel einem Pagen überließ, damit er den Wagen parken konnte. Das fünfstöckige Hotel gehörte zu den besten der Stadt und lag nur zwei Meilen von der Saunders University entfernt.

Sandra strahlte, als David ihr Zimmer aufschloss und ihr den Vortritt ließ.

„Oh David“, sagte sie staunend und drehte sich einmal um sich selbst. „Sieh dir das an! Ich glaube, die Möbel sind echte Antiquitäten. Es ist wirklich wie zu Paul Reveres Zeiten.“

„Nein.“ Er warf einen Blick ins Bad. „Ich glaube nicht, dass der alte Paul einen Whirlpool hatte.“

Sandra eilte hinüber. „Tatsächlich. Ein Whirlpool. Lass ihn uns gleich ausprobieren, ja?“

„Geduld, meine Süße.“ David zog sie an sich. „Das tun wir nachher, wenn wir uns nicht wieder anziehen müssen.“

„Das müssen wir jetzt doch auch nicht. Schließlich hast du keinen festen Termin bei Professor Harrison. Niemand weiß, dass wir hier sind. Wir könnten uns in die Wanne setzen, uns vom Zimmerservice etwas bringen lassen, miteinander schlafen und …“

David lachte. „Du klingst, als wären wir in den Flitterwochen.“

„Na und? Wir hatten keine und können sie nachholen.“

Er küsste sie kurz. „Hey, lass mir Zeit, okay? Ich glaube, ich werde mich erst richtig entspannen können, wenn ich weiß, was Harrison von mir will. Ich würde dem Mann gern so bald wie möglich einen Besuch abstatten. Einverstanden?“

„Sicher.“ Sandra löste sich von ihm. „Kein Problem. Die Wanne kann warten. Aber lass mich wenigstens erst noch die Koffer auspacken, sonst verknittern unsere Sachen so.“

„Dein Wunsch ist mir wie immer Befehl“, erwiderte er und ging zu den Koffern.

„Hoffentlich“, murmelte sie.

David sah über die Schulter. „Was hast du gesagt?“

„Nichts.“

Sandra war nervös. Zusammen mit David ging sie über das Gelände der Saunders University. Noch wenige Meter, und sie hatten das Gebäude erreicht, in dem Professor Harrison vor zehn Jahren sein Büro gehabt hatte. Bei jedem Schritt wurde das mulmige Gefühl in ihrem Bauch größer.

„Sieh dir das an“, sagte David mit einer ausholenden Armbewegung. „Nichts hat sich hier verändert. Na ja, die Bäume sind höher. Hey, weißt du noch, wie wir im Gras lagen und eigentlich lesen wollten, aber stattdessen Eis gegessen haben? Und wie plötzlich die Bewässerungsanlage anging?“

Sandra lachte. „Es war so komisch. Ich glaube, wir waren etwa fünfzig Leute und sind alle klitschnass geworden.“

„Ich kann mich erinnern, dass du an dem Tag ein T-Shirt trugst."
„Psst." Sie gab ihm einen spielerischen Klaps auf den Arm.
„Es klebte an dir und brachte deine Vorzüge voll zur Geltung", flüsterte David.
„Inzwischen habe ich Zwillinge gestillt, Mr. Westport."
David wurde ernst. „Du sahst so wunderschön aus, als du unsere Babys gestillt hast, Sandra. Du hattest immer ein so glückliches Lächeln auf dem Gesicht, dass ich mir gewünscht habe, ich könnte zeichnen oder malen, um es für immer festzuhalten."
„Das hast du nett gesagt", erwiderte sie, und als sie ihn ansah, wurden ihre Augen feucht.
David zuckte mit den Schultern und zeigte auf das Gebäude vor ihnen. „Da sind wir. Hoffentlich ist Professor Harrison in seinem Büro."
„Mmm."
Sie war schön gewesen, als sie die Babys gestillt hatte? Sandra konnte es kaum fassen. Warum hatte er ihr das damals nicht gesagt? Damals, als sie sich fett und unförmig gefühlt und verzweifelt gehungert hatte, um die vielen Schwangerschaftskilos wieder loszuwerden?
David öffnete die Eingangstür. Sie betraten das Gebäude und blieben vor dem Raumplan im Flur stehen.
„Professor Harrison ist im zweiten Stock", sagte er. „Wie damals. Eigentlich hätte er längst ein größeres Büro haben müssen."
„Vielleicht will er nicht umziehen."
„Da könntest du Recht haben. Mal sehen, was der alte Herr ..."
„David", unterbrach Sandra ihn leise und schaute den Korridor entlang. „Ist das nicht ... Ja, sie ist es." Sie eilte los. „Rachel James? Du meine Güte, Rachel, bist du es wirklich?"
Eine hochgewachsene, schlanke Frau legte den Kopf ein wenig schräg und sah den Westports verwirrt entgegen. Dann erhellte sich ihre Miene, und sie ging auf die beiden zu.
„Sandra", rief Rachel und umarmte erst Sandra, dann David. „David. Ihr zwei seht ja großartig aus. David, ich schwöre, du hast kein Gramm zugenommen, seit du das enge Baseball-Outfit getragen hast. Waren das nicht aufregende Zeiten? Ich war dauernd heiser, weil ich dich immer angefeuert habe, wenn du aufs Spielfeld kamst. Unser Star. Unser Held." Sie lachte. „Und du siehst noch immer zum Anbeißen aus."

Und Rachel sieht sogar noch besser aus als vor zehn Jahren, dachte Sandra. Die Frau war auch jetzt noch eine Schönheit. Die milchkaffeefarbene Haut verdankte sie ihrer mexikanischen Mutter. Die schwarzen Locken trug sie mittlerweile länger, sie fielen ihr bis auf die Schultern. Und die engen Jeans und die knappe Bluse ließen Sandra vermuten, dass auch Rachel kein Gramm zugenommen hatte.

„Ja, damals hat Saunders zweimal hintereinander die Meisterschaft gewonnen“, sinnierte David. „Wir hatten eine tolle Mannschaft.“

„Du bist zu bescheiden“, sagte Rachel und schaute Sandra an. „Findest du nicht auch? Dein Mann war der Star der Mannschaft. Ohne ihn wären wir niemals Meister geworden. Richtig, Sandra?“

„So ist es.“ Sandra betrachtete ihren Mann und fröstelte.

Seine Augen funkelten, und das Lächeln auf seinem Gesicht hätte nicht breiter sein können. Kein Zweifel, er dachte daran, wie er der Liebling der ganzen Universität gewesen war, mit einer goldenen Zukunft im Profi-Baseball, sobald er seinen Abschluss gemacht hatte.

Sandra schluckte. Sie wollte nach Hause. Sofort. Sie wollte zurück in ihre kleine Wohnung, in die geordnete, überschaubare Welt, in der sie beide lebten. Zurück in die Gegenwart, nicht in die Vergangenheit. Doch da musste sie jetzt durch.

„Hat Professor Harrison dich auch eingeladen, Rachel?“, fragte sie, um das Thema zu wechseln.

Rachel nickte. „Ja, ich bin gestern Nachmittag angekommen. Oh, ihr erratet nicht, wer jetzt seine Sekretärin ist. Jane Jackson.“

„Im Ernst?“ Sandra lächelte. Sie hatte mit Jane damals immer zusammen für die Journalistik-Kurse gelernt. „Wie schön, dann werden wir sie ja wiedersehen.“

„Leider nicht, im Moment ist sie im Urlaub. Der Prof hat mich schon an ihrer Stelle eingespannt. Ich soll Jacob Weber ausfindig machen.“

„Diesen Idioten?“ David runzelte die Stirn. „Den hat er auch eingeladen?“

„Jacob ist inzwischen ein berühmter Mediziner. Kaum zu glauben, was? Unser egoistischer Jacob hilft Paaren, endlich das ersehnte Baby zu bekommen. Er muss sich verändert haben. Aber zehn Jahre sind ja auch eine lange Zeit“, meinte Rachel.

„Wenn er so berühmt ist, warum ist er dann so schwer zu finden?“, fragte David.

„Weil er auch in Europa praktiziert. Wahrscheinlich wird er dauernd von Frauen belagert, die unbedingt schwanger werden wollen, also ist er telefonisch nicht zu erreichen. Seine Mitarbeiter haben versprochen, ihm meine Nachricht zu übermitteln, aber bisher hat er nicht zurückgerufen. Ich versuche gerade, die Faxnummer seiner Praxis in Europa herauszubekommen, damit Professor Harrisons Telefonrechnung nicht in astronomische Höhen schießt."

„Wie geht es ihm?", wollte Sandra wissen. „Hat er sich sehr verändert? Ist er noch der lustige, immerzu lächelnde Professor, den wir kannten?"

„Er hat sich sehr verändert", antwortete Rachel leise. „Es ist traurig."

„Was meinst du?", fragte David.

„Er lächelt kaum noch. Seine Frau Mary ist vor acht Monaten gestorben."

„Oh, wie schrecklich", sagte Sandra. „Was ist passiert?"

„Er hat mir gestern erzählt, dass Mary schon immer ein schwaches Herz hatte. Deshalb hatten sie auch keine Kinder", berichtete Rachel. „Sie war seit vielen Jahren bettlägerig und ... Nun ja, sie ist gestorben. Harrison ist erst achtundfünfzig, aber er wirkt viel älter, irgendwie ... besiegt."

„Er muss seine Frau sehr vermissen", sagte Sandra.

„Ja, aber ich glaube, es steckt mehr dahinter als ihr Tod, weil ..." Rachel schüttelte den Kopf. „Nein, vermutlich bilde ich es mir nur ein. Vergesst, was ich gesagt habe. Übrigens, wusstet ihr, dass der Professor nicht mehr unterrichtet? Und als Baseball-Trainer hat er auch aufgehört, gleich nachdem du fortgingst, David. Er konzentriert sich jetzt ganz auf die Studienberatung."

„Gut für die Studenten", meinte David.

„Stimmt. Selbst in der kurzen Zeit, die ich erst hier bin, konnte ich sehen, dass er in der Hinsicht noch ganz der Alte ist. Die Studenten sind ihm jederzeit willkommen, selbst wenn sie nur Heimweh haben und jemanden zum Reden brauchen."

„Ist er in seinem Büro?", fragte Sandra.

„Er hat gerade einen Termin bei der Universitätsverwaltung. Bei einem Typen namens Alex Broadstreet. Der Mann war zu unserer Zeit noch nicht hier. Ich habe vorhin kurz mit ihm gesprochen, als ich seinen Anruf entgegennahm. Er wollte sofort Professor Harrison sprechen und hat ihn zu sich bestellt. Der Prof wirkte sehr besorgt, als er ging. Deshalb glaube ich auch, dass ... Nein, ich will nicht wieder davon anfangen."

„Aber …“

„Vergiss es, Sandra“, sagte David lächelnd. „Rachels Lippen sind versiegelt.“

„Ich möchte nur nicht darüber sprechen, bevor ich sicher bin. Okay?“

„Gemein, aber okay“, erwiderte Sandra lachend.

„Warum gehen wir nicht in die Cafeteria und trinken etwas Kaltes?“, schlug Rachel vor. „Ich bin so neugierig, wie es euch ergangen ist. Es ist so schade, dass wir uns aus den Augen verloren haben. Dabei waren wir immer eng befreundet. Na ja, aber so ist es wohl, wenn nach dem unbeschwerten Studentenleben plötzlich der stressige Ernst des Lebens beginnt.“

„Ja.“ David schmunzelte. „Zwillingsbabys verleihen dem Wort ‚stressig‘ eine ganz neue Bedeutung.“

„Die Zwillinge müssen jetzt … du meine Güte … zehn Jahre alt sein? Meine Knochen knarren schon. Lasst uns etwas trinken. Vielleicht ist Professor Harrison ja wieder in seinem Büro, wenn wir zurückkommen.“

„Gute Idee“, meinte David. „Sandra?“

„Gern.“

„Ich freue mich riesig, dass wir uns alle hier wiedersehen“, sagte Rachel auf dem Weg zur Treppe. Sie wandte sich an David. „Die Vitrine mit den Pokalen steht übrigens noch immer in der Eingangshalle des Studentenwerks. Eure Meisterschaftspokale sind riesig – und sie werden regelmäßig poliert, wie mir ein Student verriet. Und auf so vielen Pokalen ist dein Name eingraviert, David. Himmel, du warst echt ein Held.“

Super, dachte Sandra. Ging David etwas schneller, seit Rachel die Pokale erwähnt hatte? Ja, eindeutig.

Sie wollte nach Hause. David hingegen schien sich auf einen längeren Aufenthalt eingerichtet zu haben, jedenfalls lächelte er immer so viel sagend, wenn sie ihn fragte, wie viele Übernachtungen er in dem teuren Hotel gebucht hatte. Außerdem hatte er sie gebeten, nicht zu wenig Sachen mitzunehmen und den Aufenthalt im Westen von Boston einfach nur zu genießen. Das hörte sich nicht so an, als würden sie schon morgen zurückfahren.

Sandra seufzte, als sie das Gebäude verließen. Wie sollte sie hier bitte irgendwas … genießen?

„Geht’s dir nicht gut?“, fragte David mit einem besorgten Blick.

„Es ist nur so heiß und schwül", erwiderte sie.

„Ein kühler Drink wird dir gut tun", antwortete er und ging noch schneller. „Beeilen wir uns."

Offenbar konnte er es gar nicht abwarten, auf die stummen Zeugen seiner so jäh zerstobenen Träume zu starren.

4. KAPITEL

Als Sandra, David und Rachel das Gebäude des Studentenwerks betraten, stellten sie mit einem Blick fest, dass die Vitrine mit den Pokalen leer war.

„Oh nein", rief Rachel aus. „So ein Mist. Ich schwöre, als ich gestern Abend hier war, waren noch alle Pokale drin."

Ein Mann, der gerade den Boden wischte, hob den Kopf, richtete sich auf und sah sie an.

„Die Pokale werden jedes Jahr um diese Zeit poliert", erklärte er. „Habe sie heute Morgen selbst in den Keller gebracht." Sein Blick fiel auf David, er blinzelte und sah genauer hin.

„Sagen Sie, sind Sie nicht David Westport?", fragte er.

„Ja, Sir", erwiderte David höflich.

„Ich wusste es." Der alte Mann strahlte. „Diejenigen, die geholfen haben, die Vitrine zu füllen, vergesse ich nicht. Und Sie haben mehr als andere dazu beigetragen, mein Junge. Sie konnten wirklich mit dem Schläger umgehen. Ich höre jetzt noch, wie das Stadion tobte, wenn Sie mal wieder einen Ball über die Ränge befördert hatten. Sie waren der beste Baseball-Spieler, den wir je hier in Saunders hatten. Richtig schade, dass Sie nicht Profi geworden sind. Ich hätte so gern bei meinen Kumpels damit angegeben, dass Sie in Saunders waren und ich Sie kannte ... Aber plötzlich waren Sie weg, einfach so. Warum haben Sie denn keinen Abschluss gemacht und sind zu den Profis gegangen, mein Junge?"

Oh nein, dachte Sandra, das ist ein Albtraum.

David lachte. „Ich habe Schläger und Handschuh gegen Windeln und Fläschchen getauscht." Er legte einen Arm um Sandra und zog sie an sich. „Wir haben die tollsten Zwillinge der Welt. Ein Mädchen und einen Jungen."

„Tatsächlich?" Der Mann lächelte anerkennend. „Na ja, dagegen kann ich nichts sagen, oder? Nein, Sir. Frau, Kinder, Familie, das ist besser als alles, was die Profis Ihnen hätten bieten können. Freue mich, Sie wiederzusehen, David. Ich werde meinen Kumpels sagen, dass ich nach all den Jahren dem berühmten David Westport begegnet bin. Na ja, jetzt mache ich mal besser mit dem Fußboden weiter, damit ich noch die Pokale polieren kann."

„Es war nett, mit Ihnen zu reden", antwortete David.

Als das Trio durch die Eingangshalle ging, schaute Sandra über die

Schulter zu dem Mann hinüber, der schon wieder dabei war, seinen Putzlappen zu schwingen.

„Ich frage mich, seit wie vielen Jahren der arme Mann schon die Böden wischt“, sagte sie leise. „Er sieht aus, als wäre er hundert Jahre alt.“

David schmunzelte. „Das könnte hinkommen. Aber er braucht dir nicht leid zu tun, Sandra. Ganz offenbar ist er mit seinem Leben und mit seinem Job zufrieden, und ich wette, er hat eine große Familie, die ihn liebt. Er hat sofort begriffen, dass du und die Zwillinge mir viel wichtiger seid als alles, was ein Profivertrag mir hätte bieten können.“

„Sicher“, entgegnete Rachel lachend. „Was sind schon eine Million Dollar? Hast du eine Ahnung, was Baseball-Profis heutzutage verdienen?“

„Genug, um Häuser und Autos mit Klimaanlagen und pinkfarbene Zahnspangen für ihre Töchter zu kaufen“, antwortete David. „Es lässt sich nicht bestreiten, dass die Jungs eine Menge Geld machen.“

„Es gibt jetzt pinkfarbene Zahnspangen?“, fragte Rachel verblüfft.

„Das behauptet jedenfalls unsere Molly“, sagte David. „Aber sie wird sich wohl mit einer normalen Spange begnügen müssen, denn ich vermute, dass die rosa Farbe ein Vermögen kostet.“

„Ein Profi-Sportler würde den Wunsch seiner Tochter mit einem Lächeln erfüllen können“, meinte Sandra mit einem Anflug von Schärfe in der Stimme. „Er würde einfach einen Scheck ausstellen, basta. Er könnte sich kaufen, was immer er wollte. Wie kannst du nur so fröhlich sein, David, wenn alles um dich herum dich daran erinnert, was dir entgangen ist?“

„Hey, wow“, rief David und blieb abrupt stehen. „Warum bist du plötzlich so verbittert?“

„Wegen dem hier“, sagte Sandra und machte eine ausladende Armbewegung. „Wegen der guten alten Saunders University, deinem Weg zu Ruhm und Reichtum.“

„Wer sagt denn, dass ich Ruhm und Reichtum eines Tages nicht noch haben werde? Ich habe eben erst mal einen kleinen Umweg über die Windeln gemacht“, erwiderte David lächelnd.

„Jetzt kommt“, sagte er zu den beiden Frauen. „Lasst uns etwas trinken. Hey, Rachel, ist das Essen hier besser als vor zehn Jahren?“

„Leider nicht.“ Rachel lachte. „Der Burger, den ich mir gestern Abend in der Cafeteria holte, muss schon gebraten worden sein, als wir drei damals hier studiert haben.“

„Lecker“, erwiderte er.

Die Cafeteria war ein beliebter Treffpunkt für die Studenten der Universität. Doch da noch Semesterferien waren, waren nur wenig Tische besetzt. Die drei fanden ohne Probleme einen Platz. Als David die Getränke holen ging, sah Rachel ihm mit gerunzelter Stirn nach.

„Hey, Sandra“, begann sie, als er außer Hörweite war. „Was war denn gerade eben mit dir los? Was sollte das Gerede von wegen Ruhm und Reichtum?“

Seufzend senkte Sandra den Blick. „Mir hat vor dem Besuch hier gegraut, Rachel. Wohin David auch geht, überall wird er daran erinnert, was aus ihm hätte werden können, wenn ich nicht mit den Zwillingen schwanger geworden wäre. Er hatte so viele Träume – und die große Chance, sie auch zu verwirklichen.“

„Aber er scheint dem allen nicht nachzutrauern, Sandra. Auf mich macht David nicht den Eindruck, als ob es ihm was ausmacht, dass er kein Baseball-Profi geworden ist. Man hört den Stolz in seiner Stimme, sieht ihn in seinem Blick, wenn er von euren Kindern spricht, und ganz offensichtlich ist er noch sehr in dich verliebt. Und fürs Protokoll ... du bist nicht allein schwanger geworden“, fügte ihre Freundin hinzu.

„Ich weiß, aber ... Schon gut.“ Sandra fühlte, wie ihre Augen feucht wurden. „Lass uns das Thema wechseln.“

„Okay. Aber falls du reden möchtest, ich höre zu.“

Sandra nickte und rang sich ein Lächeln ab, als David mit den Drinks zurückkehrte.

„Himmlisch“, sagte sie nach dem ersten Schluck. „So, Rachel, jetzt erzähl uns, wie es dir in der Zwischenzeit ergangen ist.“

„Das ist keine sehr lange Geschichte.“ Rachel rührte mit dem Strohhalm im Glas. „Wie ihr wisst, habe ich Saunders vor dem Abschluss verlassen, um zu heiraten. Er war ein wunderbarer Mann, und wir waren so glücklich zusammen. Aber nach fünf Jahren wurde er krank und starb.“

„Oh, das tut mir leid“, sagte Sandra.

„Ja, so ist das Leben“, erwiderte Rachel. „Ich arbeite jetzt als Anwaltsgehilfin in einer großen Kanzlei. Manchmal reicht es am Ende eines Monats, was beiseite zu legen, meistens reicht es nicht. Das ist meine Geschichte.“

„Das Leben wäre einfach, wenn es das leidige Thema Geld nicht gäbe“, sagte David und tätschelte Rachels Hand. „Willkommen im Westport-Sparklub! Wir werden dich zum Ehrenmitglied ernennen.“

„Wie süß von dir.“ Sie lachte. „Bekomme ich eine Urkunde oder so etwas?“

„Nein“, erwiderte David. „Nur Insider-Informationen darüber, in welchen Läden es an welchen Tagen die besten Sonderangebote gibt.“

„Klingt verlockend. Ich bin dabei.“

„Genug davon“, warf Sandra ein. „Wenn wir so weitermachen, werden wir ja noch ganz depressiv.“ Sie machte eine Pause. „Rachel, mir ist klar, dass du erst gestern hier angekommen bist, aber weißt du, wen Professor Harrison noch alles zu diesem Treffen eingeladen hat? Und hast du eine Ahnung, warum wir überhaupt hier sind?“

Rachel schüttelte den Kopf. „Ich weiß nicht viel. Ich habe noch keine Liste der Eingeladenen oder so etwas gesehen. Wie gesagt, ich versuche gerade, Jacob Weber zu erreichen. Und der Prof hat gesagt, dass wir nicht nach Jane Jackson suchen müssen, weil sie für ihn arbeitet. Also steht sie vermutlich auch auf der Liste. Er hat außerdem erwähnt, dass Nate Williams und Kathryn Price sich bei ihm gemeldet haben und die beiden auf jeden Fall kommen wollen, aber ich weiß nicht, wann. Ehrlich gesagt, ich habe keine Ahnung, warum er nur ganz bestimmte Leute angeschrieben hat. Und ich bin noch nicht dazu gekommen, ihn zu fragen.“

„Die ganze Geschichte wird immer eigenartiger“, murmelte Sandra. „Es muss irgendeine Verbindung zwischen den Ehemaligen geben, die der Professor eingeladen hat.“

„Mach dich nicht verrückt“, sagte David. „Vielleicht hat er ja einfach nur diejenigen angeschrieben, die ihm früher besonders sympathisch waren.“

„Nein, so einfach ist es nicht.“ Sandra hob das Kinn. „Das sagt mir mein weiblicher Instinkt.“

„Oh nein, nicht der schon wieder“, murmelte David nun lächelnd.

„Ich bin ganz deiner Meinung, Sandra“, sagte Rachel.

„Großartig, ich bin überstimmt“, knurrte er. „Okay, ich werde einfach meinen Drink genießen und den Mund halten.“

„Ich glaube, du wärst ganz unserer Meinung, wenn du Professor Harrison gehört hättest. Er hat mir gesagt, ich solle ja nichts unversucht lassen, um Jacob Weber zu finden. Er wirkt irgendwie … ich weiß nicht … hektisch und ungeduldig. Nein, dahinter steckt mehr als ein unbeschwertes Ehemaligentreffen, bei dem man nostalgisch wird und Geschichten aus der Studentenzeit austauscht“, beharrte Rachel.

„Okay, okay, ihr habt gewonnen", gab David nach. „Ich gestehe, diese ganze Sache ist ein wenig …"

„Rätselhaft", ergänzte Sandra. „Jedenfalls bin ich sehr gespannt auf Kathryn Price. Wie viele von uns kennen schon jemanden, der ein weltberühmtes Model geworden ist? Sie sah so hinreißend aus. Hoffentlich sind wir noch hier, wenn sie kommt. Ich möchte wissen, wie sie zehn Jahre später aussieht."

„Wahrscheinlich noch immer hinreißend", meinte David.

„Mein Lieber, verlier nicht gleich den Kopf!" Sandra warf ihm einen strengen Blick zu, und er lachte verlegen.

„Na ja, wir müssen uns in Geduld üben", sagte Rachel. „Irgendwann wird Professor Harrison uns schon alles erklären und damit herausrücken, wen er alles eingeladen hat. Jedenfalls hoffe ich das." Sie sah Sandra an. „Wie lange wollt ihr bleiben?"

„Gute Frage", erwiderte Sandra. „Mein geheimnistuerischer Ehemann will mir nicht sagen, wie lange er das Hotelzimmer gebucht hat. Unsere Kinder sind die ganze Woche bei meinen Eltern, aber so lange werden wir wohl kaum bleiben können, das Hotelzimmer kostet ein Vermögen. Oder, David?"

„Guter Versuch, meine Süße", sagte er lächelnd. „Aber du hast Pech. Ich werde dir nicht erzählen, für wie lange ich das Hotelzimmer mit dem Whirlpool gebucht habe."

„Du bist gemein", entgegnete Sandra.

„Also ich finde, er ist sehr romantisch", widersprach ihre Freundin.

„Danke, Rachel", sagte David.

„Romantisch?", wiederholte Sandra. „David?"

„Ist das so schwer zu glauben?" David beugte sich zu ihr. „Nein, sag lieber nichts. Ich glaube, ich kenne die Antwort."

Rachel lachte. „Ich habe das Gefühl, wir begeben uns gerade auf dünnes Eis. Seid friedlich und zeigt mir endlich die Fotos von euren Zwillingen."

Die Aufnahmen wurden hervorgeholt, die Gläser geleert, dann schlenderten die drei zu dem Gebäude, in dem das Büro des Professors lag.

„Ich kann mir gar nicht vorstellen, dass in seinem Kabuff noch Platz für eine Sekretärin ist", meinte Sandra.

„Jane hat ihr eigenes Zimmer. Gleich gegenüber", berichtete Rachel. „Von dort aus habe ich auch versucht, Jacob Weber aufzuspüren. Janes Zimmer ist über und über voll mit Akten. Eine für jeden Studenten, den Harrison je unterrichtet oder beraten hat. Vielleicht sind im Keller noch mehr davon, denn er ist seit der Eiszeit in Saunders."

Sie betraten das Gebäude und gingen nach oben. Kurz vor Harrisons Büro blieb Rachel stehen.

„Die Tür ist offen, also muss er zurück sein", sagte sie. „Los, Kinder, jetzt seid ihr dran."

Sandra legte David eine Hand auf den Arm. „Ich finde, du solltest allein zu Harrison gehen. Du bist derjenige, den er sehen will. Mich hat er nur aus Höflichkeit eingeladen. Wahrscheinlich erinnert er sich gar nicht an mich, schließlich bin ich ihm nur zweimal begegnet."

„Kommt nicht infrage", protestierte ihr Mann. „Du bist meine Ehefrau, also gehörst du zu mir. Komm schon."

„Aber …"

„Ich gehe solange mal in Janes Zimmer", sagte Rachel. „Vielleicht sagt der Prof euch ja, wer noch alles kommt und warum wir hier sind. Falls ja, müsst ihr es mir unbedingt erzählen."

„Ich komme mit dir, Rachel", sagte Sandra rasch.

„Nein." David nahm ihre Hand. „Das tust du nicht."

Rachel lachte. „Geht nur. Der Mann beißt nicht. Meine Güte, er hat die Baseball-Mannschaft trainiert, die du zur Meisterschaft geführt hast, David. Er wird sich riesig freuen, dich zu sehen."

Und ich? Ich bin die, die schwanger wurde, dachte Sandra.

„Dazu braucht es immer zwei", sagte Rachel, als würde sie Sandras Gedanken lesen können. „Würdet ihr jetzt also bitte da hineingehen?" Sie eilte davon und verschwand im Zimmer auf der linken Seite.

„Können wir?", fragte David, ohne Sandras Hand loszulassen.

„Nein."

„Professor Harrison ist ein netter Mensch, nicht der böse Wolf." David ging einfach los und zog Sandra förmlich mit sich. An der offenen Tür angekommen, hob er eine Hand, um anzuklopfen, zögerte jedoch, als er den Mann am Schreibtisch sah.

Harrison war alt geworden. Das früher einmal dichte dunkle Haar war nun grau und schütter. Seine ganze Statur schien irgendwie … eingefallen. Jedenfalls erschrak David fast, als er Harrisons dünne Ärmchen sah – früher hatte der Prof Oberarme wie ein Bodybuilder gehabt.

David ließ den Blick durch den kleinen Raum wandern.

Genau wie damals, dachte er. Der Professor saß in dem alten, knarrenden Ledersessel vor seinem Schreibtisch, über einen aufgeschlagenen Ordner gebeugt. Die Bücherregale an den Wänden quollen ebenso über wie die Besucherstühle und der Schreibtisch. Papierberge, Bücherberge – ob das wohl noch die gleichen Stapel wie damals vor zehn Jahren waren? Sogar das Foto von Harrisons Frau stand noch immer an derselben Stelle auf seinem Schreibtisch. Nein, der Mann mochte definitiv keine Veränderungen.

Leise klopfte David an.

Gilbert Harrisons Kopf zuckte hoch, und schon in der nächsten Sekunde breitete sich ein strahlendes Lächeln auf seinem Gesicht aus.

„David." Er stand auf und kam um den Schreibtisch herum. „Sie sind gekommen. Ach, ist das schön, Sie wiederzusehen."

Gütiger Himmel, er sieht aus wie siebzig, dachte Sandra ungläubig. Und er war so mager, dass das Hemd und die Hose an seinem Körper schlotterten, und … Hatte der Tod seiner Frau ihn so hart getroffen? Rachel hatte angedeutet, dass es noch etwas gab, das den Professor belastete.

„Ich freue mich auch, Sie zu sehen, Sir", erwiderte David und gab Harrison die Hand, ohne Sandras loszulassen. „Sie erinnern sich noch an Sandra, meine Frau."

„Natürlich, meine Liebe." Harrison lächelte Sandra an. „Kommen Sie, setzen Sie sich. Alle beide." Er drehte sich zum Schreibtisch um. „Oh. Lassen Sie mich erst die Stühle freiräumen." Er deponierte die Stapel vor einem der Bücherregale. „So. Nehmen Sie Platz."

Sie setzten sich, und Sandra zog die Hand aus Davids. Ihre Finger waren fast taub.

Der Professor setzte sich wieder, verschränkte die Hände auf dem aufgeschlagenen Ordner und sah David an.

„Sie sehen fantastisch aus", sagte Harrison nach einem Moment. „Immer noch so fit und athletisch wie damals, als Sie hier den Schläger geschwungen haben."

„Na ja, ich versuche, in Form zu bleiben", antwortete David. „Aber je älter ich werde, desto schwerer fällt es." Er machte eine Pause. „Sandra und ich möchten Ihnen sagen, wie leid uns das mit Ihrer Frau tut. Rachel hat uns davon erzählt."

Harrisons Blick zuckte zum Foto, dann strich er mit dem Zeigefinger zärtlich über das Glas.

„Es ist acht Monate her, aber ich habe mich noch keine Sekunde daran gewöhnt, ohne sie zu sein", sagte er leise. „Ich bin jetzt oft im Büro, weil es zu Hause so still ist." Er riss den Blick vom Foto los.

„Ich möchte Ihnen dafür danken, dass Sie meiner Einladung gefolgt sind."

„Wir sind froh, dass wir es geschafft haben", antwortete David. „Aber ehrlich gesagt, wir sind ein wenig neugierig auf den Grund Ihrer Einladung. In Ihrem Brief klang unser Wiedersehen nicht nach einem herkömmlichen Ehemaligenfest, sondern nach einem Treffen einer kleinen, ausgewählten Gruppe von Ehemaligen."

„Das ist wahr", bestätigte Harrison.

David wartete, aber der Professor sprach nicht weiter.

„Professor Harrison", brach Sandra schließlich das Schweigen. „Möchten Sie lieber mit David allein sprechen? Ich würde das verstehen, schließlich kennen Sie mich kaum."

„Nein", wehrte Harrison ab. „Ich gehe davon aus, dass David keine Geheimnisse vor Ihnen hat. So, wie es sich zwischen einem Mann und seiner Frau gehört."

„Okay." Sie nickte. „Dann sagen Sie uns doch einfach, warum wir hier sind, Sir", forderte sie ihn ungeduldig auf.

„Sandra", sagte David tadelnd.

„Ich werde Ihnen alles erklären, genau wie Rachel und den anderen", versprach ihr Gastgeber.

„Gut." Sandra lächelte. „Wir hören."

„Nicht jetzt", sagte Harrison, und Sandra unterdrückte ein frustriertes Aufstöhnen. „Wenn es Ihnen passt, würde ich heute Abend gern mit Ihnen beiden essen gehen. Mögen Sie die italienische Küche?"

David schmunzelte. „Wir wohnen in North End."

„Sehr schön. Es gibt hier in der Nähe ein kleines italienisches Restaurant, in dem Mary und ich oft waren. Nicht schick, aber gemütlich, und wir werden ungestört sein. Treffen wir uns dort um sieben? Ich gebe Ihnen die Adresse."

„Natürlich." David stand auf.

Sandra blieb sitzen. „Aber …"

„Ich habe heute Nachmittag nämlich Sprechstunde", sagte Harrison und erhob sich.

„Kein Problem." David gab ihm die Hand.

Harrison schüttelte sie herzlich. „Es ist wunderbar, Sie zu sehen, David. Ich wünschte nur, Mary … Nun ja, sie mochte Sie sehr und hat so viele Ihrer Spiele besucht, wie ihre Gesundheit es erlaubte." Er räusperte sich und ließ Davids Hand los, um etwas auf einen Zettel zu schreiben. „Die Adresse des Restaurants."

„Dann sehen wir uns um sieben“, sagte David und sah Sandra an, die noch immer saß. „Kommst du?“

„Ja.“ Langsam stand sie auf. „Ich hatte nur noch auf einen kleinen Hinweis darauf gehofft, worum es bei diesem Treffen geht.“

„Alles zu seiner Zeit, meine Liebe“, sagte Harrison. „Also um sieben.“

„Na gut.“ Sie seufzte.

„Professor.“ Ein junger Mann stand in der Tür. „Ich habe einen Termin.“

„Den haben Sie, Kevin“, erwiderte Harrison. „Kommen Sie herein. Oh, da Sie in unserer Baseball-Mannschaft mitspielen, möchten Sie vielleicht David Westport kennen lernen.“

Kevins Augen wurden groß. „*Den* David Westport? Oh Mann, es ist mir eine Ehre. Sie sind hier in Saunders eine Legende, Sir.“

„Sir? Legende?“, wiederholte David mit einem gequälten Lächeln. „Jetzt fühle ich mich wie hundert.“

„Darf ich Sie um ein Autogramm bitten, Sir?“, fragte Kevin.

„Ein ... Autogramm.“ David straffte die Schultern. „Aber gern ... Ein Autogramm?“ Er strahlte Sandra an. „Warte, bis ich das den Kindern erzähle. Wow.“

„Mmm.“ Sie versuchte, sich ein Lächeln abzuringen, doch es gelang ihr nicht.

Er hätte so viel aus seinem Leben machen können, schoss es ihr durch den Kopf, während David seinen Namen auf den Notizblock schrieb, den der Student ihm ehrfürchtig hinhielt. David war hier immer noch ein Star. Und zu Hause? Zu Hause war er Inhaber eines kleinen Supermarkts. Wie würde David das alles verkraften?

„Vielen Dank, Mr. Westport“, sagte Kevin. „Der Rest der Mannschaft wird mich darum beneiden.“

Oh, hör auf, Junge, dachte Sandra missmutig.

„Gehen wir“, sagte sie und lief zur Tür. „Komm schon, David. Professor Harrison hat zu tun.“

„Bis heute Abend.“ David lächelte Harrison zu, bevor er Sandra über den Korridor und in das gegenüberliegende Zimmer folgte.

„Da seid ihr ja“, begrüßte Rachel sie.

David schloss die Tür. „Ein junger Student hat mich gerade um ein Autogramm gebeten. Kaum zu glauben, was?“

Rachel lachte. „Ich habe dir doch gesagt, dass du hier ein Held bist.“

„Eine Legende“, wiederholte Sandra kopfschüttelnd. „Das Bübchen dort drüben hat ihn eine Legende genannt. Und ihn mit ‚Sir‘ angeredet.“

David schmunzelte. „Ja, das war wirklich etwas übertrieben.“

„Ach komm schon, genieße deinen Ruhm. Doch jetzt sagt mir, warum Harrison uns hier alle einbestellt hat“, forderte Rachel sie auf.

„Wir wissen es nicht.“ Sandra ließ sich auf einen Stuhl fallen. „Noch nicht.“

„Er will heute Abend mit uns essen gehen und alles erklären“, berichtete David und nahm neben ihr Platz.

„Was für eine Geheimnistuerei“, meinte Sandra.

„Hey, das ist nicht fair“, protestierte David. „Nur weil du deine Neugier nicht zügeln kannst ...“

„Kann schon sein. Aber ich finde, er behandelt uns wie kleine Kinder. Wir müssen ja regelrecht betteln, dass er uns endlich erzählt, was das alles hier soll.“

„Reiß dich zusammen, sonst bekommst du kein Autogramm von mir“, scherzte David und wurde gleich darauf wieder ernst. „Spaß beiseite: Harrison ist schrecklich gealtert. Ich bin furchtbar erschrocken, als ich ihn sah. Der Verlust seiner Frau muss ihn zutiefst erschüttert haben.“

„Ja.“ Sandra beugte sich zu Rachel. „Das und was immer ihn sonst noch belastet.“

„Mein Instinkt sagt mir, dass das alles irgendwie miteinander zusammenhängt“, erwiderte ihre Freundin.

Sandra stand auf. „Sei's drum, ich werde jetzt jedenfalls ins Hotel gehen und mich in den Whirlpool legen.“

„Geh mit, David“, sagte Rachel. „In einem Whirlpool können sich interessante Dinge abspielen. Jedenfalls habe ich das gelesen. Und vergesst nicht, mir morgen zu erzählen, wie euer Abendessen war.“

„Bis dann, Rachel“, erwiderte David und stand ebenfalls auf.

„Viel Spaß in der Wanne“, rief Rachel lächelnd.

Schmunzelnd folgte David Sandra hinaus. Rachel sah ihnen nach und fröstelte plötzlich, als ihr bewusst wurde, wie einsam sie sich fühlte.

5. KAPITEL

Auf dem Rückweg zum Hotel ließ sich Sandra die Ereignisse des Tages noch einmal durch den Kopf gehen. Sie merkte plötzlich, dass sie das alles weit stärker belastete, als sie angenommen hatte. Als sie das Hotelzimmer betraten, war sie den Tränen nahe. Sie musste dringend alleine sein. Als David zur Fernbedienung griff, nutzte sie den Moment sofort und eilte ins Bad.

Kurz darauf ließ sie sich in das warme sprudelnde Wasser sinken, legte den Kopf auf das kleine Kissen am Wannenrand und schloss die Augen.

Ja, dachte Sandra, das ist Luxus. Sie spürte, wie die Anspannung aus ihrem Körper wich und sie langsam ruhiger wurde.

Nach einigen Minuten befand sie sich in dem herrlichen Zustand, in dem man nicht mehr richtig wach, aber auch noch nicht eingeschlafen ist. Himmlisch. Einfach ... so ... wohltuend.

Irgendwann zuckte sie zusammen, fuhr hoch und riss die Augen auf, als etwas ihr Knie berührte. Sie verlor den Halt, rutschte mit dem Kopf unter Wasser und tauchte prustend wieder auf.

„David! Du hast mich erschreckt und ... hey, du sitzt nackt in meinem Whirlpool."

Er lächelte. „Hier ist Platz für zwei, oder nicht?"

„Ja, aber ... So etwas hast du noch nie getan."

David zuckte mit den Schultern. „Wir hatten auch noch nie die Gelegenheit, zusammen in einem Whirlpool zu sitzen. Du hast selbst gesagt, dass das hier die Hochzeitsreise ist, die wir nie hatten. So etwas machen Leute in ihren Flitterwochen." Er lachte. „Glaube ich jedenfalls. Na ja, was weiß ich? Jedenfalls tun *wir* es in *unseren* Flitterwochen. Okay?"

Sandra kicherte. So mädchenhaft wie seit ewigen Zeiten nicht mehr. Sie hätte nie gedacht, dass David so spontan sein könnte. So unbedarft. Nur auf den Moment konzentriert. Irgendwie romantisch, fand sie.

David rutschte hinter sie und zog sie zwischen seine Beine. Er schlang die Arme um ihren Bauch, und sie legte den Kopf an seine Schulter.

„Oh ja", flüsterte er. „Das ist schön, wirklich schön." Er küsste ihren Hals. „Mmm."

Er ließ sich nach unten gleiten, bis sein Kopf auf dem Kissen ruhte. Das warme Wasser wirbelte und blubberte um sie herum. Herrlich.

Entspannend. Und plötzlich ließ David die Arme sinken, sein Atem wurde tief und gleichmäßig.

Sandra drehte sich zu ihm um. Konnte das denn die Möglichkeit sein? Ihr Mann war eingeschlafen. Romantisch wie ein Zaunpfahl, war David Westport doch tatsächlich eingenickt, während seine nackte Frau sich an ihn schmiegte. Oh nein, kein Gericht im ganzen Land würde sie schuldig sprechen, wenn sie ihn auf der Stelle umbrachte. Das hier sollte eine Hochzeitsreise sein? Ha!

Vorsichtig rutschte Sandra ans andere Ende der Wanne, griff nach Davids Füßen und zog so heftig daran, dass er mit einem Platsch im Wasser versank.

David schoss hoch, hustete, blinzelte und starrte sie entgeistert an.

„Was sollte das denn?", fragte er, schlug sich gegen die Brust und hustete wieder. „Wolltest du mich ertränken?"

„Keine schlechte Idee", erwiderte sie nun. „Du bist nur gerade durch die Aufnahmeprüfung für die Flitterwochen gefallen, Westport."

„Ach, wirklich?" Seine Augen glänzten plötzlich. „Seinen Ehemann zu ertränken bringt einem auch nicht gerade die Bestnote ein." Langsam rutschte er in ihre Richtung. „Dafür wirst du bezahlen."

„Also, David." Sandra lachte nervös. „Ich bin die Mutter deiner Kinder, vergiss das nicht."

„Ich habe keine Kinder." Er hob die Arme und formte seine Hände zu Klauen. „Ich bin auf Hochzeitsreise, aber meine frisch gebackene Ehefrau hat gerade versucht, mich zu ertränken, und jetzt will ich Rache."

„Oh nein", rief Sandra lachend. „Jetzt bist du verrückt geworden. Ich verschwinde von hier."

Sie kletterte aus der Wanne, schnappte sich ein Handtuch, eilte zur Tür und riss sie auf. David blieb ihr dicht auf den Fersen. Sie ließ das Tuch fallen und rannte weiter, aber er holte sie ein, nahm sie auf die Arme und trug sie zum Bett. Er ließ sie auf die weiche Matratze fallen, legte sich neben sie und eroberte ihren Mund mit einem leidenschaftlichen fordernden Kuss. Sie legte die Hände in seinen Nacken und schob die Finger in sein feuchtes Haar. David stöhnte auf. Vergessen waren in diesem Moment alle Sorgen, Ängste und finanziellen Probleme. Es gab nur sie beide, Sandra und David, und nichts würde sich zwischen sie drängen und ihre Lust aufeinander zerstören.

David rutschte ein wenig nach unten und küsste Sandras Brüste. Er strich mit der Zunge über die Spitzen und hörte, wie sie lustvoll seufzte.

Er tastete ihren flachen Bauch hinunter, immer tiefer, bis er zwischen ihren Beinen war, die sie bereitwillig für ihn öffnete. Wie gut sie sich anfühlte, wie seidig, wie ... erregt.

„Oh. David, bitte“, flüsterte sie. „Komm zu mir. Jetzt, David. Ich liebe dich, ich liebe, ich liebe dich.“

Und ich liebe dich, dachte er. Für immer.

Er drang in sie ein. Es kam ihm wie eine Ewigkeit vor, seit sie zuletzt miteinander geschlafen hatten. Er wollte es langsam angehen lassen, behutsam. Doch Sandra wand sich stöhnend unter ihm, flüsterte heiser seinen Namen, forderte ihn auf, noch tiefer in sie einzudringen. Sich schneller zu bewegen. Sie hob ihm ihre Hüften entgegen, nahm ihn ganz in sich auf. Sein Herz klopfte, seine Leidenschaft wuchs, während er sich in ihr verlor. Er küsste ihren Mund, ihre Brüste, bewegte sich aufreizend, fordernd, kraftvoll – und als Sandra auf dem Höhepunkt ihrer Lust seinen Namen rief, konnte auch er sich nicht mehr länger zurückhalten und verströmte sich in ihr.

Schwer atmend lagen sie eng umschlungen, bis ihr Herzschlag sich beruhigte und sie langsam zurück auf die Erde kamen. David legte sich neben Sandra und zog sie an sich.

„Ich mag Flitterwochen“, wisperte sie.

„Und Whirlpools?“ Seine Stimme klang rau.

„Die auch.“

„Ja. Oh ja.“

Sandra gähnte. „Ich bin müde.“

„Flitterwochen sind anstrengend“, sagte er schmunzelnd. „Lass uns ein Nickerchen machen.“

„Einverstanden.“

David schlief fast auf der Stelle ein. Bevor Sandras Augen zufielen, hob sie noch einmal den Kopf, um in sein friedliches Gesicht zu schauen.

Sie hatten gerade miteinander geschlafen, und es war wunderschön gewesen, aber ... er hatte ihr nicht gesagt, dass er sie liebte.

Ohne die Tränen, die ihr über die Wangen liefen, bewusst wahrzunehmen, fiel sie in einen tiefen, aber unruhigen Schlaf.

Sandra entschied sich für das geblümte Sommerkleid mit den schmalen Trägern und dem weiten Rock, dazu weiße Sandaletten. Sie hatte sich das Haar gewaschen und ihre Naturlocken gebürstet, bis sie schimmerten.

Auch David hatte sich bereits für den Abend umgezogen. Er trug eine khakifarbene Hose und ein Hemd, dessen Grün perfekt zu seinen Augen passte. Vor ihm lag ein Stadtplan, den er im Schreibtisch gefunden hatte.

„Es ist alles so lange her", sagte er und starrte mit zusammengekniffenen Augen auf die winzigen Buchstaben, während er nach der Straße suchte, in der das Restaurant lag, in dem sie mit Professor Harrison verabredet waren. „Ich kenne mich hier echt nicht mehr aus."

„Der Name des Restaurants sagt mir auch gar nichts", sagte Sandra. „Aber das muss nicht heißen, dass es neu ist. Wir hatten damals eben nicht das Geld, um oft essen zu gehen."

David lachte. „Ich sage es nur ungern, aber wir haben es auch jetzt nicht." Er starrte noch immer auf den Plan. „Okay, wenn ich mich nicht irre, ist es etwa vier Blocks von hier. Möchtest du fahren oder zu Fuß gehen?"

„Lass uns gehen. Das ist romantischer."

„Als in einem Mercedes zu fahren?" Mit hochgezogenen Augenbrauen sah er zu ihr.

„Ja."

„Okay, wir laufen. Aber beschwer dich nicht, wenn dein Haar sich wieder wie verrückt kräuselt. Da draußen ist eine Luftfeuchtigkeit wie im Dampfbad."

Sandra verdrehte die Augen. „Du bist so ein Charmeur, Westport."

„Hey, du weißt doch, wie ich's meine." Er nestelte an dem Stadtplan: „Wie ging dieses verdammte Ding jetzt noch mal zusammen? Meinst du, sie merken es, wenn ich den Plan einfach in die Schublade stopfe?"

Seufzend stand Sandra auf und nahm ihm den Plan aus der Hand. Zehn Sekunden später gab sie ihn ihm zurück. Ordentlich gefaltet.

„Danke", sagte er lächelnd und legte ihn zurück. „Wenn das so weitergeht, kann ich ohne dich nicht mal mehr meine Schuhe zubinden."

„Dein Vorrat an Charme nimmt wirklich rapide ab." Sie griff nach ihrer Tasche. „Komm schon. Wir wollen uns nicht verspäten. Und wehe, wenn Professor Harrison uns heute Abend nicht erzählt, weshalb er uns nach Saunders gerufen hat."

Der Abend war heiß und schwül, aber Sandra schwor sich, kein Wort darüber zu verlieren, dass David Recht behalten hatte: Schon nach wenigen Minuten hatte sich ihr Haar wie wild gekräuselt. Sie wollte besser nicht daran denken, mit welcher Sorgfalt sie vorhin noch ihre Locken in Form gebürstet hatte. Alles umsonst.

Auf dem Weg zum Restaurant sah sie in die Schaufenster, an denen sie vorbeikamen.

„Wir sollten den Zwillingen etwas mitbringen", sagte sie.

„Wir haben keine Zwillinge", antwortete David. „Wir sind in den Flitterwochen, schon vergessen? Lieber würde ich meiner neuen Frau ein Geschenk kaufen. Deine Eltern werden den beiden ohnehin so viel kaufen, dass sie von uns kein Souvenir brauchen."

Sandra lachte. „Guter Punkt. Wahrscheinlich finden sie Souvenirs ohnehin ‚uncool'. Ich hoffe, sie fühlen sich bei meinen Eltern wohl. Vielleicht sollten wir anrufen und ..."

„Nein", unterbrach David sie. „Du weißt doch genau, wie gerne M und M bei ihren Großeltern sind. Jetzt geht es mal um uns. Wir haben geknausert und gespart, um diesen kleinen Trip nach Saunders zu finanzieren, und wenn M und M nun auf die Idee kommen, Heimweh zu haben, dreh ich ihnen den Hals um."

„David, wie kannst du etwas so Schreckliches sagen?"

Er seufzte nur.

Schweigend gingen sie weiter.

„Bist du nervös?", fragte Sandra nach einer Weile.

„Nein, nicht nervös." David schob die Hände in die Taschen. „Eher gespannt. Ich will endlich wissen, warum wir hier sind." Er sah sie an und lächelte. „Vielleicht machen wir uns unnötig Gedanken, und Professor Harrison will einfach nur ein paar seiner früheren Lieblingsstudenten wiedersehen."

„Denkst du das wirklich?"

„Nein." Er schmunzelte.

„Na ja, wir werden es bald erfahren", sagte Sandra.

Schweigend gingen sie den restlichen Weg nebeneinander, jeder hing seinen Gedanken nach. Endlich erreichten sie das Restaurant, und David öffnete die Tür. Auf den Tischen standen flackernde Kerzen in wachsverkrusteten Flaschen, und im Raum herrschte ein diskretes Halbdunkel. Sandra gefiel das Restaurant sofort.

Am Empfang nannte David ihre Namen, und ein Oberkellner führte sie zu einem Tisch in einer Ecke, wo Harrison aufstand, um sie zu begrüßen.

„Sie haben ohne Probleme hergefunden?", fragte er, als sie saßen.

„Ja. Wir sind zu Fuß gegangen. Trotz der Schwüle war es ein schöner Spaziergang. Obwohl ich gehofft hatte, dass es etwas kühler wird, sobald die Sonne untergeht“, sagte David.

„Ja, die Luftfeuchtigkeit ist in den letzten Tagen besonders hoch“, erwiderte der Professor.

Du meine Güte, dachte Sandra, wollen die beiden sich etwa über das Wetter unterhalten? Nein. Niemals. Das hielten ihre Nerven nicht aus.

„Ja ja, die Luft ist sehr feucht“, sagte sie ungeduldig. „Aber ich finde, wir sollten ...“

„Etwas zu essen bestellen“, unterbrach Harrison sie, als eine Kellnerin an den Tisch trat. „Wir brauchen noch eine Minute, um die Speisekarte anzuschauen.“

„Gern“, erwiderte das junge Mädchen. „Ich komme gleich wieder.“

„Die Küche hier ist ausgezeichnet“, fuhr der Professor fort. „Mary und ich waren oft hier. Ich denke, ich werde die Lasagne nehmen.“

„Ich auch.“ Sandra klappte die Karte zu. „David?“

„Hmm. Ich weiß nicht. Will ich Lasagne oder Spaghetti? Oder vielleicht ...“

„David“, sagte sie mit zusammengebissenen Zähnen. „Entscheide dich.“

Die Kellnerin kehrte mit einem Korb voller würzig duftender Brotstangen zurück. David bestellte Spaghetti mit Pilzen. Harrison orderte eine Flasche Rotwein und empfahl den Westports, das frisch gebackene Brot zu probieren. Sandra legte sich eine Stange auf den kleinen Teller.

„Professor Harrison“, begann sie. „Ich möchte nicht unhöflich sein, Sir, aber könnten wir zur Sache kommen? Warum haben Sie David nach Saunders eingeladen? Und wer kommt noch?“

David starrte auf den Tisch. „Oh Mann. Sandra, du bist in etwa so subtil wie ein Vorschlaghammer.“

„Ihre Frau ist entzückend, David“, widersprach Harrison. „Und sie hat Recht. Sie haben lange genug auf eine Erklärung gewartet.“

„So ist es“, murmelte Sandra.

„Ich muss Sie allerdings um ein paar Minuten Geduld bitten, bis unser Essen serviert ist und wir nicht mehr gestört werden.“

„Natürlich, Sir.“ David warf Sandra einen warnenden Blick zu.

Sie seufzte und knabberte an ihrer Brotstange.

„Oh, bevor ich es vergesse“, sagte Harrison. „Der Baseball-Trainer hat mich angerufen, David. Er ist neu, Sie kennen ihn nicht. Jedenfalls hält er derzeit ein Trainingslager auf dem Campus ab, und die Spieler waren begeistert, als Kevin mit Ihrem Autogramm auftauchte. Er würde gern wissen, ob Sie vielleicht Zeit hätten, mal beim Training vorbeizuschauen."

„Nun ja, das ist äußerst schmeichelhaft", antwortete David. „Aber ich habe Sandra versprochen, mit ihr ins Museum zu gehen. Oder wohin sie gern möchte, also ..."

„Nein, David. Ist schon gut. Du besuchst die Mannschaft. Ich werde Rachel fragen, ob sie Zeit hat", bot Sandra an.

„Bist du sicher?"

„Ja. Du bist in Saunders eine Berühmtheit und solltest das Rampenlicht genießen." Sie bemühte sich, fröhlich zu klingen.

„Wunderbar", meinte Harrison. „Morgen um eins auf dem Baseball-Feld?"

„Ich werde da sein", erwiderte David eifrig.

Und die jungen Spieler werden den Helden fragen, warum er nicht Profi geworden ist, dachte Sandra missmutig. David würde lächeln und wie immer erzählen, dass er Schläger und Ball gegen Windeln und Fläschchen getauscht hatte, aber tief in ihm würde der Groll wachsen und ...

„Die Teller sind heiß", warnte die Kellnerin, während sie das Essen servierte. Dann füllte sie die Gläser und ließ die Flasche auf dem Tisch. „Kann ich sonst noch etwas tun?"

Der Professor schüttelte den Kopf. „Nein, danke. Wir sind zufrieden."

Ich nicht, dachte Sandra. *Ich möchte jetzt endlich wissen, warum wir hier sind.*

David nahm einen Bissen. „Mmm. Köstlich. Lass es dir schmecken, Sandra."

„Das werde ich." Sie griff nach dem Besteck. „Großartig", lobte sie nach einem Moment. „Wirklich gut."

Harrison und David aßen mit Appetit, während Sandra ungeduldig in ihrem Essen stocherte. Wann rückte der Prof endlich mit der ganzen Geschichte raus?

„Also", brach Harrison endlich das Schweigen. „Der Moment ist gekommen." Er holte tief Luft und stieß sie langsam aus. „Bitte hören Sie mir erst zu, dann werde ich Ihre Fragen beantworten, falls Sie welche haben. Und wenn ich kann."

„Was soll das heißen?", fragte Sandra misstrauisch. „Wenn Sie können?"

„Sie werden es verstehen, wenn ich fertig bin. David, erinnern Sie sich noch, wie Sie in Saunders angefangen haben? Ihre Noten auf der High School waren … sagen wir … nicht gerade überzeugend … Haben Sie sich nie gefragt, warum Sie dennoch ein Stipendium bekommen haben?“

„Doch, natürlich habe ich das“, antwortete David. „Sicher, ich war ein ganz guter Baseball-Spieler, aber für ein Stipendium musste man mehr als nur ein begabter Sportler sein. Und meine Noten waren nicht annähernd gut genug, um ein so großzügiges Stipendium zu rechtfertigen. Ich dachte damals, die Uni habe vielleicht das Los entscheiden lassen.“

„Nein, so war es nicht.“ Harrison lachte kurz. „Und es war auch nicht die Uni, die ihr Stipendium zahlte, sondern ein … anonymer Spender, der gegenüber der Universität darauf bestand, dass genau Sie es bekommen. Es wurden also keine Lose gezogen.“

„Was?“, entfuhr es David und Sandra gleichzeitig. Bis gerade eben hatten sie immer gedacht, dass es die Saunders University selbst gewesen war, die Davids Stipendium gestiftet hatte.

„Bitte.“ Harrison hob eine Hand. „Hören Sie einfach zu.“

„Aber … wer …“ David schob seinen Teller zur Seite. „Na gut. Ich höre.“

Sandra merkte erst jetzt, dass sie den Professor mit offenem Mund anstarrte, und schloss ihn hastig.

„Sie waren nicht der Einzige, dem dieser Mann das Studium finanzierte“, fuhr der Professor fort. „Er hat die Empfänger sorgfältig ausgewählt und mich beauftragt, dafür zu sorgen, dass alles so vonstattenging, wie er es sich vorstellte.“

„Wer ist der Mann?“ Sandra beugte sich vor. „Dieser mysteriöse Spender?“

„Wie gesagt, ich werde Ihre Fragen später beantworten, aber nur soweit ich es kann. Doch eins will ich gleich verraten: Ich darf Ihnen nicht sagen, wer der Mann ist.“

„Das ist verrückt.“ Sandra lehnte sich zurück. „Vollkommen verrückt.“

„Beruhige dich, Schatz“, sagte David und drückte ihre Hand. „Professor, wer hat noch ein Stipendium von diesem Wohltäter erhalten?“ Er zögerte. „Augenblick. Rachel, natürlich. Und da sie Jacob Weber aufspüren soll, gehört er wahrscheinlich auch dazu. Nate Williams, Kathryn Price, Jane Jackson. Sind das alle?“

„Nein“, erwiderte Harrison. „Aber Sie müssen nicht sämtliche Namen kennen.“

„Okay, lassen wir das für eine Minute“, gab David nach. „Sagen Sie uns doch jetzt einfach, warum Sie uns alle jetzt, zehn Jahre später, hierher eingeladen haben? Welchen Zweck hat dieses ... Treffen?“

„Ganz einfach: Der ... Spender möchte wissen, was aus den jungen Leuten, die er damals so großzügig gefördert hat, geworden ist. Nicht nur beruflich, sondern vor allem auch menschlich. Er möchte sich ein Bild darüber machen, was für ein Mensch aus jedem von ihnen geworden ist. Und daher esse ich heute mit Ihnen zu Abend. Und morgen mit Rachel zu Mittag. Um etwas von Ihrem Leben zu erfahren. Der Mann würde zudem gern wissen, ob die Leute mit seinen Stipendien etwas Nützliches angefangen haben. Und ob sie das großzügige Geschenk, das sie seinerzeit erhielten, auf die eine oder andere Weise der Gesellschaft zurückgegeben haben.“

David packte die Tischkante so fest, dass seine Fingerknöchel hervortraten. Er schaute zur Seite und schüttelte den Kopf, bevor er Professor Harrison wieder ansah.

„Nun ja, über mich werden Sie diesem Herrn leider nichts Lobenswertes zu berichten haben“, sagte er mit leiser, fast ausdrucksloser Stimme. „Ich habe das Geschenk ... das Stipendium verschwendet. Ich habe mein Studium nicht abgeschlossen und bin nicht Baseball-Profi geworden. Ich nehme an, das war nicht im Sinne des Stipendiums. Und was meine Dienste an der Gesellschaft angeht ... Nein, da ist ebenso Fehlanzeige. Ich habe niemandem etwas gegeben. Nichts.“

6. KAPITEL

Sandra legte die Hände um die Ellbogen, um das Frösteln zu unterdrücken, das sie bei Davids Worten durchlief. Sie wollte ihn in die Arme nehmen, ihn trösten und den Schmerz lindern, den sie in seiner Stimme hörte und in seinem blassen Gesicht sah.

Und sie würde Professor Harrison am liebsten anschreien. Wohltäter hin oder her. Wie konnte er es wagen, von David Rechenschaft über sein Leben zu verlangen?

Zuerst wollte sie jedoch vor allem eins: David um Verzeihung anflehen. Dafür, dass sie seine Träume zerstört hatte.

„David, nein. Das ist nicht wahr", sagte sie und fühlte, wie ihre Lippen zitterten. „Das darfst du nicht sagen, du darfst es nicht einmal denken. Du investierst deine Freizeit und deinen Enthusiasmus, um mit Michael und seiner Baseball-Mannschaft zu trainieren. Und du trainierst die Fußball-Mannschaft von Molly. Du kommst vollkommen erschöpft aus dem Supermarkt nach Hause und gehst trotzdem noch zum Training. Du bist immer für die Kinder da."

„Die eigenen Kinder zu trainieren ist nicht das, was der Wohltäter sich vorgestellt hat", erwiderte David. „Ich habe das Potenzial nicht ausgeschöpft, das mir das Stipendium verschafft hat. Wer immer der Mann ist, er wird bedauern, dass er sein Geld an mich verschwendet hat. Ein paar Kinder in North End zu trainieren bedeutet nicht wirklich, sich für ein großzügiges Geschenk zu revanchieren. Das Stipendium hat mir eine Chance verschafft, aber ..."

„Dann bin ich schwanger geworden", unterbrach Sandra ihn und wehrte sich gegen die Tränen. „Das wolltest du doch sagen, nicht wahr, David? Ohne mich und die Babys hättest du alles erreicht. Ich weiß doch, dass du immerzu an deine Träume denkst und ... Dennoch: Mister ‚Big Spender' hat kein Recht, dir Scham und Schuldgefühle einzuimpfen, denn du kannst nichts dafür, wie alles gekommen ist. Es war meine Schuld. Oh David, es tut mir so leid. So schrecklich leid."

„Hören Sie, Sandra, meine Liebe", griff Harrison ein. „Und Sie auch, David. Es war nie meine Absicht, Sie zu beschämen. Der Wohltäter weiß natürlich, dass Sie nicht professionell Baseball spielen, David. Ihm ist viel wichtiger, ob Sie Ihr Wissen und Können anderen vermittelt haben. Ein Wissen und Können, das hier in Saunders entfaltet und perfektioniert wurde."

„Dann richten Sie dem Herrn aus, dass mein Mann ein vorzüglicher und von allen geschätzter Trainer ist", blaffte Sandra mit wütend funkelnden Augen. „Soll er doch davon halten, was er will."

„Sandra, bitte." Davids Blick wurde hart. „Lass es gut sein."

„Ich weiß, du wirfst mir insgeheim vor, dass ich schwanger geworden bin, David, und damit muss ich leben."

„Du klingst, als würde ich mir wünschen, unsere Zwillinge wären nie geboren worden", erwiderte er bestürzt. „Und das ist nicht wahr."

„Ich weiß. Ich weiß, wie sehr du sie liebst", sagte Sandra traurig. Aber *sie* liebte er nicht. Nicht mehr. Vielleicht ... hatte er es nie wirklich getan. „Was ich damit meine, ist, es wäre einfach nur besser gewesen, wenn die beiden später, viel später in unser Leben gekommen wären. Aber du *hast* dein Talent weitergegeben, das steht fest."

„Vielleicht gibt es sogar noch mehr, das David tun könnte", sagte der Professor sanft. „Ich denke zum Beispiel an Sportangebote für benachteiligte Kinder."

„Ja, sicher", erwiderte Sandra. „David könnte locker auf Schlaf und Essen verzichten und sofort damit anfangen, Professor." Sie sah ihn an. „Wer ist dieser Spender? Ich will es wissen. Sofort. Damit ich ihm die Meinung sagen kann. Zehn Jahre später stellt sich heraus, dass sein ach so selbstloses Geschenk doch mit Bedingungen verknüpft war? Das stinkt zum Himmel, das tut es wirklich. Ich bin diejenige, die David von dem Weg zum Ruhm abgebracht hat. Ich. David hätte sein Potenzial ausgeschöpft und wäre Profi geworden, wenn ich nicht schwanger geworden wäre. Das weiß jeder." Sie unterdrückte ein Schluchzen. „Jeder. Nur unsere Kinder nicht."

„Honey, nicht." David griff wieder nach ihrer Hand, aber sie zog sie fort. „Ich denke, wir sollten jetzt gehen, Professor Harrison", sagte er.

„Ja, natürlich", erwiderte Harrison. „Es tut mir leid."

Wortlos stand Sandra auf und ging zum Ausgang.

„Ich muss zu ihr", sagte David. „Ich werde über das nachdenken, was Sie vorgeschlagen haben. Über die benachteiligten Kinder. Okay? Sagen Sie dem Wohltäter, dass ich mich ... Ich kann kaum fassen, was Sie mir erzählt haben. Ich habe immer gedacht, die Uni habe damals ... Das kommt alles so überraschend und ... Oh Mann. Sandra ist schon draußen. Gute Nacht, Professor Harrison."

„Gute Nacht, mein Junge", antwortete Harrison leise und sah David nach, als er durch das Restaurant eilte. „Mary, das habe ich nicht sehr gut gemacht. Überhaupt nicht gut", flüsterte er. „Ich wünschte, du wärst bei mir, mein Liebling."

Vor der Tür des Restaurants holte David Sandra ein. Er schob die Hände in die Taschen und warf ihr einen verlegenen Blick zu.

„Na ja", sagte er. „Sieh es doch mal so. Das Essen war gut. Jedenfalls das bisschen, das wir probiert haben."

„Das ist nicht komisch", entgegnete sie scharf.

David schaute zum Sternenhimmel hinauf und dann auf den Bürgersteig. „Nein, an dem, was gerade passiert ist, war nichts komisch", sagte er und klang plötzlich erschöpft. „Ich wusste, dass ich das Stipendium nicht verdient hatte, aber ich nahm es trotzdem an, nicht wahr? Und jetzt will dieser rätselhafte Wohltäter wissen, was ich daraus gemacht habe. Nichts. Null. Nada."

Sandra blieb stehen und sah ihn an. „Das ist nicht wahr. Sag so etwas nicht. Nie wieder."

„Die Mannschaft der eigenen Kinder zu trainieren zählt nicht, Sandra. Das ist nicht selbstlos, sondern egoistisch. Die Kids hatten damals keinen Trainer, also hab ich mich gemeldet, ich war ja auch der Einzige, der eine Ahnung vom Baseball hatte. Held, der ich bin. Ein verdammter Witz, mehr nicht. Das Stipendium, das der Mann mir gegeben hat, liegt unter zehn Jahre altem Staub begraben."

„Wer ist der Mann wohl?", fragte Sandra.

„Ich weiß es nicht." David legte einen Arm um ihre Schultern und ging mit ihr weiter. „Aber für heute habe ich wahrlich genug."

„Ich auch, aber ... David, überleg doch mal. Rachel wird morgen mit dem Professor zu Mittag essen. Sie hat auch ein Stipendium bekommen und wird wie du Rechenschaft ablegen müssen. Genau wie die anderen, die eingeladen wurden."

„Nun ja, einige von ihnen haben Großartiges aus sich gemacht, Sandra. Wer weiß, vielleicht bin ich der Einzige, der versagt hat."

„Das stimmt nicht", widersprach sie. „Wenn jemand versagt hat, dann ich. Indem ich gleich zwei Babys zur Welt gebracht habe."

„Hey, dazu habe ich auch ein wenig beigetragen, oder?"

Sandra schüttelte den Kopf. „Lass uns das Thema nicht jetzt besprechen. Ich bin müde. Ich möchte nur zurück ins Hotelzimmer und schlafen."

„Schlafen?" David zog die Augenbrauen leicht hoch. „In deinen Flitterwochen?"

Sandra funkelte ihn an.

„Okay, schlaf“, sagte er rasch. „Mach deine hübschen Augen zu, und schnarche nach Herzenslust.“

Lange, nachdem Sandra eingeschlafen war, saß David im Sessel und starrte aus dem Fenster.

Was für ein Abend! Er wusste schon seit Jahren, dass er das Stipendium für ein Studium in Saunders damals nicht hätte bekommen dürfen. Man hätte das Geld besser einem Studenten zukommen lassen sollen, der seine Karriere etwas ehrgeiziger verfolgte als er. Dennoch: David hätte zu gern gewusst, wer der anonyme Spender war.

Der Mann musste jedenfalls ziemlich einflussreich sein, wenn er die Universität dazu bringen konnte, David Westport zu verschweigen, wer sein Studium in Wahrheit finanzierte.

Und was hatte er, der tolle David Westport, mit dem großzügigen Stipendium gemacht? Er hatte sein Studium abgebrochen, um zu heiraten und Vater zu werden. Er war nicht Baseball-Profi geworden. Er hatte nichts vollbracht, was das Stipendium rechtfertigte.

David ließ den Blick zum Bett wandern, wo der Mondschein Sandra in silbriges Licht tauchte.

Mann, hatte sie sich aufgeregt. Sie hatte so getan, als wäre sie ganz allein mit den Zwillingen schwanger geworden. Als wäre sie allein schuld daran, dass er seine Träume nicht verwirklicht hatte. Sie hatte überreagiert und Dinge gesagt, die einfach nicht stimmten.

Ein Mäzen. Ein anonymer Wohltäter. Du liebe Güte! Die ganze Sache klang wie aus einem schlechten Film. Irgendwo dort draußen gab es einen Mann, der von denen, die vor vielen Jahren auf seine Kosten studiert hatten, jetzt Rechenschaft verlangte.

David sah aus dem Fenster.

Er hatte nichts aus dem Stipendium gemacht. Nichts aus seinem Talent. Auch darin hatte er versagt, mochte Sandra noch so widersprechen. Es gab jede Menge Väter, die die Mannschaften ihrer Kinder trainierten. Das war nichts Besonderes, wahrlich nicht, und vor allem entsprach es gewiss nicht dem, was der anonyme Wohltäter sich als Gegenleistung für seine finanzielle Unterstützung vorgestellt hatte.

Er sah wieder aus dem Fenster, gähnte und stand auf. Nun, die Vergangenheit war nicht zu ändern. Er hatte weder einen Abschluss noch eine Profikarriere vorzuweisen. Und weder das eine noch das andere fehlte ihm wirklich. Er hatte lange und gründlich darüber nachgedacht und war zu dem Ergebnis gekommen, dass er mit seinem Leben zufrieden war. Nein, er bereute nichts von dem, was er getan und was er nicht getan hatte.

Aber vielleicht, nur vielleicht, konnte er ja in der Zukunft etwas anders machen. Vielleicht konnte er ja tatsächlich was tun, um etwas von der Hilfe, die er damals erfahren hatte, an die Gesellschaft zurückzugeben. Der Prof hatte vorgeschlagen, dass David sich um benachteiligte Kinder und Jugendliche kümmern könnte. Aber wie? Indem er ihnen zeigte, wie man mit dem Schläger einen Baseball traf? Natürlich, das war genau das, was Kinder brauchten, die nicht wussten, woher sie ihre nächste Mahlzeit bekommen sollten.

„Ach, Westport, für einen Abend war das genug Kopfzerbrechen“, murmelte er und schlüpfte zu Sandra ins Bett. Er legte den Kopf auf ihr Kissen und atmete den frischen blumigen Duft ihres Haars ein.

Er wollte ganz dicht bei ihr sein. Er brauchte ihre Nähe. Sie war sein Anker, seine andere Hälfte. Er liebte sie so sehr. Sie und die Zwillinge.

Und was das Stipendium des Wohltäters anging, so würde er sich etwas einfallen lassen. Ja, er würde es ... irgendwie ... abarbeiten.

Dann schlief er ein, eng an die Frau geschmiegt, die er über alles liebte.

Am nächsten Morgen sprachen David und Sandra mit keinem Wort über den Abend im Restaurant. Natürlich dachten sie unaufhörlich daran, aber es hatte keinen Sinn, darüber zu reden. Es hätte alles nur noch schlimmer gemacht.

Stattdessen verbrachten sie den Vormittag damit, die kleinen Geschäfte in der Nähe der Universität zu erkunden. David widerrief seine Entscheidung, den Kindern keine Souvenirs mitzubringen, und kaufte jedem von ihnen eine Saunders-Baseball-Cap.

„Ich nehme an, du wirst ihnen auch zeigen, wie man den Schirm biegt, damit sie nicht mehr nagelneu aussehen“, sagte Sandra lachend.

„Klar“, antwortete David, während sie über das Kopfsteinpflaster schlenderten. „Schließlich ist es so was von uncool, eine Baseball-Cap zu tragen, die ganz offensichtlich frisch aus dem Laden kommt. So ein Ding muss Charakter haben.“

„Aha“, sagte Sandra und verdrehte die Augen. „Warum sind wir nicht in ein Secondhand-Geschäft gegangen und haben welche mit richtig viel Charakter gekauft? Welche, die fast auseinander fallen und die nächste Wäsche nicht überleben?“

„Frau, Frau, du verstehst es nicht", sagte er lachend.

„Doch. Ich verstehe es sogar so gut, dass ich für die North End News einen wirklich faszinierenden Artikel über dieses Thema schreiben werde."

„Gute Idee", erwiderte er. „Das wird dem Wochenblatt etwas Klasse verleihen."

„Aber vorher musst du mich füttern. Ich bin nämlich hungrig."

Also setzten sie sich in ein Café, in dem es große, saftige Burger mit fettigen Pommes frites gab. Und Milchshakes, die so dick waren, dass sie sie mit Löffeln essen mussten.

„Oh, bin ich voll", stöhnte Sandra, als sie fertig waren. „Ich habe keinen Bissen übrig gelassen."

„Ich auch. Das war lecker", sagte David, strich sich über den Bauch und sah auf die Uhr. „Ich gehe jetzt besser mal zum Baseball-Feld. Schließlich habe ich es versprochen."

„Oh, Mr. Westport, Sir", erwiderte Sandra und zwinkerte ihm heftig zu. „Kann ich ein Autogramm haben?", fragte sie mit mädchenhafter Stimme.

„Nein, kannst du nicht", antwortete er streng. „Aber du kannst meinen Körper haben."

„Nichts lieber als das."

„Was hast du heute Nachmittag vor?"

„Ich werde nachsehen, ob Rachel im Büro ist. Und ob sie nach dem Mittagessen mit Professor Harrison ebenso aufgebracht ist wie wir gestern Abend."

„Treffen wir uns nachher im Hotel?", fragte David.

„Einverstanden."

„Im Whirlpool, Mrs. Westport?"

„Im Whirlpool, Mr. Westport."

Es sei denn, dachte Sandra, er fühlt sich inmitten seiner Fans auf dem Baseball-Feld so wohl, dass er darüber unsere Verabredung vergisst.

Als Sandra das Stockwerk betrat, in dem sich Professor Harrisons Büro befand, brannte kein Licht. Der Korridor lag im Halbdunkel. Nur das Zimmer von Harrisons Sekretärin war erleuchtet. Rachel, dachte Sandra, und beschleunigte ihren Schritt.

Da tauchte plötzlich aus dem Schatten ein Mann auf, und bevor sie es verhindern konnte, stieß sie mit ihm zusammen.

„Oh, Entschuldigung“, stieß Sandra hervor. „Ich habe Sie gar nicht gesehen, weil es hier so ...“ Sie schaute dem Mann ins Gesicht. „Kennen wir uns? Sie kommen mir ... irgendwie bekannt vor. Ja, ich bin sicher, ich ...“

„Nein“, unterbrach der Mann sie schroff und ging um sie herum. „Ich habe Sie noch nie gesehen, also können Sie mich nicht kennen.“

Sandra drehte sich nach ihm um, während er fast im Laufschritt davoneilte.

Seltsam, dachte sie und ging weiter. Wie ein Dieb in der Nacht ... Vergiss es, befahl sie sich, du hast Wichtigeres zu tun.

Zu ihrer Erleichterung war die Tür zu Harrisons Büro geschlossen. Leise betrat sie Rachels Zimmer. Ihre Freundin saß am Schreibtisch und starrte vor sich hin, das Kinn auf die Hände gestützt. Ihre Augen glitzerten feucht.

„Du meine Güte“, rief Sandra aus.

„Oh.“ Rachel fuhr hoch. „Du hast mich aber zu Tode erschreckt.“

Sandra setzte sich auf den Besucherstuhl. „Lass mich raten: Professor Harrison hat dir erzählt, dass dein Stipendium damals nicht von der Uni kam, sondern von einem anonymen Wohltäter, der nun wissen möchte, ob seine Investition sich gelohnt hat.“

Rachel nickte. „Ich bin total fassungslos. Es hieß doch immer, die Uni habe meine Studiengebühren bezahlt, ich wäre nie auf die Idee gekommen, dass ein Mann ... Und warum ausgerechnet ich? Sandra, ich kann jetzt nicht darüber reden. Es tut mir leid, aber ... ich muss das alles erst einmal verarbeiten.“

„Das verstehe ich.“ Sandra beugte sich vor. „Mir geht es auch nicht anders. Trotzdem will ich wissen, wer dieser Wohltäter ist, Rachel. Der Mann macht mich zornig. Was denkt er sich, wer er ist? Erst verteilt er großzügig Stipendien, um Jahre später dann durch Harrison verkünden zu lassen, dass sie mit Bedingungen verknüpft waren. Das ist einfach ... mies. Und dann diese Geheimnistuerei. Wir sollen ihm unser Leben offenbaren, und er ist noch nicht einmal bereit, uns dabei in die Augen zu schauen.“

Rachel nickte langsam. „Du hast Recht. Ich finde es auch Harrison gegenüber nicht fair. Nein, so leicht kommt er nicht davon. Wir werden in Erfahrung bringen, wer dieser Wohltäter ist, und ihn zur Rede stellen.“ Sie zögerte. „Aber wie finden wir seinen Namen heraus?“

Sandra starrte ratlos an die Decke. „Vielleicht steht in unseren Akten etwas. In Davids und deiner, meine ich“, vermutete sie.

„Ja, das kann sein“, erwiderte Rachel. „Es wäre ein Anfang.“

„Ist der Prof in seinem Büro?“

„Nein. Er musste wieder zu diesem Alex Broadstreet in die Univerwaltung. Unsympathischer Kerl.“ Rachel seufzte. „Irgendwas stimmt da nicht. Vielleicht ist es ja auch nichts, aber ... Schon gut. Ich bin ein nervliches Wrack, ich habe kaum etwas gegessen.“

Sandra lächelte mitfühlend. „Mister Wohltäter raubt einem den Appetit, nicht wahr? Professor Harrison sollte die restlichen Kandidaten zu einem Hotdog einladen, alles andere wäre Verschwendung.“

„Stimmt.“

„Okay, an die Arbeit.“ Sandra rieb sich die Hände. „Sag jetzt bitte nicht, dass die Unterlagen von früher im Keller sind. Ich finde es draußen auf dem dunklen Korridor schon gruselig genug. Übrigens, hast du den Kerl gesehen, der auf dem Flur herumlungerte?“

„Nein. Ich habe hier gesessen und mich bemitleidet.“

„Irgendwie kam er mir bekannt vor, aber ...“ Sandra zuckte mit den Schultern. „Unwichtig. Lass uns nach euren Unterlagen suchen.“

„Wir schauen am besten erst mal die Ordner hier oben durch“, erwiderte ihre Freundin. „Wahrscheinlich sind die Daten längst im Computer der Verwaltung gespeichert, aber wie ich den Professor kenne, hat er sich von seinen Papieren nicht getrennt.“

Sandra straffte die Schultern. „Hoffentlich. Schieben wir den Keller so lange wie möglich auf. Wahrscheinlich wimmelt es dort unten von Spinnen.“

„Oh Sandra. Ich wünschte, dieser Wohltäter würde sich in Luft auflösen. Es wirft so viel über den Haufen und ...“ Rachel atmete tief durch. „Ich weiß. David hat das Gefühl, dass er ... Ich will nicht davon anfangen, sonst kommen mir gleich wieder die Tränen. Aber es bringt nichts, zu klagen. Wir müssen aktiv werden. Der Wohltäter hat sich lange genug hinter Harrison versteckt.“

Auf dem Baseball-Feld hatte David eine Menge Autogramme geben müssen. Er hatte sich nicht wirklich wohl gefühlt dabei – er verdiente es nicht, bewundert zu werden.

„Denkt immer daran, dass das Studium das Wichtigste ist“, sagte er zu den Spielern, die sich um ihn tummelten. „Mir ist klar, dass Baseball euch alles bedeutet, aber man muss auch an die Zukunft denken.“

Die jungen Männer hingen an seinen Lippen und nickten ernst. Dann forderte der Trainer sie auf, mit dem Training zu beginnen.

„Danke, dass Sie vorbeigekommen sind", sagte der Mann zu David. „Hoffentlich merken die Jungs sich, was Sie ihnen gesagt haben. Mein Job hängt zwar davon ab, dass wir gewinnen, aber ich denke wie Sie: Das Studium steht an erster Stelle. Wer keine guten Noten hat, den stelle ich nicht auf, und wenn er noch so gut spielt. Nein, für mich sind die Jungs in erster Linie hier, um zu studieren und einen Abschluss zu machen."

„Das gefällt mir", erwiderte David. „Ich selbst habe mein Studium leider abgebrochen und kann daher lange nicht so für meine Familie sorgen, wie ich möchte. Sicher, wir haben genug zum Leben, aber jeder Mann will das Beste für die Menschen, die er liebt. Ohne abgeschlossene Ausbildung ist alles immer ein bisschen härter."

„Da haben Sie Recht. Sport ist ein nettes Freizeitvergnügen. Doch bei manchen reicht es nicht einmal dazu."

„Wie meinen Sie das?"

„Die Jungs, die Sie hier sehen, kommen aus wohlhabenden Elternhäusern. Sie müssen in den Semesterferien nicht arbeiten, um ihr Studium zu finanzieren. Privilegierte junge Männer. Aber was ist mit denen, die ich Tag für Tag in der Innenstadt sehe, die an den Straßenecken herumhängen, ohne Aussicht auf einen Job oder gar Bildung? Manchmal denke ich, solchen Jungs könnte der Sport eine echte Perspektive bieten und Selbstvertrauen geben." Der Mann seufzte. „Manchmal wünsche ich mir, es wären die Jungs von den Straßenecken, die dort drüben die Schläger schwingen." Er seufzte. „Aber ich träume mal wieder. Ich bin nicht der erste Trainer, der so denkt, aber einsehen muss, dass er verdammt noch mal nicht das Geringste daran ändern kann."

„Die Jungs von der Straßenecke", sagte David nachdenklich. „Die *Street Corner Crew*. Das würde auf dem Rücken eines Baseball-Trikots ziemlich gut aussehen, nicht wahr?"

„Ja", erwiderte der Trainer schmunzelnd. „Die Jungs streifen das Trikot über, ohne sich für ihre Herkunft zu entschuldigen, und schlagen den Ball nicht anders als ihre Kameraden aus den besseren Vierteln. Na ja, eines Tages wird vielleicht jemand ... Hören Sie, ich sollte meine Mannschaft jetzt ein wenig über den Platz scheuchen. Nochmals danke, dass Sie gekommen sind, David."

Die beiden Männer gaben sich die Hand, dann schlenderte David zum Spielfeldrand, in Gedanken noch immer bei dem, was der Coach gerade gesagt hatte.

7. KAPITEL

An diesem Abend aßen Sandra und David in einem kleinen Café, das sie in der Nähe des Hotels entdeckt hatten. Die Speisekarte war nicht sehr umfangreich, und was sie sich ausgesucht hatten, schmeckte nicht besonders, aber die Preise überforderten ihre Reisekasse nicht.

„Jedenfalls“, begann Sandra, nachdem sie den trockenen Hackbraten verspeist hatte, „Rachel und ich haben heute Nachmittag mal ein bisschen in den Akten gesucht. Harrison hat es irgendwie geschafft, alle Unterlagen in dem kleinen Raum seiner Sekretärin zu archivieren, wir mussten also Gott sei Dank nicht in den Keller ...“

„... wo, wie man munkelt, gar finstre Gestalten hausen“, fügte David lächelnd hinzu.

„Mach dich nicht über uns lustig“, ermahnte Sandra ihn ebenso lächelnd. „Es hat zwar lange gedauert, aber schließlich wurden wir fündig. Deine Unterlagen waren echt in der letzten Ecke untergebracht.“

Gespannt beugte David sich vor. „Und? Stand etwas über den Wohltäter darin?“

„Nicht, soweit wir sehen konnten. Es sei denn, es ist ein verschlüsselter Hinweis. Aber um einen solchen zu erkennen, müssen wir erst die Akte von jemand anderem finden, der ebenfalls eingeladen wurde, dann können wir sie vergleichen und nach Gemeinsamkeiten suchen.“

„Ich nehme an ... in meinen Akten ist verzeichnet, dass ich das Studium abgebrochen habe“, sagte David, den Blick auf den kleinen Haufen gerichtet, zu dem er seine viel zu harten Kartoffeln aufgeschichtet hatte.

„Ja, ich habe ein Abmeldungsformular entdeckt“, bestätigte Sandra leise. „Professor Harrison hat es unterschrieben, weil er dein Studienberater war.“

„Mmm.“ David nickte und zögerte dann kurz. „Der Professor weiß hoffentlich nicht, dass Rachel und du herausfinden wollt, wer sich hinter dem Wohltäter verbirgt, oder?“

„Nein, der Prof hat nichts mitbekommen, er war den ganzen Nachmittag fort. Wir werden morgen weitersuchen. Und wenn er uns beim Aktenlesen erwischt, wird er sich schon denken können, was wir vorhaben. Aber ich könnte mir vorstellen, dass Harrison Verständnis dafür hat, dass wir wissen wollen, wer der Mann ist.“

„Ich weiß nicht, Honey. Es schien Harrison ziemlich wichtig zu sein, die Identität des Wohltäters geheim zu halten."

„Pech für ihn." Sandra hob das Kinn. „Rachel und ich sind jedenfalls fest entschlossen, den Schleier zu lüften."

„Viel Erfolg."

„Was hältst du davon, wenn wir beide morgen Vormittag etwas zusammen unternehmen, und am Nachmittag wühle ich dann mit Rachel wieder in staubigen Akten."

„Sicher." Er nickte. „Wenn meine Frau eine spannende Story wittert, ist sie nicht aufzuhalten, das weiß ich schon. Ich kann mich morgen Nachmittag auch allein beschäftigen. Was möchtest du denn vormittags mit mir unternehmen?"

„Das überlasse ich ganz dir."

„Na ja, mein Liebling." David rieb sich das Kinn. „Plötzlich verspüre ich das fast unwiderstehliche Bedürfnis, mit dir ins Museum zu gehen."

„Oh nein, das tust du nicht", widersprach Sandra lachend. „Aber ich finde es sehr süß von dir, es anzubieten. Such dir etwas aus, das du wirklich gern tun würdest."

„Wenn ich ehrlich sein soll, würde ich gern durch die Innenstadt von Boston fahren. Du weißt schon, durch das Viertel, das an North End grenzt. Wo die Jugendlichen an den Straßenecken stehen und sich an den Laternenpfählen festhalten."

„Wozu das denn?", fragte sie verblüfft.

„Nur so. Ich habe über ein paar Dinge nachgedacht. Belassen wir es vorläufig dabei, okay?" Er machte eine Pause. „Nein, das könnte ich ja eigentlich auch nachmittags tun, wenn ich allein bin."

„Nein, nein. Ich begleite dich", sagte Sandra rasch. „Und ich werde dich nicht nach dem Grund für diesen ungewöhnlichen Ausflug löchern, versprochen."

„Braves Mädchen."

„Genau das bin ich." Sandra betrachtete ihren Teller und legte die Stirn in Falten. „Wenn die Zwillinge mal wieder frech sind, drohen wir ihnen damit, dass sie hier Hackbraten essen müssen."

„Ich glaube, das würde den Tatbestand der Kindesmisshandlung erfüllen", erwiderte er. „Lass uns von hier verschwinden. Ich brauche jetzt dringend ein Eis. Mindestens drei Kugeln."

„Bei so viel Eis wird mir kalt", sagte Sandra.

„Trotz der Hitze?" Er zog die Augenbrauen hoch.

„Ja, sicher. Durch und durch kalt. Bis auf die Knochen. Und dagegen hilft nur ein heißes Bad im Whirlpool."

David stand auf. „Lass uns gehen und dir ein großes Eis kaufen. Mindestens vier Kugeln."

„Vier?"

„Oh ja." David lachte. „Je länger du mit mir in der Wanne bleiben musst, desto besser, meine Süße."

„Ganz schön gerissen." Sie stand auf.

„Eher … charmant."

Wenig später fanden sie eine kleine Eisdiele. Sandra ließ sich vier Kugeln auf eine Waffel türmen, ebenso wie David.

„David", begann sie, als sie weiter bummelten und hin und wieder vor einem Schaufenster stehen blieben. „Willst du mir nicht endlich sagen, wie lange du das Hotel für uns gebucht hast?"

Er nickte. „Wir reisen am Freitag wieder ab. Heute ist Dienstag. Du hast also noch etwas Zeit, den Namen des Wohltäters herauszufinden."

„Und wenn Rachel und ich bis Freitag noch nicht weiter sind, könnte ich nächste Woche ja von zu Hause aus herfahren. Nachmittags, wenn die Zwillinge bei ihren Freunden sind."

„Wird dir das nicht zu viel?" David betrachtete sie aufmerksam.

„Das ist mir egal. Ich mache mir eher um die Benzinkosten Gedanken."

„Die werden uns schon nicht ruinieren. Aber dass du jeden Tag eine so weite Strecke zurücklegst, gefällt mir nicht. Noch dazu in einem so klapprigen Wagen wie unserem."

„Aber bist du denn gar nicht neugierig, wer hinter den Stipendien steckt?"

Er räusperte sich. „Doch, bin ich schon. Geschenke mit Preisschildern sind … nur halbe Geschenke. Gut, da Professor Harrison uns offenbar nicht sagen will, wer der Mann ist, müssen wir das wohl selbst herausfinden. Also …"

„Also werde ich so lange herfahren und mit Rachel in den Akten blättern, bis wir seine Identität gelüftet haben."

„Aber sobald es dich zu sehr anstrengt, hörst du auf, einverstanden?"

„Einverstanden."

„So ein Mist!", rief er plötzlich.

„Was ist denn?"

„Jetzt ist mir doch glatt Eis auf den Schuh getropft."

„Oje." Sandra lachte. „Wenn dir das noch mal passiert, hast du nicht mehr genug Eis, um ordentlich abzukühlen, und brauchst nicht in die Wanne."

Sofort machte er sich über die restlichen Kugeln her und verkündete zwischendurch, dass er bis auf die Knochen fror.

Lachend gingen sie weiter. Was für ein schöner Abend, dachte Sandra. Sie fühlte sich jung und sorgenfrei und wollte, dass nichts diesen herrlichen Tag verdarb. Und damit es so bliebe, verbot sie sich jeden Gedanken daran, warum David morgen ausgerechnet durch eine Gegend von Boston fahren wollte, in der Jugendliche an Straßenecken herumhingen. Manchmal verstand sie ihren Mann wirklich nicht.

„Es ist unfair", sagte sie seufzend, als sie den letzten Bissen Eiswaffel schluckte. „Du kannst essen, was du willst, und nimmst kein Gramm zu. Ich dagegen bin die letzten fünf Pfund Babyspeck von den Zwillingen immer noch nicht los. Zehn Jahre, und sie kleben noch immer an meinen Oberschenkeln."

„Was haben denn die Oberschenkel mit einer Schwangerschaft zu tun?" David küsste sie auf den Kopf. „Schon gut. Ich mag dich so, wie du bist. Egal, wie dick deine Oberschenkel sind."

„Ich bin nicht sicher, ob das ein Kompliment war."

Er schmunzelte erst, dann seufzte er. „Das Eis hat mich gerade wieder daran erinnert, wie wir damals auf dem Campus in der Sonne saßen und die Rasensprenger angingen. Mann, ist das lange her, was? Wir waren so jung und unbeschwert und haben uns keine Gedanken über die Zukunft gemacht."

„Das ist in dem Alter normal, glaube ich", erwiderte Sandra und warf einen Blick in ein Schaufenster.

„Jetzt wissen wir, wie schnell sich die Dinge ändern können", fuhr David leise fort. „Wir gehen mit Professor Harrison essen, und … zack … steht unsere Welt auf dem Kopf."

„Ich finde es nicht richtig, dass Harrison sich zum Sprachrohr dieses anonymen Gönners macht", sagte Sandra kopfschüttelnd. „Wenn du mich fragst, ist dieser angebliche Wohltäter nichts als ein feiger Erpresser. Oh, ich werde so wütend, wenn ich daran denke … Nein, wir werden uns diesen Abend nicht auch noch verderben lassen."

„Sandra, ich … hoffe, du verstehst mich, aber …"

„Was soll ich verstehen, David?" Sie sah ihn an und fühlte ein Frösteln, das nichts mit dem Eis zu tun hatte.

„Ich muss es tun. Ich muss … die Hilfe von damals weitergeben. Versuch jetzt nicht, mir wieder einzureden, dass ich das schon tue, indem ich die Mannschaften der Kinder trainiere. Das ist nichts wert. Ich habe das Stipendium vergeudet, aber noch ist es nicht zu spät, mit meinem Talent etwas Sinnvolles anzufangen."

„Ich weiß nicht, was du dir vorstellst, aber wo um alles in der Welt willst du die Zeit dafür hernehmen?", fragte sie.

„Ich weiß es noch nicht. Ich weiß auch nicht, was ich allein auf die Beine stellen kann. Wie dir vielleicht schon aufgefallen ist, weiß ich vieles nicht."

Sie lächelte aufmunternd. „Eines musst du wissen, David. Du bist nicht allein. Ich werde alles tun, um dir dabei zu helfen. Was immer es ist." Ihr Blick wurde ernst. „Schließ mich nicht aus, David. Bitte. Wir sind ein Team. Zusammen sind wir … Hörst du mir überhaupt zu?"

„Was? Oh, entschuldige. Ich war mit den Gedanken woanders. Was hast du gesagt?"

„Schon gut." Sandra wehrte sich gegen das flaue Gefühl, das in ihr aufstieg. „Es … es war nicht wichtig."

Er zeigte nach vorn. „Hey, da ist das Hotel. Bereit für den Whirlpool, Ma'am?"

„Und wie." Sie rang sich ein Lächeln ab. „Nach Ihnen, Sir."

Als sie am nächsten Vormittag durch die City fuhren, zog der Mercedes die Blicke der Jugendlichen auf sich, die auf den Gehsteigen in kleinen Gruppen zusammenstanden.

„Ich werde dieses Baby auf keinen Fall hier parken", sagte David. „Mann, sieh dir all diese Kids an. Die haben nichts Besseres zu tun, als auf der Straße abzuhängen und so cool wie möglich auszusehen. Es ist traurig, finde ich. Wirklich traurig."

„Ja. Und es sind so viele", erwiderte Sandra betroffen. „Sogar Mädchen. Kein Wunder, dass hier so viele Verbrechen geschehen. Die Kids haben einfach nichts Sinnvolles zu tun. Hast du gesehen, wie viele der Mädchen bereits Mütter sind? Na ja, ich habe kein Recht, darüber zu urteilen. Schließlich bin ich selbst sehr jung schwanger geworden, aber trotzdem …"

„Weißt du", begann David, und seine Augen wurden schmal. „Ich mache mir oft Vorwürfe, weil ich unseren Kindern nicht genug bieten kann, aber im Grunde haben die beiden es doch verdammt gut."

„Das ist wahr." Sandra nickte. „Und wir beide auch. Uns fehlt es an nichts, David." Abgesehen davon, dass mein Mann mich nicht mehr liebt, dachte sie. „Habe ich Recht?", fragte sie fast flehentlich.

„Hmm? Oh. Ja, sicher." Er hielt an einer roten Ampel. „Sieh dir den Burschen dort drüben an. Hände wie Schaufeln. Der könnte einen Baseball darin verstecken. Ich frage mich, ob er jemals die Gelegenheit hatte, es zu versuchen. Oh nein. Anstatt mit den Händen einen Ball zu fangen, hat er sich gerade eine Zigarette angesteckt. Das hier deprimiert mich, Sandra."

„David, die Ampel ist grün."

„Oh." Er gab Gas.

An der nächsten Ecke kommentierte Sandra das freizügige Outfit eines jungen Mädchens und sah David an, als er nicht antwortete.

Er ist gar nicht bei mir, schoss es ihr durch den Kopf. Sie kannte den Blick. Ihr Mann war abwesend. Es war, als hätte er eine Mauer um sich errichtet, die niemand überwinden konnte. Nicht einmal sie, Sandra. Und eines Tages, so fürchtete sie, würde David einfach hinter dieser Mauer bleiben.

Schweigend fuhr er zur Saunders University. Kurz bevor er Sandra absetzte, fragte er, ob sie noch etwas essen wollte, bevor sie sich mit Rachel traf.

„Nein, danke", erwiderte sie. „Ich bin immer noch von diesem riesigen Frühstück satt. Was machst du denn nun heute Nachmittag, David?"

Er zuckte mit den Schultern. „Keine Ahnung. Mach dir um mich keine Sorgen. Ich komme schon allein zurecht."

Ich weiß, dachte Sandra betrübt. Er brauchte sie nicht. Und sie? Allein die Vorstellung, den Rest ihres Lebens ohne ihn zu verbringen, brach ihr das Herz.

Auf dem Campus angekommen, versicherte sie ihm, dass er sie nicht abzuholen brauchte. Sie würde zu Fuß zum Hotel zurückgehen.

„Viel Glück, Miss Marple", sagte er.

„Ich hoffe, das bezieht sich nur auf meine Detektivkünste", erwiderte sie beim Aussteigen. „Und nicht auf meine Figur."

Sandra blieb auf dem Bürgersteig stehen und sah dem Mercedes nach, bis er außer Sicht war. Seufzend wandte sie sich ab und ging langsam über das Universitätsgelände. Auf halbem Weg zu dem Gebäude, in dem Rachel auf sie wartete, blieb sie stehen und starrte auf ein junges Paar, das auf einer Wolldecke auf dem Rasen saß und lachend an einer Eiswaffel schleckte.

Der Anblick versetzte ihr einen Stich.

Es ist einfach zu viel, dachte sie verzweifelt. Das eine ist, nicht mehr jung zu sein. Das andere, sich keinen seiner Träume erfüllt zu haben. Da hinten saß ein Pärchen, genau wie David und sie an jenem Sommertag, an dem die Rasensprenger sich angeschaltet und sie durchnässt hatten. Wie jung und glücklich sie damals gewesen waren! Ihr Leben war ihnen vorgekommen wie ein Angebot unbegrenzter Möglichkeiten. Alles war damals drin gewesen, alles. Und heute?

Sie konnte nichts gegen die Tränen tun, die ihr wie von selbst über die Wangen rannen.

Schluchzend wühlte sie in ihrer Handtasche.

„Auch das noch. Kein Taschentuch", murmelte sie. „Nein, natürlich nicht. Das würde ja bedeuten, dass mal irgendetwas klappt ... Oh, ich bin echt fertig und ..."

Wie aus dem Nichts erschien ein blütenweißes Stofftaschentuch vor ihrem Gesicht. Gehalten von einer Männerhand.

„Sie sehen aus, als könnten Sie das hier brauchen", sagte eine tiefe Stimme. „Na, nehmen Sie es schon."

„Ich ... Danke", stammelte sie und tupfte sich damit die Nase ab, bevor sie sich zu dem großen Mann umdrehte, der hinter ihr stand. Ihre Augen weiteten sich. „Sind Sie nicht der Mann, in den ich gestern auf dem Korridor hineingerannt bin?" Blinzelnd wehrte sie sich gegen die Tränen und neigte den Kopf zur Seite. „Ja, natürlich, da bin ich ganz sicher. Aber ..."

„Ich muss weiter", sagte der Mann. „Behalten Sie das Taschentuch. Es bietet sich mir nicht oft die Gelegenheit, einer Lady in Not zu helfen. Und bestimmt ist alles nicht so schlimm, wie es Ihnen im Moment erscheint."

Und damit schlenderte er einfach davon.

„Warten Sie", rief Sandra. „Wer sind Sie? Wie heißen Sie? Ich bin sicher, wir sind uns schon mal begegnet und ..."

Der Mann ging schneller. Ganz offenbar legte er keinen Wert darauf, Sandras nähere Bekanntschaft zu machen.

„Dann eben nicht", sagte sie und drehte sich um. Sie wischte sich die Tränen von den Wangen. Als sie das Taschentuch einstecken wollte, fiel ihr Blick auf den eingestickten Buchstaben. Auf dem weißen Leinen war das seidige Garn nahezu unsichtbar. „Ein W", murmelte sie. „Ich schwöre, ich kenne Sie von irgendwoher, Mr. W. Auch wenn Sie das Gegenteil behaupten."

Kurz darauf betrat sie das Gebäude, in dem der Professor sein Büro hatte.

„Sandra, warte", rief eine Stimme hinter ihr.

Sie blieb auf der Treppe stehen und drehte sich um. Es war Rachel, die mit zwei Kaffeebechern auf sie zueilte.

„Ich habe uns etwas zu trinken geholt", erklärte ihre Freundin, als sie Sandra erreichte. „Ich hoffe, du magst … Hey, du hast geweint. Du weinst ja noch immer! Meine Güte, was ist denn?"

„Beachte mich nicht." Sandra wedelte mit einer Hand und ging weiter. „Ich glaube, ich stehe kurz vor einem Nervenzusammenbruch. Gleich kommen die Männer in Weiß und holen mich. Ich werde in der Klapsmühle landen, und ihr werdet mich nie wiedersehen. Leb wohl, Rachel. Leb wohl, Welt."

In Jane Jacksons Zimmer angekommen, stellte Rachel die Becher auf dem Schreibtisch ab und schob zwei Stühle zusammen.

„Setz dich", befahl sie. „Was ist los? Bevor die Männer mit der Zwangsjacke auftauchen, wirst du mir erzählen, was dich bedrückt. Dazu sind Freundinnen da, Sandra. Ich bin deine Freundin, auch wenn wir die letzten Jahre nichts voneinander gehört haben. Jetzt bin ich hier und höre dir zu."

Sie nahmen Platz, und Rachel legte Sandra eine Hand aufs Knie.

„Komm schon", drängte sie. „Du wirst dich besser fühlen, wenn du es herauslässt."

Die beiden Frauen bemerkten nicht, dass Gilbert Harrison in diesem Moment aus dem Büro nebenan kam, das als Kopierraum diente. Er blätterte in den Papieren, die er gerade vervielfältigt hatte. Dann blieb er abrupt stehen, als Sandra Westports tränenerstickte Stimme durch die offene Bürotür an sein Ohr drang.

„Ich habe so eine Panik, dass David mich nicht mehr liebt, Rachel", hörte er sie sagen. „Vielleicht hat er das sogar nie getan. Ich weiß, dass er die Zwillinge liebt, aber … Sicher, er versucht, es sich nicht anmerken zu lassen, aber ohne mich hätte er seine Träume verwirklichen können und …"

Sandra schluchzte. „Jetzt sag bitte nicht, dass ich schließlich nicht allein schwanger geworden bin. Wenn David mir nie begegnet wäre, wäre ich nicht Mutter geworden, und er … Es hat sich alles aufgestaut, verstehst du? Diese Sache mit dem anonymen Wohltäter ist nur der Tropfen, der das Fass zum Überlaufen bringt. David fühlt sich so schuldig, weil er nichts aus diesem Stipendium gemacht hat, und

ist fest entschlossen, es wiedergutzumachen."
„Was ist daran so schlecht?", fragte Rachel sanft. „Auf diese Weise macht er vielleicht seinen Frieden damit."
„Nein, du verstehst nicht", sagte Sandra und schluckte die Tränen hinunter. „David hat überhaupt keine Zeit dazu. Er wird etwas dafür aufgeben müssen. Und dieses Etwas … bin ich. Ich weiß es einfach." Sie schüttelte den Kopf und schlug die Hände vors Gesicht.
Gilbert Harrison lauschte wie erstarrt und mit angehaltenem Atem.
„Sandra, Honey, hör mir zu", bat Rachel. „Ich glaube dir keine Sekunde lang, dass David dich nicht liebt. Ich sehe es, ich fühle es, wenn ihr beide zusammen seid. Natürlich liebt David dich noch. Ihr beide habt etwas ganz Besonderes." Sie zog Sandras Hände vom Gesicht. „Er liebt dich, Sandra."
Sandra schüttelte den Kopf. „Und warum sagt er es mir dann nicht? Ich kann mich nicht mehr daran erinnern, wann ich das letzte Mal von ihm gehört habe, dass er mich liebt. Wahrscheinlich ist er es leid, mich anzulügen. Sicher, er ist freundlich zu mir, nie gemein oder bösartig, und wir verstehen uns im Alltag, aber … Ich liebe ihn so sehr, Rachel. Und jetzt sind wir hier. Und was Professor Harrison uns erzählt hat, wird David den Rest geben. Er kann nicht länger vor der Wahrheit davonlaufen. Er wird beweisen wollen, dass er das Stipendium damals nicht ganz umsonst bekommen hat, und dazu wird er mich verlassen müssen."
„Nein", flüsterte Harrison auf dem Korridor. „Guter Gott, nein."
„Sandra, hör mir zu", sagte Rachel mit Nachdruck. „Tust du das? Hörst du mir zu?"
Sandra nahm das Stofftaschentuch des Fremden heraus, wischte sich die Tränen ab und nickte.
„Mich hat das, was der Professor erzählt hat, auch aus der Fassung gebracht", gab Rachel zu. „Ich habe heute Nacht kaum ein Auge zugemacht, so entsetzt war ich darüber zu erfahren, dass es nicht die Uni war, die diese Stipendien damals verteilte. Sondern irgendein … Mann, der jetzt wissen will, was aus seinem lieben Geld geworden ist. Ich komme mir vor wie ein Objekt, in das er investierte, und diese Investition zahlte sich leider nicht aus. Ich könnte mir vorstellen, dass es David ähnlich geht, er kann es eben nur nicht in Worte fassen, das ist typisch Mann. Aber er liebt dich. Lass ihm Zeit, sei so geduldig, wie nur eine Frau es sein kann, während er versucht, die ganze Sache zu verarbeiten. Er wird dich nicht verlassen, Sandra. Du bist seine

Frau, seine Partnerin, die Mutter seiner Kinder. Es wird alles wieder gut."

„Das glaube ich nicht." Sandra presste das Taschentuch auf die Nase. „Ach, lass uns aufhören, darüber zu reden, sonst heule ich mir noch die Augen aus. Danke, Rachel, du bist eine echte Freundin."

„Aber ..."

„Nein, genug davon." Sandra zögerte. „Siehst du dieses Taschentuch? Das habe ich von dem Mann bekommen, der mir gestern auf dem Korridor begegnet ist. Ich habe auf dem Weg hierher ein bisschen heulen müssen, na ja, und da hat er mir mit seinem Taschentuch ausgeholfen, und ... Ich kenne den Mann, Rachel, ich weiß nur nicht, woher. Er hat gesagt, dass wir uns noch nie begegnet sind, aber ich schwöre, ich habe ihn schon mal gesehen. Warum will er mir nicht sagen, wie er heißt? Hier. Schau mal. Auf das Taschentuch ist ein W eingestickt."

„Hmm. Ein W." Rachel schnalzte mit der Zunge. „Dazu fällt mir im Moment nur ein Name ein. Westport. Und damit sind wir wieder bei deinem David, der ... ein solcher ... Idiot ist. Der eine Tracht Prügel verdient hat, weil er sich vor seiner Frau verschließt, anstatt mit ihr zu reden. Mit der Frau, die er liebt."

„Bitte nicht", unterbrach Sandra sie dumpf. „Ich habe keine Kraft zum Weinen mehr. Wahrscheinlich leide ich bereits unter Flüssigkeitsmangel."

„Na gut", sagte Rachel lächelnd. „Trink etwas. Danach kannst du wieder Tränen vergießen, wenn du möchtest."

„Nein, das möchte ich nicht. Ich habe jetzt schon mörderische Kopfschmerzen. Außerdem – Tränen bringen mich auch nicht weiter. Na ja, ich habe mich genug bemitleidet. Machen wir uns an die Arbeit, okay?"

Welche Arbeit, dachte Harrison, der noch immer im Flur stand.

Sandra zögerte. „Rachel, was sollen wir dem Professor sagen, wenn er fragt, warum wir diese Akten durchgehen? Er sitzt im Büro direkt gegenüber und wird es irgendwann merken. Was hältst du davon, wenn ich ihm sage, ich würde für einen Artikel für die North End News recherchieren?"

„Nein, wir sagen die Wahrheit", entgegnete Rachel entschieden. „Wir werden sagen, dass wir sein Versprechen respektieren, den Namen des Wohltäters nicht zu verraten, dass wir aber finden, der Mann sollte sich nicht hinter Gilbert Harrison verstecken."

„So ehrlich?"

„Ja, so ehrlich."

Sandra nickte. „Ach, übrigens: Wir fahren Freitag wieder nach Hause. Aber wenn wir bis dahin nicht fündig geworden sind, würde ich trotzdem gerne weitersuchen. Ich komm dann einfach von zu Hause aus. Die Zwillinge sind nachmittags bei Freunden, und David ist einverstanden. Vorausgesetzt, die lange Fahrt strenge mich nicht zu sehr an, wie er meinte."

„David hat Angst, dass die Fahrt hierher dich zu sehr *anstrengen* könnte?" Rachel zog die Augenbrauen hoch. „Du meine Güte, klingt das etwa nach einem Mann, der dich nicht liebt?"

„Wir wollten das Thema doch sein lassen", sagte Sandra und warf Rachel einen bittenden Blick zu.

Harrison entschied, dass er nun genug gehört hatte. Er räusperte sich laut und wartete einen Moment, bevor er das Zimmer betrat. Das schiefe Lächeln, das beide Frauen aufsetzten, bemerkte selbst ein Blinder.

„Oh, guten Tag, Ladies", sagte er. „Wie geht es Ihnen denn? Sandra, Ihre Augen sind ein wenig gerötet und geschwollen. Ist mit Ihnen alles in Ordnung?"

„Nur eine Allergie", log sie. „Draußen wurde der Rasen gemäht, und dann läuft mir sofort die Nase."

„Ja, ja, der Heuschnupfen", erwiderte der Professor. „Wo ist David?"

„Er ist … er besucht ein Museum", sagte Sandra hastig. Was für eine idiotische Antwort, dachte sie. „Nun ja, eigentlich ist es ein Laden, in dem Baseball-Sachen aus den letzten fünfzig Jahren verkauft werden. Das ist ja irgendwie auch ein Museum, nicht wahr? Weil die Sachen alt sind, meine ich. Wie die Ausstellungsstücke in einem Museum."

„Aha." Harrison nickte.

„Wirklich sehr einfallsreich", murmelte Rachel so leise, dass er es nicht hören konnte.

„Rachel, haben Sie Jacob Weber schon aufgespürt?", fragte der Professor.

„Wen?", erwiderte sie. „Oh. Nein, noch nicht. Ich warte immer noch auf eine Reaktion auf mein Fax. Vielleicht sollte ich es noch einmal losschicken."

„Gute Idee", antwortete der Professor. „Na ja, ich habe zu tun."

„Wir auch", sagte Sandra. „Wir beide haben uns viel zu erzählen. Nach all den Jahren … Rachel und ich sind die ganze Zeit am Schnattern."

„Dann will ich nicht länger stören." Harrison ging zur Tür und drehte sich noch einmal um. „Aber ich möchte Ihnen noch etwas sagen: Falls ich Sie mit der Enthüllung über die Herkunft des Stipendiums … beunruhigt habe … was, wie ich mir vorstellen kann, bestimmt der Fall ist … so entschuldige ich mich dafür."

„Es ist nicht Ihre Schuld", wehrte Sandra ab. „Sie können ja nichts dafür, dass dieser Wohltäter zu feige ist, uns persönlich zu sagen, was er zu sagen hat."

„So kann man es auch sehen, ja."

Rachel musterte den Professor. Der Mann sah heute noch schlechter aus als gestern, wenn das überhaupt möglich war. „Professor Harrison, hat dieser Broadstreet aus der Verwaltung Sie wieder geärgert?"

„Nein, heute noch nicht", antwortete Harrison und seufzte.

„Ich mag ihn nicht", gab Rachel zu.

„Na ja, er ist eben ein typischer Bürokrat", sagte der Professor. „Alles nach Vorschrift, keine Ausnahme. Ein Paragrafenreiter. Da bin ich ihm natürlich ein besonders großer Dorn im Auge, wie Sie sich vorstellen können." Er lächelte. „Doch ich möchte Sie beide nicht länger stören. Bitte vergessen Sie das Fax nicht, Rachel."

„Ich kümmere mich sofort darum."

„Danke, meine Liebe."

Harrison ging über den Korridor und schloss die Tür seines Büros hinter sich. Er legte die Unterlagen auf den Schreibtisch und starrte mit zusammengekniffenen Lippen auf eine der Wände.

Auf die, in die ein Tresor eingelassen war, der sich nur öffnen ließ, wenn man die Zahlenkombination kannte.

8. KAPITEL

Du hast was getan?", fragte Sandra lachend.

David lag auf dem Bett, die Hände hinter dem Kopf. „Ich habe einen kleinen Laden entdeckt. Fast so etwas wie ein Museum, mit einer tollen Sammlung an alten Baseball-Sachen. Der Inhaber war ein netter Kerl, wir haben uns lange über die großen Spiele von früher unterhalten."

„Oh, du meine Güte", sagte Sandra, noch immer lachend.

David runzelte die Stirn. „Was ist daran so lustig?"

„Schon gut." Sie winkte ab.

„Wie du meinst. Erzähl mir von deinem Nachmittag", bat er. „Habt ihr etwas Neues herausgefunden?"

Sie zog die Schuhe aus, legte sich aufs Bett und teilte das Kissen mit David.

„Nein." Sie seufzte. „Wir haben zwar Jacob Webers Akte gefunden und sie mit deiner verglichen, aber das Ergebnis war gleich null. Kein einziger Hinweis."

„Vielleicht braucht ihr nur eine ganz bestimmte Akte zu finden."

„Welche?"

„Vielleicht hat der Prof sämtliche Stipendien des Wohltäters irgendwo dokumentiert. In einem speziellen Ordner."

„Oh, das klingt nicht schlecht", gab Sandra zu. „Wollen wir nur hoffen, dass Harrison den Ordner nicht bei sich zu Hause aufbewahrt. Dann können wir lange suchen."

„Wer weiß?", meinte David. „Vielleicht ist dieser Ordner ja auch im Keller?"

„Igitt!", rief Sandra. „Dann müssen wir ja doch noch zu den Spinnen."

„Ihr habt euch da ziemlich viel vorgenommen, ihr beide."

„Aber es ist wichtig, zu wissen, wer dieser Wohltäter ist."

„Hey, das bestreite ich gar nicht. Ich würde dem Mann gerne persönlich erzählen, warum ich mein Studium damals nicht abgeschlossen habe", fügte er grimmig hinzu. Nach einer kurzen Pause sagte er: „Ich muss sagen, ich könnte mich an das Leben hier gewöhnen. Als ich ins Hotel kam, habe ich ein wenig geschlafen, dann im Sportkanal Baseball angeschaut … Ach ja, das gute Leben. Wenn ich nicht so hungrig wäre, würde ich mich nicht mehr vom Fleck rühren."

„Falls wir wieder in dieses Restaurant von gestern Abend gehen, werde ich mich jedenfalls nicht vom Fleck rühren“, sagte Sandra und schmiegte sich an ihn.

Sie wollte ihn festhalten. Damit er sie niemals verlassen konnte.

Schmunzelnd legte David einen Arm um sie. „Einmal und nie wieder. Die Kartoffeln dort könnte man als Wurfgeschosse verwenden.“ Er zögerte. „Was hältst du denn davon, wenn wir Rachel fragen, ob sie heute Abend mit uns essen möchte?“

„Sie hat gesagt, dass sie sich irgendwo einen Burger holen und ins Kino gehen will. Irgendein russischer Film mit Untertiteln. Das ist mir heute ein bisschen zu anstrengend, um ehrlich zu sein. Am liebsten würde ich einfach hier liegen bleiben.“

„Zimmerservice ist leider astronomisch teuer, das habe ich schon herausgefunden.“ David seufzte. „Mann, ich bin es so leid, jeden Cent umzudrehen. Auf der anderen Seite – es geht uns verdammt gut. Wenn ich an die Jugendlichen denke, die wir heute Morgen gesehen haben … Was ich dich noch fragen wollte … Habt ihr inzwischen herausgefunden, wer sonst noch eingeladen ist?“

„Nein. Und es wäre sinnlos, den Professor zu fragen“, erwiderte Sandra. „Er wird es uns nicht erzählen.“

„Hat Rachel wenigstens den tollen Jacob Weber gefunden?“

„Nein. Es ist langsam echt frustrierend, David.“ Sie sah ihn an. „Fällt dir spontan jemand ein, dessen Nachname mit W beginnt?“

„Sicher.“

„Wirklich? Wer?“

„Ich.“

Sie lächelte. „Du bist keine Hilfe.“

„Ich kann dir nicht folgen.“

„Ach.“ Sie spielte mit einem Knopf an seinem Hemd. „Wahrscheinlich leide ich schon unter Verfolgungswahn. Es gibt viele Menschen, die einem bekannt vorkommen, obwohl man ihnen noch nie begegnet ist. Aber mein Instinkt sagt mir, dass ich den Mann kenne. Sicher, er behauptet, dass er mir noch nie begegnet ist … Und wo ich auch bin, urplötzlich taucht er wieder auf. Das kann doch kein Zufall …“

„Sandra?“, unterbrach David sie.

„Hmm?“

„Willst du den Knopf aufmachen oder ihn abdrehen?“

„Oh. Ich nehme an, das hängt davon ab, wie hungrig du bist.“

„Auf das Abendessen, meinst du?“ Er stützte sich auf einen Arm und beugte sich zu ihr. „Das kann warten.“

Sie aßen erst um zehn. Und zwar eine Pizza vom Lieferservice.

Spät am nächsten Nachmittag ließ Sandra sich auf einen der Stühle in Rachels Büro fallen. Sie seufzte laut. So viele Akten, und immer noch kein Hinweis auf die Identität des Wohltäters. Und gleich musste sie aufbrechen, um sich im Hotel mit David zu treffen.

Sicher, sie würde nächste Woche zurückkehren, aber …

Sie schaute auf die Uhr. Rachel war für Professor Harrison zur Post gegangen. Hoffentlich würde sie bald zurückkehren. Sandra wollte nicht gehen, ohne sich vorher von ihrer Freundin zu verabschieden.

Wie aufs Stichwort stürmte Rachel herein. „Rate mal, wen ich gerade gesehen habe“, begann sie atemlos.

„Einen rätselhaften Mann, dessen Nachname mit W beginnt?“, fragte Sandra lächelnd.

„Nein. Kathryn Price.“

„Wirklich? Hast du mit ihr gesprochen?“

„Leider nicht. Sie ging in die entgegengesetzte Richtung, und dann drängte sich auch noch eine Touristengruppe zwischen uns. Bevor ich sie einholen konnte, war sie fort.“

„Schade“, sagte Sandra. „Sieht sie noch immer so umwerfend aus wie damals?“ Kathryn war mit Sicherheit die schönste Studentin gewesen, die Saunders je gehabt hatte. Schon damals hatte sie nebenher gemodelt. Später dann war sie ein gefeiertes Model geworden.

Rachel setzte sich und furchte die Stirn. „Nein. Sie kam mir irgendwie verändert vor. Sandra, ich glaube, mit Kathryn stimmt etwas nicht.“

Sandra rückte ihren Stuhl näher an Rachels. „Wie meinst du das?“

„Na ja, ich habe sie nur kurz gesehen, aber … sie trug ein Kopftuch, bei dieser Hitze! Und kurz bevor ich sie aus den Augen verlor, wehte eine Brise das Tuch ein wenig zur Seite und …“ Rachel schüttelte den Kopf.

„Was denn, Rachel?“ Gespannt beugte Sandra sich vor.

„Kathryns Gesicht“, erwiderte ihre Freundin. „Selbst aus der Entfernung konnte ich es erkennen. Es ist vernarbt. Kathryn ist entstellt, Sandra. Ihr muss etwas Entsetzliches zugestoßen sein.“

„Oh Gott.“ Sandra richtete sich wieder auf. „Das ist ja schrecklich. So etwas ist schon für einen Normalsterblichen kaum zu verkraften, aber Kathryn war ein Model, so unglaublich schön. Ich mag mir gar nicht vorstellen, was sie durchgemacht haben muss. Bestimmt hat es sie sehr viel Mut gekostet, nach Saunders zu kommen, meinst du nicht auch?"

„Auf jeden Fall." Rachel seufzte. „Das Leben ist eine Achterbahn, was? Man hat alles geplant, seine Zukunft fest im Blick, und dann ... ist plötzlich alles anders."

Sandra nickte. „Ja, wem sagst du das! Manchmal bin ich so durcheinander. Einerseits will ich, dass meine Kinder Träume und Hoffnungen haben. Andererseits habe ich Angst, dass sie eines Tages enttäuscht werden, wenn sie sich zu viel von der Zukunft versprochen haben. Ich weiß nicht mehr, ob ich sie ermutigen oder warnen soll."

„Du kannst sie nicht ... vor dem Leben beschützen", antwortete Rachel.

Sandra gab sich einen Ruck. „Ich muss los. Ich bin mit David verabredet. Aber Montagnachmittag bin ich wieder da. Falls etwas dazwischenkommt, habe ich deine Nummer."

„Okay. Hoffen wir, dass Professor Harrison irgendwo notiert hat, wer alles Stipendien von diesem Wohltäter erhalten hat."

„Bestimmt." Sandra stand auf. „Wir werden diese Akte schon finden. Ich muss gehen. Wir sehen uns dann Montag."

Rachel stand auf, und die beiden Frauen umarmten sich zum Abschied. Sandra eilte hinaus, und Rachel ließ sich auf den Stuhl sinken, in Gedanken wieder bei Kathryn Price.

Gilbert Harrison hatte eine nahezu schlaflose Nacht hinter sich. Er zögerte kurz, dann ging er an das Wandtelefon in seiner Küche, schaute auf den Zettel in seiner Hand und wählte die Nummer, die darauf stand. Sekunden später wurde am anderen Ende abgenommen.

„Paul Revere Hotel, guten Tag", meldete sich eine Frau.

„Guten Tag. Ich würde gerne einen Ihrer Gäste sprechen, David Westport", erwiderte Harrison.

„Einen Moment bitte."

Der Professor atmete tief durch.

„Sir? Es tut mir leid. Die Westports sind abgereist."

„Sind Sie sicher?"

„Ja, Sir."

„Danke", sagte Harrison und legte auf. Er schloss die Augen, als er fühlte, wie der Kopfschmerz einsetzte.

War das ein Zeichen, dass er sich nicht in fremde Angelegenheiten einmischen sollte? Aber Sandra Westport hatte sich so verzweifelt angehört. Ihre Klage, dass David sie nicht mehr liebe, sie vielleicht sogar niemals geliebt habe, dröhnte ihm immer noch in den Ohren. Und dass sich alles dramatisch zugespitzt habe, seit ihr Mann von der Existenz des Wohltäters wusste. Das hast du nun davon, dass du sie belauscht hast, warf Harrison sich im Stillen vor.

Automatisch griff er nach seinem Aktenkoffer, ging hinaus, schloss das Haus ab und machte sich auf den Weg zum Campus, wie so oft in all den Jahren.

Er konnte sich nicht vorstellen, dass David nichts mehr für seine Frau empfand. Er hatte die beiden miteinander erlebt, hatte gesehen, wie David Sandra angeschaut hatte. Wie besorgt er an jenem Abend im Restaurant gewesen war. Nein, kein Zweifel, David Westport liebte seine Frau, aber wie so viele Männer vergaß er, es ihr auch zu zeigen. Harrison wollte den beiden helfen, aber wie sollte er das anstellen?

Er hatte sich in das Leben der Westports eingemischt, indem er David gefragt hatte, auf welche Weise er die Hilfe von damals an die Gesellschaft weitergegeben hatte. Was geschehen war, war geschehen, das konnte er nun nicht mehr rückgängig machen.

Was er aber machen konnte, war, sich mit David hinzusetzen und ihm von Sandras Ängsten zu erzählen.

Mit schweren Schritten, als würde er die Last der Welt auf den Schultern tragen, stieg der Professor die Stufen zu seinem Büro hinauf. Dort angekommen, ließ er sich in den alten Sessel sinken, stützte die Arme auf den Schreibtisch und legte den Kopf in die Hände. Er war so müde und sehnte sich nach der zärtlichen Berührung und der sanften Stimme seiner Mary.

Als Sandra und David losfuhren, um die Zwillinge abzuholen, warf er ihr einen forschenden Blick zu.

„Hallo, Fremde“, sagte er. „Seit wir aus unseren Flitterwochen zurück sind, habe ich dich kaum zu Gesicht bekommen.“

Er hatte Recht. Als sie Freitagnachmittag zu Hause angekommen waren, hatte er sich sofort auf den Weg in den Supermarkt gemacht, wo er fast das komplette Wochenende gearbeitet hatte. Und Sandra war beschäftigt gewesen, einen Artikel für die North End News zu schreiben, Wäsche zu waschen, den Kühlschrank aufzufüllen und, und, und.

„Unsere Flitterwochen", wiederholte sie lächelnd. „Nach all diesen Jahren klingt das so … eigenartig."

„Stimmt. Und der Alltag hat uns schneller wieder, als uns lieb ist."

„Ich will mir gar nicht ausmalen, wie viel Wäsche sich diese Woche bei den Zwillingen angesammelt hat."

David wurde ernst. „Du hast wirklich viel zu viel zu tun. Du musst kochen, sauber machen, waschen, einkaufen, die Kinder durch die Gegend fahren, und das ist noch lange nicht alles."

„Hey, ich beschwere mich nicht. Im Gegenteil, ich führe einen kleinen Familienbetrieb und mache dies sehr gern."

„Ja, sicher. Aber wenn wir mehr Geld hätten, könntest du eine Haushälterin einstellen und öfter einen Artikel schreiben. Was du machst, ist harte körperliche Arbeit, Sandra. Wenn wir nicht so knapp bei Kasse wären …"

„David, hör auf", unterbrach sie ihn. „Was wäre wenn … ich kann das nicht mehr hören. Uns geht es gut, wie es ist. Langsam glaube ich, der Besuch in Saunders war keine nachgeholte Hochzeitsreise, sondern ein mieser Trip in die Vergangenheit. Mies, weil er unsere Gegenwart vergiftet. Du denkst jetzt die ganze Zeit darüber nach, wie du das Stipendium … abarbeiten kannst, habe ich nicht Recht?"

„Ich finde eben, dass der … Wohltäter nicht Unrecht hat. Ich habe damals viel Geld von ihm bekommen und nichts daraus gemacht", erwiderte er.

„Und ich finde, ein Geschenk, bei dem sich erst zehn Jahre später herausstellt, dass es mit Bedingungen verknüpft war, ist kein Geschenk, sondern nackte Nötigung." Sandra hob trotzig das Kinn. „Es ist nicht fair."

„Doch, das ist es."

„Lass uns das Thema wechseln, bevor wir streiten." Sie machte eine Pause. „Ich muss dauernd daran denken, was Rachel mir über Kathryn Price erzählt hat. Ein vernarbtes Gesicht ist für jeden schlimm, aber stell dir vor, was das für eine Frau bedeutet, die so schön war, dass sie als Model arbeiten konnte."

„Ja, das muss hart sein", stimmte David zu. „Das Leben kann einem schon ein paar Steine in den Weg legen, nicht wahr?"

Sandra wurde nun nachdenklich. „Was sind deine Steine, David?"

„Du fängst ja schon wieder davon an", rief er verärgert aus. „Ich habe zwei wundervolle Kinder, eine tüchtige Frau, das klingt in meinen Ohren nicht nach Steinen. Okay?"

„Okay“, erwiderte sie leise. Tüchtig war sie, ja. Aber warum hatte er sie nicht ‚wundervoll‘ genannt? Sandra kannte die Antwort.

Sie schwiegen eine Weile.

„David?“, begann Sandra schließlich.

„Hmm?“

„Dir ist doch klar, dass du einfach keine Zeit hast, diese finanzielle Hilfe von damals über wohltätige Arbeit zurückzugeben, oder?“

Er antwortete nicht.

„David?“

„So einfach kann ich es mir nicht machen“, erwiderte er und seufzte müde. „Ich will es auch nicht. Ich habe das Stipendium vergeudet, indem ich das Studium abgebrochen habe, Sandra. Und jetzt will ich das wieder gutmachen. Schlimm genug, dass der Prof mich darauf bringen musste und ich nicht selbst darauf kam.“

„Du kannst dir nicht noch mehr zumuten“, protestierte sie. „Dazu hat der Tag nicht genug Stunden. Das wird Harrison diesem Wohltäter erklären müssen. Und wenn der Mann das nicht versteht, hat er Pech.“

„Nein, das ist keine Lösung“, entgegnete David, und seine Stimme klang ein wenig schärfer als sonst. „Es muss eine Möglichkeit geben. Ich werde in Ruhe darüber nachdenken. Verdammt, ich weiß nicht. Vielleicht werde ich dafür auf etwas verzichten müssen.“

Auf deine Frau, zum Beispiel? Sandra sah aus dem Seitenfenster. *Deine Ehe? Deine Familie? Was hältst du davon, David? Ist das dein Plan? Willst du das alles hier hinter dir lassen? Oh Gott, David, nein. Bitte nicht.*

Sandra schniefte.

„Hey, was ist?“ David warf ihr einen besorgten Blick zu.

„Sehnsucht.“ Sie wühlte in ihrer Handtasche. „Ich freue mich so auf die Kinder. Sie haben mir wirklich gefehlt.“

„Ja, mir auch.“ Er nickte. „Ein paar Tage ohne M und M waren mal ganz entspannend, aber die beiden gehören zu mir. Ohne Michael und Molly bin ich einfach nicht der David Westport, den ich kenne. Verstehst du, was ich meine?“

„Ich verstehe es sogar sehr gut“, sagte sie leise.

Michael und Molly machen ihn ganz. Nur mich hat er nicht erwähnt. Kein einziges Mal.

Sandra legte den Kopf zurück, schloss die Augen und tat so, als würde sie schlafen.

Sie zwang sich, ruhig zu bleiben. Wenn sie jetzt anfing zu weinen, würde sie alles nur noch schlimmer machen. Sie musste unbedingt herausfinden, wer dieser Wohltäter war. Und dann musste der Mann mit David sprechen. Ihm sagen, dass eine Familie zu gründen die größte Leistung war, die ein Mensch je vollbringen konnte.

9. KAPITEL

Molly hat echt Talent", verkündete Michael vom Rücksitz des Kombis. „Ihr hättet sie beim Bogenschießen sehen sollen, Mom, Dad. Sie hat bei jedem Schuss die Scheibe getroffen, genau in der Mitte. Wartet nur, bis sie euch das blaue Band zeigt, das sie gewonnen hat."

Sandras Eltern waren mit ihren Enkelkindern jeden Tag auf die ‚Sportwoche' gegangen, eine Art Ferienprogramm, das der örtliche Sportverein für die daheim Gebliebenen veranstaltet hatte. Die Zwillinge hörten gar nicht mehr auf, davon zu schwärmen. Offensichtlich hatten beide den sportlichen Enthusiasmus ihres Vaters geerbt.

„Die ‚Sportwoche' war cool. Können wir nächstes Jahr wieder hin?", fragte Molly.

„Mal sehen", antworteten Sandra und David wie aus einem Mund.

„Du hast dich also im Bogenschießen versucht. Warum hast du nicht Fußball gespielt, Molly?", fragte David.

„Fußball spiele ich doch zu Hause die ganze Zeit, Dad. Weil du der Trainer bist und so ... Bogenschießen hatte ich noch nie ausprobiert, und es war mega-cool."

„Wer hätte das gedacht, mein kleines Mädchen ist eine Bogenschützin! Und was ist mit dir, Junge?", fragte er Michael. „Was gefiel dir am besten, während deine Schwester die Welt von Robin Hood entdeckt hat?"

„Oh." Der Junge zuckte nur leicht mit den Schultern. „Alles Mögliche."

„Sag es ihm schon, Michael", drängte Molly. „Er wird nicht böse sein. Immerhin hast du ein blaues Band für den zweiten Platz bekommen."

„Nein, vergiss es", murmelte ihr Bruder.

„Okay, heraus damit", sagte David und musterte die Zwillinge im Rückspiegel, bevor er wieder nach vorn schaute. „Worüber werde ich nicht böse sein?"

„Na ... ja ... Ich habe auf der ‚Sportwoche' nicht viel Baseball gespielt." Michael starrte auf seine Schuhe.

„So? Na gut. Also, worin hast du den zweiten Platz errungen?"

„Du bist nicht böse? Versprochen?", fragte sein Sohn. „Ich weiß, ich sollte eigentlich Baseball spielen, weil du doch unsere Mannschaft trainierst, aber ... Versprichst du, dass du nicht sauer bist?"

„Ich verspreche es", erklärte David feierlich.

„Erzähl es uns, Honey." Sandra drehte sich zu ihrem Sohn um.

„Ich habe das Band beim … Tischtennis gewonnen."

David blinzelte und runzelte die Stirn. „Was?"

„Na ja, das kam so", fuhr Michael hastig fort. „Am ersten Tag hat es geregnet, und wir mussten in die Sporthalle gehen. Ich dachte, das würde total lahm werden, aber dann habe ich mir einfach einen Schläger geschnappt und beim Tischtennis mitgemacht … Jedenfalls, der Typ dort hat gesagt, dass ich eine großartige Hand-Auge… was auch immer … habe."

„Koordination", ergänzte Molly.

„Ja, genau das hat er gesagt. Er hat mir gezeigt, wie man einen Ball ‚anschneidet'. Oh Mann, es war so cool. Und dann haben wir ein Turnier veranstaltet, und ich habe den zweiten Platz gemacht und ein cooles Band bekommen."

„Tischtennis", murmelte David. So begeistert hatte sein Sohn vom Baseball jedenfalls noch nie gesprochen.

„Das ist großartig, Michael", sagte Sandra und stieß David in die Seite. „Nicht wahr, David?"

„Ja, natürlich", erwiderte ihr Mann. „Wirklich … cool."

„Du bist nicht böse, weil ich nicht Baseball gespielt habe, Dad?", fragte Michael. „Ich habe dem Tischtennistrainer erzählt, dass du mal ein richtig guter Baseball-Spieler warst, bevor du alt wurdest, und dass du unsere Mannschaft trainierst. Er meinte, dass sein Vater Polizist war, er aber keiner werden will, weil er eine höllische Angst vor Waffen hat. Und dass jeder für sich herausfinden müsse, was zu ihm passt und was nicht. Findest du es doof, dass ich Tischtennis spiele, Dad?"

„Nein, Michael." David lächelte. „Ich finde es überhaupt nicht doof. Ich war nur überrascht, das ist alles. Du kannst selbst entscheiden, welchen Sport du betreibst. Du auch, Molly. Nur weil ich Baseball gespielt habe, bevor ich … äh … alt wurde, musst du es nicht auch tun, Michael. Und du musst nicht Fußball spielen, Molly, wenn du es nicht willst."

„Cool", rief Michael erleichtert.

„Ich habe dir doch gesagt, er wird nicht böse sein", erklärte Molly. „Hey, Dad, weißt du was? Es gibt Tischtennis und Bogenschießen bei den Olympischen Spielen. Ist das toll oder was?"

„Bei den Olympischen Spielen?" David lachte. „Nun mal langsam, M und M."

„Gegen Träume ist nichts einzuwenden", sagte Sandra leise.

David warf ihr einen Blick zu und zuckte mit den Schultern.

„Das Problem ist nur, unsere Schule hat keine Tischtennismannschaft", verkündete Michael. „Die hat noch nicht mal eine Tischtennisplatte."

„Und keine Bogen und Pfeile", fügte Molly betrübt hinzu.

„Das ist so uncool", meinte Michael. „Wahrscheinlich werden wir nie wieder Tischtennis spielen oder Bogen schießen."

„Nun ja, wir könnten doch eine Tischtennisplatte bauen, Michael", schlug David vor. „Wir finden heraus, wie die Maße sind, schneiden Sperrholz zu, legen es auf den Küchentisch und schieben es unter unser Bett, wenn du nicht spielst. Das mit dem Netz kann auch nicht so schwierig sein."

„Echt?", rief Michael. „Super."

„Und was ist mit mir?", fragte Molly. „Was ist mit Bogenschießen, Dad?"

„Wir lassen uns etwas einfallen", erwiderte David.

„Versprochen?"

„Ja, Schatz, versprochen."

„Wenn ich irgendwo mit dem Bogen schießen kann, sage ich nie wieder, dass ich eine pinkfarbene Zahnspange will. Okay?"

David schmunzelte. „Das ist ein Wort." Er sah Sandra an. „Unser Leben wird nie langweilig, was?"

Sie schaute über die Schulter nach hinten. Die Zwillinge unterhielten sich voller Begeisterung über ihre sportlichen Pläne.

„Ist es dir wirklich recht, dass Michael Tischtennis spielt, David?", fragte sie leise.

„Ja. Als Eltern lernt man nie aus. Ich habe immer automatisch angenommen, dass mein Sohn Baseball so liebt wie ich damals. Das war … dumm von mir. Tischtennis, Bogenschießen … Hauptsache, es macht den beiden Spaß."

„Sie sind erst zehn", sagte Sandra. „Ihre Vorlieben gehen so schnell, wie sie kommen, das weißt du doch."

„Das Leben steckt voller Überraschungen. Voller Veränderungen. Und Entscheidungen, die man treffen muss."

„Ja", flüsterte Sandra und spürte ein Frösteln in sich aufsteigen. „Da hast du wohl Recht."

Kaum waren die Westports zu Hause angekommen, stürmten die Zwillinge auch schon los, um ihre Freunde zu besuchen und ihnen zu erzählen, was sie bei ihren Großeltern erlebt hatten.

David fuhr zum Supermarkt, und Sandra ging in den Keller, um die erste Ladung schmutziger Sachen in die Waschmaschine zu stopfen. Ihre Mutter hatte zwar angeboten, sich um die Wäsche der Kinder zu kümmern, aber Sandra hatte dankend abgelehnt. Das lebhafte Duo zu füttern und zu unterhalten war für die nicht mehr ganz so jungen Großeltern schon anstrengend genug.

Von außen betrachtet hätte man den Eindruck bekommen können, dass bei den Westports nach einer für alle erlebnisreichen Woche das Leben wieder in normalen ruhigen Bahnen verlief.

„Leider nicht", sagte Sandra laut, während sie die Schmutzwäsche sortierte. „Ganz und gar nicht."

Ein mysteriöser Wohltäter ist aus der Vergangenheit aufgetaucht und hat unsere Gegenwart auf den Kopf gestellt, dachte sie missmutig. David war dabei, sein Leben gründlich zu analysieren und auf den Prüfstand zu stellen, und ihr graute vor den Ergebnissen, zu denen er möglicherweise gelangen würde.

Dazu kam die Sache mit dem Tischtennis. Sandra wusste, wie viel es David bedeutete, dass sein Sohn Baseball spielte. Und nun musste er herausfinden, dass Michael sein Herz an eine andere Sportart verloren hatte. War er insgeheim enttäuscht darüber, dass sein Sohn nicht in seine Fußstapfen treten wollte? Dass Michael nicht den Traum verwirklichen würde, auf den er selbst hatte verzichten müssen?

Sandra seufzte. Plötzlich merkte sie, wie viel Kraft sie das alles kostete.

Überraschungen, hatte David gesagt. *Das Leben steckt voller Überraschungen. Und Veränderungen. Und Entscheidungen, die man treffen muss.*

Im Supermarkt eingetroffen, bat David John Kennedy Capelli, noch ein paar Minuten zu bleiben. Dann ging er ins Freie und schaute durchs Fenster in das leer stehende Nebengebäude.

Es ist zweimal so groß wie unser Laden, dachte er. Was für Möglichkeiten sich durch diese Erweiterung eröffnen würden! Er könnte ein größeres Sortiment anbieten, was mehr Kunden anlocken würde. Und vielleicht bliebe auch noch eine Ecke für ein paar Tische und Stühle, damit die Kunden die frischen italienischen Spezialitäten vor Ort genießen konnten, nachdem sie sich an der Espresso-Bar etwas zu trinken geholt hatten. Eine Genießer-Oase mitten im Supermarkt, vielleicht brächte das auch Kunden aus den anderen Stadtteilen ... Oh ja, damit würde er einen großen Schritt nach vorne machen.

Er starrte weiter durchs Fenster und hing seinen Träumen nach. Ideen schossen ihm durch den Kopf, so schnell, dass er kaum noch mitkam.

„Hey, David“, rief John Kennedy Capelli und streckte den Kopf aus der Tür. „Wie lange brauchen Sie denn noch? Ich habe nachher ein Date.“

David zuckte zusammen. „Was?“ Er hatte Mühe, aus seinen Träumen in die Realität zurückzukehren. „Oh, tut mir leid, John. Ich wollte Sie nicht so lange warten lassen.“ Er machte sich auf den Rückweg zum Laden. „Ein Date, aha! Na, dann viel Spaß mit Ihrer First Lady, John Kennedy!“

Nachdem sie die Zwillinge bei ihren Freunden abgesetzt hatte, brauchte Sandra volle zwei Stunden, bis sie endlich bei der Saunders University ankam. Wegen eines Unfalls krochen die Autos im Schneckentempo über den Highway.

Auf halber Strecke streikte die Klimaanlage des alten Kombis mal wieder, und obwohl sie eine Baumwollhose und eine ärmellose Bluse trug, begann Sandra zu schwitzen. Und dann dauerte es auch noch eine ganze Weile, bis sie endlich einen Parkplatz gefunden hatte.

Gereizt stieg Sandra aus und steuerte die Cafeteria an. Bevor sie nicht etwas Kaltes getrunken hatte, würde sie keine einzige Akte lesen können. Sie betrat die Eingangshalle des Studentenwerks, wo mittlerweile alle Pokale wieder an ihrem Platz in der Vitrine standen – frisch poliert und makellos glänzend. Langsam ging sie hinüber und starrte auf die großen goldenen Becher, die die Baseballmannschaft der Uni im Laufe der vielen Jahre gewonnen hatte. Auf unzähligen davon war Davids Name eingraviert.

„Das waren aufregende Zeiten damals, nicht wahr?“, sagte eine Männerstimme hinter ihr.

Sandra drehte sich um. Es war Professor Harrison. Auch er betrachtete die Pokale. Seine Miene war nachdenklich.

„Ja“, erwiderte sie kühl. „David hat dieser Universität viel Ruhm eingebracht. Ihm ist es zu verdanken, dass viele talentierte Sportler sich entschieden haben, hier und nicht anderswo zu studieren. Man sollte meinen, dass das dem allmächtigen Wohltäter als Gegenleistung für seine großzügige Gabe reicht. Aber da irre ich mich wohl.“

„Sie sind noch immer aufgebracht." Harrison seufzte. „Es tut mir so leid, Sandra."

„Es ist nicht Ihre Schuld. Entschuldigen Sie, dass ich Sie angefaucht habe, Professor." Sie brachte ein verhaltenes Lächeln zustande. „Zumindest verstehe ich jetzt, warum man früher den Überbringer einer schlechten Nachricht getötet hat. Es gab sonst niemanden, an dem man seinen Ärger auslassen konnte." Sie räusperte sich. „Aber ich werde den Richtigen schon finden."

„Den Richtigen?"

„Ich will Sie nicht anlügen, Professor. Ich bin hier, um herauszufinden, wer der Mann ist, der David damals das Stipendium gab. Und der ihn jetzt in so eine Krise gestürzt hat. Ich will ihm ins Gesicht sagen, was ich von ihm halte. Es ist ein Unding, erst den Großzügigen zu mimen und Jahre später nachzufragen, was bitte schön mit dem vielen Geld Gutes angestellt wurde. Es zählt wohl gar nicht, wenn einer sich für seine Familie aufreibt."

„Ich verstehe", murmelte der Professor, ohne sie anzusehen.

„Ich weiß, Sie werden mir nicht sagen, wer der Mann ist, weil Sie ihm Ihr Wort gegeben haben. Ich akzeptiere das. Aber ich setze alles daran, den Namen des Mannes zu erfahren. Und ich bin sicher, dass ich noch ein paar mehr Leute finden werde, die mir dabei helfen. Auch Rachel war ganz verstört, als sie erfuhr, mit welcher Erwartung ihr Stipendium seinerzeit verknüpft war. Könnte mir vorstellen, dass es den anderen, die Sie angeschrieben haben, ähnlich ergeht", fügte sie ein wenig schärfer hinzu und zögerte. „Ich habe gehört, dass Kathryn Price angekommen ist."

„Ja, ich weiß, Rachel hat sie gesehen." Harrison nickte. „Aber Kathryn hat sich noch nicht bei mir gemeldet."

„Haben Sie eine Ahnung, was Kathryn … zugestoßen ist?", fragte Sandra.

Professor Harrison schürzte die Lippen.

„Schon gut." Sandra winkte ab. „Eins muss man Ihnen lassen, Professor, Sie bewahren Geheimnisse besser als die CIA. Na ja, ich werde mir jetzt was Kühles zu trinken holen und dann zu Rachel gehen."

„Wie … wie geht es David?", fragte Harrison zaghaft und musterte sie aufmerksam.

„Er ist verstört. Unglücklich. Er macht sich Vorwürfe, das viele Geld von damals nicht wert gewesen zu sein, und ist eisern entschlossen, etwas zu tun, um sein Stipendium im Nachhinein zu rechtfertigen", berichtete sie traurig. „Unser Leben wird nie wieder so sein, wie es war. Erzählen Sie das dem Wohltäter, wenn Sie das nächste Mal mit ihm sprechen. Sagen Sie ihm, dass er einen hart arbeitenden Mann in eine tiefe Krise gestürzt hat, und …" Sandra schüttelte den Kopf. „Ich brauche jetzt wirklich etwas zu trinken."

„Sandra", hielt der Professor sie zurück. „Sie und David werden das alles zusammen durchstehen. Sie beide sind ein Team, ein Paar, das schon viele Stürme überstanden hat. Ich kann sehen, dass David Sie sehr liebt und Sie …"

„So, tun Sie das?", entgegnete sie barsch. „Nun ja, Professor, wie bei dem Stipendium, das David seinerzeit bekam, sind die Dinge nicht immer so, wie sie scheinen. Würden Sie mich jetzt bitte entschuldigen?"

„Ja, natürlich."

Harrison sah Sandra nach, bis sie in der Cafeteria verschwand, und ging langsam über den Campus nach Hause.

Sandra war verschwitzt, müde und frustriert, als sie Stunden später zu Hause eintraf. Auf der Rückfahrt von Saunders war der Verkehr dichter gewesen, als sie erwartet hatte. Die Klimaanlage streikte noch immer. Und Rachel und sie hatten bei der Suche nach Hinweisen auf den anonymen Wohltäter keinerlei Fortschritte gemacht.

Sie verließ den Fahrstuhl, öffnete die Wohnungstür und blieb wie angewurzelt stehen, als ein würziger Duft sie begrüßte. Sie warf ihre Handtasche auf einen Stuhl und eilte in die Küche, wo auf dem Tisch die Westport-Version einer Tischtennisplatte lag. Mit Klammern war auf ihr etwas befestigt, das verdächtig nach einer alten Tischdecke aussah.

„Das ist ja super", rief Sandra und klatschte in die Hände. „Wir haben eine Tischtennisplatte. Das habt ihr toll gemacht, Leute."

„Wir haben auch Bälle und gebrauchte Schläger gekauft", verkündete Michael strahlend. „Cool, was?"

„Richtig cool." Sandra lächelte und schaute in den Ofen. „Täusche ich mich, oder ist das wirklich eine Lasagne, die da vor sich hin brutzelt?"

„Okay, Leute", sagte David. „Tragt die Platte ins Schlafzimmer, damit wir essen können. Und Händewaschen nicht vergessen!"

„Verstanden", antworteten Molly und Michael im Chor, während sie die Platte vorsichtig durch die Tür manövrierten.

„Tut mir leid, dass ich so spät komme, David", sagte Sandra. „Der Highway war ein einziger Stau. Danke, dass du dich um das Essen gekümmert hast."

„Ich habe mir Sorgen gemacht, Sandra", erwiderte er verärgert. „Warum hast du nicht angerufen? Entschuldige mich." Er wandte sich ab. „Ich muss meine Familie füttern."

„Warte!" Sie hielt ihn am Arm fest. „Es tut mir wirklich leid. Ich werde morgen früher losfahren, um nicht in den Berufsverkehr zu geraten."

David schaute zur Tür, wo die Kinder gerade wieder auftauchten. „Wir reden später darüber."

Sandra ließ ihn los und stützte die Hände auf die Hüften. „Na gut."

So köstlich die Lasagne auch schmeckte, schon nach dem ersten Bissen merkte sie, dass ihr der Appetit vergangen war. Sie schaffte gerade mal eine halbe Portion und stellte den Teller auf die Arbeitsfläche, bevor jemand registrierte, dass sie nicht aufgegessen hatte.

„Du hast gekocht, ich mache den Abwasch", sagte sie, ohne sich zu David umzudrehen.

Er sah die Zwillinge an. „M und M, wir lackieren jetzt die Platte. Dann trocknet sie über Nacht, und ihr könnt morgen Abend Tischtennis spielen."

„Cool", sagte Michael.

„Weißt du was, Mom?", begann Molly. „Im Keller ist nicht genug Platz zum Bogenschießen."

„Warum nicht?" Sandra schaute über die Schulter.

„Weil die Entfernung, für die ich das blaue Band gewonnen habe, dreimal so groß war."

„Oh, das ist aber schade", sagte Sandra.

„Na ja." Ihre Tochter zuckte mit den Schultern. „Michael will mir Tischtennis beibringen. Er braucht jemanden, mit dem er spielen kann, und wenn seine Freunde nicht herkommen können und du und Dad zu beschäftigt seid ... Das mit dem Bogenschießen ist nicht so schlimm. Es gab sowieso keine gebrauchten Bogen und Pfeile."

„Tischtennis macht dir bestimmt auch Spaß", bekräftigte Sandra sie und warf David einen finsteren Blick zu.

Er stand auf. „Räumt eure Teller ab, und dann machen wir uns an die Arbeit. Ich will die Platte in den Keller tragen, um sie zu lackieren."

Die drei gingen hinaus, und Sandra räumte die Küche auf. Danach duschte sie und zog sich frische Sachen an. Als sie in Shorts und einer leichten Bluse ins Wohnzimmer kam, saßen die Zwillinge auf dem Fußboden und sahen fern, während David auf der Couch Zeitung las.

„Seid ihr mit dem Lackieren fertig?", fragte sie.

Die Zwillinge nickten. David blätterte um.

„Ich fliege in einem Raumschiff zum Mars und komme erst im nächsten Jahrhundert zurück", verkündete Sandra und ging wieder hinaus.

Niemand reagierte. Gut, dann eben nicht, dachte sie.

Draußen auf dem Balkon machte Sandra es sich auf einem Stuhl bequem und schloss die Augen, um die kühle Brise zu genießen. Mehrere Minuten vergingen, bis sie zusammenzuckte und die Augen aufriss, als sie eine Hand auf ihrem nackten Oberschenkel fühlte.

„David, du meine Güte. Du hast mich zu Tode erschreckt", sagte sie.

Er setzte sich auf den anderen Stuhl und streckte die Beine aus.

„Hast du geschlafen?", fragte er. „Es war ein anstrengender Tag, oder?"

Sandra verschränkte die Arme. „David, was soll das? Du suchst Streit, das merke ich doch. Nein, ich bin nicht erschöpft. Ja, ich bin zu spät in Saunders losgefahren, und morgen passiert mir das nicht mehr. Okay? Können wir es dabei bewenden lassen?"

David starrte einen Moment zum Himmel hinauf, ohne den grandiosen Sonnenuntergang wahrzunehmen.

„Ich habe heute viel nachgedacht", begann er leise und sah Sandra an. „Es hat keinen Sinn, dass du und Rachel euch kaputtmacht, um herauszubekommen, wer der Wohltäter ist."

„Warum nicht?", fragte sie verwirrt.

„Weil ihr es nur tut, um dem Kerl eure Meinung sagen zu können. Eure Meinung darüber, wie er mit *seinem* Geld zu verfahren hat."

„Geld, das er *verschenkt* hat", korrigierte sie. „Oder sagen wir besser, nur ein *bisschen* verschenkt, denn er erwartet ja eine Gegenleistung dafür."

„Wäre es nicht besser, wenn du deine Energie darauf verwendest, mir zu helfen? Auf die Weise könnten wir uns überlegen, wie ich mich für sein Geschenk revanchieren kann. Und *danach* finden wir heraus, wer er ist, und reden mit ihm", schlug David vor.

„Nein. Das würde bedeuten, dass wir akzeptieren, dass das Stipendium mit Bedingungen verknüpft war, von denen wir erst zehn Jahre später erfahren haben. Dass wir kuschen, nur weil Mister Wohltäter nach dem Verbleib seines Geldes bellt. Nein."

„Dann willst du mir also nicht helfen, einen Weg zu finden, wie ich mich für das Geld bedanken kann?"

„Nein, Honey, das habe ich nicht gesagt." Sandra nahm seine Hände zwischen ihre. „Ich bin zwar nicht deiner Meinung, aber ich respektiere sie. Natürlich werde ich dir dabei helfen. Aber du musst mich auch verstehen. Ich finde, der Wohltäter sollte wissen, dass es nicht die feine Art ist, erst großzügig Geld zu verteilen und später wie selbstverständlich nachzufragen, was man bitte Gutes mit dem Geld angestellt hat. Er muss begreifen, dass das Leben nicht so einfach ist: Ein Stipendium allein garantiert doch noch keine Karriere. Und wenn er das eingesehen hat, kannst du ihm sagen, wie du dich revanchieren willst."

David nickte langsam. Dann schaute er ihr in die Augen, zog die Hände aus ihren und legte sie um ihr Gesicht. Er beugte sich vor und küsste sie.

„Okay", sagte er nach einem Moment und lächelte. „Und, seid ihr weitergekommen heute?"

„Nicht wirklich." Sandra seufzte. „Jacob Weber hat ein Fax geschickt. Aus England oder Italien, ich weiß es nicht. Er will kommen, kann aber noch nicht sagen, wann."

„Ganz der Alte", murmelte David.

„Er hat als Gynäkologe offensichtlich viel zu tun."

„Und verdient damit offensichtlich eine Menge Geld."

„Du bist neidisch, nicht wahr?" Sie lachte gequält. „David, mal was ganz anderes – hat Molly sich wirklich damit abgefunden, dass sie auf das Bogenschießen verzichten muss?"

„Ja, das hat sie. Und weißt du warum? Weil M und M beschlossen haben, dass sie das erste Geschwisterpaar sein werden, das bei den Olympischen Spielen im Tischtennis eine Goldmedaille im Doppel gewinnt." David schloss die Augen und legte den Kopf zurück. „Es ist angenehm hier draußen. Wenn die Stechmücken nicht wären, würde ich hier schlafen. Warum sage ich das? Die verdammten Stechmücken sind immer da, garantiert."

Du auch? Sandra legte eine Fingerspitze an die Lippen. Ihr war, als würde sie noch immer den Kuss fühlen, den David ihr gerade gegeben hatte. Plötzlich spürte sie, wie ihre Augen feucht wurden. *Ich wünschte, ich könnte glauben, dass du auch für immer da bist. Garantiert.*

10. KAPITEL

Am nächsten Nachmittag, während die Zwillinge noch bei ihren Freunden und Sandra in Saunders war, rief David seinen Freund Larry Wilcox an. Larry war Immobilienmakler. Und wie es der Zufall so wollte, war eins seiner Objekte der leer stehende Laden neben Davids Supermarkt. Larry kam sofort, damit sie die Räume besichtigen konnten.

Als sie den Laden betraten, schob David die Hände in die Taschen und sah sich neugierig um.

Der Makler klopfte gegen die Wand, die die beiden Geschäfte trennte. „Kein Problem", verkündete er. „Die kannst du ohne weiteres einreißen, ohne dass die Decke herunterkommt. Mann, das hier ist zweimal so groß wie dein Supermarkt."

„Mmm", knurrte David. Ganz zu schweigen von dem großzügigen Lagerbereich und den sanitären Anlagen, die er im hinteren Teil des Raumes ausgemacht hatte.

„Wahrscheinlich könnte ich den Eigentümer dazu bringen, mit dem Preis etwas herunterzugehen", fuhr Larry fort. „Der Laden steht schon lange leer. Er wird froh sein, wenn sich endlich ein Käufer findet. Hast du mit der Bank schon wegen einer Hypothek gesprochen?"

„Nein, noch nicht."

„Na ja, das solltest du aber. Und zwar bevor du das hier kaufst. Denk auch daran, dass der Umbau was kosten wird. Das ist schon was Größeres, was du da vorhast."

David nickte.

„Also, was meinst du?", fragte Larry.

„Gibt es im Nutzungsplan des Gebäudes irgendwelche Einschränkungen?"

„Nein, du kannst hier einrichten, was du willst. Letztes Jahr haben zwei Frauen den Laden besichtigt, die einen Hundesalon aufmachen wollten, aber er war ihnen zu groß." Larry lachte. „Hier kannst du machen, was du willst, solange es nicht die Polizei auf den Plan ruft."

„Hast du eine Ahnung, um wie viel der Eigentümer im Preis nachgeben würde?", fragte David.

„Ich werde mal bei ihm vorfühlen." Der Makler zuckte mit den Schultern. „Er will den Laden unbedingt verkaufen, also nehme ich an, dass du mit ihm verhandeln kannst. Er und seine Frau sind im Ruhestand, leben in Florida und wollen den Kasten endlich loswerden, schließlich kostet auch ein leerer Laden jeden Monat ,ne Menge Geld. Ja, ich bin sicher, da lässt sich etwas machen."

„Ich muss erst noch mit Sandra reden. Ich melde mich dann bei dir."

Sie gingen zur Tür.

„Danke, dass du so schnell gekommen bist", sagte David.

„Gern geschehen."

Sandra kehrte früh genug aus Saunders zurück, um die Zwillinge bei ihren Freunden abzuholen und das Abendessen zuzubereiten. Als David von der Arbeit kam, köchelte eine leckere Spaghettisoße auf dem Herd. Sandra selbst hatte es sich auf dem Balkon bequem gemacht.

„Hi", sagte David und küsste sie. „Und, was Neues herausgefunden?"

„Nein, nichts. Wie war dein Tag?"

„Gut. Ich gehe mich frisch machen", erwiderte David. „Wo sind die Kinder?"

„Sie spielen Tischtennis. Ich habe mit Rachel heute ausgemacht, dass ich nicht mehr jeden Tag komme. Drei Nachmittage die Woche reichen, finde ich. Ich werde diese Woche nur noch Donnerstag und in der nächsten am Montag, Mittwoch und Freitag nach Saunders rausfahren."

„Okay. Gut. Ich gehe mich frisch machen. Wo sind die Kinder?"

Erstaunt schaute Sandra ihn an. „Hallo? Das habe ich dir doch gerade erzählt. Sie sind in der Küche und spielen Tischtennis. Sie trainieren für Olympia, weißt du."

Sie legte den Kopf schräg und sah ihm nach, bis er im Bad verschwand. Hatte der Mann gerade ein Wort mitbekommen von dem, was sie ihm erzählt hatte? Er war so abwesend. Wo war er mit seinen Gedanken? Sie war nicht sicher, ob sie es wissen wollte.

Auch während des Essens wirkte David abwesend, und ihr fiel auf, dass er – anders als sonst – keine zweite Portion aß.

„Okay, Dad?", fragte Michael.

„Wie?", entgegnete sein Vater. „Tut mir leid, Michael. Ich habe nicht gehört, was du gesagt hast."

„Ich wollte wissen, ob du nach dem Essen mit mir Tischtennis spielst."

„Oh. Nein, nicht heute Abend, Junge. Ich habe zu tun."

„Zu tun?", wiederholte Sandra verblüfft.

„Ja, ich muss noch mal in den Laden", erwiderte David, ohne sie anzusehen.

„Warum?"

„Darum, Sandra", sagte er mit einem Anflug von Schärfe.

„Entschuldige, ich wollte dir nicht zu nahe treten", erwiderte sie und versuchte, locker zu klingen.

„Was ist mit *dir*, Mom? Spielst du vielleicht mit mir?", fragte Michael.

„Gerne", sagte sie mit gespielter Unbeschwertheit.

„Und ich spiele dann gegen den Gewinner", sagte Molly.

„Also gegen mich", erwiderte ihr Bruder.

„Hey, so einfach wird das nicht! Ich habe schon mal Tischtennis gespielt", warf Sandra ein.

„Wann?" Gespannt sah Michael sieh an.

Sandra lachte. „Mit zwölf. Bei den Pfadfindern."

„Pfadfinder. Wie uncool." Ihr Sohn verdrehte die Augen. „Wann hast du das letzte Mal Tischtennis gespielt, Dad?"

David antwortete nicht.

„Dad?"

„Was?"

„Dad, hörst du uns denn gar nicht zu?", fragte Michael.

„So ist das mit alten Leuten, Michael", sagte Molly. „Sie haben Ausfälle, weil Teile ihres Gehirns nicht mehr funktionieren. Meine Freundin Ginger hat erzählt, dass das ihrem Grandpa dauernd passiert. Fängt wohl bei Daddy auch schon an."

„Ich habe keine Ausfälle." David schmunzelte. „Im Moment ... geht mir nur viel durch den Kopf. Es tut mir leid, dass ich nicht zugehört habe. Was habe ich verpasst?"

„Eine Menge über Tischtennis", erwiderte Sandra. „Wer möchte Dessert?"

„Für mich nicht, danke", sagte David und stand auf. „Ich fahre jetzt. Ihr Kinder helft eurer Mom beim Abräumen, bevor ihr die Platte aufbaut. Bis später."

„Aber ...", begann Sandra, doch David ging bereits hinaus. „Ich habe deinen Lieblingsnachtisch gemacht", murmelte sie. „Hurra."

David lenkte seinen klapprigen Pick-up durch das schäbige Viertel auf der anderen Seite von North End und kam sich vor wie in einer anderen Welt.

Die Straße war mit Schlaglöchern geradezu übersät. Links und rechts ragten graue Wohnblocks auf. Auf den schmalen Eingangsstufen saßen Leute, offensichtlich um der Hitze in ihren Wohnungen zu entgehen. Kein Baum, nicht einmal ein paar Sträucher. Nur Unkraut, das hier und da aus den Ritzen der Gehsteige wucherte. Es war entsetzlich trist.

David fuhr noch eine Ecke weiter, wendete und fuhr zurück, bis er die ersten Jugendlichen entdeckte. Da sind sie, dachte er. In weiten Hosen und Kapuzenshirts, die Baseball-Caps mit den Schirmen nach hinten, lehnten sie betont lässig an den aufgemotzten Wagen, die an der Straße parkten. Die „Street Corner Crew".

David parkte, stieg aus und schlenderte auf die Jungen zu, die ihm misstrauisch entgegensahen. „Hey", sagte er.

Vierzehn oder fünfzehn Jahre alt, dachte er. *Sie wollen zäh und cool wirken, schaffen es jedoch nicht ganz.*

„Ja?", knurrte einer von ihnen.

„Ich möchte euch etwas fragen", erwiderte David.

„Bist du ein Cop?", knurrte nun ein anderer Junge.

„Der doch nicht", meinte ein dritter. „Cops fahren nicht in solchen Klapperkisten durch die Gegend."

„Wow." David lächelte. „Der Wagen ist mein ganzer Stolz."

„Das einzig Gute an der Karre ist, dass keiner sie klaut", bemerkte ein Junge sarkastisch.

„Was wollen Sie, Mann?", fragte der größte.

„Es würde mich interessieren, ob ihr Jungs irgendwo Baseball oder Basketball … oder was auch immer … spielen könnt. Von mir aus auch Tischtennis."

„Warum wollen Sie das wissen?"

„Na ja, nur so auf der Straße herumzulungern muss doch öde sein", erwiderte David. „Oder steht ihr nicht auf Sport?"

Einer der Jungen zuckte mit den Schultern. „Sicher, Mann. Aber wo? Echt Pech, denn ich bin am Korb verdammt gut. Michael Jordan würden die Augen herausfallen."

„Klar, Tony." Sein Nebenmann lachte. „Mein kleiner Bruder ist besser als du, und der ist erst vier."

„Hey, wusstet ihr, dass es bei den Olympischen Spielen Tischtennis gibt?" Ein Junge drehte sein Handgelenk hin und her. „Das wäre was für mich. Keine Lust, unter dem Korb zu schwitzen. Ruiniert meinen Look." Er strich sich über das mit reichlich Gel nach hinten gekämmte Haar.

„Okay, genug geplaudert, Jink“, mischte sich nun der Anführer ein. „Was soll das Gequatsche über Sport, Mann?“

„Na ja“, antwortete David. „Es scheint mir eben nicht gerecht zu sein, dass es hier im Viertel überhaupt keine Sportmöglichkeiten für euch gibt. Was ist mit der Schule? Läuft da was?“

„Schule?“ Tony lachte abfällig. „Für so was haben die kein Geld. Verdammt, im Biosaal sitze ich auf dem Fußboden, weil es nicht genug Stühle gibt. Das Einzige, was ich lerne, ist, wie einem der Hintern wehtut.“

„Mal angenommen, in North End gäbe es eine Möglichkeit, wo ihr Baseball spielen könntet. Oder Basketball. Oder Tischtennis, von mir aus“, sagte David. „Würdet ihr kommen?“

„Klar“, erwiderte Tony. „In meinem BMW. Sie haben keine Ahnung, was hier abgeht, Mann.“

David nickte.

„Der Bus fährt hier vorbei“, bemerkte er nach einem Moment.

„Echt?“ Tony schnaubte. „Kein Problem, ich habe jede Menge Fahrkarten in der Tasche, weiß nur noch nicht, wohin ich damit will. Hey, hier gibt es nichts umsonst, Mann.“

„Schon mal Baseball gespielt?“, fragte David. „Ich ja. Ich war gut, richtig gut.“

„Baseball ist geil“, warf ein Junge ein. „Ab mit dem Ball über die Mauer. Homerun im neunten Inning. Das ganze Team wartet, bis ich die Runde um die Bases gemacht habe, und bejubelt mich. Cool.“

„Stellt euch das vor“, sagte David. „Ein Baseball-Team aus dieser Ecke der Stadt. Ihr Jungs, die Mannschaft von der Straßenecke, die ... *Street Corner Crew.* Das steht hinten auf den Trikots. *Street Corner Crew.* Jeder könnte es sehen: Ihr seid von hier, und das ist okay, weil ihr verdammt gut seid und euch nicht zu verstecken braucht.“

„Nicht schlecht.“ Tony stieß die geballte Faust in die Luft. „Die Street Corner Crew. Und wir sind heiß.“ Doch dann schüttelte er den Kopf. „Wird nicht passieren, Mann. Trikots? Schläger, Bälle, Handschuhe? Alles, was der Fänger braucht? Kein Problem. Liegt alles im Kofferraum meines BMWs. Was soll das, Mann? So, wie Ihr Wagen aussieht, haben Sie das Zeug auch nicht.“

„Stimmt“, antwortete David leise. „Aber ich habe was gutzumachen.“

„Gutzumachen?“, wiederholte Jink. „Wem schulden Sie was?“

„Ich weiß es nicht.“

„Hab ich mir gedacht", sagte Tony. „Gefällt mir nicht, dass Sie herkommen, uns erst heiß machen, und dann haben Sie uns nichts zu bieten, Mann. Besser, Sie verschwinden."

„Schon gut", sagte David. „Aber ich komme wieder. Weißt du, Tony, es ist okay, Träume zu haben."

„Hier nicht", entgegnete Tony und sah plötzlich sehr jung und sehr traurig aus. „Wir können nicht mal davon träumen, von hier wegzukommen."

David nickte ihnen zu und ging langsam zu seinem Pick-up zurück. Als er losfuhr, sah er im Rückspiegel, wie Tony einen imaginären Ball in einen nicht existierenden Korb beförderte und Jink einen unsichtbaren Schläger schwang.

„Ich komme wieder", flüsterte er.

Sandras Hand zitterte, als sie auflegte. Ihre Knie drohten nachzugeben, aber irgendwie schaffte sie es bis zu einem Sessel im Wohnzimmer.

Gütiger Himmel, nein, dachte sie und wehrte sich gegen die Tränen. Sie hatte festgestellt, dass sie keine Milch mehr hatten, und im Supermarkt angerufen, damit David welche mit nach Hause brachte. Aber Benjamin Franklin Capelli hatte ihr erzählt, dass David nicht dort war und er seinen Chef nicht mehr gesehen hatte, seit der vor zwei Stunden nach Hause gegangen war.

David hatte ihr gesagt, dass er in den Laden wollte. Wo war er? Was tat er? Er hatte sie angelogen. Sie, die Kinder, seine Familie. Er hatte gelogen.

Er hatte hastig gegessen und war eilig aufgebrochen.

Sandra atmete tief durch.

Traf er sich mit einer anderen Frau? Nein, nein, nein!

„Mom!", rief Michael aus der Küche, und Sandra zuckte zusammen. „Spielst du jetzt mit uns Tischtennis, oder was?"

„Ja, Michael, ich komme gleich", rief sie zurück. „Ich will nur rasch … bin schon unterwegs, Schatz."

Michael besiegte seine Mutter mühelos, und dann spielte Molly gegen ihn, während Sandra sich auf einen Stuhl setzte und zusah. Irgendwie gelang es ihr sogar, an nichts zu denken, und das war gut, denn sie wollte nicht vor den Zwillingen in Tränen ausbrechen.

Michael gewann auch gegen seine Schwester, ging um den Tisch herum und zeigte ihr, wie man den Schläger halten musste, um dem Ball mehr Drall zu verleihen. Die Geduld, mit der er es tat, machte Sandra einmal mehr sehr stolz auf ihren Sohn.

Verdammt, es hätte David gut getan, Michael jetzt gerade zu sehen. Stattdessen war er von zu Hause … geflüchtet? Wo war er hin?

„Genug für heute, ihr Süßen", sagte sie, als es draußen dunkel wurde. „Lasst uns die Platte wieder unter dem Bett verstauen."

„Ich habe Hunger", verkündete Michael.

„Ihr habt doch gerade erst den Nachtisch gegessen."

„Aber ich habe trotzdem wieder Hunger." Michael hob sein Ende der Platte an, während Molly das andere übernahm.

„Du bist wie dein Vater." Sandra zerzauste ihm das Haar. „Ein Fass ohne Boden. Na gut. Ich schau mal im Kühlschrank, was ich für dich finde."

Während die Kinder die Platte ins Schlafzimmer trugen, stand sie wie erstarrt da. Michael war wie sein Vater? Nein, das stimmte nicht. Ihr Sohn log nicht. Er kapselte sich nicht ab. Er wollte nirgendwo anders als bei seiner Familie sein. Nein, Michael war nicht wie David. Kein bisschen.

Die Zwillinge aßen noch einen Joghurt, duschten nacheinander und machten es sich in ihren Schlafanzügen vor dem Fernseher gemütlich. Sandra setzte sich auf die Couch und versuchte vergeblich, sich auf ihr Buch zu konzentrieren.

Die Sendung, die die Kinder sich ansahen, lief noch, als David nach Hause kam.

„Hi, Leute", rief er.

Michael und Molly hoben jeder nur eine Hand, ohne sich zu ihm umzudrehen.

„Ist noch Nachtisch da?", fragte David.

„Nein", erwiderte Sandra und würdigte ihn keines Blickes.

„Oh. Na, dann hole ich mir ein Eis. Wollt ihr auch eins?"

„Nein."

Wütend sah sie ihm nach, als er in die Küche ging. Wie konnte er es wagen, so zu tun, als wäre alles in Ordnung? Für wen hielt David Westport sich?

Sandra klappte das Buch zu, warf es neben sich und marschierte nach nebenan. David füllte gerade eine tiefe Schüssel mit Eiscreme.

„Bist du sicher, dass du nichts willst?", fragte er.

„Nein, David, ich will kein Eis, ich will wissen, wo du warst. Ich habe vorhin im Laden angerufen, damit du noch Milch mitbringst, da erzählt mir Ben, dass du bereits vor zwei Stunden zum Abendessen nach Hause gefahren bist und erst morgen wiederkommst. Du hast mich belogen, nicht wahr? Du wolltest gar nicht in den Laden."

Seufzend stellte er den Becher mit dem Eis zurück, schob die Hände in die Taschen und starrte einen Moment lang zu Boden, bevor er sich zu Sandra umdrehte.

„Ja, es stimmt. Ich habe dir nicht die Wahrheit gesagt", gab er zu.

Sandra fröstelte nun. „Wo warst du denn?", fragte sie leise. „Bei wem?"

„Ich …" Er zog die Hände aus den Taschen und streckte sie nach ihr aus. Sandra wich zurück. „Ich möchte noch nicht darüber reden. Bitte, Sandra, du musst mir vertrauen."

„Dir vertrauen? Du hast mich belogen. Mich und deine Kinder." Sandra kamen die Tränen. „Aber du möchtest noch nicht darüber reden? Was soll ich deiner Meinung nach jetzt sagen? ‚Oh, sicher, David, kein Problem'?" Sie zögerte. „Du hast dich mit einer Frau getroffen, nicht wahr?"

„Nein", sagte er mit Nachdruck und packte ihre Schultern. „Sandra, wie kannst du so etwas auch nur denken? Ich habe dich nie betrogen und fange auch nicht damit an. So ein Unsinn! Ich … brauche nur etwas Zeit … für mich allein. Mir geht so viel im Kopf herum, und ich versuche, das alles zu verarbeiten und mir zu überlegen, wie … Ich habe mich nicht mit einer Frau getroffen, das musst du mir glauben."

„Muss ich?", entgegnete sie und ignorierte die Tränen, die ihr über die Wangen liefen. „Und das ist alles, was du zu sagen hast? Nein, David, so läuft das nicht."

„Sandra …"

„Streitet ihr euch?", fragte Molly. Sie stand im Durchgang. „Seid ihr sauer aufeinander?"

David nahm die Hände von Sandras Schultern und ging zu seiner Tochter, die sie beide betrübt anstarrte. Sandra wischte sich die Tränen ab und drehte sich langsam zu ihrem Mann und ihrer Tochter um.

„Nein, Süße", antwortete David. „Wir streiten uns nicht. Dein alter Dad ist nur ausgeflippt, weil ihr beiden Naschkatzen den Nachtisch aufgegessen habt und er sich jetzt mit Eiscreme begnügen muss. Ich habe mich wie ein Dreijähriger aufgeführt. Das war mein Lieblingsdessert, du verzogene Göre."

Molly kicherte. „Selbst schuld. Du hättest eben davon essen müssen, bevor du in den Laden gefahren bist."

„Da hast du Recht“, gab David zu. „Ich habe meine Lektion gelernt. Was seht ihr beide euch im Fernsehen an?“

„Es ist cool. Es geht um diese riesige Spinne, die alles verschlingt, und die guten Typen wollen sie daran hindern, Chicago zu fressen, und …“

„Klingt großartig“, unterbrach David Molly. „Ich setze mich zu euch, einverstanden?“

„Okay.“ Molly nahm ihn an der Hand, und zusammen gingen sie ins Wohnzimmer. „Die Spinne ist extrem eklig, Dad. Sie hat riesige Augen und überall Haare und so …“

Sandra sah ihnen nach. Als sie sich umdrehte, fiel ihr Blick auf Davids Eis, von dem bald nur noch eine Pfütze übrig sein würde. Irgendwie erschien ihr der Anblick symbolisch.

11. KAPITEL

Nach einer fast schlaflosen Nacht stand David auf und starrte auf Sandras Rücken.

„Ich mache den Kindern Frühstück und fahre sie zu ihren Freunden“, sagte er leise. „Versuch, noch ein wenig zu schlafen. Ich weiß, dass du kaum ein Auge zugetan hast. Genau wie ich.“

Er rieb sich das Gesicht. „Sandra, ich habe dich nicht betrogen, das schwöre ich. Es tut mir sehr leid, dass ich dich belogen habe. Ich hätte einfach sagen sollen, dass ich in Ruhe über alles nachdenken will, was passiert ist, und ... Es tut mir leid, dass ich nicht den Mut hatte.“

David schüttelte den Kopf. „Verdammt, ich weiß nicht, warum ich gelogen habe. Es ist ... es ist, als hätte ich plötzlich ein gigantisches Puzzle im Kopf und könnte die passenden Teile nicht finden ... Seit ich von diesem Wohltäter weiß, bin ich ... Sandra, vertrau mir. Bitte.“

Er wartete, aber sie reagierte nicht.

Mit einem Seufzer, der aus tiefster Seele zu kommen schien, ging er schweren Schrittes ins Bad. Sandra drehte sich auf den Rücken und starrte an die Decke.

Der Wohltäter, dachte sie. Dieser verdammte Wohltäter. Sie ballte die Fäuste und schlug auf die Matratze.

„Was soll ich nur tun?“, flüsterte sie und presste die Fingerspitzen auf die pochenden Schläfen. „David entfernt sich immer mehr von mir, und ich kann es nicht verhindern. Er wird mich verlassen. Ich weiß es.“

Sie rollte sich auf den Bauch, und nach einer Weile schlief sie ein. Erst Stunden später wachte sie auf – es war bereits später Vormittag, wie sie mit einem Blick auf den Wecker feststellte. Sie duschte, zog Jeans und ein Top an und rief ihre Freundin Cindy Morrison an, um sich mit ihr zum Mittagessen zu verabreden. Dann kümmerte sie sich schnell um die Wäsche und bereitete einen Auflauf für das Abendessen vor.

Zwei Stunden später traf Sandra ihre Freundin im Restaurant. Cindy schwärmte von ihrem Urlaub, bis sie die Augen zusammenkniff und Sandra musterte.

„Du siehst ja grauenhaft aus“, stellte sie fest, als Salat und Eistee endlich serviert wurden. „Was ist los, meine Liebe?“

Sandra erzählte ihr in knappen Worten, was die letzten zwei Wochen passiert war. „David wird mich verlassen“, schloss sie. „Die Sache mit dem Wohltäter ist der berühmte Tropfen, der das Fass zum Überlaufen gebracht hat. David schafft es nicht mehr, die Fassade des glücklichen Ehemanns aufrechtzuerhalten. Er ist enttäuscht und hat das Gefühl, versagt zu haben. Er ist so unglücklich, so unzufrieden mit mir, mit unserem gemeinsamen Leben …" Sie schüttelte den Kopf.

„Was ist dieser Wohltäter nur für ein Kerl?", fragte Cindy. „Erst gibt er jungen Studenten die Möglichkeit zu studieren, dann wartet er zehn Jahre und will wissen, ob sich das Geld auch gelohnt hat … Das ist mies, wirklich mies. Es sollte dem Kerl verboten werden, jemals wieder ein Stipendium zu verteilen. Ich finde es auch nicht gut, dass die Uni sein Spiel mitspielt."

Sandra rang sich ein mattes Lachen ab. „Dafür ist es jetzt leider zu spät. Der Schaden ist angerichtet."

„Trotz allem: Ich kann nicht glauben, dass David dich nicht mehr liebt. Er macht im Moment eben nur einiges durch. Du kennst doch die Männer. Anstatt sich auszusprechen, fressen sie alles in sich rein. Gib ihm einfach Zeit, das alles zu verarbeiten. Du musst nur geduldig sein, das wird schon wieder, glaub mir!"

Sandra beugte sich vor. „Aber das ist doch genau der Punkt! Warum schließt er mich aus? Normalerweise besprechen wir immer alles miteinander, alles. Und jetzt kapselt er sich ab. Für mich sieht das eher danach aus, dass er genug hat von mir und …"

„Iss deinen Salat", unterbrach Cindy sie. „Ich weiß, dass dein Mann dich liebt, basta, Ende der Diskussion."

„Nein, er …"

„Bleib gelassen, Sandra. Schau zu, dass euer Familienleben nicht leidet. Dass die Kinder nichts merken. Lass deinen David ein bisschen vor sich hingrübeln, er braucht das jetzt. Es wird alles wieder gut, glaub mir."

„Okay." Sandra lächelte erleichtert. „Danke, Cindy. Ich weiß nicht, was ich ohne dich tun würde."

„Ja, wir Frauen können mit Problemen eben umgehen: Wir reden und finden so eine Lösung. Und Männer? Ziehen sich zurück und grübeln sich noch zu Tode. Mein Gott, wann bringt einer den Kerlen endlich bei, dass man über Probleme *reden* muss? Na ja, dein Mann wird seine Sprache schon wiederfinden, glaub mir. Und so lange bleibst du gelassen und lächelst. Kapiert?"

„Gelassen bleiben und lächeln." Sandra seufzte. „Aber was, wenn David …"

„Sandra!"

„Okay, okay. Ich bin gelassen und lächle.“

„So ist es brav. Und weil du so brav bist, genehmigen wir uns zum Nachtisch eine Mousse au Chocolat.“

Sandra deckte gerade den Tisch fürs Abendessen, als David nach Hause kam.

„Hallihallo“, rief sie fröhlich. „Wie war dein Tag? Ich habe mich mit Cindy getroffen, sie hat mir von ihrem Urlaub vorgeschwärmt. Wasch dir die Hände, okay? Ich habe einen Gemüseauflauf gemacht, ist schon fertig, ich hol ihn gleich aus dem Ofen. Hast du Hunger? Blöde Frage. Du hast immer Hunger. Also, das Essen ist fertig und …“ Oh Gott, sie redete ja wie eine aufgezogene Puppe. War das ihre Art, Gelassenheit zu zeigen?

„Sandra“, sagte David leise.

„Hmm?“ Sie sah ihn an.

„Soll das heißen, du verzeihst mir?“

„Ja, natürlich“, erwiderte sie. „Ich finde es zwar nach wie vor nicht gut, dass du mich angelogen hast, aber … ich vertraue dir, dass du mich nicht betrügst. Der Rest ist deine Sache.“

„Danke“, sagte er, während er sich an der Spüle die Hände wusch. „Ich wünschte, ich könnte …“

„Ist schon in Ordnung, David.“ *Gut gemacht, Sandra, bleib immer nur gelassen! Auch wenn es dich vor Neugier schier zerreißt.*

„Hi, Dad.“ Michael betrat die Küche und setzte sich.

„Hi, Ping.“ David trocknete sich die Hände ab. „Wo ist Pong?“

Molly kam herein und warf einen Blick auf den Auflauf, den Sandra gerade aus dem Ofen holte. „Oh nein“, rief sie. „Gemüse! Ich hasse Gemüse.“

„Tja, das ist schade.“ Sandra stellte den Auflauf auf den Tisch. „Du kannst auch fasten, wenn du das vorziehst. Aber ich würde an deiner Stelle ein bisschen davon probieren: Dein Vater liebt diesen Gemüseauflauf, also kann er ja nicht so grauenvoll schmecken.“

„Na ja, besser als nichts“, sagte Molly und seufzte dramatisch, bevor sie sich eine winzige Portion nahm.

„Jetzt mach aber mal halblang, Pong.“ David setzte sich. „Deine Mom ist eine hervorragende Köchin. Manche Kinder haben nicht so viel Glück.“

„Mir jedenfalls schmeckt das Zeug“, meinte Michael und bediente sich.

„Danke", murmelte Sandra.

Sie aßen schweigend. Selbst als Molly sich eine zweite, größere Portion nahm, sagte niemand etwas dazu.

„Okay, ich hab euch was zu erzählen", verkündete David schließlich. „Ich habe heute ein ... paar Weichen neu gestellt. Eure Mannschaften bekommen neue Trainer, Kinder. Mr. Morales übernimmt das Mädchen-Fußballteam, und Mr. Gambini betreut ab sofort die Baseball-Mannschaft."

Sandra ließ ihre Gabel fallen. „Was?"

„Warum?", fragten die Zwillinge wie aus einem Mund.

„Ich betreue die beiden Teams jetzt schon so lange", antwortete David und nahm sich noch eine Portion Auflauf. „Andere Väter wollen auch mal zum Zug kommen, und die können das ebenso gut, wenn nicht sogar besser. Und ihr zwei überlegt euch einfach, ob ihr weiter Fußball und Baseball spielen oder euch lieber auf das Tischtennis konzentrieren wollt. Wie immer ihr euch entscheidet, mir soll es recht sein."

Michael zuckte mit den Schultern. „Okay."

„Mr. Morales ist nett", sagte Molly. „Tina Morales ist meine Freundin."

Sandra zwang sich, einen Bissen zu essen. Er schmeckte wie Sägespäne.

David war dabei, alle Brücken hinter sich abzubrechen. Er sorgte dafür, dass er Nachfolger hatte, bevor er ging und ... Guter Gott, nein.

„Sandra." David sah sie an. „Geht es dir gut? Du hast kaum was gegessen."

„Alles in Ordnung." Sie rang sich ein Lächeln ab. „Ich hab nur keinen Hunger. Ich war heute Mittag mit Cindy essen."

David nickte und unterhielt sich weiter mit den Kindern. Nach dem Essen räumte er mit ihnen den Tisch ab, und Sandra machte die Küche sauber, während die drei nach draußen gingen.

Kurz darauf läutete das Telefon. „Hallo?", meldete sie sich.

„Oh ... Hallo, Sandra", sagte eine Männerstimme. „Hier ist Gilbert Harrison. Kann ich David sprechen, bitte?"

Nein, dachte Sandra wütend.

„Ja, natürlich", erwiderte sie stattdessen. „Einen Augenblick, bitte."

Sie holte David an den Apparat und setzte sich ins Wohnzimmer.

„Professor", begrüßte David den Anrufer.

„Entschuldigen Sie die Störung, aber es ist wichtig."

„Kein Problem."
„Ich würde mich gern mit Ihnen treffen."
David seufzte. „Professor, falls es darum geht, dass der Wohltäter wissen will, wie ich das Stipendium wiedergutmachen will, werden Sie ihn noch vertrösten müssen. Die Sache ist nicht so einfach, wie er das sich offenbar vorstellt."
„Nein, nein, ich will Sie nicht wegen des Stipendiums treffen", sagte Harrison.
„Und warum ..."
„David, könnten wir morgen Abend zusammen essen gehen?"
„Nun ja ... sicher", erwiderte David irritiert.
„Gut. Gibt es in Ihrer Gegend ein nettes Restaurant?"
David nannte ihm die Adresse eines ruhigen italienischen Restaurants und beschrieb den Weg dorthin.
„Schön. Dann sehen wir uns um sieben", schloss der Professor. „Bis morgen dann, David."
„Auf Wiederhören." David legte auf.
Als Sandra die Küche betrat, hielt er den Hörer noch in der Hand und starrte ihn an.
„David? Was ist los?", fragte sie.
„Wie?" Er wirbelte herum. „Oh, nichts. Oder doch. Ich weiß nicht. Professor Harrison will irgendwas mit mir besprechen, aber es geht nicht um die Sache mit dem Stipendium, sagt er. Wir treffen uns morgen um sieben im ‚Carlito'. Ich habe nicht die leiseste Ahnung, was er will."
„Seltsam. Scheint heute ja ein Abend voller Geheimnisse zu sein", sagte Sandra leise, während sie Eis aus dem Kühlschrank holte.
„Wie meinst du das?", fragte David und folgte ihr zur Arbeitsplatte, wo sie Schüsseln aufreihte.
„Nun ja, es hätte mich gefreut, wenn du es zuerst mit mir besprochen hättest, dass du die Mannschaften der Kinder nicht mehr trainieren willst. Stattdessen stellst du uns vor vollendete Tatsachen."
„Was hätten wir da vorher miteinander besprechen sollen?", entgegnete er etwas barsch. „Ich habe meine Entscheidung getroffen und für Nachfolger gesorgt. Ende der Geschichte."
„Ach, schon gut." Sie füllte eine Schüssel mit Eis.
„Ist das jetzt so ein Frauending? Alles immer durchdiskutieren, bis ins letzte Detail besprechen ... Hauptsache, man hat darüber geredet. Auch wenn das Ergebnis dasselbe ist."

Sandra beschloss, bis zehn zu zählen, bevor sie antwortete. Sie schaffte es bis fünf, dann nahm sie die volle Schüssel Eis, drehte sich zu David um, zog den Kragen seines T-Shirts nach vorn und leerte das Eis hinein.

Davids Mund klappte auf und wieder zu. Erschrocken machte er einen Satz nach hinten.

„So viel zu diesem Stuss mit dem ‚Frauending'", sagte sie.

„Ich ... Oh ... Kalt ...", stammelte David, während sich auf seinem T-Shirt ein feuchter Fleck ausbreitete. „Bist du verrückt? Oh Mann, ist das kalt."

Stöhnend zog er das T-Shirt vom Körper.

Sandra lachte, bis sie nach Luft schnappen musste. Aber jedes Mal, wenn sie ernst wurde, brauchte sie nur David anzusehen, und schon prustete sie wieder los.

Er versuchte, das T-Shirt auszuziehen, ohne dass die klebrige Masse seinen Kopf streifte. Natürlich gelang es ihm nicht, und Sandra bog sich erneut.

Ihr Lachen lockte die Zwillinge an.

„Wow, Dad", rief Michael. „Was ist dir denn passiert?"

„Dein Vater", begann Sandra und bekam einen Schluckauf, „kämpft gerade mit einem ‚Frauending'."

„Hä, was für ein Frauending?", fragte Molly und starrte auf das T-Shirt ihres Vaters. „Das versteh ich jetzt nicht. Was macht das Eis unter Daddys T-Shirt?"

„Das passiert, wenn man Stuss redet", erklärte Sandra.

„Mom, du bist ja drauf!", verkündete Molly und hüpfte vor Begeisterung auf und ab. „Du hast Daddy Eis ins T-Shirt gekippt." Sie blieb stehen. „Und was ist das jetzt für ein Frauending?"

„Oh, das ist soooo cool." Michael klang bewundernd. „Wow."

„Ja, ja, bewundert eure Mom nur", mischte sich David ein, und der Anflug eines Lächelns umspielte seine Mundwinkel. „Euer Dad holt sich Frostbeulen, und ihr lacht euch tot dabei." Lachend schüttelte er den Kopf. „Na ja, das muss man unserer Familie lassen – langweilig ist es hier nie."

„Manchmal verstehe ich Mom und Dad wirklich nicht", flüsterte Michael Molly zu.

„Ich auch nicht", erwiderte sie.

„Ich habe eine Frage, Familie", sagte Sandra.

Alle sahen sie an.

Sie wedelte mit dem Löffel.
„Eine Kugel oder zwei?“, sagte sie lächelnd.

Als Sandra am nächsten Tag in Saunders eintraf, fand sie auf Rachels Schreibtisch eine Nachricht. Ihre Freundin hatte zum Zahnarzt gehen müssen und würde erst am Montag wieder kommen.

Sandra schaute über den Korridor. Harrisons Tür war geschlossen. Gerade, als sie überlegte, ob sie an seiner Tür klopfen sollte, kam ein Student, klopfte, wartete und ging davon.

Der Professor war also nicht da. Was für ein Feigling, dachte Sandra. *Vermutlich versteckt er sich zu Hause, damit ich ihn nicht fragen kann, was er mit David besprechen will.* Kopfschüttelnd nahm sie einen Stapel Ordner aus dem Schrank und setzte sich damit an den Schreibtisch.

Später aß sie in der Cafeteria einen Hotdog, ging wieder zurück ins Büro und las Akten, Akten, Akten. Nichts. Kein Hinweis auf den anonymen Geldgeber. Kurz vor fünf Uhr beschloss sie, es für heute sein zu lassen. Sie schrieb Rachel einen Zettel, wünschte ihr gute Besserung, warf noch einen zornigen Blick auf Professor Harrisons Tür und ging zum Wagen.

Zurück in North End, holte sie die Zwillinge bei ihren Freunden ab und fuhr dann mit ihnen nach Hause. David war noch im Supermarkt – oder wo auch immer, jedenfalls nicht in der Wohnung. Gelassen bleiben, dachte Sandra. *Familienalltag aufrechterhalten. So tun, als ob alles in Ordnung wäre.* Sie schaute in den Kühlschrank, dann in ihre Geldbörse und nickte entschlossen.

Fünfundvierzig Minuten später klingelte es an der Wohnungstür. Es war ein Mitarbeiter von ‚Carlito‘, der eine riesengroße Familienpizza brachte. „Cool“, riefen die Zwillinge wie aus einem Mund. Pizzadienst, das war ein seltener Luxus im Haus der Westports. Doch Sandra hatte beschlossen, dass es höchste Zeit war, sich mal wieder was zu gönnen. Und wenn David heute Abend bei ‚Carlito‘ tafeln würde, dann würde sie das, auf eine andere Weise, eben auch machen!

Gerade als sie die Reste der Pizza in Alufolie packte, kam David nach Hause. Es war zwanzig vor sieben. Von der Wohnungstür aus rief er ihr zu, dass er nur rasch duschen wollte, und verschwand im Bad. Ein paar Minuten später kam er in die Küche, sein Haar war noch feucht. Sandra stellte fest, dass er sich fein gemacht hatte. Jedenfalls trug David diese graue Hose und das weiße Hemd nur zu besonderen Anlässen.

„Ich geh dann mal", sagte er.
„David, warte. Bitte."
„Was ist denn?"
„Ich weiß, dass Harrison sich mit dir alleine treffen will, aber ich finde … du bist so schick angezogen … ich würde gerne wissen, um was es da heute Abend geht …"
„Sandra", unterbrach David sie und nahm ihr Gesicht zwischen die Hände. „Ich schwöre hiermit feierlich, dass ich dir alles erzählen werde. Worüber wir geredet und was wir gegessen haben, jedes Gericht, jedes Getränk und jedes Wort, einschließlich des üblichen Geplänkels über das Wetter. Okay?"
„Wirklich?", fragte sie erleichtert.
„Jawohl. Ich habe nämlich keine Lust, noch einmal mit Eis voll geschmiert zu werden."
Sie lachte. „Ich weiß gar nicht, was da über mich gekommen ist."
„Ich weiß, was über *mich* gekommen ist, und es war verdammt kalt. Du hast dich übrigens noch nicht dafür entschuldigt."
„Oh, das werde ich auch nicht. Ich habe meine Rache nämlich zu sehr genossen, als dass ich sie bedauern könnte", gab sie lächelnd zu.
„Na gut." Er schmunzelte. „Ich muss jetzt los. Bis nachher." Er küsste sie.
„David?"
„Ja?"
„Es geht mir nicht darum, dich zu kontrollieren. Genieß den Abend mit dem Prof. Und wenn dir danach ist, erzählst du mir, was er von dir wollte, einverstanden?"
David sah auf die Uhr und ging zur Tür.
„Natürlich", erwiderte er abwesend. „Ja, natürlich. Bis nachher."
Als die Wohnungstür sich hinter ihm schloss, ließ Sandra sich seufzend auf den Küchenstuhl fallen. Himmel, gelassen zu bleiben kostete ganz schön Nerven!

12. KAPITEL

Gilbert Harrison wartete bereits ein paar Minuten vor dem Restaurant, als David endlich ankam und sich für die Verspätung entschuldigte.

„Kein Problem", wehrte der Professor ab.

„Ich hoffe, Sie mögen italienisches Essen." David öffnete die Tür.

Harrison strahlte übers ganze Gesicht. „Ich könnte jeden Tag italienisch essen."

„Großartig", erwiderte David lächelnd.

Sie nahmen an einem kleinen Tisch in der Ecke Platz, lasen die Speisekarten und bestellten. Danach verschränkte David die Arme und sah den Professor erwartungsvoll an.

„Könnten wir zur Sache kommen, Sir?", bat er, und die Ungeduld war seiner Stimme anzuhören.

Sein Gegenüber seufzte, machte eine Pause und begann dann: „David, mir ist klar, dass ich mich in Dinge einmische, die mich nichts angehen. Wenn Sie nicht darüber reden möchten, sagen Sie es mir einfach. Aber mein Gewissen …"

„Schon gut, Sir. Fahren Sie einfach fort."

„Ja." Der Professor atmete tief durch. „Na gut." Er zögerte. „Ich habe zufällig – ohne dass ich es wollte – gehört, wie Sandra und Rachel sich unterhalten haben. Was ich da hörte, hat mich sehr beunruhigt, und ich denke, ich sollte es Ihnen erzählen."

„Oje, das hört sich aber gar nicht gut an", bemerkte David und schluckte. Sein Herz pochte bis zum Hals. Ging es etwa um den Wohltäter? Hatte Sandra etwas herausgefunden und ihm nichts davon gesagt?

Die Kellnerin servierte das Essen, und die beiden Männer schwiegen, bis sie wieder gegangen war.

„Also … Sie müssen wissen, ich bekam das eher zufällig mit, ich habe nicht absichtlich gelauscht, na ja, jedenfalls hörte ich, wie Sandra weinte", fuhr Harrison fort. „Sie glaubt, dass Sie … sie nicht mehr lieben. Dass Sie es vielleicht nie getan haben."

„Was!", entfuhr es David. Hastig sah er sich um und senkte die Stimme. „Was zum Teufel reden Sie da?"

„Es war furchtbar, David. Sandra weinte, als wäre ihr Herz gebrochen. Wenn ich es richtig verstanden habe, glaubt sie, dass Sie ihr vorwerfen, dass sie damals schwanger geworden ist. Dass Sie ihr die Schuld daran geben, dass Sie kein professioneller Baseball-Spieler geworden sind – so, wie Sie es sich immer erträumt haben."

David schüttelte den Kopf und spürte, wie er blass wurde. Das konnte doch alles nicht wahr sein!

„Sandra erzählte Rachel, dass diese Geschichte mit dem Wohltäter Ihnen den Rest gegeben habe, dass Sie sich schuldig fühlen, weil Sie nichts aus Ihrem Talent gemacht haben. David, sie ist davon überzeugt, dass Sie sie ... verlassen werden. Sie könne sich nicht erinnern, wann Sie ihr das letzte Mal gesagt haben, dass ... Sie sie lieben."

Davids Herz klopfte so heftig, dass es schmerzte. „Sandra ..." Er räusperte sich. „Das hat Sandra Rachel gesagt?"

Harrison nickte.

„Mein Gott, das ist doch nicht zu fassen! Sandra glaubt, dass ich sie nicht liebe? Diese Frau ist mein Leben, meine andere Hälfte ... *Ich* bin der Vater der Zwillinge, ohne *mich* wäre sie nicht schwanger geworden, und um nichts auf der Welt würde ich es ungeschehen machen wollen. Ich liebe sie nicht? Das ist doch absurd. Vollkommen verrückt." David wusste nicht, auf wen er mehr sauer sein sollte: auf sich oder auf Sandra.

„Sie lieben sie? Wann haben Sie ihr das zuletzt gesagt, David?", fragte der Professor leise.

„Na ja, ich bin nicht sicher, aber ... oft. Ja, ich sage es ihr dauernd ..." David holte Luft. „Oder nicht? Ich weiß es nicht." Seine Hand zitterte, als er sich übers Gesicht fuhr. „Mann, was habe ich getan? Meine Frau glaubt, dass ich sie nicht liebe, sie verlassen will, und ich habe nicht mal gemerkt, wie unglücklich sie ist. Was bin ich bloß für ein Ehemann?"

„Ein typischer, würde ich sagen." Harrison lächelte mitfühlend. „Wir Männer gehen immer davon aus, dass unsere Frauen unsere Gefühle kennen, nicht wahr? Aber so einfach dürfen wir es uns nicht machen. Die Frauen wollen auch *hören*, wie sehr wir sie lieben. Selbst nach vielen Jahren. Meine Mary und ich hatten darüber einmal ein langes Gespräch. Zuvor hielt ich diese Liebesbeteuerungen immer für eine Art spezielles ... Frauending. Aber wissen Sie was? Es tut verdammt gut, wenn man sich immer wieder mal sagt, wie sehr man einander liebt. Mary tat es gut, und mir auch. Und wie!"

„Ich bin so ein Trottel", murmelte David. Das ‚Frauending', das er gestern noch so verspottet hatte, dröhnte ihm jetzt in den Ohren. „Manchmal betrachte ich Sandra, wenn sie schläft. Sie ist so schön, und ich liebe sie so sehr. Aber ich ... ich weiß nicht mehr, wann ich es ihr zuletzt gesagt habe."

„Dann sollten Sie es schleunigst nachholen, David."

„Warum sollte sie es mir glauben?"

„Weil Frauen wunderbare Geschöpfe sind, die wir Männer nur in den seltensten Fällen verdient haben."

„Das stimmt." David schwieg, und auch Harrison schien seinen Gedanken nachzuhängen. Plötzlich sagte David: „Professor, darf ich Sie um einen Gefallen bitten? Könnten Sie dem ... Wohltäter etwas von mir ausrichten?"

„Natürlich", erwiderte Harrison, der von dem abrupten Themenwechsel sichtlich überrascht war.

„Sagen Sie ihm, dass ich lange über eine ... Wiedergutmachung nachgedacht habe und auch wirklich etwas tun will. Aber im Moment steht meine Frau, steht meine Ehe an erster Stelle. Bitte, richten Sie ihm das aus."

„Er wird es verstehen." Der Professor nickte. „Machen Sie sich keine Sorgen."

„Danke." David warf einen Blick auf die Uhr. „Ich sollte jetzt besser nach Hause gehen."

„Das verstehe ich. Vergessen Sie die drei berühmten Worte nicht, mein Junge."

David stand auf.

„Danke für Ihre Hilfe", sagte er und gab dem Professor die Hand. „Ich komme mir vor wie ein kleiner dummer Junge."

„Das sind Sie aber nicht. Sie haben mir immer am Herzen gelegen, David." Harrison ließ Davids Hand los. „Ich wünsche Ihnen und Ihrer Familie alles Gute. Und nun raus mit Ihnen!"

David eilte davon.

Harrison sah ihm nach. „So, Mary", flüsterte er. „Ich habe getan, was ich konnte. Jetzt liegt es an David und Sandra."

David rauschte der Kopf. Er war vollkommen durcheinander. Wie hatte er es nur so weit kommen lassen können. Sandra war unglücklich, und das nur, weil er so ein verschlossener ... Trottel war. Er musste sich dringend beruhigen, bevor er ihr unter die Augen treten konnte. Daher fuhr er zu einem kleinen Park unweit der Wohnung und setzte sich dort auf eine Bank. Nachdenken! Überlegen, wie was zu retten war! Er stützte die Arme auf die Knie, legte die Fingerspitzen an die

Lippen und ließ sich immer wieder durch den Kopf gehen, was Professor Harrison ihm erzählt hatte. Es war ihm, als könnte er selbst hören, wie Sandra geweint hatte. Wie sie sich beklagt hatte. Oh Gott, wie seine arme Frau gelitten haben musste die letzten Wochen, während er ... im Selbstmitleid gebadet hatte. Nur an sich gedacht hatte.

David war so in Selbstvorwürfen versunken, dass er gar nicht merkte, wie der Abend langsam in die Nacht überging. Mittlerweile war es dunkel, nur am Himmel glitzerten die Sterne. Er sah nach oben. Er wusste auch nicht mehr, wann er Sandra das letzte Mal gesagt hatte, wie schön er sie fand. Und wie wundervoll ihre Figur war. Wütend klatschte er eine Stechmücke weg.

Irgendwann straffte David sich, stand langsam auf und ging zum Wagen. Plötzlich blieb er abrupt stehen und begann zu frieren.

Schlagartig war sie da, die Angst. Was, wenn er Sandra sein Herz ausschüttete, sie anflehte, ihm zu verzeihen, dass er so unglaublich dumm gewesen war ... und sie trotzdem verlor? Wenn Sandra längst entschieden hatte, dass sie mit einem so unsensiblen Brocken Mann nicht länger zusammenleben wollte? Wenn der Schmerz, den er ihr bereitet hatte, größer und stärker war als alles, was er jetzt noch zu ihr sagen konnte? Was, wenn die Frau, die er über alles liebte, ihn verließ?

„Nein", murmelte er und ging hastig weiter. Er rannte fast. „Nein. Bitte nicht."

Als David nach Hause kam, stellte er erleichtert fest, dass Sandra noch wach war. Sie saß in ihrem Bademantel und mit untergeschlagenen Beinen in einer Ecke der Couch und las ein Buch.

„Na, Harrison muss ja viel zu besprechen gehabt haben", begrüßte sie ihn und lächelte zu ihm hinauf. „Du warst stundenlang fort."

Er nickte nur, schob die Hände in die Hosentaschen, zog sie wieder heraus, verschränkte die Arme vor der Brust und ließ sie nach einem Augenblick sinken.

„David?" Sandra neigte den Kopf ein wenig zur Seite und sah ihn fragend an. „Was ist los? Du bist ja ganz blass. Ist etwas passiert?"

Sie klappte das Buch zu, legte es auf den Tisch und schwang die Beine von der Couch. „David?"

„Er ... Sandra, Harrison hat mir erzählt, dass ... Er hat dich und Rachel neulich ... gehört, ihr wart im Büro seiner Sekretärin, er stand auf dem Flur, er hat euch ... belauscht, es tut ihm leid, aber ich bin ihm dankbar dafür, dass er es getan hat. Ich kann nur hoffen, dass es noch nicht zu spät ist … Oh Mann, wie fange ich bloß an?"

„Indem du mir erklärst, wovon du gerade redest?", schlug Sandra vor. Sie verstand kein Wort von dem, was David da stammelte.

„Ja. Richtig. Er hörte dich … weinen, Sandra."

Sandra klopfte neben sich auf das Polster. „Warum setzt du dich nicht hin und fängst noch einmal von vorn an?", schlug sie vor.

Seufzend ließ David sich auf die Couch sinken, und Sandra drehte sich so, dass sie ihn ansehen konnte.

„Okay", sagte sie. „Also, was ich bislang verstanden habe, ist, Professor Harrison habe dir erzählt, dass er … was gehört hat?"

„Er hat gehört, wie du und Rachel euch unterhalten habt. Im Büro seiner Sekretärin. Er hat gehört, wie … du geweint hast, Sandra. Er stand draußen auf dem Korridor und hat jedes Wort mitbekommen."

„Was!", rief sie empört aus, und ihre Stimme klang schrill. „Was fällt dem Mann ein? An der Tür zu horchen, das gibt es doch nicht! Für wen hält er sich?"

„Für jemanden, dem seine Mitmenschen am Herzen liegen." David setzte sich und nahm ihre Hände in seine. „Hör mir einfach zu. Okay?"

Sandra nickte zögerlich. „Okay."

„Honey, ich bin so ein Idiot", begann er mit heiserer Stimme. „Ich will gar nicht daran denken, wie blöd ich geblieben wäre, wenn Harrison mir heute Abend nicht auf die Sprünge geholfen hätte. Mein Verhalten ist unentschuldbar. Ich bin ein solcher gefühlloser … Trottel."

Er zögerte, schluckte, nahm seinen Mut zusammen. „Der Prof … hörte dich sagen, dass du glaubst, ich würde dich nicht mehr lieben. Dass ich dir die Schuld daran gebe, dass ich kein Baseball-Profi geworden bin. Und dass du überzeugt seist, dass ich dich verlassen werde."

„Er hatte kein Recht, mich und Rachel …" Sandra wollte die Hände aus seinen ziehen, aber David hielt sie fest. „Und du könntest dich nicht daran erinnern, wann ich dir zuletzt gesagt habe, dass ich dich liebe."

Sandra wäre gern cool geblieben, sachlich, bedacht. Stattdessen merkte sie, wie ihr Tränen über die Wangen liefen.

„Und als ich über seine Worte – also eigentlich deine Worte – nachdachte, fiel mir auf, dass ich tatsächlich nicht mehr weiß, wann ich dir zuletzt gesagt habe, was du mir alles bedeutest. War es vor einem Monat? Letztes Jahr an Weihnachten? Ist es noch länger her? Ich weiß es nicht, und das ist ein Skandal. Ich dachte nur immer … dass es dir klar ist, was ich für dich fühle. So klar wie das Amen in der Kirche." Er lachte sarkastisch auf. „Wow, ich bin schon ein romantischer Kerl, nicht?"

Sandra wusste nicht, was sie sagen sollte. Mit allem hatte sie gerechnet heute Abend, nur nicht damit. David drückte ihre Hände noch stärker. „Hör mir zu, Sandra! Ich liebe dich von ganzem Herzen. Du bist meine Frau, mein Leben, meine Seelengefährtin, meine andere Hälfte. Ich liebe dich. Ich. Liebe. Dich."

„Oh David", schluchzte sie auf. „Ich dachte … Ich war so sicher, dass du … Du hättest Baseball spielen und reich und berühmt werden können und … Diese Sache mit dem Stipendium hat dir das alles wieder bewusst gemacht, und … Oh, ich war so traurig."

David ließ ihre Hände los, nahm ein Taschentuch und gab es ihr. Sie tupfte ihre Nase ab.

„Verzeihst du mir?", bat er. „Dass ich so nachlässig war. Dass ich so sehr in meiner alltäglichen Tretmühle gefangen war. Dass ich dir nicht mindestens einmal am Tag gesagt habe, was ich für dich empfinde. Wie dankbar ich für alles bin, was du für unsere Familie und mich tust."

Er lächelte. „Du beschwerst dich nie darüber, dass wir nicht genug Geld haben, dass wir uns keinen tollen Urlaub leisten können, dass du keine teuren Klamotten hast oder … Du beklagst dich nie, obwohl du allen Grund dazu hättest." Er schluckte. „Oh Liebling, ich kann mir nicht vorstellen, ohne dich zu leben. Ich wünschte, wir hätten genug Geld, um noch viel mehr Kinder zu bekommen. Es gibt für mich nichts Schöneres als unsere Familie. Was soll ich mit Ruhm auf einem Baseballfeld, wo ich zu Hause alles habe, was ich mir je an Glück erträumt habe."

„Oh David, du … das hast du … du bist so wunderbar. Ich … ich liebe dich so sehr", stammelte Sandra und lachte und weinte gleichzeitig. „Ich bin so froh, dass du mich liebst. Dass du mich nicht verlassen wirst … Ich würde auch gern noch einmal ein Baby bekommen, aber …" Sie lächelte wehmütig und sah David ernst in die Augen. „Du bereust es wirklich nicht, dass du kein Baseball-Profi geworden bist?"

„Nein, Sandra, nein. Es war doch sowieso immer mehr der Traum meines Vaters als meiner. Ich bereue keine Sekunde, dass ich damals aufgehört habe. Natürlich hätte ich manchmal gerne ein bisschen mehr Geld. Aber ich wollte kein Baseball-Profi sein. Ich wäre dauernd auf Reisen, hier ein Auswärtsspiel, da ein Trainingslager. Dabei will ich doch nur bei dir und den Kindern sein, hier in North End in unserer kleinen Wohnung. Ich mag meine Arbeit, mir gefällt es, das Emporium zu betreiben, ich liebe dich mit jeder Faser meines Herzens, und ich bin ein sehr, sehr glücklicher Mann."

„Ich liebe dich auch von ganzem Herzen, aber ..." Sie zögerte. „David, ich habe Augen im Kopf. Seit dieser Sache mit dem Wohltäter, dem Stipendium und der Wiedergutmachung bist du nur noch am Grübeln. Worüber denkst du nach?"

David nickte. „Ich denke darüber nach, dass dieser Wohltäter Recht hat. Natürlich ist es nicht die feine Art, erst Geld zu verschenken und danach zu fragen, was man daraus gemacht hat. Und trotzdem, ich sollte mein Talent nicht so brachliegen lassen. Ich will es sinnvoll einsetzen. Darüber habe ich die letzten Tage wieder und wieder nachgedacht."

„Und hast du eine Lösung gefunden?"

„Ja, aber lass uns nicht heute Abend darüber reden." Er nahm ihr Gesicht zwischen die Hände. „Ich möchte dich etwas fragen."

„Oh ... okay."

„Sandra ..." David starrte einen Moment lang an die Decke und blinzelte heftig, als seine Augen feucht wurden. Doch dann gab er den Kampf gegen die Tränen auf. „Sandra Westport ... willst du mich heiraten?"

„Ob ich ... Wie bitte?"

„Ich will, dass wir unser Eheversprechen erneuern ... vor den Kindern, vor unseren Freunden ... vor der ganzen Welt. Alle sollen wissen, wie sehr ich dich liebe, wie sehr wir uns lieben. Tust du das? Heiratest du mich? Zum zweiten Mal? Versprichst du, mich für immer zu lieben, in guten wie in schlechten Zeiten, bis dass der Tod uns scheidet?"

„Ach, David, natürlich. Ja!" Sie lächelte. „Ich liebe dich, David Westport."

Er stand auf und hob sie von der Couch.

Sie lachte, erst verblüfft, dann verlegen. „Ich bin nicht mehr so leicht wie früher", sagte sie und legte die Hände in seinen Nacken. „Was hast du mit mir vor?"

„Dich behalten." Er hauchte einen Kuss auf ihre Lippen. „Für immer. Aber im Augenblick will ich nur mit dir schlafen."

„Oh, gut." Sandra strahlte ihn an, bevor sie ihn so leidenschaftlich küsste, dass David nicht anders konnte, als sich wieder auf die Couch zu setzen und Sandra auf seinen Schoß zu ziehen.

Er erwiderte den Kuss, in dem so viel steckte: Verzeihung, Verständnis und eine ganz große tiefe Liebe. Er zog Sandra enger an sich, bis er ihre Brüste an seinem Oberkörper spürte.

Er löste seine Lippen von ihren. „Ich glaube …", begann er leise und räusperte sich, „ich glaube, wir sollten uns ins Schlafzimmer zurückziehen. Nicht dass uns noch eins der Kinder hier erwischt."

„Mmm."

David stand auf und trug Sandra ins Schlafzimmer. Dort legte er sie behutsam aufs Bett und streckte sich neben ihr aus. „Zu deiner Information: Du bist kein Gramm schwerer als vor elf Jahren", flüsterte er ihr heiser ins Ohr.

Sandra lächelte leise: „Du Lügner. Aber solche Lügen höre ich gerne."

Er zog sie an sich und küsste sie, erst vorsichtig, dann immer fordernder. Behände löste er den Gürtel ihres Bademantels und schob den Stoff auseinander. „Kein Gramm zu wenig", stellte er heiser fest und betrachtete ihre Brüste, bevor er zärtlich über die festen Knospen strich. Sandra stöhnte auf. Gott, wann hatte David sie das letzte Mal so berührt? Ihr Atem ging schneller, so erregt war sie. Spielerisch berührte er nun den Saum ihres Höschens, wanderte dann tiefer und schob den Stoff ihre Hüften hinunter. Betrachtete sie, glitt nach unten und küsste sie dort, wo sie am empfindlichsten war. Sandra hielt es kaum noch aus, wie ein nervöser Teenager nestelte sie an Davids Hemdknöpfen herum, er half ihr, und Sekunden später lag er nackt auf ihr und drang in sie ein.

Es war perfekt. Es fühlte sich an wie das erste Mal. Und doch unendlich vertraut. David bewegte sich aufreizend langsam, dann schneller. Tiefer. Sandra keuchte, stöhnte … und dann, als ihre Lust den Höhepunkt erreichte, rief sie den Namen ihres Mannes, und er rief ihren. Den Namen desjenigen, den sie für immer lieben würden, aus tiefstem Herzen und bis ans Ende ihrer Tage.

Noch lange lagen sie atemlos miteinander verschlungen da, bis David sich auf die Seite rollte und Sandra sich an seine Seite schmiegte. Sie schlief sofort ein. David betrachtete seine Frau: ihr wunderschönes Gesicht, ihren sinnlich lächelnden Mund, ihren Körper, der ihn nach all den Jahren noch immer so erregte. Das Mondlicht ergoss sich wie ein silbriger Wasserfall über ihren anmutigen Anblick.

Diese Frau war perfekt. Und er war der glücklichste Mann auf Erden.

13. KAPITEL

Als Molly am nächsten Morgen im Schlafanzug die Küche betrat, blieb sie wie angewurzelt stehen und stemmte die Hände in die Seiten.

„Oh nein", rief sie empört. „Wie krass! Ihr beide seid viel zu alt für so was." Sie verdrehte die Augen. „Das ist nicht nur extrem uncool, das ist auch noch peinlich."

Langsam und widerwillig beendeten Sandra und David den Kuss und lösten sich voneinander, bevor sie sich zu ihrer Tochter umdrehten, die sie mit vorwurfsvoller Miene anstarrte.

„Mein liebes Kind", begann David, und seine Stimme hörte sich ein wenig rau an. „Du solltest wissen, dass ich deine Mutter sehr liebe. Und wenn zwei Menschen einander lieben, dann kann es hin und wieder vorkommen, dass sie sich küssen."

„Aber nicht mit der Zunge! Vor ihrer Tochter", entgegnete Molly aufgebracht. „Ich muss das erst mal verkraften."

„Sorry, Schätzchen, aber ohne Zunge macht es nur halb so viel Spaß", erwiderte David gelassen. Sandra kicherte.

Michael kam in die Küche geschlurft. Sein Haar war zerzaust, und er sah verschlafen aus.

„Michael", sagte seine Schwester voller Empörung zu ihm. „Dad und Mom haben … geknutscht. Wie im Kino, hier in der Küche."

„Na und?", antwortete er und gähnte ausgiebig, während er sich auf einen Stuhl am Tisch fallen ließ. „Was sollen sie denn deiner Meinung nach sonst tun? Mit einem Kochlöffel aufeinander einschlagen? Eltern küssen sich nun mal, selbst wenn sie schon alt sind, du trübe Tasse."

„Ich finde es einfach nicht … abgemessen", sagte Molly und rümpfte demonstrativ die Nase.

„Du meinst, es ist nicht *angemessen*", meinte Sandra mit einem fröhlichen Lachen. „Aber es ist durchaus … angemessen, wenn zwei Leute, die sich lieben, sich küssen. Sogar vor ihren empörten kleinen Kindern."

„Also ich bin nicht empört", widersprach Michael. „Ich bin hungrig. Gibt's jetzt Frühstück, oder knutscht ihr noch ,ne Runde?"

„Das ist mein Sohn", sagte David schmunzelnd. „Ein Romantiker der alten Schule. So, ihr Lieben, ich fahre jetzt ins Geschäft. Übrigens, heute Abend werden eure Mom und ich ausgehen. Vorausgesetzt, wir finden einen Babysitter für euch zwei. Also freut euch schon mal auf einen Abend ohne eure alten Eltern. Und nun, Molly, mach lieber die Augen zu! Ich werde deine Mutter jetzt zum Abschied küssen. Mit Zunge."

„Igitt", rief die Kleine aus und drehte sich angewidert um.

Sandra fragte ein junges Mädchen, das schon öfter auf die Zwillinge aufgepasst hatte, ob sie Zeit hätte, den Abend heute mit den Zwillingen zu verbringen. Nachdem das Mädchen zugesagt hatte, rief Sandra David im Emporium an und teilte ihm die gute Neuigkeit mit.

„Wunderbar", freute er sich. „Ein romantisches Abendessen ohne Kinder. Meinst du, es ist abgemessen?"

„Nein", erwiderte Sandra lachend. „Aber ich finde es durchaus angemessen."

Nachdem sie aufgelegt hatte, schaute sie in den Spiegel. Den ganzen Morgen schon bekam sie dieses glückliche Lächeln nicht aus dem Gesicht. Gut so, dachte sie. *Gefällt mir besser, als gelassen und cool zu sein.* David liebte sie, so sehr, wie sie ihn liebte. Was ein Abend und eine Nacht doch alles verändern konnten. Alle ihre Zweifel und Ängste waren wie weggewischt. Sie hatte sich so lange grundlos gequält. Plötzlich kam es ihr albern vor, dass sie auch nur eine Sekunde an Davids Liebe zu ihr gezweifelt hatte. Für die Zukunft wollte sie sich vornehmen, ihren Mann sofort anzusprechen, wenn sie eine dunkle Wolke am Horizont witterte. Und wenn auf eine Aussprache dann immer eine Nacht wie die vergangene folgte, würde sie sich oft mit David aussprechen müssen. Sehr oft. Sandra lächelte versonnen.

Sie schaute himmelwärts und sprach ein stummes Dankeschön, bevor sie den Fußboden in der Küche wischte und die Stunden bis zum Rendezvous mit ihrem Ehemann zählte.

Je länger der Tag währte, desto häufiger warf David einen Blick auf die Uhr. Das mulmige Gefühl in seinem Magen wurde umso intensiver, je näher das romantische Abendessen mit Sandra rückte.

Reiß dich endlich zusammen, befahl er sich streng. *Du hast die ganze Sache wieder und wieder durchdacht.* Er musste ruhig und gelassen bleiben, wenn er Sandra auf sachliche Weise erklären wollte, warum er ... Aber wie würde sie darauf reagieren? Wie würde sie sich fühlen? Was würde sie tun?

David schaute wieder auf seine Armbanduhr.

Sandra wählte ein hübsches pinkfarbenes Sommerkleid für das Abendessen mit ihrem Ehemann. Sie hatte sich ein Schaumbad gegönnt, sich das Haar gewaschen und einen Hauch Eau de Parfum aufgelegt.

David hatte den Supermarkt an Eleanor Roosevelt Capelli übergeben und war nach Hause geeilt. Dort angekommen, verschwand er sofort im Bad. Als er wenig später das Wohnzimmer betrat, trug er einen grauen Anzug, ein hellblaues Oberhemd und eine elegante Krawatte.

„Hi, Ashley", begrüßte er das junge Mädchen, das auf die Zwillinge aufpassen würde.

„Hi, Mr. Westport", erwiderte der Babysitter.

„Bist du so weit, Sandra?", fragte David seine Frau, als sie ins Wohnzimmer kam. „Wow, du siehst wunderschön aus."

„Oh-oh, oh-oh", sagte Molly und sprang auf und ab. „Gleich küsst er Mom wieder, das sehe ich ihm an. Schau bloß nicht hin, Ashley, es ist echt peinlich."

„Spinn nicht rum, Molly", entgegnete Ashley und schüttelte betrübt den Kopf. „Ich wäre froh, wenn mein Dad meine Mom küssen würde. Stattdessen schreit er immer nur herum ... über alles Mögliche."

„Aber deine Eltern sind nur alt", flüsterte Molly ihr zu. „Meine sind *uralt*."

„Jetzt spinnst du aber wirklich, Molly", sagte der Teenager lachend. „Mein Bruder ist ungefähr so alt wie deine Eltern. Wenn du echt uralte Leute sehen willst, musst du dir meine Mom und meinem Dad anschauen."

„Ach, Mensch, keiner versteht mich." Molly zog einen Schmollmund und ließ sich auf die Couch fallen.

„Trübe Tasse", sagte Michael, der nun ins Zimmer kam.

„So faszinierend dieses Gespräch auch sein mag", meinte David. „Es wird Zeit für uns ... Sandra?"

„Ich bin fertig, David", erwiderte sie lächelnd. „Aber ... Na ja, Honey, findest du nicht, dass du deine Schuhe anziehen solltest?"

„Was?" Verblüfft starrte David auf seine Füße. „Oh, das darf doch nicht wahr sein", rief er und rannte verlegen lachend ins Schlafzimmer.

Sandra sah ihm nachdenklich hinterher.

Er ist nervös, stellte sie fest. *Er ist fahrig, unkonzentriert, mit den Gedanken woanders. Warum? Worüber zerbricht er sich so sehr den Kopf?* Nein, ermahnte sie sich, sie würde sich nicht verrückt machen, indem sie darüber grübelte, was ihren Mann so aus der Fassung brachte. Sie würde einfach abwarten, was er ihr zu sagen hatte: Vorausgesetzt, er hatte überhaupt vor, mit ihr darüber zu sprechen, was ihm auf der Seele brannte. Und wenn er nichts sagte, würde sie ihn ansprechen. So, wie sie es sich vorgenommen hatte. Keine schwarzen Wolken mehr.

Ashley bekam die üblichen Anweisungen – wann die Zwillinge zu Bett gehen sollten und welche Fernsehsendungen die beiden sich anschauen durften.

„Klaro, ist ja wie immer“, erwiderte das Mädchen. „Machen Sie sich einen netten Abend.“

Oh, das will ich doch hoffen, dachte Sandra, als sie mit David das Haus verließ.

Er hatte ihr gesagt, dass sie nicht zum Italiener gehen würden, weil es höchste Zeit sei, einmal etwas anderes zu probieren. Er hatte einen Tisch in einem neuen Restaurant reserviert, an dem er schon ein paarmal vorbeigefahren war. Steaks und Meeresfrüchte. Klang nicht schlecht, fand er. Und als sie das Restaurant betraten, lobte er sich insgeheim für seine Wahl. Es war schick und doch romantisch, und das Essen sah unverschämt lecker aus. Ein Blick in die Speisekarte beruhigte ihn: Der Abend würde ihr Budget nicht überfordern.

David bestellte sich ein Steak mit Ofenkartoffeln, und Sandra entschied sich für gegrillte Scampi. Dazu tranken sie beide Rotwein.

„Auf uns“, sagte David und hob sein Glas.

„Für immer und ewig“, erwiderte Sandra.

Sie lächelte, stieß mit ihm an, und sie tranken einen Schluck.

Danach plauderten sie über dies und das, Nachbarschaftsklatsch, das Wetter, die Kinder.

Nachdem das Essen serviert worden war und sie den ersten Appetit gestillt hatten, holte David tief Luft und ließ sie langsam wieder heraus.

„Ich möchte mit dir über etwas Wichtiges reden, Sandra“, begann er ernst.

„So?“ Sie zog die Augenbrauen hoch. „Hat es zufällig damit zu tun, warum du vorhin vergessen hast, deine Schuhe anzuziehen?“

Er nickte. „Ja.“

„Na ja, da bin ich aber neugierig. Ich habe schon befürchtet, du würdest mir nicht sagen, warum du so angespannt bist. Okay, David, ich bin ganz Ohr.“

„Gut.“ Er nahm noch einen Schluck. „Also, es geht um das leer stehende Gebäude neben dem Emporium. Du weißt schon, um meine

Idee, es zu kaufen und die Wand zu durchbrechen, um den Supermarkt zu vergrößern."

„Ich weiß", sagte Sandra, den Blick fest auf ihren Mann gerichtet.

„Ich glaube, das ist ein vernünftiger Plan, Sandra. Ich habe es mir genau überlegt. Es gibt viele Bereiche, in denen ich das Warenangebot erweitern und neue Kunden gewinnen kann. Und langfristig könnte uns die Investition eine größere finanzielle Sicherheit verschaffen."

Sandra nickte.

David spielte einige Sekunden lang mit seinem Löffel, bevor er den Kopf hob und sie wieder ansah.

„Das Problem ist nur, ich will es nicht tun", fuhr er leise fort.

Sandra schaute ihn erstaunt an. „Jetzt verwirrst du mich aber, David. Gerade eben hast du den Plan noch in den höchsten Tönen angepriesen, und jetzt sagst du ... Habe ich irgendetwas verpasst?"

„Nein, ich erkläre es dir", versprach er und lockerte den Knoten seiner Krawatte. „Erinnerst du dich an den Abend, an dem ich dir sagte, ich würde noch einmal in den Laden fahren? Und dann nicht dort war, als du anriefst?"

„Wie könnte ich das jemals vergessen?", erwiderte sie trocken.

„Nun ja, in Wirklichkeit bin ich ein bisschen in North End herumgefahren. Es gibt auch in unserem schönen intakten Viertel Gegenden, wo gar nichts stimmt." Er lächelte kurz und fuhr dann fort: „Und ich habe mit den Jugendlichen gesprochen, die dort an den Straßenecken herumhingen." Er machte eine kurze Pause. „Die Street Corner Crew, so nenne ich sie in Gedanken." Betrübt schüttelte er den Kopf. „Sandra, die Kids dort haben nichts. Absolut nichts. Es gibt weder Spielplätze für die Kleinen noch Sportplätze für die Größeren. Nichts. Und da wundern die Leute sich, wenn die Kinder aus dem Viertel Drogen nehmen und straffällig werden."

„Sprichst du von Kindern am Stadtrand von North End?", fragte sie und nahm einen Bissen von ihrem Essen.

„Ja, und das macht mich wütend. North End ist North End. Es sollte nicht in Arm und Reich gespalten sein. Alle Kinder sollten unabhängig von ihrer Herkunft die gleichen Chancen haben, egal wie hoch das Einkommen ihrer Eltern ist."

„Da bin ich ganz deiner Meinung, David, aber ich kann dir noch immer nicht folgen", gab Sandra zu. „In der einen Minute sprichst du davon, dass du das Emporium nun doch nicht erweitern willst, und in der nächsten sind plötzlich die an den Straßenecken herumlungernden

Kinder von North End das Thema. Wo ist der Zusammenhang? Jedenfalls nehme ich an, dass es einen gibt."

„Ja, es gibt einen", bestätigte er, während er nach seiner Gabel griff, sie jedoch wieder auf den Teller legte. „Ich will … Ich will, dass aus dem leer stehenden Gebäude neben unserem Supermarkt ein Sportzentrum für die Kinder von North End wird. Eine Art Jugendzentrum. Für alle diejenigen, die kommen wollen, aus jedem Viertel der Stadt. Niemand soll sich ausgeschlossen fühlen. Das, Sandra, soll meine Wiedergutmachung sein. Damit werde ich mich für das Stipendium revanchieren, das ich vom Wohltäter erhalten habe."

„Du … du willst, dass wir eine Hypothek aufnehmen, dass wir uns verschulden, um das Gebäude zu kaufen und daraus ein …"

„Nein, nein." David machte eine abwehrende Handbewegung. „Ich dachte eher an eine große Spendenkampagne, um das Gebäude zu kaufen und darin ein Jugendzentrum einzurichten. Für unsere Familie würde es bedeuten, dass der Supermarkt so bleibt, wie er ist. Das heißt, wir würden auch in Zukunft mit dem Budget auskommen müssen, das wir derzeit haben. Wir würden weiterhin jeden Cent umdrehen müssen, und Molly würde keine pinkfarbene Zahnspange bekommen, und …"

„David", unterbrach Sandra ihn lächelnd. „Uns geht es auch jetzt schon gut. Gut genug. Die Zwillinge haben viel mehr als die Kinder, von denen du mir gerade erzählt hast. Es ist wirklich höchste Zeit, in North End für mehr Chancengleichheit zu sorgen. Du hast meine volle Unterstützung bei deinem Vorhaben."

„Du ahnst gar nicht, wie sehr mich das erleichtert. Ich habe zwar gehofft, dass du mich unterstützt, aber … ich verlange viel von dir und den Kindern." Er machte eine Pause. „Es wird nicht einfach sein, all das Geld zusammenzubekommen, das wir brauchen. Deshalb habe ich auch meine Trainerposten bei den Mannschaften der Kinder abgegeben. Um mehr Zeit zur Verfügung zu haben. Ich werde mit möglichen Spendern reden, ein Komitee gründen und …"

„Und ich werde in den North End News über deinen Plan schreiben und dafür werben", unterbrach Sandra ihn voller Begeisterung.

„Super." David nickte. „Das ist eine tolle Idee. Wenn alles so läuft, wie ich es mir vorstelle, könnten wir im Winter die Sportsachen zusammenhaben, du weißt schon, Tischtennisplatten, Schachspiele, Darts, Springseile … Im Hinterhof des Gebäudes ließe sich ein kleines Basketballfeld einrichten, damit die Kids bei gutem Wetter draußen trainieren können."

„Vielleicht wäre es gar nicht schlecht, auch ein paar Kurse abseits des Sports anzubieten. Töpfern vielleicht oder Zeichnen“, schlug Sandra mit leuchtenden Augen vor. „Von der Kirche kenne ich ein paar Frauen, die bestimmt bereit wären, sich einzubringen. Und denk an die vielen Rentner, die hier in der Gegend wohnen. Die könnten wir doch fragen, ob sie nicht Lust haben, ehrenamtlich in dem Zentrum zu arbeiten.“

„Ja, das hört sich gut an“, erwiderte David begeistert. „Und irgendwann, wenn das Zentrum so richtig gut läuft, könnten wir eigene Mannschaften gründen. Die gegen andere Mannschaften antreten. Sportlicher Wettkampf ist immer besser als das Kräftemessen auf der Straße.“

„Stimmt“, sagte sie und lächelte ihn voller Zärtlichkeit an. „Komisch, plötzlich bin ich gar nicht mehr wütend auf den Wohltäter. Vielleicht ist der Typ sogar ein kluger Mann. Vielleicht geht es ihm ja gar nicht darum, zu wissen, was mit seinem lieben Geld geschehen ist, sondern darum, uns zu … inspirieren. Wieder neuen Schwung in unseren Alltag zu bringen. Es ist lange her, dass ich dich so begeistert und zuversichtlich erlebt habe. Endlich hast du wieder ein Ziel, für das du dich einsetzen kannst.“

„Wir werden uns alle dafür einsetzen“, antwortete er. „Die ganze Westport-Familie. Die Zwillinge werden sicherlich helfen, Spenden zu sammeln, wenn sie wissen, dass sie im Sportzentrum Tischtennis spielen können.“

Sandra nickte.

„Allein für die Einrichtung werden wir jede Menge Geld brauchen“, sagte David nachdenklich. „Ganz zu schweigen vom Kaufpreis für das Gebäude. Aber wir müssen es schaffen! Und dann, wenn das Gebäude uns gehört, kommt als Erstes ein großes Schild über den Eingang: ‚The Street Corner Crew Club‘.“ Er schüttelte den Kopf. „Was wir brauchen, ist eine gute Fee. Eine reiche gute Fee.“

„Oder …“ Sandra beugte sich vor. „Einen … Wohltäter.“

„Was?“

„Überleg doch mal, David! Der Mann muss Geld wie Heu haben. Er hat dir ein Stipendium für Saunders spendiert. Dir und den vielen anderen. Der Mann leidet bestimmt keine Not. Vielleicht würde *er* das Gebäude kaufen und es dem Street Corner Crew Club stiften.“

„Es dürfte nicht ganz einfach sein, den Mann zu überreden, wenn wir nicht einmal wissen, wer er ist“, wandte David ein.

„Professor Harrison kennt ihn. Pass auf, wir machen es folgendermaßen: Wir erstellen zunächst ein ausführliches Konzept, wie genau der Street Corner Crew Club aussehen soll, welche Kurse dort angeboten werden, wer sich dafür engagiert. Und mit diesem Konzept wenden wir uns an den Wohltäter und bitten ihn, das Gebäude zu kaufen", schlug sie vor. „Wir skizzieren, wie wir das Geld für die Einrichtung sammeln, mit was für Veranstaltungen wir für das Projekt werben wollen. Und dass wir zum Beispiel größere Firmen hier vor Ort bitten wollen, die Einrichtung zu sponsern. Verstehst du, was ich meine? Und dann bitten wir Professor Harrison, unseren Plan dem Wohltäter zu präsentieren und ihm zu erklären, dass David Westport sich damit für das Stipendium revanchieren will."

„Du bist brillant", entfuhr es David.

„Ich weiß." Sandra lachte fröhlich. „Unglaublich, was? So viel Verstand in einem so kleinen Körper. Faszinierend."

„Du *bist* faszinierend." David machte eine Pause. „Trotzdem, tu mir einen Gefallen, ja? Ich möchte, dass du noch mal darüber schläfst. Diese Sache verlangt uns sehr viel ab. Es würde uns finanziell bestimmt besser gehen, wenn wir das Gebäude selber kaufen würden, um das Emporium zu erweitern. Du weißt, wie viel der Laden jetzt abwirft und was wir uns damit leisten können. Ein größeres Emporium bedeutet mehr Umsatz, mehr Gewinn, du würdest endlich eine Klimaanlage bekommen, wir könnten schick in den Urlaub fahren, die Kinder könnten auf jedes College, auf das sie wollen … Wenn wir ein Sportzentrum aus dem Gebäude machen, kommen wir finanziell nie auf einen grünen Zweig, nie. Denk noch mal in Ruhe darüber nach. Ich will dich nicht mit meiner Begeisterung überrumpeln."

„Du meinst, wir werden nie einen Mercedes fahren? Dann ohne mich, mein Lieber." Sandra legte eine Hand an Davids Wange. „Ich werde es mir nicht anders überlegen. Der Street Corner Crew Club wird Realität werden, egal wie lange es dauert. Und zu deiner Information: Ich finde, dass es uns finanziell auch jetzt schon durchaus ordentlich geht. Zumindest so ordentlich, dass wir gut damit leben können. Mehr verlange ich nicht."

David nahm ihre Hand und küsste sie.

„Danke", sagte er mit vor Rührung rauer Stimme. „Ich liebe dich, Sandra."

Sie lächelten einander zu. Vorbei waren all die Missverständnisse und die schlechten Stimmungen der vergangenen Wochen. Ja, der

Wohltäter hatte ihr Leben auf den Kopf gestellt. Na und? Sandra fand plötzlich, dass auf dem Kopf stehen gar nicht so schlecht war. Hauptsache, David war bei ihr und sie war bei ihm. Die ganze Geschichte hatte ihnen gezeigt, dass sie zueinander gehörten. Dass sie noch gemeinsam träumen konnten. Dass sie eine Zukunft hatten.

Der Kellner trat an den Tisch und fragte, ob alles in Ordnung sei.

„Oh ja, das ist es", antwortete David überschwänglich. „Sehr in Ordnung sogar."

„Das freut mich, Sir", erwiderte der junge Mann etwas verwirrt und ging wieder.

„Jetzt iss endlich, David", meinte Sandra. „Du hast dein Steak kaum angerührt."

David schmunzelte. „Jetzt, wo du es sagst, fällt mir auf, dass ich das erste Mal seit Tagen wieder richtig Hunger habe." Er schnitt ein großes Stück Fleisch ab und schob es sich genüsslich in den Mund.

„Weißt du", begann sie nachdenklich, „ich bekomme Kathryn Price nicht aus meinem Kopf. Was Rachel mir von ihr erzählt hat, lässt mich nicht los. Hatte sie einen Unfall? War sie krank? Und wie kommt sie damit zurecht, dass sie so … entstellt ist? Schließlich hat sie ihr Geld mal mit ihrer Schönheit verdient. Was arbeitet sie jetzt?" Sie machte eine Pause. „Vielleicht können wir sie für unser Projekt gewinnen? Möglicherweise kennt sie sich mit Werbung aus, ich meine, als ehemaliges Model hat sie ja bestimmt ein bisschen Ahnung davon."

„Ja, das denke ich auch", sagte David. „Aber wer weiß, ob sie nach dem, was ihr passiert ist, überhaupt noch den Kopf frei hat? Oder sie braucht gerade jetzt eine neue Herausforderung, bei der sie ihre Kenntnisse und Erfahrungen einbringen kann. Am besten, wir sprechen sie einfach darauf an."

„Du meine Güte, mir schwirrt der Kopf vor lauter Ideen. Ich werde anfangen müssen, Listen zu schreiben, sonst verliere ich den Überblick. Wie wäre es, wenn wir uns um einen staatlichen Zuschuss bemühen? Die gibt es doch für gemeinnützige Projekte, nicht wahr?"

David zuckte mit den Schultern. „Ich habe keine Ahnung", gab er zu. „Wenn der Wohltäter das Gebäude kauft und ein paar sozial engagierte Gruppen für die Einrichtung zusammenlegen, könnte ein staatlicher Zuschuss die Unterhaltskosten wie Strom und Wasser abdecken. Aber das ist ja noch lange nicht alles: Wer reinigt das Sportzentrum, wer kauft die Sportkleidung für die Mannschaften, wer fährt die Teams zu ihren Spielen und, und, und … Ja, ich fürchte, du hast Recht – langsam verlieren wir den Überblick. Keine Frage, wir werden Listen aufstellen müssen. Aber jetzt werde ich erst einmal dieses Steak essen und dem Himmel dafür danken, dass du meine Frau bist und mich so sehr liebst, wie ich dich liebe." Er hauchte ihr einen Luftkuss zu. „Wann erneuern wir unser Eheversprechen?", fragte er.

„Ich finde, das sollten wir tun, wenn wir zwanzig Jahre verheiratet sind", sagte Sandra leise.

„Aber ..."

„Im Ernst, David. Zu wissen, dass du es tun willst, bedeutet mir so viel. Und im Moment ist das genug. All das Geld und die Energie, die wir brauchen werden, um das Jugendzentrum auf die Beine zu stellen ... Wäre es denn nicht sinnvoller, uns erst mal auf diese Sache zu konzentrieren? Einverstanden?"

„Aber an unserem zwanzigsten Hochzeitstag?", beharrte er.

„Versprochen."

„Na gut." David lachte. „Zwanzig Jahre, dann noch mal zwanzig Jahre. Für immer, Sandra."

„Ja." Sie lachte. „Wenn uns jetzt der Wohltäter sehen könnte ... er würde sich wahrscheinlich beglückwünschen."

„Na ja, das mit dem Sportzentrum ist immerhin unsere Idee, Honey. Unser gemeinsames Projekt. Wir werden dafür sorgen, dass alle Kinder in North End die gleichen Chancen bekommen. Und selbst wenn aus ihnen keine Profisportler werden, halten wir sie wenigstens davon ab, Drogen zu nehmen und straffällig zu werden. Und wenn tatsächlich Talente darunter sind, werden wir ihnen helfen, etwas daraus zu machen und ihre Träume zu verwirklichen. Ja, wir werden Türen öffnen, indem wir die Schlüssel zur Verfügung stellen. Ich glaube, das ist genau das, was der Wohltäter sich unter einer Wiedergutmachung vorgestellt hat", sagte David. „Ich mache etwas aus meiner Begabung. Ich nutze mein Stipendium."

Sandra nickte nachdenklich. „Ich bin es so leid, dass wir nicht wissen, wer der Mann ist. Rachel und ich sind noch keinen Schritt weitergekommen. Na ja, nächste Woche machen wir weiter. So lange, bis wir endlich herausgefunden haben, wie unser Wohltäter in Wahrheit heißt."

David lachte. „Du musst unbedingt herausfinden, wer der Mann ist, denn jetzt will ich ihm die Hand schütteln, anstatt ihm einen Kinnhaken zu verpassen. Kaum zu glauben, was?"

„Weißt du", fuhr Sandra zögerlich fort, „ich glaube, dass in Saunders gerade einiges nicht so recht stimmt. Irgendwie liegt eine ... komische

Stimmung auf dem Campus. Rachel meint, dass die Universitätsverwaltung Harrison wegen irgendeiner Sache unter Druck setzt. Vor allem dieser Kerl, dieser Alex Broadstreet, lässt den Prof nicht in Ruhe. Da stimmt was nicht. Na ja, vielleicht finden wir was in den Akten. Und dann lässt mich auch dieser Typ nicht los, du weißt schon, in den ich auf dem Korridor hineingerannt bin und der mir sein Taschentuch geschenkt hat. ‚W' – wer ist er nur? Ich kenne den Mann. Ich werde den Verdacht nicht los, dass ich ihm früher schon einmal begegnet bin. Ist doch komisch, dass er ausgerechnet jetzt auf dem Campus ist, da Harrison alle Stipendiaten eingeladen hat. Und was ist mit Kathryn Price? Warum ist sie so entstellt? Du meine Güte, plötzlich passiert so viel."

„Das Leben ist eben nicht langweilig, mein Liebling", sagte David.

„Nein, Gott sei Dank", erwiderte sie.

Er nickte und schaute über ihre Schulter. „Oh-oh", murmelte er. „Hier kommt die Versuchung in ihrer reinsten Form."

„Lass mich raten." Sie lachte. „Der Wagen mit den Desserts."

„Volltreffer. Und darauf sehe ich eine Schale mit Schokoladencreme, die geradezu darauf wartet, von mir verspeist zu werden."

Sie teilten sich den köstlichen Nachtisch, und als Sandra schließlich aufgab und verkündete, dass sie keinen Bissen mehr herunterbekam, zog er den Teller zu sich heran.

„Als tapferer Mann, der ich bin, werde ich mich opfern und den Rest essen", sagte er lächelnd.

„Das finde ich so heldenhaft von dir." Sandra machte eine Pause. „Weißt du, David, im Grunde sind wir beide ein stinknormales Paar, das sein ... Ding durchzieht, wie man so sagt. Genauer gesagt, das waren wir, bis Harrison uns von dem Wohltäter erzählt hat. Und dann stehen wir plötzlich vor einem großen Rätsel und versuchen, es zu lösen."

„Stimmt. Wer ist der Wohltäter?" David ließ sich den letzten Bissen schmecken. „Und wird er unsere Idee gut finden und das Gebäude für den Street Corner Crew Club kaufen?" Er lächelte. „Wird Molly uns jemals verzeihen, dass sie keine pinkfarbene, sondern nur eine ganz normale Zahnspange bekommt?"

„Siehst du, was ich meine?", fragte Sandra und beugte sich vor. „Es ist, als hätte unser Leben plötzlich wieder an Schwung gewonnen, an ... einer Aufgabe. Und an Unsicherheit. Schließlich wissen wir nicht, ob aus unseren Plänen überhaupt was wird."

„Aber eines wissen wir jetzt schon, weil es in Stein gemeißelt ist“, stellte David fest.

„So?“

„Ja. Wir wissen, dass wir uns lieben und es immer tun werden. Das wissen wir mit Herz, Verstand und Seele. Und wir wissen, wie dankbar wir dafür sein müssen, dass wir uns und unsere Kinder haben. Dass unsere Liebe tief und unerschütterlich ist.“

Sandra lächelte, und in ihren Augen schimmerte all das, was David eben gesagt hatte. Hatte sie letzte Woche tatsächlich gedacht, dass ihr Mann sie nicht mehr liebe? Was für eine verrückte Welt!

„Ja, das wissen wir“, flüsterte sie.

– ENDE –

Marie Ferrarella

Mein blonder Engel kehrt zurück

Roman

Aus dem Amerikanischen von
M. R. Heinze

mtb

1. KAPITEL

Die ganze Fahrt vom Flughafen war wie ein einziger gewaltiger Schritt zurück in der Zeit. Alles war noch wie früher. Acht Jahre, aber die Stadt hatte sich nicht verändert.

Nur sie selbst war nicht mehr dieselbe.

Carole Ann Wellsley steuerte den silberfarbenen Leihwagen auf das Haus ihrer Tante zu. Es kam ihr so vor, als würde sie sich in Zeitlupe bewegen, als würde sich jeder Meter wie eine Katze strecken, die sich im Winter vor einem brennenden Kamin reckt.

Und dann gab es einfach keine Straße mehr, die ihr als Ausrede dienen konnte. Freude und Sorge schwappten in ihr hoch und schleuderten ihre Emotionen hin und her wie einen Volleyball, der während eines hitzigen Turniers über das Netz fliegt. Sie war froh, endlich hier zu sein, und sie wollte zweitausend Meilen weit weg sicher an ihrem Schreibtisch sitzen und an einem neuen Artikel arbeiten.

Es wird alles gutgehen... Du machst dich nur grundlos verrückt...

Carole Ann holte tief Atem, um sich zu beruhigen. Die Luft an diesem Julitag war heiß und stickig. Nein, nichts hatte sich verändert.

Sie zog an dem Türgriff und zwang sich dazu, ihren schützenden Wagen zu verlassen. Die Sonne über Missouri schien warm und geduldig auf sie herunter. Carole Ann ging um den Wagen herum und öffnete die Beifahrertür.

„Komm, Schatz, wir sind da." Sie legte ihre ungewöhnlich kalten Finger um Brandons Hand, während er von seinem Sitz rutschte.

Die Berührung gab Carole Ann Kraft. Sie drehte sich um und betrachtete die Front des Hauses wie ein Soldat, der sich etwas Unbekanntem stellt. Oder schlimmer noch: etwas Bekanntem. Carole Ann rührte sich nicht von der Stelle.

„Mom", meldete Brandon sich zu Wort, „du quetschst mir die Hand."

Carole Ann lächelte entschuldigend, lockerte ihren Griff und räusperte sich befangen. Sie hatte versucht, Brandon unbeugsame Unabhängigkeit anzuerziehen. Wenn er nun in den Augen seiner Mutter Unbehagen bemerkte, konnte das ihre Bemühungen zweifellos um ein paar Monate zurückwerfen.

Sie schüttelte leicht den Kopf, sodass ihre lockigen, hellblonden Haare von einer Seite zur anderen schwangen. „Tut mir leid." Ihr Lächeln hatte nun etwas Sorgloses. Brandon blickte geradeaus und bekam offenbar nicht mit, welche Vorstellung seine Mutter um seinetwillen darbot. Er blinzelte gegen das helle Sonnenlicht. „Das ist es?“

Sie konnte nicht feststellen, ob er enttäuscht war. „Das ist es.“

Brandon Wellsley musterte seine Umgebung mit einem langen, eindringlichen Blick. Er war viel stiller, viel introvertierter als ein durchschnittlicher Sechsjähriger. Dass er das einzige männliche Wesen im Leben seiner Mutter war, hatte ihn viel zu früh ernst werden lassen. Carole Ann machte sich deshalb Gedanken.

Brandon blickte über seine Schulter zurück. Die Straße, die zu dem großen zweistöckigen Haus führte, war von Bäumen gesäumt. Mächtige Eichen neigten ihre grünen Häupter auf beiden Seiten zueinander, wie Schildwachen, die sich ein Geheimnis zuflüsterten. Sie ließen nur einzelne Sonnenstrahlen bis auf die Straße durchdringen. Brandon kam alles wie ein Abenteuer vor. So ein Haus hatte er noch nie vorher gesehen. Daheim im südlichen Kalifornien wohnten sie nahe am Strand. In seiner Nachbarschaft waren die würfelförmigen Häuser hell, strahlten Fröhlichkeit aus und erinnerten ihn an eine Reihe Legosteine, die darauf warteten, dass jemand mit ihnen spielte.

Das Haus, vor dem sie nun standen, wirkte, als hätte es schon immer existiert, vielleicht sogar schon vor den Dinosauriern. Es sah alt, aber nicht traurig aus, genau wie Tommy Andersons Großvater. Es sah nett alt aus, fand Brandon. Hübsch und nett alt. Es war ein Haus für die Ewigkeit. Brandon fühlte sich ganz erwachsen, nur weil er in der Nähe dieses Hauses war.

Er legte seinen Kopf mit den struppigen, hellbraunen Haaren leicht schief und kratzte sich, ehe er sich von dem Haus abwandte und seine Mutter forschend betrachtete.

„Du hast wirklich hier gewohnt?“

Sie nickte. „Sechzehn Jahre lang.“

Während sie es aussprach, fühlte Carole Ann förmlich, wie jedes einzelne dieser sechzehn Jahre in ihr ein Bindeglied berührte, das sie schon längst begraben geglaubt hatte. Sie war seit dem Morgen zweitausend Meilen gereist, nur um hierherzukommen.

Wieso hast du dann solche Schwierigkeiten, auch noch die letzten sechs Meter zurückzulegen, Carole Ann? fragte sie sich ungeduldig. Vor welchen Geistern hatte sie denn Angst? Es gab hier keine Geister, nur die Lebenden.

Besonders eine.

Brandons Augen leuchteten auf, als er eine alte Schaukel entdeckte, die an dem Ast einer knorrigen Eiche hing und leicht im Wind schwankte. In seinem Garten zu Hause war eine blitzend neue Schaukel aufgestellt, aber diese Schaukel übte vielleicht wegen ihres Alters einen besonderen Reiz auf ihn aus.

Als Brandon einen Schritt in die Richtung der Schaukel machte, um sie auszuprobieren, wurde ihm bewußt, dass seine Mutter ihn noch immer festhielt. Seufzend blieb er stehen.

„Warum bist du weggegangen?“, wollte er wissen.

Aus hundert verschiedenen Gründen – weil ich fliegen anstatt gehen wollte; weil ich hier nicht atmen konnte; weil ich herausfinden musste, was sich hinter dem nächsten Hügel, dem nächsten Regenbogen befindet.

„Weil ich deinen Dad geliebt habe und er nach Kalifornien wollte.“ Sie lächelte um seinetwillen und blickte in seine Augen, die den ihren so ähnlich waren. „Erinnerst du dich? Ich habe dir diese Geschichte hundertmal erzählt.“ Neunundneunzigmal davon auf Bitten ihres Jungen, für gewöhnlich vor dem Schlafengehen, dachte sie lächelnd.

Brandon nickte, während seine Gedanken bereits vorauseilten. „Ja, ich erinnere mich. Komm schon!“, drängte er, zerrte und erzielte das gewünschte Ergebnis. „Lernen wir jetzt Tante Connie kennen?“

Sein Blick wanderte noch einmal zu der Schaukel. Je schneller er alle kennenlernte, die er kennenlernen sollte, desto schneller konnte er sich umziehen und spielen gehen. Die Jacke, die ihm seine Mutter für den Flug hierher aufgezwungen hatte, war heiß und engte ihn ein und fühlte sich wie eine schwere, rauhe Wolldecke an. Er wartete sehnsüchtig darauf, sie loszuwerden, hatte bisher jedoch nichts gesagt, weil er die Nervosität seiner Mutter spürte. Ihre stumme Erregung fachte sein Unbehagen an. Seine Mutter wurde nie wegen irgend etwas nervös, Spinnen ausgenommen. Wie war bloß diese Tante Connie?

Carole Anns Beine schienen sich in Blei zu verwandeln und pressten ihre Füße auf den Boden, während sie das Haus betrachtete. Nicht Angst vor Tante Connie hielt sie zurück, sondern Angst vor allem anderen – vor den Erinnerungen.

Carole Ann schüttelte den Kopf und versuchte, die Verwirrung abzustreifen, die ihr ständiger Begleiter war, seit sie Tante Connies weitschweifigen Brief mit dem beiläufig hingeworfenen Postskriptum erhalten hatte. Tante Connie wollte heiraten, und Carole Ann sollte doch ein Schatz sein, zu ihr kommen und ihr bei den Hochzeitsvorbereitungen helfen.

Einfach so, ohne Einleitung, ohne Erläuterungen. Nichts weiter. Aber so war Tante Connie. Ihre Gedanken beschäftigten sich ständig mit hundert verschiedenen Dingen gleichzeitig. Hatte Carole Ann bei einem Thema endlich mit ihr gleichgezogen, war Tante Connie schon zum nächsten gesprungen, wobei sie nichts zu Carole Anns Zufriedenheit ausführte.

Carole Ann hätte sich beinahe verschluckt, als sie die Worte las. Ein sofortiger Anruf bei Tante Connie hatte auch nicht mehr Licht auf die Sache geworfen, außer dass die Tante ekstatisch glücklich und aufgeregt war. Trotz aller Bemühungen hatte Carole Ann der lieben alten Tante nicht mehr an Informationen über den zukünftigen Bräutigam entlockt als seinen Namen und die Tatsache, dass er breite Schultern hatte. Tante Connie hatte sich in Ausführungen über Plätzchen und Blumenarrangements bei dem Hochzeitsempfang verloren.

Frustriert und besorgt hatte Carole Ann für das darauffolgende Wochenende einen Flug gebucht.

Brandon zerrte erneut an ihrer Hand. Er wartete noch immer auf eine Antwort. Ihre Gedanken schweiften schon wieder ab. Carole Ann rief sich zur Ordnung.

„Wir werden Tante Connie kennenlernen“, versicherte sie ihm. „Das heißt, du wirst es.“ Er zog seine großen blauen Augen leicht zusammen und sah sie fragend an. Carole lächelte. „Ich kenne sie doch schon, nicht wahr?“

Sie war jünger als Brandon gewesen, als sie zum erstenmal mit Tante Connie zusammentraf. Die Frau war in Wirklichkeit ihre Großtante und seit ihrem vierten Lebensjahr auch Mutter und Vater. Tante Connie hatte Carole Ann in ihr großes Haus und ihr noch größeres Herz schon Stunden nach dem tödlichen Unfall ihrer Eltern aufgenommen – zweier sehr junger Menschen, die sich mit einem Zug ein verrücktes Rennen geliefert hatten, das für sie auf einem Bahnübergang jäh endete.

Bevor Carole Ann noch etwas sagen konnte, öffnete sich die Tür des stattlichen viktorianischen Hauses. Eine kleine, stämmige Frau mit kurzem, platinblond gefärbten Haar und in einem unmöglich aufreizenden gelben Kleid kam heraus. Selbst aus der Distanz von sechs Metern konkurrierte die Wärme ihres Lächelns mit der Sonne über ihren Köpfen und zog die beiden Besucher in ihrem Vorgarten zu ihr.

Connie Jenkins breitete ihre Arme in einer vertrauten Geste aus, die auf ewig in Carole Anns Herz eingegraben war. Plötzlich war sie wieder zehn und lief von der Schule nach Hause, angelockt von dem Duft von Schokoladenplätzchen und Vanille, der genauso zu Tante Connie gehörte wie ihr engelsgleiches Lächeln und ihre funkelnden blauen Augen.

Carole Ann warnte sich selbst davor, sich nicht zu sehr von diesem Gefühl überwältigen zu lassen. Es handelte sich nur um einen Besuch an einem Ort, der einst ihr Zuhause gewesen war, jetzt aber nicht mehr. Ihr Zuhause befand sich inzwischen anderswo. Und genau so wollte sie es haben.

Connie schüttelte den Kopf und lachte hell auf, und ihr platinblondes Haar schwang um ihr rundliches Gesicht.

„Ihr zwei habt aber lange gebraucht!“, rief sie und kam die zwei Stufen von der Veranda herunter. „Umarmt mich! Alle beide!“

Im nächsten Moment gab es zwischen ihnen keine Distanz mehr. Brandon richtete sich nach seiner Mutter und lief mit ihr auf Tante Connie zu.

Connie Jenkins sank so beweglich, als wäre sie nur halb so alt, auf die Knie und drückte den kleinen Jungen an sich, den sie bisher nur auf den Fotos gesehen hatte, die Carole Ann gewissenhaft zusammen mit jedem langen Brief geschickt hatte. Fotos, die an den Wänden ihres Wohnzimmers aufgereiht hingen.

Tränen standen Connie in den Augen, und sie konnte sich nicht mehr Glück wünschen als in diesem Moment. „Bist du aber ein hübscher Junge“, murmelte sie, und ihre leise Stimme vibrierte leicht, während sie ihn fest an ihren üppigen Busen drückte.

„Und Sie sind eine sehr starke Lady“, sagte Brandon selbstbewußt.

„Ich halte dich zu fest, nicht wahr?“ Connie lachte, lockerte ihre Arme ein wenig, presste ihn jedoch noch einmal an sich. Sie hatte lange darauf gewartet und wollte es genießen.

„Ja, Ma'am“, stimmte Brandon arglos zu. „Wie Mom.“ Er wandte den Kopf zu seiner Mutter. „Sie hat mir fast die Finger zerquetscht, als wir aus dem Auto stiegen.“

Connie stand langsam auf, putzte die Knie ab und wandte sich an Carole Ann. Ihre Augen wurden hinter der randlosen Brille feucht, aber sie kam gar nicht auf die Idee, die Tränen wegzuwischen. Es waren gute Tränen, reinigende Tränen, derer man sich nicht zu schämen brauchte.

Sie überlegte nicht, was es zu fürchten gab und warum ihre Nichte die Hand ihres Sohnes gequetscht hatte, nur weil sie gleich das Haus betreten würde, dass sie vor so langer Zeit verlassen hatte, jenes Haus, in dem sie aufgewachsen war. Es war nur wichtig, dass sie jetzt hier war. Die zurückliegenden Jahre verschwanden wie Tau unter den wärmenden Strahlen der aufgehenden Sonne.

Connie schlang ihre Arme um Carole Ann und drückte sie an sich. „Willkommen daheim, Carole Ann." Ihre Stimme klang belegt.

Carole Ann schlug das schlechte Gewissen, weil sie so lange gewartet hatte, wehrte sich jedoch dagegen und auch gegen das Verlangen, sich von dieser wundervollen Frau umsorgen zu lassen. Sie war erwachsen und kein Kind mehr.

Doch sie wehrte sich nicht gegen die Umarmung und erwiderte sie. „Ich bin nur zu Besuch hier", erinnerte sie ihre Tante. „Gerade lange genug, um den Mann zu überprüfen, der dein Herz gewonnen hat, und um dir bei den Hochzeitsvorbereitungen zu helfen, sofern er meiner Überprüfung standhält."

Tante Connie trat zurück und ergriff die Hände ihrer Nichte. Carole Ann erinnerte sich daran, wie weich und sanft sich ihre Hände stets angefühlt hatten. Nostalgie ergriff von ihr Besitz, trotz der Fenster und Türen, die sie gegen das alles hier verbarrikadiert hatte.

Connie lächelte geduldig. Carole Ann wirkte nervös, würde sich aber bald beruhigen. Alles kam immer irgendwie in Ordnung.

„Ich würde dich auch daheim willkommen heißen, wenn es nur für fünf Minuten wäre." Mit einem Blick deutete sie auf das Haus hinter sich. „Dies hier ist dein Zuhause, ganz gleich, wohin du gehst. Und ganz gleich, für wie lange."

Carole Ann wusste, dass es sinnlos war, Tante Connie zu widersprechen. Es brachte nichts, wenn sie ihre Tante daran erinnerte, dass ihr Zuhause jetzt woanders war. Sie war nicht so weit gereist, um mit der Frau zu streiten, die sie ihr ganzes Leben lang geliebt hatte. Abgesehen davon wäre es nicht Tante Connie gewesen, mit der sie gestritten hätte, sondern etwas, das sich tief in ihr verbarg und der gleichen Meinung wie Tante Connie war: Dies blieb ihr Zuhause.

Doch das war es nicht – nicht mehr. Vielleicht nie gewesen. Sie hatte sich hier nie hundertprozentig wohl gefühlt. Ein wenig hatte sie stets den Eindruck gehabt, nur ihre Zeit abzusitzen, zu warten. Wie ein Preisboxer, der auf den Gong für die erste Runde wartet, einen Gong, der das Signal für den Beginn eines aufregenden Lebens anstelle endloser Ruhe gibt.

Und so war sie weggegangen und hatte erwartet, dass ihr Leben richtig losging. Sie hatte die Stadt verlassen, weil das Schicksal und Cal Wellsley sie gelockt und etwas versprochen hatten, das Belle's Grove niemals bieten konnte.

Carole Ann sah, wie ihre Tante sie nachdenklich betrachtete. Tante Connie schwebte meistens irgendwo in den Wolken, aber sie besaß die unheimliche Fähigkeit, direkt zum Kern der Sache vorzudringen, wie ein erfahrener Chirurg, der stets den Schnitt an der richtigen Stelle ansetzt. Aber sie wollte im Moment keine Fragen hören.

Carole Ann drückte Tante Connies Hand voll Zuneigung. „Also, wo ist denn dieser sagenhafte Mann, der dir den Kopf verdreht hat, und wann lerne ich ihn kennen?"

Connies zufriedenes Lächeln schloß Brandon mit ein. „Jetzt."

„Jetzt?" Carole Ann war überrascht, glaubte sich verhört zu haben. Sie blickte an ihrem marineblauen Geschäftskostüm hinunter. „Tante Connie, ich bin soeben zweitausend Meilen weit gereist und..."

Connie störte sich nicht daran. „Und du hast nie besser ausgesehen." Sie sah den Jungen um Bestätigung an. „Sieht sie nicht gut aus, Brandon?"

Er zuckte seine schmalen Schultern. „Ich denke schon."

„Na bitte, ein unvoreingenommenes Urteil." Connie hakte sich bei Carole Ann unter. „Emmett ist im Wohnzimmer."

Carole Ann fühlte sich staubig und müde und sehnte sich nach einer kalten Limonade. Aber sie konnte es jetzt gleich hinter sich bringen anstatt später. Immerhin war sie wegen Emmett Carson so schnell so weit gereist. Wer weiß, wann sie ohne ihn wiedergekommen wäre, falls überhaupt jemals.

„Also gut, dann wollen wir deinen Märchenprinzen mal in Augenschein nehmen."

„Braves Mädchen." Connie tätschelte Carole Anns Hand, ohne den stählernen Griff an ihrem Arm zu lockern, nahm dann Brandon an der Hand und führte die beiden zur Haustür. „Mach die Tür auf, Brandon! Gentlemen halten den Ladies immer die Türen auf."

„Mom sagt, dass sich jeder selbst die Tür aufmachen kann", wiederholte Brandon automatisch, was ihm seine Mutter stets vorgesagt hatte, folgte jedoch Connies Aufforderung.

Connie überlegte einen Moment. „Manchmal", stimmte sie zu, während Brandon die Tür aufriß.

Carole Ann wollte schon sagen, dass es immer so sein und niemand erwarten sollte, dass ihm andere halfen. Das hatte sie schmerzhaft gelernt, seit sie die schützenden Eichen von Belle's Grove verlassen hatte. Cal hatte es ihr ungewollt beigebracht.

Doch alle ihre gewandten Worte zerstoben. Ihre Augen weiteten sich.

Das nach vorn gelegene Wohnzimmer von Connies zweihundert Jahre altem Haus war mit Leuten angefüllt. Leuten aus der Stadt, alten und jungen. Menschen, mit denen sie aufgewachsen war. Es mussten dreißig, vierzig Personen sein.

Sie sah keinen von ihnen klar. Die einzelnen Körper waren wie Teile eines Paisleymusters und bildeten nur den Hintergrund. Ihr Blick wurde nur von einer einzigen Gestalt, nur von einem einzigen Gesicht angezogen.

Und alle Geister, vor denen sie sich gefürchtet hatte, vereinigten sich in dieser Person.

Jefferson Drumm.

Jefferson war klar, dass das Glas mit der kalten rosa Limonade zerbrechen musste, wenn er es noch etwas fester hielt. Dann wären ihm nur Eiswürfel und tropfende rosa Flüssigkeit geblieben, ganz zu schweigen von Schnitten und Schmerzen.

Dann würde ich mich nicht viel anders fühlen als an dem Morgen, wo ich feststellen musste, dass Carole Ann fort war, dachte Jefferson. Nur mit äußerster Anstrengung verzog er keine Miene, während sein Blick musternd über sie glitt.

Sie war schön.

Das langhaarige Mädchen, das Belle's Grove und ihn vor acht Jahren verlassen hatte, war hübsch gewesen, eine wildwachsende Blume, die man auf einer Wiese erst finden musste. Die Frau, die jetzt im Türrahmen stand, war eine voll erblühte Rose.

Alle alten Gefühle stiegen in Jefferson hoch und bereiteten sich auf einen Kampf gegen die eiserne Ruhe vor, mit der er sein Leben umgeben hatte, nachdem Carole Ann gegangen war und seine Sonne mitgenommen hatte.

Er hatte unbedingt herkommen wollen. Nur der Tod hätte ihn fernhalten können.

Beinahe war es dazu gekommen, als Simon Barlow an diesem Morgen mit angeschwollenem und steifem Arm in die Praxis gewankt kam. Der sture Narr hätte beinahe seinen Arm verloren, weil er sich nicht von Lappalien wie Verletzungen und Schmerzen beeindrucken lassen wollte.

Männer wie Simon verwandelten Jeffersons Arztpraxis selbst in der heutigen modernen Zeit in eine Herausforderung. Sie gehörten noch ins Mittelalter. Er hatte Simon zwei Injektionen gegeben, die Wunde gesäubert und genäht und Simons Tochter dreimal die Dosierung für die Medikamente ihres Vaters eingeschärft, in der Hoffnung, dass sie es behielt. Dann hatte er sich rasch umgezogen und war zu Connies Haus geeilt, wo er als letzter eintraf.

Jefferson dachte in diesem Augenblick allerdings nicht an Simon. Während er auf Carole Anns Ankunft wartete, hatte er an sie gedacht. Daran, wie sie sich in seinen Armen angefühlt hatte, als sie beim Abschlußball der High School im Mondschein tanzten. Daran, wie begierig und scheu sich ihre Lippen angefühlt hatten, als er sie zum erstenmal küsste. Daran, wie er sie begehrt und Nacht für Nacht Pläne geschmiedet hatte, wenn er in seinem Internatszimmer wach lag – und wie er nach Belle's Grove zurückgekehrt war und entdeckt hatte, dass sie mit Cal Wellsley, seinem Freund, durchgebrannt war. Seinem besten Freund. Dem Kerl, den er gebeten hatte, sich um Carole Ann zu kümmern, während er in der Schule war.

Zahlreiche Emotionen hatten an jenem Tag in ihm getobt. Zorn, Wut, das Gefühl, betrogen worden zu sein. Und Schmerz. Überwältigender Schmerz.

Doch er hatte sich davon nicht unterkriegen lassen, hatte es überwunden, sein Diplom gemacht und sich hier in der Stadt niedergelassen, die Carole Ann gehaßt hatte. Und er hatte mit seinem Leben weitergemacht.

Das hatte er zumindest gedacht. Aber das Leben sah auf einmal heller aus, als sie zur Tür hereinkam.

Jefferson lächelte, als sie ihn anschaute. Seine Lippen fühlten sich wie kleine, enge Gummiringe an, die bis zum äußersten angespannt waren. Was denkt sie? fragte er sich. Fühlt sie überhaupt etwas?

Er trat direkt auf sie zu. Sie duftete noch genau wie früher. Er versuchte, sich davon nicht ablenken zu lassen. Es gelang ihm nicht.

„Carole Ann.“

Seine Stimme durchdrang sie und bewirkte, dass ihr Magen sich zusammenzog. Ich bin keine zwanzig mehr, ermahnte sie sich. Sie war eine achtundzwanzig Jahre alte Frau, die sich nicht von dem Klang einer Männerstimme beeindrucken ließ. Auch wenn ihr der Mann einmal etwas bedeutet hatte.

Es half ihr jedoch nicht gerade, dass Jefferson in dem Zeitraum von acht Jahren sich von ansprechend zu höchst attraktiv gewandelt hatte. Es half nicht, dass sein Gesicht durch die Prägung seines Charakters schärfere Züge bekommen hatte, seine grünen Augen klarer, sein Mund fester und sinnlicher geworden waren. Sein dunkelbraunes Haar war länger als früher. Es wellte sich einladend in dem gebräunten Nacken.

Sie ertappte sich dabei, dass sie ihn anstarrte. Und sie erkannte, dass die Leute sie beide ansahen, und zwang sich zu einem freundlichen, unverbindlichen Lächeln, als sie ihm kühl die Hand hinstreckte. „Wie nenne ich dich jetzt? Dr. Drumm?"

„‚Jeff' war mir immer recht."

Jefferson ergriff ihre Hand. Carole Ann war nervös. Und sie hatte Angst vor ihm. Warum denn bloß? Er war ihr gegenüber stets freundlich und aufmerksam gewesen.

Vielleicht, dachte er, ohne ihre Hand loszulassen, wäre sie nicht weggelaufen, wäre er verwegen, düster grübelnd und dramatisch wie Cal gewesen.

Carole Ann zwang sich dazu, sich ein wenig zu entspannen. Und sein Lächeln half ihr dabei. Jeffersons Lächeln hatte stets in ihr ein Gefühl erzeugt, als würde sie in ein warmes Schaumbad gleiten.

Unterbewußt nahm sie wahr, dass die anderen Menschen im Raum einen Kreis um sie herum bildeten. Brandon hatte wieder ihre Hand ergriffen und zog sie näher an sich.

„Wie ist es dir ergangen, Jeff?", fragte sie ein wenig zu beiläufig.

„Ich hatte viel zu tun." Jefferson blickte zu dem Jungen neben ihr und streckte ihm die Hand von Mann zu Mann hin. „Hallo, Brandon!"

Carole Ann zog die Augen schmal zusammen, während ihr Sohn feierlich Jefferson die Hand schüttelte. „Woher kennst du seinen Namen?"

Der Junge hat die Augen seiner Mutter, stellte Jefferson fest. Der Rest stammt von Cal. Er sah Carole Ann an. „Ich habe mich auf dem laufenden gehalten."

„Ich habe es ihm gesagt." Tante Connies fröhliche Stimme löste die plötzlich aufkommende Spannung. „Jeder in der Stadt kennt Brandons Namen. Zumindest die Leute in meinem Bekanntenkreis." Sie deutete auf die im Raum Anwesenden. „Und jeder liest deine Artikel und deine

Bücher. Die Aprilausgabe des Journals war in dem Moment ausverkauft, als sie an die Verkaufsstände kam." Sie strahlte buchstäblich. „Wir sind alle so stolz auf dich." Mit einem Arm drückte sie Carole Ann an sich. „Und jetzt musst du Emmett kennenlernen."

„Darum bin ich hier." Carole Ann blickte über ihre Schulter zurück, als Tante Connie sie wegführte. Jeff betrachtete sie nachdenklich, und Vorfreude stieg in ihr hoch.

Doch das war albern. Es bestand kein Grund zur Vorfreude. Was immer es einmal gegeben hatte, existierte nicht mehr. Sie selbst hatte das Ende eingeläutet. Was man auch über sie sagen mochte, sie hatte jedenfalls stets die volle Verantwortung für ihr Handeln übernommen. Als sie Belle's Grove – und Jefferson Drumm – verließ, hatte sie gewußt, dass es für immer war. Und nichts würde daran etwas ändern.

Mit einem entschlossenen Lächeln wandte sie sich ab und begrüßte die Leute, die sich in Tante Connies Haus versammelt hatten, um sie wiederzusehen. Sie wurde jedoch das Gefühl nicht los, von Jeff beobachtet zu werden.

Sie ahnte bereits zu diesem Zeitpunkt, dass in dieser kleinen, hinterwäldlerischen Stadt etwas passieren würde.

Irgend etwas.

Und das sollte sich nicht nur auf Tante Connies Hochzeit beziehen.

2. *KAPITEL*

„Und hier, mein Schatz, ist der romantischste Mann auf dieser Welt."

Mit einer weit ausholenden Geste deutete Tante Connie auf einen großen, stattlichen, weißhaarigen Mann, der ihnen amüsiert entgegensah.

Ein Lächeln umspielte seine Lippen, soweit sie unter dem schneeweißen Schnurrbart zu sehen waren, dessen Spitzen bis zu den breiten Koteletten reichten. Die braunen Augen inmitten von so viel Weiß funkelten belustigt, als Carole Ann mit ihrer Tante näher kam.

Emmett Carson nickte ihr grüßend zu, doch obwohl er sie anschaute, hatte Carole Ann den deutlichen Eindruck, dass seine ganze Aufmerksamkeit der Frau an ihrer Seite galt. „Constance schmeichelt mir."

„Constance!" Tante Connie seufzte selig. „So hat mich niemand mehr genannt, seit ich ein kleines Mädchen war."

Emmett nahm Tante Connies Hand in seine langen, schön geformten Hände. „Und das ist erst wenige Jahre her."

Tante Connie wandte sich an ihre Nichte. Jugendliche Freude strahlte von ihr aus. „Begreifst du jetzt, warum ich ihn liebe?"

Carole Ann lächelte höflich distanziert, während sie den Mann neben ihrer Tante mit jener mißtrauischen Zurückhaltung betrachtete, die ihr zur zweiten Natur geworden war, seit sie Belle's Grove verlassen hatte. Sie hatte gelernt, dass es nicht gut war, sich auf den Augenschein zu verlassen. Besonders nicht, wenn etwas zu schön wirkte, um wahr zu sein.

Carole Ann bot Emmett reserviert die Hand an. „Hallo, ich bin..."

„Carole Ann." Emmett lächelte darüber, dass die junge Frau sich vorstellte, war es doch schließlich ihre Begrüßungsparty. „Ja, ich weiß." Anstatt ihr die Hand zu schütteln, verbeugte er sich und drückte einen leichten Kuss darauf. „Es ist mir ein Vergnügen, Sie endlich kennenzulernen."

Mal abwarten, dachte Carole Ann. „Danke", murmelte sie und zog ihre Hand zurück. Sie musterte Emmett, während er Brandon begrüßte. Brandon drückte die Brust heraus, weil er wie ein Erwachsener behandelt wurde.

Emmett wirkte tatsächlich nett, doch Carole Ann wollte lieber ein paar Erkundigungen einziehen, bevor sie ein Urteil abgab. Ihre

Tante war keine reiche Frau, aber sie besaß das Haus und hatte eine recht ansehnliche Summe auf der Bank beiseite gelegt. Carole Ann wollte nicht mit ansehen, wie ihre Tante von einem gutaussehenden Mann mit einer goldenen Zunge und ein paar beeindruckenden Manieren um die Ersparnisse ihres Lebens gebracht wurde. Schon wesentlich schlauere Frauen waren von aalglatten Betrügern um ihr Geld geprellt worden, und Tante Connie war stets zu vertrauensvoll gewesen.

Tante Connie schob sich an Emmetts Seite, und er legte seinen Arm so selbstverständlich um ihre Schultern, als wäre es schon eine alte Gewohnheit.

„Weißt du, wie er mir den Heiratsantrag gemacht hat?" Tante Connies Augen funkelten, während sie zu Emmett aufblickte.

Sie klingt wie ein Schulmädchen, dachte Carole Ann. Mit einem Anflug von Neid stellte sie fest, dass Tante Connie in diesem Moment wesentlich jünger wirkte, als sie selbst sich fühlte.

Eine beachtliche Menschenmenge drängte sich von allen Seiten an sie heran. Alle beteiligten sich an der Unterhaltung. Alle liebten offenbar Tante Connie.

Emmett räusperte sich. Carole Ann glaubte, Verlegenheit in seinen Augen zu entdecken. Er winkte ab, als wollte er Tante Connies Frage beiseite schieben. „Constance, ich glaube nicht, dass jetzt der richtige Zeitpunkt..."

Doch Connie schmiegte sich nur noch enger an ihn. „Alle anderen haben es ohnehin schon gehört, Emmett."

„Wie denn?", fragte Carole Ann, um ihrer Tante nicht die Freude zu verderben.

„Er kniete nieder und bat mich um zwei Gefallen." Connie Jenkins machte wegen der größeren Wirkung eine Pause. „Zuerst sollte ich ihm den Gefallen erweisen, seine Frau zu werden. Und als ich natürlich sofort ja sagte, bat er mich um den Gefallen, ihm beim Aufstehen zu helfen." Sie lachte und schlug die Hände zusammen wie ein Kind, das sich darüber freut, auf einem Jahrmarkt einen Preis gewonnen zu haben. Sie blinzelte Carole Ann zu. „Hätte er nicht schon vorher mein Herz gewonnen, wäre es ihm spätestens da gelungen."

Ihre Tante war Hals über Kopf verliebt, das konnte jeder sehen. Falls Emmett Carson sie selbstsüchtig ausnutzte, wollte Carole Ann ihn höchstpersönlich bei lebendigem Leib häuten.

„Ich bin nicht mehr so beweglich wie früher." Emmett sprach zu Carole Ann, als wäre sonst niemand im Raum. „Ganz anders als Constance."

Das genüßliche Blinzeln zwischen den zukünftigen Brautleuten ließ Carole Ann zusammenzucken und über einen Punkt spekulieren, der ihr vorher nie in den Sinn gekommen war.

Tante Connie…?

Nein, das war nicht möglich. Sie hatte sich nie vorstellen können, dass die Sehnsüchte dieser Frau über Pfefferminzeis hinausgingen, ihre größte Schwäche und ihr schlimmstes Laster. Carole Ann holte tief Luft und trat einen Schritt zurück, als hätte sie dadurch die Dinge klarer sehen können.

Connie bemerkte nicht, dass ihre Nichte blass geworden war, sondern tätschelte ihren Arm. „Nachdem du nun meinen Traummann kennengelernt hast, könntest du dich doch um die Gäste kümmern. Das sind hier alles deine Freunde, und du hast so viel nachzuholen, meine Liebe."

Wie auf ein geheimes Signal drängten sich die Menschen näher, während Connie und Emmett sich zurückzogen. Stimmen überlagerten sich und verschmolzen miteinander.

Carole Anns Kopf begann zu schmerzen, als sich plötzlich die Schleusen öffneten und Fragen auf sie niederprasselten. Leute, mit denen sie zur Schule gegangen war und Pyjamaparties besucht und Ball gespielt hatte, und sogar entfernte Bekannte, die sie nicht sofort einordnen konnte, wollten alles über ihr Leben und ihre Karriere erfahren, und zwar von dem Moment an, als sie die verschlafene Kleinstadt verlassen hatte.

Tante Connie winkte ihr zu, schob sich vorübergehend wieder neben ihre Nichte und ergriff Brandons freie Hand.

„Ich habe da eine Schokoladentorte, mit der ich ihn bekannt machen möchte." Ihre Tante blickte lächelnd auf Brandon hinunter. „Und ein paar Kinder in seinem Alter sind auch hier."

Brandon zögerte einen Moment und sah seine Mutter unsicher an.

Carole Ann fand, dass Brandon viel zu sehr an ihr hing. Sie suchte stets nach Möglichkeiten, um ihn schmerzlos in den Strom des Lebens zu schubsen. Doch diesmal wollte sie den Jungen instinktiv beschützen und bei sich behalten.

Tante Connie besaß ein unheimliches Radar, wenn es um die Bedürfnisse von Kindern ging. „Er wird gut zurechtkommen, Carole

Ann", versicherte sie und trennte Mutter und Kind. „Du magst doch Schokolade, oder, mein Lieber?"

Brandon nickte.

„Siehst du." Sie blickte über ihre Schulter zu Carole Ann, während sie Brandon wegführte. „Was hältst du denn von Pfefferminzeis?"

Carole Ann konnte seine Antwort nicht verstehen, weil jemand hinter ihr eine Frage stellte.

Obwohl Carole Ann sich inmitten einer Gruppe von Leuten befand, war sie sich Jeffersons Blick bewußt, sooft er auf sie traf. Sie war dann diejenige, die zuerst wegschaute. Sie konnte mit allen anderen im Raum viel leichter umgehen als mit ihm, selbst wenn er ein Stück entfernt war.

Nach einer halben Stunde stellte sie selbst Fragen, um sich über das Leben der Menschen zu informieren, von denen sie gedacht hatte, sie hinter sich gelassen zu haben. In Gegenwart ihrer früheren Nachbarn erkannte Carole Ann rasch, dass sie sich noch immer nach Informationen und Kontakt zur Vergangenheit sehnte.

Während ihre beste Freundin aus Kindertagen ihre schlimme erste Geburt beschrieb, stellte Carole Ann fest, dass sie Brandon seit geraumer Zeit nicht mehr gesehen hatte. Sofort malte sie sich aus, wie er in einer Ecke des Raums stand und still und traurig vor sich hin starrte. Von schlechtem Gewissen gepackt, entschuldigte sie sich und machte sich auf die Suche nach ihrem Sohn.

Sie hatte gesehen, wie ihre Tante ihn zu Kindern nahe der Veranda führte, doch er war nicht bei ihnen. Es überraschte Carole Ann nicht. Brandon hatte Schwierigkeiten, Beziehungen aufzubauen. Lieber beschäftigte er sich mit Action-Spielzeug und erfand Geschichten zu seinem und ihrem Vergnügen, als sich mit Gleichalterigen abzugeben.

Keines der Kinder wusste, wo er war. Na schön, wo kann er sein? fragte sie sich und sah sich um.

„Stimmt etwas nicht?" Emmett kam zu ihr.

Sie wandte sich mit einem bedauernden Lächeln an ihn. „Ich kann Brandon nicht finden." An seinem Blick erkannte sie, dass er sie für übertrieben besorgt hielt.

Emmett behielt klugerweise seine Meinung für sich. „Ich glaube, er ist vor ein paar Minuten im Korridor verschwunden. Wenn Sie möchten, helfe ich Ihnen suchen."

Sie schüttelte den Kopf. „Nein, das ist schon in Ordnung. Bestimmt ist er nur hinausgegangen."

Sie fand Brandon auf der Treppe sitzend vor. Er war tief in eine Unterhaltung verwickelt, die sich um die letzten Erlebnisse seines bevorzugten Comic-Helden drehte. Seine Worte waren an Jeff gerichtet.

Carole Ann lehnte sich gegen den Türrahmen. Jeff fühlt sich offenbar wohl. Er sprach mit dem Jungen nicht herablassend, und seine Gedanken schweiften anscheinend auch nicht ab.

Es versetzte ihr einen kleinen Stich in der Magengrube. Ob Jeff verheiratet war und selbst Kinder hatte? Nein, Tante Connie hätte das geschrieben. Tante Connie hatte stets gefunden, dass sie beide zusammengehörten, und sie war verletzt gewesen, als Carole Ann mit Cal durchbrannte.

Als Carole Ann später zugab, einen Fehler begangen zu haben, war Tante Connie besänftigt gewesen. Sie erwähnte Jeffs Privatleben nie in ihren Briefen, und Carole Ann hatte es nie über sich gebracht, danach zu fragen. Sie hatte Jeff einen Platz in ihrer Vergangenheit, nicht in ihrer Gegenwart zugewiesen. Dorthin gehörte er, genau wie Belle's Grove.

Sie räusperte sich und ging auf die beiden zu. „Ich dachte, Tante Connie wollte dich mit Kindern in deinem Alter bekannt machen."

Brandon sah aufgeschreckt zu ihr hoch, als hätte er sie erst nach Stunden erwartet. „Ja, aber das waren nur Kinder."

Carole Ann unterdrückte ein Lächeln. „Mit sechs Jahren bist du auch nicht gerade ein alter Mann."

„Sechs und dreiviertel." Brandon deutete mit dem Daumen auf seinen neugewonnenen Freund. „Dr. Jeff liest täglich ‚The Gallant Force', genau wie ich."

Das bezweifelte sie. Erstens glaubte sie nicht, dass die Gazette von Belle's Grove diesen Comic strip abdruckte – oder überhaupt irgendeinen Comic strip. Und Jeff war nicht der Typ, der Comic strips las, weil sie zu unwichtig waren und er viel zu ernsthaft war, als dass beides zusammengepasst hätte.

„Ich versäume keine einzige Folge." Jeffs feierliche Miene entlarvte ihn nicht. „Sgt. Howell ist mein Liebling."

Brandon nickte grinsend. „Meiner auch."

Carole Ann verschränkte die Arme und warf Jeff einen skeptischen Blick zu. „Was für Zufälle es doch gibt..."

Er lächelte arglos. „Genau meine Meinung."

„Dr. Jeff wird mir beibringen, wie man angelt." Brandon war aufgeregt. Er fühlte sich wohl in der Gesellschaft Erwachsener und mochte es noch lieber, wenn er ernst genommen wurde, wie das seine Mom tat. Und jetzt Dr. Jeff.

Carole Ann furchte die Stirn. „Dafür ist keine Zeit, Brandon", erinnerte sie ihren Sohn sanft.

Jeff zuckte lässig die Schultern. „Das dauert nicht lange. Nur einen Nachmittag."

Oh nein, sie wollte sich nicht von diesem lässigen Charme gefangennehmen lassen! „Du musst das nicht machen."

„Ich weiß." Jeff fragte sich, warum sie sich dermaßen wehrte. „Ich möchte es gern." Er wandte sich zu Brandon und widerstand dem Drang, dem Jungen die Haare zu zerzausen. Seiner Meinung nach hielt Carole Ann ihren Sohn viel zu ordentlich. Jungs mussten Jungs sein, und dazu gehörte für gewöhnlich auch Schmutz. Dazu gehörten ganz bestimmt keine Jacketts. „Morgen?"

Brandon sprang vor Freude auf und ab. „Sicher!"

Er hatte noch nie geangelt. Und er war kein besonders guter Schwimmer. Wenn er nun ins Wasser fiel? „Brandon, ich halte das nicht für gut..."

Der Ton seiner Mutter ließ sozusagen etwas Luft aus seinem Ballon entweichen. Brandon zögerte und dachte daran, dass er mit einem Fremden allein und eine ganze Weile von seiner Mutter weg sein würde. Dennoch wollte er sich diese Chance nicht entgehen lassen.

Brandon sah Jefferson hoffnungsvoll an. „Kann meine Mom mitkommen, Dr. Jeff?"

Der warf Carole Ann einen unschuldigen Blick zu. „Wenn sie möchte."

Sie verschränkte ihre Finger auf dem Geländer ineinander. „Das wäre sicher nicht klug..."

Er lächelte amüsiert. Sie hatte tatsächlich Angst. Aber wovor? Vor ihm? Das war unmöglich. Vor sich selbst? Interessante Vorstellung. „Warum? Du bist früher oft zum Angeln gegangen."

Ja, vor hundert Jahren, als sie noch zu jung war, um zu wissen, dass es da draußen ein Leben gab, das erregender war, als Würmer an einem Haken zu befestigen und den ganzen Tag mit Reden und Dösen zu verbringen.

„Da war ich vierzehn."

„Fünfzehn." Jeff beugte sich herausfordernd lächelnd zu ihr. „Was ist los? Hast du in Kalifornien die Lust verloren?"

Bevor sie antworten konnte, zog Brandon an ihrem Arm. „Bitte, Mom!"

Sie konnte diesen flehenden blauen Augen nie widerstehen. „Na schön." Seufzend lenkte sie ein. Es war ja nur ein kleiner Ausflug. Was konnte das schon schaden? Und sie machte es für Brandon, nicht für sich selbst. Doch als Jeff befriedigt lächelte, knüpfte sie eine Bedingung daran. „Das heißt, wenn Tante Connie mich nicht braucht."

„Tante Connie wird dich immer brauchen, Kind." Tante Connie tauchte hinter ihr auf und legte ihr die Hände auf die Schultern. Carole Ann war steif wie ein Brett. Connie blickte von Jefferson zu ihrer Nichte. Hier musste sie wohl ein wenig mehr nachhelfen, als sie ursprünglich gedacht hatte. Carole Ann war schon immer ein starrsinniges Kind gewesen. Genau wie früher ihr Vater.

Brandon erkannte in Tante Connie instinktiv eine Verbündete. „Dr. Jeff hat mich … hat uns eingeladen, mit ihm zum Angeln zu gehen."

Tante Connie nickte wohlwollend. Es wurde Zeit, dass Jefferson seinen Fehler, Carole Ann einfach weglaufen zu lassen, wiedergutmachte. Schlimme Geschichte. Da konnte man doch glatt den Glauben an die wahre Liebe verlieren.

„Wunderbar!" Sie ergriff Brandons Hand. „Ich könnte eine Forelle gebrauchen."

Carole Ann hatte das Gefühl, in der Bahn eines heranrollenden Schneeballs zu stehen, der unheimlich schnell gewaltige Ausmaße annahm. „Tante Connie, hast du nicht gesagt, dass du mich brauchst?"

„Doch nicht vierundzwanzig Stunden am Tag, Kind." Tante Connie lachte über die Vorstellung. „Ich bin dreiundsiebzig, Kind, nicht zwei. Und ich habe noch einige meiner Fähigkeiten bewahrt."

Daran zweifelte Carole Ann nicht. Vielleicht sogar noch mehr Fähigkeiten, als sie der alten Frau zugetraut hatte. Die ganze Angelegenheit roch allmählich verdächtig nach einer Falle.

„Und jetzt", rief Tante Connie fröhlich aus, „möchte ich mir Brandon wieder ausleihen, wenn du nichts dagegen hast! Ich brauche Hilfe in der Küche."

Wenn jemand von hier wegging, dann sie und nicht Brandon. Carole Ann legte eine Hand auf den Arm ihrer Tante. „Ich kann…"

„Nein", wehrte Tante Connie resolut ab, „du kannst nicht. Das ist eine Sache für einen kleinen Jungen."

Brandon zog die Stirn kraus. „Ich bin kein kleiner Junge."
„Er ist sechs dreiviertel." Jeff lächelte Brandon verschwörerisch zu.
„Fast ein kleiner Junge." Damit führte Tante Connie Brandon weg.
Carole Ann setzte sich auf die unterste Stufe. „Sie macht es nicht gerade sehr dezent, nicht wahr?"
„Sie arbeitet mir in die Hände." Jeff lächelte wieder. Er wollte ihr so viel sagen, aber er musste langsam vorgehen, sonst verschreckte er sie. Er wählte das nächstliegende Thema. „Er ist ein hübscher Junge. Sieht wie Cal aus, wenn ich mich recht erinnere."
Sie saß reglos da. „Ja, ich weiß."
Er wollte sie berühren, sie festhalten, schütteln, weil sie ihm weh getan hatte. Er wollte sie küssen, weil ihm erst in dem Moment, als sie heute zur Tür hereinkam, bewußt geworden war, wie sehr er sie vermißt hatte. „Warum hat er dich verlassen, Carole Ann?"
Sie blickte kühl zu ihm auf. Niemand sollte darüber Bescheid wissen. Sie war bemüht gewesen, die Leute glauben zu lassen, dass die Scheidung auf beiderseitigem Einverständnis beruht hatte. Niemand sollte wissen, dass sie eines Morgens mit einem Zettel in der Hand erwacht war und entdeckt hatte, dass sie verlassen worden war.
„Tante Connie?" Ihre Stimme schwankte zwischen Anklage und Enttäuschung.
„Tante Connie", bestätigte er.
Carole Ann wandte sich schulterzuckend ab. „Dann weißt du Bescheid."
„Nein, ich habe keine Ahnung." Er hatte Cal Wellsley für verrückt gehalten, als er erfuhr, dass der Mann Carole Ann hatte sitzenlassen. „Ich weiß nur, dass dir das mit mir nicht passiert wäre."
Sie schottete sich gegen seine letzten Worte ab. Sie wollte nicht an den Weg denken, den sie glaubte verschmähen zu müssen.
„Wahrscheinlich hatte Peter Pan etwas damit zu tun." Sie fing Jeffs fragenden Blick auf. „Cal wollte wie Peter Pan nicht erwachsen werden, nur einfach seinen Spaß haben und frei sein." Sie seufzte bei der Erinnerung. „Eine endlose Fahrt auf dem Karussell, ohne jemals bezahlen zu müssen." Sie wandte sich ab und blickte in die Richtung, in die Tante Connie mit Brandon gegangen war. „Als ich schwanger wurde, wusste ich, dass es Zeit war, von dem Karussell abzusteigen, und ich habe es auch getan. Cal nicht. Es war fast, als könnte er es nicht. Er kam zu dem Schluß, dass er weder Ehemann noch Vater sein wollte." Sie blickte auf ihre Hand hinunter. Den Ring hatte sie vor mehr als fünf

Jahren abgenommen, doch manchmal fühlte es sich an, als wäre er noch immer da.

„Du hast nichts mehr von ihm gehört?"

Sie schüttelte den Kopf. „Nach einer Weile wollte ich es auch gar nicht. Ich hatte Brandon und dann meine Karriere. Mein Leben ist ausgefüllt." Ihr Blick forderte ihn heraus, ihr zu widersprechen. „Und wie ist dein Leben?"

Er dachte an die lange Arbeitszeit und das zum Bersten volle Wartezimmer. „Arbeitsreich."

„Du bist hiergeblieben, genau wie du gesagt hast."

Ja, aber du solltest bei mir bleiben... „Doc Williams hat sich zur Ruhe gesetzt." Jeff zuckte die Schultern. „Jemand musste die Praxis übernehmen."

„Noch immer nur ein Arzt in der Stadt?"

War ihr bewußt, dass in ihrer Stimme ein Hauch von Geringschätzung mitschwang? Wahrscheinlich nicht.

Er nickte. „Mehr ist nicht nötig. Ernste Fälle schicke ich ins Krankenhaus. Ich verpasse den Leuten nur Verbände."

„Du tust laut Tante Connie wesentlich mehr."

Er wollte keine Zeit damit verschwenden, dass er über sich sprach. „Tante Connie übertreibt. Zum Beispiel hat sie mir erzählt, dass du sehr glücklich bist." Er beugte sich vor. „Das hast du zumindest geschrieben."

Sie schob kurz die Unterlippe vor. „Ich bin in der Tat sehr glücklich."

„Das ist deinen Augen aber nicht anzusehen." Das war ihm gleich zu Beginn aufgefallen.

Sie blickte weg. „Das ist nur eine Reizung vom Smog."

Im Moment sollte sie ruhig bei ihrer Lüge bleiben. Später war noch genug Zeit für die Wahrheit. „Die Luft in Missouri wird das sehr schnell heilen."

Sie drückte ihren Rücken steif durch. „Ich habe nicht die Absicht, so lange hierzubleiben. Nur bis zur Hochzeit." Sie schaute zum Wohnzimmer. Emmett überragte die Menge. Er lachte und sprach mit jemandem, den sie nicht kannte. „Wenn es dazu kommt."

Jeff folgte ihrem Blick. „Was meinst du damit?"

„Was weißt du über Emmett Carson? Ich habe von Tante Connie nichts erfahren. Wir sind immer dabei hängengeblieben, wie wundervoll er ist. Was macht er? Ist er im Ruhestand?"

Er lächelte über ihren mißtrauischen Tonfall. „Richtig, du bist weggegangen, bevor er hierher gezogen ist."

„Und was weißt du nun über ihn?" Tante Connie hatte gesagt, er wäre ungefähr sechs Jahre jünger als sie. „Tut er noch etwas?"

Ob sie wusste, dass sie sich wie Tante Connies Mutter und nicht wie ihre Nichte anhörte? „Gelegentlich."

„Wo?"

„In der Bank."

Unterschlagung!

Das Wort flammte in roten Buchstaben vor ihr auf. „Gelegentlich? Was macht er denn da genau?" Vielleicht war er der Wächter.

„Hauptsächlich leitet er sie."

„Wie bitte?"

„Er ist der Bankpräsident. Im letzten Jahr habe ich ihm verminderte Arbeitszeit verschrieben. Er hatte einen Herzinfarkt. Einen sehr kleinen allerdings", fügte er hinzu, als er die Betroffenheit in ihrer Miene erkannte. „Wenn du befürchtest, er wäre hinter Tante Connies Geld her, ist das überflüssig. Würde ich ihn nicht kennen, hätte ich ihn überprüft."

„Warum?"

Fiel es ihr wirklich so schwer, ihn zu begreifen? „Weil mir etwas an Tante Connie liegt. Mir liegt etwas an vielen Leuten in dieser Stadt."

Carole Ann presste die Lippen aufeinander und schob die Erinnerungen von sich. „Ich weiß. Der Barmherzige Samariter."

„Bei dir hört es sich wie ein Charakterfehler an."

Sie hatte es nicht so platt ausdrücken wollen. „Nein, es ist nur..."

„Gut ist langweilig?"

Sie stand auf. „Leg mir keine Worte in den Mund!"

„Fein. Dann erkläre es mir." Jeff hielt sie am Arm fest.

Sie entzog sich ihm, weil die Berührung sie zu sehr verwirrte. „Da gibt es nichts zu verstehen." Sie wandte sich ab. „Entschuldige, ich muss noch eine Menge nachholen."

„Ich auch, Carole Ann", murmelte Jefferson, während er ihr nachblickte. „Ich auch."

3. KAPITEL

Connie seufzte glücklich, während sie ihren Geschirrspüler ausräumte. „Das war eine hübsche Party, nicht wahr, Carole Ann?"

„Sehr hübsch", erwiderte Carole Ann. Sie war nervös, seit sie das Haus betreten und Jeff gesehen hatte. Vielleicht war sie nur übermüdet.

Aber übermüdet oder nicht, sie reagierte zu heftig. Wovor hatte sie denn Angst?

„Du hättest dir nicht so viel Mühe machen sollen", erklärte sie ihrer Tante.

„Deine Freunde und meine Freunde waren hier. Das war überhaupt keine Mühe." Connie betrachtete Carole Ann, als wäre sie ein wenig verwirrt. „Ich mache so etwas sehr gern."

Sie wandte sich von dem Geschirrspüler ab und fand Brandon vor sich. Er trug einen Stapel Kuchenteller, die im Wohnzimmer übersehen worden waren. Er reichte sie ihr.

„Danke, mein Lieber." Connie lächelte ihrer Nichte über den Kopf ihres Neffen hinweg zu. „Du hast prima Arbeit mit ihm geleistet. Was für ein Jammer, dass du ihn allein aufziehen musstest."

Carole Ann zuckte die Schultern. „Du hast mich auch allein aufgezogen, und du hast auch keine schlechte Arbeit geleistet. Außerdem kommt es nur auf die Liebe an, Tante Connie, und nicht auf die Anzahl der Personen, die ein Kind großziehen, wie du mir immer gesagt hast." Sie bemerkte, dass sie schon seit zwei Minuten dasselbe Glas trockenrieb, und stellte es weg.

Connie griff nach dem Glas und stellte es in den Schrank. „Ja, du hast dich gut entwickelt, und doch..." Sie ließ ihre Stimme bedeutungsvoll verklingen.

Es war Zeit, das Thema zu wechseln, bevor Connie auf ein Gleis geriet, mit dem Carole Ann nichts zu tun haben wollte. „Was Emmett angeht, Tante Connie..."

Bei der Erwähnung ihres Verlobten begann Connie zu lächeln. Sie verschlang die Hände freudig ineinander wie die Heldin eines altmodischen Melodramas. „Ist er nicht einfach wunderbar?"

So hatten alle auf der Party gedacht, doch Carole Ann war durch das Leben sehr vorsichtig geworden und hatte ihren Optimismus verloren, mit dem sie von Anfang an nicht besonders gesegnet gewesen war. Sie wäre lieber gestorben, als mit anzusehen, wie ihrer Tante weh getan wurde.

„Also, ich finde, wir sollten miteinander reden."

Carole Ann blickte zu Brandon, der am Küchentisch saß und den Guß von dem letzten Tortenstück wegknabberte. Es brachte liebevolle Erinnerungen an ihre eigene Kindheit zurück, als sie an eben diesem Tisch gesessen und herrliche Dinge gekostet hatte, die aus Tante Connies magischem Herd gekommen waren.

Jetzt war weder der richtige Zeitpunkt noch der richtige Ort, um ein freundschaftliches Verhör anzufangen.

„Bald", fügte sie hinzu.

Connie wandte sich mit einer Handvoll Besteck vom Geschirrspüler ab, lächelte Carole Ann an und tätschelte deren Hand. „Danke, aber es besteht wirklich kein Grund zum Reden, meine Liebe. Ich war schließlich schon einmal verheiratet." Connie öffnete die Schublade und ordnete das Besteck in die richtigen Fächer ein. Sie seufzte. „Obwohl das schon sehr lange her ist, nehme ich doch an, dass alles noch genauso gemacht wird."

Sie blickte über ihre Schulter zu Carole Ann. Ihre Wangen röteten sich, aber ihre Augen funkelten in Vorfreude.

Carole Ann schüttelte lachend den Kopf. „Dieses Thema hat mir nicht vorgeschwebt."

Connie schloß den Geschirrspüler und wischte sich die Hände ab, während sie Carole Ann interessiert betrachtete. „Und worüber wolltest du dann sprechen, meine Liebe?"

Vielleicht war dies doch der richtige Zeitpunkt. Carole Ann setzte sich zu Brandon an den Tisch und winkte ihre Tante heran. Connie ließ sich auf einen Stuhl sinken und wartete geduldig.

Carole Ann holte tief Luft und stürzte sich mitten in die Sache. „Was weißt du über Emmett?"

Connie lächelte nachsichtig, als hätte sie es mit einem nur langsam begreifenden Kind zu tun. „Alles, was ich wissen muss, meine Liebe. Er macht mich glücklich." In diesem Moment fiel ihr ein, das sie noch etwas zu tun hatte, und sie war schon wieder auf den Beinen.

Die Sache lief nicht gut. Carole Ann hatte den Eindruck, dass Tante Connie sich auf eine lebenslange Bindung mit weniger Überlegung einließ, als sie beim Kauf eines Paars Schuhe aufwandte.

Sie hielt Tante Connie am Arm zurück, bevor diese eine Chance hatte, an den Herd zu eilen. „Aber..."

Connie umfaßte tröstend Carole Anns Hand. „In meinem Alter bleibt nicht mehr viel Zeit für ein Aber. Ich muss mir mein Glück nehmen, wo ich es finde, und zwar schnell, weil es vielleicht nie wiederkommt. Genaugenommen könnte man das von jedem Alter sagen." Sie bedachte Carole Ann mit einem mütterlichen Blick. „Also, was Jeff angeht..."

Zeit zum Rückzug. Carole Ann stand vom Tisch auf. „Jeff holt Brandon morgen zum Angeln ab. Ich bringe ihn jetzt besser ins Bett." Sie scheuchte ihren Sohn auf die Beine. „Er ist schon längst über seine Zeit."

„Jeff holt dich auch ab." Connies allzu offene freudige Erwartung bereitete Carole Ann Unbehagen.

Sie zuckte ein wenig zu lässig die Schultern und legte ihre Hände um Brandons Oberarme. „Mal sehen", murmelte Carole Ann. Am nächsten Tag wollte sie einen Ausweg suchen. Brandon war bestimmt zu aufgeregt, um es zu bemerken, wenn sie nicht mitkam.

Der Junge drehte sich zu seiner Mutter um. „Bitte, Mom, du hast es versprochen."

Soviel dazu, dass er nichts bemerkte.

„Ja, das habe ich." Sie betrachtete seine geröteten Wangen. „Fühlst du dich gut, Liebling?"

Brandon zog sich verlegen zurück, weil sie so viel Theater machte, und gähnte. „Müde", murmelte er.

Connie schob Carole Ann sanft beiseite und betrachtete ihrerseits den kleinen Jungen. „Das ist wahrscheinlich nur die Aufregung", meinte sie. „Und vielleicht ein paar Plätzchen zuviel." Sie strahlte. Connie liebte einen gesunden Appetit. „Morgen früh wird es ihm blendend gehen."

Nun, meinem Sohn mag es morgen früh blendend gehen, dachte Carole Ann, aber mir nicht, wenn ich nicht schlafen kann. Mitternacht war schon vorbei, und sie lag noch immer wach. Sie schüttelte ihr Kopfkissen auf und seufzte.

Carole Ann lag in dem Bett, in dem sie so viele Träume gesponnen hatte, während sie heranwuchs, und konnte keine Ruhe finden. Geister aus ihrer Vergangenheit schienen in diesem Zimmer zu warten, ihre Erinnerungen zu wecken und sie mit Nostalgie zu erfüllen.

Beim Betreten des Raums war sie überrascht und auch ein wenig erfreut gewesen, dass Tante Connie nichts verändert hatte. Offenbar wischte sie hier nur Staub. Carole Anns Schlafzimmer war noch genau wie an dem Morgen, als sie weggelaufen war, nur dass jetzt das Bett gemacht war. Sie hätte bei dem Anblick beinahe geweint. Es war ein Zimmer, das einem Mädchen mit hochfliegenden Träumen gehörte. Träume, in denen eine kleine Stadt wie Belle's Grove nicht vorkam.

Sie wollte die Erinnerungen ausschließen, doch das war unmöglich, und rückblickend erkannte sie, dass ihr Leben gar nicht so schrecklich beengt, sondern mit Liebe und Sicherheit angefüllt gewesen war.

Das hatte sie Tante Connie zu verdanken. Und vielleicht auch ein wenig Jeff.

Sie wollte nicht an Jeff denken.

Weil sie es nicht wollte, kamen ihr erst recht Erinnerungen an Jeff. Carole Ann wusste nicht mehr genau, wann sie ihn das erste Mal gesehen hatte. Es musste ein erstes Mal gegeben haben, aber es fiel ihr nicht mehr ein. Es kam ihr so vor, als wäre er immer ein Teil ihres Lebens gewesen. Er wohnte ungefähr fünfhundert Meter vom Haus ihrer Tante entfernt, wodurch sie fast Nachbarn waren. Sie beide hatten keine Geschwister. Jeff wurde allmählich ihr inoffizieller älterer Bruder, der auf sie aufpasste und sie damit manchmal zum Wahnsinn trieb.

Er war zwei Klassen über ihr gewesen, ein großer, schüchterner und wirklich reizender Junge. „Beständig wie ein Baum", hatte Tante Connie gesagt. Und manchmal auch so gesprächig wie einer, dachte Carole Ann lächelnd.

Aber er war immer für sie dagewesen. Die erste Gemeinsamkeit hatten sie darin gefunden, dass sie eine Waise war und er keinen Vater hatte. Sie waren zusammen aufgewachsen und hatten Kummer, Geheimnisse und Träume geteilt. Jeff hatte immer älter gewirkt, als es seinen Jahren entsprach. Er war ernster als andere Jungen seines Alters gewesen. Vielleicht musste er so sein, dachte sie rückblickend. In jungen Jahren war er zum Mann in der Familie geworden und hatte sich für seine Mutter verantwortlich gefühlt. Jeff hatte sich immer für jemanden verantwortlich gefühlt. Carole Ann erinnerte sich daran, wie er sie unter seine Fittiche genommen hatte.

Sie schloß fest die Augen und betete um Regen.

Der Himmel war kristallklar und blau, als Sonnenstrahlen durch einen Spalt im Vorhang fielen. Carole Ann löste sich aus dem tiefen Schlaf und setzte sich auf. Sie brauchte nicht in den Spiegel zu sehen, um zu wissen, dass sie übernächtigt aussah. Sie war nie ein Morgenmensch gewesen. Doch es war Zeit, das Unvermeidliche zu ertragen. Der Morgen war da, und Jeff würde es unzweifelhaft auch bald sein. Vage erinnerte sie sich, dass er morgens voll aufblühte.

Der Mann musste krank sein…

Carole Ann schlüpfte in einen rosa Morgenmantel, wankte zu der hinteren Treppe und ließ sich von ihrer Nase führen. Tante Connies Kaffee lockte.

Doch sie sah nicht Tante Connie, als sie die sonnige, geräumige Küche betrat. Jefferson Drumm saß auf einem Hocker an der Frühstücksnische, hatte eine Tasse Kaffee vor sich stehen und knabberte an einem Doughnut.

Verdammt, sie hatte gedacht, wenigstens ein paar Minuten Zeit zu haben, um sich aufzuraffen, bevor sie ihm gegenübertreten musste. Sie fuhr sich durch die zerzausten blonden Haare und versuchte, ihren Verstand von den Schlafresten zu befreien.

„Guten Morgen, meine Liebe, hast du gut geschlafen?“ Connie griff zu der Kaffeekanne, um Carole Ann eine Tasse einzuschenken. In der anderen Hand hielt sie einen Pfannenwender, mit dem sie geschickt mit vier Pfannkuchen jonglierte.

„Gemischt. Ich habe immer Schwierigkeiten, wenn ich in einem neuen Bett schlafe.“ Sie erkannte den Fehler in ihrer Ausdrucksweise an der Miene ihrer Tante. „Ich meine, in einem anderen Bett als dem, das ich in L.A. gewöhnt bin.“ Sie lenkte ihre verquollenen Augen auf Jeff und bemühte sich, ihn klar zu sehen. „Was machst du hier?“

Er hob seine Henkeltasse, als wollte er ihr zuprosten. „Wir haben eine Verabredung zum Angeln. Schon vergessen?“

Carole Ann nahm dankbar die Tasse entgegen, die Connie ihr reichte, schloß die Augen und trank einen großen Schluck. Sie schwieg, während sie das Gefühl genoß, wie der Kaffee jeden einzelnen Teil von ihr weckte.

Als sie die Augen öffnete, betrachtete Jeff sie und lächelte breit. Sie erinnerte sich an dieses Lächeln. Es war gleichzeitig schüchtern, bezaubernd und sexy.

Warum war er eigentlich noch nicht verheiratet? Waren denn alle Frauen in Belle's Grove dumm? Aber vielleicht gehörte er zu den Menschen, die mit ihrer Arbeit verheiratet waren.

„Wir haben keine Verabredung“, murmelte sie schließlich in ihre Tasse. „Du und Brandon, ihr habt eine.“

Jeff stellte seine Tasse weg, die Tante Connie sofort wieder füllte, wobei sie ihn anstrahlte, als wäre er ein nationaler Schatz, den sie ganz allein entdeckt hatte.

Er schüttelte den Kopf. „Nein, wir drei." Er deutete auf Connie. „Ich habe eine Zeugin."

Connie sah ihre Nichte an und nickte.

„Von meinem eigenen Fleisch und Blut verraten!" Carole Ann seufzte dramatisch und blickte an ihrem Morgenmantel hinunter, als hätte sie ihn vorher nicht bemerkt. „Dann sollte ich mich wohl anziehen."

Sein Lächeln verstärkte sich, stellte seltsame Dinge mit ihren Nerven an und ging ihr unter die Haut. „Es sei denn, du willst dich den Fischen nackt zeigen."

Sie schniefte und zog den Gürtel enger zusammen. „Nimm bitte zur Kenntnis, dass ich darunter ein Nachthemd trage."

Sein Blick wanderte langsam an ihrem Körper hinauf und hinunter und erzeugte in Carole Ann das Gefühl, durchsichtige schwarze Spitze anstelle eines haltbaren Frotteestoffes zu tragen.

„Was für ein Jammer", bemerkte er.

Diesmal traf sie sein Lächeln mit voller Wucht. Leicht desorientiert und entnervt von ihrer sehr ursprünglichen Reaktion auf Jeff, entschied Carole Ann, dass in diesem Fall Rückzug die beste Taktik war. Sie machte auf dem Absatz kehrt und umklammerte noch immer die Tasse, als müßte sie sich daran festhalten.

„Ich ... ich komme gleich wieder", murmelte sie.

Jeff stand auf und brachte seinen Teller zur Spüle. „Wenn du in einer Viertelstunde nicht hier unten bist, komme ich hinauf und hole dich!", rief er ihr nach.

Von der Treppe aus hörte Carole Ann, wie ihre Tante versuchte, Jeff einen Stapel Pfannkuchen aufzudrängen. Sie konnte sich des Eindrucks nicht erwehren, mitten in eine Verschwörung geraten zu sein.

„Das wird nicht klappen", erklärte sie ihrer Tante in Abwesenheit. Die eine Fahrt auf dem Karussell hatte ihr gereicht. Cal hatte sie auf Dauer von albernen Träumen kuriert. Sie musste an Wichtigeres denken als an Romanzen und Wege, die sie nicht beschritten hatte. Sie hatte einen Sohn und eine Karriere, und das war mehr als genug für sie.

Eine Viertelstunde später kam Carole Ann in die Küche zurück, schloß gerade den letzten Knopf und blickte sich um.

„Wo ist Brandon?“ Sie hatte nicht nach ihm gesehen, während sie oben war, weil sie angenommen hatte, dass er bereits die Treppe hinuntergejagt war, da er so wild auf den Ausflug war.

„Ich dachte, er würde mit dir herunterkommen, meine Liebe.“ Connie wischte sich die Hände an ihrer Schürze trocken.

„Es sieht ihm nicht ähnlich, zu verschlafen.“ Carole Ann blickte nach oben, als könnte sie ihren Sohn durch die Decke hindurch sehen. „Ich gehe noch einmal hinauf und…“

Jeff nutzte die Gelegenheit, um seinen halbleeren Teller von sich zu schieben. Connie war eine ausgezeichnete Köchin, und da sie es sich in den Kopf gesetzt hatte, ihn zu bemuttern, musste er zweimal so hart trainieren, sonst hätte er seinen Gürtel um ein Loch weiter machen müssen.

„Wir könnten doch beide nachsehen“, schlug Jeff vor und ergriff ihren Arm.

Überlebensinstinkt, der durch Cal geschärft worden war, ließ sie den Arm wegziehen. Carole Ann wollte nicht, dass Jeff sich dermaßen in ihr Leben drängte. Sie wollte keine Türen öffnen, die sie einst geschlossen hatte. „Er ist mein Sohn.“

Jeff nahm an ihrem verärgerten Tonfall keinen Anstoß. Er war bereits vor ihr auf der Treppe. „Ja, aber er ist mein Angelpartner.“

Carole Ann musste sich beeilen, um mit ihm Schritt zu halten. Er übernahm schon wieder die Führung und kümmerte sich um Dinge, die ihn nichts angingen. Von wegen Angelpartner!

Sie schob ihn beiseite und öffnete die Tür zu Brandons Zimmer. Hinter ihnen hörte sie Tante Connie als Nachhut hochkommen.

Brandon saß auf seinem Bett. Er war nur teilweise bekleidet, und sein Hemd stand offen. Eine Socke hielt er lustlos in der Hand, während die andere halb über seinen Fuß gezogen war.

Carole Ann bemerkte als erstes Brandons glasige Augen. Besorgt eilte sie zu ihm. „Ach, Liebling, du bist krank!“

Er versuchte, heftig den Kopf zu schütteln, doch die Anstrengung war offenbar zuviel für ihn. Seine Wangen glühten. Er sah ganz elend aus.

„Ich bin nicht krank“, protestierte er.

Carole Ann betastete seine Stirn. Sie brauchte kein Thermometer, um festzustellen, dass er Fieber hatte. „Doch, du bist krank.“

Brandon richtete seine wäßrigen blauen Augen auf Jeff. „Aber ich gehe heute zum Angeln.“ Er biß sich auf die Unterlippe, um nicht zu weinen. Männer weinten nicht, und seine Mutter nannte ihn ihren großen Mann. Dr. Jeff sollte ihn nicht für ein Baby halten.

Jeff legte dem Jungen mitfühlend eine Hand auf die Schulter. „Ich fürchte, ich habe eine schlechte Neuigkeit für dich."

Brandon schob schmollend die Unterlippe vor. Er hatte gedacht, Dr. Jeff wäre anders. Nicht wie die, mit denen seine Mutter zusammenkam. Die redeten nur freundlich mit ihm, weil sie dachten, damit seine Mutter zu beeindrucken. Er ließ die Schultern hängen und verzichtete darauf, tapfer zu sein. „Du kannst mich nicht mitnehmen?"

Ganz beiläufig strich Jeff mit seinen Fingern über den Hals des Jungen. Geschwollene Drüsen, laufende Nase, glasige Augen. Wahrscheinlich nur eine einfache Erkältung. Genauso beiläufig kauerte Jeff sich vor Brandon.

„Heute leider nicht. Ich hatte vergessen, dass heute der See gereinigt wird." Er beobachtete amüsiert, wie sich Brandons Augen weiteten. „Wir hier in Missouri möchten, dass unsere Gewässer sauber bleiben. Aber der See soll in zwei Tagen wieder bereit zum Angeln sein. Vielleicht sogar schon morgen." Er tätschelte verschwörerisch die Schulter des Jungen. „Meinst du, dass es dir dann schon bessergehen wird?"

Brandon nickte. Die Haare fielen ihm in die Stirn, und er zog sich zurück, als seine Mutter sie zurückstrich. Er blickte zu Jeff hoch. „Sicher."

Carole Ann zog ihm bereits die andere Socke aus. „In diesem Fall legst du dich lieber wieder ins Bett, junger Mann."

Er wollte nicht im Bett sein. Er wollte dort sein, wo was los war. „Aber..."

Es war lange her, dass Connie diesen traurigen, protestierenden Ton gehört hatte. Nicht mehr, seit Carole Ann klein gewesen war. Behutsam schob sie Jeff beiseite und setzte sich zu Brandon auf das Bett.

„Weißt du, ich habe schon lange niemandem mehr etwas vorlesen können." Connie seufzte wehmütig und legte ihm einen Arm um die Schultern. „Magst du Geschichten, Brandon?"

Er legte den Kopf schief. „Mit bösen Kerlen?"

Tante Connie zog ihre Brauen zusammen, um so wild wie möglich auszusehen. „Mit den allerbösesten."

Er schaffte ein heiseres Kichern. „Sicher."

Connie stemmte sich hoch und schlug einen Handel vor, wie sie das oft getan hatte, als Carole Ann in Brandons Alter gewesen war. „Du legst dich jetzt ins Bett, und ich komme in einer Viertelstunde und erzähle dir eine Geschichte, bei der dir die Augen aus dem Kopf fallen werden. Und ich habe zufällig frische Schokoladenplätzchen gemacht."

„Zum Frühstück?", protestierte Carole Ann. Ein starkes Bewußtsein für richtige Ernährung hatte ihren einst unbezähmbaren Hang zu Süßem ersetzt.

Connie war schmerzlich enttäuscht über den Mangel an Mitgefühl bei ihrer Nichte. Das Mädchen war offenbar schon zu lange weg.

„Der Junge ist krank. Er verdient es, ein wenig verwöhnt zu werden." Connie wandte sich an Jeff, den sie als höhere Autorität betrachtete. „Richtig?"

Jeff machte ein ernstes Gesicht. „Ich könnte ein Rezept für die Plätzchen ausstellen."

Carole Ann breitete die Arme aus. Ein Tag spielte wahrscheinlich keine so große Rolle. „Ich weiß, wann ich überstimmt bin."

Jeff führte sie aus dem Zimmer. „Das will ich doch hoffen." Bevor sie fragen konnte, was er vorhatte, brachte er sie zu der hinteren Treppe und warf einen Blick auf ihre schlichte weiße Shorts und das Oberteil mit Nackenträger. „Ich hatte noch keine Gelegenheit, dir zu sagen, dass du für einen Angelausflug ziemlich sexy aussiehst."

Sie blieb am Fuß der Treppe stehen und sah ihn überrascht an. Er redete, als würden sie trotzdem gehen. „Was denn für ein Angelausflug?"

„Der, den wir beide machen", antwortete er mit einem schelmischen Grinsen. „Du erwartest doch nicht, dass die Fische zu uns kommen."

„Ich erwarte gar nichts. Wir gehen jetzt nicht." Sie staunte darüber, wie er es geschafft hatte, sie die Treppe herunterzuführen, ohne dass es ihr voll bewußt geworden war, und wollte zurückgehen, aber er hielt sie auf.

„Warum nicht?"

Sie stand nicht gern so dicht bei ihm. Die Treppe war eng. Zwei Personen hatten nebeneinander kaum Platz. Carole Ann wusste, dass es albern war, aber sie hatte das Gefühl, als würde etwas mit ihr geschehen, als würde sie am Rand eines Abgrunds stehen und jeden Moment damit rechnen, dass er bröckelte und sie in die Tiefe riß.

„Weil Brandon nicht mitkommt."

Er zuckte die Schultern. „Dann wirst eben du seine Angel halten."

Warum stellte er sich nur so dumm an? Er war doch Arzt, oder? „Er ist krank. Er braucht mich."

„Er hat eine Erkältung, Carole Ann", erklärte Jeff geduldig, ohne ihren Arm loszulassen. „Du kannst nichts dagegen machen, und Tante Connie ist hier und liest ihm vor. Wir lassen ihn nicht mit einer schlimmen Lungenentzündung allein." Er sah sie lächelnd an. „Noch mehr Ausreden?"

Ihr Widerstand verpuffte. Vielleicht machte es ja Spaß. Sie wollte sowieso zu dem See gehen, bevor sie Belle's Grove verließ. Sie hatte dort viele glückliche Stunden mit Tagträumen verbracht. Und mit Angeln – neben Jeff.

„Im Moment fällt mir keine Ausrede mehr ein." Sie machte noch einen Schritt nach oben. „Lass mich nur einen Augenblick..."

Er hütete sich, ihr eine Fluchtmöglichkeit zu bieten. „Nein, ich habe dir schon zu viele Augenblicke zugestanden. Gehen wir!" Er zog sanft an ihrem Arm. „Die Fische stehen hier in der Gegend zeitig auf."

Wieder dieses jungenhafte Grinsen. Sie biß sich auf die Unterlippe und fühlte sich hin und her gerissen, während sie die Treppe hinaufblickte. „Aber was sage ich Brandon?"

Das war einfach. „Dass wir nach den Leuten sehen, die für ihn den See reinigen."

Es gefiel ihm, dass sie um ihren Sohn so besorgt war, aber gleichzeitig musste er dem Jungen ein wenig Freiraum verschaffen. Unter erstickenden Bedingungen konnte nichts gedeihen und wachsen.

Carole Ann gefiel das gar nicht. „Ich habe ihn noch nie belogen."

Sie sieht alles schwarz und weiß, stellte er fest. Er hatte gelernt, auch Grauabstufungen zu erkennen. Nur so konnte man überleben. „Ist es dir lieber, wenn er denkt, dass er den Angelausflug versäumt?"

Er stellte sie hin, als wäre sie herzlos. „Nun ja, nein, aber wenn ich ihn belüge..."

Jeff führte sie in die Küche. „Kreative Erfindung." Er drückte beide Hände gegen ihren Rücken und schob sie weiter. „Nur so schont man Gefühle. Ich sage dir etwas. Ich gehe hinauf und erkläre es ihm, und du packst ein paar Sandwiches ein."

Carole Ann stemmte lachend die Fäuste in ihre Taille. „Ich muss dich auch noch füttern?"

Er lächelte breit. „Ein geringer Preis dafür, dass du einen Vormittag lang mit Belle's Groves einzigem Arzt und meistbegehrtem Junggesellen angeln kannst."

Sie legte den Kopf schief und betrachtete ihn. „Wieso bist du das?"

Der Drang, sie zu küssen, drohte ihn zu überwältigen. Er ignorierte ihn – vorerst. „Meistbegehrt? Die Stadt hat einen niedrigen Standard."

Sie schüttelte den Kopf. „Junggeselle."

Er lächelte amüsiert, doch seine Stimme klang ernst. „Weil ich nie eine gefunden habe, die sich mit dir messen konnte."

Oh, oh! Zeit zum Rückzug, schnellstens! Carole Ann wich etwas zurück. „Jeff, vielleicht sollte ich lieber nicht..."

Er schüttelte den Kopf und schnitt ihren Protest ab. In der Vergangenheit war er zu passiv gewesen. Darin lag das Problem. Wäre er nicht so unproblematisch und so wenig fordernd gewesen, wäre er Carole Anns Mann geworden und nicht Cal.

Doch jetzt bekam er eine neue Gelegenheit, die er nicht verstreichen ließ. Diesmal sollte ihm die Lady nicht mehr durch die Finger schlüpfen. Er legte seine Hände auf ihre Schultern, als sie weggehen wollte.

„Du solltest lieber doch..." Er ließ seine Hände an ihren Armen heruntergleiten. Wenn er sie berührte, löste es Erinnerungen aus – und Verlangen. Er lächelte. „Ich bespreche mich mit meinem Patienten und komme in fünf Minuten zurück. Du kannst schon Mayonnaise aufs Brot streichen."

Sie erkannte in seinen Augen etwas, das sie früher nicht gesehen hatte: Entschlossenheit und eine Kraft, bei der Carole Ann ihren Protest hinunterschluckte, zumindest für den Augenblick. Sie nickte, während ein prickelnder und erregender Schauer über ihren Rücken lief.

Ihr Magen zog sich nervös zusammen, während sie den Kühlschrank öffnete, um festzustellen, was Tante Connie für ein Picknick bereithielt.

Oder für eine Henkersmahlzeit.

Ihre eigene.

4. KAPITEL

Es sah alles genauso aus, wie Carole Ann es in Erinnerung hatte. Vielleicht waren die Weiden, die den See umgaben, ein wenig größer geworden, aber grundsätzlich war alles unverändert.

Carole Ann betrachtete die Umgebung und sog sie unbewußt in sich auf, während Jeff seinen Pickup ein paar Meter vom Seeufer entfernt anhielt.

Er wartete geduldig auf dem Fahrersitz darauf, dass sie die Tür öffnete. Ihre Nostalgie und alle Erinnerungen, die in ihr hochstiegen, konnten ihm nur nützen.

Als sie bemerkte, dass er sie beobachtete, wurde sie rot, stieg aus und kam sich ein wenig albern vor, weil sie sich für einen Moment hatte hinreißen lassen. Sie schloß die Beifahrertür und folgte Jeff zum Heck des Pickup. „Ich habe ein schlechtes Gewissen, weil ich ohne Brandon hier bin."

Jeff griff nach dem Korb, den Tante Connie ihnen zur Verfügung gestellt hatte. Carole Ann hatte ein paar hastig eingewickelte Sandwiches und zwei Dosen Limonade hineingelegt. Zwei Sandwiches waren schon aus der Alufolie gerutscht, als sie den Deckel schloß. Jeff freute sich für sie, dass sie besser schreiben als einwickeln konnte.

Er reichte Carole Ann eine Angelrute, griff nach der anderen und ging das kurze Stück zum See hinunter. Den Korb stellte er unter einen Baum.

„Keine Sorge." Er lehnte seine Angel gegen eine Weide. „Ich nehme Brandon mit, sobald er gesund ist, und das wird wahrscheinlich schon morgen oder übermorgen sein."

Sie wog die Angelrute nachdenklich in ihrer Hand. Offenbar hatte Jeff viel Freizeit. Entweder das, oder er machte leere Versprechungen. Das klang nicht nach dem Jeff, den sie kannte, aber jeder veränderte sich. Man brauchte nur sie anzusehen. Die Sterne, die in ihren Augen gefunkelt hatten, waren letztlich nichts als Spiegelungen von kalten Neonlichtern gewesen.

„Wie schaffst du das, wo du doch der einzige Arzt in der Stadt bist?"

Jeff ließ sich auf die Erde sinken und lehnte sich an den Baum. „Das stimmt so nicht ganz. Sheila ist ausgebildete Krankenschwester und kann eine Praxis betreuen."

Carole Ann setzte sich neben ihn. Es war fast wie in alten Zeiten – fast. Sie fragte sich, wer Sheila sein mochte und ob sie hübsch war. „Wirklich? Eine ausgebildete Krankenschwester hier in Belle's Grove?"

Jeff zog eine Augenbraue hoch und legte die Angelrute weg. Die Überraschung in ihrer Stimme war nicht zu überhören. Er schlug einen ironischen Ton an. „Aber ja! Wir haben hier eine von diesen neumodischen Krankenschwestern mit einer neumodischen Ausbildung zur Betreuung einer Krankenstation."

Verlegen stieß Carole Ann die Luft aus. Sie hatte sich genau wie jene Snobs angehört, die ihre Nase rümpften, wenn sie erwähnte, woher sie kam. „Na schön, das habe ich verdient."

Jeffs Lachen mischte sich mit der sanften Brise, die sich bald legen würde. Es wurde bestimmt wieder ein heißer Tag. Die Sonne meinte es bereits gut.

„Wir sind hier nicht rückständig oder primitiv, Carole Ann. Nur klein. Es ist nichts Schlechtes daran, klein zu sein." Er sah sie bedeutungsvoll an, konnte nicht widerstehen und strich mit den Fingerspitzen über die Enden ihres Haars. „Einige meiner liebsten Dinge sind klein."

Ihr Magen zog sich zusammen wie auf einer Achterbahn, kurz bevor sich der Wagen in die Tiefe stürzte. Carole Ann wollte sich nicht mehr in die Tiefe stürzen, nie wieder. Sie hatte ihre Lektion gelernt. „Nicht."

Er ließ seine Hand sinken. „Nicht was? Nicht dein Haar berühren?" Er griff wieder nach der Angelrute, weil er seine Hände beschäftigen musste.

Carole Ann war aufgewühlt und wusste nicht genau warum. „Du weißt, was ich meine." Sie hoffte wenigstens, dass er es wusste, im Gegensatz zu ihr. Fest stand nur, dass er Dinge aufrührte, die sie lieber ruhen ließ.

„Soll ich deine Schuldgefühle nicht antippen?" Er lehnte sich zurück, ohne den Blick von ihrem Gesicht zu wenden. „Das könnte ich gar nicht, wenn du keine Schuldgefühle hättest."

Sie hob ruckartig den Kopf und sah ihn abweisend an. „Ich habe keine Schuldgefühle!"

Sein Lächeln war träge und traurig. Sie konnte sich nicht dagegen wehren. „Doch! Du hast Schuldgefühle, weil du uns acht Jahre gestohlen hast."

Carole Ann unterbrach den Blickkontakt, weil sie befürchtete, Jeff könnte Dinge sehen, die sie nicht einmal für existent gehalten hatte. Ihm war es stets gelungen, sie zu durchschauen.

Sie blickte auf den See hinaus. Eine Entenmutter paddelte über das Wasser, und ihre fünf Jungen folgten ihr. Carole Ann wünschte sich, das Leben wäre einfacher. Aber das war es nie gewesen, nicht für sie.

„Du hast mir angst gemacht, Jeff", sagte sie leise, als würde sie ein Selbstgespräch führen.

Er glaubte ihr. Und das tat weh. Er hatte sie stets geliebt. Wie konnte Carole Ann Angst vor ihm gehabt haben? „Warum?"

Sie ballte die Hände an ihren Seiten zu Fäusten, als ob ihr das hätte Kraft geben können. „Ich war erst zwanzig. Zu jung, um hier stehenzubleiben."

Ihre Worte schmerzten. Sie waren mehr als ein Vorwurf gegen Belle's Grove. Er selbst war ein Teil von Belle's Grove. „Verstehe. Zu jung, um dich hier mit mir niederzulassen, aber nicht zu jung, um mit Cal wegzulaufen."

Sie wandte den Kopf so schnell, dass ihr Haar auf ihren Rücken schwang. „Das war etwas anderes."

„Wieso?" Seine Stimme klang heiser. „Wieso war das etwas anderes?" Jeff drängte den Zorn zurück, der wie an jenem Tag auszubrechen drohte, an dem er erfahren hatte, dass sie fort war.

Sie zuckte hilflos die Schultern. „Es war einfach anders."

Er ließ die Angelrute fallen und wandte sich zu ihr. „Weil Cal nur für den Moment war. Ich dagegen war für immer. Und tief in dir hast du das gewußt." Er sah sie eindringlich an. „Und ‚für immer' hat dir angst gemacht."

Carole Ann stemmte sich hoch. Sie wollte der Konfrontation, dem Schmerz und dem anklagenden Blick in seinen Augen ausweichen. Doch Jeff ließ sie nicht entkommen. Er stand ebenfalls auf. Es war Zeit, die Sache auszufechten. Die Vergangenheit musste ans Licht gebracht werden, wenn sie beide weitermachen wollten.

Und er war fest entschlossen weiterzumachen.

„Du warst mein Mädchen, Carole Ann. Meines – hier drin." Er tippte sich auf die Brust. „Du hast genauso mir gehört, wie ich dir."

Carole Ann wollte sich zurückziehen, konnte es jedoch nicht. Er hielt sie mit seinem Blick fest.

Sie wollte ihm begreiflich machen, was ihr damals nicht gelungen war. „Verstehst du denn nicht? Ich wollte nicht hierbleiben. Du schon. Ich wollte meine Flügel ausprobieren und hoch aufsteigen."

„Und du bist hoch aufgestiegen. Ist es so wunderbar, wie du vermutet hast?"

Nein, es gab Enttäuschungen, die sie manchmal kaum aushalten konnte. Und es gab Nächte, in denen sie sich schrecklich allein und verloren gefühlt hatte. Doch das alles war der Preis dafür, erwachsen zu werden. Jeder bezahlte auf seine Art.

Aber das konnte sie ihm gegenüber nicht zugeben. „Ja, es ist wundervoll", antwortete sie starrsinnig. „Ich bin jemand geworden, habe etwas aus mir gemacht. Meine Ehe hat nicht funktioniert, meine Karriere schon. Und ich habe einen sagenhaften Sohn, sodass es letztlich doch kein Verlust war." Sie stand ihm mittlerweile so dicht gegenüber, dass sie einander fast berührten, schaute ihn an und forderte ihn heraus, ihr zu widersprechen.

Feuer brannte in ihren Augen. Er fand, dass sie großartig aussah. Nie zuvor hatte er sie wirklich zornig erlebt.

„Nein, du hast recht. Er ist ein sagenhafter Junge." Jeff blickte auf das Wasser mit der glitzernden Oberfläche. Die Entenmutter schwamm noch immer herum, und die Jungen folgten ihr. Die Menschen machen sich das Leben zu kompliziert, dachte er. Dabei konnte es wirklich einfach sein. Das war der Grund, warum er gern in Belle's Grove lebte.

Er wandte sich ihr wieder zu. „Ich möchte nicht mit dir streiten, Carole Ann."

Sie stieß einen Seufzer aus, und ihr Ärger schwand. „Ich auch nicht mit dir. Ich bleibe nur bis zur Hochzeit. Und bis dahin möchte ich nichts sagen, das uns beiden leid tun könnte." Sie hatte geahnt, dass es Probleme geben würde, wenn sie ohne Brandon mit ihm hierherkam. Es war keine gute Idee gewesen. Sie fuhr sich mit der Zungenspitze über die Lippen. „Vielleicht solltest du mich lieber nach Hause bringen."

Er lächelte, und alle bitteren Gefühle zwischen ihnen verpufften. „Nein, ich sollte statt dessen einen Köder an deinen Haken hängen. Du hast eine bessere Chance, etwas zu fangen, wenn du einen Wurm am Haken hast."

Seine Antwort überraschte sie. Vielleicht wäre es besser gewesen, sie wären an diesem Tag getrennte Wege gegangen. „Du willst noch immer angeln?"

Er nahm die Dose mit den Würmern, die er an diesem Morgen in seinem Garten gesammelt hatte, aus der Papiertüte. „Deshalb sind wir hier." Er setzte sich.

Sie zuckte die Schultern und kauerte sich neben ihn. „Na schön, aber du musst den Köder an meinem Haken festmachen."

„Das habe ich doch schon gesagt." Er griff nach dem Haken und befestigte sorgfältig den Wurm daran.

Carole Ann blickte schaudernd weg. Sie hatte das nie machen können. Und dabei mochte sie Würmer nicht einmal. „Wie vereinbarst du es mit deinem hippokratischen Eid, dass du lebende Würmer aufspießt?"

„Sie sind noch nie in meine Praxis gekommen, um sich behandeln zu lassen… Hier." Er gab ihr die Rute zurück. „Alles bereit."

Sie warf die Angel aus. Der Haken surrte durch die Luft und landete mit einem leisen Klatschen im Wasser. Carole Ann lehnte sich neben Jeff gegen den Baum. Der Moment war idyllisch. Wie alles andere brachte er Erinnerungen wieder. „Meinst du, wir fangen etwas?"

Er holte tief Luft und atmete ihren Duft ein. Es berauschte ihn. Er zuckte die Schultern und versuchte, sich unbeeindruckt zu geben.

„Ein wenig Sonne, ein wenig Frieden und Ruhe." Er warf ihr einen Blick zu. Sie lehnte sich zwar gegen den Baum, war jedoch starr wie ein Soldat, der Haltung angenommen hatte. „Hast du vergessen, wie man sich entspannt?"

„Nein." In letzter Zeit fiel es ihr allerdings sehr schwer. „Vielleicht", räumte sie mit einem bedauernden Lächeln ein. „Daheim gibt es nicht oft Gelegenheit zum Abschalten."

Jeff schüttelte lächelnd den Kopf.

Er schien sich über etwas zu amüsieren, und Carole Ann wollte wissen, worum es ging. Sie versetzte ihm einen Stoß in die Rippen. „Was ist?"

Was für ein Narr er doch gewesen war, wegzugehen und sie der Obhut eines anderen zu überlassen. Er hatte es förmlich herbeigeführt, wie er nun nachträglich erkannte. Aber das alles lag hinter ihm. Vor ihm stand die Zukunft, und er wollte sich nehmen, was sie ihm anbot.

„Komisch, ich dachte, wenn du ‚daheim' sagst, meinst du hier."

Carole Ann furchte die Stirn. Darauf wollte sie nicht eingehen. „Ich bin hier nicht mehr daheim."

Jeff hoffte, dass sie das nicht zu ihrer Tante sagte. Er wollte nicht, dass sie sich aufregte. „Das würde Tante Connie verletzen."

Carole Ann bewegte sich unbehaglich. Sie wusste, dass er recht hatte. Aber Wahrheit musste auch Wahrheit bleiben. Sie war hier tatsächlich nicht mehr daheim – nicht wirklich. In ihrer Unruhe warf sie die Angel noch einmal aus. Der Haken verfing sich in dem Baum über ihnen. Großartig. „Tante Connie versteht das nicht."

Jeff legte seine Rute weg, stand auf und befreite für Carole Ann den Haken. „Etliche von uns verstehen das nicht. Was ist denn da draußen so anziehend?"

Sie wartete, bis er sich wieder gesetzt hatte, bevor sie die Angel erneut auswarf. „Leben."

Das war die übliche ausweichende Antwort. Er hätte ihr eine bessere zugetraut. Vielleicht hatte sie gar keine Antwort mehr, was nur zu hoffen war.

„Ich habe in Belle's Grove auch nicht gerade tote Menschen behandelt, Carole Ann."

Ihr war es so, als würde man einem Blinden Farben beschreiben. „Es ist schwer zu erklären, wenn du es dir nie gewünscht hast."

Nein, er hatte es sich nie gewünscht. Er hatte sich nur gewünscht, nützlich zu sein. Und Carole Ann zu haben. „Und jetzt hast du es gefunden", sagte er sanft.

Sie blickte eine Weile auf den See hinaus. „Ja."

„Bist du glücklich?"

Sie sah ihn zornig an. Hörte er denn gar nicht mehr mit dieser Inquisition auf? „Ja, ich bin glücklich."

Sein Lächeln löschte eine Art Zündschnur, die sonst eine Explosion ausgelöst hätte. „Du verscheuchst die Fische."

Carole Ann zuckte die Schultern und ärgerte sich darüber, dass sie für einen Moment beinahe die Beherrschung verloren hätte. Im Geist zählte sie bis zehn, ehe sie weitersprach. „Diese Stadt mag sehr hübsch für eine Ansichtskarte zu Weihnachten sein, aber sie war mir nicht genug."

Er schnappte nach dem Stichwort. „Sie ... w a r es nicht?"

Sie erkannte ihren Fehler, sobald sie das Wort ausgesprochen hatte. „Ich meine, sie ist mir nicht genug." Sie wusste, was er dachte. Genau das gleiche, worauf ihre Tante hoffte. Carole Ann konnte sich damit nicht abfinden. „Jeff, ich komme nicht hierher zurück."

Er tat, als wäre es ihm gleichgültig, und warf seine Angel aus. „Niemand hat gesagt, dass du es tun sollst. Wenn ich bohre, dann nur, weil ich alles auf meine schwerfällige Art eines typischen Landarztes verstehen will."

„Ha! Du warst nie schwerfällig."

Er warf ihr einen tadelnden Blick zu. „Du hast mich dafür gehalten." Warum sonst hätte sie ihn verlassen sollen?

Das hatte wohl kommen müssen, aber sie wollte sich auf keinen Fall wieder darauf einlassen. Und er sollte auch nie erfahren, dass sie nächtelang wach gelegen und sich einsam gefühlt hatte. Sie war ihr Leben Schritt für Schritt durchgegangen und hatte sich gefragt, wie es wohl gewesen wäre, hätte sie anstelle von Cal ihn geheiratet. Wie es gewesen wäre, hätte sie sich auf „für immer" eingelassen.

Doch das lag alles hinter ihr. Sie hatte genug Wunden abbekommen, dass sie für ein Leben reichten, und sie war auf keine romantischen Abenteuer mehr aus, nicht einmal mit Jeff. Vielleicht erst recht nicht mit Jeff.

Doch da war etwas, das sie wissen musste. „Warum bist du nie von hier weggegangen? Als du mit dem Medizinstudium fertig warst, hättest du doch in jeder größeren Stadt eine tolle Praxis aufbauen können."

„Ich habe eine Praxis." Sie befand sich nicht in einem gewaltigen, vielstöckigen Gebäude, aber sie genügte ihm.

„Du hättest reich werden können."

Er musterte sie eine Weile, ehe er entgegnete: „Ich bin es."

Sie zog die Augenbrauen zusammen. Er fuhr einen alten, verbeulten Pickup mit einer zerbrochenen Rückleuchte. Und Tante Connie hatte ihr erzählt, dass er noch immer in dem Haus lebte, in dem er aufgewachsen war. „Wirklich?"

Ihr Zweifel war so deutlich zu hören, dass er sich fragte, was aus dem Mädchen geworden war, das er einmal gekannt hatte. Sie hätte ihn verstanden, ohne es erklärt zu bekommen.

„Weißt du, dass in manchen Kulturen der Reichtum eines Mannes nach der Anzahl seiner Pferde gemessen wird? Bei anderen ist es die Zahl der Adlerfedern in seinem Kopfschmuck, die ihm Respekt einbringt." Er sah sie bedeutungsvoll an. „Wieder in anderen ist es die Zahl der Menschen, die er Freunde nennen kann."

Sie ließ nicht locker. Er hätte etwas aus sich machen und Forschung betreiben können. Statt dessen war er in einer langweiligen Kleinstadt geblieben, die ihn nie voll anerkennen konnte. Weil Carole Ann etwas an ihm lag, störte es sie. „Hättest du nicht Menschen deine Freunde nennen und trotzdem Geld verdienen können?"

Er fragte sich, ob sie gewinnsüchtig war oder ganz einfach einen gewissen Standpunkt vertreten wollte. Er hatte bei ihrer Ankunft nichts Überkandideltes an ihr bemerkt. Also entschied er, dass es hier nur um die Diskussion ging, aber er musste es von ihr hören. „Ist dir Geld so wichtig, Carole Ann?"

Sie straffte ihre Schultern und ging wieder in die Verteidigung. „Nein, aber mir ist wichtig, nicht arm zu sein, Brandon alles geben zu können, was er will."

Er rieb sich ausgiebig das Kinn wie ein Mann von sehr schlichten Geistesgaben, der versuchte, neue Informationen zu verarbeiten. „Also, ich kenne mich nicht so gut aus in den neuen Trends der Kindererziehung, weil ich doch da lebe, wo sich die Füchse gute Nacht sagen, aber ich glaubte immer, wenn man seinem Kind viel Liebe schenkt, ergibt sich alles andere ganz von selbst."

Wollte er ihr vorwerfen, Zuwendung durch Güter ersetzen zu wollen? „Brandon bekommt Liebe."

Davon war er überzeugt, nachdem er die beiden am Vorabend und an diesem Morgen zusammen gesehen hatte. Wahrscheinlich war sie sogar zu aufmerksam und beschützend, was den Jungen anging. „Dann willst du also im Prinzip sagen, dass er kein Spielzeug mit tollen Preisschildern darauf braucht?"

Sie war für einen Moment verwirrt. „Du verdrehst etwas."

„Nicht ich." Er zuckte übertrieben die Schultern und spielte den Bauerntölpel. „Ich bin doch nur ein schlichter Landarzt."

Sie hätte beinahe laut aufgelacht. Er war verschlagen geworden, seit sie ihn das letzte Mal gesehen hatte. „Du bist genausowenig schlicht, wie es Albert Schweitzer war."

Es schien so, als hätte er über ihre Bemerkung nachdenken müssen. „Wenn ich mich recht erinnere, hat er sich auch nicht viel in Großstädten aufgehalten."

Carole Ann stieß einen langen Seufzer aus. „Also gut. Hast du ein Taschentuch?"

Er legte die Angelrute weg und zog seines aus der Gesäßtasche. „Warum? Habe ich dich zu Tränen gerührt?"

„Nein." Sie faltete das Taschentuch auseinander und winkte damit über ihrem Kopf. „Ich ergebe mich." Carole Ann drückte ihm das Taschentuch wieder in die Hand.

Er steckte es ein und kümmerte sich nicht um die Angel. Die Schnur hüpfte auf dem Wasser auf und ab. „Wem ergibst du dich?"

„Deiner Beredsamkeit." Diesmal hatte sie seiner Sturheit nichts entgegenzusetzen.

„Ich habe eine bessere Idee."

Sie hörte ein Lächeln in seiner Stimme mitschwingen und sah ihn forschend an. „Ach ja? Welche?"

Langsam nahm Jeff ihr die Angelrute aus den Händen und legte sie auf die Erde. Dann zog er Carole Ann in seine Arme. „Du könntest dich etwas ergeben, was ich schon seit acht langen Jahren sehnlich gewünscht habe."

Sie verkrampfte sich, konnte sich jedoch nicht von ihm zurückziehen. „Jeff, das ist keine gute Idee."

Himmel, wie sehr er sie begehrte! Er hatte es die ganze Zeit geleugnet und geglaubt, seine Sehnsucht nach ihr endgültig vergessen zu haben. Doch wie er jetzt neben ihr saß und die warme Sonne auf sie beide schien, erkannte er, dass er sich selbst belogen hatte. Solch eine starke Sehnsucht pflegte immer im Herzen zu brennen.

„Es ist keine Idee, sondern eine Tatsache."

Bevor sie noch einmal protestieren oder zu Verstand kommen konnte, küsste Jeff sie so leidenschaftlich, dass die inzwischen verstrichenen Jahre plötzlich keine Bedeutung mehr zu haben schienen.

Jeff hatte sie noch nie so geküßt. Er entwaffnete sie regelrecht. Carole Ann fühlte sich verloren und desorientiert. Früher waren Jeffs Küsse süß und jungenhaft zärtlich gewesen und hatten sie zum Seufzen gebracht.

Jetzt war nichts mehr von diesem Jungen vorhanden. Und der Mann raubte ihr den Atem und riß ihr förmlich den Boden unter den Füßen weg.

Als sie tags zuvor Tante Connies Wohnzimmer betreten hatte, war ihr seine ungewöhnliche Ausstrahlung bewußt geworden und hatte sie wie eine heiße Woge umspült.

Du lieber Himmel!

Carole Ann schloß die Augen und ließ sich von den aufgepeitschten Sinnen mitreißen. Von Gefühlen, die sie so gut versteckt hatte. Alles löste sich in der Hitze seines Mundes auf, der sich immer wieder auf ihre Lippen senkte. Als würde sie mit einem Kanu durch Stromschnellen rudern, versuchte sie wild, Kurs zu halten und nicht unterzugehen und sich an einen Funken ihres klaren Verstandes zu klammern.

Es war nicht einfach.

Jeff öffnete gewissermaßen Schleusen in ihr. Sie schmiegte sich an ihn und verlangte nach seinem Mund und allem, was er ihr zu geben hatte.

Carole Ann war genau so, wie er sie in Erinnerung hatte, und noch viel mehr. Als er sie das letzte Mal küsste, waren sie unschuldige Kinder gewesen. Nun waren sie keine Kinder mehr. Getrennt hatten sie steinige Wege zurückgelegt, was nicht einfach gewesen war, und sie hatten alles überlebt. Leidenschaften, die sie dazugewonnen hatten, kamen an die Oberfläche.

Dieser Kuss war erwachsen, reif und verzehrend.

Jeff zwang sich zum Rückzug. Wären sie zu schnell vorgegangen, hätten sie den Boden unter den Füßen verloren und ihr eigentliches Ziel nicht erreicht, an das er unbedingt gelangen wollte.

Er lehnte seine Stirn gegen die ihre und wartete, bis er wieder zu Atem kam. Er lächelte in sich hinein, weil Carole Ann ihn dermaßen mitgenommen hatte. „Willkommen daheim."

Sie brauchte länger, um wieder Luft zu bekommen. Das war verrückt!

Sie zog sich zurück, obwohl sie am liebsten im Schutz seiner Arme geblieben wäre. Doch es gab keinen Schutz, und sie wollte nicht in diese Falle gehen. „Komm nicht auf falsche Ideen!"

Er legte eine Hand unter ihr Kinn, bevor sie aufstehen konnte. „Lady, ich habe eine Menge Ideen."

Und keine einzige davon würde ihr gefallen. Sie konnte es sich nicht erlauben, schwach zu sein. Was sie am meisten brauchte, war ein Freund, kein Liebhaber. Liebhaber gingen weg, Freunde blieben. „Ich möchte, dass wir Freunde sind."

Jeff nickte bedächtig. „Das ist ein Teil davon."

Carole Ann musste hier einen Endpunkt setzen. „Das ist alles. Thomas Hardy hat recht. Man kann nicht wieder nach Hause zurückkehren." Und sie konnte nicht wieder zu dem sicheren Gefühl zurückkehren, das sie einst gekannt hatte. Oder zu dem Glauben, dass Liebe alles überwand. Sie überwand nichts, sondern besiegte ihre Opfer und verkümmerte dann wie eine Sommerrose.

Er ließ nicht zu, dass sie sich hinter schlichten Phrasen versteckte. „Thomas Hardy ist tot. Er war ein verbitterter alter Mann, der die Macht von Optimismus und Glaube nicht erfaßte. Er hat nichts mit dir und mir zu tun."

Panik stieg in ihr hoch. Sie wollte sich nicht in dem Traum einfangen lassen. Auf keinen Fall! Träume wurden nie wahr, zumindest keine Träume von Liebe. Sie hatte ihr Leben gestaltet und wollte sich daran halten. „Sprich nicht von dir und mir. Es gibt keine Gemeinsamkeit."

Jeff wollte nicht zulassen, dass sie ihn oder sich selbst belog. „Carole Ann, es hat immer diese Gemeinsamkeit gegeben. Im Lauf der Zeit hat sich einfach mehr daraus entwickelt." Aus Freunden war viel mehr geworden.

„Nun, wenn du schon definieren musst, wer und was wir sind, dann bist du ein Arzt in Belle's Grove, und ich bin eine selbständige Autorin, wobei die Betonung auf ‚selbständig' liegt", erklärte sie starrsinnig.

Jeff hob die rechte Hand wie zu einem feierlichen Eid. „Es war nie meine Absicht, dir die Flügel zu stutzen, Carole Ann."

„Ja, sicher." Wegen ihrer gemeinsamen Vergangenheit konnte sie ihn amüsiert betrachten. „Erinnerst du dich, wie wir früher an den See gegangen sind?"

Lebhaft. Mehr noch, er erinnerte sich daran, wie er an dem Tag herkam, an dem er erfahren hatte, dass sie durchgebrannt war. Wie besessen war er die dreihundert Meilen vom College hierher gefahren, war in Rekordzeit über die schmalen Landstraßen gejagt, bis er den See erreichte. Trotz allem hatte er gehofft, sie würde hiersein und auf ihn warten, weil es nur ein schreckliches Mißverständnis war.

Erst als er hier ankam und den See verlassen vorfand, wusste er, dass seine Mutter am Telefon die Wahrheit gesagt hatte. Carole Ann war gegangen, ohne ein einziges Wort zu hinterlassen. Durchgebrannt mit seinem besten Freund.

Aber es hatte keinen Sinn, jetzt mit ihr darüber zu sprechen. „Ja. Das waren lange, träge Sommertage." Er hielt seine Stimme ruhig und sah Carole an. „Nicht anders als heute. Wir haben nackt gebadet."

Carole Ann musste über die Erinnerung lachen. „Deine Mutter hätte dich übers Knie gelegt, wenn sie dahintergekommen wäre."

Er lächelte und genoß den Klang ihres Lachens. Wenigstens das hatte sich nicht geändert. „Ich glaube, sie wäre über dich auch nicht sehr erfreut gewesen."

Sie legte eine Hand an ihre Brust. „Ich war unschuldige zehn Jahre jung und wurde von einem älteren Mann in die Irre geleitet."

„Zwölf war nicht so alt", protestierte er.

„Irgendwie warst du immer alt, Jeff." Sie betrachtete ihn voll Zuneigung. „Du hast immer das Gewicht der ganzen Welt auf deinen Schultern getragen. Jetzt wirkst du weniger ernst als damals." Es war, als wären die Jahre für ihn rückwärts gelaufen.

Er zuckte die Schultern. „Wahrscheinlich habe ich begriffen, dass ich nicht alles machen kann. Damals wollte ich wahrscheinlich meine Mutter dafür entschädigen, dass mein Vater nicht mehr lebte."

Carole Ann umfaßte seine Hand. „Das mit deiner Mutter tut mir leid."

Er nickte. Der Tod gehörte zum Leben. Damit hatte er sich auf beruflicher Ebene abgefunden. Auf persönlicher Ebene war es für ihn viel schwieriger gewesen. Seine Mutter war die erste Patientin gewesen, die er jemals verloren hatte.

„Ja, mir auch. Ich möchte gern daran glauben, dass die beiden jetzt zusammen sind." Er schüttelte die trübe Stimmung ab und deutete mit einem Kopfnicken auf den See. „Möchtest du um der alten Zeiten willen schwimmen?"

„Ich habe keine Badesachen bei mir."

Er lächelte, und in seinen Augen funkelte es verdächtig. „Ich meine, genau wie früher."

Sie sah ihn verblüfft an. Das hatte sie nicht von Dr. Drumm erwartet, doch der Kuss hätte sie warnen sollen. „Nackt?"

Er hätte schwören können, dass sie vor Verlegenheit rot wurde. Er fand es reizend – und erregend. „Ich bin Arzt, falls du das schon vergessen haben solltest. Du hast nichts, was ich nicht schon einmal irgendwo gesehen hätte."

„Ja, aber du hast es noch nicht an mir gesehen." Sie hob die Hände, falls er auf irgendwelche Ideen kam. „Zumindest nicht seit achtzehn Jahren."

Er nickte und griff nach seiner Angelrute. Es war nur ein flüchtiger Gedanke gewesen. „Dein Schaden. Es ist heiß."

Sie schaute ihn wissend an. „Und wenn wir nackt baden, wird es noch viel heißer."

Genau darauf hatte er gehofft. Jeff grinste jungenhaft. „Schön, das zu hören, Carole Ann. Schön zu hören." Seine Angelrute zuckte, doch er merkte es nicht.

Carole Ann hielt seine Angel fest, bevor sie ihm aus den Händen gezogen wurde. „Bei dir hat etwas angebissen."

Er schlang seine Hände um die Angel, ohne Carole Ann aus den Augen zu lassen. „Das hoffe ich sehr."

Carole Ann hielt es für klüger, sich nicht auch noch darüber auf eine Diskussion einzulassen. Ihre Phantasie hatte ohnehin schon Jeffs Vorschlag aufgenommen und arbeitete auf Hochtouren. Es war tatsächlich ein heißer Tag. Und Jeff hatte figurmäßig beachtlich viel zugelegt, seit er zwölf war.

„Ich könnte Hilfe gebrauchen."

Sie wusste, dass er keine brauchte, aber sie rutschte zu ihm und schlang ihre Hände um die seinen.

Für einen Moment war es wie in alten Zeiten.

Wenn sie nicht an den Kuss dachte…

Und sie bemühte sich, nicht daran zu denken. Sie bemühte sich sogar sehr.

5. KAPITEL

Drei Kochbücher lagen offen auf der blauen Küchentheke. Auf allen Seiten waren Fotos von Hochzeitstorten zu sehen. Connie betrachtete sie kritisch der Reihe nach, während sie ein großes Theater wegen des Frühstücks machte, das Carole Ann nicht essen wollte, weil sie nicht in der Stimmung war.

Connie hätte sich gar keine Hochzeitstorten angesehen, aber Carole Ann hatte darauf bestanden, dass sie sich entschied, welche Torte sie bei dem Empfang haben wollte. Die Hochzeit sollte in knapp zwei Wochen stattfinden, und Carole Ann hatte festgestellt, dass gar keine richtigen Vorbereitungen getroffen worden waren.

Indem Connie im wahrsten Sinn des Wortes die Ärmel hochkrempelte, hatte ihre Nichte ihr erklärt, dass keine Zeit mehr zu verlieren war. Connie war der Meinung, dass alle Dinge sich stets von allein erledigten und große Anlässe sich immer irgendwie von selbst regelten.

Carole Ann hing nicht derselben Philosophie wie ihre Tante an. Sie tat ihr möglichstes, um Tante Connie die Realität erkennen zu lassen.

Mit einem geduldigen Seufzer schob Carole Ann ein Buch nach vorne, während Connie gerade den letzten Pfannkuchen wendete. „Vielleicht könnten wir uns auf diese…“

„Sieh mal, wer hier wieder auf den Beinen ist!“ Connie neigte strahlend den Kopf auf die Seite, um an Carole Ann vorbei zu der hinteren Treppe zu blicken.

Carole Ann drehte sich um, als ihr Sohn fröhlich in den Raum hüpfte. Er sah jetzt ganz anders aus als der kleine Junge, der tags zuvor im Bett gelegen hatte. Sie war deshalb sehr erleichtert. „Na, das ist aber schnell gegangen.“

„Das ist die Landluft“, informierte Brandon sie wie jemand, der in diesen Dingen Bescheid wusste.

Carole Ann verschränkte amüsiert die Arme. „Ach ja, wirklich?“ Sie blickte über Brandons Kopf zu ihrer Tante. „Und wer hat dir das gesagt?“ Als ob sie das nicht bereits gewußt hätte.

„Dr. Jeff.“ Brandon marschierte zu dem Hocker, kletterte hinauf und kniete sich zuerst darauf. „Er hat gesagt, dass ich im Handumdrehen wieder auf den Beinen sein werde, weil die Luft hier so sauber ist. Und er hat recht gehabt.“ Brandon setzte sich und streckte seine kurzen Beine von sich. Sie baumelten fünfzehn Zentimeter über dem Boden. „Darf ich heute angeln gehen?“

Dr. Jeff! An den hatte sie erst in zweiter Linie gedacht. Sie mochte es nicht, dass er Brandon solchen Unsinn einredete.

„Ich bin von Verschwörern umgeben", murmelte Carole Ann.

Tante Connie schob die Kochbücher beiseite und beugte sich über die Theke, um Brandon in Augenschein zu nehmen. Der Junge wirkte völlig erholt. „Nein, nur von Menschen, die dich lieben." Connie schob eine Platzdecke vor Brandon und legte Gabel und Serviette daneben. „Pfannkuchen hoch aufgestapelt?"

Brandon nickte. „Sicher!" Er griff nach der Gabel. „Was ist mit Angeln?", drängte er seine Mutter.

Sie enttäuschte ihn ungern, aber sie bezweifelte, dass es möglich war, ganz gleich, was Jeff gesagt hatte. Es war Montag, und zweifellos war Jeff beschäftigt. Sie strich Brandon über den Kopf. „Schatz, ich fürchte, wir müssen das verschieben. Ich glaube nicht, dass Dr. Jeff Zeit hat..."

„Erst heute nachmittag!"

Carole Ann drehte sich um, als Jeff zur Hintertür hereinkam.

„Hallo, Brandon! Fühlst du dich wieder gut?"

Auf Brandons Gesicht erschien ein Lächeln, das seine Augen fast zum Verschwinden brachte. „Ich fühle mich großartig, danke."

„Höflich ist er auch noch", murmelte Jeff Carole Ann ins Ohr und nahm sich eine Scheibe Toast von dem Teller, den Connie vor ihn hinstellte. „Das höre ich gern von allen meinen Patienten." Er kostete den Toast und zerzauste Brandon mit der anderen Hand die Haare.

Brandon freute sich über die Aufmerksamkeit. Carole Ann machte sich Sorgen, dass er sich an Jeff hängte und enttäuscht wurde. Immerhin wollten sie nur zwei Wochen hierbleiben. Sie schob sich an die andere Seite des Jungen.

Mit seiner Mutter auf der einen und Dr. Jeff auf der anderen Seite kam Brandon sich wie der beste Teil eines Sandwiches vor.

„Kommst du eigentlich jederzeit hier herein, wann immer es dir gefällt?", fragte Carole Ann.

Sie erinnerte Jeff an eine Löwin, die ihr Junges bewachte. Das hätte er nicht von ihr erwartet. Es brachte ihn zum Lächeln. „Nein, für gewöhnlich nur für einen Morgenkaffee." Er ließ sich auf den Hocker neben Brandon sinken, und Connie reichte ihm eine Tasse mit dampfendem schwarzen Kaffee. „Danke, Tante Connie."

Die Szene ärgerte Carole Ann. Sie fand, dass er sie unfair bedrängte. „Sie ist nicht deine Tante Connie, sondern meine Tante Connie!"

Er nahm einen Schluck Kaffee und sah sie wissend an. „Ach, wir stecken unser Territorium ab, nicht wahr?“

„Aber, aber, Kinder“, tadelte Tante Connie in dem gleichen Tonfall, den sie anzuschlagen pflegte, wenn Carole Ann sich als Kind schlecht benommen hatte. „Es ist ja wohl genug von mir für alle da.“

Das Gurgeln von Blasen, die in ein Glas gepustet wurden, unterbrach Carole Anns stummen Eigentadel dafür, dass sie sich so zänkisch und kindisch benommen hatte. Brandon kicherte in seine Milch hinein.

Carole Ann nahm ihm das Glas weg, bevor er darin ertrank. Ein kleines Lächeln erschien um ihre Lippen. „Und was ist so lustig?“

Brandon hatte einen Milchbart. „Tante Connie hat dich und Dr. Jeff Kinder genannt.“

Jeff griff schneller als sie nach der Serviette, wischte aber nicht Brandons Milchbart weg, sondern reichte dem Jungen die Serviette. „Es kommt eben immer auf den Standpunkt an, Brandon. Also, wie wäre es mit zwei Uhr?“

Brandon wischte sich ernst über das Gesicht und gab Jeff die Serviette zurück. „Ist der See schon fertig gereinigt?“

Jeff lächelte, verzog sonst jedoch keine Miene. „Der See ist blitzblank.“ Er blickte zu Carole Ann. Sie trug ein T-Shirt, das sich in einer Weise um ihre Brüste schmiegte, dass sein Mund trocken wurde. Er nahm noch einen Schluck Kaffee, doch das half nicht. „Deine Mom und ich haben es gestern für dich überprüft.“

Connie überlegte, ob sie frische Pfannkuchen machen sollte, wusste jedoch aus Erfahrung, dass Jeff morgens an Arbeitstagen nur Toast und Kaffee nahm. Na ja, wenigstens aß Brandon ordentlich.

„Du hast sie irgendwie aufgeregt, Jefferson.“ Connie beugte sich vor und senkte ihre Stimme, als würde Carole Ann dann nichts hören. „Sie hat letzte Nacht kaum geschlafen. Wieder“, fügte sie bedeutungsvoll hinzu.

Carole Ann gefiel es nicht, Gesprächsthema zu sein, besonders wenn sie direkt daneben stand. Sie sah ihre Tante vorwurfsvoll an. „Woher willst du das denn wissen?“

Connie stellte die Pfanne in die Spüle und drehte das Wasser auf. „Mein Zimmer liegt neben dem deinen, meine Liebe“, erinnerte sie Carole Ann. „Du hast dich die ganze Nacht wie ein Kreisel gedreht.“ Connie sprach lauter, um trotz des fließenden Wassers gehört zu werden. „Die Sprungfedern in deinem Bett quietschen.“

Carole Ann seufzte. Es konnte keine Geheimnisse geben, bevor sie nach L.A. zurückkehrte. „Mir geht viel im Kopf herum."

Jeff leerte seine Tasse, stellte sie ab, glitt von dem Hocker, legte einen Arm um Carole Anns Schultern und drückte sie zu ihrer Überraschung kurz an sich. „Hoffentlich nur Gutes."

Sie wich zurück und sah ihn groß an. „Du hast dich wirklich verändert."

Viel war in acht Jahren geschehen. Viel hatte sein Leben geformt. Er war verantwortlich für das Leben von Menschen, hatte einen Sitz im Stadtrat und baute eine dringend benötigte Freiwillige Feuerwehr auf. Der schüchterne, unbeholfene Junge war inmitten von all dem verlorengegangen. Aus Jeff war ein Mann geworden.

Er lächelte. „Du hast dich auch verändert." Er nickte ihr zu. „Früher warst du nicht so schreckhaft."

Sie verschränkte die Arme und gab sich gelassen wie eine Indianerstatue. „Ich bin erwachsen geworden."

Jeff lächelte und dachte daran, wie sie sich in seinen Armen angefühlt hatte. Und an den Kuss, der letzte Nacht in seinen Träumen aufgetaucht war. Ja, sie waren erwachsen geworden. Sie beide. „Ich weiß."

Daran, wie sein Blick über sie glitt, erkannte sie genau, was Jeff dachte. „Musst du heute nicht in die Praxis?"

Er dachte an seinen Terminkalender, den Alice wie ein eifriger Pitbullterrier überwachte. „Es wird heute hoffentlich ein ruhiger Tag. Aber ich sollte jetzt gehen." Er blickte über seine Schulter zu Brandon. Der Junge strahlte sofort über die ihm gewidmete Aufmerksamkeit. „Lass dich von deiner Mutter um zwei in die Praxis bringen."

„Ich muss mir eine Angel besorgen", sagte Brandon zögernd und blickte zu Carole Ann.

„Schon eingepackt", versicherte Jeff. „Ich habe sie heute morgen für alle Fälle hinten in meinen Pickup gelegt."

Brandon schaute ihn überrascht an. „Wirklich?"

Jeff bemühte sich um einen feierlichen Gesichtsausdruck. „Ärzte lügen nie."

Carole Ann räusperte sich und warf Jeff einen Blick zu.

Er störte sich nicht daran. „Zumindest ist das in Kleinstädten so", fügte er hinzu. „Ich sehe dich später, Brandon." Auf dem Weg zur Hintertür blickte er zu Carole Ann. „Dich auch. Danke für den Kaffee, Tante Connie." Er blinzelte der alten Frau zu, die vor Freude rot wurde.

Erst als sich die Hintertür schloß, entspannte sich Carole Ann so weit, dass sie sich an die Frühstückstheke setzen konnte. Sie griff nach ihrem Kaffee. Er war kalt. Sie bemerkte es nicht einmal. Ihre Gedanken waren bei Jeff und seiner Fähigkeit, sie bei jedem Zusammentreffen aus dem Gleichgewicht zu bringen.

„Muss er wirklich jeden Morgen einfach so hereinplatzen?"

Connie schüttelte den Kopf. „Jefferson ist nicht hereingeplatzt, Carole Ann. Ich habe ihn eingeladen."

Carole Ann musterte die Unschuldsmiene ihrer Tante. „Wann?"

Connie unterbrach sich beim Wegräumen des Geschirrs und dachte über Carole Anns Frage nach. Als ihr die Antwort einfiel, lächelte sie erfreut. „Vor vier Jahren." Das Lächeln schwand etwas, als sie hinzufügte: „Nachdem Mitzi gestorben war."

„Und seither kommt er jeden Morgen?", fragte Carole Ann ungläubig.

Connie verstand nicht, worum sich das ganze Gerede drehte. Carole Ann hatte eindeutig vergessen, was es hieß, sich wie ein Nachbar zu verhalten. Das Leben in Los Angeles konnte nicht gut für sie sein, ganz gleich, wie oft sie das Gegenteil behauptete. Offenbar hatte Carole Ann mehr als nur ein wenig von ihrem unschuldigen Glauben verloren, seit sie zwischen den Stadtmenschen lebte.

Sie nahm die Bratpfanne aus der Spüle, schüttete das Wasser heraus und trocknete sie ab. „Seine Mutter war meine beste Freundin. Seit sie gestorben ist, vertrete ich bei ihm Mutterstelle." So hatten sie sich gegenseitig geholfen und jeweils die Lücke ausgefüllt, die Mitzi Drumm in ihrem Leben hinterlassen hatte.

Carole Ann starrte ihre Tante an. „Mutterstelle? Tante Connie, er ist dreißig Jahre alt."

Connie stellte die Bratpfanne auf die Theke, betrachtete Carole Ann eingehend und suchte das kleine Mädchen, das sie einst gekannt hatte. Es war irgendwo da in ihr, dessen war Connie sicher. Es dauerte nur eine gewisse Zeit, bis es wieder zum Vorschein kam.

„Niemand ist jemals zu alt für eine Mutter." Connie schaute zu Brandon, der gerade die Reste seines Frühstücks verputzte. „Merk dir das, Brandon."

„Ja, Ma'am", antwortete er respektvoll, während er Pfannkuchen kaute. Sirup tropfte über sein Kinn.

Connie wischte ihn weg. „Jefferson kommt jeden Morgen auf seinem Weg zur Praxis auf einen Kaffee und einen Schwatz vorbei. Seine

Besuche erhellen meinen Tag.“ Connie stellte die Pfanne in den Schrank und warf Carole Ann dann einen schlauen Blick zu. „Wäre er natürlich verheiratet, würde er nicht mehr herkommen.“

Carole Ann nahm das vorletzte Stück Pfannkuchen von Brandons Teller und schob es sich in den Mund. „Vielleicht wird seine Frau nicht Kaffee kochen können.“

Connie packte den leeren Teller weg. „Du machst einen ausgezeichneten Kaffee, meine Liebe.“

Carole Ann reichte die Heiratsvermittlung für einen Tag. „Tante Connie!“ In ihrer Stimme schwang eine Warnung mit.

Mit dem taktischen Geschick eines Napoleons schob Connie eines der Kochbücher in die Mitte der Theke. „Was diese Torte angeht, meine Liebe…“ Connie tippte auf die Hochglanzseite. „Meinst du, sie sollte drei oder vier Stockwerke haben?“

Brandon kniete sich auf den Hocker. „Vier“, entschied er, weil es dann mehr zu essen gab. „Und Schokoglasur und nicht Vanilli.“

„Vanille“, verbesserte Carole Ann. „Und alle Hochzeitstorten haben Vanilleglasur.“ Sie ertappte sich dabei, dass sie auf das Geräusch von Jeffs Pickup gelauscht hatte. Er war gerade weggefahren.

Connie kaute nachdenklich. „Es besteht diesbezüglich kein Gesetz. Und Emmett mag auch Schokolade lieber als Vanille.“ Sie betrachtete das Foto eingehend. „Vanille ist wirklich ein sehr flauer Geschmack. Keine Farbe, kein Glanz.“ Connie fällte die Entscheidung und klappte das Buch zu. „Schokolade!“

Carole Ann erhob sich seufzend und ging zu der Kaffeekanne auf dem Herd. Resigniert schenkte sie sich noch eine Tasse ein, schwarz wie üblich. Wahrscheinlich würde sie den Kaffee brauchen.

Um zwei Uhr bog Carole Ann in die asphaltierte Zufahrt, die zu der Arztpraxis von Belle’s Grove gehörte. Brandon war aus dem Wagen, bevor sie überhaupt dazu kam, ihre Tür zu schließen.

Sie blieb stehen und betrachtete einen Moment die Praxis. Das Äußere des Gebäudes hatte sich seit den Tagen kaum verändert, in denen Tante Connie sie hergebracht hatte, damit sie gegen zahlreiche Kinderkrankheiten behandelt wurde. Es gab keine Anbauten. Nach wie vor war es ein ebenerdiges Gebäude, das mehr wie ein Privathaus aussah und weniger wie ein Ort, an dem Arznei und Freundlichkeit ausgeteilt wurden.

Doc Williams war für sie seinerzeit die Verkörperung eines Landarztes gewesen, der Lutscher und Antibiotika zusammen mit weisen

Ratschlägen verteilte. Ein ewiger Junggeselle, der mit seiner Arbeit verheiratet war und ihr, als sie zwölf wurde und ihr Körper Veränderungen durchlief, sanft die zuerst erschreckenden Geheimnisse des Frauwerdens erklärte. Er hatte alles ganz natürlich, ganz richtig erscheinen lassen.

Im Herbst seines Lebens hatte er Interesse an Jeff entwickelt, nachdem dieser etwas an seinem Dach ausgebessert hatte. Da Doc Williams keine eigene Familie hatte, abgesehen von einer Schwester in Detroit, nahm er Jeff unter seine Fittiche und bestand darauf, ihm das Medizinstudium zu bezahlen. Er hatte gesagt, dass Hände, die so geschickt waren wie Jeffs, nicht verschandelt werden durften. Danach hatte Jeff sein Angebot nicht mehr abgelehnt.

Sie erwartete so halb, Doc Williams auf der Veranda stehen zu sehen, wie er an einer alten Pfeife zog und der Rauch sich über seinem Kopf wie ein Heiligenschein kräuselte.

Doch auf der Veranda wuchs inzwischen an der Stelle, wo er früher gestanden hatte, ein Benzoestrauch in einem Topf. Die Zeiten hatten sich verändert. Sie wusste das besser als sonst irgend jemand.

Carole Ann ergriff Brandons Hand und stieg die Stufen hinauf. Die morsche dritte Stufe war endlich repariert worden. Carole Ann lächelte, als sie sich daran erinnerte, wie Doc Williams das stets hatte erledigen wollen.

Aus der Nähe erkannte sie, dass das Gebäude einen neuen Anstrich erhalten hatte. Zerbrochene Schindeln waren ersetzt worden. Jemand hatte es liebevoll renoviert.

Zimmermannsarbeit war immer Jeffs Hobby gewesen. Um seiner Mutter finanziell zu helfen, hatte er alle möglichen Arbeiten für die Leute übernommen, während er noch an der High School war. Carole Ann strich mit der Hand über den polierten Handlauf. Offenbar hatte er seine Fähigkeiten hier eingesetzt.

Sie bewunderte gerade die schön verzierte Haustür, als diese aufflog.

Eine Frau mit kurzgeschnittenen, leuchtend roten Haaren trieb eine Horde kleiner Kinder vor sich her und prallte beinahe mit Carole Ann und Brandon zusammen. Carole Ann riß Brandon zur Seite, um der Frau Platz zu machen, und erkannte sie dann.

Janice Harper hatte in den acht Jahren eine etwas reifere Gestalt bekommen, aber dieses breite Lächeln war nicht zu verwechseln.

„Carole Ann!“, rief sie, und vier kleine Gesichter wandten sich der Frau zu, die ihre Mutter begrüßte. Janice ließ die beiden Jüngeren los, um Carole Anns Hände zu ergreifen. „Ich habe gehört, dass du zurück bist." Ihre scharfen grünen Augen musterten Carole Ann vom Scheitel bis zur Sohle. „Tut mir leid, dass ich deine Willkommensparty versäumt habe, aber die Zwillinge waren krank. Du siehst großartig aus. Und zwar so großartig, dass ich gar nicht mit dir sprechen sollte." Sie unterzog Brandon einer Begutachtung. „Ist das dein Junge?"

Janice war stets mit Volldampf durch das Leben geprescht. Ihr Hauptproblem: Sie vergaß, wann sie bremsen musste. Die Ansammlung an Kindern um sie herum bezeugte das.

Carole Ann hielt Brandon schützend an ihrer Seite. „Das ist mein Sohn Brandon."

Janice betrachtete Carole Anns schlanke Gestalt. „Nur das eine?" Sie seufzte wehmütig, als Carole Ann nickte. Janice deutete auf ihre Brut. „Ich habe fünf."

Carole Ann sah nur vier.

„Julius ist Gott sei Dank in der Schule", fuhr Janice fort. „Die anderen werden auch bald hingehen, aber nicht schnell genug für mich" Sie lachte gutmütig, aber in ihrer Stimme schwang Müdigkeit mit. „Ich konnte nie voll würdigen, was meine Mutter durchgemacht hat – bis jetzt."

Eines der kleinen Mädchen packte Janice am Rock und wollte sie zu dem Parkplatz ziehen. „Eis, Mommy. Du hast es versprochen."

Janice ließ sich wegziehen. „Komm doch vorbei, wenn du Zeit hast." Sie war schon auf halbem Weg zu ihrem Wagen und nestelte in ihrer geräumigen Tasche nach den Schlüsseln, als sie aufblickte. „Oh, das hätte ich fast vergessen. Ich heiße jetzt Janice Winters. Ich habe Brett endlich eingefangen."

Sie lächelte wie ein Jäger, der ein besonders schwer zu erlegendes Wild erwischt hatte. Dann blickte sie auf die Meute hinunter, die sich um ihre Beine drängte. Für Carole Ann war klar, dass Janice die Kinder liebte, und ebenso klar, dass sie einen kleinen Urlaub brauchte. Oder vielleicht auch einen großen.

Janice schloß die Wagentür auf, und die Kinder kletterten in den Kleinbus. „Manchmal frage ich mich, wer wen gefangen hat." Sie ließ zwei Sicherheitsgurte einschnappen. „Ich muss los. Ruf mich an!", rief sie noch, ehe sie in dem violett gestrichenen Wagen verschwand.

Brandon blickte zu seiner Mutter auf. „Die kann aber schnell sprechen."

Carole Ann nickte lächelnd. „Das hat sie immer getan.“ Sie wandte sich der Eichentür zu und griff nach dem Messingknauf. „Nun, dann wollen wir hineingehen.“

Eine Woge von Nostalgie stieg in Carole Ann hoch, sobald sie die Arztpraxis betrat. Jeff hatte die Holzfußböden beibehalten. Der Anblick des Vorraums mit seinen dunkelblauen Sitzen katapultierte Carole Ann fast zwanzig Jahre zurück. Sie stand in der Tür und klammerte sich an der Hand ihrer Tante fest, und ihre Tante redete beruhigend auf sie ein, dass die Aufbauspritze, die Doc Williams ihr geben würde, gar nicht richtig weh tat.

Carole Ann blinzelte und kehrte in die Gegenwart zurück.

Ein großer Schreibtisch aus Fichtenholz stand im Hintergrund. Das war neu. Eine respekteinflößende Schwester mit grauen Haaren wachte über das Terminbuch. Die Frau musterte Carole Ann ungeniert.

„Kann ich Ihnen helfen?“

Carole Ann kam sich vor, als wäre sie wieder in der Volksschule und müßte ein Gedicht aufsagen, an das sie sich nicht erinnern konnte. „Ich möchte Jeff sprechen ... den Doktor“, verbesserte sie sich rasch.

Die Frau spähte über ihre Halbbrille. „Haben Sie einen Termin?“

Hier half nur ein Bluff. „Ja.“

Die Schwester drückte ihren Finger auf das Terminbuch. „Name?“

Soviel zu dem Bluff, obwohl sie irgendwie ja doch einen Termin hatte. Zumindest hatte Brandon einen. „Carole Ann Wellsley, aber...“

Die Schwester überflog den Terminkalender, hob ihren Blick und sah Carole Ann anklagend an. „Sie sind nicht eingetragen.“

Brandon hatte keine Ahnung, was da vor sich ging, aber er wusste, dass er hier sein sollte. Er hielt sich an der Kante des Schreibtisches fest und stellte sich auf die Zehen, um die Frau besser sehen zu können, die seinen Doktor bewachte. „Dr. Jeff soll mit mir zum Angeln gehen.“

Die Schwester beugte sich über den Schreibtisch, und ihre Miene wurde eine Spur weicher. „Dr. Jeff operiert.“

Carole Ann sah sich in dem Holzgebäude um. Wie die meisten Häuser in Belle’s Grove stand die Arztpraxis schon seit über hundert Jahren. Soweit sie sich erinnerte, hatte es keine Einrichtungen gegeben, um eine Operation durchzuführen. Die Schwester meinte wahrscheinlich, dass Jeff einen Bruch einrichtete.

„Hier drin?“ Carole Ann hob skeptisch die Augenbrauen.

Die Schwester blickte bereits in das Terminbuch und begann zu schreiben. „Wenn ein Blinddarm durchbricht, kümmert er sich nicht um die Örtlichkeit."

Wenn er eine Notoperation durchführte, konnte er ganz sicher nicht einen kleinen Jungen zum Angeln mitnehmen. Carole Ann blickte auf Brandon hinunter und lächelte ihm tröstend zu. „Ich fürchte, du musst die Sache verschieben und..." Sie stockte, als sie Jeff aus einem Raum kommen sah, den man für ein Wohnzimmer halten konnte. Doc Williams hatte sie früher in diesem Zimmer untersucht. Jeff wirkte müde, aber offenbar sehr mit sich zufrieden. Er trug einen grünen Operationskittel, genau wie die Frau, die neben ihm ging. Eine sehr hübsche Frau.

Carole Ann verkrampfte sich, ohne den Grund dafür zu erkennen.

„Du siehst aber komisch aus!", rief Brandon und eilte auf Jeff zu.

Jeff blickte verblüfft hoch. Er war darin versunken gewesen, mit Sheila die Prognose für Joe Walsh zu besprechen. Es war ein langer Tag gewesen, und dann war auch noch Joe gekommen, hatte über einen scharfen Schmerz im Unterleib geklagt und war im nächsten Moment umgekippt.

„Oh, Brandon, hallo!" Jeff rieb sich den Nasenrücken. Die Operationsmaske war zu eng gewesen, doch er hatte keine Zeit mehr gehabt, um an Bequemlichkeit zu denken. Joes Blinddarm war hier in seiner Praxis durchgebrochen. „Ist es schon zwei Uhr?"

Carole Ann ging zu ihrem Sohn. „Ja, aber deine Schwester meinte, dass du operierst, und darum können wir..."

Jeff hielt sie zurück, als sie Brandon hinausführen wollte. „Warum hast du es denn so eilig? Ich kann in zehn Minuten bereit sein, wenn dir das recht ist", sagte er zu Brandon.

„Sicher. Ich habe nichts vor."

Carole Ann sah auf ihre Uhr. Sie hatte in einer halben Stunde einen Termin bei Martha Copper, der besten Tortenbäckerin in Belle's Grove, um mit ihr Tante Connies Hochzeitstorte zu besprechen. Sie konnte noch bei Brandon bleiben, bis Jeff fertig war.

Jeff wandte sich an die Frau neben ihm. „Sheila, der Krankenwagen für Joe sollte in ungefähr einer Viertelstunde hier sein. Informieren Sie die Leute, ja? Und halten Sie dann die Stellung."

Sheila, eine gutgeformte Brünette mit einem Grübchen in der rechten Wange, das Carole Ann instinktiv hasste, lächelte. „Wird gemacht. Sie wollen angeln?"

Jeff wechselte mit Brandon einen verschwörerischen Blick. „Allerdings."

Das Lächeln der Frau verstärkte sich und fiel für Carole Anns Geschmack viel zu sexy aus. „Viel Spaß, Doktor. Sie haben ihn sich verdient."

„Danke. Oh, noch etwas!", rief er ihr nach. Sie drehte sich um. „Könnten Sie auch Joes Familie anrufen? Die wird sich wundern, warum er nach seinem Arztbesuch nicht heimgekommen ist."

„Sicher." Sheila eilte in das Sprechzimmer, was bei ihr allerdings wie eine Bewegung in Zeitlupe aussah. Wie eine träge, aufreizende Bewegung.

„Wer ist das?" Carole Ann verschlang ihre Hände ineinander und sah Jeff unschuldig an.

Ihre Vorstellung hätte nicht mal einen Zehnjährigen täuschen können. Jeff war zufrieden. Wenn sie sich eifersüchtig zeigte, bedeutete es, dass ihr etwas an ihm lag. Und das konnte ihm nur recht sein.

„Das ist Sheila Granger, meine Krankenschwester." Er trat an den Schreibtisch und streifte seinen Kittel ab. Darunter trug er Jeans und ein T-Shirt, das sich um gutgeformte Brustmuskeln schmiegte. „Und das ist Alice Henderson." Er deutete auf die Frau, die Carole Ann einer so genauen Musterung unterzogen hatte. „Der Felsen, auf dem diese Praxis gebaut ist."

„Wir haben uns schon kennengelernt." Alice zeigte kaum ein Lächeln. „Der Rest Ihres Nachmittags ist frei, sodass Sie wohl ... angeln gehen können." Sie warf Carole Ann einen letzten durchdringenden Blick zu und erhob sich, um nach dem Zustand des Patienten zu sehen.

Carole Ann fühlte sich wie eine bedingt entlassene Strafgefangene in Gegenwart einer früheren Gefängnisaufseherin. „Wie lange verpasst sie jemandem den dritten Grad?"

Er lachte. „Bis sie entschieden hat, ob sie jemanden mag."

Carole Ann blickte zu dem Raum, in dem Alice verschwunden war. „Die Geschworenen scheinen sich zur Beratung über mich zurückgezogen zu haben."

„Mach dir keine Sorgen. Du wirst sie schon für dich gewinnen."

Sie wäre ihm beinahe in die Falle gegangen. „Ich mache mir keine Sorgen, und ich werde nicht lange genug hier sein, um irgend jemanden für mich zu gewinnen." Sie wurde sofort sanfter, als sie ihn ansah. Jeff wirkte tatsächlich ein wenig mitgenommen. „Bist du bestimmt nicht zu müde?"

Brandon meldete seinen Protest an, aber sie drückte seine Hand. Sie wollte nicht, dass Jeff kopfüber in den See kippte, nur weil er das Versprechen halten wollte, das er ihrem Sohn gegeben hatte.

Doch Jeff schüttelte eisern den Kopf. „Ein wenig angeln klingt für mich im Moment himmlisch.“ Er hängte sich den OP-Kittel über den Arm. „Warte auf mich, Partner“, sagte er zu Brandon. „Lass mich nur in etwas schlüpfen, das nicht grün ist.“

Damit verschwand er nach hinten und pfiff einen alten Song. Mit einiger Verzögerung erkannte Carole Ann, dass es „ihr Song“ war. Sie machte eine finstere Miene, doch zu ihrer Überraschung passte ihr Herz sich ihrer düsteren Stimmung nicht an.

6. KAPITEL

Jeff hielt Wort. Er kam aus dem Sprechzimmer, während ihm das Hemd noch aus der Hose hing. Seine Haare waren ein wenig zerzaust. Er schob das Hemd in die ausgebleichte Jeans. Es versetzte Carole Ann in die Zeit zurück, als sie noch gemeinsam die High School besuchten. Jeff hastete stets über die Wiese vor seinem Haus, und ein prall gefüllter Schulranzen hing an seinem Arm, während er sich eiligst fertigmachte. Aber er kam nie zu spät. Er war immer da, um mit ihr zur Haltestelle des Schulbusses zu gehen.

Ihr war gar nicht bewußt, dass sie lächelte.

Jeff kam durch das Wartezimmer, in dem sie mit einem offenen Magazin auf dem Schoß saß, auf sie zu. Es lag verkehrt herum. Sie hatte nicht mal einen Blick darauf geworfen. Er nahm es ihr lächelnd aus der Hand, klappte es zu und ließ es auf den langen Eichentisch fallen.

„So siehst du hübsch aus – wenn du lächelst“, fügte er hinzu, als sie fragend die Augenbrauen hob.

Brandon sprang auf und stieß gegen den Tisch. Er warf drei Magazine auf den Boden, hob sie rasch auf und hoffte, dass er Dr. Jeff nicht verärgert hatte.

Carole Ann fuhr sich unbewußt mit der Zungenspitze über die Unterlippe. Für einen Moment sah sie etwas in Jeffs Augen aufflammen. Verlangen? Wieso erzeugte das in ihr eine so heftige Reaktion? Sie wollte nicht, dass er ihr gegenüber so empfand.

„Ich wusste gar nicht, dass ich lächle“, erwiderte sie befangen.

„Gerade dann sieht ein Lächeln am schönsten aus.“ Er beugte sich vor und küsste sie. Es war nur ein flüchtiger, freundschaftlicher Kuss. Seine Lippen berührten kaum ihren Mund. Dennoch sprach er Bände. Bände, die sie ganz sicher nicht aufschlagen wollte.

Denn wenn man diese Bände aufschlug, waren die Folgen zu gewaltig. Man verschenkte sein Herz und bekam es als Konfetti wieder. Sie hatte das auf die harte Tour gelernt. Sie war keine Närrin. Einmal hatte genügt, um sie ihre Lektion zu lehren.

Außerdem war Jeff mit Belle's Grove verheiratet, und sie war vor langer Zeit über Belle's Grove hinausgewachsen. Sie beide hatten keine Zukunft, nur eine Vergangenheit.

Carole Ann wich von Jeff zurück, als wäre sie mit einer Flamme in Berührung gekommen. Alice war auf ihren Posten zurückgekehrt und musterte sie erneut wie ein Sergeant, der darauf wartete, dass sich ein Soldat unerlaubt von der Truppe entfernte.

Carole Ann räusperte sich. „Nun, wenn ihr beide zum Angeln geht, solltet ihr euch auf den Weg machen.“ Sie wollte gehen, um sich wieder zu fangen. „Ich muss mich um Tante Connies Hochzeitstorte kümmern.“ Sie sah Jeff hilfesuchend an. „Sie will Schokolade.“

Jeff nickte, während er sich ihr anschloß. Brandon eilte hinter ihnen her. „Gute Entscheidung.“

Wann war sein Lächeln so schrecklich sexy geworden? „Du bist auch keine Hilfe“, klagte sie.

Als sie nach dem Türknauf griff, öffnete sich die Tür. Melody Beauchamp in einem weißen Sommerkleid, das für ihren Körper eine Nummer zu klein war, blockierte den Ausgang.

Die Frau verströmte Sinnlichkeit, Giorgio-Parfüm und Entschlossenheit. Melody und sie hatten sich an der High School nie in den gleichen Kreisen bewegt, und der Gruß blieb Carole Ann in der Kehle stecken. Melody ging an ihr vorbei, als wäre sie gar nicht vorhanden.

Melody trat direkt auf Jeff zu und ließ ungefähr fünfzehn Zentimeter Raum zwischen ihnen. Gar keinen Raum, wenn sie tief einatmet, stellte Carole Ann fest. Melody strich mit ihrer sorgfältig manikürten Hand mit den leuchtend roten Nägeln dramatisch über ihre Brust.

„Oh, Jeff!“

Melody stieß seinen Namen so gekonnt hervor, dass sie den ersten Preis in jedem Marilyn-Monroe-Imitatoren-Wettbewerb gewonnen hätte. Carole Ann war nur wenig amüsiert.

„Es tut mir leid, einfach so hereinzuplatzen, aber ich werde diesen hartnäckigen Husten überhaupt nicht los.“ Melody blinzelte, und ihre langen Wimpern flatterten. „Du erinnerst dich an meinen Husten?“

Es war ihm unmöglich, sich nicht daran zu erinnern, so deutlich hatte sie ihn in seiner Praxis vorgeführt. Jeff bemühte sich, diplomatisch zu sein. „Ich will gerade gehen, Melody.“

„Es dauert nur eine Minute.“ Melody spähte zu dem Behandlungszimmer wie eine Katze, die einen Vogel vor ihrem Fenster sieht.

Einen Moment dachte Carole Ann, Jeff würde ihnen sagen, sie sollten warten, doch dann überraschte er sie, indem er zum Schreibtisch ging.

„Sagen Sie Sheila, dass sie eine Patientin hat“, wies er Alice an, wandte sich zu Melody und tätschelte beruhigend ihren Arm. „Sheila wird sich gut um dich kümmern.“

„Nein, das wird sie nicht", behauptete Melody, während Jeff bereits Brandon und Carole Ann aus der Praxis führte.

Carole Ann musste wieder lächeln. „Was sollte das denn sein? Tante Connie hat geschrieben, dass Melody mit Frank Campbell verheiratet ist."

„Geschieden", verbesserte Jeff, während er zu der Hinterseite der Praxis ging, wo sein Pickup parkte. „Frisch."

Sie kamen an Melodys feuerrotem Sportwagen vorbei. Die Frau hat es gut getroffen, überlegte Carole Ann. „Vermutlich hat sie dich zu ihrem nächsten Opfer auserkoren."

Er lächelte über ihre Wortwahl, während er Brandon die Tür öffnete. „Du mochtest sie nie, stimmt's?"

„Melody hatte an der High School nur Ausgehen und Make-up im Kopf." Es hatte sie damals geärgert, dass sich alle Jungen um Melody scharten. Jeff war einer der wenigen gewesen, die sich unbeeindruckt gezeigt hatten. „Sie hatte für uns Blondinen einen Schimpfnamen."

„Niemand konnte dir je einen Schimpfnamen geben." Er fuhr mit einem Finger über ihre Nase. Es wirkte unglaublich intim. Im nächsten Moment wandte er sich an Brandon. „Hinauf mit dir!" Jeff hob Brandon auf den Beifahrersitz seines Pickups und sah zu Carole Ann. „Wir sind gegen sechs zurück. Einverstanden?"

„In Ordnung." Sie half Brandon, den Sicherheitsgurt zu schließen. „Bleib am Ufer, hörst du?"

„Ja, Mom", antwortete Brandon ungeduldig und verärgert. Er wünschte sich, sie würde aufhören, in ihm ein Baby zu sehen.

Sie gab Brandon einen Kuss, schloß die Tür und folgte Jeff um die Motorhaube herum. „Triffst du dich mit ihr?" Hoffentlich erkannte er, dass sie diese Frage nur als besorgte Freundin stellte. Nur aus purer Neugierde. Freunde entwickelten Neugierde füreinander.

Er öffnete seine Tür. „Mit wem?"

Er klang nach ihrem Geschmack viel zu harmlos. „Melody."

Jeff überlegte. „Aus beruflichen Gründen war sie dreimal da."

Er wich ihr bewußt aus. Warum? Hatte Melody ihn schon am Haken? „Und privat?"

„Einmal." Er setzte sich hinter das Steuer. „Abendessen und ein Film. Keines von beidem hat meine Erwartungen erfüllt."

Sie hielt die Tür fest, bevor er sie schließen konnte. So einfach ließ sie ihn nicht davonkommen. „Und Melody?"

Seine Miene verriet überhaupt nichts und reizte ihr Interesse noch mehr. „Melody war genau so, wie ich es bei ihr vermutet habe."

Carole Ann wartete darauf, dass er das weiter ausführte – vergeblich. „Und was soll das bedeuten?“, fragte sie mit zusammengebissenen Zähnen. Das macht er absichtlich!

Sein Lächeln fiel träge und sexy aus. „Hat Tante Connie dir nicht beigebracht, dass Gentlemen niemals über ihre Verabredungen sprechen?“

Carole Ann glaubte sich verhört zu haben. Er konnte doch nicht... Nicht Jeff! Nicht mit Melody!

Breit lächelnd zog Jeff ihr die Tür aus den schlaffen Fingern und schlug sie kräftig zu. „Bis später!“

Er ließ sie verärgert und verwirrt in der Einfahrt zurück. Verärgert, weil er ihr keine direkte Antwort geben wollte, und verwirrt, weil es für sie solche große Bedeutung hatte, dass er sich mit Melody getroffen hatte.

Carole Ann schloß die Augen und sah förmlich, wie Melody sich aus ihrem Kleid schälte und sich Jeff anbiederte.

Na und? Jeff bedeutete ihr in dieser Hinsicht gar nichts. Sie waren nur Freunde, und wenn er seine Verabredungen geheimhalten wollte, war ihr das nur recht. Sie war auch mit vielen Männern ausgegangen, seit Cal sie sitzengelassen hatte.

Mit sehr vielen Männern.

Und im Moment konnte sie sich an kein einziges Gesicht, an keinen einzigen Namen erinnern. Seufzend ging sie über den heißen, weichen Asphalt, und ihre Absätze hinterließen kleine Eindrücke. Keiner der Männer war wichtig gewesen, und meinte es einer mal zu ernst, hatte sie ihn sofort zurückgewiesen.

Als sie in ihren Wagen stieg, verließ Melody mit mürrischer Miene die Praxis.

Pech, Melody. Heute gehört er Brandon...

Carole Ann fuhr pfeifend weg.

Jeff brachte Brandon an genau dieselbe Stelle, an der er tags zuvor mit Carole Ann gewesen war. Zu seiner Überraschung brauchte der kleine Junge nur zehn Minuten, um ganz ruhig zu werden. Nachdem er ein paar Fragen gestellt hatte, setzte Brandon sich neben Jeff, hielt die Angel in seinen Händen und machte sich ernsthaft an die Aufgabe, Fische für das Abendessen zu fangen.

Brandon beobachtete die Stelle, an der die Schnur im Wasser verschwand. Lange Zeit passierte nichts. Vielleicht hatten die Leute, die den See gereinigt hatten, auch die Fische ausgeräumt. Tante Connie freute sich bestimmt nicht darüber. Er hatte ihr versprochen, eine Menge Fische für das Abendessen mitzubringen.

Er warf einen Blick auf Dr. Jeff, seufzte und verfolgte gebannt, wie die Sonne auf dem Wasser glitzerte und mehr Farben erzeugte, als er in seinem Malkasten hatte.

Brandon mochte Dr. Jeff, weil er lustig war und ihm zuhörte, wenn er redete. Dann furchte der Junge die Stirn, als er sich an Kirk erinnerte. Der war auch nett gewesen, bis er herausfand, dass Mom nicht mit ihm in Urlaub fuhr, wie er das wollte.

Brandon warf Dr. Jeff noch einen heimlichen Blick zu und fragte sich, ob er in seine Mom verliebt war.

Jetzt sah ihn Brandon schon zum dritten Mal so an, als wollte er etwas herausfinden. Der Junge war nicht zu schüchtern, um Fragen zu stellen. Warum war er plötzlich so still?

„Was gibt es?“, fragte Jeff behutsam.

Brandon fühlte sich ertappt und rutschte auf dem Gras hin und her. „Wie bitte?“

Er konnte genauso unschuldig tun wie seine Mutter. „Du hast mir eine ganze Weile heimliche Blicke zugeworfen. Willst du darüber reden?“

Brandon zuckte die Schultern. Es kam ihm komisch vor, über seine Gedanken zu reden, aber er wollte von Dr. Jeff hören, dass er falsch dachte. Er mochte normalerweise die Männer nicht, mit denen seine Mutter ausging. Für gewöhnlich schlugen sie vor, er sollte in sein Zimmer gehen, oder sie ignorierten ihn, als wäre er gar nicht vorhanden. Von einem hatte er geglaubt, er wäre anders, aber der war noch schlimmer gewesen.

Brandon merkte, dass Dr. Jeff noch immer auf eine Antwort wartete. „Warum sind wir hierhergekommen?“

Jeff hörte den abwehrenden Klang in der Stimme des Jungen. Er musste vorsichtig vorgehen. Mit einem Kopfnicken deutete er auf den See, obwohl er wusste, dass Brandon das nicht meinte, aber er musste irgendwo anfangen. „Hier sind die Fische, und ich habe dir versprochen, dass ich dich zum Angeln mitnehme.“

Das war ein nettes Versprechen, und Dr. Jeff hatte sein Wort gehalten, aber das beantwortete noch nicht die Frage, die ihn bedrückte. „Warum?“

„Weil ich mir dachte, dass du gern zum Angeln gehen möchtest. Willst du lieber nach Hause?“

„Nein." Brandon sah ihn mit großen Augen an. Hatte er Dr. Jeff böse gemacht? „Oder willst du nach Hause?"

Jeff lächelte. „Nein." Der Junge sah noch immer aus, als würde ihn etwas bedrücken. „Also schön, Partner, was hast du auf dem Herzen?"

Es kam keine Frage, sondern eher eine Anklage. „Du bist nur nett zu mir, weil du an meine Mom rankommen willst."

Das war es also. Jeff fragte sich, wer Brandon in der Vergangenheit enttäuscht hatte. Er lehnte sich zurück und betrachtete das ernste Gesicht des Jungen. „Du bist ganz von allein darauf gekommen, nicht wahr?"

Brandons Unterlippe zuckte ein wenig, und er biß sich darauf. „Ja."

Dr. Jeff sagte nicht nein. Das hieß also, dass es stimmte. Brandon ärgerte sich und war sehr enttäuscht.

Jeff steckte das Ende seiner Angelrute in die Erde und musterte Brandon eingehend. „Ziemlich viel zum Nachdenken für einen Sechsdreivierteljährigen. Bist du bereit, über noch mehr nachzudenken?"

Brandon betrachtete ihn mit verkniffenen Augen. „Worüber?"

Der Junge würde einen guten Anwalt abgeben. Vielleicht Harvard. „Darüber, dass ich deine Mutter wirklich sehr mag. Aber vielleicht – nur vielleicht – mag ich dich auch."

„Warum?"

Eindeutig ein Anwalt. Vielleicht Yale. „Weil du ein netter Junge bist."

Brandon lächelte. „Das sagt meine Mom auch immer."

„Dass du ein netter Junge bist?"

Er nickte. „Ja."

Jeff lehnte sich träge gegen den Baum. „Siehst du, wir denken ähnlich, deine Mom und ich." Er sah, dass der Junge sich wieder entspannte. „Hätte ich einen Sohn, wollte ich, dass er wie du bist."

Brandon zog die Augen schmal zusammen und suchte nach einer Lüge. „Ehrlich?"

Jeff hob zwei Finger zum Pfadfindergruß. „Ehrlich."

Brandon verscheuchte eine Fliege. „Wieso hast du keine Kinder?"

Connie würde enttäuscht sein, wenn sie ohne einen Fisch heimkamen. Zögernd stand Jeff auf und warf die Angel noch einmal aus. „Ich bin nicht verheiratet."

Brandon ahmte Jeff nach und erhob sich. „Musst du verheiratet sein, um Kinder zu haben?"

Schwierige Frage, dachte Jeff. Bei Sechsjährigen sind die einfachsten Antworten die besten. „Ja."

Brandon forschte in Jeffs Gesicht. „Willst du meine Mom heiraten?"

Jeff lachte. Carole Ann würde es gar nicht schätzen, wenn Brandon sich als Heiratsvermittler betätigte. Wäre doch alles so einfach gewesen, wie ein Sechsjähriger es sah. Sag ja, und es geschieht...

Jeff ließ sich wieder zu Boden sinken und schlug die Beine nach Indianerart unter. Brandon ahmte ihn genau nach. „Ja, ich will sie heiraten, aber das behalten wir vorläufig für uns."

Doch wie konnte seine Mutter Dr. Jeff heiraten, wenn sie nicht wusste, dass er sie heiraten wollte? Das verstand Brandon nicht. „Warum?"

„Weil wir deine Mutter nicht verschrecken wollen."

Aufgeregt schlang Brandon seine Hände um die Angelrute. „Meine Mom hat vor nichts Angst, ausgenommen vor Spinnen", verbesserte er sich und kämpfte mit der Angel. „Sie tut zwar so, als wenn sie keine Angst hätte, damit ich keine Angst bekomme, aber sie macht so ein komisches Gesicht, wenn sie eine Spinne sieht... Ist das ein Fisch?"

Jeff nickte und half Brandon, die Angelrute festzuhalten. „Das ist ein Fisch. Wenn ich deine Mutter heirate, können wir beide sie vor Spinnen beschützen."

Brandon strahlte. Dr. Jeff wurde sein Dad! „Abgemacht!"

Und damit war der Handel besiegelt.

Jetzt brauche ich nur noch Carole Ann zu überzeugen, dachte Jeff, während er sich hinter den Jungen stellte, die Angel hielt und ihm die nötigen Handgriffe erklärte.

Wäre es nur so leicht gewesen, Carole Ann an Land zu ziehen! Aber er wollte es machen. Das schwor er sich. Diesmal sollte sie nicht davonkommen.

„Hol die Bratpfanne, Tante Connie, heute abend gibt es Fisch!", verkündete Jeff, während er durch die Hintertür kam.

Brandon tanzte fast, als er vor Jeff in die Küche stürmte. In der Hand hielt er drei zusammengebundene Forellen. Seine Forellen. Er kämpfte mannhaft darum, dass sie nicht auf dem Boden schleiften, aber es war nicht leicht.

„Ich habe alle selbst gefangen!", jubelte Brandon. „Nicht wahr, Dr. Jeff?"

Jeff suchte im Schrank nach etwas, worauf sie die Forellen legen konnten. „Aber sicher."

Tante Connie eilte aus dem Wohnzimmer herbei. Als sie die Fische sah, die ihr Großneffe hochhielt, schlug sie die Hände zusammen, als hätte Brandon gerade eine noch nie dagewesene Leistung vollbracht.

„Und ich habe mich schon gefragt, was ich zum Abendessen machen soll. Du hast den Tag gerettet, Brandon." Der Junge strahlte voller Stolz, während Connie das Boeuf Stroganoff vergaß, das sie auf dem Herd hatte.

Brandon reichte ihr die Fische, als Carole Ann eintrat. Sie war oben gewesen und hatte ein altes Album mit Fotos von der High School durchgeblättert.

Connie bewunderte ausgiebig die Fische und wandte ihren Blick von den glasigen Augen ab. „Das wird köstlich schmecken. Du bleibst zum Abendessen, Jefferson?"

Er nahm ihr die Fische ab. Tante Connie wirkte erleichtert. „Das lasse ich mir nicht entgehen."

Carole Ann zog eine Augenbraue hoch. Wieso hat sie gewußt, dass er das sagen würde? Sie drückte ihren Sohn an sich. „Toll gemacht! Ich habe noch nie so schöne Forellen gesehen."

„Ich hatte einen guten Lehrer", erwiderte Brandon lächelnd und blickte von Dr. Jeff zu seiner Mom.

Hier war etwas faul, aber sie wusste nicht genau, was. „Na schön." Carole Ann schob die Platte mit den Forellen Jeff hin. „Wie wäre es, wenn du den Fisch säuberst, nachdem Brandon ihn gefangen hat?"

Er holte ein Messer aus der Schublade unter der Theke. „Noch immer so kommandierend wie früher?"

„Das ist eine schmutzige Arbeit, aber einer muss sie machen." Zufrieden, dass nicht sie die Fische ausnehmen musste, ergriff sie Brandons Hand und wollte ihn zur Treppe führen. Er rührte sich jedoch nicht von der Stelle. „Komm schon, Brandon! Während du dich wäschst, kannst du mir alles über euren Angelausflug erzählen."

Brandon druckste auffallend herum. „Geht nicht."

Er hatte ihr noch nie etwas verschwiegen. „Weshalb nicht?"

Brandon strahlte und warf einen Blick zu Jeff. „Wir haben über ein Geheimnis gesprochen."

„Ach?" Carole Ann warf Jeff einen fragenden Blick zu. Sein unschuldiges Schulterzucken bestärkte sie nur in ihrem Mißtrauen. Was hatte er bloß ihrem Sohn in den Kopf gesetzt? „Welches Geheimnis denn?"

„Carole Ann, du überraschst mich", tadelte Jeff. „Wenn er es dir erzählte, wäre es doch kein Geheimnis mehr, oder?"

Brandon wand sich aus dem Griff seiner Mutter. „Außerdem helfe ich Dr. Jeff mit den Fischen. Ich habe sie gefangen, und ich muss sie auch saubermachen können." Er griff nach einem Messer auf der Theke.

Carole Ann war schneller und hielt es außerhalb seiner Reichweite. „Brandon, ich möchte nicht, dass du mit einem Messer hantierst!"

Behutsam nahm Jeff das Messer an sich und rettete Brandons Stolz. „Wir finden etwas für dich zu tun", versicherte er dem Jungen und sah Carole Ann an. „Du machst dir zu viele Sorgen."

Oh, jetzt kritisierte er sie auch schon. Er hatte kein Recht, sich in ihre Beziehung zu ihrem Sohn einzumischen.

„Er ist mein Sohn!", informierte sie Jeff.

Hier ging es um mehr als Territorialkämpfe. „Ja, aber eines Tages muss er sein eigener Mann sein, und das kommt nicht über Nacht."

Carole Ann öffnete schon den Mund, um ihm zu sagen, was er mit seinen Junggesellenansichten machen konnte, als ihre Tante sie am Arm ergriff.

Carole Ann schaute die alte Frau fragend an.

„Meine Liebe, habe ich dir schon gesagt, dass ich mich noch nicht für ein bestimmtes Hochzeitskleid entscheiden konnte?"

Carole Ann wurde blass, und das Tauziehen um Brandons Erziehung war auf der Stelle vergessen. In genau dreizehn Tagen war Hochzeit. Was dachte sich denn ihre Tante?

„Was? Hast du eine Vorstellung, wie lange es dauert, ein Hochzeitskleid anfertigen zu lassen?"

Jeff legte das Schneidebrett auf die Theke. „Wir sind hier in Belle's Grove, Carole Ann, nicht in New York."

Connie schien nichts von der Diskussion mitzubekommen. Auf ihrem Gesicht lag ein verträumter Ausdruck, als sie sich ihren Hochzeitstag vorstellte.

„Ich dachte an etwas Langes, Fließendes", erklärte sie Carole Ann. „Emmett möchte mich in Beige sehen, aber ich dachte eher an zartes Blau. Weiß kommt wahrscheinlich nicht in Frage."

„Wenn es dich glücklich macht, Tante Connie", warf Jeff ein, „geh in Weiß."

„Was für ein lieber Junge", murmelte Tante Connie. Ihre Stimme verklang, während sie förmlich in das Wohnzimmer schwebte.

Carole Ann wollte ihr schon folgen, angetrieben von Panik bei dem Gedanken, dass Tante Connie, wenn sie nicht hergekommen wäre, ohne Torte, ohne Hochzeitsessen und wahrscheinlich in ihrem dunkelroten Putzkleid hätte heiraten müssen.

Sie blickte zu Brandon zurück.

Jeff hatte die Trittleiter hervorgeholt, und Brandon stand auf der dritten Sprosse. Der Kopf des Jungen reichte Jeff kaum bis zur Schulter.

Carole Ann verspürte einen Stich. So hatte sie sich einst Cal und seinen Sohn vorgestellt, wie sie die Köpfe über irgend etwas zusammensteckten.

Tränen der Rührung stiegen ihr in die Augen.

„Carole Ann?" Connie schaute zur Küche herein und sah ihre Nichte geduldig an.

Carole Ann wandte sich seufzend dem Wohnzimmer zu. „Ich komme, Tante Connie."

7. KAPITEL

Connie lächelte in sich hinein, als ihre Nichte den Tisch verließ und an die Spüle ging, wobei sie so tat, als würde sie sich ein Glas Wasser holen. Carole Ann machte es so dezent wie möglich, konnte sie jedoch nicht täuschen. Ihre Nichte hatte in den letzten zwanzig Minuten mindestens zehnmal aus dem Fenster gesehen.

Gut.

Sehr zufrieden beugte Connie sich vor und drückte Emmetts Hand, als er gerade nach der Butter greifen wollte. Sein Blick war nachsichtig-liebevoll, ihr Blick überaus begeistert. Alles entwickelte sich zum Besten.

Brandon arbeitete sich durch den Brokkoli und versuchte, an den guten Teil zu kommen. Für ihn war das der Hackbraten. Er teilte sich sein Essen auf und ging von den Dingen, die er am wenigsten mochte, zu denen über, die ihm am liebsten waren.

Genau wie seine Mutter in diesem Alter, erinnerte Connie sich.

„Er wird bald hiersein, meine Liebe", erklärte Connie ihrer Nichte. „Hör jetzt auf, meine Chintzvorhänge zu verknittern, und iß, bevor es kalt wird!"

Carole Ann wirkte zerstreut, als sie zum Tisch zurückkam. Sie achtete nicht einmal auf das halbleere Glas, das sie an den Tisch gebracht hatte.

„Ich habe nach niemandem Ausschau gehalten." Brandon blickte zu ihr auf, grinste und machte sich wieder über sein Gemüse her. „Ich dachte nur, ich hätte ein Geräusch im Garten gehört, sonst nichts." Am Tisch herrschte Stille. „Wie von einer streunenden Katze oder..."

Niemand nahm ihr das ab, nicht einmal ihr sechs Jahre alter Sohn. Seufzend senkte sie ihre Gabel in das Kartoffelpüree, das allmählich kalt wurde. Sie entschied sich für eine Halbwahrheit. „Ich habe nur überlegt, was Jeff aufhält, das ist alles. Sonst ist er jeden Abend zum Essen gekommen, seit ich hier bin."

Sie hätte fast ihre Uhr nach ihm stellen können. Sobald das letzte Besteck auf den Tisch gelegt wurde, hatte sich die Hintertür geöffnet, und Jeff war hereingekommen. Und dadurch schien die Küche, die ohnehin nie ein düsterer Ort gewesen war, doppelt so hell zu werden. Brandon hatte auf einmal jede Menge Fragen und Geschichten, und Tante Connie wieselte herum.

Es war eine Szene wie aus einem Film der Dreißigerjahre, hoffnungslos kitschig. Und doch schien es allen zu gefallen. Ihr selbst natürlich ausgenommen.

„Bestimmt eine Sitzung des Stadtrats." Emmett wischte sorgfältig über seinen weißen Schnurrbart, nachdem er das letzte Stück seines Zimtapfelkuchens gegessen hatte. Er wandte sich an seine Verlobte. „Wenn ich weiter so esse, Constance, muss mein Frack noch vor der Hochzeit weiter gemacht werden."

„Ein Frack!" Connie seufzte. „Kannst du dir das vorstellen, Carole Ann?" Sie lächelte Emmett wie ein schwärmerischer Teenager an. „Oh, du wirst so wunderbar aussehen, Emmett!"

„Stadtrat?", hakte Carole Ann völlig verwirrt nach. Sprachen sie von demselben Mann? „Jeff ist im Stadtrat?" Auf der High School war es Jeff schrecklich schwergefallen, eine Rede zu halten. Er hatte sich nicht vor die Klasse stellen wollen. Damals hatte sie ihn dazu überreden müssen.

„Aber ja. Habe ich dir das nicht erzählt?" Connie stand auf und räumte ihren und Emmetts Teller weg. „Ich weiß gar nicht, wie ich das vergessen konnte."

Neugierig und verwirrt wandte Carole Ann sich an Emmett. Den Mann, den sie noch vor einer Woche verdächtigt hatte, betrachtete sie inzwischen als Freund. Sie hatte nur eine Weile in seiner Gesellschaft sein müssen, um zu erkennen, dass Emmett Carson ihre Tante wirklich liebte. Für ihn war Tante Connie eine Prinzessin, und Carole Ann fand das unglaublich süß – und einzigartig. Sie hoffte, dass das Glück der beiden lange andauerte.

Der Himmel wusste, dass es selten genug war.

Connie brachte einen zweiten Kuchen und stellte ihn vor Brandon. Schokoladencremekuchen war ihm am liebsten. Er aß schneller, um rascher Platz für die nächste Portion zu schaffen.

Carole Ann schüttelte stöhnend den Kopf. Brandon war auf dem besten Weg, sich Bauchschmerzen einzuhandeln. „Gibt es noch etwas über Jeff, das jemand zu erwähnen vergessen hat?"

Emmett überlegte einen Moment. „Er ist Chef der Freiwilligen Feuerwehr."

Connie schnitt ein Stück des Schokoladenkuchens ab und legte es auf Emmetts Teller. „Und er hätte beinahe im letzten Jahr die Tochter von Sheriff Wade geheiratet." Sie ging zum Herd, um die Kaffeekanne zu holen.

Carole Ann sah ihre Tante betroffen an. Diese überraschende Eröffnung musste sie erst mal verdauen. Das dauerte einige Sekunden. Zuerst Melody, dann der Stadtrat, und jetzt hätte Jeff beinahe die Königin des Ehemaligen-Treffens der Schüler der High School geheiratet. Was war mit dem schüchternen Jungen geschehen, den sie gekannt hatte? „Josephine?"

Connie brachte die Kaffeekanne an den Tisch. „Ja, richtig, so heißt sie. Als Jeff die Sache eine Woche vor der Zeremonie abblies, da wusste ich es."

Es entsprach Tante Connies Art, in einem Gespräch herumzuflattern wie ein Kolibri, der von Blume zu Blume jagt. Carole Ann bekam allmählich Kopfschmerzen. „Da wusstest du was?"

Connie sah ihre Nichte an. Sie hätte nie erwartet, dass das Mädchen schwer von Begriff war. Was für eine Überraschung! „Dass er dich nicht überwunden hatte, was denn sonst?" Sie lächelte Emmett verschwörerisch zu. „Jedem Narren war das klar."

Emmett nahm den Kaffee entgegen, den Connie ihm reichte. „Lass das Mädchen in Ruhe, Constance", tadelte er freundlich. „Sie braucht wirklich nicht noch mehr Druck von uns." Er lächelte Carole Ann nachsichtig zu. „Sie ist alt genug, um sich selbst eine Meinung über gewisse Dinge zu bilden. Und über Menschen."

Carole Ann war dankbar für diese Hilfe. Emmett war genau das, was ihre Tante brauchte, ein Mann, der sie sanft und liebevoll führte.

Und wen brauchte sie selbst? Carole Ann hatte keine Ahnung. Bis zu ihrer Rückkehr nach Belle's Grove wäre ihr nicht im Traum eingefallen, dass sie irgend jemanden brauchte, aber nun war sie nicht mehr so sicher.

Nein, das war absurd. Sie wusste genau, was sie brauchte: Brandon und ihre Karriere. Und ihr war gar nicht danach zumute, ihre Gedanken phantasievoll wandern zu lassen und an Dinge zu denken, die nicht geschehen konnten. Sie war über Belle's Grove und über den Glauben an ein Leben in immerwährendem Glück hinausgewachsen. Hätte sie auf ihren gesunden Menschenverstand verzichtet und Jeff geheiratet, wäre es nur irgendwann zu Zank und Streit gekommen. Sie hatten verschiedene Lebensziele und einen völlig unterschiedlichen Geschmack. Schon nach wenigen Monaten würden sie sich das Leben zur Hölle machen. Leidenschaft bot keine Sicherheit. Sie hatte Cal leidenschaftlich geliebt, und man sah ja, wohin das geführt hatte – in eine Sackgasse und dazu, dass sie allein im Bett lag und weinte.

Nun, das sollte nicht wieder geschehen. Besonders nicht in einer winzigen Stadt wie Belle's Grove. Nur Dummköpfe begingen zweimal denselben Fehler, und sie war kein Dummkopf. Zumindest jetzt nicht mehr.

Es klopfte leise an der Hintertür. Im nächsten Moment öffnete sie sich, und Jeff kam herein. Er ging direkt zu Tante Connies Stuhl, beugte sich vor und drückte ihr einen leichten Kuss auf die Stirn.

„Tut mir leid, dass ich so spät komme." Er sprach zu allen am Tisch, doch seine Augen waren auf Carole Ann gerichtet.

Connie stemmte sich schon hoch und hielt die Platte mit dem Hackbraten in den Händen. „Ich mache dir das noch einmal warm..."

Jeff hielt sie am Arm zurück. „Heiß oder kalt, du zauberst den besten Hackbraten im ganzen Staat." Er nahm ihr die Platte aus den Händen und stellte sie wieder in die Mitte des Tisches. „Es ist schon gut so." Er schob sich auf den Stuhl neben Carole Ann und beugte sich vor, damit er um sie herumsehen konnte. „Wie geht es, Brandon?"

„Großartig!", rief der Junge.

Carole Ann betrachtete Jeff eingehend. „Was ist das da um deinen Hals?"

Jeff, der sich gerade mit dem Hackbraten bediente, unterbrach sich und blickte an sich hinunter. Er sah nichts Ungewöhnliches. „Eine Krawatte."

Sie fuhr mit der Fingerspitze darüber. Die hellgraue Krawatte fühlte sich seidig an. Carole Ann lächelte. Er hatte sich tatsächlich verändert. „Ich kann mich nicht daran erinnern, dich jemals mit einer gesehen zu haben."

„Der Chef des Stadtrats muss sich bemühen, wenigstens gelegentlich seiner Rolle entsprechend auszusehen." Jeff lockerte den Knoten und schob den Binder über seinen Kopf. „Das erspart Zeit", erklärte er Brandon. „Auf diese Weise brauche ich den Knoten nur einmal zu machen."

Carole Ann versuchte noch, den ersten Teil seiner Erklärung zu verarbeiten. Sie starrte Jeff ungläubig an. „Der Chef?", wiederholte sie. „Du bist der Chef des Stadtrats?"

Jeff genoß zuerst einen Bissen seines Abendessens, bevor er antwortete. „Ja, warum?"

Jetzt verstand sie die Bedeutung der Phrase, dass einen ein Lufthauch umwerfen konnte. „Wann ist das passiert?"

Er zuckte die Schultern und nahm noch einen Bissen. „Ich weiß es nicht. Vor einem, vielleicht zwei Jahren."

Emmett erinnerte sich deutlicher an das Ereignis. „Vor genau zweieinhalb Jahren", erklärte er Carole Ann. „Das Ergebnis fiel einstimmig aus."

Carole Ann blickte zu ihrer Tante, die nicht stolzer hätte dreinschauen können, wäre Jeff ihr Sohn gewesen. Carole Ann schüttelte, verblüfft über die Verwandlung, den Kopf. Amüsiert und erstaunt betrachtete sie Jeff. „Und wann bekommst du den Friedensnobelpreis?"

Er steckte die neckende Bemerkung lässig weg. „Vielleicht in einem Jahr. Ich muss ihn noch in meinen Zeitplan einbauen." Jeff leerte sehr schnell seinen Teller. Er hatte bereits Heißhunger gehabt, und die Besprechung hatte sich endlos hingezogen. „Da wir gerade von Zeitplänen sprechen –" er blickte zu Carole Ann, bevor er das Kuchenstück annahm, das Connie ihm hinschob – „ich bin heute abend frei."

„Was für eine Überraschung", bemerkte Carole Ann.

Jeff war bisher jeden Abend frei gewesen, abgesehen vom letzten Mittwoch, als er schnellstens zu Larry Moores Haus fahren musste, weil die dreijährige Jennifer Krupphusten bekommen hatte. Alle anderen Abende hatte er in Tante Connies Wohnzimmer verbracht, sich mit Brandon beschäftigt, sich an der Planung der Hochzeit beteiligt und sich hauptsächlich selbst zu einem Familienmitglied gemacht.

Allerdings ist er kein Familienmitglied, erinnerte Carole Ann sich. Zumindest nicht von meiner Familie.

„Was hältst du davon, wenn wir in den Billardsalon gehen und ein oder zwei Spiele machen?", fragte er sie zwischen zwei Bissen von Connies Kuchen.

Seit dem Nachmittag am See waren sie nicht mehr allein gewesen. Es wäre ein Fehler, das Schicksal zweimal herauszufordern, entschied sie. „Ich glaube nicht…"

Jeff lächelte frech. „Ich schreibe dir sogar ein paar Punkte gut."

Er hatte ihren Ehrgeiz berührt. „Oh, als würde ich das brauchen!"

Jeff schob mit unschuldiger Miene seinen Teller von sich. „Ich weiß nicht. Vielleicht bist du eingerostet, seit wir das letzte Mal gespielt haben." Er beugte sich vor, um wieder zu Brandon zu sehen. „Ich habe deiner Mutter alles beigebracht, was sie über Poolbillard weiß."

„Glaub ihm nicht, Brandon", warnte Carole Ann. „Er zeigte mir, mit welchem Ende des Stocks man die Kugeln stößt, reichte mir die Kreide und wünschte mir viel Glück." Sie zog die Augen schmal zusammen, während ein zuversichtliches Lächeln ihre Lippen umspielte. Sie wandte sich an Jeff. „Na gut, ich mache mit.“ Mit einem Blick zu Brandon fügte sie hinzu: „Willst du mitkommen und zuschauen, wie er in Grund und Boden gestampft wird?“

Brandon wäre sehr gern mit seiner Mutter und Dr. Jeff gegangen, aber Tante Connie hatte ihm vor einigen Stunden erklärt, Dr. Jeff müsse eine Weile mit seiner Mom allein sein, wenn sie jemals zustimmen sollte, ihn zu heiraten.

„Nein, ich bleibe lieber hier…“

Besorgt befühlte Carole Ann seine Stirn. War er wieder krank? „Fühlst du dich nicht gut?“

Verlegen bog Brandon seinen Kopf weg, weil er wieder wie ein Baby behandelt wurde. „Ach, Mom, mir geht es gut. Ich will nur … mit Jimmy spielen.“ Er war stolz, dass ihm diese Ausrede eingefallen war.

Brandon überlegte. Das war sogar eine recht gute Idee. Die Jacksons wohnten auf der anderen Seite von Tante Connies Haus. Es gab dort drei Kinder, zwei ältere, die er nicht mochte, und Jimmy. Der war in seinem Alter – fast. Er mochte Jimmy, weil er von ihm nicht gesagt bekam, was er tun sollte.

Er warf einen Blick zu Tante Connie, ob er es richtig gemacht hatte. Seine Antwort bekam er dadurch, dass sie ihm noch ein Kuchenstück gab.

Carole Ann betrachtete kopfschüttelnd den Teller des Jungen. „Er wird platzen, Tante Connie“, sagte sie vorwurfsvoll.

„Schau doch nur, wie er ißt.“ Connie deutete auf Brandon. „Sieht das nach einem Jungen aus, der schon satt ist? Lass ihm doch sein Vergnügen. Er ist nur einmal jung.“

Carole Ann wollte ihrer Tante schon widersprechen, als sie sich erinnerte, wie es als Kind gewesen war, gelegentlich einen zweiten Nachtisch zu bekommen. Seufzend lenkte sie ein.

„Wenn er Magenschmerzen bekommt, wachst du an seinem Bett“, warnte sie ihre Tante.

„Sehr gern.“ Tante Connie strahlte ihren Großneffen an, während das Kuchenstück rasch verschwand.

Die Fenster des Billardsalons erinnerten Carole Ann stets an eine Kirche. Sie flankierten die Eingangstür und bestanden aus blauem, gelbem und grünem Glas und zeigten die entscheidende Szene des Billardturniers aus „Die Farbe des Geldes“.

Irgendwo in der Ferne rief ein Vogel. Seine Stimme konkurrierte mit dem Konzert der Grillen. Mehrere Wagen rollten die Main Street entlang.

Es war, als wäre sie nie weggegangen. Spontan hakte sie sich bei Jeff unter. Sie war viel zu sehr damit beschäftigt, die Nostalgie zurückzudrängen, die sie zu überwältigen drohte, um Bedenken zu hegen.

„Nichts hat sich verändert", bemerkte sie.

Jeff deutete auf das helle Neonschild über ihren Köpfen, das auf Pauls Billardsalon hinwies. „Sicher hat sich etwas verändert. Paulie hat endlich die Lampe im Buchstaben B ausgetauscht."

„Nicht mehr ‚illardsalon'?" Sie schüttelte lachend den Kopf. „Das nenne ich Fortschritt."

Jeff hielt ihr die Tür auf. „Die Dinge müssen sich nicht immer verändern, Carole Ann."

Die Dunkelheit in dem Billardsalon wirkte kühl und freundlich. Paulie hatte nicht nur eine Glühlampe ersetzt, sondern auch eine Klimaanlage installiert.

„Sicher müssen sich die Dinge verändern, sonst gibt es Stillstand." Sie warf einen Blick in die Runde. Etliche Männer waren hier. Einige von ihnen kamen ihr bekannt vor.

„Ich betrachte es eher als Ruhe." Jeff nickte dem Besitzer zu.

Also auch ein Philosoph. Sie unterdrückte ihr Lächeln nicht. „Du hast dich sehr verändert gegenüber dem stammelnden, befangenen Jungen, der seinen Standpunkt im Diskussionswettbewerb der High School nicht vertreten konnte."

Er wählte einen Stock und forderte Carole Ann durch eine Handbewegung auf, sich ebenfalls einen zu nehmen. „Mrs. Hinkley hat mich in letzter Minute in den Diskussionswettbewerb beordert." Er lachte geringschätzig, als er sich daran erinnerte, wie erbärmlich er sich gefühlt hatte. „Ich glaube, sie wollte mit ihrer Gruppe verlieren."

„Nun, das hat sie ja auch." Carole Ann prüfte mehrere Stöcke, ehe sie nach einem griff.

Jeff fühlte sich nie wohl, wenn über ihn geredet wurde. „Kehren wir in die Gegenwart zurück." Er deutete auf den einzigen freien Tisch. Vier andere waren besetzt. „Wie schlecht bist du?"

„Das kommt ganz darauf an."

Jeff betrachtete sie mißtrauisch. „Worauf?"

Sie lächelte. „Darauf, wie hoch du den Einsatz bestimmst."

Er ging um den Tisch herum und legte die Kugeln bereit. „Willst du mich bedrängen, Carole Ann?"

Sie riß die Augen weit auf, ein Bild vorgetäuschter Unschuld. „Ich?" Sie legte ihre Hand an die Brust, wie sie es bei Melody gesehen hatte, und flatterte mit ihren Wimpern. „Niemals!"

Jeff deutete mit einem Kopfnicken auf die Leute im Raum. „Du bist hier von uns allen die Großstädterin."

Sie verschränkte die Arme. „Wie du schon gesagt hast, ich könnte eingerostet sein."

Da sie schon einmal hier war, wollte Carole Ann beginnen. Jeff betrachtete sie mit dem gleichen Blick, den sie am See bemerkt hatte. Das gleiche Kribbeln setzte in ihrem Magen ein.

Sie konzentrierte sich auf das Spiel und zielte mit ihrem Stock. Die bunten Kugeln rollten über den grünen Filz. Der richtige Ball fiel in die Kopftasche.

Von wegen eingerostet! Offenbar hatte sie die ganze Zeit gespielt. Jeff neigte den Kopf, als sie ihn zufrieden ansah. „Guter Anfang."

Sie ging um den Tisch herum und wählte ihren nächsten Stoß. „Es wird noch besser."

Jeff stand hinter ihr und sah zu, wie sie sich über den Tisch beugte. Ihre Jeansshorts rutschte höher und schmiegte sich derart um ihren runden Po, dass sein Mund trocken wurde. „Ich bin ganz deiner Meinung."

Sie blickte über ihre Schulter und erkannte das Verlangen, das er nicht verbarg. Es machte sie gar nicht nervös, vielleicht weil so viele Leute anwesend waren.

„Du bist Arzt. Du solltest nicht lüstern starren."

Jeff trat einen Schritt näher. Sein Schenkel berührte den ihren. Der Sicherheitsfaktor wurde herabgesetzt. „Heute abend bin ich der Chef des Stadtrats, und der Chef des Stadtrats darf lüstern starren."

Sie lachte und ließ zwei Kugeln in die Tasche fallen.

„Hey, wann darf ich denn endlich spielen?", fragte er, während er den Stoß bewunderte.

Sie peilte den nächsten Stoß an. „Vielleicht beim zweiten Spiel."

Es wäre beinahe dazu gekommen.

Carole Ann verfehlte ihren fünften Stoß, und es dauerte eine Weile, bis sie wieder an die Reihe kam. Das Spiel zog die Leute an. Carole Ann erkannte einige Männer, die oft in den Salon gekommen waren, als sie noch ein Teenager war. Männer, die sie früher als Maskottchen betrachtet hatten.

Carole Ann führte ihren letzten Stoß aus und gab einen Kriegsschrei von sich, während sie ihren Stock triumphierend hochhielt.

„Ich bin irgendwie hereingelegt worden", grollte Jeff, während er seine Brieftasche hervorzog und Carole Ann fünf Dollar reichte.

Die Männer am Tisch applaudierten und machten Jeff gegenüber Bemerkungen, dass sie nicht von einem Mann behandelt werden wollten, der sich von einer Großstadtpflanze in einem Spiel schlagen ließ, das sie als Männersache betrachteten.

Carole Ann schob das Geld in ihrer Tasche. „Noch ein Spiel, doppelt oder nichts?" Sie war unendlich zufrieden mit sich, wippte auf den Zehenspitzen und wartete auf seine Antwort.

Jeff nahm ihr den Billardstock aus der Hand und lehnte ihn neben dem seinen an die Wand. „Ich habe für einen Abend schon genug Prügel eingesteckt. Willst du spazierengehen?"

Sie rümpfte die Nase. In dem Salon herrschte eine angenehme Kühle. Im Freien war die Luft stickig und feucht. Hervorragendes Klima für Moskitos. „Es ist heiß."

Jeff spielte seine Trumpfkarte aus, die immer gewirkt hatte, als sie noch jünger waren. „Ich kaufe dir ein Eis."

Darüber war sie noch nicht hinausgewachsen. Eiscreme war unverändert ihre Schwäche. Sie lächelte. „Abgemacht."

„Feigling!", rief einer der Männer Jeff zu und kehrte lachend mit seinem Partner an seinen Tisch zurück.

„Ich werde ihm genüßlich eine Tetanusspritze verpassen, wenn er nächste Woche zu mir kommt." Jeff hielt Carole Ann die Tür auf. „Weißt du", überlegte er laut, während er ihr folgte, „eigentlich solltest du mir ein Eis kaufen. Du hast schließlich soeben das Spiel gewonnen."

Es dauerte einen Moment, um sich an den Temperaturwechsel zu gewöhnen, doch sie fühlte sich nicht ganz so schlimm, wie sie gedacht hatte. „Schlechter Verlierer!"

„Ja, der bin ich", erwiderte er leise.

Sie sah ihn an, doch er ergriff ihren Arm und führte sie die Straße hinunter zu Grady's Süßwarenladen. Es war das letzte Geschäft vor dem alten Obsthain. Auch hier hatte es keinen Fortschritt gegeben, wie Carole Ann feststellte. Sie freute sich darüber.

Die Fliegengittertür stieß gegen eine kleine silberne Glocke, als sie den Süßwarenladen betraten. Noch mehr Erinnerungen, dachte Carole

Ann und sah sich in dem Laden um, der mit seinen Regalen voll Comicbüchern und verschiedensten Süßigkeiten in ihrer Kindheit ein begehrter Aufenthaltsort gewesen war.

Der alte Laden wirkte jetzt irgendwie kleiner, und die Frau hinter der Theke hielt sich etwas gebeugter und wirkte verlorener in ihrem Umhängetuch. Ganz gleich, wie heiß es auch war, Mrs. Grady hatte immer einen braunen Schal um ihre Schultern geschlungen.

„Mrs. Grady!", rief Carole Ann und trat an die Theke. „Sie sind noch immer hier."

Obwohl sie ein wenig knorriger aussah, schien es, als hätte sich die Frau in den vergangenen acht Jahren während Carole Anns Abwesenheit nicht von dem Stuhl hinter der Glastheke wegbewegt.

„Wo sollte ich denn sonst sein?" Die Stimme klang angestaubt und rauh. „Das ist hier mein Laden." Papierdünne Hände schoben die Brille auf ihrer langen, schmalen Nase höher. Die alte Frau betrachtete Carole Ann und suchte nach dem Namen. „Du bist das Jenkins-Mädchen, nicht wahr?"

Carole Ann lächelte. Es war lange her, dass sie so genannt worden war. Angenehme Wärme durchdrang sie. „Ja."

Die Frau gab einen mißmutigen Laut von sich. „Pistazie ist aus."

Carole Ann war überrascht. „Sie erinnern sich?"

Mrs. Grady hatte für Carole Anns Überraschung kein Verständnis. „Sicher, wieso denn nicht?" Sie tippte sich an die Schläfe. „Mein Gedächtnis ist so gut wie immer." Sie lächelte. „Ich habe Pfirsich. Das hast du am zweitliebsten genommen." Ohne zu warten, schob Mrs. Grady sich langsam zu der Truhe mit der Eiscreme, griff nach dem Portionierer und machte jedem ein Hörnchen mit Pfirsicheis fertig. Es dauerte eine Weile, aber sie hatten es nicht eilig.

Carole Ann warf Jeff einen Blick zu, während sie ihr Hörnchen entgegennahm. „Sie ist unglaublich."

„Und gesund wie ein Pferd." Jeff grinste schelmisch und drückte Mrs. Grady fünf Dollar in die Hand. „Ich sehe Sie bald in der Praxis."

„Nicht nötig." Sie schlurfte zu ihrem Stuhl zurück. „Ich war seit 1987 keinen Tag krank... Hey, was ist mit deinem Wechselgeld?" Es war das übliche Spiel, aber Mrs. Grady fühlte sich dazu verpflichtet. Jefferson Drumm spielte es schon seit Jahren.

„Schreiben Sie es mir gut."

Die Glocke klingelte wieder, als wollte sie sich verabschieden, während sie hinausgingen. Carole Ann konnte sich nicht erinnern, wann Eiscreme jemals so gut geschmeckt hatte.

Sie wanderten zu dem Obsthain und noch weiter. „Erinnerst du dich, als wir noch klein waren und sie für eine Hexe hielten?", fragte Carole Ann. Jeff biß in sein Hörnchen und nickte. Der Besuch im Süßwarenladen war dadurch zu einem gefährlichen Abenteuer geworden. „Trägt sie ihr Umhängetuch auch, wenn sie zur Untersuchung kommt?" Die Eiscreme tropfte von dem Hörnchen. Carole Ann leckte sie von ihren Fingern ab.

Jeff verspürte das heftige Verlangen, dem Pfad der Eiscreme auf ihren Fingern zu folgen.

„Nein", antwortete er ernst. „Sie hatte ein Gewächs am Rücken und hat es mit dem Schal verdeckt."

Carole Ann blieb stehen und schaute Jeff ungläubig an. „Die ganzen Jahre?"

Er nickte und lehnte sich gegen einen Baum. Die Geräusche der Nacht waren beruhigend. „Ich habe sie überredet, sich das Gewächs entfernen zu lassen. Jetzt trägt sie den Schal nur noch aus Gewohnheit."

Carole Ann lehnte sich neben ihn. „Du bist wirklich zu einem glattzüngigen Teufel geworden."

Er ließ sich ihr Kompliment durch den Kopf gehen. „Das bleibt noch abzuwarten."

Sie bemerkte das Leuchten, das in seinen Augen erschien, schluckte und stellte fest, dass ihr Daumen gerade die Seite ihres Hörnchens durchstoßen hatte.

„Ach ja?" Carole Ann leckte jetzt schneller, um die Flut aufzuhalten, bevor sie alles an den Händen hatte. „Und woran wolltest du deine Kräfte erproben?"

Er stellte sich vor sie. „Daran, ob ich dich dazu bringen kann, mich von deinem Eis kosten zu lassen." Jeff neigte leicht den Kopf.

„Oh!", murmelte Carole Ann. Damit hatte sie nicht gerechnet, aber das sichere Gefühl war noch immer vorhanden. „Natürlich. Du hast dafür bezahlt."

Sie hielt das Hörnchen hoch. Nur noch ein letzter Rest Eis war vorhanden.

Er schob es weg und hielt seinen Blick auf ihre Augen gerichtet. „Nein, nicht an dem Hörnchen."

Sie hob den Kopf, und ihre Lippen waren nur Zentimeter von seinem Mund entfernt. „Wie dann?"

Er ließ sein Hörnchen fallen. Es landete im Gras. Langsam schob er seine Finger durch ihr Haar. „An deinen Lippen."

Ihr Atem stockte, ihr hämmerndes Herz schien die Serenade der Grillen zu übertönen. „Wenn es im Namen der Wissenschaft geschieht..."

„Das tut es."

„Dann", flüsterte Carole Ann, „kann ich wohl kaum ablehnen."

8. KAPITEL

Jeff senkte seinen Mund auf den ihren. Seine Lippen waren so warm und schwül wie die Luft der Sommernacht. Sanft entlockte er ihr den Kuss.

Carole Ann bemerkte kaum, wie ihr das Hörnchen aus den Fingern glitt, so fasziniert war sie von der Macht, die hinter seiner Sanftheit stand.

Sie drückte ihre Finger in seine harten Oberarme und versuchte verzweifelt, irgendwie Halt zu finden, während sie sich auf die Zehen stellte und nach mehr verlangte.

Das Geräusch von heftigem Atmen drang in ihr Bewußtsein. Vage erkannte sie, dass es von ihr stammte. Jeff machte sie atemlos. Mit wenig Aufwand hatte er ihr das Gefühl vermittelt, als könnte sie nie mehr genug Luft bekommen.

Als könnte sie nie mehr genug von ihm bekommen.

Jeff bog seinen Kopf leicht zurück. Seine Lippen berührten noch immer die ihren, während er sprach. Das Lächeln breitete sich von seinem Mund auf den ihren aus und eroberte ihr Herz.

„Es scheint so, als hätte ich einen neuen Lieblingsgeschmack." Er fuhr mit seiner Zungenspitze über ihre Lippen und fühlte zu seiner Freude, wie sie an seinem Körper erschauerte.

Carole Ann schob ihre Finger in sein Haar.

„Du redest zuviel", hauchte sie. Unersättlicher Hunger breitete sich in ihr aus. „Sei still und küß mich noch einmal!"

„Ja, Ma'am."

Jeff schlang seine Arme noch fester um sie und drückte sie an sich, bis sie fast miteinander verschmolzen. Genau so empfand er für sie. Carole Ann war ein Teil von ihm, ein Teil seiner Seele, und so war es immer gewesen.

Und so würde es immer sein.

Carole Ann fühlte jede Kontur seines Körpers. Seine Begierde sprang auf sie über und erinnerte sie daran, wie lange es her war, dass sie so empfunden, dass sie sich so gesehnt hatte.

Wie lange es her war, dass ihr jemand so viel bedeutet hatte.

Doch nicht einmal in diesem Moment konnte sie sich eingestehen, dass sie Jeff liebte. Wie ein Boxer, dessen Arme kraftlos geworden waren und der nicht zuschlagen konnte, vermochte sie nicht, dieses Gefühl freizusetzen. Er war so lange unterdrückt gewesen, dass es nicht mehr zum Vorschein kommen konnte, selbst wenn sich die Tür zu seinem Gefängnis geöffnet hätte.

Und sie hatte noch immer Angst davor, diese Tür zu öffnen.

Als seine Lippen sich von ihrem Mund lösten, kam sie sich vor, als wäre sie betrunken und hätte keine Ahnung, was aus dem Erdboden geworden war. Ihr Herz hämmerte so wild in ihrer Brust, als müßte man es hören können.

„Wo, um alles in der Welt, haben Sie diese Technik gelernt, Dr. Drumm?"

Liebevoll streichelte Jeff ihre Wange. Es war ein angenehmes Gefühl, diese samtene Haut zu berühren. Wie sehr er Carole Ann begehrte! Er wusste nicht, wie lange er noch warten konnte. Unzweifelhaft wurde er heiliggesprochen, wenn er durchhielt. Er lächelte in sich hinein, als er sein eigenes Verlangen in ihren Augen wiedererkannte. Bald!

„Das ist keine Technik. Vielleicht kommt es von der Zurückhaltung", erklärte Jeff. „Man kann etwas nur eine gewisse Zeit zurückhalten, bevor es explodiert."

Wollte er ihr damit sagen, dass er enthaltsam gelebt hatte? Davon würde er sie nur schwer überzeugen können. Nicht nach allem, was ihre Tante erzählt hatte. Und nicht, nachdem sie Melody in Aktion gesehen hatte.

Carole Ann durchbohrte ihn förmlich mit ihrem Blick. „Melody hat sich in deiner Praxis nicht so aufgeführt, als hättest du irgendwas zurückgehalten."

Er stützte sich mit einer Hand über ihrem Kopf gegen den Baumstamm. „Melodys Besuch? Hat er dich gestört?"

„Vielleicht."

Carole Ann mochte das satte Grinsen in seinem Gesicht nicht. Und sie wollte nicht, dass er etwas mißverstand. Sie war nicht eifersüchtig, lediglich neugierig, und er hatte ihr nichts erzählt, das diese Neugierde gemindert hätte.

Carole Ann drehte sich um und ging langsam über den schwach erleuchteten Weg. Die Straßenbeleuchtung reichte nicht bis in den Obsthain. „Es ist nur so, dass ich nicht sehen möchte, wie ein…" Sie suchte nach dem richtigen Wort. „… wie ein Freund von mir in ihren Klauen endet."

Eine Eule flog kreischend über ihre Köpfe hinweg. Jeff wählte seine Worte sorgfältig. „Melody und ich sind zum Abendessen ausgegangen und haben einen ziemlich schlechten Film gesehen."

Carole Ann zuckte die Schultern und versuchte, gleichgültig zu wirken. „Das hast du schon erwähnt." Sie wartete. Er ging nur einfach neben ihr her. Der Mann trieb sie tatsächlich zum Wahnsinn. „Und?"

Jeff blickte geradeaus, wobei seine Miene in der Dunkelheit verborgen blieb. Carole Ann konnte den humorvollen Ausdruck in seinen Augen nicht sehen. „Und sie hat mich auf einen letzten Schluck zu sich hineingebeten."

Das sah ihr ähnlich. Instinktiv versperrte Carole Ann ihm den Weg. „Und du..."

„Ich habe angenommen."

Diese Antwort berührte sie schmerzlich. „Verstehe." Plötzlich wünschte sie sich, noch ihr Hörnchen mit der Eiscreme in der Hand zu halten, damit sie es ihm ins Gesicht klatschen konnte. Sie stemmte die Fäuste in ihre Seiten.

Zu ihrer Überraschung ergriff er ihre Hand und zog langsam die Finger auseinander. Sie sah ihn fragend an.

„Nein, ich glaube nicht, dass du verstehst."

Sie wollte keine Details hören und schüttelte seine Hand ab. „Ich will nicht, Jeff, dass du mir noch mehr..."

Diesmal umklammerte er ihre Hand fester. „Du hörst mir jetzt zu, bevor du wegläufst und dich in dem Obsthain verirrst!"

Sie funkelte ihn zornig an. „Ich werde mich nicht in dem Obsthain verirren, denn ich kenne diese Gegend wie meinen Handrücken."

Jeff schüttelte den Kopf und machte sie damit noch wütender. „Ohne mich hast du dich in deinem eigenen Schrank verirrt. Ich habe noch nie jemandem mit einem so unterentwickelten Orientierungssinn erlebt." Um sie an der Flucht zu hindern, stemmte er zu beiden Seiten seine Hände gegen den Apfelbaum.

Sie saß in der Falle, verschränkte die Arme und war ganz auf Abwehr eingestellt. „Na schön, dann erzähl mir von deiner schmutzigen kleinen Affäre."

Das Mondlicht suchte sich seinen Weg durch die Bäume und erhellte ihre Gesichter ein wenig. Jeff fühlte, wie sich etwas in seiner Brust zusammenzog. „Sie schaltete leise Musik ein und bot mir ein Glas Weißwein an."

Carole Ann bewegte sich unruhig und war wütend auf ihn, auf Melody und auf sich selbst, und der Himmel mochte wissen warum. „Ich dachte, du magst keinen Weißwein."

Carole Ann trieb ihn allein durch ihre Gegenwart zum Wahnsinn. Er roch ihre Seife und das leichte Eau de Cologne, das sie am Morgen auf ihren Hals getupft hatte. Jeder Muskel in seinem Körper war angespannt wie eine Sprungfeder.

„Ich mag auch keinen. Ich mag es auch nicht, wenn man mich so offen verführt." Jeff betrachtete ihren Mund und ihr Haar. „Zumindest nicht, wenn Melody Beauchamp das macht." Er hauchte einen Kuss auf Carole Anns Stirn und hörte sie seufzen. „Ich bin mitten in der Ouvertüre gegangen."

„Einer Oper?"

„Nein, Melodys Ouvertüre. Sie versuchte gerade, mein Hemd aufzuknöpfen."

Ohne voll zu begreifen, was sie machte, öffnete Carole Ann den obersten Knopf an seinem Hemd. „Du meinst – so?"

Sie sorgte dafür, dass seine Knie schwach wurden. Jeff war dankbar, dass er sich gegen den Baum stützen konnte. „Etwas gieriger."

Carole Ann öffnete noch einen Knopf. Als sich das Hemd auseinanderklaffte, schob sie ihre Hand darunter. Zögernd strich sie über seinen Körper. Ihre Haut prickelte, als sie die Haare auf seiner Brust berührte.

Wie hypnotisiert blickte sie in seine Augen. „Diese Schlampe", flüsterte sie.

Jeff drängte sich näher, bis sie sich an ihn schmiegte wie das fehlende Teil eines Puzzles. „Genau das dachte ich auch."

Als er seinen Mund wieder auf ihre Lippen senkte, kam sie ihm aufstöhnend entgegen und wünschte sich nichts mehr, als dass dieser Moment ewig andauerte.

Er konnte nicht ewig andauern, wenn sie nicht zerbrechen sollte. Sie wusste das. Und dennoch war das Verlangen in ihr stark. Das Verlangen, sich von ihm lieben zu lassen. Von ihrem besten Freund. Von jemandem, mit dem sie aufgewachsen war und der ihr während ihres ganzen Lebens etwas bedeutet hatte.

Von jemandem, den sie überhaupt nicht gekannt hatte, wie sie nun begriff.

„Wir sollten besser aufhören." Jeff murmelte die Worte bedauernd an ihren Lippen. „Noch eine Sekunde, und Dr. Drumm wird sich mitten im städtischen Obsthain sehr unprofessionell verhalten."

Carole Ann lachte leise und stimmte zögernd zu. „Wenn das eine Kostprobe war, wie du dich bei Krankenbesuchen aufführst, muss ich wahrscheinlich krank werden, bevor ich abreise", neckte sie ihn.

Doch sobald sie die Worte ausgesprochen hatte, blieb ein bitterer Geschmack zurück.

Bevor ich abreise…

Carole Ann biß sich auf die Unterlippe, als sie den Ausdruck in seinen Augen bemerkte.

Jeff unterdrückte das Gefühl von Leere. „Jederzeit gern. Du hast meine Telefonnummer." Er konnte einem weiteren Kuss nicht widerstehen. Seine Hände waren nicht ganz ruhig, als er das Hemd wieder zuknöpfte. „Wir sollten zurückgehen, bevor Tante Connie denkt, wir wären zusammen durchgebrannt."

Carole Ann konnte nur nicken, als sie sich ihm anschloß. Jeff legte leicht einen Arm um ihre Schultern. Sie presste die Lippen aufeinander, weil sie ihrer Stimme in diesem Moment nicht vertraute. Carole Ann war zu sehr mit dieser Traurigkeit beschäftigt, die sie nicht voll verstand.

Um ihre nagenden Zweifel im Zaum zu halten, konzentrierte Carole Ann sich vollständig darauf, ihrer Tante bei den restlichen Hochzeitsvorbereitungen zu helfen.

Das heißt, sie musste die Aufgabe vollständig übernehmen.

Ihre Frustration wuchs, als sie auf jede Frage von ihrer Tante nur vage Antworten erhielt. Carole Ann wurde immer klarer, dass ihre Tante glaubte, die Dekoration, die Musik und das Essen würden sich schon irgendwie um sich selbst kümmern. Es war, als würde Connie erwarten, dass auf einen Wink mit einem Zauberstab alles an dem Samstag bereit war, der sich mit furchterregender Geschwindigkeit näherte.

Nachdem Carole Ann mehrere Tage hintereinander mit endlosen Listen und Anrufen verbracht hatte, kam ihr eine Erleuchtung.

Tante Connies Verhalten war, selbst an ihren Maßstäben gemessen, zerstreut. Zuerst machte Carole Ann sich Sorgen, das Alter könne den Verstand ihrer Tante auf die grausamste Weise zerstören.

Doch als jeder Morgen und jeder Abend den guten Doktor an ihre Seite an den Tisch führte, begriff sie allmählich, dass mit dem Verstand ihrer Tante alles in Ordnung war. Die alte Frau war höchstens noch schlauer geworden.

Carole Ann wurde absolut klar, dass die gute Connie ihr alle Vorbereitungen überlassen hatte, damit sie viel zu beschäftigt war, um zu bemerken, dass ihre nicht verteidigten Festungsmauern langsam und methodisch gesprengt wurden.

Von dem bereits erwähnten guten Doktor.

Die Frau hätte Rommel hereinlegen können, dachte Carole Ann, während sie die Liste der Hochzeitsgäste durchging, die zugesagt hatten.

Wie auf Stichwort kam Jeff ins Wohnzimmer und trug einen so großen Karton, dass er ihn kaum halten konnte. Der Karton war mit Dekorationsmaterial gefüllt, um das sie ihn losgeschickt hatte.

„Wohin willst du das haben?“ Er wandte sich an Carole Ann, und zwei Rollen weißes Kreppapier fielen auf den Fußboden.

Beatrice Hanover, die einzige Berufsschneiderin der Stadt, kniete mitten im Raum und kümmerte sich um Connies Saum. Die Frau hatte für zweieinhalb Generationen die Hochzeitskleider genäht und 1948 Connies erstes Hochzeitskleid geändert. Ihr zusammengekniffener Mund war voll Stecknadeln.

Bei dem Klang von Jeffs Stimme lächelte sie, und die Stecknadeln bewegten sich wellenförmig.

Sie blickte zu ihm, als die Rollen auf dem Teppich landeten. „Hübsch“, bemerkte sie und steckte noch eine Nadel in den beigefarbenen Saum.

Carole Ann war unklar, ob Beatrice die Dekorationen oder Jeff meinte. Soweit sie sich erinnerte, hatte Jeff stets ein Funkeln in die ziemlich kurzsichtigen Augen der Frau gebracht.

„Hierher.“ Carole Ann deutete auf den Tisch, der schon von Listen, Magazinen und Notizen überquoll, die sie gemacht hatte.

Sie ließ ihren Block auf ihre überkreuzten Beine fallen, beugte sich vor und machte hastig Platz.

Mit einem erleichterten Seufzer stellte er den Karton auf zwei Magazine für Bräute.

Connie stand auf einem niedrigen Hocker und drehte sich langsam für Beatrice. Unsicher blickte sie auf die beiden Frauen hinunter.

„Sollte er mich so sehen?“ Connie deutete auf das Brautkleid.

„Stillstehen!“, tadelte Beatrice energisch. Eine Stecknadel fiel ihr aus dem Mund. Sie hob sie auf und schob sie in das Nadelkissen, das an ihrem Handgelenk befestigt war.

Carole Ann lächelte ihrer Tante zu, schüttelte den Kopf und griff wieder nach ihrem Notizblock. „Es bringt nur Unglück, wenn dich der Bräutigam sieht, Tante Connie,' nicht der Arzt.“

Jeff vergrub die Hände in den Gesäßtaschen und sah sich in dem Raum um, dessen Zustand an Chaos grenzte. Es wirkte beruhigend. „Ist Brandon hier irgendwo?"

Die Frage amüsierte Carole Ann. Jeff sah selbst wie ein zu groß geratenes Kind aus mit T-Shirt und Jeans und zerzaustem Haar, als hätte er es eilig gehabt herzukommen. „Warum? Willst du hinausgehen und spielen?"

„Nein, aber Jimmy und Nicky möchten." Jeff deutete mit dem Daumen zur Tür. „Sie wollten schon hier hereinplatzen und ihn suchen." Er lehnte sich gegen den Türrahmen, betrachtete Carole Ann, die mitten in dem Durcheinander saß, und fand, dass sie in ihrem Element war. „Ich wollte eine gute Tat begehen und habe die beiden abgefangen."

„Mein Held." Sie klimperte mit den Wimpern und wurde dann ernst, als sie sich die beiden kleinen Jungen vorstellte, die durch den Raum preschten, während hier alles dermaßen in Aufruhr war. Vermutlich hätte sie bis zwei Wochen nach der Hochzeit nichts mehr gefunden. „Danke. Brandon ist oben in seinem Zimmer mit diesem neuen elektronischen Spiel, das du ihm gestern gekauft hast."

Carole Ann legte den Block beiseite und wollte aufstehen, aber Jeff winkte ab. „Schon gut, ich hole ihn."

Sie sank wieder zurück und beobachtete, wie Jeff jeweils zwei Stufen auf einmal nahm. Wieso kam ihr alles so richtig vor, dieses Leben mit Heim und Herd? Sie hatte keine Ahnung. Genau dagegen hatte sie sich gestemmt, als sie heranwuchs. Sie hatte es einengend, langweilig und zu wenig aufregend gefunden.

Und doch…

Und doch hatte sie sich nie so zufrieden und gleichzeitig so erregt gefühlt wie jetzt. Carole Ann seufzte. Wenn sie nächste Woche nach L.A. zurückkehrte, musste sie ihre Prioritäten neu ordnen und alles normalisieren. Bis dahin würde sie sich so chaotisch fühlen, wie dieser Raum aussah.

Sie wurde traurig bei den Gedanken an die Heimfahrt. Doch sie schüttelte sie ab und konzentrierte sich wieder auf die Hochzeitsvorbereitungen. Das war im Moment ihre oberste Priorität.

Brandon raste die Treppe herunter. Er nahm mindestens drei Stufen mit einem einzigen Sprung.

Carole Ann unterbrach ihre Arbeit und betrachtete ihn.

Er sah unordentlich aus, ihr perfekter kleiner Mann. Allein schon sein Anblick erwärmte ihr Herz. Sie konnte kaum glauben, dass er tatsächlich aus dem Haus stürmte, um mit gleichalterigen Kindern zu spielen. Es war zu gut, um wahr zu sein.

Wenn sie es sich überlegte, hatte sich die Verwandlung ihres Sohnes nach dem Angelausflug mit Jeff vollzogen, als Jeff ihn nach nebenan mitnahm und mit den Jackson-Jungen bekannt machte.

Arzt, Feuerwehrmann, Chef des Stadtrats und Wundertäter – ein beachtlicher Lebenslauf.

„Bis später, Mom!", rief Brandon.

„Einen Moment, junger Mann!" Sie warf den Block beiseite. „Wann später?"

„Später später", antwortete Jeff für den Jungen. Er kam zu ihr, während Brandon zur Haustür hinausfegte. Jeff blickte auf sie hinunter. „Weißt du denn gar nichts über das Verhältnis von kleinen Jungen zur Zeit, Carole Ann?"

Er streckte ihr eine Hand hin. Sie ergriff sie, stand auf und schaute zu der Tür, durch die Brandon gerade hinausgelaufen war. „Offenbar nicht, aber ich weiß etwas über Brandon. Er ist wie ein kleiner Rationalisierungsexperte, wenn es um Zeit geht. Er teilt praktisch alles bis auf die Minute ein."

Jeff musterte sie. „Und das bereitet dir Sorgen?"

„Nun ja..." Carole Ann verstummte und sprach dann leiser weiter. Beatrice war eine absolute Zauberin, wenn es um Nadel und Faden ging, setzte beides jedoch nur halb so gut wie ihre Zunge ein. Beatrice lebte für Klatsch. Carole Ann neigte sich zu Jeff. „Wahrscheinlich war ich zu sehr mit den Schuldgefühlen beschäftigt, weil ich ihm keinen Vater geben konnte."

Jeff fand, dass diese Unterhaltung besser im Freien und weit weg von lauschenden Schneiderinnen geführt werden sollte. Er ging mit Carole Ann auf die Veranda. Hinter ihnen seufzte Beatrice laut.

Die Hitze des Tages war ein wenig geschwunden, obwohl es alles andere als kühl war. Carole Ann lehnte sich gegen das Geländer und blickte in den Garten. Weit weg sah sie Brandon mit seinen Freunden Fußball spielen.

Jeff setzte sich auf das Geländer und richtete seine Aufmerksamkeit auf Carole Ann. Sein Gesicht war ernst. „Es war nicht deine Schuld. Cal hat dich sitzenlassen."

Sie starrte in die Luft und wich Jeffs Blick aus, während sie versuchte, den Schlag für ihr Selbstwertgefühl zu vermeiden, den diese Erinnerung jedesmal auslöste. Vergeblich bemühte sie sich, die Tränen zurückzuhalten. „Nicht gerade eine glänzende Empfehlung, oder?"

„Ganz bestimmt nicht für Cal", stimmte Jeff leise zu. „Andererseits war er immer irgendwie dumm." Er glitt von dem Geländer. Gewaltiger Ärger stieg bei dem Anblick ihrer Tränen in ihm hoch. „Er war sogar noch dümmer als ich, der ihn gebeten hatte, auf dich aufzupassen, während ich weg war."

Sie wischte sich seufzend über die Wange. Es war sinnlos, das alles noch einmal durchzugehen. „Ich möchte jetzt nicht darüber sprechen." Es wurde Zeit, weiter die Hochzeit zu organisieren. Zumindest war sie gut darin, anderer Leute Hochzeit vorzubereiten. „Ich habe noch viel zu tun."

Carole Ann drehte sich um und wollte ins Haus zurückgehen, doch Jeff hielt sie fest. Als sie sich losreißen wollte, verstärkte er nur seinen Griff. Sie war von dem Zorn in seinen Augen überrascht, ehe er ihn unterdrückte.

„Wann dann?", fragte er leise. „Wann willst du darüber sprechen?"

Nie… Sie wusste schon lange, dass sie ihre Hoffnungen und Träume in den falschen Mann gesetzt hatte. Und in den letzten zehn Tagen war ihr erneut bewußt geworden, wer der richtige Mann gewesen wäre.

Aber es war zu spät – aus vielen Gründen.

Sie fühlte sich plötzlich sehr müde.

Carole Ann wandte ihm in dem einsetzenden Zwielicht ihr Gesicht zu, schloß die Augen und murmelte: „Jeff, bitte, es wird nichts gelöst, indem man alte Ereignisse durchkaut."

Er überlegte einen Moment und nickte. „Also schön, wie wäre es dann, wenn wir zu neuen Ereignissen übergehen?"

Er hatte etwas im Ärmel. Soweit kannte sie ihn. Und es war nichts Unschuldiges, ganz gleich, was seine Miene auch ausdrückte. „Zum Beispiel?"

„Ich dachte schon, du würdest nie fragen." Er lächelte umwerfend. „Zum Beispiel das hier."

Jeff nahm sie langsam in seine Arme und brachte ihren Protest mit einem durchdringenden Blick zum Schweigen. Er küsste sie mit all der Leidenschaft, die ihm eigen war, bis Carole Ann nicht mehr wusste, wo sie sich befand, und in seinen Armen schmolz.

Er küsste sie, bis sie alle sorgfältig vorbereiteten Argumente vergaß, weshalb er nicht noch weiter als bisher gehen sollte.

Es war schwer, sich an Argumente zu erinnern, wenn man nicht einmal mehr seinen eigenen Namen kannte.

In einiger Entfernung blieb Brandon stehen und starrte zur Veranda. Dr. Jeff küsste seine Mutter. Grinsend stieß er einen Kriegsschrei aus.

Es versetzte Carole Ann einen Schlag, und sie machte förmlich einen Satz rückwärts. Sie fühlte sich äußerst wackelig auf den Beinen.

Verlegen presste sie eine Hand auf ihr Gesicht. „Ich habe Brandon vergessen."

Jeff wollte sie wieder an sich ziehen, verzichtete jedoch darauf. „Mach dir keine Sorgen. Es tut ihm gut, seine Mutter in einer gesunden Beziehung zu sehen."

Doch sie hatte sich schon von ihm gelöst und ging auf die Tür zu. „Wir haben keine Beziehung, weder gesund noch sonst irgendwie, Jeff. Wir sind nur Freunde. Verstanden? Freunde!" Verwirrt und unsicher stieß sie das Wort hervor.

„In Ordnung", murmelte er nachgiebig und legte einen Arm um sie. „Busenfreunde."

„Himmel, du bist genauso unmöglich wie früher." Sie wusste nicht, ob sie lachen oder weinen sollte.

„Schlimmer", versicherte er mit seinem umwerfenden Lächeln und strich mit seinem Daumen über ihre Unterlippe. „Fortsetzung folgt."

Sie drehte sich um, betrat das Haus und knallte die Tür hinter sich zu.

Jeff lachte nur leise. Sie konnte weglaufen, aber sich nicht verstellen. Er hatte die Antwort in ihren Augen gelesen und auf ihren Lippen geschmeckt. Er wusste alles, was er wissen wollte.

Er drehte sich um und sah zu, wie Brandon mit seinen Freunden spielte. Und er genoß den unschuldigen Anblick.

9. KAPITEL

Es war kaum zu glauben, wie schnell die Zeit verging. Carole Ann saß auf dem Sofa und starrte auf die Kaminuhr, als hätte sie die Minuten und Stunden daran hindern können, so schnell zu verstreichen. Sie konnte es nicht glauben. Es war, als wäre sie gerade erst angekommen, und dabei war es schon der Abend vor der Hochzeit ihrer Tante.

Zwei Tage, bevor sie und Brandon nach L.A. zurückkehren würden.

Alles lief zu schnell. Carole Ann hatte Mühe, einen einzelnen Gedanken, einen einzelnen Moment festzuhalten. Es gab noch immer viel zu tun, viel zu fühlen. Und viel nachzudenken.

Wenn sie sich über alles zu sehr den Kopf zerbrach, traf sie vielleicht die falsche Entscheidung. Vielleicht hatte sie vor Jahren schon die falsche Entscheidung getroffen.

Sie wusste es nicht.

Ein Rascheln beendete ihre verschlungenen Gedanken und brachte sie in die Realität zurück – und zu der Hochzeit.

Tante Connie breitete ihre Geschenke auf dem Tisch und dem Fußboden aus. Sie war offenbar damit zufrieden, sie einfach anzuschauen, und ihre Miene war so freudig wie die eine Kindes, das zu Weihnachten eine Menge Geschenke bekommen hatte.

Carole Ann hatte Himmel und Hölle in Bewegung gesetzt, damit ihre Tante an diesem Vormittag eine richtige Geschenkeparty erlebte. Eine, an der halb Belle's Grove teilgenommen hatte. Die Frauen waren vor etwa einer Stunde wieder gegangen, und Carole Ann und ihre Tante hatten gerade erst das Haus wieder einigermaßen in Ordnung gebracht.

Gerade rechtzeitig, um mit dem Schmücken für die Hochzeit zu beginnen, dachte sie mit einem schweren Seufzer und überlegte, wohin sie die Körbe mit Tante Connies geliebten Gänseblümchen stellen sollte. Am besten zu beiden Seiten der Treppe.

Carole Ann seufzte wieder. Sie musste sich noch immer um viele Details kümmern und war so erschöpft, dass sie es nicht erwarten konnte, bis die Hochzeit vorüber war.

Connie betastete das seidige Nachthemd, das Phyllis Decker ihr geschenkt hatte, und lächelte, als sie sich vorstellte, wie sie es für Emmett trug. Nachdenklich blickte sie zu ihrer Nichte. Carole Ann sollte solche Pläne machen. Carole Ann verdiente dieses Glück in ihrem Leben. Glück, das Jefferson ihr geben konnte, wenn sie es nur zuließ.

Connie hatte gehofft…

Doch Connie gab noch nicht auf. Es gab stets ein Morgen. Sie seufzte wie eine junge Braut, als Carole Ann sie ansah.

Connie legte das Nachthemd wieder in den Karton und stülpte den Deckel darauf. „Es war sehr aufmerksam von dir, meine Liebe, eine Geschenkeparty für mich zu veranstalten." Sie strich liebevoll über einen Karton mit einem Satz Handtücher, auf denen ihre Initialen mit denen von Emmett verschlungen waren. „Ich liebe es, solche Kartons zu öffnen."

Carole Ann lächelte liebevoll. Als sie noch klein war, konnte man nie so recht entscheiden, wer an Weihnachten mehr kindliche Freude hatte, sie oder ihre Tante.

„Ja, ich weiß."

Der Partyservice! dachte Carole Ann plötzlich. Sie hatte noch einmal nachfragen wollen, ob auch genug Wein vorhanden sein würde. Sie wollte aufstehen, doch Tante Connie hielt sie zurück.

„Warum legst du das nicht einmal beiseite, meine Liebe?", fragte sie, löste den allgegenwärtigen Notizblock aus Carole Anns Fingern und legte ihn neben ihr auf das Sofa. „Entspann dich! Du siehst aus, als würdest du das große Zittern vor der Hochzeit bekommen und nicht ich."

„Bist du nervös?" Das wäre Carole Ann nie in den Sinn gekommen. Sie hatte ihre Tante für zu unbeschwert gehalten, als dass sie wegen der Hochzeit nervös sein könnte.

Aber vielleicht hatte Tante Connie die gleichen Gefühle wie Carole Ann, bevor sie vor dem schläfrigen Friedensrichter, den Cal aus dem Bett geholt hatte, „Ich will!", gesagt hatte.

Die Erinnerung an ihre Hochzeit tauchte wieder auf und verursachte einen bitteren Geschmack im Mund. Wahrscheinlich genauso bitter wie der Geschmack, mit dem Cal am nächsten Morgen erwacht war. Er hatte sie mitten in einem alkoholgetränkten Wochenende geheiratet. Sie hatte zu dem Zeitpunkt gedacht, er wäre nur ein wenig beschwingt und nicht so betrunken, dass er sich hinterher an nichts erinnern würde. Aber er war es gewesen. Sie hatte es in ihrer Aufregung nicht bemerkt. Es hatte ihr einfach den Atem geraubt, als er über die Staatsgrenze von Nevada und direkt nach Las Vegas gefahren war.

Sicher, die Hochzeitskapelle hatte schäbig gewirkt, aber ihre Träume waren stark und hoffnungsvoll genug gewesen, um das alles zu ignorieren und ihr die Umgebung nicht real erscheinen zu lassen.

Erst später hatte sie erkannt, dass ihre Träume nicht real gewesen waren.

Tante Connie lachte leise. „Ich bin nicht nervös, Kind. Ich kenne Emmett jetzt schon lange. Ich bin nur aufgeregt." Connie flüsterte, als wäre Brandon nicht alt genug, um es zu hören. „Der Schatz sagt mir nicht, wohin wir auf Hochzeitsreise fahren." Sie strahlte. „Er meinte nur, ich solle leichte Bekleidung einpacken."

Carole Ann lachte, und ihre ernsten Erinnerungen verblassten. „Tante Connie, das könnte um diese Jahreszeit überall sein, ausgenommen Australien."

Das dämpfte die Begeisterung der Tante nicht im geringsten. „Ja, ich weiß." Sie hob einen versilberten Rahmen an und bewunderte ihn. Er war für ihr Hochzeitsfoto gedacht. „Das verleiht der Sache einen Hauch von Geheimnis, findest du nicht?"

Carole Ann seufzte und wünschte sich zum erstenmal, mehr wie ihre Tante zu sein.

„Weißt du, du bist wirklich ein Schatz, Tante Connie. Ich habe nie jemanden gekannt, der so viel Freude daran hat, nichts weiter zu tun als zu atmen."

Sie hatte ihre Tante nie wütend oder deprimiert gesehen. Traurig war sie nur bei dem Begräbnis ihrer Eltern gewesen, und sogar da hatte sie um Carole Anns willen ein Lächeln beibehalten.

Connie schob die Schachteln beiseite und ergriff die Hände ihrer Nichte. „Das Leben ist ein Geschenk, Carole Ann. Man setzt ein Geschenk nicht herab, indem man nach Fehlern sucht. Das wäre unhöflich. Man freut sich einfach." Sie wünschte sich, etwas tun zu können, damit der Schmerz verschwand, den sie in den Augen des Mädchens sah, das für sie eine Tochter war. „Und wenn es einem im Moment nicht passt, dann entdeckt man etwas anderes daran, das einen freut." Ihre freundlich blickenden Augen schienen sich ein wenig zu verdunkeln. „Das ist die einzige Möglichkeit."

Carole Ann hatte keine Ahnung, wieso ihr plötzlich nach weinen zumute war. Vielleicht lag es an der bevorstehenden Hochzeit. Vielleicht war sie erschöpft, weil ihre Emotionen unter ständiger „Belagerung" standen. „Du hast absolut recht."

Connie drückte ihre Hände und ließ sie dann los. „Ich habe mich gefreut, dass du hier warst, Carole Ann." Sie blickte zu Brandon, der bäuchlings auf dem Fußboden lag. Das elektronische Spiel in seinen Händen nahm seine ganze Aufmerksamkeit in Anspruch. „Ihr beide."

Carole Ann stellte erleichtert fest, dass ihre Tante sie nicht bat, noch länger zu bleiben. Für Tante Connie zählte der Moment, sonst nichts. Keine Pläne für die Zukunft, nur die Grundeinstellung, dass die Zukunft irgendwann hier sein würde – und sie selbst ebenfalls.

„Mich hat es auch gefreut, Tante Connie. Mich auch."

Es klopfte an der Vordertür. Brandon raffte sich mit dem Spiel in den Händen rasch auf und lief zur Tür, bevor Carole Ann auch nur aufstehen konnte.

„Vielleicht ist da jemand!", rief er hoffnungsvoll.

„Für gewöhnlich ist da wirklich jemand." Carole Ann lachte.

„Hey, Tante Connie, das ist Onkel Emmett!", verkündete Brandon und wich zurück, um ihn eintreten zu lassen.

„Noch nicht Onkel." Emmett lächelte dem Jungen zu. „Aber bald."

Brandon wollte die Tür wieder schließen, traf jedoch auf Widerstand.

„Hey, warte einen Moment!"

Der Junge riß die Tür weit auf, als er die Stimme erkannte. „Dr. Jeff!"

„Hallo, Brandon!" Er nickte Carole Ann und Connie zu. „Ladies."

„Oh!" Carole Ann warf ihrer Tante einen Blick zu und stand auf. „Er gibt sich so förmlich. Ärger?"

Er schüttelte den Kopf. „Wie mißtrauisch! Nein." Jeff schlang einen Arm um ihre Taille und registrierte zufrieden, dass sie sich weder verkrampfte noch zurückzog. „Aber Emmett hat darauf bestanden, dass wir zuerst hier vorbeikommen."

Carole Ann sah von Jeff zu Emmett. „Zuerst?"

„Bevor wir zu seiner Junggesellenparty gehen", erklärte Jeff und gab sie frei. „Es geht doch nichts über eine traditionelle Hochzeit mit allem, was dazugehört. Wie war die Geschenkeparty?"

„Einfach wundervoll! Sieh nur all die herrlichen Dinge, die wir bekommen haben, Emmett." Connie hob den Deckel des Kartons mit dem Nachthemd an und ließ ihn einen Blick hineinwerfen.

Emmetts Gesicht erstrahlte wie der Himmel während des Feuerwerks am vierten Juli. „Ich freue mich schon darauf, wenn ich mir das genauer anschauen kann." Er setzte sich auf die Kante des Sofas und ergriff Connies Hand. „Du sollst nur wissen, dass ich die ganze Zeit auf der Party an dich denken werde."

„Natürlich wirst du das, mein Lieber. Ich weiß das." Damit gab sie ihm ihren Segen, sich gut zu unterhalten.

Nun, Tante Connie mochte jedes Mißtrauen fehlen, doch Carole Anns Interesse war geweckt. „Was für eine Party ist das denn?"

Jeff lächelte unschuldig. „Das übliche."

Vielleicht war sein Lächeln eine Spur zu unschuldig. „Ich war noch nie auf einer Junggesellenparty", hakte Carole Ann nach. „Was gilt denn als ‚das übliche'?"

Er zuckte die Schultern. „Essen, Geschichten, eine kleine Unterhaltung."

Sie zog die Augen schmal zusammen und sah förmlich, wie ein Mädchen aus einer Torte sprang und mit kaum mehr als einem Lächeln bekleidet war.

„Eine wie kleine Unterhaltung?" An Jeffs amüsierter Miene erkannte Carole Ann, dass sie sich wie eine argwöhnische Ehefrau aufführte. Verlegen trat sie den Rückzug an. „Ich bin nur neugierig."

„Mittelmäßig klein." Jeff versuchte, ein ernstes Gesicht zu machen. Das mutwillige Funkeln in seinen Augen konnte sie jedoch absolut nicht überzeugen.

Brandon fand, dass er lange genug geschwiegen hatte. Er schob sich zwischen Dr. Jeff und seine Mutter. „Darf ich mitkommen?"

Jeff blickte bedauernd in das hoffnungsvolle Gesicht des Jungen. Er hatte wegen Carole Ann die Sache zu hochgespielt und nicht auch Brandons Interesse wecken wollen.

„Also, das ist keine Party, die dir gefallen würde", wich Jeff vorsichtig aus. „Es ist genaugenommen eine Junggesellenparty."

„Aber ich bin ein Junggeselle." Brandon legte ein wenig unsicher den Kopf schief. „Das sind die Männer, die nicht verheiratet sind, richtig?"

„Richtig."

Brandon wippte ungeduldig auf den Zehenspitzen. „Also, warum kann ich dann nicht mitgehen?"

Jeff blickte zu Emmett, der ungefähr einsfünfundachtzig war. „Die Party ist nur für große Junggesellen. Über einsachtzig", erklärte Jeff. Das war eine verdammt dünne Ausrede, aber mehr fiel ihm nicht ein. Carole Ann verdrehte hinter ihrem Sohn die Augen.

„Oh!" Brandon ließ die Schultern hängen und starrte auf seine Schuhspitzen. „Ich dachte nur … ich meine, ich wollte mit dir gehen, aber…"

Jeff konnte den enttäuschten Ausdruck in Brandons Miene nicht ertragen. „Ich sage dir etwas." Er kauerte sich neben Brandon. „Du holst Jimmy und die anderen zusammen, die mitmachen wollen, und wenn ich alles auf der Party für die großen Junggesellen hergerichtet habe, komme ich zu dir und den anderen zurück. Dann veranstalten wir unsere eigene Junggesellenparty. Nur für kleine Männer." Er stand wieder auf. „Niemand über einsfünfzig."

Brandon schaute neugierig zu Jeff hoch. Der sah viel größer als einsfünfzig aus. „Aber du bist größer. Wieso kannst du kommen?"

Carole Ann warf Jeff einen Blick zu, der „mal sehen, wie du dich da herauswindest" bedeutete.

Er brauchte einige Sekunden, um zu überlegen. „Weil ich der offizielle Junggesellenpartykoordinator bin."

Glatt wie Geschirrspülmittel, dachte Carole Ann bewundernd. Wann hatte er so schnell denken gelernt? Der alte Jeff, den sie gekannt hatte, wäre auf keine einzige dieser Ausreden gekommen.

Jeffs Antwort reichte Brandon. „Also gut, ich hole die anderen. Wann kommst du zurück?"

„Wir sollten uns auf den Weg machen." Jeff zog Emmett vom Sofa. Wenn sie nicht gleich gingen, kamen sie noch zu spät. „Lass mir eine bis anderthalb Stunden Zeit", erklärte er Brandon. „Und wir halten unsere Party in Grady's Süßwarenladen ab."

Der Junge nickte und fegte dann vor Jeff aus der Tür, um seinen Freunden von den Partyvorbereitungen zu erzählen.

Carole Ann folgte den beiden Männern nach draußen, lehnte sich an die Fliegengittertür und sah zu, wie Brandon die Hecke mit einem Sprung nahm. Sie hatte gar nicht gewußt, dass er so viel Energie besaß.

Ihr Blick wanderte zu Jeff. „Wie gut, dass du nicht mit Pinocchio verwandt bist. Du könntest nicht von hier in die Stadt, ohne dass dir deine Nase im Weg wäre."

Er hob eine Augenbraue. „Willst du vielleicht andeuten, ich hätte gelogen?"

„Ich glaube, man kann das nicht ‚andeuten' nennen. Allerdings sprichst du vermutlich von ‚kreativer Erfindung'."

Emmett hatte sich auf den Beifahrersitz von Jeffs Pickup gesetzt.

Jeff drückte Carole Ann flüchtig einen Kuss auf die Lippen. „Du lernst allmählich."

Damit eilte er die Stufen zu dem Wagen hinunter.

„Nein, das tue ich nicht", flüsterte sie. „Hätte ich etwas gelernt, würde mein Magen nicht jedesmal flattern, wenn du mich küßt."

Seufzend drehte sie sich um und ging ins Haus zurück. Es war noch immer eine Unmenge Arbeit zu erledigen. Sie musste entscheiden, wo das Zelt im Garten aufgestellt werden sollte, und wohin die Laube aus Blumen kam, unter der am nächsten Tag der Geistliche stehen würde. Dann waren da noch die Blumen selbst. Sie musste überlegen, wohin die Nelken kamen, sobald sie geliefert wurden. Der Blumenhändler hatte versprochen, sie um sechs zu bringen.

Sie hatte ihre Zweifel daran.

Als sich die Fliegengittertür hinter ihr schloß, dachte sie, dass sie wegen vieler Dinge ihre Zweifel hatte.

Carole Ann bemühte sich, nicht auf das rhythmische Klopfen gegen das Sofa zu achten. Jimmy Jackson ließ aus Langeweile seine Beine über die Seite hängen und wartete. Sein Cousin Nicky schob sich noch ein Bonbon in den Mund, während er neben Jimmy auf dem Sofa wackelte. Brandon behielt erwartungsvoll die Vordertür im Auge.

Der Fernseher war an, und Carole Ann hatte einen beliebten Kinderfilm, den sie Tante Connie letztes Weihnachten geschickt hatte, in den Videorecorder geschoben. Niemand sah hin.

„Wann soll denn Dr. Jeff nun wiederkommen?" fragte Jimmy.

Brandon seufzte und bemühte sich, nicht besorgt dreinzusehen. „Bald."

Nicky schüttelte den Kopf. Er sah seine Freunde mit gewichtiger Miene an. „Mein großer Bruder hatte letztes Jahr eine Junggesellenparty, als er geheiratet hat, und er ist erst direkt vor der Hochzeit zurückgekommen. Tante Becky war echt sauer auf ihn."

Darauf möchte ich wetten, dachte Carole Ann.

Jimmy nahm noch eine Handvoll Bonbons, stand entschlossen auf und sah seinen Cousin an. „Wir sollten heimgehen. Dr. Jeff hat uns vergessen."

„Nein, bestimmt nicht." Brandon blickte über die Schulter zu seiner Mutter. In seinen Augen stand ein Hilferuf.

Jeff verspätete sich schon um zwanzig Minuten. Zweifellos hatte er das Versprechen vergessen, das er ihrem Sohn gegeben hatte. Offenbar hatte die „kleine" Unterhaltung, die er vorgesehen hatte, begonnen, und er hatte die Zeit aus den Augen verloren.

Nun, Carole Ann hatte keine Zeit, um sich Sorgen zu machen, ob Jeff von einem überentwickelten Körper in einem unterentwickelten

Kostüm fasziniert war. Sie hatte es mit einem unglücklichen kleinen Jungen zu tun.

Sie legte ihren Block auf den Tisch und stand auf. „Hört mal, Jungs, was haltet ihr davon, wenn ich mit euch in Grady's Süßwarenladen gehe? Eisbecher für alle. Wir können auch diese Junggesellenparty feiern."

Die Jungen wirkten nicht überzeugt. „Aber Sie sind kein Junggeselle", klagte Jimmy. Er musterte sie von oben bis unten. „Sie sind ein Mädchen."

Darauf hatte sie eine passende Entgegnung. „Ein Junggeselle ist eine unverheiratete Person, und ich bin eine unverheiratete Person."

Irgendwas stimmte nicht an diesem Gedankengang, aber Jimmy wusste nicht so genau, was es war. Brandon fühlte sich niedergeschlagen, weil Dr. Jeff ihn im Stich gelassen hatte, noch dazu vor seinen Freunden. Aber wenigstens rettete der Vorschlag den Tag. Er wollte nicht von den anderen aufgezogen werden, besonders nicht von Jimmy. Er sollte am nächsten Tag bei Jimmy übernachten, und er wollte nicht die ganze Zeit ausgelacht werden, weil er Geschichten über Dr. Jeff erfunden hatte.

„In Ordnung", versicherte Brandon fröhlich. „Hört sich gut an, nicht wahr, Nicky?"

Nicky war es egal, wie es sich anhörte, Hauptsache er bekam Eiscreme. Er nickte eifrig, krabbelte vom Sofa und kam auf seine überdimensionalen, in Turnschuhen steckenden Füße. „Sicher."

Brandon wollte noch etwas zu seiner Mutter sagen, als er ein Geräusch hörte. Sofort eilte er wieder zum Fenster. „He, wartet, das ist ein Auto!"

„Liebling", tadelte Carole Ann sanft. „Sogar hier fahren viele Autos."

Doch Brandon drehte sich nicht um, sondern hob die weiße Gardine hoch und spähte ins Freie. „Nein, das klingt nach Dr. Jeffs Pickup."

Sie durfte nicht zulassen, dass Brandon sich so quälte. Es war falsch von ihr gewesen, hierherzukommen und auch zuzulassen, dass ihr Sohn sich an jemanden außer ihr hängte. Sie war der einzige Mensch, auf den Brandon sich verlassen konnte.

Sie ging ans Fenster, um ihn wegzuziehen. „Schatz, wir können nicht…" Carole Ann stockte, als sie Jeffs Pickup vorfahren sah. Einen Moment später stieg Jeff aus.

Endlich, dachte sie. Allerdings musste sie sich eingestehen, dass sie ziemlich überrascht war, ihn wiederzusehen.

Jeff eilte die Stufen hinauf und sah die Gesichter im Fenster. Er fand es nett, dass jemand auf ihn wartete. Das wollte er so bald wie möglich zu einer Dauereinrichtung machen.

Die Tür öffnete sich, bevor er sie erreichte. Drei kleine Jungen umringten ihn.

„Tut mir leid, dass ich so spät komme, Männer. Wir hatten ein Problem mit dem Partyservice." Er blickte zu Carole Ann. „Hoffentlich klappt es morgen besser." Die Jungs hatten ihn eingekeilt. „Ein Begrüßungskomitee ist etwas Schönes." Er lächelte Carole Ann zu. „Du kannst jetzt den Mund wieder zumachen."

Die Jungs, einschließlich Brandon, kicherten.

Carole Ann räusperte sich. „Du bist zurückgekommen."

Er blickte in die lächelnden Gesichter und fühlte sich gut. „Das hatte ich versprochen."

„Ja, aber..." Sie sah in die drei Gesichter, die sich ihnen zuwandten. „Entschuldigt, Jungs, aber ich möchte ein Wort mit Dr. Jeff wechseln." Sie hakte sich bei Jeff unter, zog ihn auf der Veranda ein Stück beiseite und senkte ihre Stimme. „Ich verstehe das nicht. Warum hast du die Party verlassen?"

Er erkannte kein Problem. „Das habe ich dir doch gerade gesagt. Ich hatte es versprochen."

Kein Mann war so gut, nicht einmal Jeff. „Kam die Stripperin denn nicht?"

Die Frau war geradezu anbetungswürdig, wenn sie so tat, als wäre sie nicht eifersüchtig. „Welche Stripperin?"

Sie ballte ihre Hände zu Fäusten. Es machte ihm Spaß, ihr das anzutun. „Kommt nicht immer eine Stripperin zu Junggesellenparties?"

Er lachte und legte seine Arme leicht um sie. „Du hast zu viele Filme gesehen. Ich habe für Emmett eine Country-and-Western-Band engagiert." Er verspürte den überwältigenden Drang, ihr einen Kuss zu geben, widerstand jedoch. Es gab zu viele kleine Zeugen in dieser Gegend. „Natürlich besteht die Band nur aus Mädchen, und die sind alle nackt, aber ich dachte..."

Carole Ann boxte ihn gegen den Arm, lachte jedoch zusammen mit ihm. Er machte sich auf ihre Kosten lustig, doch er war Brandons wegen zurückgekommen, und dafür liebte sie ihn.

Die Worte hallten durch ihre Gedanken und riefen Entsetzen in ihr hervor.

„Donnerwetter, hast du noch immer einen Schlag auf dem Kasten!" Er rieb sich den Arm, bemerkte die plötzliche Veränderung in ihrer Miene, überging sie jedoch. „Worüber regst du dich so auf? Wie ich dir schon am See gesagt habe, ich würde nichts zu sehen bekommen, das ich nicht schon einmal gesehen habe."

Sie liebte ihn nicht! Sie liebte ihn einfach nicht! Zumindest nicht auf diese Weise. Nur als Freund. Etwas anderes konnte sie jetzt nicht gebrauchen. Überhaupt nie!

Carole Ann versuchte, ihre Gedanken wieder auf das Thema zurückzulenken. „Du hast mich im Billardsalon lüstern angestarrt, erinnerst du dich?"

Er zuckte unschuldig die Schultern. „Ein kleines Versehen, mehr nicht."

Sie schüttelte den Kopf und gab auf. „Na, jedenfalls haben sie die Uhr wie kleine Adler angestarrt." Sie deutete mit einem Kopfnicken zu den Jungen, die von einem Fuß auf den anderen traten.

Lachend kehrte er zu der Minigruppe zurück. „Das dachte ich mir."

Sie strich ihrem Sohn über das Haar, und er warf ihr einen Blick zu, der sehr erwachsen und vorwurfsvoll wirken sollte. „Man könnte meinen, sie haben noch nie Eis bekommen. Also, ich hole nur meine Handtasche..."

Jeff hielt sie zurück. „Tut mir leid, aber du bist nicht eingeladen."

Sie starrte ihn an. „Wie bitte?"

Jeff blieb um der Jungen willen fest. Wenn sie mitkam, konnte er ihnen wahrscheinlich nicht die Aufmerksamkeit widmen, die sie verdienten. Carole Ann konnte ihn ablenken wie sonst niemand. „Das ist eine exklusive Junggesellenparty." Er blickte zu der Gruppe hinter sich. „Richtig, Männer?"

„Richtig!"

„Abgesehen davon..." Er betrachtete sie vom Scheitel bis zur Sohle. „Du gehörst weder dem richtigen Geschlecht an, noch entsprichst du der vorgeschriebenen Größe." Er grinste spitzbübisch. „Tut mir leid."

Brandon schlug sich auf Jeffs Seite. „Ja, tut mir leid, Mom. Das ist nur was für Männer."

Carole Ann hob eine Augenbraue. Ganz sicher konnte sie Frieden und Ruhe brauchen, um die letzten Details zu regeln. Dennoch gefiel es ihr nicht, auf diese Weise aus dem Leben ihres Sohnes ausgeschlossen zu werden.

„Nun ja, in Ordnung, aber macht nicht..."

Carole Ann konnte ihre Anweisungen nicht beenden, weil Jeff einen Finger an ihre Lippen legte. Sie sah ihn verdutzt an.

„Mach dir nicht so viele Sorgen." Jeff wusste, dass sie Brandon Ermahnungen auf den Weg mitgeben wollte, und das wäre dem Jungen vor seinen Freunden unangenehm gewesen. „Er ist vernünftig, Carole Ann." Als Tarnung fügte er hinzu: „Alle sind es."

„Richtig!", riefen die Jungen erneut im Chor.

Sie konnte nur den Kopf schütteln. Kinder ließen sich so schnell bei jeder Gelegenheit hinreißen. Wahrscheinlich musste sie sich in der kommenden Nacht mit einem kleinen Jungen herumschlagen, der grün im Gesicht war. „Ich kann nur sagen, Mann, du hast noch viel über Kinder und Elternpflichten zu lernen."

„Ich lerne stets gern, Carole Ann." Er scheuchte die Jungen vor sich her. „Ich komme später wieder. Vielleicht können wir dann unsere eigene Party feiern, und du kannst mir etwas beibringen."

Das bezweifelte sie ernsthaft. Ihr kam es eher so vor, als habe Jeff schon alles gelernt.

„Oder", schlug er vor und strich mit seinem Finger über ihre Nase und die Lippen, „wir spielen Doktor. Dann könnte ich dir etwas beibringen."

Ihre Lippen prickelten, und die Empfindung setzte sich in ihrem Körper fort. Nervös deutete sie zu den Jungen. „Dein Publikum wartet, Dr. Jeff."

Er warf ihr einen bedeutungsvollen Blick zu. „Unsere Zeit wird kommen, Carole Ann."

Während sie zusah, wie er die Jungs in seinem Pickup verstaute, hatte sie das Gefühl, dass er recht hatte. Und sie wusste nicht, ob sie darüber glücklich war.

Oder traurig.

10. KAPITEL

Carole Ann hätte als Drillinge auf die Welt kommen können, und es wären an diesem Morgen noch immer nicht genug Ausgaben von ihr vorhanden gewesen.

Am Vorabend hatte sie noch lange gebraucht, um das Haus fertig zu schmücken. Brandon war auf dem Sofa eingeschlafen, während er darauf wartete, dass sie die Luftschlangen aus Kreppapier aufhängte. Erschöpft hatte sie ihn gegen Mitternacht nach oben getragen und in sein Bett gelegt.

Als der Wecker rappelte, kam es ihr so vor, als hätte sie sich gerade erst hingelegt. In einem weiten, verwaschenen T-Shirt und einer ausgefransten Jeansshorts hatte Carole Ann alles und jeden von der Morgendämmerung an in einem Umkreis von drei Metern um das Haus überwacht. Sie hatte gerade den Partylieferanten durch die Hintertür eingelassen, als sie von der Vorderseite des Hauses Lärm hörte. Sie hastete durch das Wohnzimmer, um festzustellen, was da vor sich ging. Es war noch viel zu früh für Gäste, und der Blumenhändler war gerade weggefahren – zum zweitenmal, nachdem er ein Versehen bei der Lieferung korrigiert hatte. Die Leute, die das riesige Zelt aufstellten, waren hinten im Garten, nicht vorne.

Aus den Augenwinkeln sah sie, wie ihre Tante die Treppe herunterkam und zu dem Fenster lief. Tante Connie trug noch ihr erdbeerfarbenes Putzkleid und war nicht im geringsten fertig. Und dabei sollte die Hochzeit in zwei Stunden steigen.

Carole Ann zog den Vorhang beiseite, blickte ins Freie und war auf alles gefaßt.

Das dachte sie wenigstens.

Einen Moment starrte sie sprachlos nach draußen, ehe sie sich ungläubig umwandte. „Tante Connie, da laden Männer von einem Lastwagen Käfige mit Vögeln ab und stellen sie auf den Rasen im Vorgarten…“

Connie kam zu ihr und warf einen Blick hinaus. „Ach, die sind aus der Nachbarstadt.“

„Sind das Touristen?“

„Nein, Liebling, das sind Tauben.“

„Tauben?“, wiederholte Carole Ann benommen.

Tante Connie lächelte nachsichtig. „Du weißt schon, diese hübschen weißen Vögel, die auf Hochzeitseinladungen abgebildet sind.“ Connie warf noch einen schnellen Blick aus dem Fenster. „Ich habe immer davon geträumt, dass ein Schwarm Tauben über meinem Kopf freigelassen wird, wenn ich gerade ‚Ich will' sage." Connie presste die Lippen zusammen und betrachtete ihre einzige Nichte. Das arme Ding machte den Eindruck, als wäre ihr das alles zuviel. „Habe ich vergessen, dir etwas von den Tauben zu sagen?"

Carole Ann seufzte und rang um Geduld. „Ja, das hast du." Sie versuchte, einmal an die Vernunft ihrer Tante zu appellieren. „Tante Connie, Tauben sind Tauben, ob sie nun weiß sind oder..."

Ihr Protest wurde nicht einmal zur Kenntnis genommen. „Sie sehen so hübsch aus, und Richard hat mir versichert, dass sie alle trainiert sind." Sie bemerkte den verständnislosen Ausdruck in Carole Anns Gesicht. „Richard – der Mann, dem die Tauben gehören."

Carole Ann wusste, wann ihre Tante sich etwas nicht ausreden ließ. Auch noch Tauben! „Also dann, Tauben." Resigniert kritzelte sie eine Notiz auf Seite zwei auf dem Klemmbrett, um im richtigen Moment das Zeichen für die Befreiung der Tauben zu geben. „Noch mehr Überraschungen, auf die ich vorbereitet sein sollte?"

Connie überlegte. „Nicht, dass ich wüßte."

„Gott sei Dank", murmelte Carole Ann. „Solltest du dich nicht fertigmachen?"

Connie sah auf die Uhr und dann auf ihr Hauskleid. „Vermutlich." Gelassen ging sie zur Treppe.

Brandon tauchte auf dem Absatz auf und hielt seinen Anzug auf dem Bügel wie ein Kammerjäger, der ein Nagetier von sich streckte. „Mom, muss ich einen Anzug tragen?"

„Du trägst immer einen Anzug auf Parties."

Brandon lächelte seiner Großtante zu, als sie auf dem Absatz an ihm vorbeiging, und blickte auf seine Mutter mit der satten Selbstzufriedenheit von jemandem hinunter, der wusste, dass er im Recht war. „Ich habe keinen auf der Party gestern abend getragen."

„Ein Süßwarenladen zählt nicht." Warum musste er gerade diesen Moment nutzen, um seine Unabhängigkeit zu testen? Das war alles Jeffs Schuld. Jeff! Carole Ann spielte ihre Trumpfkarte aus. „Dr. Jeff wird auch einen tragen."

Sofort vollzog Brandon vor ihren Augen eine Kehrtwendung. „In Ordnung." Vorsichtig, um den Anzug nicht über den Boden zu schleifen, eilte er wieder in sein Zimmer zurück.

Carole Ann konnte nur einen Blick zum Himmel werfen. Sie und

Brandon mussten sich hinsetzen und ein ernstes Gespräch führen, wenn dies alles vorüber war.

Hinter dem Haus krachte es unheilvoll.

Sofern dies alles jemals vorüber sein wird, verbesserte sie sich und ging in die Küche. Tante Connie mochte noch an diesem Tag in die Flitterwochen fahren, aber Carole Ann war diejenige, die dann dringendst einen Urlaub brauchte.

Sie betrat die Küche. Drei Frauen mittleren Alters, die sie fast schon ihr ganzes Leben kannte und die sich vor einigen Jahren zu Belle's Groves führendem und einzigen Partyservice zusammengeschlossen hatten, machten sich in der Küche mit Wein und Hors d'oeuvres zu schaffen.

Hier war nichts in Unordnung. Der Krach war aus dem Garten gekommen. Carole Ann warf den drei Frauen ein krampfhaftes Lächeln zu, als sie zur Hintertür eilte.

Und dann sah sie es.

Das Zelt bildete einen großen weißen Haufen auf dem Rasen. Das Zelt, das zu diesem Zeitpunkt eigentlich schon stehen sollte!

Carole Ann schloß die Augen und zählte bis zehn, ehe sie sich weiter vorwagte und die Stufen zu den drei Männern hinuntereilte, die das Zelt umringten.

Sie fixierte den Mann, der ihr am nächsten stand. Seine Unterarme waren dicker als ihre Taille, und er wirkte, als hätte er durch eine dicke Ziegelmauer gehen können. Sie versuchte, die Verzweiflung aus ihrer Stimme fernzuhalten. „Was ist passiert, Ham?"

Hamilton Fraser zuckte die breiten Schultern. „Pfosten zusammengebrochen."

Offensichtlich. Sie biß sich auf die Unterlippe und überlegte, ob die zweihundert Gäste schmelzen würden, wenn sie sich nicht in den Schatten eines Zelts zurückziehen konnten. „Plant der Pfosten, das noch einmal zu machen?"

Ham sah zuerst die anderen Männer und dann wieder sie an. „Nein, Carole Ann, Pfosten planen nichts."

Kein Grund, ihren nervlichen Zustand an ihm auszulassen. „Könnt ihr das Zelt zur Zeremonie aufrichten?"

„Stell Ham nie eine so schwere Frage." Carole Ann wirbelte herum und traf Jeff beinahe mit ihrem Klemmbrett im Magen. Er wich gerade noch rechtzeitig aus. Nichts löschte das Lächeln in seinem Gesicht. „Du könntest dir sonst mehr einhandeln, als du willst."

Sie seufzte so tief, dass sie fünfzig Kerzen auf einer Geburtstagstorte hätte ausblasen können. „Das habe ich bereits." Sie drückte ihr Klemmbrett an sich. „Diese Hochzeit verwandelt mich in ein nervliches Wrack."

Jeff nickte. „Fein. Dann brennen wir beide durch."

Sie knirschte mit den Zähnen. Er wusste genau, wovon sie sprach. „Tante Connies Hochzeit!"

Sein Blick hielt sie fest. „Richtig, du hast das ja schon beim ersten Mal gemacht."

Sie hatte genug. „Jefferson Hewitt Drumm, wenn du dich nicht gut aufführst, geh weg!"

„In Ordnung." Er hob lachend die Hände. „Was brauchst du?"

Carole Ann blickte auf die Tische, die noch aufgestellt und gedeckt werden mussten, sowie auf das Zelt, das zusammengebrochen vor ihr lag, und sie dachte an die Käfige mit den Tauben, die im Vorgarten standen. Diese Hochzeit konnte niemals rechtzeitig über die Bühne gehen. „Ich brauche noch eine Woche."

Jeffs Blick strich so vertraulich über ihr Gesicht, dass sie geschworen hätte, die Berührung körperlich zu spüren. „Ja, ich auch."

Zum erstenmal an diesem Morgen hatte sie das Gefühl, als würde die Zeit stillstehen, als wäre sie in einer Zeitlupenszene in einem Film gefangen.

Jetzt war weder der richtige Zeitpunkt noch der richtige Ort dafür. Vielleicht gab es keinen richtigen Zeitpunkt. Sie fuhr sich mit der Zungenspitze über die Lippen. „Hilf einfach Ham beim Aufstellen des Zelts, ja?"

Jeff hätte etwas anderes viel lieber getan, etwas mit ihr, das niemand sehen konnte. Doch er musste Kompromisse schließen. Schließlich ging es um eine Hochzeit. Und später war auch noch Zeit. „Gern."

„Danke." Sie war schon halb bei der Hintertür, als sie plötzlich stockte und zurückeilte.

Er drehte sich rechtzeitig um und sah sie näher kommen, und er dachte, dass er eine Möglichkeit finden musste, dass sie ständig barfuß blieb, bis zum Hals hinauf.

„Wo sind deine Kleider?", fragte sie und hörte die Männer kichern.

Jeff blickte an sich herunter. „Ich habe sie an. Warum?"

Sie war absolut nicht in der Stimmung, um sich necken zu lassen.

„Ich meine für die Hochzeit. Du wirst doch nicht als Beistand des Bräutigams in Jeans erscheinen, oder?“ Bei Jeff konnte sie so gut wie nichts mehr vorhersehen.

Er hätte beinahe laut aufgelacht, aber dann hätte sie ihm den Kopf abgerissen. „Junge, du klappst leicht unter Druck zusammen, nicht wahr?“ Er sah das Gewitter in ihren Augen heraufziehen und fügte hastig hinzu: „Mein Anzug hängt in einer Kleidertasche im Gästezimmer.“ Er hob einladend eine Augenbraue. „Vielleicht hilfst du mir später hinein.“

„In die Kleidertasche?“ Jetzt lachten die Männer über ihn. „Du kannst auf mich zählen. Besonders, wenn ihr diesen Pfosten nicht rechtzeitig aufstellt.“ Sie deutete auf das Zelt, wirbelte auf dem Absatz herum und war weg.

„Die Lady ist recht nervös“, stellte Ham fest und griff nach einer Ecke des Zelts.

Jeff betrachtete Carole Anns Hüftschwung, als sie zum Haus eilte. „Ich habe vor, später ihre Nervosität abzubauen.“

Ham packte den umgestürzten Pfosten. „Du hast noch immer was für sie übrig, richtig?“

Jeff wandte sich der Arbeit zu. „Ich hatte immer was für sie übrig und werde immer was für sie übrig haben. Wir wollen mal sehen, ob du Energie in deinen Armen hast oder nur die Lippen bewegen kannst, Ham. Wir müssen dieses Zelt aufstellen, bevor sie zurückkommt und einen Anfall bekommt.“

„Du bist der Doc.“ Ham packte das untere Ende des Pfostens. Die anderen scharten sich hinter ihm und halfen beim Aufrichten.

Carole Ann hörte die Jubelrufe, als der Pfosten stand und gesichert war. Ein Problem erledigt, zweihundert noch zu erledigen, dachte sie und machte ein Zeichen auf ihrem Block.

Irgendwie wurde in den nächsten zwei Stunden aus dem Chaos eine Art halber Ordnung. Aber nichts schien nach Plan zu verlaufen. Der Bräutigam kam zu zeitig, der Geistliche später als versprochen. Beide gaben Carole Ann Anlass zur Sorge.

Sie trug jetzt das knielange rosa Chiffonkleid einer Ehrenjungfer, das bei jeder Bewegung um ihre Beine wirbelte, hielt noch immer ihr Klemmbrett in der Hand und schien überall gleichzeitig zu sein. Nacheinander ordneten sich die Dinge, während sie einzelne Punkte abhakte und sich am Rand noch mehr Notizen machte.

Jeff prallte mit ihr an der Küchentür zusammen. Er trug einen perlgrauen Anzug mit einem hellblauen Hemd. Nach einem flüchtigen Blick auf ihn beschleunigte sich Carole Anns Puls ein wenig. Sie schrieb es dem Umstand zu, dass sie im Haus herumgerast war.

Er stützte sie, betrachtete sie bewundernd und sah dann auf ihr Klemmbrett. „Allmählich glaube ich, dass dieses Ding fest mit deinem Körper verbunden ist." Es befand sich zwischen ihnen, und Jeff schob es behutsam beiseite. „Im schlimmsten Fall kann es chirurgisch entfernt werden." Seine Augen funkelten neckend. „Es könnte sich sonst störend auswirken."

Carole Ann hatte dafür keine Zeit, jetzt nicht und überhaupt nie. Besonders jetzt nicht. Das Haus quoll von Gästen über, und es waren nur noch fünfzehn Minuten bis zur Zeremonie. Seit mehr als einer Stunde hatte sie nicht mehr nach Tante Connie geschaut, und sie hatte die schreckliche Vision, dass die Tante noch im Unterkleid auf ihrem Bett saß.

Carole Ann krampfte besitzergreifend ihre Finger um das Klemmbrett. „Es stört nicht, wenn ich etwas brauche, um es dir auf den Kopf zu schlagen." Sie blickte zu dem zweiten Schlafzimmer. „Ist Emmett bereit?"

Ihm gefiel die leichte Atemlosigkeit in ihrem Tonfall. Sie hätte ihm noch besser gefallen, wäre er der Grund dafür gewesen. „Er ist schon seit dem Morgen bereit." Jeff strich mit seinen Fingern über ihre Wange. „Einige von uns sind schon viel länger bereit."

Carole Ann fühlte sich plötzlich wie auf einer Wolke schwebend. Wie konnten die Fingerspitzen eines Mannes so verdammt aufreizend sein? Sie musste sich darauf konzentrieren, was sie tat. Sie wich zurück und prallte beinahe gegen das Tablett mit den Hors d'oeuvres auf dem Tisch.

„Jetzt ist keine Zeit für eine lange Diskussion."

Er hielt sie fest. „In Ordnung", räumte er ein. „‚Ich habe etwas falsch gemacht' ist eine sehr kurze Erklärung."

„Du hast etwas falsch gemacht?" Obwohl ihr die Zeit davonlief, fragte sich Carole Ann, worauf er hinauswollte. Meinte er, dass er mit ihnen beiden etwas falsch gemacht hatte?

Jeff schüttelte den Kopf. „Nein, du solltest ‚Ich habe etwas falsch gemacht' sagen."

Sie reckte starrsinnig das Kinn vor. „Ich habe nichts falsch gemacht, als ich von Belle's Grove wegging."

Er registrierte das Vibrieren in ihrer Stimme. Das reichte ihm. „Aber?"

Die Zeit verpuffte. „Ich habe es falsch gemacht, weil ich mit Cal wegging. Ich habe es falsch gemacht, weil ich es dir nicht gesagt habe. Ich habe es falsch gemacht, weil du es dadurch von anderen erfahren musstest." Die Luft ging ihr aus. „In Ordnung?"

„In Ordnung." Seine Miene wurde sanfter, als er ihr Kleid betrachtete. Die Corsage schmiegte sich um ihren Körper. „Du siehst in diesem Kleid sehr sexy aus."

Carole Ann zuckte befangen die Schultern, wusste, dass sie gehen sollte, und wollte noch einen Moment bleiben. „Ich sollte tüchtig und nicht sexy aussehen."

„Warum?"

Sie suchte nach einem Grund und musste sich eingestehen, dass sie eigentlich keinen hatte. „Dies ist eine Hochzeit, und ich kümmere mich darum."

„Tüchtig kann sehr sexy wirken."

Wie konnte sie da widersprechen? „Du bist hoffnungslos, weißt du das?"

Ihre Schultern waren nackt. Er strich darüber und beobachtete, wie Carole Ann reagierte. „Im Gegenteil, ich bin sogar sehr hoffnungsvoll." Diesmal ließ er sie zurückweichen. Es wurde Zeit, Emmett zu holen. „Wir sehen uns an der Spitze des Hochzeitszuges, Schönheit."

Sie hatte schon einen Fuß auf der Treppe. „Die Spitze gehört Braut und Bräutigam", verbesserte sie.

Er blinzelte ihr zu. „Ja, ich weiß."

Carole Ann gab auf. „Sorge nur einfach dafür, dass alle in den Garten kommen, ja?"

„Betrachte es als geschehen."

Eine sehr dünne Stimme forderte Carole Ann zum Eintreten auf, als sie klopfte. Connie saß in ihrem Hochzeitskleid auf dem Bett und hatte die Hände ineinander verkrampft. Keine Braut hat jemals hübscher ausgesehen, dachte Carole Ann bewundernd.

Connie blickte zu ihrer Nichte auf und lächelte ein wenig. „Ich glaube, jetzt bekomme ich endlich dieses große Zittern vor der Hochzeit, von dem du gesprochen hast."

Carole Ann empfand Mitleid mit Tante Connie. Dann dachte sie an das Haus voller Gäste, und ein Hauch von Panik dämpfte ihr Mitgefühl.

Was sollte sie den Leuten sagen, falls…

„Bedenken?", fragte Carole Ann.

Connie sah sie verwirrt an. Warum sollte sie Bedenken haben, wenn sie einen so wundervollen Mann wie Emmett heiratete? „Oh nein, niemals! Ich habe nur Angst, dass ich stolpern könnte, wenn ich vor den Geistlichen trete."

Carole Ann unterdrückte den Wunsch, vor Erleichterung zu lachen, und tätschelte die Hand ihrer Tante. „Mach kleine Schritte, und alles geht gut. Du wirst es schon schaffen." Sie hetzte zur Tür. Es war Zeit, der Organistin das Zeichen zu geben. Auf der Schwelle zögerte sie, drehte sich um und kam zurück.

Connie blickte überrascht auf, als Carole Ann sich neben ihr auf das Bett setzte. Sie umarmte ihre Tante. „Ich liebe dich, Tante Connie."

Gerührt schniefte Connie und drückte ihre Nichte an sich. „Ich liebe dich auch."

Carole Ann ließ sie los. „Ich bin so froh, dass du jemanden gefunden hast, den du lieben kannst."

Connie strahlte und strich ihr Kleid glatt. „Das war eine nette Überraschung, nicht wahr?" Sie sah ihre Nichte bedeutungsvoll an. „Weißt du, das Leben kann voll von netten Überraschungen sein, wenn du es zuläßt."

Carole Ann verdrehte die Augen, lächelte jedoch. „Nicht wieder Reklame für Jeff!"

„Du wirst schon selbst deinen Weg finden, meine Liebe. Du brauchst kein Drängen von mir." Connie erhob sich von dem Bett und betrachtete sich in dem Spiegel, ehe sie nach dem Bukett aus weißen Gänseblümchen und rosa Nelken griff. „Ich bin bereit."

Carole Ann drückte ihrer Tante rasch einen Kuss auf die Wange und ging zur Tür. „Ich laufe vor und sage, dass sie anfangen sollen."

Carole Ann fing Jeffs Blick auf, als sie den Garten betrat. Er sah sie fragend an, und sie nickte leicht.

Sie wandte sich der Organistin zu, die in der Nähe des Hauses saß. „In Ordnung, Sie können beginnen."

Die ersten Klänge des Hochzeitsmarsches drangen durch die Luft, als der Himmel plötzlich mit Vögeln erfüllt war. Tauben! Richard hatte die Tauben freigelassen, und jetzt flatterten sie überall herum.

„Oh Gott!“ Carole Ann stöhnte.

Brandon hatte begonnen, den weißen Läufer entlangzugehen, der von dem Haus zu dem blumengeschmückten Bogen führte, unter dem der Geistliche wartete. Rasch gab Carole Ann ihm das Zeichen stehenzubleiben. Brandon, der die beiden Ringe auf einem Kissen aus rosa Satin balancierte, lachte begeistert auf, während er die Tauben am Himmel betrachtete. Klappstühle wurden links und rechts gerückt, damit die Leute besser sehen konnten.

Carole Ann hastete zu der Seite des Hauses. Richard hatte gerade den letzten Käfig geöffnet. „Was machen Sie da?“, rief sie.

Er stand verwirrt auf. „Sie haben gesagt, wir sollen anfangen.“

„Das galt der Organistin, nicht Ihnen!“ Sie hätte ihn umbringen können. „Die Tauben sollten am Ende der Zeremonie freigelassen werden!“

Richard murmelte etwas, das wäre doch nicht sein Fehler, und knallte die Tür des Käfigs zu.

Eine Hand legte sich beruhigend auf ihre Schulter. Sie drehte sich um und fand Jeff hinter sich. „Es läuft eben anders.“ Er nickte Richard zu und zog Carole Ann fast gewaltsam mit sich. „Wir flattern einfach zum nächsten Punkt.“

Sie schoß ihm einen giftigen Blick zu. „Das war wohl der schlechteste Witz auf der ganzen Welt!“

„Der beste, der mir eingefallen ist.“

Carole Ann blickte seufzend zum Himmel. Die Tauben kehrten in ihre Käfige zurück. „Es hätte wahrscheinlich schlimmer kommen können, wenn Ham und seine Freunde die Tauben für Schießübungen benutzt hätten.“

„Das sieht dir ähnlich.“ Jeff nickte. „Immer ein paar wundervolle Worte auf den Lippen.“

Die letzte Taube flog zu ihrem Käfig. Die Gäste nahmen wieder ihre Positionen ein.

Carole Ann stieß die Luft aus. Tante Connies Hochzeit, dachte sie und schüttelte den Kopf. Mrs. Matthews, die Organistin, sah sie fragend an und schüttelte ebenfalls den Kopf.

„Ja.“ Carole Ann formte lautlos die Worte. „Weitermachen!“ Sie gestikulierte. „Spielen!“

Zu ihrer Erleichterung setzten die Klänge des Hochzeitsmarsches erneut ein. Die aufgeregten Stimmen legten sich.

Carole Ann schwor sich, dass dies die letzte Hochzeit war, mit der sie jemals wieder etwas zu tun haben wollte. Sie stellte sich rechts neben den Geistlichen.

Stille senkte sich über die Versammelten.

Carole Ann hätte nicht gedacht, dass sie weinen müßte.

So wenig kannte sie sich also. Die Tränen begannen zu fließen, sobald sie Brandon langsam den Gang zwischen den Sitzreihen entlangmarschieren sah, und sie liefen erst recht, als ihre Tante auftauchte und zeitlos schön aussah.

„Vorsicht, die Leute werden dich für sentimental halten!“, flüsterte Jeff ihr ins Ohr.

Sie schniefte und wünschte sich ein Taschentuch. „Ich bin nur allergisch gegen dieses Federvieh.“

Jeff fischte sein Taschentuch hervor und reichte es ihr, während der Geistliche Tante Connie und Emmett zu Mann und Frau erklärte. „Das waren weiße Friedenstauben.“

Sie wischte sich über die Augen und gab ihm das Taschentuch zurück. „Was auch immer…“

Ein Blitzlicht flammte auf, als der Berufsfotograf, den Tante Connie einst als Babysitterin betreut hatte, diesen wichtigen Augenblick für das Familienalbum festhielt. Die Gäste applaudierten, während Emmett die Braut küsste. Noch mehr Blitzlichter.

Jeff beugte sich zu Carole Ann. „Wir werden keine Tauben auf unserer Hochzeit haben“, versprach er.

Um sie herum wurden Stühle zusammengeklappt und von Ham und seiner Mannschaft beiseite geräumt. Es geschah ohne ihre Überwachung. Carole Ann war zu sehr damit beschäftigt, Jeff abzublocken.

„Wir werden keine Hochzeit haben!“, fauchte sie. „Wir haben nicht mal eine Beziehung!“ Die Band, die sie engagiert hatte, begann zu spielen. Carole Ann hörte nur das Hämmern ihres Herzens. „Wir haben gar nichts!“

„Ganz, wie du willst“, stimmte er ihr liebenswürdig zu.

Am liebsten hätte sie ihn auf der Stelle verprügelt. Dieses Bedürfnis verschwand jedoch, als er sie in die Arme nahm. Nur nervöse Sprungbereitschaft blieb. „Was machst du?“

„Wir sind Beistand und Ehrenjungfer. Das ist der erste Tanz. Man erwartet von uns, dass wir tanzen.“ Jeff deutete mit einem Kopfnicken auf Tante Connie und Emmett.

Carole Ann war so damit beschäftigt gewesen, Jeff auf Abstand zu halten, dass sie nicht bemerkt hatte, dass sie beide mitten auf dem Platz standen, der für den Tanz reserviert war. Neben ihnen tanzte das jüngste Brautpaar von Belle's Grove vor allen Freunden und Nachbarn.

Carole Ann wurde rot. „Natürlich." Sie legte ihre Hand in die seine und blickte dann überrascht auf. Er grinste nur jungenhaft. Carole Ann wurde es dabei ganz warm. „Du hältst mich zu eng, Jeff!" Sie sah sich um, weil sie befürchtete, die anderen könnten es auch bemerken.

Falls dies so war, zeigte es jedoch niemand. Emmett und Connie schienen die ganze Aufmerksamkeit auf sich zu ziehen

„Nicht annähernd eng genug", flüsterte Jeff an ihrem Ohr. „Bei weitem nicht eng genug."

Sie versuchte, Abstand zu gewinnen, aber es mißlang. „Noch näher, und ich lande in deiner Brusttasche."

„Wäre das so schlimm?"

Seine Worte brachen jeglichen Widerstand. „Vielleicht nicht, aber nicht hier."

Langsam schob er seine Hände über ihren Rücken. Es gefiel ihm, dass sie erschauerte. Er ging ihr unter die Haut. Allmählich ging er ihr unter die Haut.

„Ich könnte mich später mit dir treffen."

Sie schüttelte den Kopf. „Ich muss aufräumen."

„Später", wiederholte er.

Sie geriet ins Wanken, blieb aber standhaft. Keine Fehler mehr! „Danach muss ich packen."

Er schaute ihr in die Augen und suchte nach etwas, das er erst erkennen konnte, sobald er es gefunden hatte. „Du willst noch immer abreisen?"

Carole Ann nickte. Ihre Kehle war trocken. „Ich muss."

„Warum?"

Dieselbe Frage war ihr auch durch den Kopf gegangen. „Weil mein Job und mein Leben in L.A. sind."

„Dein Leben ist da, wo du bist." Er wirbelte sie plötzlich unter dem Beifall der Gäste herum.

Warum tat er ihr das an? „Ich habe keine Zeit für Sinnsprüche, Jeff. Ich muss zurück. Es gibt einen festen Ablieferungstermin für eine Story."

Er verschlang seine Finger mit den ihren, als hätte er sie damit zurückhalten können. „Du kannst deinen Computer überall anschließen. Als ich das letzte Mal nachsah, hatte Belle's Grove gerade elektrischen Strom bekommen."

„Ich weiß über Belle's Grove nur, dass es einen hartnäckigen Arzt hat, der einfach nicht aufgeben will."

„Richtig", stimmte er ihr entschlossen zu. „Das werde ich auch nicht – nicht noch einmal."

Sie konnte nicht gewinnen. Also blieb nur der Rückzug. Die Musik war verklungen.

„Wenn du mich entschuldigst…" Sie wich zurück. „Der Tanz ist aus." Sie drehte sich um und ging rasch weg.

„Der Tanz ist aus, aber die Melodie bleibt!", rief Jeff ihr nach.

Was, zum Teufel, soll denn das nun wieder heißen? fragte sie sich.

11. KAPITEL

Es war vorüber…

Dieser ganze Wahnsinn, dieses ganze Herumhetzen. Der fiebrige Kampf um genügend Tische und Stühle für den Empfang. Die Blumen, die falsch geliefert und in aller Schnelle ausgetauscht, die Tauben, die zu früh freigelassen worden waren. All das war vorüber.

Carole Ann hätte erleichtert und nicht traurig sein sollen. Doch so war es nicht. Carole Ann verspürte einen scharfen Schmerz, als sie ihre Tante und ihren neuen Onkel umarmte.

Sie drängte unerwartete Tränen zurück, als sie ihre Tante in dem hellblauen Kostüm betrachtete, das sie selbst besorgt hatte. Sie räusperte sich und sah die frisch getrauten Mr. und Mrs. Carson an. „Ihr zwei macht euch eine wunderbare Zeit, verstanden?"

„Tahiti!" Tante Connie seufzte laut. „Und ich war noch nie östlich der Grenze von Missouri."

Jeff beugte sich zu ihrem Ohr und flüsterte so, dass es die anderen hörten: „Tahiti liegt westlich von uns im Pazifik."

Die Verbesserung störte Tante Connie nicht im geringsten. „Siehst du?" Sie wandte sich an ihren frischgebackenen Ehemann. „Ich habe keine Ahnung, wo irgend etwas liegt."

Emmett umfaßte ihre Hand. „Ich werde dir gern alles zeigen."

Tante Connie kicherte wie eine junge Braut.

Jeff sah auf seine Uhr. „Ihr beide solltet euch diese langen Blicke für die Rücksitze des Wagens aufheben, sonst versäumt ihr den Flug!" Er musste ohnehin sämtliche Geschwindigkeitsbeschränkungen ignorieren, um rechtzeitig zum Airport zu kommen.

Die Hochzeitsgäste scharten sich um Connie und Emmett und wünschten ihnen eine gute Reise, doch Connie sah nur ihre Nichte.

„Ich lasse dich nur ungern mit der ganzen Arbeit zurück, meine Liebe." Connie blickte sich bedauernd in dem Wohnzimmer um. Carole Ann nahm es mit der Sauberkeit sehr genau, und Connie wusste, dass das Mädchen nicht eher ruhen würde, bevor nicht wieder alles in Ordnung war. Sie blickte zu Jeff. Dabei gab es im Leben viel wichtigere Dinge als Hausputz.

Carole Ann hatte bereits mehr als ein halbes Dutzend Hilfsangebote für das Aufräumen erhalten. „Keine Sorge, ich werde viel Hilfe haben." Sie deutete auf die Menschen im Raum. „Jeder wird zupacken. Geht jetzt, los!" Sie deutete zur Vordertür.

Doch Connie blieb wie angewurzelt stehen und schaute ihre Nichte traurig an. „Du wirst nicht hiersein, wenn ich zurückkomme, nicht wahr?“, fragte sie leise.

Carole Ann schüttelte den Kopf. „Nein. Brandon und ich müssen nach Hause. Die Hochzeit ist vorüber.“ Warum, um alles in der Welt, war ihr nach Weinen zumute?

Connie presste die Lippen aufeinander. „Dann ist es wirklich ein Abschied.“

Carole Ann hasste plötzlich den Klang dieses Wortes. Abschied...

„Emmett wird dich zu uns nach L.A. zu Besuch bringen.“ Sie sah zu Emmett. Er nickte. „Ich bestehe darauf, ja?“ Sie drückte die Hand ihrer Tante.

Connie wurde auffallend nachdenklich. Sie drängte Tränen zurück, als sie sich zu Brandon wandte und die Arme ausbreitete. Der Junge schmiegte sich an sie, als wäre er an ihrem üppigen Busen zu Hause. „Paß auf deine Mama auf“, wies sie ihn an und ließ ihn los, ehe sie sich wieder hochstemmte.

Brandon lächelte befangen und sah Jeff an. „Ich versuche es.“

Nur Connie und Emmett bemerkten sein Blinzeln.

Connie seufzte. „Leb wohl, meine Liebe!“ Sie umarmte Carole Ann noch einmal und wünschte sich, dieser Moment würde länger dauern. „Und hab' keine Angst, deine Entscheidungen noch einmal zu überdenken.“

„Das Flugzeug!“, drängte Jeff freundlich.

„Komm, Constance. Niemand wird die Maschine für uns zurückhalten, ganz gleich, wie schön du auch in diesem Aufzug aussiehst.“ Sanft ergriff Emmett seine Frau am Arm und führte sie zur Tür hinaus. Carole Ann folgte ihnen, und Brandon lief neben ihr her und winkte wie von Sinnen.

Sie hörte ihre Tante schniefen, als sie und Emmett zu dem Wagen gingen, den Jeff für diesen Anlass gemietet hatte.

Jeff ergriff Carole Ann am Arm und lenkte ihre Aufmerksamkeit auf sich. „Ich komme vorbei, wenn ich die beiden zum Flughafen gebracht habe.“ Er suchte in ihrem Gesicht zu lesen, dass sie das wollte.

Carole Ann konnte nur steif nicken und kämpfte gegen Empfindungen, die sie völlig verwirrten. „Nur, wenn es dir passt“, murmelte sie und strengte sich sehr an, nicht vor ihm zu weinen.

„Vielleicht wird es zu spät sein, um vorbeizukommen“, fügte Jeff hinzu und folgte Emmett und Connie die Stufen hinunter.

Carole Ann hatte keine Ahnung, wie sie seine Worte verstehen sollte, es sei denn, er hatte sie aufgegeben.

Das bittere Gefühl verstärkte sich. Dies ist ein glücklicher Anlass, redete sie sich ein. Ihre Tante trat ihre Flitterwochen mit einem perfekten Mann an, und sie selbst konnte endlich wieder ihr eigenes Leben fortführen. Wieso hatte sie den Eindruck, gerade ihren besten Freund verloren zu haben? Schlimmer noch, den Grund zum Leben überhaupt?

Mit achtundzwanzig war sie zu jung für eine Midlife-Krise.

Sie sah, wie ihre Tante von den Rücksitzen winkte, bis der Wagen verschwunden war. Carole Ann seufzte.

„Komm, Brandon, es gibt viel zu tun." Sie ergriff seine Hand und wollte ihn ins Haus führen.

Der Junge hatte andere Pläne für den Rest des Tages. „Ach, Mom!"

„Arbeit bildet den Charakter, Brandon." Sie unterdrückte ihr Lächeln, als sie die Schwelle überschritt.

„Dann ist hier drin bestimmt viel Charakter, was, Mom?" Er betrachtete die Frauen im Wohnzimmer, Hochzeitsgäste, die wieder in die Rolle von Freundinnen geschlüpft waren und eifrigst aufräumten.

Carole Ann war sprachlos bei dem Anblick, bis sie sich daran erinnerte, dass das hier so üblich war. Jeder, der das Haus und den Garten geschmückt hatte, half, alles in Ordnung zu bringen.

Carole Ann übertrug Brandon und seinen Freunden Aufgaben. Alle anderen arbeiteten, ohne dass man ihnen sagte, was zu tun war.

Sie war überrascht, als sie den Wagen des Blumenhändlers vorfahren sah. Warum kam der Mann zurück? Sie hatte die Rechnung sofort beglichen.

Der große hagere Mann kratzte sich am Kopf, als er die Fliegengittertür aufstieß und mit einem Kopfnicken auf die großen Körbe mit Blumen an der Treppe deutete.

„In der ganzen Verwirrung habe ich vergessen, dass ich später wiederkomme ... ich meine, jetzt. Ich meine..." Er räusperte sich. „Ich hole alle Körbe ab, die Sie nicht haben wollen."

Das kam ihr sonderbar vor. „Um sie noch einmal zu verwenden?"

„Nein, Ma'am." Sein Adamsapfel hüpfte. „Wir bringen sie in die Nachbarstadt. Das Krankenhaus dort schmückt damit die Zimmer der Patienten."

Großzügigkeit. Wie oft hatte sie das kitschig und langweilig gefunden. Sie schämte sich. Carole Ann schob den Mann zu den Blumenarrangements. „Sicher. Ich brauche sie nicht, und Tante Connie wird fort sein…“

Carole Ann unterbrach sich. Gewohnheit ließ sie nicht erwähnen, dass das Haus eine Zeitlang leerstehen würde.

Dann wurde sie rot. Dieses Denken passte nach L.A., nicht nach Belle’s Grove. Hier wurden die Türen nachts nie verschlossen, es sei denn, ein heftiger Wintersturm sollte daran gehindert werden, durch das Haus zu fegen.

„Zwei Wochen“, schloß sie. „Sie können also alle Blumen mitnehmen, auch die aus dem Garten. Brauchen Sie Hilfe?“

„Nein, das geht schon, danke.“

Sie sah sich im Wohnzimmer um und kam sich wie das fünfte Rad am Wagen vor. Nun, es gab noch anderes, worum sie sich kümmern musste. Sie eilte in die Küche, weil sie sich nützlich machen musste. Wenn sie etwas tat, konnte sie nicht nachdenken.

In der Küche waren die drei Frauen, die alles ausgestattet hatten, eifrig damit beschäftigt, die Reste für Carole Ann einzupacken. Der Stapel auf dem Küchentisch nahm Ähnlichkeit mit einem Wolkenkratzer im Bau an. Carole Ann überlegte, ob jeder Gast etwas von dem Essen mit nach Hause nehmen sollte.

„Stimmt etwas nicht?“ Während sie fragte, hüllte Rita Renfield ein Tablett mit Crackers und Käse in Klarsichtfolie.

Carole Ann schüttelte den Kopf. „Nein, alles war wunderbar. Ich habe nur keine Verwendung für so viel Essen.“ Sie blickte zu dem Kühlschrank. Er war nicht einmal groß genug für die Reste. „Ganz zu schweigen von dem Platz. Es wäre ein Jammer, wenn das alles verdirbt.“

Rita wechselte Blicke mit den beiden anderen Frauen.

„Nun“, meinte sie, „wenn du es nicht behalten willst, könnten wir es zum Wohnwagenpark bringen. Ein paar von den Familien dort geht es nicht besonders gut. Sie könnten das hier sicher gebrauchen.“ Damit deutete sie auf den Tisch.

Carole Ann hatte vergessen, dass die Leute in Belle’s Grove sich stets umeinander kümmerten. Was hatte sie noch vergessen, während sie in Los Angeles lebte?

„Sehr gern.“ Sie öffnete das Schubfach und zog noch eine Klarsichtrolle heraus.

Rita nahm ihr die Rolle ab wie eine freundliche Lehrerin, die auf dem Schulhof den Stock eines Kindes konfiszierte. „Nein, das geht schon in Ordnung. Mach dir keine Mühe. Wir haben alles unter Kontrolle. Du hast bestimmt eine Menge anderes zu tun."

Rita warf sie geradezu aus ihrer eigenen Küche. Das heißt, dachte Carole Ann, es ist früher meine Küche gewesen. Jetzt bin ich nur zu Besuch hier.

Rita irrte sich. Carole Ann hatte nicht eine Menge anderes zu tun. Das wurde ihr bewußt, sobald sie den Garten betrat.

Ham und seine Mannschaft waren viel geschickter beim Abbau des riesigen Zeltes als beim Aufstellen. Die Arbeit ging doppelt so schnell vonstatten. Und die Tische und Stühle, die sie geliehen hatten, wurden von ihren Besitzern mit nach Hause genommen.

Brandon und seine Freunde hatten den Garten von Abfällen gesäubert.

Es gab nichts für sie zu tun, keine Möglichkeit, sich in Arbeit zu verlieren.

Ruhelos versuchte Carole Ann es noch einmal im Wohnzimmer.

Es ging zu wie in einem Bienenstock. Die Festdekorationen wurden von der Treppe entfernt, von den Wänden abgenommen und von den Türen gelöst. Carole Ann stand einen Moment reglos da und bewunderte so viel Tüchtigkeit. Und sie hatte ein schlechtes Gewissen, weil sie diese Leute einst für unfähig, hoffnungslos rückständig und simpel gehalten hatte. Und da waren sie nun, halfen ihr, verschönerten das Leben Fremder mit übriggebliebenen Blumen und gaben denen unter ihnen zu essen, die es brauchten. Jedem das Leben ein wenig besser machen – daran war nichts simpel.

Sie dachte simpel, weil sie glaubte, dass der Wohnort etwas mit Welterfahrenheit zu tun hatte.

Janice drehte sich um und hielt eine frisch aufgewickelte Rolle Kreppapier in der Hand. Sie bemerkte den nachdenklichen Ausdruck in Carole Anns Miene und kam zu ihr.

„Was ist los?"

„Ihr braucht das alles wirklich nicht zu machen", sagte Carole Ann hastig.

„Warum nicht?" Janice tat Carole Anns Protest lachend ab. Sie ließ das Kreppapier in den Karton fallen, der ursprünglich den Schmuck enthalten hatte. „Dadurch habe ich eine Gelegenheit, den neuesten Klatsch zu hören, und – was noch wichtiger ist – von den Kindern wegzukommen. Brett hat die kleinen Schätzchen schon vor einer halben Stunde nach Hause gebracht.“ Sie seufzte beglückt. „Vielleicht bleibe ich sogar über Nacht hier.“

Ihre Worte wurden von den anderen Frauen im Raum mit einem Chor zustimmender Rufe begleitet.

Eine Schlummerparty für Erwachsene, dachte Carole Ann amüsiert, betrachtete die Frauen und entwickelte die Idee weiter. Selbst wenn die Partyausstatter das Essen mitnahmen, blieb noch genug im Kühlschrank, um für einen mitternächtlichen Imbiß zu sorgen. Tante Connie hatte vergessen, ihn auszuräumen.

„Das dürft ihr machen“, erklärte Carole Ann ihnen. „Ich reise erst morgen früh ab. Ihr könnt alle hierbleiben.“

Das klang verlockend, doch Janice sprach auch für die anderen, als sie die Einladung abschlug. „Führe nicht eine verzweifelte Frau in Versuchung, Carole Ann. Noch verzweifelter, als ich jetzt bin, würde ich morgen früh sein, wenn ich das Chaos in meiner Küche sähe. Brett versorgt seine Familie wundervoll.“ Sie senkte ihre Stimme. „Und er ist ein großartiger Liebhaber.“ Ein paar gedämpfte, wohlwollende Kommentare erklangen hinter ihr. Janice ignorierte sie bewußt. „Aber er kann nicht kochen, und was das Saubermachen angeht…“ Sie verdrehte dramatisch die Augen. „Nein, ich gehe lieber zurück zu meinem Mann. Aber vielen Dank für das Angebot.“ Janice betrachtete den Wohnraum, der wieder in Ordnung war, und nickte zufrieden. „Schätze, das reicht, Ladies.“ Sie wandte sich an Carole Ann. „Sollen wir noch etwas machen, bevor wir gehen?“

Carole Ann schüttelte lachend den Kopf. „Ich könnte dich in meiner Wohnung in L.A. gebrauchen.“

„Tut mir leid, aber das Hin- und Herfahren würde mich umbringen.“ Janice gab ihrer Freundin einen Kuss auf die Wange. „Lass dir bis zum nächsten Besuch nicht so viel Zeit!“

Mit einem vielstimmigen Gruß verließen die anderen Frauen vor Janice den Raum.

„Es war großartig, dich wiederzusehen. Oh…“ Janice drehte sich zu Carole Ann um. „Besteht irgendeine Chance, dass wir unsere Namen gedruckt sehen?“

Carole Ann lächelte und dachte an die Tauben. Nachdem nun dieser Vorfall und die Hochzeit hinter ihr lagen, bekam alles einen humorvollen Anstrich.

Sie nickte, und der Artikel nahm bereits erste Formen in ihren Gedanken an. „Eine sehr gute Chance.“

Janice quietschte vor Begeisterung. Sie war stets darauf stolz gewesen, dass Carole Anns Artikel in großen Magazinen veröffentlicht wurden.

„Warte, bis ich das Brett erzähle! Er hat ja immer befürchtet, dass du in L.A. untergehen wirst. Er sagte, dass die Stadt alle, die etwas erhoffen, anzieht und sie dann zum Frühstück verspeist."

Von ihrem jetzigen Standpunkt erschien das Carole Ann wie eine passende Beschreibung. Nein, das war nicht fair. Immerhin hatte sie es geschafft. Sie hatte in einem vierzehntägig erscheinenden Magazin ihre eigene Kolumne, und sie war als freie Mitarbeiterin für größere Zeitschriften tätig, sie hatte drei teure Bücher auf den Markt gebracht, und dann trug sie sich noch mit einer Idee für einen Film.

„Ich bin so stolz auf dich. Also, ich muss los. Wir sehen uns!" Janice eilte aus dem Haus, als Rita gerade hinter Carole Ann trat.

„Ich habe dir etwas von der Hochzeitstorte gelassen", sagte sie zu Carole Ann. „Sie schmeckt immer so gut zum Frühstück." Lachend klopfte sie gegen ihre ziemlich füllige Gestalt. „Wie du sehen kannst. Und dann steht ein Tablett mit Hors d'oeuvres auf dem Tisch, falls du heute abend noch etwas essen willst." Sie kehrte in die Küche zurück, um die Reste zu ihrem hinter dem Haus geparkten Wagen zu bringen. „Die Leute im Wohnwagenpark werden dir sicher dankbar sein."

„Es war Ihr Vorschlag", entgegnete Carole Ann.

Rita blieb an der Schwingtür stehen. „Ich könnte Vorschläge machen, bis ich blau anlaufe. Du hast die Entscheidung getroffen." Rita musterte sie einen Moment. Carole Ann war mit ihrer Ruth zur Schule gegangen, und die beiden hatten jahrelang miteinander gespielt. Rita kannte sie genauso- gut wie alle anderen. „Setz dich nicht selbst herab, Carole Ann. Das war immer dein Problem. Du hast alles schwarz und weiß gesehen. Grau tut es auch." Sie tätschelte Carole Anns Hand. „Bevor ich gehe, wollte ich dir noch sagen, dass du dich sehr gut entwickelt hast."

Das Kompliment klingt schön, fand Carole Ann. Sie freute sich darüber.

Nach und nach gingen Tante Connies Hochzeitsgäste und sorgten dafür, dass Ordnung zurückblieb. Ausgenommen in Carole Anns Seele.

Als Carole Ann die Tür hinter den letzten Gästen schloß, dachte sie, dass es in ihrer Seele wie in einer totalen Katastrophenzone aussah – hohl und elend.

Depression über ein leeres Nest. Sie lachte leise. Mal abwarten, wenn Brandon heiratete. Dann musste es sie wirklich erwischen. Aber das lag wenigstens noch weit in der Zukunft.

Sie blickte hoch, als sie den Lärm hörte. Brandon kam wieder die Treppe herunter, eine zusammengerollte Decke unter dem Arm, und schleppte einen Sack mit dem Nötigsten hinter sich her.

„Hey, wohin gehst du?"

Er sah seine Mutter ungeduldig an. Der kratzige Anzug gehörte der Vergangenheit an, und er trug jetzt ein gestreiftes T-Shirt und Shorts. „Die Schlummerparty bei Jimmy. Hast du es vergessen?"

Richtig, sie hatte ihm erlaubt, die Nacht nebenan zu verbringen. Da hatte sie allerdings mit der Schneiderin telefoniert und letzte Änderungen besprochen und war völlig abgelenkt gewesen. Vor allem war ihr nicht klar gewesen, wie leer es ihr in dem Haus vorkommen würde, nachdem alle gegangen waren.

„Ja, aber ich dachte…" Sie verstummte, während sie nach einer Ausrede suchte, weshalb er bleiben sollte. „Ich dachte, wir beide könnten uns einen Film ansehen und…"

Sie bemerkte, wie sich sein Gesicht in die Länge zu ziehen schien. Resigniert machte Brandon einen Schritt zurück zur Treppe und war bereit, Decke und Sack wegzulegen.

Wie kam sie dazu, ihren Sohn zu zwingen, zu Hause zu bleiben, weil sie Schwierigkeiten hatte, emotional mit den Umständen fertig zu werden? Carole Ann legte sich Zurückhaltung auf und dachte um.

Sie schnippte mit den Fingern. „Nein, schon gut. Mir ist gerade eingefallen, dass ich noch ein paar Sachen nachholen muss. Ich muss etwas schreiben", fügte sie hastig hinzu, weil sie wusste, dass Brandon dann keine weiteren Fragen stellen würde. Immerhin verdiente sie mit Schreiben ihren Lebensunterhalt. „Ich fürchte, ich kann mir keinen Film mit dir ansehen."

Er war schon halb zur Tür draußen. „Großartig. Ich meine … sicher nicht?"

Carole Ann lächelte. Er würde einen lausigen Pokerspieler abgeben. „Sicher nicht."

Seine Augen strahlten. „Weil Jimmy mein bester Freund für alle Zeiten ist – nach Dr. Jeff und dir natürlich."

Vielleicht kein Pokerspieler, aber ein geborener Diplomat, dachte sie. „Weißt du, dass du zum erstenmal bei jemand anderem schläfst?" Bisher hatte Brandon alle Einladungen abgelehnt.

„Wahrscheinlich bin ich alt genug."

„Ja." Sie seufzte. „Das bist du." Sie öffnete die Fliegengittertür, während er mit seinen Sachen kämpfte. „Viel Spaß."

„Mach's gut, Mom." Brandon trabte selbstsicher und zufrieden hinaus. Dann blieb er stehen, ließ Decke und Sack fallen und lief zu ihr zurück. „Tut mir leid." Er gab ihr rasch einen Kuss auf die Wange und umarmte sie. „Hätte ich fast vergessen."

„Hauptsache, du hast es nicht vergessen." Ihr Herz floß über von Liebe für den kleinen Mann, den sie ganz allein großgezogen hatte. Nicht so schlecht, wenn sie das selbst feststellen durfte.

Sie schloß langsam die Tür.

Das Haus schien größer und leerer und einsamer als je zuvor zu sein.

Sie tat sich selbst sehr leid, obwohl sie keine Ahnung hatte warum. Ihre Tante war verheiratet, und ihr Sohn benahm sich endlich wie ein normaler kleiner Junge. Und am nächsten Tag würden sie in der Maschine nach Los Angeles sitzen und zu ihrer Arbeit und allem zurückkehren, das sie liebte.

Und das ihr etwas bedeutete.

Zu allem, woran ich gewöhnt bin, verbesserte sie sich.

Carole Ann ging langsam durch das Haus. Es gab nichts zu tun. Sie fand nichts, das in Unordnung war.

Alles war erledigt.

Ausgenommen das Packen.

Carole Ann seufzte. Sie konnte ruhig schon damit beginnen.

Sie drehte sich um und steuerte die Treppe an. Aber sie kam nicht über die dritte Stufe hinaus. Sie wollte noch nicht nach oben gehen und packen. Vielleicht später.

Eine Depression umschloß sie wie eine Mauer. Es gab keinen Grund, sich mit dem Packen und Weggehen so zu beeilen wie vor Jahren. Sie hatte nicht mehr das Bedürfnis zu fliehen.

Carole Ann strich geistesabwesend mit einem Finger über das Geländer, während sie beide Füße fest gegen den Boden stemmte. Nein, diesmal wollte sie Belle's Grove nicht verlassen. Doch sie war Realistin. Sie war nur auf Urlaub hier. Sie hatte ein Leben, zu dem sie zurückkehren musste. Sie war hier weggegangen, weil es zu kleinstädtisch war, zu beengend. Sie mochte die hektischen Lockungen einer Großstadt wie Los Angeles.

Carole Ann ging unruhig in der Küche herum. Sie wusste nicht, was sie mit sich anfangen sollte. Sie wünschte sich, Janice wäre geblieben. Sie brauchte jemanden zum Reden.

Ohne zu überlegen, trat sie ins Freie und setzte sich in den Pavillon. Grillen zirpten.

Was hatte sie wirklich in L.A., abgesehen von dem Lärm und dem Tempo, das Streß erzeugte? Flüchtige Freundschaften und Beziehungen, die stets oberflächlich blieben. Natürlich hatte sie wegen Cal nie zugelassen, dass sich diese Beziehungen entwickelten.

Sie zog die Brauen zusammen. Hätte es einen besonderen Mann gegeben, wäre er in der Lage gewesen, ihre Mauern zu durchdringen, ganz gleich, welchen Widerstand sie ihm auch entgegengesetzt hätte.

Wie Jeff das getan hatte.

Nein, es half ihr gar nicht, an Jeff zu denken. Da gab es für sie keine Möglichkeiten. Sie und Jeff hatten eine gemeinsame Vergangenheit, die sie beide verfolgen würde, wenn sie zuließ, dass es zwischen ihnen ernst wurde.

Sie hatte ehrlich gemeint, was sie zu ihm gesagt hatte. Es war nicht falsch gewesen, dass sie Belle's Grove verlassen hatte. Wäre das nicht geschehen, hätte sie sich stets gefragt, was ihr entging, und sie hätte sich immer über das Leben hier geärgert, anstatt es als das zu schätzen, was es war.

Ein kleines, funkelndes Juwel in einer Welt, die leicht verrückt geworden war.

Doch es war falsch von ihr gewesen, mit Cal wegzugehen. Cal mit seinen dunklen, düsteren Augen, seinem sinnlichen Mund eines Poeten und seinen leeren Versprechungen. Ganz besonders falsch war es gewesen, Jeff zu verlassen, ohne auch nur eine Nachricht zu hinterlegen. Es war dieses verzweifelte Gefühl gewesen, diese Angst, in einer Kleinstadt zu leben und zu sterben, ohne jemals irgend etwas anderes kennengelernt zu haben. Ohne mehr erlebt zu haben. Und Cal hatte mehr, viel mehr versprochen.

Er hatte ihr versprochen, den Mond vom Himmel zu holen.

Jeff hatte ihr nur Stabilität versprochen. Doch was sie für tönerne Füße gehalten hatte, war in Wirklichkeit ein wundervolles Verantwortungsbewußtsein gewesen, ein Mitgefühl, dessen Leidenschaft ihr gar nicht bewußt gewesen war.

Doch es war zu spät für Bedauern und Überlegungen, was gewesen wäre, wenn sie etwas anders gemacht hätte. Ihr Weg war festgelegt, ihr Leben vorgeschrieben. Sie hatte einen wundervollen Sohn, und sie hatte etwas aus sich gemacht. Sie konnte nicht erwarten, es auf drei Gebieten gut zu treffen. Sie konnte nicht auch noch Glück in der Liebe haben.

Jeff und Brandon kamen gut miteinander aus, aber was wurde, wenn er täglich dem Jungen ins Gesicht sah und darin Cal erkannte? Den Mann, der sie dazu gebracht hatte, ihn zu verlassen?

Das wäre zuviel für ihn gewesen.

Abgesehen davon ist Jeff nicht vom Flughafen zu mir zurückgekehrt, dachte sie und schlang die Arme um sich, weil sie eine Kälte fühlte, die nicht in der Luft lag. Er hatte gesagt, er würde zu ihr kommen, aber er hatte es nicht getan.

Sie führte sich wie ein weinerliches Kind auf. Es war besser so. Ein glattes Ende ohne Szene. Wenn sie Glück hatte, sah sie Jeff nicht wieder, bevor sie abfuhr.

Sie wiegte sich hin und her, während die Dämmerung hereinbrach und die Welt verdunkelte. Endlich fand sie einen Namen für den bitteren Schmerz, den sie empfand. Es war Heimweh. Und dabei war sie noch nicht einmal abgereist.

Carole Ann bemerkte nicht, dass ihre Wangen feucht waren. Ihr war nicht einmal bewußt, dass sie weinte.

12. KAPITEL

Es hatte keinen Sinn, das Unvermeidliche aufzuschieben. Ob sie nun gepackt hatte oder nicht, sie musste am nächsten Tag nach L.A. zurück. Also konnte sie sich genausogut an die Arbeit machen. In ihrer Tasche steckten zwei Tickets für den Rückflug, und eine Story wartete auf einer Diskette neben ihrem Computer auf die Fertigstellung. Tante Connie war unterwegs nach Tahiti, und Carole Ann hatte absolut keinen Grund, noch länger zu bleiben.

Keinen logischen Grund.

Mit der Verzweiflung eines Ertrinkenden, der nach allem griff, das ihn an der Oberfläche hielt, erinnerte sie sich daran, dass sie Logik schätzen und die meisten Emotionen ausschalten gelernt hatte. Emotionen brachten nur Ärger. Sie lächelte bedauernd. Ihre Emotionen hatten sie einst beherrscht und dazu gebracht, Cals Fehler zu übersehen, bis diese letztlich auf sie zurückgefallen waren.

Carole Ann stand seufzend auf. Es hatte keinen Sinn, zurückzublicken.

Sie ging in das Haus und in ihr Zimmer hinauf.

Ihr Zimmer.

Das klang nett. Der Raum löste viele Erinnerungen aus. Es hat gutgetan, nach Hause zu kommen, dachte sie, während sie langsam eine Shorts zusammenlegte.

Sie sah sich in dem Zimmer um, als würde sie es zum erstenmal sehen, seit sie weggegangen war. Das hier war ihr Zuhause, nicht ihre Wohnung in Los Angeles. Und das hier würde auch immer ihr Zuhause bleiben, weil hier ihr Herz war. Weil sie sich hier sicher und geliebt fühlte.

Jeff hatte recht gehabt.

Jeff hatte in vielen Dingen recht gehabt.

Carole Ann seufzte tief. Ich mache mich nur verrückt, sagte sie sich. Frustriert knüllte sie eine Bluse zusammen und warf sie in den offenen Koffer auf ihrem Bett. Sie fiel daneben und rutschte auf den Fußboden.

„Neue Methode zu packen?“

Erschrocken wirbelte sie herum. Jeff stand an der Tür und lehnte sich mit einer Schulter gegen den Rahmen. Wie lange beobachtet er sie schon? Sie kam sich wie eine Närrin vor. „Was machst du hier?“

„Herausfinden, dass du nicht in Gefahr schwebst, von einem guten Basketballteam angeworben zu werden.“ Jeff kam zu ihr und hob die

Bluse auf. Anstatt sie in den Koffer zu legen, hängte er sie wieder in den Schrank. „Du hast die Vordertür offengelassen."

Sie riß die Bluse von dem Bügel und ließ sie ungefaltet in den Koffer fallen. Sie konnte sie bügeln, wenn sie nach L.A. kam. „Nein, habe ich nicht."

„Ich habe noch nicht gelernt, Schlösser zu knacken. Das heißt also, dass du die Tür nicht verschlossen hast – wie früher auch." Er lächelte. „Du verfällst wieder in deine alten Gewohnheiten."

Seine Stimme war leise und verführerisch, als er hinter sie trat. Er strich ihr Haar von ihrem Nacken, beugte sich vor und drückte einen Kuss auf ihre Haut.

Carole Ann hatte den Eindruck, dass sich ihre Knochen auflösten, als wären sie in eine chemische Flüssigkeit gelegt worden. „Nicht", hauchte sie.

„Warum nicht?" Mit qualvoller Präzision arbeitete er sich auf die andere Seite ihres Halses vor. Ihre Haut schmeckte süß und einladend. „Ich möchte mit dir einige neue Gewohnheiten entwickeln, damit wir sie bald zu alten Gewohnheiten machen können." Er merkte, wie sie erschauerte und wie es ihn erregte. „Sehr bald."

Mit mehr Anstrengung, als sie je aufgeboten hatte, zog Carole Ann sich zurück. „Dafür ist es zu spät."

Doch er ließ sich nicht abwehren, nicht mit Ausreden, schon gar nicht mit dürftigen. „Es ist halb zehn. Der Abend ist noch jung."

Sie wirbelte herum und sah ihn anklagend an. „Du weißt, was ich meine."

„Nein, das weiß ich nicht." Seine Miene wurde ernst, und es ging fast etwas Drohendes von ihr aus. „Warum sagst du mir nicht, was du meinst?"

Sie ballte die Hände an ihren Seiten zu Fäusten. Also schön, dann war es Zeit, dies endlich auszufechten. Morgen würde sie fort sein, und dann musste sie ihm nicht mehr in die Augen sehen. „Ich weiß, wie tief ich dich durch mein Weggehen verletzt habe. Das ist eine Wunde, die nie heilen kann."

Sein Blick war unheilvoll. Sie wäre beinahe einen Schritt zurückgewichen. „Lass uns eines klarstellen, ja? Du hast keine Ahnung, wie weh du mir getan hast, als du mich verließest. Ich habe mich gefühlt, als hätte mir jemand mein Inneres mit Glasscherben aufgeschnitten. Ich fühlte mich betrogen und einsamer als je zuvor in meinem Leben. Ich starb innerlich."

Es war noch schlimmer, als sie gedacht hatte. Carole Ann wandte sich ab, kämpfte gegen Tränen und wollte fort. Seine Hand legte sich um ihr Handgelenk und nahm sie gefangen. Jeff hob ihr Kinn an und zwang sie, ihn anzuschauen. „Du hast aber auch keine Ahnung, wie gut ich heile. Nur ich kann das wissen."

Sie wischte ihre Tränen weg. „Es tut mir leid", sagte sie heiser. Hätte sie doch nur gewußt, wie sie es an ihm wiedergutmachen konnte. „Ich weiß nicht, was ich sagen soll. Es tut mir sehr, sehr leid."

„Das ist vorbei." In seiner Stimme lag eine Endgültigkeit, die eine Tür zu schließen schien. Er gab ihren Arm frei und trat zurück.

Bedauern und Reue durchfluteten sie, doch es war zu spät. Er hatte es gerade gesagt. Sie hatte kein Recht, um eine zweite Chance zu bitten. „Ich weiß."

Es war offensichtlich, dass sie ihn mißverstanden hatte. „Nicht die Gefühle sind vorbei, Carole Ann, sondern nur das Ereignis."

Sie sah ihn verwirrt an.

„Ich weiß jetzt, dass du weggehen musstest. Wärst du hiergeblieben und hättest jeden Abend auf mich gewartet, wärst du wahrscheinlich nicht geworden, was du heute bist. Schlimmer noch, du hättest es mir übelgenommen, und unsere Beziehung wäre verdorrt." Er hielt noch immer den Abstand zwischen ihnen aufrecht. „Und jetzt bist du geworden, was deinem Potential entspricht, und du hast gesehen, was du sehen wolltest. Acht Jahre lang hast du Reisen unternommen und das Großstadtleben kennengelernt." Er unterbrach sich und forschte in ihrem Gesicht. „Willst du wirklich dorthin zurück?"

Es war sinnlos, zu lügen oder eine Fassade aufrechtzuerhalten, besonders bei Jeff. Er sah alles viel zu klar. Und sie wollte nichts vortäuschen, nicht ihm gegenüber. Auch nicht sich selbst gegenüber. „Nein."

Er lehnte sich gegen die Kommode und verschränkte die Arme. „Nun?"

Frustration ballte sich in ihr zusammen. „Es ist nicht so einfach."

Jeff verstand nicht, warum die Dinge kompliziert sein sollten. „Wieso ist es nicht so einfach?"

Sie lief wie ein gefangenes Tier im Zoo auf und ab, sah den Ausweg, konnte ihn jedoch nicht einschlagen. „Weil die Dinge nie einfach sind."

Er lächelte grimmig. „Das zieht nicht bei mir."

Sie fuhr sich mit der Zungenspitze über die Lippen und geriet gewaltig in Versuchung nachzugeben. „Was ist, wenn es nicht funktioniert?"

Sie war so negativ geworden, seit sie Belle's Grove verlassen hatte. Er musste sie liebevoll wieder in den früheren Zustand versetzen, genau wie er das mit der Praxis getan hatte.

Jeff ergriff ihre Hand, zog sie an seine Lippen und küsste sie. „Dann müssen wir daran arbeiten, aber wir machen keinen Fehler. Nach meinem ersten Fehler, dich mit Cal allein zu lassen, habe ich nur einen weiteren begangen, und das war, als ich dich nicht geholt habe, sobald ich von eurer Scheidung hörte." Er seufzte und legte seine Seele vor ihr bloß. „Ich habe mich von meinem Stolz daran hindern lassen. Du solltest erfahren, wie es ist, wenn man verlassen wird." Er schaute ihr in die Augen und suchte Verzeihung für sie beide. „Das habe ich falsch gemacht."

„Nein, das hast du nicht." Sie berührte seine Wange. Nach allem, was sie ihm angetan hatte, war es sein Recht gewesen, so zu denken.

Er schüttelte den Kopf. „Verlorene Zeit. Aber das liegt jetzt hinter uns. Ich möchte nicht, dass wir auch unsere Zukunft verlieren. Diesmal lasse ich mich von meinem Stolz nicht dazu bringen, einen weiteren Fehler zu machen und dich gehen zu lassen, ohne meine Gedanken auszusprechen." Er legte seine Hände an ihre Schultern, und sein Blick hielt sie fest. „Ich liebe dich, Carole Ann. Ich habe dich immer geliebt, und ich werde dich bis zu dem Tag lieben, an dem ich sterbe." Ein Lächeln umspielte seine Lippen. „Länger noch, wenn ich eine Möglichkeit finde. Und in deinem Herzen –" er zeichnete leicht ein Muster auf ihrer Brust und brachte ihr Herz zum Stolpern – „weißt du, dass du mich auch liebst. Du brauchst es nur zuzugeben."

Sie wollte es. Von ganzem Herzen wollte sie es. Aber sie durfte nicht nur an sich selbst denken. „Brandon…"

Jeff unterbrach sie, bevor sie weitersprechen konnte. „Brandon ist ein großartiges Kind. Ich möchte ihm ein Vater sein." Er sah, wie ihr Tränen in die Augen stiegen. „Ein Junge verdient einen Vater, der ihn liebt."

Carole Ann musste ihn falsch verstanden haben. Sie konnte nicht so viel Glück haben. Früher hätte sie es geglaubt, aber die Erfahrung war ein harter, grausamer Lehrer gewesen. „Der ihn liebt?", wiederholte sie.

Er nickte und erkannte nicht, wo die Schwierigkeit lag. „Er ist ein Teil von dir, nicht wahr?"

Sie brachte kaum das Wort hervor. „Ja."

Er beobachtete sie, als sie wieder unruhig durch den Raum ging. „Das allein würde mir schon reichen, aber er ist auch für sich allein betrachtet sehr liebenswert."

Es war alles zu gut, um wahr zu sein, und sie hatte erfahren, dass diese Dinge normalerweise gar nicht gut waren. „Und wenn ich nein sage?"

Jeff straffte sich und hakte seine Daumen hinter den Bund seiner Jeans. „Dann fahre ich dich zum Flughafen."

Wenn er so schnell aufgab, konnte er nicht ernst meinen, was er gerade gesagt hatte. „Verstehe."

Er hob ihr Kinn mit seiner Fingerspitze an, bis ihre Augen auf die seinen gerichtet waren. „Und dann werde ich die Maschine entführen."

Sie schwieg einen Moment, und sie sah die Bestätigung in seinem Blick. Und noch viel mehr. „Das würdest du tun, nicht wahr?"

„Ich würde alles tun, um dich in meinem Leben zu behalten." Er zog sie in seine Arme. Diesmal wehrte sie sich nicht. „Betteln, entführen, was auch immer nötig ist. Ich habe dir schon früher gesagt, Carole Ann, dass du mir gehörst, und ich gehöre dir. Du kannst das nicht ändern. Die Vergangenheit ist mir gleichgültig. Nur die Gegenwart hat für mich Bedeutung – und du. Ich will dich in meinem Leben haben, Carole Ann, von heute an."

Sie begann allmählich, ihm zu glauben. Und sie fand Trost darin. „Du bist also überzeugt, dass ich dich auch liebe?"

Er lächelte unbekümmert. „Ja!"

„Das heißt natürlich nicht, dass du recht hast. Aber woher willst du das wissen?"

Jeff versuchte, ganz ernst dreinzuschauen. „Du weißt noch, als du dich vorgebeugt hast, um den ersten Stoß im Billardsalon zu machen?"

Sie betrachtete ihn forschend. „Ja?"

„Du hast deinen Po ein klein wenig mehr bewegt, als für diesen Stoß nötig gewesen wäre." Jeff grinste schelmisch. „Und ich wusste, dass du das für mich getan hast."

Sie schüttelte spontan den Kopf. „Das stimmt nicht."

Er strich mit seiner Zungenspitze über ihr Kinn und hörte sie stöhnen. „Oh doch!"

Carole Ann seufzte und wünschte sich, immer so zu verharren. „Ich habe geschworen, nach dem heutigen Tag nie wieder eine Hochzeit zu planen."

Ihm war das recht. „Dann werde ich sie planen." Er strich mit seinen Lippen über die ihren. Sie schmiegte sich an ihn. „Und da ich schon beim Planen bin…"

„Ja?"

Er küsste sie noch einmal, um weiteren Widerspruch zu ersticken. „Ich möchte zuerst mit den Flitterwochen beginnen. Nur eine Probe, wenn du nichts dagegen hast." Seine Augen neckten sie.

Er gab ihr einen leichten, ehrfürchtigen Kuss und erfüllte sie mit Wärme und Vorfreude. Sie schmiegte sich an ihn. „Hört sich gut für mich an."

Bevor sie sich völlig in die Hitze gleiten ließ, die von seinem Mund ausging, musste sie ihm sagen, was sie endlich nach Tagen erkannt hatte. „Ich liebe dich, Jeff."

„Ja, ich weiß." Er schaute ihr lächelnd in die Augen. „Ich habe immer gewußt, dass du mich liebst. Du warst nur ein wenig langsam im Begreifen, aber damit werden wir fertig."

Sie hatte keine Zweifel, dass sie mit allem fertig werden konnten – gemeinsam.

– ENDE –

„In Touch“ mit MIRA!
Das Verlagsprogramm elektronisch abrufbar
Interaktiv dabei sein: Buchbesprechungen, Gewinnspiele, Aktionen, Leseproben und vieles mehr.
Folgen Sie uns auf Twitter, Facebook, Instagram, Pinterest und google+
www.mira-taschenbuch.de
MIRA TASCHENBUCH

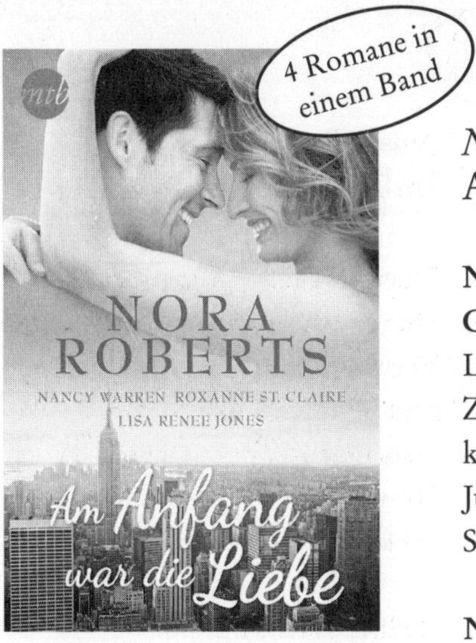

Nora Roberts u.a.
Am Anfang war die Liebe

Band-Nr. 20057
9,99 € (D)
ISBN: 978-3-95649-217-4
eBook: 978-3-95649-469-7
496 Seiten

Nora Roberts – Gegen jede Vernunft:
Lebenslänglich – nichts anderes will Zackary, als er die hübsche Rachel kennen lernt. Leider verteidigt die Juristin seinen Bruder vor Gericht. Steht ihr Job ihrer Liebe im Weg?

Nancy Warren – Sinnliche Spiele im Büro:
Seit Jane von einem Kollegen belästigt wurde, trägt sie einen falschen Ehering, um ihre Ruhe zu haben. Doch diese Idee bereut sie schnell, als sie ihren attraktiven neuen Boss Spencer kennenlernt …

Roxanne St. Claire - Darf ein Boss so zärtlich sein?:
Cade ist hingerissen von seiner Praktikantin Jessie. Leider muss er befürchten, dass sie für die Konkurrenz spioniert – und nur deshalb einwilligt, ein romantisches Wochenende mit ihm zu verbringen.

Lisa Renee Jones - Verbrenn dir nicht die Finger!:
Amandas Traum wird wahr: Die Reporterin trifft den Baseballstar Brad – und beginnt einen heißen Sommerflirt mit ihm. Aber damit setzt sie nicht nur ihr Herz sondern auch ihre Karriere aufs Spiel …

Band-Nr. 20054
9,99 € (D)
ISBN: 978-3-95649-115-3
528 Seiten

Nora Roberts u.a.
Melodien der Sehnsucht

Nora Roberts – Entscheidung in Cornwall:
Mit jedem Lied verliert die Sängerin Ramona ihr Herz ein bisschen mehr. Warum hat sie sich nur darauf eingelassen, mit ihrem Exfreund Brian an ihrem Album zu arbeiten – ausgerechnet in seinem romantischen Landhaus in Cornwall?

Lynne Graham – Nur Sehnsucht brennt heißer:
Eine Ehe ohne Liebe und Zärtlichkeit – jetzt reicht es der Musikerin Leah. Sie fordert von ihrem Mann Nik die Scheidung. Doch statt einzuwilligen, entführt er sie auf seine traumhafte Privatinsel …

Sandra Field – Wie ein schöner Schmetterling:
Seth hat eine Nacht mit einer bezaubernden Unbekannten verbracht. Als er sie wiedertrifft, erwartet ihn eine Überraschung: Es ist die berühmte Violinistin Lia D'Angeli! Hat er überhaupt eine Chance, ihr Herz zu gewinnen?

Carole Mortimer – Heut sing ich nur für dich:
Drei Jahre herrschte Funkstille zwischen Maggie und ihrem Mann Adam, die früher als Duo große Erfolge feierten. Bis er bei einem Festival plötzlich neben Maggie auf der Bühne steht …